Ulrich Peltzer

DAS BESSERE LEBEN

Roman

S. FISCHER

Die Arbeit an diesem Roman wurde gefördert
durch den Deutschen Literaturfonds
und den Senat von Berlin.

Erschienen bei S. FISCHER

© S. Fischer Verlag GmbH, Frankfurt am Main 2015

Satz: Dörlemann Satz, Lemförde
Druck und Bindung: CPI books GmbH, Leck
Printed in Germany
ISBN 978-3-10-060805-5

»*Ich verachte den Staub, aus dem ich gemacht bin und der zu Euch spricht. Ihr könnt mich verurteilen und diesen Staub zum Schweigen bringen. Aber niemals werdet Ihr das freie Leben mir nehmen, das ich mir erkämpft habe unter den Sternen und im Angesicht der Jahrhunderte.*«

Louis Antoine de Saint-Just an den Wohlfahrtsausschuss

»*Ich würde mich nicht vermissen, wenn ich fehlte. Entbehrlich sind wir Alle!*«

Friedrich Nietzsche, Die fröhliche Wissenschaft

1

Er schreckte hoch. Dunkelheit um ihn herum, kein Geräusch, nur sein Atem. Dieser Knall, als das Barackendach einstürzte, beißender Rauch, ein Blitzen, rot und blau, über den Köpfen der johlenden Menge. Keuchend befreite sich Sylvester Lee Fleming aus der verdrehten Decke und rieb seinen Nacken. Seit Tagen, seit seiner Ankunft in São Paulo ging das so, gestern (das war doch gestern Nacht, oder?) die Schlägereien mit der Polizei auf der North Water Street, und wie dann alle Richtung Innenstadt gelaufen sind, Steine flogen in Schaufenster, Mülltonnen brannten, und immer wieder Sprechchöre und Schreie ... stop this war.

Fleming tastete zum Schalter der kleinen Stehlampe auf dem Tischchen neben dem Bett. Samtiges gelbes Licht fiel über das Magazin, in dem er vor dem Einschlafen gelesen hatte (Newsweek), ein halb geleertes Bier (Antarctica), zerfloss zwischen Couch und Sesseln in der Tiefe des Raums. Die bodenlangen Vorhänge waren zugezogen, dahinter Fenster, die sich gar nicht erst öffnen ließen, hier oben im achtzehnten Stock; eine schalldichte Fensterfront mit Blick auf andere Fensterfronten, andere Hochhäuser, die zum Greifen nah schienen, bei Tag und Nacht durch den Dunst (eine Kuppel aus Schmutzteilchen in der Luft) schwebende Hubschrauber.

Das Bier, ja, war noch zu trinken, als er auf seine Armbanduhr sah, kurz nach drei, sprang die Klimaanlage an, und sogleich erfüllte ein leises Rauschen jeden Winkel des Hotelzimmers. Fleming entwirrte einhändig die Decke, eine Wolldecke in einem dünnen Laken, und breitete sie über seine nackten Beine. Dann sank er ins Kissen zurück, die schlanke Bierflasche auf seiner grau werdenden Brust, den anderen Arm unter seinen Kopf gelegt. Die Stunde des Wolfs, dachte er (und musste lächeln), des einsamen Jägers, Träume wie Überfälle, in denen sich ein Gefühl von Panik breitmachte, das ihm fremd war. Als wäre er damals allen Ernstes in Gefahr gewesen, einen Schlagstock abzubekommen oder ein Bajonett, nachdem sie (der Bürgermeister und seine Einflüsterer) die Nationalgarde gerufen hatten, um eine nächtliche Ausgangssperre ... Jeeps voller Schwerbewaffneter in den Straßen, gellende Megaphone, das müsste ... müsste Samstag gewesen sein, am Wochenende vor dem Massaker.

Auf dem Etikett der Flasche standen sich in einem roten Oval zwei Pinguine gegenüber; umrahmt von stilisierten Ähren und dem Schriftzug Cerveja Pilsen, Desde 1885. Was ihm bisher nie aufgefallen war, aber irgendwie logisch, bei einem Bier, das Antarctica hieß – Pinguine, schon seit 1885. Das Jahr des Mahdi, schoss es (wie auf Befehl) durch sein Bewusstsein, im Januar lagen die Rebellen vor Khartum. Eroberten Khartum und besiegelten Gordon Paschas unschönes Ende, nachzulesen in Schulbüchern und Regimentschroniken, ein Junge in Internatsuniform martert vor der gelangweilten Klasse sein Gedächtnis ... *his life was England's glory, his death was England's pride*, an mehr als die letzten Zeilen von Kiplings Gedicht konnte sich Fleming aber (und er gab sich wirklich Mühe) nicht erinnern, wortreiche Beschwörungen, die keine Seele wieder ins Leben zurückriefen. Er trank und schloss die Augen.

So laut wie in seinem Schlaf war der Knall in jener Nacht nicht gewesen, ganz entschieden nicht, ein dumpfer Schlag, den das stürmische Prasseln des Feuers, das Geheul der Sirenen auf der

Stelle verschluckten, und dazu noch die Menge, die begeistert applaudierte, als das Dach in einem aufsprühenden Funkenschirm zu Boden ging. Vielleicht hatte jemand Benzin oder Spiritus durch die zerbrochenen Fenster gekippt, das verwitterte Holz der Baracke brannte in Sekundenschnelle lichterloh, gleißende Hitze, die einem entgegenschlug, man wandte sich zur Seite, hob die Arme schützend vor die Augen ... warst du das, fragte er sich, der (nicht allein, mit ein paar anderen) Feuerwehrschläuche aufgeschlitzt hat, war Allison, die Schöne, etwa auch dabei, in ihrer heiligen Empörung über den Krieg, über die Machenschaften einer, wie sie immer sagten, gekauften Regierung? All diese jungen Gesichter im Widerschein der Flammen, der rotierenden Signalleuchten von Polizeiwagen, Löschzügen, Parolen in den Rauch hineinrufend, hustend, lachend, Hunderte (oder mehr noch), die sich um das alte Rekrutierungsbüro versammelt hatten, den dahinter gelegenen Hang hoch ... unter den Bäumen auf seiner Kuppe ... von dort hätte man es auch für ein Fest halten können, eine der wilden Partys am Ende des Semesters, die ein wenig aus dem Ruder gelaufen war, so dass die Verwaltung ... als würde das Hauptgebäude niederbrennen, ein Notruf bis nach ganz oben, wo man (das ist klar) nur auf einen Anlass gewartet hatte, die Truppen in Bewegung zu setzen, um ihnen (nützliche Idioten) eine Lektion zu erteilen, die sie so schnell nicht mehr vergessen würden, natürlich, dachte Fleming, was sonst, er leerte die Flasche und stellte sie neben das Bett.

Es gab keine Erklärung, keine jedenfalls, die einleuchtend gewesen wäre. Missgelaunte Elben, die nach dem Einschlafen auf seiner Brust Platz nahmen und ihm den Atem raubten, obwohl sie nicht den geringsten Grund dazu hatten, alles in allem. Vielleicht die Wirkung eines Fehlers, den er begangen haben könnte, vor dreißig oder vierzig Jahren, etwas Unentschuldbares, das auf diese Weise abzugelten sei, träumend. Angst hatte Fleming nie empfunden (nicht, dass er wüsste), in brenzligen Situationen, die einen kopflos werden lässt, um nicht zu sagen panisch – wie stets, wenn Hirngespinste auf die Welt treffen, ein äußerst schmerzhafter Zusammenstoß.

Er blickte ins Zimmer. Undeutlich zeichneten sich Schatten auf den Vorhängen ab, große schwarze Flächen, deren Umrisse in den Falten verschwammen, die beiden Clubsessel, die Couch, ein Drehstuhl mit hoher Rückenlehne. Den Schreibtisch hatte Fleming zur Fensterfront geschoben, um während der Arbeit nicht ständig die ockerfarbene Wand vor Augen zu haben, Bildschirm, Wand, Bildschirm, Wand, wie in einer Korrekturanstalt. Die beiden reservierten Räume in der Executive-Etage waren belegt gewesen ... als wüssten sie nicht, was sie tun, als hätten sie ihm keine Bestätigung geschickt, diese ... fluch nicht, ermahnte er sich und zog die Decke ein Stück hoch, arme Teufel, die an abgewetzten Terminals sitzen, frag morgen noch mal.

Es klickte (wie ein Bolzen, der auf eine leere Trommel trifft), das Rauschen der Klimaanlage verebbte nach und nach, bis wieder nichts als Stille da war, ein klebriges Gefühl auf der Haut, Atem und Herzschlag. Praktisch nie auszuschließen, ein Fehler ... aber welcher? Und muss es nicht immer einen geben, der die Dinge beschleunigt, der seinen Mut zusammennimmt und im richtigen Moment eine Entscheidung trifft, die überhaupt erst ... wie könnte denn anders etwas historisch werden, ein für alle, für Generationen unvergessliches Datum?

Außerdem, Fleming spürte mit einem Mal seine Erschöpfung, er war müde und ausgelaugt, lange Tage im Chaos der Stadt und zerrissene Nächte ... es ist nicht dein Problem, erst recht nicht deine Schuld, dass sie gezielt geschossen haben, aber selbst wenn, erinner dich, so steht es schon in ihren Schriften, man sät Wind und erntet Sturm, extremer Leichtsinn, der nicht die Spur eines Gedankens an mögliche Folgen verschwendet. Gasmasken und Gewehre, die sie trugen, als sie auf dem Campus aufmarschierten, man hätte es ahnen können, geht in Deckung, der Spaß ist vorbei. Verwüstete Bankfilialen und eingeschlagene Schaufenster, Straßenblockaden, zerbeulte Autos, als gäbe es ein Naturrecht auf Störung der öffentlichen Ordnung, ein Recht auf Widerstand um jeden Preis, weil (denk dir) die Verfassung gebrochen worden sei, noch viel schlimmer, von höchster Stelle geschändet und gemordet, wie es in der Ansprache hieß, die einer aus dem Geschichtskurs den zusammengeströmten Studenten hielt, bevor er den Text (ein teures Faksimile aus der Universitätsbibliothek) unter einem Stück Rasen begrub. Anmaßungen, dachte Fleming, die nur in der Jugend erlaubt sind, man scheut kein Risiko, schreckt vor nichts zurück, wenn es das Verlangen nach Gerechtigkeit befriedigt ... ach, Allison, was für ein Wahnsinn, grausige Irrtümer, die sich nicht mehr hinbiegen lassen.

Er drehte sich auf die Seite und zog die Beine an, eine Hand zwischen den Knien, die andere unter seinem Kopf. Ihre langen dunklen Haare, die so schwer und so dicht waren ... eine solche Fülle von glänzendem Haar, dass man sich beherrschen musste, es nicht anzufassen, wenn man sich traf. Auf der North Water Street, vielleicht im Safari ... oder eines Nachmittags in der Uni-Cafeteria, wo sie mit ihrem Freund Barry aß, der von ihm ein paarmal Pot gekauft hatte.

»He, Fleming, hock dich zu uns«, Barry deutete auf sein Tablett, »geteiltes Leid ist halbes Leid.«

Sie lachte und reichte ihm über den Tisch die Hand.

»Ich bin Allison, bist du etwa Sylvester?«

»Sylvester Lee«, sagte Fleming, »meine komischen Eltern.«

»Allison Beth, wie klingt das denn?«

»Toll.«

»Allison Beth Krause«, sagte Barry und warf ihr von der Seite einen Blick zu, in dem sich der Stolz erkennen ließ, scheu, ungläubig, jemanden wie sie gewonnen zu haben. Dass er Allison nie für sich allein besitzen könnte, nie im Leben, dieses Wissen verstärkte seine Liebe eher noch (seltsamerweise), als dass es auch nur den kleinsten Zweifel an ihren Gefühlen, ihrer Zuneigung, gestattete. Sie gehörten zusammen, as long as it lasts, maybe forever, in einer Art von geheimer Übereinstimmung, einem inneren Gleichklang, der Allison einen Satz beenden ließ, den er eben erst begonnen hatte. Magisches Denken, das Fleming selbst in Restspuren nicht zu eigen war; als Barry ihm davon erzählte: »Meinst du, das gibt es?«, hatte er genickt, am Joint gezogen, um dann so etwas wie »Auf jeden Fall« zu murmeln, nichts lag ihm ferner, als die Phantasiegebilde eines Kunden anzukratzen; kein ganz schlechter Kunde, aber auch nicht einer, der sein Geschäft am Laufen hielt.

Man sah sich ab und zu, tratschte ein bisschen, rauchte zusammen, Geld wanderte von der einen in die andere Tasche, im März (im März?) ließ er sich von Allison überreden, an einer Demonstration teilzunehmen, die sie organisiert hatte. Begleitet von den Drohgebärden und Flüchen der Passanten einmal quer durch die Stadt hinter einem straßenbreiten Transparent, auf dem BRING ALL THE TROOPS HOME NOW stand, Allison in der ersten Reihe klatschend und skandierend, no more war, no more napalm, no more Nixon. Ein dummer Krieg gegen den falschen Feind ... als wäre das nicht zu erkennen gewesen, nichts als Zufälle, die sich zu einer einzigen Notwendigkeit verdichten. Krankheit ohne Heilungschance (Fleming starrte das Etikett der leeren Flasche Antarctica auf dem Teppichboden an, Desde 1885), aber mit Medikamenten, von denen man glaubt, sie könnten das Leben verlängern. Und wozu? Weil niemand gern stirbt, ganz einfach. Du nicht. Aufgaben, die noch zu erfüllen sind.

Er schloss die Arme um seine angezogenen Beine und beugte den Kopf vor, bis seine Stirn, die Spitzen seiner kurzgeschnittenen Haare beinah seine Kniescheiben berührten. Vergangene, nicht mehr wiederholbare Entwicklungsstufen. Zug um Zug nach einem ausgeklügelten Plan, den zu durchkreuzen ... zu verhindern ist, dreht mir einen Strick daraus, wenn ihr könnt. Kann aber keiner, nicht von euch. Trotzdem waren da diese ... Träume, eine ungeordnete Folge verwirrender Bilder, von Geräuschen, die ihn Nacht für Nacht hochschrecken ließen. Gerade so, als hätte er sich jemals fürchten müssen, vor der Polizei, der Nationalgarde, anderen Menschen, sich überschlagenden Ereignissen. Ein Aufstand, eine Rebellion, die nach der Fernsehansprache losbrach. Zur besten Sendezeit, danach sollte es ein Play-off-Spiel geben ... ja, Basketball, Trauben von Fans hingen in jedem Lokal vor den Apparaten herum, ein Gedränge und Geschiebe, Bierkrüge wurden über die Köpfe gereicht, Wetten abgeschlossen, also ... nein, das Spiel war Freitag, der Trickser hatte den Einmarsch nach Kambodscha am Abend vorher verkündet, da blieb es noch ruhig ... erst eine Nacht später, als man vom Ausgehviertel auf der North Water Street ins Zentrum zog und eine Schneise der Verwüstung ... Samstag der Brand der Baracke, die Ankunft der Truppen, Sonntag die Ausgangssperre. Und Montag dann ...

Lass mich das mal sortieren, dachte Fleming, im Hintergrund des Raums zwei schlaffe Fahnen, rechts Schreibtisch und Sessel, links eine Wandkarte von Indochina mit gestrichelten Linien und Pfeilen, daneben der Präsident, der Papiere in der Hand hatte und sich immer wieder leicht nach vorn neigte, um dem Publikum mit ausgestrecktem Arm und Zeigefinger die militärische Lage zu erläutern. Die Rückzugsgebiete und Schleichpfade des Vietcong, der Angriff.

Ein flimmerndes Bild, das alle paar Sekunden von einem herabsinkenden schwarzen Balken verzerrt wurde. Mit Klebeband hatte jemand ein Stück Draht (recht wacklig) oben an dem alten Gerät befestigt, wahrscheinlich wöchentlich neu, seit Semestern. Die Fahnen, der Schreibtisch, Kopf und Körper des Mannes, des mächtigsten Mannes der Welt (wer zweifelte daran?), warfen helle elektronische Schatten, durchsichtige Schemen wie auf Fotos von spiritistischen Sitzungen, die Äther-Aura des Materiellen. Eine tiefe Stimme dröhnte durch das Zimmer des Wohnheims, jedes einzelne Wort, dachte Fleming, der in Begleitung von Barry gekommen war, ein Schlag in die Magengrube. Allison saß neben einer Freundin, die Simone hieß, auf ihrem Bett, einen getöpferten Becher im Schoß, den sie später (das war zu viel) Richtung Mattscheibe werfen würde.

»Lügner«, schrie sie, »was für ein Lügner«, als hätte man erwarten dürfen, ausgerechnet heute Abend die Wahrheit zu hören. Fleming, der gegen den Türrahmen lehnte, fischte eine Dose Bier aus der Innentasche seiner kurzen zerschlissenen Lederjacke und öffnete sie so geräuschlos wie möglich. Man habe die Operation, ertönte es in dem kleinen, spärlich möblierten Raum, nicht in der Absicht unternommen, den Krieg nach Kambodscha auszudehnen, sondern ihn zu beenden (der Becher zerschellte an der Wand) und einen gerechten Frieden zu erringen.

»Bastard«, sagte Barry, »wer glaubt das?«

Allisons Freundin schüttelte in einem fort ihren Kopf, dann lachte sie (als die Ankündigung kam, umgehend an den Verhandlungstisch zurückkehren zu wollen), zog ihre Brille ab und wischte sich über die Augen. Fast hätte er Fleming leidgetan, wie er da stand in verwaschenen Grautönen, Gespenst seiner selbst, immer wieder geknickt und verrenkt, wenn der Balken durchs Bild lief, aber letzten Endes, nüchtern betrachtet, zwang ihn niemand, die Rede zu halten oder Befehle zu geben (einen Revolver an der Schläfe) – nichts peinlicher als Ausflüchte und gewundene Erklärungen, die man nachträglich verbreitet, weil die Rolle zu groß für einen war.

Fleming trat einen Schritt vor, um Allison von dem Bier anzubieten, sie trank und reichte die Dose an Simone weiter. Wie in Zeitlupe kippte die Antenne zur Seite (Folge des Becherwurfs? Vibrationen durch Wand und Boden?), und plötzlich war nur noch ein Brodeln schwarzweißer Pünktchen zu sehen; der Ton blieb auf Sendung, Maßnahmen, die ergriffen werden mussten, um den Aggressoren Einhalt zu gebieten. Schweigen im Raum, das sich von Sekunde zu Sekunde verdichtete, die Stimme hörte sich nun gedämpft an, wie von weither, zweitausend Lichtjahre bis nach Ohio. Barry versuchte, das Stück Draht (von einem Kleiderbügel) wieder aufzurichten, das Bild kehrte kurz zurück, dann verflackerte es erneut.

»Lass es«, sagte Allison, »mir reicht's so schon.«

Simone hielt die Dose mit beiden Händen umklammert, sie hatte Tränen im Gesicht, reglos zum Monitor blickend, auf dem nichts mehr zu erkennen war, keine Fahnen, keine Karte, kein Präsident. Man lebe, war zu vernehmen, in einem Zeitalter des Aufruhrs, amerikanische Universitäten würden systematisch zerstört. Wenn (Kunstpause) die einflussreichste Nation der Welt (habt ihr's verstanden?) sich wie ein hilfloser Riese aufführe (taub, blind und hinkend), ermutige das die Kräfte des Totalitarismus und der Anarchie (bar jedes Schamgefühls), auf allen Kontinenten die Freiheit zu bedrohen.

So ist es, dachte Fleming, ein Lächeln unterdrückend, während Allison sich erhob, zum Fernseher auf der Kleiderkommode ging und den Aus-Knopf drückte. Dann bückte sie sich und sammelte die Scherben ein, legte sie neben den Apparat, strich sich ihre schweren braunen Haare hinter die Ohren. Simone schluchzte leise, zog den Kopf zwischen ihre Schultern.

»Was machen wir?«, fragte Barry.

Allison trat in die Tür und schaute nach links und rechts, anscheinend niemand zu entdecken, der auf dem Flur (aber er redete ja noch) ein Gespräch suchen würde, die Bestürzung mildernd, etwas auf die Beine stellen gegen den Irrsinn. Allison drehte sich um und setzte sich aufs Bett, nahm Simone in die Arme. Man verstand nicht, natürlich nicht, was sie ihr ins Ohr flüsterte, doch Simone nickte, wischte sich mit einem Ärmel ihres Pullovers über die Wangen und setzte die Brille wieder auf. Alles umsonst. Flemings Blick schweifte von Ecke zu Ecke, die Fußleiste entlang, suchte unauffällig nach einem Lüftungsrost, einer

Diele, die locker sein könnte. Nichts, was für ein Depot geeignet gewesen wäre, eine (solange sie hier wohnte) sichere Bleibe für sein Anlagevermögen, ein paar kleinere Tüten voll Pot, Uppers, Downers und Acid, die er nicht mehr in seinem möblierten Zimmer in der Stadt verwahren wollte, nachdem dort eingebrochen worden war; oder sagen wir, nachdem er das Souterrain in Kent eines Nachts durchwühlt vorgefunden hatte, zum Glück war ihnen (wem auch immer, Kunden, Konkurrenten) nicht eingefallen, einmal kurz in den Spülkasten der Toilette zu linsen (haha, das cleverste Versteck der Welt).

Allison saß vorgebeugt, das Kinn auf die Fäuste gestützt, ihr Gesicht mit den hohen Wangenknochen (für die man sterben könnte, hatte Barry gesagt) von Ratlosigkeit gezeichnet, aber dann (Entschlusskraft und Zorn) sprang sie hoch und lief in den Gang. Man hörte sie rufen, hörte Entgegnungen, die lauter wurden, Stimmen und Schritte von nebenan, aus dem Gefühl der Lähmung, das sie in den letzten zwanzig Minuten überkommen hatte, allmählich wieder herausfindend. Simone stand mit ihren Händen in den Hüften am Rand eines Pulks, einer der Gruppen, die sich jetzt von der Feuertreppe bis zu den Aufzügen zusammendrängten und in Schwaden von Zigarettenrauch debattierten, was nun zu tun sei, das Rektorat besetzen, die Rekrutierungsbaracke abfackeln, sich morgen Mittag an der Glocke auf dem Campus versammeln. Unbedingt, keine Frage, Allison ganz in ihrem Element, während Barry eine Liste anlegte, was als Erstes, Zweites, Drittes ... Kontakte nach Buffalo (ich ruf da gleich an), wohin er und Allison, hatten sie sich ausgemalt, spätestens im nächsten Semester ... weg aus Kent, aus Ohio ... Musik erklang, schöne Musik, dachte Fleming (erinnerte er sich), die jemand in einem Zimmer angestellt hatte und die wie der hochsteigende Rauch über ihren Köpfen schwebte, über den Plänen, die sie entwarfen, einem Durcheinander aufgeregter Stimmen, von Umarmungen, Gelächter, der Überzeugung, nicht hinnehmen zu dürfen, was in einem schäbigen Marionettentheater, von Marionetten, einer Clique betresster Unheilstifter beschlossen worden war.

Fleming löste den Griff um seine Beine, drehte sich auf den Rücken und streckte sich aus. Ángel könnte Schlaftabletten besorgen, hätte er am besten gestern schon ... wenn man anfangen muss, sich Zettelchen zu schreiben, auf denen alles steht, Kundschaft, Informanten (die beiden Chefs dieses Sicherheitsdienstes am Nachmittag), Geldbeträge. Ein Name und dahinter eine Zahl ... was früher tödlich gewesen wäre, die ganze Buchführung immer im Kopf; heikle Geschäfte, die Reputation verlangten, ein Vertrauen, das durch jede Pille, jedes Gramm bestätigt sein wollte. Fisch im Wasser (einer von uns), spiel ihr Spiel und halt die Klappe (dein Auftrag).

Die Klimaanlage sprang an und sofort wieder aus, er drehte sich auf den Bauch und steckte seinen Kopf unter das Kissen. Am nächsten Tag waren alle (die üblichen Verdächtigen) an der Glocke zusammengekommen, eine Spende von irgendwem, die in einem Gehäuse aus gelben Ziegeln hing, Reden wurden geschwungen, die ein Megaphon über die weiten Rasenflächen des Campus hin verstärkte, zum Schluss nahm sich jemand einen Spaten und stach ein Loch aus, ein Grab für die Verfassung, die ab jetzt keine Gültigkeit mehr habe und unter die Erde gehöre (Beifall, Pfiffe). Allison und Barry saßen in der Menge auf dem Hang, der hinter dem Mäuerchen mit der Glocke anstieg, man müsse einen Punkt machen, hatte Fleming sie sagen hören, als sie zu der Veranstaltung gingen, müsse eine Linie ziehen, nickend, ohne weiter auszuführen, was sie genau meinte, Linie, Punkt ... Phantasiewelten, die keine Versuchungen kennen, Einsicht ins Unabänderliche. Wieso, fragte er sich, das Kissen mit beiden Händen auf seinen Kopf pressend, bin ich da eigentlich mit ... und noch den Hang runtergelaufen, um das Mikrophon zu flicken? Ein loser Draht, ein kleiner Schraubenzieher am Taschenmesser, großartig. Als ihm die Luft wegblieb, schleuderte er das Kissen beiseite. Bahnen hatten sich gekreuzt (im falschen Moment am falschen Ort, als sei Glück eine Sache von Sekunden, wenigen Metern) wie Teilchen, die in einem Beschleuniger aufeinanderprallen und ihre Flugrichtung ändern oder zerlegt werden in ein paar Dutzend andere, Bausteine der Materie. Was man auf Lager hat, um sich Geschehnisse zu erklären (Masse mal Geschwindigkeit gleich Energie), um kein Fleckchen Raum zu lassen für Zweifel und Albträume. Was hätte sein können, wenn ... er atmete geräuschvoll aus ... an jenem Freitagabend nicht Streifenwagen aufgetaucht wären, als die Leute nach dem Basketballspiel auf die Straße strömten, trotz allem (die Rede) in Feierlaune, die erste Flasche wurde geworfen, knallte gegen Blech, mehr Flaschen, Gläser, und Flüche ertönten, Verwünschungen gegen den Staat, den Präsidenten, die in Aufrufe mündeten, hysterische Schreie, gegen die Kriegstreiber loszuschlagen, Banken und Versicherungen ... auf einer Straßenkreuzung in der Innenstadt loderte ein Feuer aus Müll und Baumaterial, Scheiben gingen zu Bruch, tanzende Lichtkegel im Büro eines Kreditvermittlers, aus dessen zertrümmertem Schaufenster Papiere heraussegelten, Schnellhefter, Karteikarten, ein junger Mann, der auf der Seitentüre eines umgekippten Autos stand, brüllte mit hochgerissenen Armen unverständliche Worte in den Lärm, das Bersten und Scheppern von Glas und Metall hinein, Sirenengeheul, in langen Wellen, näherte sich ... und dann explodierten auch schon Tränengaskartuschen, ein Hagel von Geschossen regnete auf die Planlosigkeit nieder, wieselnde Schattenkörper, die ein Scheinwerfer (an einem Polizeiwagen) plötzlich grell erleuchtete, man sah erhobene Schlagstöcke auf sich zurennen (hier behält keiner den Überblick, hatte er gedacht, beim besten Willen nicht), ein Brennen in der Nase, in den Augen, gegen das nichts zu machen war, außer man hätte feuchte Tücher ... zu Hause im Souterrain die Blenden geschlossen, sich aufs Bett gelegt und den Rest aus einer (ziemlich teuren) Flasche Seagram's genippt.

Reiz und Reaktion, bis es kein Zurück mehr gibt. Jammerschade, Fleming umfasste seinen Schwanz und zog ihn lang, knetete ihn, die Wirklichkeit eine Kette von Schnitzern, von Beiläufigkeiten und spontanen Entschlüssen, die sich im Nachhinein, das war den meisten Menschen unbegreiflich, als hieb- und stichfest ... als triftige Verbindung von A nach B ... er ließ sich wieder los und kroch auf allen vieren zum Telefon. C, D, E, von Historikern dokumentierte Tatsachen. Er setzte sich auf die Bettkante, stieß mit seinen Zehenspitzen die Flasche Antarctica um, die in einem Halbkreis über den Teppichboden rollte. *Life and death, pride and glory.* Nachmittags verkündete der Bürgermeister den Ausnahmezustand und alarmierte die Nationalgarde, die aus ihren Kasernen auf das beschauliche Städtchen vorzurücken begann; wobei er vergaß (das vergisst man schon mal, im Eifer), die Allgemeinheit zu informieren (Lautsprecherdurchsagen in den Straßen, zwei, drei Telefonate). Hätte man sonst Feuer gelegt?

Fleming griff nach dem Hörer. Und weiter? Am frühen Abend fand ein Protestzug auf dem Campus statt, in den er hineingeriet, richtig, weil ein sehr guter Abnehmer, der sich beim Sport verletzt hatte und nicht zum Treffpunkt in der Nähe des Safari kommen konnte, mit Ware zu beliefern gewesen war, gegen seine Regel verstoßend, die eherne Regel, nicht mit einer Tüte voll Zeug durch die Gegend zu gondeln, vor allem nicht wenn die Luft brennt und die Chance, angehalten und gefilzt zu werden, bei weitem höher ist, als unter günstigsten (oder miesesten) Bedingungen zu verantworten ... aber sicher, der Junge kaufte quer durchs Sortiment und zahlte prompt, ohne je irgendwelche Aufschübe oder Rabatte ins Spiel zu bringen, das nervtötende Gelaber von Drogenköpfen, die der Ansicht waren, man wäre ein gemeinnütziges Unternehmen zur Steigerung des persönlichen

Wohlbefindens, eh Kumpel, jetzt hab dich nicht so, wie lange kennen wir uns schon? Nie lange genug, Fleming hob den Hörer ab, Regel Nummer zwei: Fang an zu vertrauen, wenn die Scheine in deiner Tasche sind, ein gerolltes Bündel Zehner, um die er seine Faust geschlossen hatte, als man sich zu der Baracke aufmachte ... einen Brand entfachend, der die bösen Geister ... fahrt zur Hölle, die ihr an diesem Ort mit euren vergifteten Zungen so viele Blauäugige, halbe Kinder waren's noch, dazu überredet habt, sich als Offiziere zu verpflichten.

Los, wurde gerufen, alle in die Stadt (nicht wenige nass vom Löschwasser, das aus den aufgeschlitzten Schläuchen gespritzt war), und man hörte ein Lied, einen Chor, in den immer mehr Leute einfielen ... blackbird singing in the dead of night, you were only waiting for this moment to arise ... doch am Haupteingang war Schluss, Truppentransporter versperrten den Weg, dazwischen und davor Soldaten mit Gewehren und aufgesteckten Bajonetten, mit klobigen Gasmasken, die sie wie vorsintflutliche Rieseninsekten aussehen ließen (wie Mutanten aus dem Weltraum, sagte Barry später in Allisons Zimmer), nach einem Befehl (vorwärts Marsch, oder so ähnlich) im Gleichschritt heranrückend, Sekunden der Irritation, dann des blanken Entsetzens, die hatten ihre Bajonette gesenkt, die Sturmgewehre (alte M1, dachte Fleming), auf einen Gegner zu, dem nichts übrigbleibt ... weg, andere mit sich reißend, die auf den Rasen gesunken waren, lauft ... in die Wohnheime, aus deren Fenstern (die Etagentüren hastig verbarrikadiert mit Schränken und Tischen) man einen Gutteil der Nacht Jeeps über das Gelände kurven sah, Soldaten patrouillieren, erst im Morgengrauen ... die meisten dösten vor sich hin, in Decken und Schlafsäcke gehüllt, aus dem Gang wispernde Stimmen. Er blickte auf seine Uhr, fast vier, um elf war der Termin mit dem Brigadier, am Nachmittag hieße es, konzentriert zu sein, die zwei unmerklich aus der Reserve locken und sie dann mit einem Angebot überraschen, das sie ihr Gesicht

wahren ließe, ohne nein sagen zu können. Taktgefühl. Fleming drückte die Null auf dem Telefon, räusperte sich. Ein Dauerton kam aus dem Hörer, als sei die Leitung gestört, hat man sich aufs Ohr gelegt? Zuzutrauen ...
»Front Desk, João da Silva, was darf ich für Sie tun?«
Das Taxi bräuchte mindestens eine halbe Stunde, und Verspätungen waren (in allen Ländern, unter allen Umständen) zu vermeiden, vorher Mails checken und mit Barbara telefonieren, was, er rechnete, bedeuten würde ... unter der Voraussetzung, noch einmal einzuschlafen ... sofern ... die Geschichte erledigt wäre, lachhaft, Ángel soll für heute ein Mittel besorgen, Nitrazadon.
»Entschuldigung, hier ist ...«
»Bringen Sie mir Frühstück. Sagen wir ... um halb neun.«
»Halb neun, achtzehn-vierzig. Was ...«
»Toast und ein paar Rühreier«, sagte Fleming. »Saft, Kaffee. Denken Sie nach.«
Der Mann wiederholte ungerührt die Bestellung, fragte nach weiteren Wünschen, hängte auf (»Gute Nacht, Senhor«), als ihm beschieden wurde, dass er die nicht erfüllen könne, selbst wenn er sich Mühe gäbe, träum weiter.
Fleming legte sich flach aufs Bett. Gesicht wahren, Unsinn, der eine vermochte es kaum, seine Gier zu zügeln, schon zu riechen, als er bei einem ersten Treffen die Möglichkeiten, die Reichweite, den Umfang einer Zusammenarbeit angedeutet hatte ... Vertrauen gegen Vertrauen, das sollte unser Modell sein. Er nahm die Decke zwischen seine Füße und zog sie mit ihnen hoch, bis er sie ergreifen und über sich breiten konnte, dann schob er die Finger unter seinem Nacken ineinander. Wo war ich? Ewigkeiten her, Kent in Ohio, von C nach D nach E ... zieht Lehren für die Zukunft daraus (dumm gelaufen). Fehlkalkulationen, hier wie dort, aus denen später (wie durch Geisterhand) eine Erzählung ohne Lücken und Sprünge wird, unbestreitbare Tatsachen, die

man in der Schule auszuspucken hat (setz dich, Fleming, das war nichts ... und ihr da hinten hört mit dem Gefeixe auf. Grinst du etwa? Komm noch mal her ... bück dich). Immer vom Zufall gereinigt, von Launen, plötzlichen Eingebungen, von Ticks auch, die sich einfach nicht abstellen lassen, bestimmten ungesunden Vorlieben, damals nach dem Aufstehen gleich eine Purpfeife zu rauchen oder eine Pille einzuwerfen, die Laune macht und den Blick angenehm verschleiert, neben Allison und Barry in ihrem Zimmer am geöffneten Fenster, da, sagte Allison mit ausgestrecktem Arm, da, da, überall, auf dem ganzen Campus verstreut Soldaten, die in kleinen Trupps herumliefen, vor den Gebäuden Wache hielten (Bibliothek, Mensa, Verwaltung), Stahlhelme auf dem Kopf (aber keine Gasmasken mehr), Gewehre bei Fuß.

»Total verrückt«, sagte Barry, »ist das die Tschechoslowakei?«

»Wir gehen runter«, sagte Allison, »wir reden mit denen.«

Na bitte, die heilende Macht des Wortes. Allison glaubte fest daran, das war ihr gutes Recht, und wie sie es gesagt hatte, meinte sie es, drei, vier andere Studenten im Schlepptau ging sie auf einen Jungen in Kampfanzug und Schnürstiefeln zu, in dessen Gewehrlauf einer der Fliederzweige steckte, die aus einem Karton verteilt wurden, die Soldaten links und rechts hatten sie (auch Nelken) schon wieder herausgezogen und auf den Rasen geworfen.

»Ein schöner Tag, oder?«

Er schwieg.

»Woher kommst du?«

Simone trat neben Allison.

»Wir sind unbewaffnet«, sagte sie.

»Ich heiße Meyers«, sagte der Soldat, der Name stand auf seinem Hemd.

»Ich heiße Allison. Das ist Simone, da vorne Barry, und hier ist Sylvester.«

Der Soldat nickte, wich ihrem Blick aus. Und nahm Haltung an, als habe er einen Befehl erhalten. Es war nicht nötig, sich umzudrehen, ein Vorgesetzter, ein Offizier ... stampfte heran ... sein Mund (obwohl er laut sprach, Quatsch, er brüllte) kroch fast in Meyers Ohr.

»In welchem Zug sind Sie?«
»Dritter Zug, Sir.«
»Haben Sie nicht nächste Woche Übungsschießen?«
»Jawohl, Sir.«
»Werden Sie dann mit dieser albernen Blume schießen?«
»Nein, Sir.«
»Wo haben Sie die her?«
»Ein Geschenk, Sir.«
»Nehmen Sie immer Geschenke an?«
»Nein, Sir.«
»Was machen Sie also damit?«
Meyers hob die Schultern.
»Warum nehmen Sie die nicht raus aus ihrem Gewehr?«

Der Offizier öffnete seine Hand, um sich den Flieder geben zu lassen, den Soldat Meyers nun zögerlich (Angst vor Bestrafung, Scham?) aus dem Lauf zog, doch bevor er, der Offizier, ihn zu fassen bekam, ging Allison sehr energisch dazwischen und schnappte sich den Zweig. Für jeden war zu spüren, wie viel Kraft es sie kostete, dem Mann nicht ins Gesicht zu springen, sie sah ihn finster an, ihre Stimme zitterte:

»Was ... was ist falsch?«

Nichts zu antworten.

»Blumen«, sagte Allison, sie atmete durch, »sind immer noch besser als Kugeln.«

Die Zeit fror ein, während sie sich gegenseitig in die Augen starrten, Allison mit dem Fliederzweig in der Faust, der Offizier mit seinem breiten flachen Schiffchen auf dem Kopf, zwanzig Jahre älter als sie (Korea, Libanon), schließlich wandte er sich ab und ließ alle stehen, auch Meyers, der keiner Zurechtweisung, keines Wortes mehr würdig schien.

Auf was warten? Was soll passieren, wen wovon überzeugen? Sie würden nicht abrücken (und wenn ihr euch den Mund fusselig redet), auf die Lastwagen steigen und in ihre Kasernen zurückkehren, nachdem sie eingesehen hätten (die unwiderstehliche Kraft eurer Argumente, eure Aufrichtigkeit, Friedensliebe usw.), an diesem Ort nichts verloren zu haben, nichts schützen oder verteidigen zu müssen, die Heimat, das Streben nach Glück, den verkohlten Überrest einer Baracke, die ohnehin zum Abriss bestimmt gewesen war, in Jeeps bald hügelan und hügelab fahrend, um aus großen Lautsprechern zu verkünden, dass die Freiflächen zu räumen seien, völlig zwecklos (letzte Aufforderung), sich dagegen Gehör zu verschaffen, Fragen und Bitten und höhnische Zurufe ernteten nicht einmal mehr ein Schulterzucken, selbst Allisons hartnäckige Freundlichkeit blieb ohne Erwiderung, als wären sie und die anderen gar nicht da, oder allein da, um zu verschwinden, und zwar schleunigst, weil (spitzt die Ohren) ab sofort hier alles unter Kriegsrecht stehe, buchstabiert es: Kriegsrecht, was ernst zu nehmen (sind die bescheuert?) keinem einfiel (wir bleiben), bis bei Einbruch der Dämmerung Hubschrauber auftauchten, von null auf nichts ein tief dröhnendes Knattern über den Gebäuden, der Rasenlandschaft des Campus, die zugleich mit Wolken von Tränengas eingedeckt wurde, durchschnitten von den Kegeln wattstarker Scheinwerfer am Bauch der Maschinen, denen man geduckt zu entkommen suchte, den Rotoren, die einen waschechten Sturm entfachten, in dem gräulich-weißer Dampf herumwirbelte, manchen zu Boden schleuderten ... da krabbelten sie übers Gras, versteckten sich hinter Bäumen, machten, dass sie unsichtbar wurden ... als würde man unsichtbar, wenn man flach auf der Erde ... wo es an einem zerrte, wenigstens acht Beaufort, dachte Fleming, Hosen und Jacken blähten sich, flatterten wie auf einer Mole, wenn schwere See heranrollt und Gischtfontänen durch die Luft sprühen ... er sah in den Raum, nichts rollte heran, kein Laut war zu hören hier oben im achtzehnten Stock, von nirgendwo, Renascimento-Suites, São Paulo, neues Jahrtausend.

Eins ergibt das andere. Seit jeher doch, seit den Zeiten Jakobs und Davids, die unvergängliche Tugend jugendlichen Überschwangs, alles nur deswegen. Fleming nickte, als müsste er sich's bestätigen, so eine profunde Erkenntnis. Und wenn schon, auf die Tour läuft es halt ... angetrieben von der glühenden Gewissheit, sich für die richtige Seite entschieden zu haben, zu tun, was eine innere Stimme (du bist im Recht, du musst helfen) einem aufträgt, sich an sich selbst berauschend. Von Tag zu Tag, ein jeder wie neu, das Scheitern von gestern lediglich eine unbedeutende Episode, die man leichthin vergisst, noch hat sich nichts summiert, ist nichts zu bereuen. Probier einfach wieder dein Glück, geh zu dem Mann und rede mit ihm, auch wenn dir alle anderen, alle Pfleger und Schwestern in der Klinik tausendmal sagen, dass er seit fünfzehn Jahren geschwiegen hat und von morgens bis abends stumm in einer Ecke des Aufenthaltsraums sitzt, du wirst ihm eine Silbe entlocken.

Barry erwähnte die Geschichte spätnachts in einer Bar, als er davon sprach, dass sie zusammen wegwollten, entweder aufs Land in eine Kommune oder womöglich einen Buchladen eröffnen (was ja ungefähr ein- und dasselbe ist), und dass er sich das mit Allison zutraue, einmal (»Eh Mann, stell dir das vor«) hätte sie sogar einen Irren, einen Depressiven oder so, während eines Ferienjobs in einem Krankenhaus wieder zum Sprechen gebracht ... ja, ja, ganz toll, komm, lass raus auf den Parkplatz, ich hab noch einen Spliff in der Tasche.

Fleming machte einen Arm lang und suchte, ohne seinen Kopf zu wenden, den Schalter der kleinen Stehlampe. Als könnte es Schuld geben, wenn alles, jede Einzelheit auf ein letztes Zeichen hin zusteuert. Von P nach X. Dass es so sein wird, wie es gewesen sein muss ... eine zu behebende Gleichgewichtsstörung. Warum sonst wärst du ... deine Anwesenheit damals ... *too late* ... genau, *too late!* *Too late to save him,* wer sagt's denn ... *in vain, in vain they tried,* denkt man nicht dran, fällt's einem wieder ein, 1885, Gordon Pascha beißt in den Staub von Khartum (reicht es dir noch nicht, Fleming, brauchst du noch mal drei mit dem Stock?).

Kein Fehler, kein Irrtum, Haftungsausschluss. Lest eure Policen sorgfältig bis zum letzten Satz, dann wisst ihr über die Konditionen Bescheid ... wann gezahlt wird und wann nicht, force majeure. Über-, seine Miene verzog sich, unterirdische Vorgänge, die niemand zu messen imstande ist, folglich ... auch niemand auf seiner Rechnung hat, reine Tektonik. Wer fragt schon später ernstlich nach, wie die Berge in die Schweiz gekommen sind, am Ufer des Zürichsees den Kranz von schneebedeckten Gipfeln in der Ferne betrachtend? Eine laue Brise weht, vielleicht Anfang Mai, und lässt die Metalltrossen der Segelboote hinter dem Bellevue träge gegen die Masten und Rümpfe aus Aluminium klimpern, kleine Wellen glucksen vor die Kaimauer, auf dem Wasser glitzernde Lichtsplitter. Die Bänke sind dicht besetzt, die Promenaden-Cafés voller Gäste, Gesichter zur Frühlingssonne gereckt. Eine Idylle mitten in der Stadt, bei der man nicht an glaziale Verwerfungen denkt, tertiäres Geschiebe, sei es mit oder ohne Absicht geschehen, Plan oder Willkür ... verdammt ... wo ... ist der Schalter? Zu müde (zu faul), sich aufzurichten, riss Fleming das Kabel aus der Wand, fertig ... Samstag, Sonntag, Montag, von X nach Z, Stunden, Minuten, Sekunden.

* * *

Jochen Brockmann war schon wach, als das Mobiltelefon um sieben die Weckmelodie zu spielen begann. Er drehte sich zum Nachttisch und brachte das Crescendo (auf der Stelle) zum Verstummen. Ob die einen Komponisten dafür engagieren, psychologische Tests veranstalten? Morgendliche Fragen, die ohne Antwort bleiben mussten, wie immer. Er sah in die Mails, aber ... nichts ... auch gut, dachte er, rutscht mir alle den Buckel runter (Andolfi würde Wochen im Krankenhaus liegen und Bontempi sich ohne ihn nicht aus der Deckung trauen, die Ratte).

Brockmann robbte zur Fensterseite und stieg aus dem breiten Bett. Während er Bontempis letzte Nachricht noch einmal las (... *wir haben uns jetzt doch kurzfristig für Freitag, den 5. entschieden, und hoffen, das ist ganz in deinem Sinne)*, öffnete er die Balkontür und trat nach draußen, barfüßig, schwarze Boxershorts, nackter Oberkörper. Über dem See schwebte ein zarter Nebelfilm, ringsum dichtbewaldete Berghänge, deren frisches Grün von Villen, Apartmentanlagen, kleinen Ortschaften durchbrochen wurde. Eine Reihe Platanen zog sich längs der Uferstraße dahin, ein paar Zypressen, Palmen, weiße Sonnenschirme, die bereits über den Tischen und Stühlen eines Restaurants aufgespannt waren, das sich wenige Schritte vom Hoteleingang entfernt auf einer Holzplattform im Wasser befand; gestern Abend nach seiner Ankunft hatte Brockmann dort etwas gegessen, einen Salat, eine Flasche Mineralwasser getrunken und natürlich (wir sind nicht umsonst in Lugano, mein Lieber) viel zu teuer bezahlt, wahnsinnig, dachte er, achtunddreißig Franken für ein bisschen Grünzeug mit Thunfisch.

Was stand an? So einen Attaché-Case kaufen, zur Bank, zum Bahnhof. In Italien wäre er mit dem Wagen gefahren, um eine (nie auszuschließende) Stichprobe der Zugpolizei zu vermeiden, kein anderes Land der zivilisierten Welt, in dem es das noch gab (und doch nichts half, wogegen denn, die Probleme Nordafrikas? Falscher Ansatz) ... ich darf vermuten, das Geld gehört Ihnen?, absolut!, können Sie das belegen?, an was dachten Sie?, na, vielleicht eine ... amtliche Erklärung (der Ausweis würde misstrauisch gemustert) der Finanzbehörde ihres Wohnorts ... haha, kleiner Scherz, Comandante, oder? Er nahm sein BlackBerry hoch (07:08, 2.5.2006, Mist) und suchte in den Kontakten nach einem Namen, Elisabeth, schrieb: *liebe, unsere verabred übermor habe ich n vergessen, selbverst n, aber ich hab leid erst frühestens nächs wo zeit, nach mila zu kommen, gerad turbul alles, weil andolfi sich schlimm 1 bein gebroch hat + ich f ihn einspringe, bitte um verzeih, papa.* Besser halbe Wahrheiten als ganze Lügen (der Arzttermin), Brockmann schickte den Text ab und ging ins Zimmer zurück, um zu duschen und seine drei Sachen wieder in die Reisetasche zu packen.

* * *

Die Verkäuferin klappte den Aktenkoffer auf und strich locker mit der Außenseite einer Hand über das nachtblau schimmernde Futter. Rohseide, Extrafächer, Spanngurte, Verriegelung mit Zahlencode, hier an der Seite, sagte sie, das Rädchen, sehr diskret.

Er hatte sich eine Auszahlung zu Fünfhundertern ausbedungen, das wären, überschlug er, hundertzwanzig Bündel à zehn (plus der Rest), für die der Platz reichen müsste; das Depot würde er erst auflösen können, wenn er in Zürich ein neues eröffnet hätte, am sichersten noch einen Umweg dazwischenschalten oder zwei, selbst wenn sie, hieß es, nur nach Barvermögen gesucht hatten bisher, aber was, sind die Dinge ins Schwimmen geraten, bestimmte Grenzen einmal überschritten worden, bedeutete das schon, nichts, ein geplatzter Auftrag und sämtliche Verdienste und Loyalitäten gehen in Rauch auf ... obwohl ... vermisch die Geschichten nicht, diese und die andere, die nichts (gar nichts) mit Durchsuchungen und Gesetzeslücken (die dann keine waren, jeder wusste es) zu tun hat.

»Wie bitte?«

»Pardon, ich ...«

Die junge Frau lächelte, nachsichtig, dachte Brockmann, als wären fahrige Kunden ihr tägliches Brot, Männer mittleren Alters (in den besten Jahren, hahaha), die plötzlich vor sich hin murmeln, während sie ihnen die Vorzüge eines Köfferchens, einer Briefmappe, eines Zigarrenetuis erläutert, demonstrativ mit ihrer Hand in einer Kreisbewegung den Hohlraum des Office ... Executive ... Rindsleder ... auskleidend, variable Nutzungsoptionen, knapp dreihundert Euro. Brockmann erwiderte ihr Lächeln, sie war im Bilde, er nicht der Erste (glaubst du wirklich, was in der Zeitung steht, im Netz, was nach einer Sitzung gelabert wird?) und garantiert nicht der Letzte, der sich in der Pelleteria Risaldi die entsprechende Ausrüstung besorgte, um Noten, Obligationen, Wechsel von hier nach da zu transportieren, ihr Angebot so nonchalant wie möglich taxierend; dass alles reingeht, Stapel für Stapel.

»Den kann ich empfehlen«, sagte sie, »robust, elegant ...«

»Doch«, sagte Brockmann, er bemühte sich, nicht laut zu lachen, »der gefällt mir. Also ... ja.«

Sie blickten sich an, die Verkäuferin, die nicht viel älter als Elisabetta sein konnte (aber seine Tochter war größer, ein völlig anderer Typ, schlanker auch), mit einem Schmunzeln um die Augen, das ansteckend wirkte, bis sie beide kichernd die Köpfe senkten wie zwei Teenager, die sich (endlich, endlich) im Freibad am Kiosk nähergekommen sind, nachdem sie sich Tage umlauert hatten, vorm Sprungbrett, auf der Wiese, bei den Fahrradständern, Ute in ihrem orangefarbenen Bikini ... Brockmann strich sich, ein wenig verlegen geworden, über die dünn gesäten Stoppeln auf seinem Kopf und sah zu ihr hoch. Sie nickte flüchtig (komm, du hast keine Alternative), ihre geschminkten Lippen leicht geschürzt, sexy.

»Gut. In Ordnung.«

»Wir nehmen den?«
»Bleibt mir was übrig?«
»Penso che ... no.«
»Dann zahl ich mal.«
Sie schloss den Aktenkoffer und trug ihn zu einer Glasvitrine voller Accessoires, auf der ein Rechnungsblock lag, daneben ein Karten-Lesegerät, ein silberner Kugelschreiber.
»Sie brauchen ...«
»Ich pack den nicht ein, ist das recht?«
Er nickte. »Nur die Etiketten hier ...«
»Schneid ich ab«, sagte sie, schob die Tastatur des Lesegeräts in seine Richtung und ging, »Augenblick, bitte«, zu einer holzgetäfelten Wand, in die Schubladen eingesetzt waren. Öffnete eine, während Brockmann unter den Schoß seiner Anzugjacke griff und das Portemonnaie aus der Gesäßtasche zog ... die bunten Ränder der verschiedenen Karten (für alles ein Stück Plastik, Zahlenkolonnen und Datenströme), ihn befiel Schwindel, das Blut wich aus seinem Kopf, er stützte sich auf die Vitrine und atmete durch.
»Madonna«, hörte man einen Stoßseufzer der Verkäuferin, die (offenkundig) nicht fand, was sie suchte.
Schon gestern, an der Rezeption, hatte er daran gedacht, bar zu bezahlen, inwiefern jetzt ... zu spät, fett ins Auge springende elektronische Fußabdrücke (AmEx, Handy), die seiner kurzen Reise ein unverwechselbares Profil verliehen, jede Station, jeder Stopp eine zu beantwortende Frage, Best Western Lugano, Lederwaren Risaldi, SBB ... aber wer, bitte schön, sollte denn fragen?, Gott im Himmel, wie nennt man das Leiden, Verfolgungswahn? Weil in irgendwelchen Foren Gerüchte verbreitet werden, es einem übereifrigen Ermittlungsrichter in Mailand oder Parma ein einziges Mal gelungen ist, ein paar Konten im Tessin beschlagnahmen zu lassen? Die Nerven zu verlieren war nicht seine Disziplin, nicht bei Verhandlungen, nicht privat, in den vergan-

genen Wochen allerdings ... Brockmann wusste die Zeichen zu lesen, die Andeutungen zu entschlüsseln (im Grund eine Kriegserklärung, dass sie ihn zu dem Gespräch mit den englischen Shareholdern nicht dazugebeten hatten), als wäre es sein persönliches Versagen, Unfähigkeit, wenn ein ganzer Markt von heute auf morgen in die Knie geht, Abschlüsse sich verzögern (irgendwo muss ein Zwischenkredit herkommen) und die Bilanz so richtig versauen würden, obwohl jeder, und Andolfi vorneweg, sich nicht hatte einkriegen können vor sieben, acht Monaten, als er die Indonesier an Land gezogen hatte, das Pack (die auch) ... seiner Schwäche wieder Herr (sich aus der Krise fluchen), trotz eines spürbar pochenden Herzens, fragte er die immer noch in einer Schublade kramende Frau:

»Alle Karten?«

Sie wandte sich zu ihm um, Spielbein, Standbein.

»Die Schere ...«

»Hat sich in Luft aufgelöst.«

»Haben Sie vielleicht ein Messer?«

»Feuerzeug.«

»Entschuldigung«, ein (hinreißendes) Lächeln, das ihr weitaus unverschämtere Fragen gestattet hätte, »das sollte nicht ...«

»Passiert. American Express, ja?«

»Natürlich«, sagte sie, »ich bin sofort bei Ihnen.«

»Schön.«

* * *

Sylvester Lee Fleming wälzte sich im Halbschlaf hin und her.

Es ist warm, sommerlich, das Gras überall so grün, dass es fast schon künstlich aussieht, wie nachkoloriert. An der Ruine der Baracke sammeln sich Soldaten, die von außerhalb des Geländes herbeimarschieren, auf der Gegenseite Hunderte von Studenten, in Grüppchen, allein, schweigend, sich unterhaltend, da und dort eine Fahne, eine erhobene Faust.

Er trat gegen das Laken, das sich verhedderte und um seine Füße wickelte, Fessel aus Leinen. Haut ab, ruft Barry, der plötzlich neben ihm steht, der Campus gehört uns. Verfickt euch bloß, rufen andere.

Sich wie die Hasen jagen zu lassen ist nicht mehr drin, nicht noch eine Niederlage auf ganzer Linie, das müssten sie denken, tonlos sagt seine Stimme zu Barry, es könne sich nur um Einschüchterung handeln, leere Drohungen, während Barry einem Jungen zuwinkt, der mit Büchern unter dem Arm ein Seminargebäude betreten will, he, William, was machst du? Milton, eine halbgeschlossene Hand wie ein Sprachrohr vor dem Mund, bei Frau Agte, um zwei. Barry schaut ihn an und schüttelt den Kopf, spinnt der, heute? Wo es jeden betrifft, die Hubschrauber und alles, ist das so schwer zu verstehen?

Anscheinend, manche raffen nichts, als ginge es über ihren Horizont, dass man hier nicht nur das Recht verteidigt, sich frei zu bewegen, zu protestieren gegen wen oder was man will, sondern das Land selbst, alter Hirni, den Geist der Unabhängigkeit, Gleichheit, Demokratie, den sie dabei sind zu zerstören, die grauen Männer in den Apparaten, die ihre Seelen an das Geld verkauft haben, die Berge, die Seen, Flüsse.

Fleming seufzte, schlafend, träumend, seine Lippen formten Worte, die Kundgebung, sollte es nicht eine geben, an der Glocke, um das Neueste aus New York zu erfahren, aus Kalifornien, Barry? Dessen Blick schweift in alle Richtungen, über die Menge auf den Hügeln, hinüber zur Mensa, zu den Wohnheimen, auf deren Dächer viele geklettert sind, dahinten ein Kamerateam, Studenten, die fotografieren, Fahnen schwenken, in Spottrufe ausbrechen, als durch ein Megaphon die Aufforderung ertönt, sich zu zerstreuen – verschwindet *ihr* lieber, geht, lasst uns allein, man gräbt mit den Schuhen im Boden, Steine werden aufgeklaubt, wandern in Jackentaschen.

Allison, sie kommt quer über das Sportfeld heran, zum Fuß

des Hangs, umarmt Barry, schüttelt Umstehenden die Hand, jedem in die Augen sehend, was ist los, ist schon was entschieden worden? Sie hat die langen braunen Haare hochgesteckt, wodurch ihre Wangenknochen umso auffälliger hervortreten, irgendwie malayisch, denkt er in diesem Moment, fremde Schönheit. In blauen Turnschuhen und Carpenter-Jeans mit Laschen für Werkzeug an den Seiten, einer Safarijacke, einem grauen T-Shirt, auf das ein Wort gedruckt ist, ein Name, da steht KENNEDY drauf, hat sie das selbst fabriziert? Die Soldaten an der ausgebrannten Baracke bilden zwei Reihen, ziehen sich Gasmasken auf, die Stahlhelme wieder drüber. Ein Offizier, der neben ihnen steht, hält einen Arm in die Luft, erteilt ein Kommando, und die Truppe hebt die Gewehre schräg vor die Brust, es wird gepfiffen, ihnen entgegengeschrien, dann Klatschen, mehr und mehr Hände im Rhythmus, indes sich das Geschrei in einen Chor verwandelt, der mit einer Stimme über den Rasen hallt, eins, zwei, drei, vier, wir wollen keine Army hier, eins, zwei, drei, vier. Als sich die Soldaten in Bewegung setzen, die ersten Steine fliegen, obwohl sie noch viel zu weit entfernt sind, beginnt man, Schweine vom Campus, Schweine vom Campus zu brüllen, Allison, Barry, Simone, alle, Jeffrey, Glenn, der mit seiner Fahne nach unten ins Leere haut, Besenstiel oder so, an den ein Stück Stoff gepinnt ist, orangerot, noch achtzig Meter jetzt, siebzig, sechzig.

Seine Finger verkrampften sich in der Wolldecke, Flemings Oberkörper war angespannt, seine Füße, die in dem verwickelten Laken steckten, versuchten sich trampelnd und schiebend zu befreien, vergeblich, Schweine, echote es unter seiner Schädeldecke, und dann: feuert, eins, zwei, drei, das dumpfe Mündungsgeräusch von kleinen Granaten ... zu früh, habt ihr eure Nerven nicht unter Kontrolle? ... Barry läuft zu einem der zischend Tränengas ausspeienden Geschosse und schleudert es zurück, während Allison Steine sucht und weiterreicht, die Linie der Soldaten rückt näher, gerät ins Stocken, weil Windstöße den Rauch direkt vor sie hintreiben, ihre Sicht vernebelt wird, aber nur für Sekunden, man hastet auf den nächsten Hügel, wo oben der tempelartige Bau der Architekturfakultät steht, sich wieder einen Überblick verschaffen, Barry und Allison Hand in Hand, stolpernd bergan, zur Not kann man sich auf die andere Seite retten, runter auf den Parkplatz dort und weg.

Folgen sie, kommen sie nach? Wir haben keine Chance, sagt Simone, ich hab Angst. Brauchst du nicht, hört Fleming sich sagen, der Abstand ist groß genug. Allison entfaltet ein angefeuchtetes Baumwolltuch, das sie in ihrer Jackentasche hatte, und zerreißt es, die Zähne zu Hilfe nehmend, in Streifen, die sie verteilt, unten die Soldaten hantieren an ihren Koppeln, ihren Gewehren, ach du heilige Scheiße, ruft jemand, lasst uns abhauen. Doch noch steht man da, unsicher, ob sie es ernst meinen, durch sich verziehende Gasschwaden auf die Bajonette starrend, die sie nicht ohne Absicht an ihren Waffen befestigt haben können, wie Samstagnacht, sagt Barry, erstaunlich ruhig, er wirft einen Stein, der im Niemandsland auskollert ... vorwärts, Männer, worauf wartet ihr? ... und sie steigen den Abhang hoch, durch die Masken vor dem Qualm geschützt, der aus unzähligen Zylindern quillt, die von hinten über ihre Köpfe geschossen werden, sinnlos, sie aufhalten zu wollen, mit bloßen Händen, und sich dabei die Lunge aus dem Hals zu husten, trotz der Tücher, der auf Nase und Mund gepressten Stofffetzen, rette sich, wer kann, heißt die Devise, so unvorbereitet, wie man ist und nicht sein darf, Genossinnen und Genossen, Freunde, Liebende, Landsleute, alles rennt in blinder Flucht über die Hügelkuppe, fällt, kugelt, hechelt auf der anderen Seite herunter, bis man den Parkplatz erreicht, zwischen den Autos niederkauert, sich atemlos auf Motorhauben stützt, Gepäckhauben, mit dem Rücken gegen einen VW-Bus lehnt, um dann sogleich zurückzuschauen, wo sind die, hören die jetzt endlich auf?

Allison, nach Luft schnappend, hat Tränen im Gesicht, sie versucht, etwas zu sagen, aber ... sie hebt ihren Arm, deutet zum Architekturgebäude, die Soldaten ... Fleming zerrte, ohne ganz zu erwachen, an dem Laken, in dem sich seine Füße verfangen hatten, bis er es abstreifen konnte, fiel zurück aufs Bett. Nur ein Traum im Morgengrauen, Augenbewegungen hinter geschlossenen Lidern, aus einiger Entfernung drang ein Befehl an sein Ohr, halt, nein, dachte er, die Kobolde von seiner Brust scheuchend, hier gibt's nicht zu holen für euch ... wer ... hat das zu verantworten ... welches beschränkte Offiziersgehirn? Nach links zu schwenken und in letzter Minute ... ohne zu begreifen, was auf dem Spiel steht ... die Geschichte ... wie es gewesen sein muss ... guck mal, sagt Glenn, mit in der Stirn klebenden Haaren seinen Arm ausstreckend wie Allison, die kommen nicht.

Halb schon den Hang herunter, haben die Soldaten unversehens ihre Marschrichtung geändert und beziehen auf einer Rasenfläche Stellung, die ein Drahtzaun vom Parkplatz trennt. In Reih und Glied, wie beim Exerzieren, als wären sie unschlüssig, was weiter zu geschehen habe. Geniale Taktik, dafür besucht man Militärakademien, Seminare in West Point ... in Schussposition, wird's bald!? Die zielen auf uns, sagt Allison, stockend, was soll das? Lass sie doch zielen, sagt Barry, bis ihnen die Knarren aus der Hand fallen, leere Drohungen. Glenn ist an den Zaun getreten und wedelt mit seiner Fahne, die meisten anderen beobachten alles nur stumm, bewegungslos, eine Reihe Soldaten, die kniend ihre Gewehre auf sie richtet, minutenlang, wie es scheint. Niemand weiß, was zu tun wäre, niemand kennt sich aus. Wegrennen? Sich auf die Erde schmeißen? Beten? Erinnert sich wer an ein Gebet? Aber nun ... zwei, drei Offiziere stecken ihre Köpfe zusammen, sie nicken, einer gibt ein Zeichen, und die Knieenden erheben sich wieder, ah, ihr Schwächlinge, denkt Fleming, während sich das Kommando »Keeehrt um« in seinen

Gehörgang bohrt ... und die Truppe abzieht, zurück den Hügel hoch.

Auf dem Parkplatz bricht Jubel aus, Allison weint und lacht und schreit, wie Simone, wie Jeffrey, haut ab, haut ab, Glenn schwenkt wie wild seine Fahne, dahin, wo ihr hergekommen seid, alle klatschen im Takt, keine Army hier, keine Army, den Soldaten langsam, in gehöriger Entfernung folgend.

You were only waiting for this moment to arise.

Fleming schwitzte, obwohl die Klimaanlage im Hotelzimmer wieder angesprungen war und die Decke inzwischen auf dem Boden lag, Schweiß aus allen Poren, das Betttuch durchgeweicht, wie bei einem Malariaanfall, bevor eisige Kälte dem Infizierten in die Knochen kriecht ... er stöhnte, ruderte mit den Armen, als würde er jemanden herbeiwinken wollen, den Verkehr regeln, ein verrückt gewordener Polizist in einem Chaos von Fahrzeugen, Avenida Paulista ... stop ... Heilung unmöglich ... stop, stop, stop ... schallt es den Hang hinauf in den Rücken der Soldaten, stop this war, aus Allisons hochgestecktem Haar hat sich eine dicke Strähne gelöst und fällt über ihre Schulter, ihr Gesicht ist vor Anstrengung und Wut gerötet, stop it now ... was ist denn, wie sieht der Plan aus? ... kurz vor der Hügelkuppe, die Linie der Soldaten, Rücken an Rücken ... für den Bruchteil einer Sekunde bleibt das Bild stehen, bis sich die ersten von ihnen auf dem Absatz umdrehen und blitzschnell ihre Sturmgewehre anlegen ... wurde aber auch Zeit, was seid ihr denn für welche? ... und ein seltsames Geräusch durch die Luft platzt ... und wieder, mehr als ein Dutzend Soldaten, die dort oben in die Hocke gegangen sind ... FEUER! ... das ist doch, rast es durch Barrys Gedanken, Einschüchterung ... geht in Deckung, wird gebrüllt, Schreie, zurück, zurück, er ergreift Allisons Hand und zieht sie nach ein paar Schritten hinter einem parkenden Auto auf den Asphalt, während immer noch dieses Geräusch ... plong, plong, plong ... jemand robbt hinter einen Kotflügel, Splitter von einer

Windschutzscheibe prasseln herab, dann ... nichts mehr ... von einem Augenblick zum nächsten, wie abgeschnitten. Barry hebt vorsichtig seinen Kopf, die Soldaten ... in loser Formation marschieren sie über die Hügelkuppe, vorbei, es ist vorbei, er beugt sich zu Allison und fragt: Bist du okay? Sie antwortet nicht. Allison, was ist? Allison liegt auf dem Rücken, blickt in den Himmel, ins Leere. Dann hört er sie flüstern: Barry, ich bin getroffen. Was meint sie, getroffen? He, Allison ... sie sieht ihn an, flüstert wieder, er kann es kaum verstehen: Die haben mich getroffen. Jetzt erst bemerkt er, dass Blut in ihrem Mund ist, an ihren Zähnen. Er umfasst sie, stützt ihren Nacken, Allison, sagt er, *wo* bist du, *wo*, aber sie erwidert nichts. Ihre Lippen zittern, sie scheint nur schwer Luft zu bekommen. Nicht in Panik geraten, keine Panik, er nähert sich ihr behutsam und versucht, für sie zu atmen, Mund an Mund, streichelt Allisons Wange, dann richtet er sich kurz auf und ruft nach einem Krankenwagen, wie andere, von allen Seiten wird nach Krankenwagen gerufen, überall Gruppen von Leuten um Verletzte. Als Barry seine Hände unter ihrem Körper hervorzieht, um Allison in eine stabile Lage zu bringen, sind seine Handflächen, seine Finger voller Blut, ihr Gesicht ist ganz weiß geworden. Allison, sagt er, hörst du mich? Gleich ist ein Krankenwagen da ... Allison ...

Ein Heulen im Zimmer, auf- und abschwellende Töne, die gewaltsam in Flemings Schlaf eindrangen.

Endlich ... Sirenen wehen heran, Tragen werden über den Parkplatz geschoben, du schaffst es, sagt Barry, wir sind in einer Minute im Krankenhaus, Allison, kannst du mich hören? Im Umkreis aufgewühlte Stimmen, Schluchzen, immer wieder Schreie, hierher, hierhin, hier stirbt eine Person. Als Sanitäter ihren leblosen Körper anheben, sieht man eine große Blutlache auf dem Boden, atme, Allison, fleht Barry, bitte, atme.

Er keuchte, erwachend, woher kam das, der Alarm?

Im Krankenwagen fällt Allisons Arm zur Seite, ihre Augen zwischen den halbgeöffneten Lidern sind weiß. Wir sind bald da, sagt der Sanitäter, der mit einer Infusionsflasche neben ihr sitzt, alles im Griff. Aber Barry, ihre Hand suchend ... er weiß es schon, niemand muss es ihm sagen ... gerade ist das Furchtbarste passiert, das ihm je zustoßen wird.

Fleming riss es hoch. Verflucht, das Telefon. Er nahm den Hörer ab.

»Was denn?«

»Silvana Cresto, Front Desk, es ist halb neun, Senhor Fleming.«

»Na und?«

»Sie wollten Frühstück.«

»Dann bringen Sie mir Frühstück.«

»Der Service hat mir gesagt ...«

»Kann der nicht lauter klopfen?«

»Pardon, wir haben ...«

»Ja, ja, ja«, sagte Fleming, »ich will Rühreier«, und legte auf. Er knipste die Nachttischlampe an, zögerte, dann hob er wieder ab und drückte die Null.

»Silvana Cresto, Front Desk, kann ich noch etwas für Sie tun?«

»Entschuldigen Sie, ich war ...«

»Kein Problem, Senhor Fleming.«

»Was machen Sie heute Abend?«

»Ich befürchte ... das widerspricht den Regeln des Hauses.«

»Regeln sind dazu da ...«, er verließ das Bett und kratzte sich die Brust, »es tut mir leid.«

»Das ist wirklich kein Problem.«

»Gut, darf ich Ihnen einen wunderbaren Tag wünschen?«

»Für Sie auch.«

»Mal sehen«, sagte Fleming, »muss ich mal sehen.«
»Boa tarde.«
»Boa tarde«, wiederholte Fleming und warf den Hörer aufs Bett.

* * *

Fast lautlos glitt die blau-weiße Straßenbahn in einem Bogen von der Bahnhofstraße auf den Paradeplatz, kein Quietschen, kein Rumpeln, kein Funkensprühen, und rollte (punktgenau) vor dem Wartepavillon aus. Als hätte sie nicht einmal bremsen müssen, dachte er, bis ins letzte Detail berechnet, reiner Schwung, perfekt.

Seitdem Brockmann die Filiale der HSBC an der Südwestseite des Platzes verlassen hatte (die Festung der Crédit Suisse gegenüber war ihm noch nie geheuer gewesen, warum eigentlich?), fragte er sich, wie er den Attachékoffer loswerden könnte, mit zurücknehmen wollte er ihn auf keinen Fall, viel zu groß für das, was er gewöhnlich bei sich hatte, einen Vertrag, ein paar Pläne, einen Stick, und ästhetisch ... auf derselben Stufe wie gestreifte Hemden oder Pilotenuhren ... einfach irgendwo hinstellen, dachte er und mischte sich unter die Leute vor dem Pavillon.

Neben anderen Geschäften war ein Kiosk darin, Brockmann trat an das Fenster und verlangte Zigaretten, Parisienne, die blauen. Während der Verkäufer sich umdrehte, schob er das Köfferchen mit der Schuhspitze unten gegen die Mauer, er zahlte und ging, doch nach drei, vier Schritten wurde ihm nachgerufen, »Ihre Aktentasche, Sie haben ihre Tasche vergessen«, eine junge Frau (in Zürich ist man ehrlich, deshalb kommen wir alle), die einen Säugling in einer farbig gemusterten Stoffbahn vor der Brust trug, »Vielen Dank«, sagte er, »zu dumm.«

Bei Sprüngli auf der Bahnhofstraße hatte Brockmann mehr Glück, zwischen den Verkaufstischen der Confiserie umherschlendernd, nahm er am Fuß eines kunstvollen Gebirges aus Metallschachteln die erste sich bietende Gelegenheit wahr ...

assortiment de chocolats blancs et noirs ... guckt jemand? ... er setzte den Attachékoffer ab und verschwand nach draußen (was bist du für ein Narr, Jochen), tauchte im Strom der Passanten unter und ließ sich, wie von selbst, Richtung See treiben. Alte Agentenregel, am wenigsten fällt man auf, wenn man nicht versucht heimlichzutun, das weiß man doch, in der Dunkelheit der Kinosäle vertrödelte Nachmittage, Primus-Palast und Atrium, oder wie sie hießen, Lux, Crystal, das Geld immer von irgendwoher zusammengeschnorrt. Falsch, dachte er, aus der Haushaltskasse geklaut und die Zahlen in dem Heftchen mit Bleistift und Radiergummi ... auf den neuesten Stand gebracht, ging monatelang gut.

Er sah auf die Uhr, Züge nach Turin fuhren alle zwei Stunden, Zeit genug, sich am Wasser einen Moment die Sonne auf den Kopf scheinen zu lassen, etwas zu trinken. Im Kunsthaus wurden die Arbeiten einer russischen Performancegruppe gezeigt, aber den Berg hochgehen ... bei dem Wetter? Die Bilder und Texte auf der Homepage des Museums hatten seine Neugier nicht geweckt (Videos von Straßenaktionen, Wandzeitungen à la 1917), nicht in dem Maße jedenfalls ... in ein Taxi zu steigen ... zumal ihn Russland nicht interessierte, hatte es noch nie und würde es auch nicht mehr, keine Sehnsucht nach den Weiten der Taiga (oder was man sich so vorstellte), Zwiebeltürmen, lichten Birkenwäldern und keine Schuld, keine innere Verpflichtung, die in irgendeiner Weise, persönlich gar, zu bewältigen wäre (die Todesschreie der in einem brennenden Panzer eingeschlossenen Rotarmisten, väterliche Heldenepen, Gewäsch), außerdem kein Fitzelchen Markt, nicht der Hauch einer Option. Man hatte es in den neunziger Jahren versucht und war gescheitert, wahrscheinlich, dachte Brockmann, als er hinter der Brücke über die Limmat den Bellevue-Platz erreichte, war es zu früh gewesen, die Wirren der Zeit, die Sprache, wöchentlich wechselnde Ansprechpartner, und heute ... vergiss es, du nicht, soll Bontempi, von dem solche Vorschläge mit der Regelmäßigkeit eines undichten ... undichten Wasserhahns kommen (»können wir nicht liegenlassen, mittelfristig, Russland«), soll *er* doch mal ... durch den Verkehrslärm auf dem Platz zogen sich Fäden von Beifall, Klatschen und Pfiffe, Anfeuerungsrufe, eine Menschenmenge hatte sich an den Stufen zum See um einen Fußball geschart, der hoch in die Luft flog, mit Ohs und Ahs bedacht wurde, wenn er wieder aufs Neue nach oben schoss, bestimmt drei, vier Meter über die Köpfe der Zuschauer. Brockmann wanderte um den Pulk herum, stieg dann, ein bisschen lächerlich, oder?, auf die Betoneinfriedung der Rabatten zwischen Straße und Uferpromenade ... wo der Ball auf und ab tanzte, mit einem stumpfen Knall gegen den Himmel geschickt wurde, um beim Herunterfallen von einer Krücke abgefedert zu werden, die andere brauchte der Mann für seine Balance, er wäre umgefallen, wenn ihm nicht links oder rechts eine dieser Gehhilfen aus Aluminium Halt geboten hätte. Was man aber erst nach einiger Zeit bemerkte, zu gekonnt wechselte er die Kugel hin und her, von dem einen auf den anderen Stecken, auf die Stirn, in den Nacken, ohne sie zu verlieren (die Möglichkeit bestand überhaupt nicht) oder sich von der Stelle zu rühren.

Aber wie auch, mit Beinen, die eine absonderliche X-Form hatten, eingeknickt und verdreht ... als hätte jemand mit einer Brechstange gegen seine Knie geschlagen und sie irreparabel gebrochen ... ihn immer halb in die Hocke zwingend.

Er trug ein enges kanariengelbes Trikot und blaue Turnhosen, den Dress der Brasilianer, und das zu Recht, so sicher, wie er den Ball behandelte, Stirn, Krücke, Stirn, Krücke, Stirn, Stirn, im Nacken gestoppt, ab in die Luft ... ein wahrer Champion, der nicht einmal Geld für seine Darbietung zu sammeln schien, kein Hut, kein aufgeklappter Geigenkasten, in den man sein Erstaunen und seine Hochachtung in barer Münze hätte hineinzollen können. Brockmann klatschte und rief laut: »Klasse!«, als der verkrüppelte Jongleur den Ball zur Ruhe brachte, um sich zu verbeugen,

Schweiß aus den Augen zu wischen, erkennbar stolz ... noch 'ne Runde gefällig? Als wäre er durch den Zuruf auf ihn aufmerksam geworden, blickte ein Zuschauer, der in der Nähe des Wassers stand, beharrlich herüber, ein grau durchsetzter Vollbart, eine schulterlange, aus der Stirn gekämmte Mähne, Tweedjackett und am Kragen weit geöffnetes Poloshirt um einen massigen Körper. Bud Spencer, was gaffst du, bist du von der Guardia di Finanza, oder ... kennen wir uns? Hätte er mit ihm jemals verhandelt, ihm etwas verkauft, sich von ihm Konstruktionspläne für eine neue Anlage erklären lassen, er würde es noch wissen, allein diese Figur, dachte Brockmann, ein in die Jahre gekommenes Schwergewicht. Er hob fragend die Augenbrauen, gegenüber wurde sacht genickt, wurden die Hände in einer Geste des Angebots, Friedensangebot?, will er mir seinen Segen spenden?, zu ihm hin geöffnet, das Nicken verstärkte sich, und ein breites, ja herzliches Lächeln ging im Gesicht des Hünen auf. Des Bärtigen. Und ohne diesen Vollbart, fragte sich Brockmann, wer wäre es, aus den Untiefen des Lebens ... mit seinem Milchgesicht, seiner Tollpatschigkeit, Kraft auch, Unordnung, einem ewig aus der kurzen Hose hängenden Hemd ... der für zwei Mark einen Regenwurm auf dem Schulhof gegessen hatte, von einer grölenden Meute umringt ... mit dem Haus am Waldrand, den Urlauben in Irland, trout fishing (und er konnte es, von diesem Lehrer befragt, nicht richtig aussprechen) ... als Agitator in der Fußgängerzone tätig, kurzfristig, ein wüster, im Straßengraben landender Motorradfahrer ... meine Güte, meine Fresse, nein, das ist deine, Bart hin, Bart her, Brockmann bedeutete dem anderen mit Arm und Zeigefinger, ein Stück die Promenade hinunterzugehen, er sprang von der Einfriedung und lief auf dem Bürgersteig bis zu einer Treppe, die zum Wasser führte.

Obwohl er nicht klein war, normal, knapp einsachtzig, überragte ihn der Mann im Tweedjackett um mindestens Hauptes-

länge, immer schon, zu groß und zu schwer seit der Sexta auf dem Schelling-Gymnasium, Harald Söhnker, der ihm kopfschüttelnd, dann aus voller Brust lachend, seine Pranke entgegenstreckte, in die Brockmann mit Karacho einschlug, Harrys Schraubstock. Harry, Hacky, Sheriff.
»Lange her.«
»Dreißig Jahre?«
»Locker«, sagte Söhnker, »sollen wir nachrechnen?«
»Du trägst einen Bart.«
»Bequemlichkeit, keine Ahnung.«
»Ist das jetzt Zufall, ausgerechnet hier«, Brockmann wies mit einer flüchtigen Kopfbewegung in Richtung des bekrückten Ballartisten, »am Zürichsee.«

Söhnker war in seinen Kreisen eine Berühmtheit, Peps hatte ihm das erzählt, als sie nach einer Veranstaltung in Hongkong, bei der Brockmann unangemeldet aufgetaucht war (er hatte aus einem Programmheft im Hotel davon erfahren), später noch die halbe Nacht zusammensaßen ... Harry hat einen Rieseneintrag auf Wikipedia, wusstest du das? Woher denn?

»Ich bin auf einer Tagung«, sagte Söhnker.
»Was hältst du ... was trinken gehen, da vorne sind Cafés.«
»Gerne, komm.«

Mathematiker, obwohl er im Unterricht nie durch außergewöhnliche Leistungen aufgefallen war, Geniestreiche, die die Lehrer an ihren Kompetenzen hätten zweifeln lassen, verblüffende Beweisführungen, eher noch in Philosophie, erinnerte sich Brockmann, während sie nebeneinander über den Uferweg spazierten, ein dicker Band von Hegel, den er von A bis Z, Paragraph für Paragraph durchgearbeitet und referiert hatte (gar nicht verlangt gewesen), in einem Zwiegespräch mit Herrn ... soundso, Moldenhauer, Feuer und Flamme die beiden zwei ganze Stunden, in denen man dösen oder lesen oder sich an den Sack fassen konnte, eine ungesittete Bande siebzehnjähriger Jungs.

»Es gab mal ein Klassentreffen, nicht?«
»Eins«, sagte Brockmann, »bin ich aber nicht hingefahren.«
»Du hattest keine Zeit.« (Frage oder Feststellung?)
»So wenig wie du, vermute ich.«
»Ich wohne in den Staaten«, sagte Söhnker, und es klang fast entschuldigend, »außerdem ... es war irgendwas.«
»New Jersey.«
Harald sah ihn von oben aus seinem Bart, seinem dichten Haarschopf an, als überraschte es ihn selbst ... zu erfahren, Professor an einer amerikanischen Universität zu sein, Rutgers.
»Weiß ich von Peps. Im Grunde der Einzige von uns, den ich in den letzten hundert Jahren ein paarmal gesprochen habe.«
»Was macht der? Journalist?«
»Kurator. Filme. In irgendwelchen Kommissionen. Er schreibt ganz schöne Sachen, also ...«
»In Zeitungen?«
»Kunstzeitschriften, ja ... Peter Möhle.«
»Wieso wurde der Peps genannt?«
»Frag mich was Einfacheres ... Sheriff. Sollen wir hier, sieht okay aus, oder?«
»Klar.«
»Aber eigentlich«, Söhnker blieb abrupt stehen, »ist Matt Dillon doch Marshal gewesen.«
»Deswegen warst du der Sheriff.«
Vor einem grünlackierten Holzhäuschen standen Gartentische und -stühle, dicht besetzt mit Gästen, die ihre Gesichter der Frühlingssonne entgegenreckten, am Rand war etwas frei an einem Tisch, den die Kellnerin gerade abräumte, »Augenblick«, sagte sie, »ich wisch noch.« An Bojen vertäut, dümpelten in Ufernähe zahlreiche Segelboote im Wasser, durch die Stimmen und Gespräche hindurch war das metallische Klicken von Drahtseilen zu hören, die eine leichte Brise vor Gestänge und Aufbauten schlagen ließ, überdeutlich (in Brockmanns Ohren)

das Plätschern kleiner Wellen gegen die Mauer der Promenade. Draußen brach sich das Licht in glitzernden Splittern auf der bewegten Oberfläche des Sees, darüber in weiter Ferne eine Kette schneebedeckter Gipfel, deren Weiß ihm so ... unfasslich gleißend ... dass es benommen machte. Wie bei den ersten Anzeichen eines Trips, ausfransende Empfindungen, Trugbilder. Als träumte er alles nur, den Traum eines anderen, die Berge falten sich auf und sind zugleich schon da, isolierte Geräusche in schmerzhafter Eindringlichkeit. Das Dröhnen von Schmetterlingsflügeln vor einem Hintergrund aus brennenden Acrylfarben. Und plötzlich versteht man den Zusammenhang, kosmische Verbindungen, die einem ohne die Droge verschlossen bleiben. Ein Viereck säuregetränktes Papier. Brockmann rieb sich die Augen. Er hätte sich eine Sonnenbrille aufziehen sollen, sich schnell noch eine kaufen, bevor er an den See gegangen war, zu spät.

»Zahlentheorie«, sagte Söhnker und legte die gekreuzten Unterarme auf den Gartentisch. Hatte er ihn danach gefragt, hatten sie schon bestellt?

»Wenn du's mir erklären könntest.«

»Nicht wirklich. Zum Beispiel interessiert uns, wie viele Lösungen bestimmte elliptische Kurven haben.«

»Hat das irgendeinen praktischen Wert?«

»Ob man das praktisch anwenden kann?«

»Um die Welt zu verbessern«, sagte Brockmann, »darum dreht es sich doch.«

Sie musterten sich, meint er das ernst?, alles vergessen, Harry?, Söhnker strich sich die Haare aus der Stirn.

»Konkrete Mathematik ist was anderes, nicht meine Baustelle.«

»Leben deine Eltern noch?«

Die Kellnerin trat mit einem Glas Campari-Soda, »Campari-Soda«, sagte sie, als müsse sie es sich ins Gedächtnis rufen, und

einem Martini (»ein Martini«) an ihren Tisch. »Der Campari war für Sie«, Söhnker nickte, »und für Sie ...«
»Genau«, sagte Brockmann, »herzlichen Dank.«
»Auf was?«
»To absent friends.«
»Da macht man nichts verkehrt.«
Sie stießen vorsichtig an, tranken jeder einen Schluck. Tat sofort gut, Alkohol.
»Meine Mutter ist tot«, sagte Söhnker, »mein Vater ist bei uns in ...«
»Amerika.«
»New Brunswick, kleiner Ort.«
»Möhle hat mir gesagt, dass du berühmt bist. Dass du einen Preis gekriegt hast.«
»Berühmt. Der Schwätzer.«
Die beiden waren sich nicht grün gewesen, in verschiedenen Parteien (rot, röter), oder Söhnker war in keiner und Möhle in irgendeiner kommunistischen, die Söhnkers Gruppe auf Flugblättern, die morgens vor der Schule verteilt wurden, mit Hasstiraden überzog, anarchistisches (trotzkistisches?) Gelumpe, der Abschaum, Abgrund an ... auch wenn sie für oder gegen dasselbe demonstrierten, mit der Straßenbahn an einem Herbstabend nach Düsseldorf (Jochen, hör mal, du kommst diesmal schön mit), ein langer Zug durch die Innenstadt zu dem Platz, den das Hochhaus von Thyssen beherrscht, niederreißen, niederreißen, wurde gebrüllt ... er neben Harry und Konsorten, unverantwortliche Elemente, denen Möhles Blick unmissverständlich signalisierte, dass sie ganz weit oben auf seiner Liste stünden ...
»*Ich* wusste *nicht*, dass es Preise gibt, für Mathematik. Goldene Palme, Oscar.«
»Ein Level drunter.«
»Lass dir nicht alles aus der Nase ziehen, Sheriff. Mit Geld verbunden?«

»100 000 Euro. Nicht schlecht, oder?«
»Weil du etwas rausgefunden hast, vermute ich. Mit den Kurven.«
»Modulformen ... aber du brauchst jetzt keine Details?«
»Meine Begabung ist da leider ein wenig begrenzt, du erinnerst dich unter Umständen.«
»Kein Vergleich zu Peps.«
Groll, der immer noch schwelte, nach drei Jahrzehnten, Verachtung auch, die im Tonfall seiner Stimme mitschwang. Wie er Möhles Spitznamen ausstieß (für Peter war jede vier minus bei schriftlichen Arbeiten, diskutiere die Funktion, was ist das?, ein Triumph gewesen, den er in ihrem Stammlokal feierte), nom de plume (v. i. S. d. P.), nom de guerre ... bis zur Handgreiflichkeit manchmal ausgetragen. Keine Gnade mit den Verrätern der Arbeiterklasse. Schnauze, Peps. Komm her, Sheriff, wenn du dich traust, Flugblätter, die durch die Luft segelten, Mitschüler, die sie trennten (die schöneren Mädchen waren bei den Anarchisten, vielleicht ein Naturgesetz ... weg mit den Berufsverboten, oder so etwas, Redner und Transparente).
»Seit wann bist du in den Staaten?«
Söhnker sah über ihn hinweg, versonnen? Nachdenklich? Das Löwenhaupt Jerry Garcías, fiel Brockmann ein, so hieß er doch, die perlenden Gitarren auf *American Beauty*. Haben wir das je zusammen gehört? *Friend of the Devil* und *Sugar Magnolia*, fast schon Falsettgesang, auf dem Plattencover eine Rose inmitten zerfließender Buchstaben ... er zog das Päckchen Parisienne aus seiner Anzugjacke und zündete sich eine an. Ist die Frage zu schwer gewesen, zu komplex für eine eindeutige Antwort? Eine Erzählung, die verschiedene Anfänge hat, Unterbrechungen, Neuanfänge, Knotenpunkte. Man landet in Boston, kaum ist das Studium abgeschlossen, eine Promotion bewältigt, und wird mit seinem Rucksack von einem Angestellten der Universität zu einem teuren Hotel gefahren, wo ein üppiger Früchtekorb

auf dem Zimmer steht, Teller, Serviette und Obstbesteck. Zum ersten Mal im Leben eine Mango gegessen, in einem Diner gefrühstückt, in einem Straßenkreuzer gefahren. Am Telefon durch transatlantisches Rauschen Fragengeplapper, wo bist du, wo ist das? Und dann während des Vortrags vor dem erlauchten Kreis das kristalline Bewusstsein, an etwas zu arbeiten, das für die anderen, die Respektsnamen des Faches noch Neuland war, ein Inselkontinent ungeahnter Verhältnisse und Beweismöglichkeiten.
»Ich hab neunzig die Professur gekriegt, die ich wollte. Vorher bin ich rumgezogen, Cambridge, Pennsylvania, ein halbes Jahr in Paris. Stanford. Mit Familie ging das nicht. Ging nicht so weiter, wir hatten damals zwei kleine Kinder.«
»Und heute?«
»Große Kinder. Jochen«, er verfiel in den Singsang eines alten, verknitterten Biologielehrers aus der Unterstufe, eines nachsichtigen Rheinländers, der bald pensioniert wurde, »isch weiß nit, ob isch dir dafür noch ene drei jeben kann.«
»Das ist aber ein bisschen hart.«
»Nur jerescht. Hast *du* Kinder?«
»Eine Tochter. Erwachsen.«
War sie schon sehr früh, allein mit ihm ... dass Salka später eine Hilfe gewesen oder geworden wäre, hatte er nie erwartet, geschweige denn erhofft.
»Die ist ... vierundzwanzig.«
»Darf ich?«
»Ja, bitte.«
Mit der Geschicklichkeit und Routine eines Ex-Rauchers klopfte Söhnker eine Parisienne aus der Packung, entzündete sie hinter einer gebogenen Handfläche, paffte zwei Züge, um sie dann mit zurückgelegtem Kopf zwischen die Zähne zu nehmen und tief den Rauch einzusaugen.
»Vernunft oder Arzt?«
»Geht ja sowieso nicht mehr. Unser Campus ist smoke-free,

verstehst du. Außerdem war ich bei vierzig, fünfzig Stück am Tag. Herz, Kreislauf.«

»Deine Frau hat's dir verboten.«

»Seh ich so aus? Mal ehrlich, Jochen, dass ich mir was verbieten lassen würde.«

Weiß ich nicht, dachte Brockmann, was du dir verbieten lässt, von wem ... ich könnte dir erzählen, was ich will, das Blaue von diesem herrlichen Himmel herunter, und du ... tipp meinen Namen in die Suchmaske und es erscheint die Anschrift einer Aktiengesellschaft, das war es schon. Geschieden, Freundinnen, immer noch Kinogänger, dreieinhalb Sprachen, in den letzten Monaten häufig merkwürdig zerstreut, sich mit Idioten herumschlagend, die an einem Stuhl sägen, auf dem sie selber sitzen wollen (was ein Widerspruch ist, an dem sie scheitern werden, Gesindel), Mann ohne Hobbys, Garten, Ferienhaus, aber, nicht zu bestreiten, Sammler ... was eine Schwäche wäre, wenn man es drauf anlegte. Leben im Schnelldurchlauf, so wahr, so falsch wie die Summe aller Einzelheiten, die man auflisten könnte, Episoden in alphabetischer Reihenfolge. H wie Hochzeit, B wie Beförderung.

»Siehst du nicht«, sagte Brockmann und pickte eine Olive aus der Schale, die von der Kellnerin im Vorübergehen auf den Tisch gestellt worden war, »eher ... streng. Haben die Studenten Angst vor dir?«

Söhnker zuckte mit den Schultern. Eine Regung, die hilflos wirkte, als erlaubte die Wucht seiner Erscheinung nur große, ausladende Gesten. Rübezahl (wie hatte er sich vor dem Riesen gefürchtet), der ein Mäuschen nicht zu fassen bekommt.

»Warum sollten sie?«

»Vielleicht ... weil du ein Big Shot bist.«

Woran nicht zu zweifeln war, im Netz stand: bahnbrechend, Mitbegründer von, führend in, fünfmal so umfangreich wie die Informationen zu Peps und seinen Filmbüchern und von anderem Gewicht, Akademien und Ehrenmedaillen, Gastprofessuren an Instituten, die nach den Großen der Wissenschaft benannt waren, vom Glanz ihrer Entdeckungen umstrahlt und geadelt, das Gravitationsgesetz, die Differentialrechnung, Köpfe auf alten Stichen mit Allongeperücken und geklöppelten Spitzenkragen, die in gelehrten Disputen (kratzende Federn auf Pergament) ihre umstürzlerischen Formeln und Weltmodelle verteidigt hatten, sich selbst, wenn Kerker, Schwert oder Verbannung als letzte Gegenargumente drohten, was dreht sich um was?, Teilungen bis ins Unendliche, Namen und Erkenntnisse, die in Quizsendungen für 500 Euro abgefragt werden, auf Briefmarken dargestellt, als Münze geprägt, so bekannt wie die herausgestreckte Zunge des Ätherrevolutionärs, im Raum kein Medium, die Lichtgeschwindigkeit die einzige Konstante (Söhnker schwieg, kann schon sein, was du sagst, ich frag nicht nach), Wissen, das seinen Schöpfern Unsterblichkeit verleiht, neuer Ansporn und neue Qual für jede Generation (verstehe das einer, dieses Gleichungsgebilde), die Söhnker-Invariante (oder was es sein mag, das jemand, den alle einst Sheriff riefen, gefunden, bewiesen, auf Panels erläutert hat), nicht mehr zu vergessen, unumkehrbar, Plätze und Schulen, die deinen Namen tragen werden (oder zumindest ein Hörsaal, tonite at 6 p.m. at the Harald Söhnker Auditorium), ist dir das klar, Harry, Ewigkeit, ist das der Sinn, den man erstrebt, verfehlt, der einen ruhig schlafen lässt. Was bleibt in der Erinnerung?

»Ich hätte Angst vor dir. Respekt«, sagte Brockmann, »ganz bestimmt.«

»Ich glaub, die mögen mich«, sagte Söhnker.

»Glaub ich auch.«

»Wo lebst du?«

»Turin«, sagte Brockmann und trat die Zigarette auf dem Boden aus (kein Aschenbecher). »Ich arbeite für ein italienisches Unternehmen, schon lange.«

»Was ...«

»Verkauf. Ist nicht so aufregend.«
»Wo hast du studiert?«
»In Köln.«
»Kölle ...«
»Sag's nicht (sein Gegenüber lachte und legte einen Finger über die Lippen), in Köln und London, Betriebswirtschaft (wo fängt es an, wo hört es auf, war es Ehrgeiz, zwei Jahre nach London zu ziehen, sich mit irgendwelchen Jobs durchzuschlagen, für was?), Business Economics, so hieß das damals (und mit Heidi Kunstgeschichte gehört, eine Zeitlang, nicht nur ihr zuliebe, dieser Abend in dem Pub in Hoxton, wo sie gekellnert hat, wieso bin ich da rein?, das Geschäft mit den T-Shirts begießen, das dann halbwegs in die Hose gegangen ist). Ziemlich unspektakulär alles.«
»Bist du ab und zu noch in der Heimat?«
Was für ein Wort. Und nicht der leiseste Anklang von Ironie in Söhnkers Ton, Zögern, in die Luft gehakte Gänsefüßchen (ein Direktionsassistent, dem man das untersagen musste, Insolvenz ist Insolvenz, Drecksack bleibt Drecksack, A gleich A).
»Mein Vater wird im Sommer fünfundachtzig, da werde ich wohl ... Geburtstag und diamantene Hochzeit, ein Aufwasch.«
Söhnker schnippte seine Zigarette fort, trank den Campari aus, sah sich nach der Kellnerin um. Braucht er noch einen? Ich nicht. Eine Nachricht war gekommen, Brockmann zog das Telefon heraus, sagte: »Entschuldigung«, was ihm zur zweiten Natur geworden war, das Gerät in der Hand, »Excuse me«, »Scusi«, »Excusez-moi«, drückte den Text aufs Display: *lp, keine sache, melde dich, wenn du zeit hast, al, elis.*, sonst keine Eingänge, die er überhört hätte, die Vibration nicht gespürt, irgendeine neue Hiobsbotschaft von den Indonesiern, eine Absage von AMRO, Sitzung vorverlegt.
Er blickte hoch, der Schnee der Berge ein weißes Glühen, so laut wie Hammerschläge auf einen Metallblock das Geräusch

der Trossen, wenn sie mit Mast und Reling in Berührung kamen, übermenschlich, für eines anderen Sinne gedacht, ein Trommelfell aus Leder, Augen, die nicht verbrennen, geblendet werden können, Brockmann senkte den Kopf, presste die Lider zusammen ... die Schläge verhallten, die Blitze auf seiner Netzhaut lösten sich in einem milden Sternengefunkel auf, dann war alles wieder wie immer ... als säße hier noch ein Dritter mit am Tisch, dessen Hören und Sehen ... stärkere Reize ...

»Hallo«, sagte Söhnker, »ich würde gerne ...«

»Die ist ganz allein.«

»Lean service, damit ruinierst du dir das Geschäft.«

»Nicht ihre Schuld.«

»Was treibt *dich* an diesen schönen See, Mittagspause?«

So kann man das nennen, dachte Brockmann, nickend, nicht einmal die Unwahrheit, auch wenn es keine Pause ist, auf einen Zug zu warten, nachdem man auf der Bank war, sich ein Kennwort hat einfallen lassen, das selbst Elisabetta nicht vergessen dürfte, sollte sie die Vollmacht, von der sie noch nichts wusste, jemals nutzen wollen, ein Begriff, ein Kosewort, von dem außer ihnen beiden niemand die geringste Ahnung haben könnte, ein geheimes, sie verschweißendes Band.

»Normalerweise arbeiten wir nicht mit Schweizer Instituten ... was die Finanzierung von Projekten betrifft. War 'ne Ausnahme heute, ich fahre nachher zurück.«

Frag mich nur, würde es dich interessieren? Arbitragen, Bürgschaften, Zinsen bis auf die zweite Stelle hinterm Punkt, mit Kunden trinken, huren, Schwachsinn reden (Rennfahrer, tote Rennfahrer, Fußball, Starlets, handbemalte Fliesen, Essen, korrupte Politiker, Päderasten, Fluggesellschaften, Hotels), die Konkurrenz beäugen, beäugt werden (Hangshu Printing Units Limited, Guangdong), merkwürdige Angebote bekommen, sich Bedenkzeit ausbitten, rechnen, hochrechnen, wie viel man hat, wie viel man brauchen wird, Lebenszeit.

»Erfolgreich?«
»Wie man's nimmt«, sagte Brockmann, »doch, ja.«
»Du hast das Terrain sondiert.«
»Wir haben über eine Kreditlinie gesprochen, Zahlungsmodalitäten ... (genug?)«

Söhnker schien aber nur mit halbem Ohr zuzuhören, mit anderem beschäftigt zu sein, sicher nicht mit Geld, Aufträgen, die plötzlich keine besoffene Absichtserklärung mehr wert sind, Umsatzausfällen, wenn denn je ... als Wissenschaftler, der in den Gefilden der Abstraktion zu Hause ist, Seiten voll mit kryptischen Zeichen, griechischen Buchstaben, Indizes und Pfeilen, hinter denen sich phantastische Welten für die Eingeweihten, die Gesegneten der Logik und Kombinatorik verbergen, bärtige Genies in Tweedjackett und Poloshirt, die Paper um Paper das Gralsland weiter erschließen (fernab von aufgebrachten Aktionären und Kursschwankungen, Gewerkschaften), hundertfach verlinkt in einem Bündnis von Forschern, die nichts weiter nötig haben (ist es nicht so?) als Tafel und Kreide, eine Kladde neben dem Bett, um nächtliche Eingebungen festzuhalten, Klammer und Sigma und Rho, es sei, gemäß Axiom B, vorausgesetzt, dass ... q. e. d.

»Bringen Sie mir einen doppelten Espresso«, sagte Söhnker zu der Kellnerin, die unbemerkt an ihren Tisch getreten war: »Was kann ich für Sie tun?«

»Ach, mir auch«, sagte Brockmann, sollte er noch ins Kunsthaus?

»Ich muss gleich zurück, ich wollte Luft schnappen.«
»Musst du was vortragen?«

Söhnker nickte, überdrüssig, dachte Brockmann, lustlos, sich jetzt vor ein Publikum zu stellen und Folien zu beschriften, führend in, Mitbegründer von.

»Machst du das nicht gern?«
»Ich bin etwas müde.«

»Jetlag?«
»Vielleicht.«
Als die Espressos serviert wurden, ein Aschenbecher dazu, zwei Kassenbons darunter geklemmt, riss Brockmann forsch das Zuckertütchen auf und kippte den ganzen Inhalt in seine Tasse. Langsam versank der kleine Kegel aus Kristallkörnchen in dem cremigen Überzug, kurz rühren, nippen. Söhnker hielt seine Tasse am Rand, pustete, trank sie schnell aus. Strich sich mit der flachen Hand über den Bart. Bahnbrechende Fortschritte. Aus den Tiefen eines Jackenfutters, einer Handtasche, ertönte unter den Gesprächen, dem Klirren von Geschirr und Besteck, dem beständigen Glucksen der Wellen eine Melodie, die sich Takt für Takt in den Vordergrund drängte, *Going to a Go-Go*, was? (in Salkas vermülltem Auto wieder und wieder zurückgespult), ein schmetternder Refrain, bei dem es sich um Söhnkers Klingelton handelte, tatsächlich, »Sorry«, sagte er mit bedauernder Miene und nahm an: »Yes, what's up?«

Er sprach mit starkem amerikanischen Akzent, nein, vollständig amerikanisch, schnell, entschieden (a man of wealth and taste), seiner Rolle und Bedeutung gewiss. Vornamen fielen, die Reihenfolge von Referenten, der Ablauf des morgigen Tages. Er war der Chef, der keine Diskussionen führte über Dinge ... das hatten wir so beschlossen. Ja, du, Lennart, ich. Klipp und klar, causa finita. Ob er noch Motorrad fuhr, sich waghalsig in Kurven legte, bis es ihn an einem regnerischen Abend vor die Leitplanke, in den Straßengraben ... und er hatte sich nur ein Handgelenk gebrochen und nicht das Genick. Andere mit weniger Fortune, Atemlähmung nach Überdosis (Rinsi), das Gesicht tief zerschnitten beim Flug durch eine Windschutzscheibe (Gerhard). Wolken ziehen, das Meer blinkt in tausend Facetten.

»Tut mir leid«, sagte Söhnker, wies mit einer Kopfbewegung auf das Handy in seiner Faust.
»Wenn man nicht alles selber macht.«

»Ich glaube ...«
»Du musst weg.«
»Ja.«
Söhnker streckte sich auf dem Stuhl gerade, um in seine Hosentasche greifen zu können.
»Lass«, sagte Brockmann, »ich zahle.«
»Dann werde ich ...«
»Beim nächsten Mal.«
Sie erhoben sich im selben Moment, standen sich zaudernd gegenüber, wie denn jetzt, wie kriegt man das hin? Jedes weitere Wort wäre eine offene Lüge gewesen, jeder Scherz eine Gedankenlosigkeit, wenn nichts Dümmeres ... vielleicht in dreißig Jahren? Söhnker kniff die Lippen zusammen, Brockmann nickte ihm zu, *du* musst dich umdrehen, Sheriff, *du* hast einen Termin. Er wandte seinen Blick ab ... zeig ihnen, dass wir die Besten sind, die warten sicher schon. Söhnker stieß gegen den Tisch, als er ging, ein Glas fiel um und rollte vor Porzellan, kling. Erstbester, Zweitbester, Dritter, dachte Brockmann, *nicht nach Mai riecht diese unreine Luft* ... er sah zur Kellnerin, winkte ihr, setzte sich wieder.

Fast drei, er würde den übernächsten Zug nehmen müssen, der Tag war gelaufen. Keine Mail mehr eingetroffen, SMS, kein Anruf. Als hätten sie ihn schon von der Liste gestrichen, Firmenaccount gesperrt. Wie geht das an einer Universität, in New Brunswick, New Jersey, muss man Alkoholiker sein, eine Studentin verführt, im Seminar Zoten gerissen haben? Die Vertragsaufhebung erfolgte einvernehmlich, über eine Abfindung wird noch verhandelt.

»Ich möchte ein großes Bier und ein Schinken-Sandwich, haben Sie so was?«

»Toast haben wir«, sagte die Kellnerin, während sie die leeren Gläser und Tassen auf ihr Tablett räumte. »Kronenbourg, Heineken ...«

»Heineken und Schinken-Toast«, sagte Brockmann, »danke« und lehnte sich zurück. Was trank man früher, in der Marktklause am Flipper, gab's schon Beck's? Wie Rinsi immer die Maschine traktierte, rüttel-dich, schüttel-dich, und: Tilt! Das war, bevor er mit dem Drücken anfing ... Fellmantel und Schlangenlederstiefel, ein dünnes Lederband um die Stirn, als sie sich in Venlo eines Nachmittags über den Weg liefen ... für zwanzig Mark schwarzer Afghane, roter Libanese, grüner Türke, im Zug im Abfallbehälter versteckt und hinter der Grenze wieder rausgeholt, ein schräger Blick aus dem Abteil, ob jemand anders sich daran zu schaffen macht, langer Arm in Bananenschalen und zerknülltes Brotpapier, ein kleiner Rausch, harmloses Vergnügen, dessen Aura mehr bedeutete als das Bekifftsein selber, *diese unreine Luft, die den dunklen Garten der Fremden noch dunkler macht ... blinde Aufheiterungen.*

Windstille, das Geräusch der Drahtseile war verschwunden, der Schnee auf den Bergen in der Ferne ein mattes Weiß, dunstverhangen.

Brockmann zündete sich eine Zigarette an, er war erschöpft, sein Knie schmerzte wieder.

* * *

Roland Prader und Felix Harnack saßen sich schweigend an zwei zusammengeschobenen Schreibtischen gegenüber, jeder vor dem Bildschirm seines Notebooks, damit beschäftigt, zu tun als ob, beide. Hinter Prader stand auf einem weißen Sideboard ein Fernsehgerät, auf dem Bloomberg TV lief, der Ton so weit heruntergedreht, dass er kaum zu hören war, Zahlen, Graphiken, Interviews, Schlagzeilen: German Bund Yields Fall To Record Low ... War's das?, dachte Harnack, ein Auf und Ab, das seit Anfang des Jahres in eine flache Asymptote übergegangen war, Grenzwert null, eins durch x. Praders Idee mit Sperl und seinem globalen

Such- und Kaufdienst für Raffinerietechnik und Basischemikalien war nur die letzte gewesen, die sie Geld gekostet hatte, wenn auch nicht so viel wie die Geschichte in Eritrea und vorher die Seniorenresidenzen. Anlaufschwierigkeiten, die zu beheben sie mehr Kapital bräuchten, aber selbst mit Abschreibungsmodellen ließ sich im Augenblick niemand ins Spiel locken, Top-Immobilien, solvente Rentner als Mieter. Obwohl doch die Gesellschaft immer älter wurde und demnächst, in naher Zukunft (»Schauen Sie, die Statistik«) mehr und mehr Menschen auf professionelle Betreuung angewiesen sein würden; worin genau das Problem lag, demnächst, nahe Zukunft, oder doch etwas später im Jahrhundert.

Dass Sperl verschwunden war, dass in seinem Büro Spuren auf einen Kampf hindeuteten und sie vernommen worden waren (ausgerissene Haare, ein verlorener Pennyloafer), hatte ihr inneres Gleichgewicht nicht gerade befördert, auch wenn Prader hinterher, wie es seine von Harnack lange (viel zu lange?) bestaunte und bewunderte Art war, von Unkraut, das nicht vergehe, gesprochen hatte und dann, ohne groß die Stimme zu heben, von einem Betrüger, einem ganz gewöhnlichen, ganz durchtriebenen Schwein, das jetzt wahrscheinlich schon in der Sonne sitze und mit seinen Schlampen das Geld durchbringe, das sie und die restlichen Investoren, unzurechnungsfähige Vollkoffer, Kretins sondergleichen, ja, glotz nicht, wir auch, und nicht zu knapp, ihm in den Rachen ... ersticken soll er dran, verrecken ... was aber, dachte Harnack und sah auf, vielleicht schon geschehen war, weshalb es ihn nicht gewundert hätte, wenn man Sperl demnächst (nahe Zukunft) aus dem Donaukanal fischen würde, zugerichtet auf übelste Weise, wie Dragan, wie Scherer, von dem sie ja erst den Tipp mit dem Amerikaner bekommen hatten.

No risk, no fun war das eine, das andere jedoch etwas anderes, das sich nicht mit einer lockeren Geste Praders (»Weißt du denn, was wirklich passiert ist, Superhirn?«) vom allerleersten Schreib-

tisch wischen ließ ... Liquiditätsengpässe, die sie zu überwinden halfen. Strategische Beratung, Restrukturierung, börsenorientierte Finanzierungen.
»Hast du das gelesen, über die Minen da, in Australien?«
Prader ohne Reaktion, links rein, rechts raus, was bin ich für dich?
»Eins-sieben, eins-neun im Handel.«
»Aha, ja?«, er stierte weiter auf seinen Monitor, red mit der Wand.

Wäre alles wie immer gewesen oder wenigsten noch so wie vor ein paar Tagen, Harnack wäre unerschütterlich darin fortgefahren, ihm die Ergebnisse seiner Recherche zu präsentieren, weitere Fakten, Marktkapitalisierung (»krass unterbewertet, wenn du mich fragst«), Bedarfsschätzung (»pi mal Daumen«), aber wie schon gestern oder Sonntag, als sie zu dritt mit Susann, Praders Freundin, in einem Café an der Oper draußen gefrühstückt hatten und Prader ihn vor ihr ... er verspürte einen krallenden Schmerz, der ihm die Kehle zuschnürte ... in einem kahlen Zimmer an ein Bettgestell gebunden, erstickend ... Harnack öffnete die Lippen einen Spalt und schnappte geräuschlos nach Atem, nach ein paar Sekunden wurde es besser, die Bedrängung verflog. Er blickte wieder auf seinen Bildschirm, versuchte, sich auf das zu konzentrieren, was ihm die Daten erzählten über Umsatz und Kernbereiche, Arbeitskosten und Einsparpotentiale, Zutaten einer Geschichte, die zusammenzubrauen wären zu einem Panorama leuchtender Verheißungen für alle, die mit am Rad drehen wollen ... man selber, wenn man flüssig ist, mit Ersparnissen, Geerbtem, Geliehenem, der Beleihung eines Grundstücks in Linz, das am äußersten Stadtrand wertlos vor sich hin gedämmert hatte lange Jahre, inzwischen jedoch umzingelt wurde von Villen, Doppelgaragen, Pools, ein Hektar Wiese und nichts drauf als ein windschiefes Häuschen, in dem Praders Tante gelebt hatte, die man (zwei Stunden Autobahn) im Stift besuchte, bis sie unterschrieb (der Herr Professor ja mausetot schon lange, leider ...), um mit der Unterschrift stehenden Fußes eine siebenstellige Hypothek aufzunehmen, die in den Osten floss, nach Tschechien und Polen, kaufen, bündeln, filetieren, russische Staatsanleihen, die damals kaum jemand haben wollte außer ihnen (Star-Invest, Bohemian-Invest, Prague Property Development, Zweite Beteiligungsgesellschaft Krakau), ein Raketenstart, der sich für ihn, nun ja, bezahlt gemacht hatte, Prämien, Gratifikationen (das thesaurieren wir jetzt aber, was Felix?), wenn auch nicht, bei weitem nicht, in der Umlaufbahn Praders, Vorstand, Aufsichtsrat, CEO und COO in Personalunion, bevor er (wie hätte man ihm abraten können, wenn man selbst ... blind gewesen) auf das Computerzeugs verfiel, kurz nach seinem zweiunddreißigsten Geburtstag der Knick, die Kalamität mit den Krediten, was man irgendwie noch ausgebügelt bekam (das Grundstück), obwohl es danach ... gedämpft, sich regenerieren, neue Geschäftsfelder, neue Storys ...

»Ich muss weg«, sagte Prader und stand auf, »ich weiß nicht, wann ich zurück bin.«

Wer keine Fragen stellt, wird auch nicht angelogen, dachte Harnack, ohne von seiner Arbeit aufzusehen, Sperrminorität, steuerliche Belastung, rechnete um von australischen Dollars in Euro (die Eingangstür fiel ins Schloss), schrieb Zahlen, Namen, Telefonnummern auf einen kleinen Block, dann löschte er den Browserverlauf. Er steckte den Block in die Brusttasche seines Oberhemds und schaltete den Rechner aus. Sperl hatte ihn auf die Minen gebracht, als sie sich (nur du und ich) über die Zukunft unterhielten, seine, ihre, allgemein, und er ihm unverblümt das Angebot machte einzusteigen, Pläne, Ideen, die er in der Hinterhand habe und für die er jemanden brauchen könne, prozentual beteiligt, mehr als bei Roland (»nenn mir 'ne Hausnummer«), sie würden, kein Thema, ein Superteam bilden, selber das Kapital akquirieren (»du hast Verbindungen«), das man als Anschub ... um in den Markt rein ... denk nach, aber nicht ewig.

Wieso Scherer ihnen die Quelle (»der Typ ist heiß«) verraten und nicht exklusiv für sich und Dragan behalten hatte (S & J, Vienna Asset Solutions), blieb für ihn weiter im Dunklen, ihr Konzept und ihre angerissenen Vorhaben jedenfalls hatten den Ami im Handumdrehen überzeugt, eine Woche später war das Geld da, das jetzt ... Harnack fluchte leise und ging um die beiden Tische herum an Praders Platz. Heruntergefahren, obwohl er nichts gehört hatte, das Password war Geheimsache, angeblich deponiert in einem Schließfach der Deutschen Bank, dessen Schlüssel ihm ausgehändigt werden würde (von Susann?), wenn Not am Mann sei ... Bullshit, er öffnete die Schubladen des Rollcontainers unter der Tischplatte und warf in jede einen flüchtigen Blick, am Rand seines Bewusstseins die Frage, nach was er hier eigentlich suchte, Anhaltspunkte, Indizien: wofür?

Praders Ton, Verschwiegenheit, Umgangsformen, die auf Außenstehende befremdlich wirken mussten, waren für Harnack nie Grund zur Klage gewesen, schon gar nicht zu Anfang ihrer Zusammenarbeit, besser gesagt, seiner unverhofften Rettung aus einer städtischen Übergangslösung vor zehn, zwölf Jahren durch einen kaum Älteren, der ihn am ersten Tag im Büro, das damals aus Faxgerät, Computer und Telefonanlage in einer nicht unbedingt weitläufigen Apartmentwohnung bestand, mit einem Packen Schillinge losgeschickt hatte, sich da und da zwei neue Anzüge, Hemden und Schuhe zu kaufen, ohne weiteren Kommentar, obwohl er, was sich von selbst versteht, nicht in Jeans und Sweatshirt bei Imperial Fonds Management eingelaufen war, nachdem es am Abend zuvor in einer Diskothek etwas gegeben hatte, das als Bewerbungsgespräch zu bezeichnen zu hoch gegriffen wäre, kein Stochern in Background und Ausbildung, Familie?, Matura?, Lehre?, keine Phantasiegeschichten, nur die Frage Praders (man hatte zuvor am Tresen drei Worte gewechselt), ob er frei sei, jobmäßig, und am nächsten Morgen beginnen könne, um neun machen wir auf, gut, soll ich dich mitnehmen?, ich fahr so (Bus hatte er heruntergeschluckt), neun Uhr, ich bin pünktlich. Prader hatte den Blick (auch für ihn gehabt), ein Tier, ein Fighter, dessen Antrieb ... für Harnack bis heute ein Rätsel geblieben war, weder schlug er inflationär über die Stränge, wenn alles zusammenpasste, noch zeigte er je so etwas wie Reue oder vielleicht Selbstmitleid, das ihn, und sei es nach einer Flasche Laphroaig, hätte jammern lassen über ein Missgeschick, wie damals, als der IT-Markt verstrudelte und man Hals-über-Kopf alle Engagements auflösen, abstoßen, umwandeln musste, um nicht als die allerletzten Loser dazustehen, eine Art von Neutralität, Ungerührtheit, die auch ihr persönliches Verhältnis bestimmte (vom Prinzip her distanziert, hatte die Therapeutin gesagt), was sie voneinander wussten, hatte sich beiläufig ergeben, durch einen Halbsatz, eine Anspielung, einen dahingeworfenen Vergleich, eine Grimasse, als wäre die Vergangenheit nicht der Rede wert, nichts für lange nächtliche Gespräche oder womöglich Geständnisse, die man dann im Morgengrauen mit der nötigen Menge Alkohol im Blut ablegte. Praders jüngerer Bruder, der, wenn er in Wien zu tun hatte, gelegentlich mit seinem Freund vorbeischaute, wäre jemand gewesen, den man hätte fragen können, wenn man gewollt hätte, nicht nach Kindheit und Jugend und solchem Kram, aber nach einem ... Charakterzug, dachte Harnack, der sich ihm gegenüber, zum Beispiel am Sonntag während des Frühstücks ... eine aufblitzende Bösartigkeit, die ihn an seiner empfindlichsten Stelle traf, hilflos machte wie ein tief im Forst verlassenes Kind. Als sollte ihm demonstriert werden, wer das Sagen hat, letztes Wort in allen Dingen, mochte die Kritik, die man zu äußern gewagt hatte, auch berechtigt und begründet sein, wobei Kritik ... ein lindes Widersprüchlein, der zarte, in einen (und wenn schon) verunglückten Scherz gekleidete Hinweis darauf, dass man mit dem Eritrea-Projekt ja doch eher eine Fahrkarte geschossen habe und er nicht das Bedürfnis verspüre ... seit wann hast du Bedürfnisse? Susann, glaubst ihm das, er hätt' ein Bedürfnis, der Felix?, einer, durch den man hindurchsieht.

Es kommt immer die Zeit, dachte Harnack, und keine Aussprache würde daran noch etwas ändern, wir beide, so viele Jahre, Mensch, weißt du denn nicht mehr? Er ging zum Sideboard, bückte sich und schob die Tür auf, Aktenordner, Papiere, Prospekte, Zubehör. Zwei kleine Festplatten, Kopfhörer, Sticks in einer Plastikschale. Also was? Dass er hier Beweise fände für seine Vermutung, Prader habe auf die Konten in Guernsey, Jersey oder sonstwo Mittel abgezweigt, die für andere Zwecke vorgesehen waren? Vorleistungen und Schmiergelder, die, seiner Behauptung nach, reichlich geflossen seien, um über die Botschaft in Berlin an die entscheidenden Leute ranzukommen, Provinzgouverneur, Armee, staatliche Elektrizitätsgesellschaft. Ohne Fun, ein Geschäft, das Harnack so erfolgversprechend erschienen war wie ... ein Haufen Scheine in den Gulli, obwohl Mister Sylvester sich geradezu begeistert gezeigt hatte. Alles abklären, Partner aus der Branche suchen, mit kleinen Chargen antesten, bevor man die Anlagen in Auftrag gibt, Kühlaggregate für die Boote, Verarbeitungshalle, Gefriertransport zum Flughafen. Seegurken und Garnelen aus dem Roten Meer, Krebse, Kraken, Edelfische mit einer Cargo-Line über Frankfurt zu den nächstgelegenen Großmärkten. Nicht erschlossenes Gebiet, politisch ruhig, Löhne, die gegen null tendieren.

Harnack nahm einen der Sticks aus der Schale und betrachtete ihn einen Moment, als würde er darauf warten, dass er zu reden beginne, legte ihn zurück. Dann blätterte er die losen Papiere durch, Anschreiben, mit der Hand gezeichnete Diagramme, der Ausdruck eines Stadtplans von Massaua. Das Drecksnest, Sand, Staub, Rost, zerschossene Gebäude, Fliegenschwärme, ein sogenanntes Grand Hotel. Morgens wurden sie von Sayid abgeholt, der einen Armeejeep und einen Fahrer organisiert hatte: hier die alte Festung, dort die Kais, der Damm, Kräne, Lagerhäuser, von denen man eins umbauen könnte ... mieten oder kaufen (von wem?), Generatoren beschaffen, Leitungen legen, Frischwasserbrunnen, und einen Geschäftsführer installieren, einen untadeligen Gewährsmann und Kenner der Verhältnisse, wobei er fraglos sich selber im Auge hatte als jemanden, der nach seiner Exilzeit wieder gern gesehen war bei den Granden, uniformierte Männer, die rauchend in Büros mit bröckelndem Putz und verblichenem Anstrich Hof hielten, Dollar oder Euro, die man in einem Umschlag diskret hinterließ, wer war das?, der Hafenmeister, und der?, nehmen wir mal an, der Verwaltungschef. Es summierte und summierte sich ohne greifbares Ergebnis, einen Vertrag, den man unterschrieben hätte mit einem Verantwortlichen, der auch ein halbes Jahr später noch da sitzen würde, wo man ihn getroffen hatte, der Vorsitzende der Fischereigenossenschaft, der Zuständige für die Speicher und Werftschuppen. Die Straße nach Asmara war asphaltiert und ausgebaut, stellte kein Problem dar, wenn man ein oder zwei Kühllastwagen auftreiben könnte, die gut in Schuss seien, um, wie Sayid mit bedeutungsvoller Miene sagte (als hätte er die ganze Nacht darüber nachgedacht), die Kühlkette geschlossen zu halten, zweitens wäre ein akzeptabler Tarif mit den Zollbehörden auszuhandeln und drittens die Ware direkt vom Rollfeld in die Maschine zu verladen (was allfälligen Schwund zu minimieren helfen würde). Sind wir uns einig?

Harnack warf das Blatt zurück ins Sideboard und schob die Tür zu, selbst großzügig gerechnet war ein Fehlbetrag, ein neues Loch in den Konten entstanden, in das hineinzustürzen er wenig (null) Neigung empfand. Nicht mein Geschäft, dachte er und schaltete den Fernseher aus, tagelang wie ein Schlafwandler Prader und Sayid durch flirrende Hitze und aufgewirbelten rötlichen Staub, abgeschrammte Cafés und fensterlos stickige Lagergebäude folgend, Straßen fast ohne Autoverkehr, von Einschüssen gesprenkelte Fassaden, ein, zwei, drei Panzerwracks, bemalte Pickups, erbärmliche, aus Plastikplanen und Brettern zusammengezimmerte Marktstände, vor denen sich die Leute in ihren bunten Gewändern drängten und rauften, wie betäubt, dachte er, den Raum durchquerend, war man gewesen, nicht fähig, dem Jäger todsicherer Gelegenheiten zuzurufen: Steig aus, wir steigen hier aus, Reißleine, bevor so viel Geld verbrannt worden ist, dass man nicht mehr zurückkann, weiter muss ... am Telefon noch ermutigt von diesem seltsamen Sylvester, *er* würde sich keine allzu großen Sorgen machen.

Harnack trat durch die Doppeltür ins Nebenzimmer, leer bis auf eine Ledercouch, einen niedrigen gläsernen Tisch, eine weißlackierte Schreibtischplatte, an der Wand eine Reihe Stühle, über denen in Alurahmen zwei signierte Druckgraphiken hingen, die Susann ihnen zur Office-Eröffnung geschenkt hatte. Jeder Schritt rief ein leises Knacken des Parketts hervor, das wahrscheinlich seit dem ersten Bezug der Wohnung vor achtzig oder hundert Jahren an Ort und Stelle lag, eine stille Straße unweit des Grabens, Top-Adresse für Briefköpfe und Visitenkarten. Die halbe Miete, hatten sie sich gesagt, unbezahlbar, eben, dachte er, und sah aus dem Erker nach draußen, ein Betrag, der sich monatlich mit Gusto durch ihr Budget fraß. Niemand da, für den man Platz bräuchte wie in den Hochzeiten, Sekretärinnen, Übersetzer, Buchhaltung, Broker, ein Kommen und Gehen, Schwirren von Stimmen, Klackern von Tastaturen ... schwer eingebrochen, rausgeklettert und heute ... von allen guten Geistern wieder verlassen, für wie lange, für immer?

Er öffnete einen Fensterflügel und lehnte sich mit aufgestützten Armen ein wenig hinaus. Eine von Tag zu Tag flacher werdende Kurve gegen die Zeit, einfach dahinschmelzend, bis die letzte Reserve weg ist. Sag es ihm endlich, dachte Harnack, sich zugleich des Verrats zeihend, als hätte er demütig darauf zu warten (ein Brandzeichen irgendwo am Körper), dass Prader ihn vor vollendete Tatsachen stellt, Roland es wäre, sein müsste, der den Vorhang zieht. Das Licht löscht. Log out und servus. Wäre schön, wenn man sich noch aufrichtig die Hand geben könnte, doch dazu, das wusste er instinktiv, würde es nicht kommen, nicht bei ihm, unter keinen Umständen.

* * *

»Volkhart.«
Kein Ton aus dem Apparat.
»Alstublieft ... wie is daar?«
»I'm in a cab.«
»Oh, that's great.«
»Und dachte, ich ruf dich mal an.«
»Ist mir ein Vergnügen.«
»Du arbeitest.«
Angelika Volkhart verdrehte am Hörer die Augen, fingerte einhändig eine Zigarette aus dem Softpack Marlboro, das neben ihrem Bildschirm lag, und entzündete sie mit einem Miniaturschiff, einem Werbegeschenk, aus dessen Schornstein die Flamme zischte.
Schweigen. Dann ein Räuspern.
»Hallo?«
»Interessiert es dich nicht, wo ich bin, was ich mache ...«
»Ich seh auf dem Display, dass du dich in Brasilien rumtreibst.«
»Ich bin Ende Mai im Lande, wir könnten uns treffen.«
»Könnten wir.«
»Ich lad dich zum Essen ein.«
Sie klemmte sich das Telefon zwischen Schulter und Hals und öffnete die Mail, die in dieser Sekunde eingetroffen war. Vom Kapitän der Gloria, sie liefen jetzt aus, 00:04 AWST, Port Hedland.
Während sie »Wo gehen wir hin?« sagte, schrieb sie, die Zigarette im Mundwinkel: *have a good passage, best angelika.*

»Wo wir noch nie waren.«
»Bist du betrunken?«
»Ich hätte mich betrinken *sollen*«, ein Lachen, das wie eine Folge unterdrückter Hustenstöße klang (oder umgekehrt), keckerte aus dem Telefon, »... macht das Leben bunter.«
»Du hattest einen schlimmen, schlimmen Vormittag.«
»Ein schlimmer, schlimmer Lunch mit einem Brigadier, nachdem wir schon geschlagene zwei Stunden geplaudert hatten.«
Wo war der Aschenbecher?
»Ich schildere dir keine Einzelheiten.«
»Hast du das jemals?«
Ein »Eh-mmh« schien die Antwort zu sein.
Sie klopfte die Zigarette in einen fast leeren Kaffeebecher ab, auf dem das Kronprinzenpaar im Hochzeitsstaat zu sehen war, guck mal, hatte Katje gesagt, sind die herzig, und sich dafür einen Schwarm an die Stirn getippter Vögel eingefangen.
»Also?«
»Ich bin grauenhaft nüchtern.«
Man hörte Hupgeräusche über den Atlantik quäken, Flüche, ein kurzes Wortgefecht zwischen Fond und Steuerrad.
»Entschuldigung.«
»Wir waren beim Essengehen.«
Katje sah durch die Bürotür herein, deutete nach draußen (sie hatte heute mit ihrem Gospel-Chor einen Auftritt in Utrecht), Angelika nickte, ja, ich weiß, kannst die Biege machen.
»Am sechsundzwanzigsten?«
»Oh-kee.«
»Indonesisch?«
»Soll das ein Vorschlag gewesen sein?«, sie lachte.
»Ich spüre da eine Spannung zwischen uns ...«, ihr Lachen übertönte einen Moment seine Stimme, »... ich steig ins Taxi und denk, jetzt musst du mal anrufen und fragen, wie es Angelika geht.«

Sie gluckste, »Ist aber 'ne lange Taxifahrt, auf der du dich befindest. Bist du erkältet?«
»Die Klimaanlage im Hotel ist kaputt. Ich hab mich heute Nacht verkühlt.«
»Beim Schlafen ...«
»Ja, Angelika, ich bin alt, ich schlafe nachts.«
»Ich auch.«
»Eine Schande. Wie läuft's bei euch?«
»Gut.«
»Nur gut?«
»Bestens.«
»Die Welt giert nach Eisenerz.«
»Wir haben zwei neue Schiffe. Woran man sieht ...«
»Dass Delta Reders in Geld ... schwimmt.«
Sie schnalzte mit der Zunge und schüttelte mit geschlossenen Augen den Kopf.
»Und warum nicht indonesisch?«
»Wie oft waren wir beide indonesisch essen?«
»Ja, als wir verliebt waren.«
»Du warst in mich verliebt? Wann soll das denn gewesen sein?«
Ein Brummen kam als Antwort aus Brasilien.
»Werden wir nicht mehr klären«, sagte sie, »in diesem Leben. Hör mal, in Amsterdam gibt es schätzungsweise zehntausend Indonesier, und bei neuntausend sind wir schon gewesen.«
»Könnte es sein, dass du übertreibst?«
»Ich esse jeden zweiten Abend bei mir unten javanesisch, balinesisch, sulawesisch, you name it.«
Sie warf die Kippe in den Becher, auf dessen Grund sie knisternd, sich mit Kaffeeresten vollsaugend erlosch.
»Bist du mal im Blue Pepper auf der Nassaukade gewesen?«
»Nein.«
»Schon von gehört?«

»Nein.«
»Probier das aus, und wenn es gut war, gehen wir am sechsundzwanzigsten genau da hin.«
»Wie kommst du auf das Lokal?«
»Ist mir dringend empfohlen worden. Vertrau mir ... wie lange kennen wir uns?«

Ihre erste Begegnung in der Empfangshalle einer Versicherung in London, sie mit ihrem Vorgänger und einem Koffer Schiffspapieren, er lässig mit einer schmalen Ledermappe unterm Arm an ihnen vorbeitrödelnd, ein harter Blickfick, erinnerte sie sich, von beiden Seiten, und er unverschämt genug, stehen zu bleiben und ihr seine Telefonnummer auf ein Stück Zeitung zu schreiben. Und sie geil genug, ihn am selben Abend anzurufen und mit dem Taxi in sein Hotel zu fahren. Als sie Helden waren, wann, 1994?

»Ist gut«, sagte sie, aber in Südamerika war man sich offenbar wieder uneins, links, rechts, geradeaus, zu langsam, zu schnell ...

»He«, rief sie in den Hörer, »reden wir noch?«

Das Gespräch wurde beendet. »Arschloch«, flüsterte Angelika und machte sich noch eine Zigarette an.

* * *

»Jetzt halt.«
»Was?«, sagte der Fahrer, ohne den Kopf zu bewegen.
»Halten Sie.«

Der braucht ein Hörgerät, dachte Fleming, hat vorhin schon nichts verstanden (obwohl er laut geworden war, er hatte gebrüllt, da geht es zur Paulista, da will ich hin), ein unrasierter alter Zausel.

Als der Wagen scharf auf die rechte Spur an den Bordstein zog, fiel er zur Seite, beim Bremsen (die mustergültige Provokation eines Auffahrunfalls) riss es ihn halb aus dem Sitz, und er musste sich an der Vorderlehne abstützen. Er reichte dem Mann einen

Schein nach vorne und sagte: »Està bem«, der Alte streckte seinen Daumen hoch und trat aufs Gaspedal, kaum dass die Tür zugeschlagen war. Was war das, Arbeit am nationalen Trauma, Senna in Imola gegen die Mauer? Helldriver, Fleming konnte sich ein Lächeln nicht verkneifen, so einer kann einem noch den Tag retten. Windiges Wetter, verhangener Himmel, auch kurz ein Streifen Regen, der an der überdachten Terrasse des Cafés heruntergerauscht war, als Souza (in Pulli und Strickjacke, eisgekühlten Aperol trinkend) aufs Geld zu sprechen kam, nachdem er, durch ein, zwei gewiefte Fragen ermuntert (Reminiszenzen, die beide zu teilen schienen), einiges von seinem Wissen, seiner Erfahrung und Standhaftigkeit im Kampf gegen subversive Elemente noch einmal hatte Revue passieren lassen. Wie man sie als junge Offiziere ins kalte Wasser warf, Stadtteile durchkämmen auf der Suche nach den Entführern des amerikanischen Botschafters (im kalten Wasser? Himmel ...), eine aufgehetzte Bevölkerung, die wenig Anstalten machte, mit den Kräften der Ordnung zusammenzuarbeiten, abwegige Slogans, die selbst Bischöfe im Mund führten. Dazu dann, nicht zu vergessen (Souzas Gesichtsausdruck schwankte zwischen Hohn und Unglauben), Kriegsspiele von Studenten, die man gestern noch mit ihren Eltern im Country-Club gesehen hatte, Banküberfälle, Anschläge auf offener Straße. Unterbrech ihn nicht, hatte Fleming gedacht, ein Kännchen Darjeeling und einen Martell vor sich, den er nicht anrührte (»Saúde!«, genippt), lass ihn reden und sich überzeugen, dass alles, was man von ihm wollen könnte, seine Bereitschaft zur Kooperation, in einen größeren Rahmen einzu-, einzubetten sei, Mosaikstein jener Berufung, der er sein Leben seit mehr als dreißig Jahren widmete (ohne aufs Geld zu verzichten, logisch), voller Gefährdungen und empfangener Wunden. Ein Projektil in die Leber, hatte das von Ángel zusammengestellte Dossier zu berichten gewusst, während eines Schusswechsels bei der Verhaftung (na gut, Verhaftung) einer klandestinen Gruppe, die in einem Apartmenthaus in Ipanema (mit Meerblick, wie schön) aufgespürt worden war, Dauerfeuer aus Maschinenpistolen, dem noch drei, vier Zuckungen eines Arms, eines Fingers am Abzug einer Walther oder SIG Sauer zu antworten vermochten, ein überwältigend brennender Schmerz unter den Rippen, der den eben erst zum Hauptmann beförderten Kommandeur der Aktion auf die Wohnzimmerfliesen niederwarf, ihm Stunden später aber schon eine Medaille einbrachte, ein neues kleines Stoffrechteck an der Uniformbrust, blau, rot, grün, gelb ...

Fleming drehte sich auf dem breiten Bürgersteig der Avenida Paulista einmal um die eigene Achse, kein Ángel weit und breit in der Menge der Gesichter, die seinen Blick kreuzten, auf einem Podest neben dem Eingang zu einer Shopping-Mall zwei Polizisten, die schwarze Kevlar-Westen trugen, Helme mit Funkgerät, automatische Gewehre und den Fluss der Passanten, seine Wirbel und Staus, in unnachahmlicher Trägheit nicht aus den Augen ließen. Könnte es sein, sie waren drinnen verabredet? Wird wohl, dachte Fleming, sonst wäre er hier schon aufgetaucht, die Pünktlichkeit in Person. Mit einem feinen Gespür fürs Wesentliche, das er in den Papieren, die er heranschaffte (»Mein Name tut wirklich nichts zur Sache«), mit einem grünen Stift zu unterstreichen pflegte. Manchmal nur ein Wort, eine halbe Zeile, die bereits das Problem wie denkbare Lösungen erfassten, ohne dass es noch eines ausführlicheren Kommentars, einer weitschweifigen, psychologisch-politischen Exegese bedurft hätte. Das, was man heute in der Öffentlichkeit verschweigen muss, ableugnet, kleinredet, obwohl es Standard gewesen ist. Der Entwicklung gedient hat, und zu nichts sonst (»Wem sagen Sie das!«), der Bau einer Straße durch die Wildnis, Lizenzen, die man erteilte, dieses oder jenes unappetitliche Verhör. Gott, ja ... aber auf dem Meer der Verblendung das Ruder herumgerissen, fatalen Strömungen sich mit letzter Kraft entgegengestemmt zu haben, war keine geringe Leistung, die sich (niemand widerspricht) durch ihre Erfolge selber krönt, stirb und werde, wie es so schön heißt, im Licht der Geschichte, das böswillige Fehldeutungen und Missverständnisse irgendwann einmal aufklären wird, nach zermürbenden Jahren des Verdachts und ideologischer Besserwissereien. Souza, dessen Gesicht noch erstaunlich jenem anderen auf dem Foto in den Unterlagen der School of the Americas glich, war voll und ganz mit sich im Reinen, gut so, hatte Fleming gedacht, einen Schluck Tee trinkend, während der Brigadier zügig den ersten Aperol leerte, nichts stellte sich im Berufsleben kniffliger dar als der Kontakt zu Leuten, die von Zweifeln geplagt werden und fortlaufend ermuntert werden müssen, ihre Arbeit zu tun (»Das ist jetzt aber sehr schade«).

Der Mann dort ... Ángel? War er nicht, höchstwahrscheinlich, Fleming wandte sich dem Eingang der Mall zu, hatten sie die Buchhandlung als Treffpunkt ausgemacht, mein Fehler, mein Gedächtnis. Was wären wir ohne jemanden wie ihn, seinen Sammlergeist, Einfallsreichtum (beim Aufspüren entlegenster Quellen), die Gabe, Daten scharfsinnig zu kombinieren und die richtigen Schlüsse daraus zu ziehen – Muster, die über die Jahre immer deutlicher hervortreten. Eine an den Rand geschriebene Bemerkung in einem vergilbten Führungszeugnis, das stolze, in der Presse verzeichnete Schweigen vor einer Kommission, die entschlossene Miene des jungen Mannes auf dem Bild in einem Dienstausweis. Grün umkringelt, Kanalzone Panama, wo sich die Schule, die Militärakademie befand, die zu besuchen keine Schande gewesen ist, sich nach dem morgendlichen Fitnessprogramm Absatz für Absatz in ausgefuchste Handbücher versenkend, deren wortgetreue Anwendung zu Hause manch nützliches Material liefern sollte, eingestandene Decknamen, Waffendepots. Als wäre es (und jede gegenteilige Behauptung war ehrenrührig) auch nur für die Sekunde eines Wimpernschlags um etwas anderes gegangen als den Frieden, des Landes und Kontinents, seine unermesslichen, unvergleichlichen Schätze, die es mit plausiblen Methoden davor zu bewahren galt, in die Hände ferngesteuerter Aufrührer und Banditen zu fallen. Absolutamente de acordo, meu caro General, wer wollte die Stirn haben, Ihnen und Ihren Kameraden die gerechte Anerkennung zu verweigern, ich nicht, dachte Fleming und machte dem Service durch eine Geste klar, noch einen Aperol zu bringen (Souza hatte zustimmend genickt), Dankbarkeit für eine, gestatten Sie, aber ... hochherzige, aufs Gedeihen der Nation gerichtete Gesinnung ... über Jahrzehnte hinweg, das soldatische Pflichtgefühl, unter allen Regierungen, die kommen und gehen wie Dunkelheit und Licht, die Fäden nicht aus der Hand zu geben, nicht lockerzulassen in dem Bestreben, den großen Rahmen für Prosperität und sozialen Fortschritt ... zu garantieren, mit anderen Worten, das Unvermeidbare auf die zivilste, eine die Interessen aller nicht aus den Augen verlierende Weise zu regeln ... bedeutete, keine der Wirtschaft abträglichen Schlagzeilen, nicht die üblichen TV-Interviews mit verwirrten Angehörigen und keine (was der springende Punkt wäre) Heldentaten vor laufender Kamera, die bei Kidnappern hässliche Reaktionen auslösen könnten.

Es hatte zu regnen begonnen, dicke Tropfen zerplatzten auf dem Glasdach der Caféterrasse in einer ruhigen, von schlanken Bäumen gesäumten Seitenstraße, die auf den Ibirapuera-Park zulief, elegante Wohnblocks, Sicherheitszäune aus hohen Stahlstreben, Männer in einheitlichen schwarzen Anzügen, die mit Knöpfen im Ohr die Einfahrten zu den Tiefgaragen überwachten. Schirme wurden aufgespannt, die wenigen Fußgänger verfielen in Laufschritte, Köpfe unter Zeitungen und Taschen bergend. Bald prasselte es herab, eine sprühende Wasserfront, die den Blick nach draußen verschleierte.

»Schlagzeilen sind nie gut«, sagte Souza, mit einem Plastikstäbchen die Eiswürfel in seinem Aperol rührend, er sah auf, »Eitelkeiten.«

Alles, dachte Fleming, was die öffentliche Neugier anstachelt,

Motive unerheblich. Ein mit Halogen-Schweinwerfern ausgeleuchteter, fensterloser Raum, in dem eine Schaumstoffmatratze liegt, daneben ein Kleiderbündel, eine in der unverputzten Wand verankerte Fußkette, deren Radius nicht weiter als bis zum Eimer für die Notdurft reicht. Auf einem Tisch die nach Größe sortierten Schießgeräte, manchmal sogar eine Panzerfaust Marke Eigenbau. Und als dramaturgisches Highlight der Inszenierung drei, vier Festgenommene (im günstigsten Fall festgenommen), die von den maskierten Mitgliedern einer Spezialeinheit umringt werden, noch mal unverdientes Glück gehabt.

»Wie viel weiß ich?«, fragte Souza.

Die entscheidende Frage ... immer so viel wie notwendig; in der Hauptsache (deshalb sitzt man schließlich hier) handelte es sich um eine Form von Zurückhaltung, die nicht schlecht vergütet sein würde, gar nicht, im oberen Marktsegment, um es präziser auszudrücken.

»Ich glaube«, sagte Fleming, er suchte nach Worten, die einer Kompromittierung (beider Parteien) keine Angriffsfläche boten, »man darf von einer Übereinstimmung unserer Interessen ausgehen. Den Aufschwung unbeirrt unterstützen, das Klima für weitere Investitionen wach-, ähm, aufrechterhalten. Wobei Reibungen, unproduktive Reibungen zu verhindern, andererseits gewisse, ähm, verstehen Sie mich nicht falsch, Ungleichgewichte auszutarieren wären.«

»Die Prämien sind gesunken«, sagte Souza, kaltschnäuzig, »ist das kein gutes Zeichen?«

»Zeichen können täuschen. Dann ist es zu spät.«

»Die Vorsicht lässt nach.«

»Sie tun, was in Ihrer Macht steht. Jeder würdigt das.«

»Wir versuchen«, sagte Souza, zufrieden mit sich und seiner Rolle in der Welt (war Flemings Eindruck in diesem Moment, zwölf Uhr vier), »Ärgernisse zu verhüten. Katastrophen.«

»Für uns muss die Verhältnismäßigkeit gewahrt bleiben, bei

allen Risiken, die sich denken oder, ähm, rein praktisch, sich nie ausschließen lassen. In der Realität.«

»Ja«, sagte der Brigadier, nach innen gekehrt, »das Gleichgewicht«, als spräche er zu sich selbst, im Kopf überschlagend, was zu verlangen sei ... die Prämien hätten wieder zu steigen ... ohne jedwedes Aufsehen zu erregen.

»Manchmal ist weniger mehr«, sagte Fleming, »um das Leben eines Menschen, dem ein Unglück zugestoßen ist, zu ...«, er unterdrückte ein Husten, »zu retten.«

»Sie haben mir noch keine Antwort gegeben.«

»Wollen Sie denn eine haben?«

Souza klimperte mit dem Eis in seinem Glas, dann schenkte er Fleming einen abschätzenden Blick, in dem zu gleichen Teilen Argwohn und Verschlagenheit nisteten. Bis sich nach einer Weile, in der an ihrem Tisch nichts anderes zu hören gewesen war als der aufs Dach trommelnde Regen, ein Ausdruck von ... zielstrebiger Härte seiner Züge bemächtigte, wie von Messerschmidt einst modelliert, eine Büste aus Blei.

»Was weiß man schon?«, sagte Fleming, Souza hob seinen Zeigefinger ein wenig und bewegte ihn vor seiner Brust unauffällig hin und her, so nicht. Wie dann, Herr General? Sie werden zur rechten Zeit erfahren, was vonnöten ist, um Dummheiten zu vereiteln, einen etwas zu engagierten Kommandeur ihrer Truppe auszubremsen. Planquadrate, die Ihnen von Ángel auf sicheren Kanälen zugestellt werden, hier in den nächsten Tagen keine Razzien, kein Sturm aus blindem Eifer (wie unfassbar groß ist doch diese Stadt).

Souza (noch unrasiert heute) schob die Gläser beiseite und beugte sich auf dem Rattanstuhl nach vorn, Fleming spürte die Anspannung, ihm nach einem Gefecht ausgeliefert zu sein, selbst tot, wäre nichts, wovon man träumen möchte.

»Hundertfünfzigtausend.«

»Sprechen wir von Dollar?«

»Kostet ein Versicherungspaket bei Peterson. Im Jahr.«
»Die Preise verfallen rapide.«
»Bei Scottish Life und Black Fox dasselbe.«
»Man könnte auch sagen: Sie sind im Sturzflug.«
»Und ...?«
»Ich muss Ihnen das nicht erklären.«
»Doch«, Souza legte die Handflächen ineinander, »vielleicht übersehe ich etwas.«

Worauf will er hinaus, fragte sich Fleming, war der Betrag jetzt eine Kennziffer für ihn? Als Minimum, das neu zu verhandeln wäre, wenn nach eingetretenem (und ohne Komplikationen bereinigtem) Schadensfall die Prämien für die Policen wieder hochschießen würden? Denkt er an eine Beteiligung am Lösegeld, an Prozente, zwanzig, vierzig, die ihm zustünden für ein tagelanger Finsternis entrissenes und der globalen Wertschöpfungskette nach Erholungsurlaub und Traumatherapie wieder eingegliedertes Chefingenieursleben? Wir wollen doch nicht unseriös werden, oder ... Baltazar?

»Eventualitäten«, sagte Fleming, Silbe für Silbe, sich um einen neutralen, Selbstverständlichkeiten angemessenen Ton bemühend, »die man zu kalkulieren hat, mmh, jeder Versicherer, Ausnahmen gibt es nicht. Bestimmte Lagen machen einen sorglos, man vergisst dann das Entscheidende, Vorbeugung, es kommt zu Nachlässigkeiten, die die Sicherheit der Kunden signifikant beeinträchtigen. Wer ...«, Fleming senkte seine Stimme, deutete dezent mit dem Kopf zur Straße, »ahnt schon, was da draußen vorgeht, ein Ticken in tausend Gehirnen, in irgendwelchen Siedlungen und Vorortbars, Raffsucht, Verzweiflung. Politische Spinner, die nur auf eine Situation warten, um es dem Fortschritt, der über sie hinwegrollt, heimzuzahlen (Souzas Kiefer sprangen unter der straffen Gesichtshaut vor und zurück, ungerührten Blickes). Rufen Nachahmer auf den Plan, die es ebenso für einen Akt des Widerstands halten, die Gesetze dieser Gesellschaft zu brechen (der Anflug eines Lächelns um den vollen Generalsmund). Alarm schlagen, verteidigen sie sich, weil es Fehlentwicklungen gäbe. Drollig. Nichts als der abenteuerliche Versuch, der eigenen Impotenz und Bedeutungslosigkeit ein glorreiches Mäntelchen umzuhängen. Sofern es sich nicht von vornherein um ganz ordinäre Schwerstkriminalität handelt.«

Souza nahm sein Glas in die Hand, lehnte sich bequem nach hinten in den Stuhl und schlug die Beine übereinander. Er nickte, treffend beschrieben, wo bleibt das Angebot?

Fleming sah sich um. Der Regen feuerte ein wildes Stakkato auf das Mattglas über ihren Köpfen, dann klang er schon ab, begann weiterzuziehen.

»Auf ein Ereignis zu warten, wie ein Kaninchen, können wir uns (die Männer sahen sich sekundenlang schweigend an) nicht leisten.«

»Man muss wachsam bleiben.«

»Einen Ausgleich finden«, sagte Fleming, »die Verhältnisse wieder zurechtrücken, bevor es zu spät ist. Bevor es zu beträchtlichen Einbußen auf beiden Seiten kommt.«

»Um nichts anderes geht es«, sagte Souza.

»Sie hatten vorhin eine Summe genannt.«

»Die für Sie nicht neu sein kann. Kein Geheimnis.«

»Ich denke«, Fleming zupfte sein linkes Ohrläppchen, »wir dürfen hier von einem Grenzwert sprechen.«

Souza schüttelte kaum merklich seinen Kopf.

»Basiswert.«

»Das ist nicht immer und unbedingt ein Gegensatz.«

Wie ein Novize, Fleming verwünschte sich stumm auf lästerlichste Weise, hatte er die Initiative aus der Hand gegeben, leichtfertig die Rede zurück aufs Geld gebracht, ohne auch nur eine einzige Bedingung zu formulieren ... schon im Vorfeld, ab morgen, ein steter Fluss von Informationen aus dem Stab der Einsatzkräfte, um alles, was zu bedenken wäre, alle Optionen schärfer konturieren zu können ... wofür er sich (Kaspar, Melchior, Balthasar) mit hunderttausend (maximal einsfünfundzwanzig, beenden wir diese Feilscherei) doch nicht ungenerös honoriert sähe ... niemand von uns hat etwas zu verschenken ... keinen Cent mehr.

Fleming kehrte die Handflächen nach oben zu einer Geste des Wägens, bewegte sie ein paarmal auf und ab ... unser Spielraum ist nicht unendlich. In Ángels Papieren waren andere, geringere Beträge verzeichnet, für die Souza in seiner Zeit tief im Landesinneren schon tätig geworden war (hatte zur Tat schreiten lassen gegen eilig zusammengezimmerte Camps auf fremder Leute Grund und Boden, Aufwiegler, Machetenschwinger), bis es ihn (noch gar nicht lange her) hochspülte in eine Position, die kameradschaftlichen Beziehungen so viel schuldete wie seinem Geschick, politische Atmosphären zu erspüren, aufzutreten als unentbehrliche Verkörperung von Kontinuität über die Epochen hinweg, Amnestien, freie Wahlen, Währungsschnitte, bei denen man diverse Nullen auf den Scheinen gestrichen und die zerfledderten Lappen durch druckfrische ersetzt hatte, neue Münzen geprägt, die die Bildnisse von Seefahrern und Königen trugen, Klimpergeld für einarmige Banditen und Bettelvolk, für ein Rennauto, ein Hü-Hott aus Kunststoff, das man unter dem Gekreisch des Enkelsohns zum Wackeln bringt, harmlose Vergnügungen (was in fast denselben Worten auch jemand in Europa gerade denkt, sich erinnernd) ... mit dem starren Blick eines Basilisken ... Souza sah durch ihn hindurch, wie abwesend, dachte Fleming, versunken in einen Traum, der so alt war wie die Erde, Schuppen aus Granit, Amethyste als Augen, doch war das, wie im Tierreich, eine Täuschung, einen Schritt weiter, und das Opfer ist gepackt.

Eine Gefahr, die gemanagt werden will, von überschaubarem Umfang. Nichts Exotisches, nur die befriedigende Lösung einer Unannehmlichkeit, mit der in den nächsten Wochen, wie die

Dinge liegen, zu rechnen wäre. Purer Leichtsinn, es nicht zu tun, nicht zu handeln, und stattdessen auf Statistiken oder Gemütszustände zu bauen, sich ohne Gegenmaßnahmen der Launenhaftigkeit des Schicksals zu ergeben. Um dann in Teufels Küche zu kommen bei der Regulierung von Schäden, die auf vielerlei Ebenen nicht mehr gedeckt sind.»Jemand mit Ihrer Expertise«, hatte Ángel in einem von ihm aufgenommenen Vorgespräch zu Souza gesagt, »wird die Gefahr nicht verborgen geblieben sein«, inwiefern man glaube, zum Wohle aller, von einer Interessenkonvergenz (bzw. -synthese) ausgehen zu dürfen.

Laut Ángels Bericht, dachte Fleming, war Souzas Gesicht, war seiner Miene nichts abzulesen gewesen, als er ihm das Problemfeld (in der gebotenen Allgemeinheit) skizzierte, noch hatte er irgendeine Reaktion gezeigt bei den Referenzen (Namen, Dienstränge), die sich für die Qualität ihrer Arbeit verbürgen würden, nur militärisch knapp genickt (also doch eine Schwäche), als es um Fleming selbst ging … dass er sicherlich schon von ihm gehört habe, seinem Leumund (wen man auch frage), der Erfolgsbilanz seiner Unternehmungen. Instabilitäten, die zu diagnostizieren und beseitigen sind … ein Bedürfnis nach Schutz, das mit einem anderen, nicht minder legitimen, wieder in Einklang (eine harmonische Schwingung) zu bringen sei. Verstehen wir uns?

Natürlich, man verstand sich, hatte und würde es immer, sich verstehen, gern, sagte Fleming (ließ sich nichts anmerken, seine Gereiztheit), als Souza überraschend einen Lunch vorschlug, nebenan, Richtung Park, sei ein nettes Restaurant, wo man sich ein wenig (sagte er so) stärken könne. Für was, noch eine Runde hin und her? Fleming hatte einen Geldschein unter seine Teetasse geklemmt, dann die rechte Hand über den Tisch gestreckt, zum Einschlagen geöffnet, Souza hatte ihn erstaunt angesehen, muss jetzt nicht … fehlt hier nicht etwas …

Da runter, da links geht's zur Buchhandlung, unter einer sich durch die Stockwerke windenden Fußgängerrampe hindurch, an den Aufzügen vorbei, dem vorletzten Programmpunkt für heute entgegen. Ángel hatte über die beiden Inhaber von MaFi Close Protection noch etwas in Erfahrung gebracht, das den Preis nach unten drücken würde, sehr gut. Während bei Souza ... Gleichstand der Waffen, mit geringen Vorteilen für ihn, die für einen entscheidenden Geländegewinn jedoch nicht ausreichten, sondern nur zu einer Abnutzungsschlacht geführt hätten, wollen wir das denn? Unsere Kräfte verschleudern? Anstatt eine solide, über jeden Verdacht erhabene Vereinbarung zu erzielen ... eins, hatte Fleming leise gesagt, um nach einer kleinen Pause zwei-fünf anzuhängen, hatte genickt, als Souza jetzt unumwunden, das Wort Absicherung fiel, die Hälfte der Summe im Voraus verlangte ... der General schlug ein und stand auf, wies leutselig lächelnd zum Ausgang, kommen Sie, Lunch, haben wir zwei uns doch redlich verdient. Als sei das die Kehrseite, dachte Fleming, das wahre Kreuz, das man auf sich zu nehmen hat (im Getriebe der Mall plötzlich von einem Ekelschauer gepackt), solche nicht zu stoppenden, nur mit maximalem Gleichmut zu überlebenden Vorträge, die privaten Dünkel und politische Trivialitäten gönnerhaft zusammenleimen, Viertelstunde um Viertelstunde bei Artischockenrisotto, Maishuhn, Minestrone, Steak, Süßkartoffelpüree, Obstsalat, Maracujacreme, meinen Sie nicht auch?, so viel steht fest!, wer zweifelt daran? ... ja, ja, ja, ja, ja.

Was für eine Wohltat! Über die Schwelle, und man ist Raum und Zeit enthoben, die Last (Tonnen dieses Geredes) fällt von einem ab. Hoffnungslos old school – kam Fleming in den Sinn, als er seiner Erleichterung gewahr wurde (buchstäblich nach einem halben Meter im Innern der Livraria Cultura), du bist ein sentimentaler Teufel, aber so war es nun mal. Ein Teppichboden mit rotweißem Rautenmuster dämpfte die Schritte der Kunden, die auf verschiedenen, gegeneinander versetzten Ebenen zwischen Regalwänden und Büchertischen umherschweiften, Decken und Brüstungen überall von gerippten Holzpaneelen verkleidet, die jedes unnütze Geräusch zu schlucken schienen, manchmal der Faden einer wispernden Stimme, Papiergeraschel, dann und wann ganz schwach der ziepende Ton eines Scanners, den man an einer der Kassen über einen Barcode zog. Gute Buchhandlung, eine der besten, auf den ersten Blick zu erkennen. Seitdem er in São Paulo war (und das Hotel lag um die Ecke), hatte er schon reinschauen und sich etwas zu lesen kaufen wollen ... Jabès vielleicht, *Le Parcours*, oder Gedichte von René Char, Robert Desnos, Einschlafhilfen für den Bewohner des Blitzes, mal gucken. Fleming strich von Regal zu Regal, bis er bei der Poesie-Abteilung war, A wie Vicente Aleixandre, paradiesische Poeme. Er blätterte durch die Seiten, aber ... nicht das Richtige, um nachts Ruhe zu finden. Während er das Bändchen zurückstellte, sah er sich um, zog dann sein Handy aus der Hosentasche, doch Fehlanzeige, keine Neuigkeiten von Ángel; der hoffentlich daran gedacht hatte, Nitrazadon zu besorgen oder etwas ähnlich Starkes. Auden? Nee. Dickinson? Nee. Frost?

»Entschuldigung«, ein heiseres, atemloses Flüstern, das jählings neben ihm auftauchte, »Unfall.«

»Du hattest einen Unfall?«

»Alles gesperrt«, sagte Ángel, »Rua Augusta.« Er nahm die Brille von der Nase, wischte sich mit einem gefalteten weißen Taschentuch Schweiß von der Stirn, setzte sie wieder auf, ein unmodisches, rechteckiges Gestell aus silbrigem Metall, das ihm in Verbindung mit seinen sauber gescheitelten, allerdings etwas zu langen, gewellten Haaren, dem weichen Gesicht, das Aussehen eines ... angejahrten Informatikstudenten verlieh, mit dem Unterschied, dass Informatikstudenten, älter, jung, beflissen oder nicht, in der Regel keine Maßanzüge tragen, sein Tick, Anzüge *nie* von der Stange, Schuhe nur vom eigenen Leisten, ein bisschen albern.

»Liest du Gedichte?«

»*Ich?*«

»Das ist kein Verbrechen«, sagte Fleming, »sollte man gelegentlich.«

»Wenn du meinst«, sagte Ángel und klopfte auf seine Jackentaschen. »Hier«, er beförderte eine Medikamentenschachtel ans Licht, »bevor ich's vergesse.«

»Danke.«

Ángels Augen, den Kopf hatte er leicht geneigt, wanderten über die Buchrücken vor seiner Nase, Autoren und Titel in Lettern und Farben aller Art, von streng geometrisch (weiß auf schwarz) zu barock verschnörkelt in schreiender Kolorierung (als sei das eine nicht genug), bis seine Brille ins Rutschen kam und er sie mit dem Zeigefinger wieder hochschob, sich Fleming zuwandte und murmelte: »Definitely not my business.«

Konnte störrisch wie ein alter böser Bergesel sein, am vernünftigsten dann, man verließ das Zimmer, Restaurant, den Tisch, zahl selber ... und wir machen es, wie ich gerade gesagt habe, nur über meine Leiche, wenn du unbedingt drauf bestehst ... obwohl dies die Ausnahme war, rare Fälle des Dissenses, denen keiner, spätestens am nächsten Tag, eine tiefer gehende Bedeutung zuwies, fangen wir einfach noch mal von vorn an. Kapitalimport, Lohnstückkosten, wer regiert und wer Opposition spielt. Kriminalität in Ballungsräumen, auf dem Land, der Grad gewerkschaftlicher Organisation. In wessen Hand die Medien, die Sender, das tägliche Geflimmer aus Quizshows und Endlos-Serien? Mentalitäten und Toleranzschwellen, kleine und große Bedürfnisse, wem könnte man beim Ausbau seines Hauses, dem Kauf eines Bootes, einer Ferienwohnung, beim Schulgeld für die Kinder unter die Arme greifen, wen aus einer unverschuldeten Notlage befreien? Über Distanzen, Erdteile hinweg ein Sammeln von Stimmungen und harten, unstrittigen Fakten, von Namen und Funktionen, physische und psychologische Aspekte, die (irgendwann, irgendwo) bei der Gestaltung einer Operation, der Akquise eines Auftrags, grundsätzlichen Überlegungen hinsichtlich der Korrektur eines intolerablen Missstands zu verwenden wären. Geht gar nicht, muss ich Ihnen beipflichten, hätten Sie eine Idee? So viele Ideen wie Kontakte, langfristig geknüpfte Bekanntschaften und Beziehungen diagonal durch einen (wie Ángel zu sagen beliebte, in allen Sprachen, in denen er sich auszudrücken verstand) sozialen Raum, ohne Scheu vor seinem Unterbau, einem spezifischen ... Überlebenswillen, den es dahin zu navigieren gilt, wo er sich für jeden Beteiligten (an erster Stelle immer die Klienten) effektiv auszahlt ... Hilfe bei der Reduktion strangulierender steuerlicher Belastungen, Abbau von Investitionshemmnissen, Eliminierung von Risikoposten in der Bilanz, die durch Fahrlässigkeit, unangebrachtes Vertrauen in die Einsichtsfähigkeit (und Triebstruktur) der Gattung Mensch, den naiven Glauben an amtliche Zahlenwerke entstanden sind, tja ... profitiert dann jeder davon ... was, Ángel?

»Würdest du mir zuhören!«

»Ich hör dir zu.«

»Okay, Chef«, Schweißtropfen rieselten vom Haaransatz über Ángels Schläfen, »ich hab nichts gesagt.«

»Pardon«, Flemings linke Hand berührte kurz den Oberarm des anderen, »ich war abgelenkt.«

»Wegen Souza?«

»Allgemeiner.«

»Was die Arbeit betrifft?«

»Mehr übergeordnet.«

»Ah ... ha.« Ángel Barroso schüttelte irritiert den Kopf und blickte erneut zum Regal, während seine Fingerspitzen behutsam die Bücher entlangglitten, als wollte er deren Inhalt ertasten, Terzinen, Sonette ... *the women come and go, talking of Michelangelo.*

»Ich habe mir heute Nacht erlaubt, das Privatkonto von Senhor Neto zu revidieren ...«

»Warum erst jetzt?«, sagte Fleming in einem Ton, der Ángel zusammenzucken ließ, seine Lider flackerten.«Und warum haben wir noch nicht darüber gesprochen?«

Ángel schloss die Augen und atmete durch. Dann stierte er an die Decke.

»Ist gut«, sagte Fleming, »besser spät als nie.« Und eine andere Miene, bitte, du weißt, wie mich die Tour, diese Mischung aus bekümmert und Indignation ... ja, wir haben beide nicht daran gedacht, unverzeihlich, unbegreiflich, sind wir schon zu alt für das alles? Gedankenlosigkeiten, die sich einschleichen, trügerische Selbstsicherheit, red weiter ...

»*Án*-gel.«

»Ein sich in den letzten Wochen steigernder ... in immer kürzerer Folge große Summen«, er nickte bestätigend, »die denselben Empfänger haben, eine, sagen wir mal, Spielgemeinschaft.«

»Der Herr zockt, ach nein«, Fleming legte einen Arm um Ángel und führte ihn mit sich fort.»Überweist man Spielschulden oder solche Kredite seit neuestem ... hochoffiziell, wo leben wir denn?«

»Auf dem Konto von Neto herrscht eine gewisse Unwucht, nicht sehr gesund.«

»Das tut mir leid für ihn. Und sein Kompagnon, wie sieht es bei dem aus?«

»Normal.«

»Rentenfonds, Krankenversicherung. Zahlt das Apartment ab.«

»Den Cayenne, zwei Hausangestellte, schickt seinen Eltern monatlich Geld.«

»Doch es reicht nicht.«

»Bei wem reicht's schon?«

»Die haben Druck.«

»Neto aber mehr als, ähm, der andere ...« Ángel tippte flüchtig an seine Stirn, »Barbosa.«

Fleming blieb am Büchertisch vor dem Ausgang stehen, nahm

einen der darauf gestapelten Bestseller zur Hand, blätterte eine Zeitlang schweigend darin.
»Gut?«
»Ganz bestimmt.«
Er legte das Buch zurück, sah auf seine Uhr.
»Was hältst du von zwanzig für jeden?«
»Zu wenig.«
»Auch jetzt noch?«
»Sie sollten nicht das Gefühl bekommen ...«
»Welches Gefühl, Ángel?«
»Zu kurz zu kommen.«
»Abwarten«, sagte Fleming und klopfte ihm auf die Schulter. »Wirst du sehen.«
»Lust auf eine Wette?«
»Ich wette nicht mit dir, wenn ich genau weiß, dass ich gewinne.«
»Dann bin ich weg«, sagte Ángel und drehte sich grußlos um.
»He«, rief Fleming ihm nach, »was heißt eigentlich MaFi?«
»Sind deren Vornamen«, sagte Ángel im Gehen, seinen Kopf nach hinten zu Fleming wendend, »Martim und Filipe«, und verschwand draußen unter den Leuten in der Mall.

* * *

Zuerst alles ganz harmlos. Frau Gerlach unter dem Honecker-Foto, eine Weltkarte im Rücken, ihre Stimme lieb und warm. Wie sie die Namen auf Russisch ausspricht, Städte und Gebirge, Seen, eine Ferne voller Verheißungen, ungeahnter (auch sehr gefährlicher) Abenteuer. Ein Sechstel der Erde, von Europa bis zum Pazifik, vom sturmgepeitschten Nordmeer bis in die Gluthitze der Steppen Asiens, Samarkand, Taschkent, Buchara, Zauberworte, deren Klang damals eine Flucht von Bildern, wildes Herzklopfen heraufbeschworen, als Forschungsreisende, Archäologin, Botschafterin des Friedens nachmittags mit dem Finger im Atlas der Seidenstraße folgend, auf nördlicher oder südlicher Route um das Becken der gewaltigen Taklamakan-Wüste herum, von deren Wanderdünen bräunliche Sandschleier hochgewirbelt werden, gegen die man sich mit Lagen von Stoff über Mund und Nase zu schützen versucht, zusammengekniffenen Auges das Kamel in der Spur der Karawane haltend, schwankend dem nächsten Rastplatz zu (oder läuft man nebenher, das Tier am Zügel bis obenhin beladen mit all den Kostbarkeiten aus China und Indien, den Reichen der Khane und Mogule, Zimtöl, Kardamom, Seidenballen, Jadegeschmeide?), Oasen reihen sich längs des Weges durch baum- und strauchlose Landschaften im Abstand von Tagen aneinander wie kostbare Perlen (Wasser, Wasser!), man schlägt die Zelte auf, kocht Tee, lässt sich vom Singsang der Nomaden (die berühmte Legende von der Wölfin und dem kleinen Jungen) in den Schlaf wiegen.

Angelika streckte sich aus, war jetzt hellwach ... eine Wölfin, ein verwaister Junge, eine riesige Höhle, weißt du es noch? Wie die Legenden aller Völker auch diese eine Fabel (fabelhafte Geschichte) vom eigenen Ursprung, wo man herkommt nach einem schrecklichen Geschehnis und der wundersamen Rettung durch halb- oder nichtmenschliche Wesen. Begierig hatte sie verschlungen, was in den Bibliotheken von Leipzig aufzutreiben gewesen war, hatte den Vater losgeschickt (ihn bekniet, als er noch zu Hause wohnte), sich in der Universität umzutun, Aufsätze, Nachschlagewerke, Bildbände herbeizuschaffen, die ihre Neugier, so gut es ging (und immer nur vorläufig), für einige Stunden, bis man schließlich doch ins Bett musste, an diesem Biedermeier-Sekretär in der alten Wohnung zu stillen halfen ... im abklingenden Licht des Tages, Silhouetten von Reitern auf der Wellenlinie der Hügel, die ewig gleich in breiter Front gegen die beiden Feuerstellen, die Jurten und Menschen und Tiere des Lagers heranrollen, gespannte Bögen und geschulterte Speere, in die Luft erhobene Schwerter, wie eingefroren für die Dauer eines Wimpernschlags, bevor dann der Schrei einer Stimme, die keiner je gehört hatte, das Schattenbild aufsprengt und der Steppenboden unter dem Galopp der Pferde zu beben, einem alles vor den Augen zu tanzen beginnt ... die grausame Wahrheit eines Orakels vor Urzeiten, Knochenwurf oder Traum des Schamanen, aus dem herauszulesen gewesen wäre, was sich zutragen würde, wenn die bösen Geister über den Himmelslenker obsiegen, ihm Fessel und Knebel anlegen in seinem Wolkenreich, um zu verhindern, dass er die guten Menschen warnen, ihnen durch Vogelflug, durch Verfinsterungen der Sonne oder des Mondes, ein Gewitter von Feuerschweifen zwischen den Sternen bedeuten kann, alle Spuren ihrer Lagerstatt zu verwischen und eilends weiterzuziehen, umgeben von einem Schwarm der erfahrensten Späher, die Ausschau halten nach Anzeichen des Unheils, dem zu entrinnen irgendwann doch nicht mehr möglich sein wird, die Stunde kommt ... Angelika rieb sich mit den Handflächen über die Wangen, mit zwei Fingerspitzen über ihre Lider, blickte zur Decke, wo ein schwerer Holzbalken sich wie ein Schiffskiel aus der Dunkelheit schälte. Darüber das Dach, die Nacht, der Widerschein der Stadt, den man aus einiger Entfernung (vom Meer, von Zandvoort aus) als zerfasernde Lichtwölbung im Himmel schweben sah, das Rauschen der Brandung im Rücken. Zu früh, um hinzufahren und auf die Morgendämmerung zu warten, sie hob das Handy von den Dielen neben ihrer Matratze, erst 02:01, viel zu früh. Stille um sie herum, kein Laut drang von der Straße, aus einer anderen Wohnung hoch, mucksmäuschenstill ... der Lärm des Kampfes, den sie sich als Kind nicht vorzustellen vermochte, war erstorben, gemetzelt Mensch und Vieh, die Zelte unter den Hufen der Pferde zertrampelt, als wäre eine Sturmböe über das Lager hinweggefegt, in Minuten (oder wie lange das dauert) jegliches Leben auszulöschen.

An dieser Stelle, sie kreuzte ihre Arme, tauchte die Wölfin auf, kaum auszumachen in der mondlosen Nacht, die inzwischen hereingebrochen war. Und findet (sonst gäbe es ja keine Legende) ein Neugeborenes, das dem Massaker entgangen ist (vielleicht unter dem Körper der erschlagenen Mutter), doch anstatt sich jetzt nach Wolfsart an ihm gütlich zu tun, verbirgt sie den Winzling in einer Höhle gigantischen Ausmaßes (Wiesen darin, Wälder und Berge), wo er, von ihr gesäugt, zu einem furchterregenden Krieger heranwächst. Die beiden paaren sich (offenkundig wiederholt, oder handelte es sich um einen Wurf?), und sie gebiert ihm zehn Söhne, mit denen er die bukolischen Gefilde später verlässt, um als neuer Stammvater der Steppenvölker ... 1a Genmaterial, unbesiegbares wölfisches Blut.

Auch das, die Paarung, Angelika lachte, ein für sie vor ... ungefähr dreißig, fünfunddreißig Jahren nicht zu lösendes Rätsel, nichts, was sie sich in ihrer Phantasie hätte ausmalen wollen, selbst heute ... bizarr, Mann vögelt Wölfin ... sie blickte noch einmal auf die Zeitanzeige ihres Telefons, doch es waren nur (reines Wunschdenken) ein paar Minuten vergangen. Jetzt eine Tablette würde einen Vormittag im Tran zur Folge haben, Gespräche wie durch eine Nebelwand, Kaffee auf der Tastatur. Ein Glas Wein mehr trinken, dachte sie, morgen, und du schläfst durch. Schläfst dich durch das Rumgerenne, das immer, oder oft, mit Frau Gerlach begann, im Klassenzimmer vor einer Weltkarte stehend. Wenn sie schrecklich gewesen wäre, ein Lehrermonstrum, doch im Gegenteil, eine verständnisvolle, ihre Schüler nie drangsalierende Frau. Dass sie in der Sowjetunion gelebt hatte als Kind, hatte sie einmal erwähnt, obwohl, Angelika erinnerte sich genau an die Szene auf dem Korridor nach der Unterrichtsstunde, ›erwähnt‹ nicht das richtige Wort ist, es war zu erschließen aus einer ihrer Antworten auf eine wissensdurstige Frage (etwa: »Gehen Nomadenkinder auch zur Schule?« oder: »Sind die Schulen für Nomaden in Zelten?«), weil sie das *man* auf eine Art gebrauchte (um zu vermeiden, *ich* zu sagen), die selbst einer

Zwölfjährigen die entsprechende Folgerung nahelegte (beispielsweise: »Man gewöhnt sich doch sehr schnell an die verschiedenen Nationen, mit denen man dort in einer Klasse sitzt«), was ihr, der Lehrerin, in Angelikas Augen eine Weltläufigkeit verlieh, die in keiner Beziehung zur Realität stand, zu dem, was man auf der Straße oder zu Hause hörte oder sah vom großen, großen Bruder, sofern überhaupt, Floskeln und Phrasen in Büchern, bei den Pionieren.

Angelika beugte den Oberkörper vor, Hände um die Fußsohlen, Beine ausgestreckt. Verharrte in dieser Stellung, bis ein Ziehen die Wirbelsäule hochkroch zum Nacken. Richtete sich auf ... und noch mal, wieder zurück ... bog die Füße nach vorne, nach hinten ... wie alt mag Frau Gerlach gewesen sein? Nicht mehr jung, das nicht, aber auch nicht ... mit einer sportlichen Figur, die Haare zu so einem Korb frisiert (Bienenkorb), circa ... Ende dreißig, Anfang vierzig? Rechne es aus, ein Mädchen in einer Kommunalka, einem Wohnheim für Emigranten mit Familie, einer Hütte, einem Verschlag im kasachischen Nirgendwo: Nächte, die zum Bersten gefüllt sind mit Angst, jedes Motorengeräusch draußen schnürt den Atem ab, neben dem Bett der Eltern ein kleiner Koffer, in dem etwas Warmes zum Anziehen ist, Seife, Zahnbürste, Handtuch (wie für eine kurze winterliche Reise), geflüsterte Gespräche über einer aufgeschlagenen Zeitung, deren Schlagzeilen die Vernichtung der verbrecherischen Hunde melden, Abschaum der Menschheit, welcher dank der Wachsamkeit der Massen und ihrer Organe entlarvt worden sei und weiter entlarvt werde (Abschaum entlarven?), bis man ihn vom Antlitz der Erde getilgt haben werde, Faschisten, menschewistische Banden, gekaufte Provokateure. Mitschüler verschwinden vom einen auf den anderen Tag, Freunde wenden das Gesicht ab, wenn man ihnen in der Stadt begegnet, man spürt, wie die Hand des Vaters, an der man geht, zittert, er bleibt stehen, spannt seinen Körper, gibt sich Mühe, einen anzulächeln unter seinem Hut. Und im Kino, das man so gern besucht (während der Woche wird dafür Kopeke für Kopeke eisern gespart), vor dem Film in der Wochenschau die neuesten Berichte aus den Gerichtssälen, die das Publikum bei der Urteilsverkündung zu Beifallsstürmen hinreißen (man selbst erschauert, erstarrt im Polster, die Mutter klatscht laut mit, vermeidet Blick und Berührung), Gestapoagenten, Land und Heimat verraten, Otterngezücht ... von der Leinwand herab im Klang einer Sprache, die sie nie aufgehört hat zu lieben, allen Angriffen und Anfechtungen zum Trotz (man müsste sie danach fragen, wenn sie noch lebt, warum nicht?), Frau Gerlachs Intonation voller Zartgefühl, das Altaigebirge, Perm und Irtysch, der Fluss auf der Karte eine lange gewundene Linie, die sich mit der des Ob vereinigt und in die türkisblaue Fläche des arktischen Meeres mündet ... andere Stimmen kommen zu ihrer hinzu, man verlässt die Schulklasse oder hat sie ohne Übergang verlassen und befindet sich nun unter Passanten, die alle in eine Richtung eilen, auf schmalen Bürgersteigen beiderseits einer Straße, die von zwei- und dreigeschossigen Häusern (Gründerzeit, Stuck, rußige Fassaden) gesäumt wird, eine Kavalkade von Bussen auf gleichem Kurs, nicht auszumachen, ob in einer Fluchtbewegung oder einem unwiderstehlich lockenden Ziel zu, an Kreuzungen blockieren Uniformierte den Verkehr, schwenken rotweiße Stäbe, als gäben sie Signale weiter, man wird gestoßen, drängt sich selbst in Lücken zwischen denen, die vor einem gehen (marschieren, rennen), es ist heiß, Sommer, windstill.

    Angelika schlug die Bettdecke zurück und setzte sich auf den Rand der Matratze. Immer erkannte sie Details wieder, fand aber kein Wort, keine russische Bezeichnung dafür. Unangenehm, aber fern von Panik, inmitten der Leute zu laufen, so, sich umzudrehen unmöglich, man stößt auf eine Querstraße (in dieser Version), jenseits deren es nicht weitergeht, eine Mauer, nein, ein schmiedeeiserner Gitterzaun, durch den man Grün sieht, Sträucher, Bäume, im Schatten der Pflanzen sind polierte Steine und hohe Kreuze zu erspähen, ein Friedhof (kladbischtsche, das erste Wort, das ihr wieder einfällt), das ist ... ein riesiges Areal, an dem der Weg entlangführt, um sie herum dünnt es sich aus, immer weniger Menschen bei und neben ihr, während in der Ferne Hochhäuser in Sicht kommen, verstreut an pistenähnlichen Zufahrten, und weit dahinter ein graublauer Strich, auf den sie sich zubewegt, ohne ihn je zu erreichen, Ostsee, denkt sie auf Russisch, baltisches Meer (das zweite Wort), zwischen den Betonkolossen der Trabantenstadt herumirrend, dann und wann muss sie sich plötzlich gesichtsloser Figuren erwehren ... nicht richtig bedrohlich, kein Grund, außer sich zu geraten. Eher das Rumlaufen, ohne anzukommen ... ans Ufer, wo sie hinwill (wollte sie doch?).

Auf einem Sessel unter dem Fenster in der Dachschräge lagen ihre Sachen von gestern, Angelika zog sich im Dunkeln an und ging in die Küche, trank im Licht des Kühlschranks Rhabarbersaft aus der Verpackung, setzte sich mit dem Karton in der Hand auf einen der beiden Hocker an der Theke zum Wohnraum. Blop, die Kühlschranktür, als sie nach einem Tritt zufiel, die Möbel wieder in Schemen verwandelnd, die Couch, den nepalesischen Schrank, den Sekretär ... Erbmasse, die einen verfolgt. Selber schuld, auch noch mit der Schwester darum gestritten ... zu was man sich, unter bestimmten Umständen, hinreißen lässt, unbewusst, unkontrolliert, rein von Impulsen ... getrieben, im Schlaf ... ans Wasser zu wollen, das von Zeit zu Zeit als Linie am Horizont aufscheint, verstellt wird von Häusern, deren Ausmaße (wie schon in echt) ungeheuer sind, Gargantua als Baumeister, dem ein halbverblödeter Oger assistiert hat (sind die nicht immer ein bisschen plemplem?), in die Landschaft geschüttete Quader in Längs- oder Hochformat, neben denen man sich wie ein Zwerg vorkommt, auf den Fassaden großflächige Spuren von Regen und Schnee, versandeter Rasen ... sie war ... erst als ihr einfiel, dass Rita, die Fakultätssekretärin, in einem der Klötze ein Zimmer hatte, mit ihrem Freund, dem jeweiligen, eine möblierte Einraumwohnung in irgendeiner zehnten Etage bewohnte, Schauplatz von Partys, bei denen die Nachbarn regelmäßig im Bademantel vor der Tür standen, konnte sie sich an die Umgebung, die Siedlung erinnern ... die Wassiljewskiinsel, wo sie rumrannte, eine der Linienstraßen hoch, am Smolensker Friedhof vorbei, um dann orientierungslos zwischen den Hochhäusern ... am Rand der abstraktesten und ausgedachtesten Stadt der Welt, feudale Kopfgeburt ... das Meer nicht finden zu können, obwohl sie (wie auf jeder Insel) nur in die oder die oder die Richtung hätte geradeaus laufen müssen ...

Angelika stellte den Saft in den Kühlschrank zurück, stieg im Flur in ihre Winterstiefel (die sie seit Wochen wegräumen wollte), steckte den Schlüssel in die Hose und nahm eine blaue Popelinejacke vom Haken, deren Schnitt, aufgesetzte Taschen und ein Stehkragen mit eingerollter Kapuze, militärisch anmutete, nur dass sie dreimal so teuer war (locker) wie das olivgrüne Original. Schlüpfte im Treppenhaus rein und trat auf die Straße, eine Runde um den Park, und sie wäre wieder müde genug (wäre zu hoffen), bis sieben die Augen noch einmal zuzumachen.

An der spitzen Ecke von Waldeck Pyrmont- und Sophialaan bog sie nach links, schritt kräftig aus in der menschenleeren, von knospenden Bäumen bedachten Ruhe einer wertbeständigen Nachbarschaft, die ihr auf Anhieb gefallen hatte, als sie im Auto des Maklers zur Besichtigung gefahren waren, nicht weit vom Zentrum, aber schon außerhalb jeder touristischen Begehrlichkeit, jeder Mode. Hier würde sie bleiben (können), hatte sie gedacht, während der Makler (mit Brillant im Ohr) ihr die Vorzüge genau dieses Dachgeschosses (alles ökologisch korrekt saniert und ausgebaut, die Kacheln in Bad und Küche sonderangefertigt, vom Schlafzimmer Blick über den Vondelpark) auseinanderlegte,

was sage ich, mein Schmuckstück ... und sie mussten beide lachen, wenn's so ist, geben wir uns die Hand drauf.
Es war frisch, doch der Wind nicht mehr kalt, schon lange nicht mehr. Eigentlich ... nie *wirklich* kalt in Amsterdam, karelisch, oder dass mal Schneewehen ... Eis sich türmte und man nicht ohne Sturmhaube, einen dicken Schal vorm Gesicht ... worauf man allerdings auch verzichten kann, Sehnsucht gering.
Sie hörte ein Schluchzen, das mit jedem Schritt vernehmlicher wurde, im Laternenlicht ein gebeugter Rücken zwischen zwei parkenden Wagen, Kopf mit schwarzer Mähne auf die Knie gepresst, Arme im Jammer um die Beine geschlungen. Angelika berührte das Mädchen sacht an der Schulter, zwei kajalverschmierte Augen sahen zu ihr auf.
»So schlimm?«
Das Mädchen nickte. Japste nach Luft.
»Meint man immer.«
Ein hilfloses Zucken der Schultern.
»Und dann ...«
Ein Faden Spucke hing ihm am Kinn, Rotz lief aus der Nase.
»Hier«, sagte Angelika und reichte dem Mädchen ein altes, völlig zerfaltetes Papiertaschentuch, das in der Jacke war. »Ist noch nicht benutzt.«
Schneuzte sich aber nicht, sondern verschloss es in der Faust.
»Das glaubst du mir jetzt nicht, würde ich an deiner Stelle auch nicht ...«
Das Mädchen wandte ihr den Kopf zu, Angelika neigte sich nach vorn und legte eine Hand auf seine Schulter.
»In einem Jahr ...«
»Nie.«
»Versprochen.«
»Haben Sie etwas zu trinken?«
»Hab ich nicht, nein«, sagte Angelika. »Brauchst du Geld?«
»Ach ...«

»Glaub mir.«
Das Mädchen nickte und legte den Kopf wieder auf seine Knie. Angelika richtete sich auf und ging weiter, graue Wolkenfetzen am Nachthimmel.

* * *

Bontempis Miene war nicht zu deuten, Sorge, Anteilnahme, professionelles Verständnis; so etwas kommt vor, wir sind alle keine Propheten (sollte aber nie und nimmer, hätte Andolfi, jeden Blickkontakt vermeidend, hinzugefügt – wäre er nicht im Krankenhaus gewesen). Ohne den anderen schien sich Bontempi auf die Sprache der Tatsachen beschränken zu wollen, beredt genug, muss man nicht noch kommentieren. Ob den Indonesiern drei oder fünf Millionen fehlten (oder zehn, zwanzig), spielte jetzt keine Rolle mehr, die Finanzierung des Auftrags stürzte gerade vor den Augen des erweiterten Vorstands in Schallgeschwindigkeit ab. Arschlöcher, dachte Brockmann, sah in die Runde, wer trägt denn für taumelnde Regierungen und Märkte, für dieses Gummigeld die Verantwortung, ich, ihr, die Zuckerbäcker Turins? Und wie hat man vor einem halben Jahr akklamiert, als die Verträge unter Dach und Fach waren (*peace for our time*), sehr wohl wissend, auf welch wackligen Füßen ... die Zusagen einer einheimischen Bank ohne nennenswerte Reserven ... Baugrube ausgehoben, Strom gelegt, und finito la musica. Die Anregung vom Kopf des Tisches, jemanden ins Boot zu holen, flatterte so erwartbar wie unnötig durch den Konferenzraum, *das* hatte er schon in seiner Mail geschrieben, Mensch (bereits mein Vater ...), überflieg wenigstens mal die Vorlagen (oder lass sie dir von deiner Sekretärin vorlesen). Die Absatzchancen für Industriedruck resp. Beschichtungen seien, gesamtasiatisch, nach wie vor als vielversprechend einzuschätzen, mit dem gesteigerten Produktionstempo des neuen Systemkomplexes verschaffe sich der indonesische Kunde, nicht zuletzt qualitativ, einen bedeutsamen Vorteil gegenüber regionalen Wettbewerbern, insbesondere aus der Volksrepublik ... steht alles da, in Formulierungen, die man verstehen müsste ... Kontakte und Termine, ein gemeinsames Treffen bei AMRO in Amsterdam, Nachverhandlungen, deren Ausgangspunkt eine mögliche staatliche Bürgschaft wäre, so dass ein Überbrückungskredit ... mein Gott, Aufträge sind vorhanden, so ist das ja nicht.

Bevor Brockmann noch einmal darauf hinweisen konnte, dass es gute Gründe gegeben hatte (die mörderische Konkurrenz vom Pearl River), zu verfahren, wie man verfahren war (35 % Anzahlung *nach* Fertigstellung der Infrastruktur, haben wir denn schon einen Cent verloren, eine Schraube gekauft für die Maschinen, irgendetwas produziert?), und weiter, dass er nicht unoptimistisch sei, mit AMRO einen Partner zu gewinnen (wer's glaubt, wird selig), der für eine zügige Abwicklung des Projekts einstehen werde (Brief und Siegel auf eine leuchtend bedruckte und imprägnierte Zukunft), sprang ihm unverhofft Lucio Castellina zur Seite (Director Procurement & Logistics), ein dicklicher, sonst eher schweigsamer Mann, der die Lage, das Problem, mit dem man sich auseinanderzusetzen habe, eine momentane Schwäche nannte, die keinesfalls mit der Krise von '98 zu vergleichen sei, als sich Währungen in Luft auflösten und (»Wir erinnern uns alle«) eine Schwemme unbesicherter Darlehen das größte Chaos verursacht hätte. So ist es gewesen, dachte Brockmann, Rauchsäulen über Jakarta, und am Flughafen ein Militärposten, der niemanden durchließ an jenem Tag, als er bei einer Zwischenlandung Zeit hatte und mit einem Taxi in die Stadt wollte ... ohne verabredet zu sein oder etwas unterschreiben zu müssen, ein Schlafwandler, der nicht weiß, was er tut, wie ferngesteuert ... er würde den Vorschlag machen, sagte Castellina, bleiben wir ruhig, eine Woche oder zwei seien jetzt auch egal, gut, den Vorschlag ... abzuwarten, wie sich AMRO entscheide, und dann,

dann sehe man klarer. Kein Widerspruch, kein Angriff, als hätte man die Reihen noch nicht dicht genug geschlossen, Bontempi ohne sein Sprachrohr zu vorsichtig, um auf Zahlen rumzureiten, bilanzielle Szenarios zu entwerfen, die den Engländern nicht gefallen könnten, performance, benefits, maximising value.

Atempause, Reserven und Wechselkursprognosen. Spätestens wenn Andolfi wieder einsatzbereit wäre, käme es zum Knall, in vier Wochen? Vorher hätte er noch (»Jochen, machst du das?«) dessen letztes Geschäft abzuschließen, was aber ... reine Formsache, eine Reise übern Atlantik ohne Druck und Verpflichtung, wie ist es, Leute, darf's 'ne Komponente mehr sein, ich wieg mal ab. Mit Leib und Seele dabei gewesen, wenn du ehrlich zu dir bist, Nächte am Faxgerät, Telefon und später am Computer gesessen, um am nächsten Morgen mit einem berauschenden Erfolgsgefühl den anderen Vollzug zu melden, Bestellungen, die man transkontinental hereingeholt hatte, Millionenvolumen ... Millionen, Millionen, Millionen ... Brockmann öffnete ein kleine Flasche Mineralwasser und goss sich ein, trank das Glas auf ex leer, rülpste leise. Schleppend, dachte er, war es seit Monaten verlaufen (lüg dir nicht in die Tasche, seit mehr als einem Jahr), kleinere Verkäufe, die nur schwer zu kaschieren waren mit dem Verweis auf zukünftige Großorders, hätte man erst die Vorzüge der neuesten Anlagengeneration kennengelernt, für jeden Zweck und Anspruch kombinierbare Maschinenmodule, die höchste Flexibilität gestatteten, Einbau, Ausbau eine Sache von Stunden (48 Stunden, Techniker werden eingeflogen), alles easy, bloß ... eine komplette Produktionsstraße hatte er nirgendwo mehr an den Mann bringen können, Rabattversprechen bis zur Selbstaufgabe, doch nichts, man wartete ab, vertröstete, Sie wissen, wie es aussieht, ein Schritt vor, ein Schritt zurück, können wir uns, Hand aufs Herz, auf Ehre (»believe me, Jochen«), derzeit einfach nicht erlauben.

Bontempi, schräg gegenüber an dem großen, ovalen Tisch, zog

mit einem Kuli Linien von da nach da auf einem Blatt in seiner aufgeschlagenen Aktenmappe, umkreiste entschlossen ein, zwei Worte (Namen, Funktionen?), strich ein anderes aus, noch eins und, nachdem sein Blick über einen Teil der Anwesenden geflogen war, ein drittes. *Wasser für Canitoga*, dachte Brockmann, *Bomben auf Monte Carlo*, zur Sekunde von einer beklemmenden Zerfahrenheit gefangen genommen ... Sonntage, die nicht vergingen, mit Elke und Frieder auf dem Teppich vor dem Fernseher, Asbach Uralt in körnigem Schwarzweiß, manchmal Operetten, Hauptsache, es lief was ab auf diesem Viereck, das eines Tages (vom Himmel gefallen) in einer Ecke des Wohnzimmers stand ... Bontempi legte das Blatt zur Seite und zog von unten aus der Mappe ein neues hervor, auf das er Kästchen malte, deren Inneres er ... beschriftete (schien so), wobei er verstohlen (»Ich nehm dir jetzt das Heft weg, Brockmann«) auf seinen ersten Entwurf sah, Geflecht von Strichen und Kreisen, Weisungsbefugnisse, Kompetenzen, die es zu reorganisieren gälte, Ernennung zu oder Goodbye, Johnny, ist das wahr, Bontempi, erstellen wir hier schon die neue Geschäftsführung? Du auf dem vakanten Sessel des Global Head of Sales, und Andolfi kriegt zur Belohnung für seine treuen Beißhunddienste dein Büro mit Aussicht auf die Alpen ... zumindest das, bevor er dir nachfolgt in ein paar Jahren, wenn du ganz oben bist, versprochen ist versprochen, alles andere wäre grober Undank.

Basaldella, der Enkel des Gründers, ohne Erben mit Interesse an seinem Unternehmen (missratene Neffen, von denen die ganze Stadt sprach), starrte vor sich hin, die linke Hand auf einem Ordner, den er nicht geöffnet hatte, in der anderen eine Zigarette (als Einziger), deren Asche sich bog, in Gedanken überall, nur nicht beim Thema, sichtlich gealtert, alt geworden, dachte Brockmann, ein Prozess, der schon vor der Beteiligung (Kapital musste her) von MercuryLife ins Rollen gekommen war (saure Ersparnisse, die ein Plätzchen suchten, Perspektive), ein Rollen,

Rutschen, Schliddern ohne Bremsen und Haltegurte, die letzte Etappe, aus der keine Abzweigung herausführt, jeden Morgen beim Blick in den Spiegel glasklar, der Tod guckt dich an und weicht nicht mehr von dir, bestell deinen Hof, lass es geschehen ... als sie sich gestern zufällig auf dem Gang begegnet waren, hatte er ihn ohne Vorwarnung oder Geplänkel gefragt, wie lange er schon bei ihnen sei, Jochen, sag mir, fünfzehn Jahre, ist das richtig? Ich denke, hatte Brockmann geantwortet, es sind jetzt fast vierzehn, verwundert über die Frage, halb geistesabwesend gestellt, gespenstisch, wie Basaldella, der gerade noch die Mehrheit an der Gesellschaft hielt, ihn dann am Arm berührte und weiterschlich zu seinen Räumen. Was hatte man beredet, beschlossen, wen eingeweiht? Etwa auch MacCloskey auf dem Stuhl neben ihm (Sean rockte die Staaten und Kanada, I do it hard 'n' deep), geheime Absprachen in größerem und kleinerem Kreis ... hört mir gut zu, die Tage des Alten sind hier gezählt.

Ein Scherz, den er nicht mitbekommen hatte, selbst Basaldella lachte in sich hinein (ohne den Kopf zu heben, die Asche lag auf dem Tisch). MacCloskey zog den Ohrstöpsel heraus und sagte in seinem Brachialitalienisch (ob das noch mal was wird?), er habe für den übernächsten Samstag Karten für Torino, sei leider verhindert, auf Tournee. Wieder lachten alle (war die Tagesordnung schon durch?), ein Spiel der zweiten Liga würde sich keiner ansehen. Nur Sean, dessen Vorliebe (sogar Vereinsmitglied geworden) man sich hinter seinem Rücken mit einer gewissen Exzentrik erklärte, einer nordirischen Deformation, die zum Glück (für ihn) auf den Fußball beschränkt blieb.

»Ihr wisst nicht, was ihr versäumt.«
»Doch, doch.«
»Schweren Herzens ...«
»Steigt ihr auf?«
»Wer steigt auf, der AC?«
»Alle drei Jahre.«

MacCloskey winkte ab, wickelte das Kabel um das Empfangsgerät.
»Danke«, sagte Basaldella und stemmte sich an der Tischkante hoch. Donata, seine altgediente Büroleiterin, die hinter ihm gesessen hatte (immer dabei, sein zweites Ich), nahm den ungeöffneten Ordner an sich, die Packung Zigaretten, Feuerzeug und Füller.
»Wann sehen wir uns wieder?«
Sie flüsterte etwas in sein Ohr, Basaldella nickte, sagte: »Erfreuliches Wochenende, die Herren«, und ging.
Zusammenpacken, Rumstehen. Aufschub, dachte Brockmann, lass dir was einfallen ... nein, ich komm nicht mit zum Essen.
Man zerstreute sich, ein Uhr, gibt's einen Plan?
»Ciao«, sagte Bontempi.
»Ciao.«
Gibt keinen Plan, Gott lacht über Pläne.

* * *

Während er mit dem Bus in die Stadt zurückfuhr, vibrierte sein Telefon in der Hosentasche, eine SMS von Agnese (»Steck's mal woandershin, beult doch total den Stoff aus«), ob er sie später im Laden abholen komme, *wollen wir essen gehen?* Mit niemandem, dachte er, und schaltete das Gerät aus, heute bleibt die Küche kalt. Ja, ja, zwäng dich durch, imbecille, sehr höflich, ist was?, nein, alles gut, perfekt. An der Porta Nuova dem Gedränge entronnen, ummäntelte ihn (und jeden anderen) vor dem abgesperrten Bahnhofsportal infernalischer Baulärm, hinter einer Wand blauer Planen, die an mannshohe Gitter gespannt waren, trieb man den Tunnel für die neue U-Bahn voran, dereinst vollautomatischer Betrieb, das Modernste, was zu haben war ... kein Fahrer mehr, einer in Uniform ... der diese Kurbel dreht, Faust um den Knauf geschlungen, nicht vorherzusagen, wann in welche

Richtung, bremst er oder beschleunigt er, und mit den Drehungen der Kurbel bewegte sich ein Dreieck auf einer Metallscheibe hin und her, ein klickernder Ton, der deutlich zu hören war, wenn der Geräuschpegel in der Straßenbahn für einen Augenblick absank, das Getöse von zwei Dutzend Schülern zwischen zehn und zwanzig, die aus der Vorortgemeinde, auf die Äcker gepflanzte Reihen von Eigenheimen, zum Unterricht in der Stadt fuhren (und mittags wieder zurück), Elke mit ihren Freundinnen hinten im Wagen, wo die Großen ihre Plätze hatten, auch Frieder mit seinen Kumpels, die um die Mädchen herumlungerten, Zigaretten drehten, Sprüche klopften, während man selbst vorne stand (das warst du, dachte Brockmann, an der Fußgängerampel über den Corso Vittorio Emanuele, wo der Verkehr mehrspurig vorbeiraste, aufs Grünzeichen wartend), vorne neben dem Fahrer in einem Wochen (Sextaner, Quintaner) andauernden Versuch, eine Systematik zu erkennen in den Bewegungen der Kurbel, eine Regel, nach der ... links stop, rechtsrum los ... er überquerte die Straße und betrat auf der anderen Seite die Arkaden, die sich um den Platz mit dem kleinen Park hinzogen; von hier aus kam man trockenen Fußes bis zum Schloss, im Herbst und Winter vor Regen und klammem Nebel geschützt, Tütenberge voller Einkäufe schleppend, die im abendlichen Zwielicht der Bogengänge wie Schutzpanzer von den Armbeugen herabhingen.

Was tun? In ein Café, gleich nach Hause gehen? Weitermachen, als wäre es ein Wochenende unter Aberhunderten, Mails aufarbeiten, im Netz Kataloge durchsehen, mit jemandem (ja, mit Agnese) im Tre Galli rumhocken? Sicher nicht. Muss ein Ende haben, dass du dich immer wieder auf solche Halbheiten einlässt, Zugeständnisse, die getarnt sind hinter falscher Freundlichkeit. Falsch, weil nur ein routiniertes Spiel. Zu absolut unnötigen Verletzungen führend, da ... nicht zwingend, nicht, als wäre es vorherbestimmt gewesen, Verhängnis sozusagen. Glaubst du daran? An was überhaupt, erzähl mal ... Beweis für dies oder jenes, untrügliches Zeichen, ein flammendes Leuchtschild, Hotel Roma ... das er noch nie ausgeschaltet gesehen hatte, noch nie, dachte Brockmann, aber wirklich, als er unter der Arkade den roten Neonschriftzug passierte, dünne, schwungvoll miteinander verbundene Röhren, die in den fünfziger Jahren der letzte Schrei gewesen sein müssen ... bei Tag und bei Nacht, amerikanische Illumination. Eines Oktoberabends hatten sie in deren Abglanz vor der Glastür des Hotels gestanden, Salka von ihrer Idee nicht mehr abzubringen ... sei kein Frosch, das ist morbid, blabla, pervers, was hast du gegen Perversionen, außerdem ... was glaubst du, warum ich die Kamera hier mit rumschleppe?

Schien sich drinnen nicht viel verändert zu haben seitdem, sagte ihm ein Blick durchs eigene Spiegelbild in die Eingangshalle, hohe königliche Räume, die ihre beste Zeit hinter sich hatten, aber vielleicht ... waren die Zimmer mit ihren Stuckdecken und Marmorkaminen inzwischen ja auch renoviert worden, neue Bäder, vor allem neue Matratzen für kommende Generationen von Paaren. Brockmann grinste, schüttelte im Gehen den Kopf, die Zeit von Salkas Pavese-Tick, Besessenheit ... wie bei allen ihren Arbeiten, sich in ein Objekt hineinwühlen, um das Innerste nach außen zu kehren. Sie kannten sich kaum damals (sofern das überhaupt gelingen kann), waren sich erst wenige Wochen zuvor begegnet, zwei Frühaufsteher, die jeden Morgen als einzige Gäste in einer Strandbar im Süden Kretas ihren Kaffee tranken, sich am dritten Tag grüßend, am vierten setzte sich Salka, als sie mit Buch und Badetuch unterm Arm auftauchte, umstandslos an seinen Tisch. Er wusste, dass sie mit einem Mann unterwegs war, hatte die beiden schon am Meer beobachtet, in seinen Augen ihr Freund oder Liebhaber, obwohl es ihm etwas seltsam vorkam, dass sie allein ... aber warum auch nicht, lässt ihn ausschlafen, während er, und das konnte ihr in dem winzigen, aus ein paar Häusern am Ufer bestehenden Ort nicht entgangen sein, sich in Begleitung von Frau und Tochter befand, zwei Erwachsene, ein Kind, eine Familie. Tatsächlich war es ihr letzter gemeinsamer Urlaub, kein Rettungsversuch. Heidi würde nach Deutschland zurückkehren, Elisabeth bei ihm in Turin bleiben, bei ihren neuen Freundinnen, im Fechtclub, in einer Sprache, in die sie wie ein geölter Blitz (und mit Begeisterung) hineingefunden hatte. Sie hatte so entschieden, für sich, *sie* würde in Italien bleiben, eindeutig, ihren Eltern weitere Diskussionen ersparend, was das Beste sei, das Zweitbeste, was machbar, was ausgeschlossen, zu verantworten oder nicht, ihre Lebenslinien ... seine und Heidis, die auseinanderliefen (begonnen hatten auseinanderzulaufen), schon bevor ihm Basaldella einen Vertragsentwurf faxte, den nicht zu unterzeichnen (eine Woche später in seinem Büro, in Gegenwart von Donata) eine Torheit sondergleichen gewesen wäre (»Your expertise in South America, we value very highly«). Gab keinen Streit, kein aufreibendes Misstrauen, Vorwürfe, die sich bis zur Unversöhnlichkeit hätten hochschaukeln können, es war mehr ... wie eine Verzweigung, die man hinnehmen musste, wollte man sich und dem anderen keine Gewalt antun. Was befördert wurde durch Elisabeths unerschütterliches Votum für Italien ... nein, nein, nein, dann ziehe ich eben zu Eleonora oder Cecca, *ich bleibe hier.*

Als existierten sie nur am Rand ihres Alltags, Jochen und Heidi, Papa und Mama, mit einer Willensstärke ausgestattet, die ihr (noch auf der Grundschule, vierte Klasse oder gerade die fünfte), eine Selbständigkeit verlieh, die zarten Seelen Stiche versetzen konnte; aber so war es richtig, die vernünftigste Lösung, auch wenn Heidi an dem Zwiespalt, aus einem (für sie) falschen Leben auszusteigen und sich dabei nach außen hin als schlechte, pflichtvergessene Mutter zu erweisen, nicht wenig zu leiden hatte, zudem mit perfiden Vorwürfen konfrontiert, nicht von ihm oder Elisabeth, versteht sich, aber dem Rest, der Familie, alten Freunden ... die man nun getrost entsorgen konnte (endlich, haha). Als die Entscheidung gefallen war (Geld spielte bei dem allen keine oder eine nebensächliche Rolle, Heidi nicht jemand, der Kontoauszüge und Gehaltsabrechnungen einsehen wollte, er derjenige, der sie fast schon nötigte, diese eine große Zahlung zu akzeptieren), fühlten sie beide sich, gestanden sie einander, über die Maßen erleichtert, nicht spinnefeind geworden, gar nicht, sondern gelassen, was werden würde, würde schon gehen, sich einpendeln, eine für sie drei befriedigende Form annehmen. Warum nicht noch einmal zusammen in die Ferien fahren (könnten wir jedes Jahr machen, glaubst du daran?, Brockmann hatte den Kopf geschüttelt und ihre Hand geküsst, du bist pathetisch, meinst du?, sie lachte, manchmal), ein Dorf auf Kreta, das ihnen von Eleonoras Mutter (mit der sich Heidi schnell angefreundet hatte – macht euch nicht zu viele Sorgen, uns gibt's auch noch) empfohlen worden war, eine Häuserzeile am Meer, keine Campingplätze, nur Privatpensionen, bellissimo.

Ohne Übertreibung, wunderschön, morgens am Wasser, das sanft über die feinen dunklen Kiesel schwappt, ein milchig glasierter Himmel, der langsam aufklart zu wolkenlos brennendem Blau, während sich nach und nach die Hitze des Tages entfaltet, anfängt, Schatten zu werfen, in die man irgendwann hineinrückt, mit dem Plastikstuhl über den Betonboden unter einen der Sonnenschirme des Cafés, in einer herumliegenden griechischen Zeitung kurz die Bilder betrachtend, balkanische Gräuel (Κροατία), bevor man sich wieder dem Buch zuwendet, das als Reiselektüre dient, *Gespräche mit David Hockney*, von dem man gern mehr hätte (Zeichnungen und gute Radierungen, alles andere logischerweise viel zu teuer), eine Serie dieser tagebuchartigen Blätter wäre ein Traum, dachte er, zurückgelehnt, die Seiten im Querformat mit gespreizten Fingern offen haltend, als ein Taschenbuch und ein Badetuch auf den Tisch neben seine Kaffeetasse gelegt wurden, mit einem Blick gegen den Himmel bemerkt wurde, heute ein wenig spät dran zu sein, sei ja schon ziemlich heiß (alles auf Englisch), und ob er erlaube ... bitte, sagte Brockmann, of course, um ihr dann, sie hatte sich schon zur Theke umgedreht (es war die junge Frau von gestern und vorgestern), nachzurufen, sie möge noch ein paar Kekse mitbringen, bring some cookies, als gäbe es nichts Selbstverständlicheres, du willst doch auch welche.

Sein Name war für sie nicht ganz leicht auszusprechen, das J als erster Buchstabe und das ch als Rachenlaut, ich heiße Salka, hatte sie gesagt, das S fast gezischt. Wie man hierhergefunden habe – eine Empfehlung, wie lange man bleibe – zwei Wochen. It's beautiful, so quiet ... Italienerin?, fragte er sich, Französin?, obwohl ihr Englisch dafür eigentlich zu gut war, ohne mediterranes Gehaspel. Was er lese? Brockmann reichte ihr das Buch, das sie, den Daumen als Lesezeichen, zuschlug, um vorn auf den Titel zu schauen. Hockneys Collagen gefielen ihr, sagte sie nach einem Moment, sah ihm in die Augen, seine Polaroidgeschichten. Und sonst? Nein, unbestritten, nur ... Malerei und so weiter nicht ihr Ding, not my cup of tea. Enttäuscht? Warum sollte er ... tell me. Hätte ja sein können. Ob sie ihn so einschätze, jemand, der deswegen, dass man seinen Geschmack nicht teile ... I love the polaroids, I said ... me too, gorgeous work. Sie trank ihren Kaffee, stippte Kekse hinein, wischte sich mit dem Zeigefinger einen feuchten Krümel von den Lippen, das Buch immer noch in der linken Hand, auf ihren Beinen. Brockmann hatte sich eine Zigarette angezündet, blickte aufs Meer, zu ihr, aufs Meer, leerte seine Tasse. Über was reden wir, dachte er, über Kunst? Zu zahlen und zu gehen, wäre das ... das ... führt doch zu nichts. Sie konnte nicht älter als fünfundzwanzig sein (woran denkst du?), plus dreizehn gleich achtunddreißig (und das Problem?), Hochrechnungen und Spekulationen aus Bedürftigkeit, deren Folgen ... sorry? ... man macht sich zum Narren, sorry, I was ... kind of preoccupied. Wo in Deutschland er lebe, wiederholte sie ihre Frage, Jochen sei deutsch, oder täusche sie sich? Nein, aber (ein umwerfendes Lächeln, das ihm gilt, ist das Einbildung?), also, nein, andersrum, er arbeite für eine italienische Firma, seit, seit einem Jahr, und von daher ... you live in Italy?

Ja, Brockmann nickte, simple Antwort. Wohnte und wohne, sagte er halblaut, irgendwie hängengeblieben, und sah sich in einem Reflex (erschrocken) um, als es ihm auffiel, Mann ins Selbstgespräch versunken unter den Arkaden an der Piazza San Carlo, nickt, schüttelt im Gehen den Kopf, kommentiert sich, fällt sich ins Wort, als sei er zwei, dabei kein Penner, sondern in teurem Zwirn, sicher seine Medikamente vergessen, der arme Kerl. Und auch für die Familie nicht leicht ... so jemand, lässt sich auf Abenteuer ein, die er nicht überblickt (aber das ist ihr Witz), sich jahrelang hinziehen können ohne Hoffnung auf einen glücklichen Ausgang (wäre gewesen?), doch Bedauern: nein!, Erklärungen, die man sich zurechtschustert: nein!, es war, wie es war, immer, alles, reiner Zufall, der nur ein anderes Wort für Notwendigkeit ist als einer Ableitung aus tausend Mini-Entscheidungen, die zu genau jenem Punkt der Kurve führen, an dem es knallt, keine Möglichkeit auszuweichen ... dass Salka ebenfalls aus Turin kam (»das bedeutet etwas, oder?«) und ihm vorschlug, sich zu treffen, wenn man wieder zurück sei (er hatte die Hoffnung schon aufgegeben, als sie sich Wochen später – typisch – dann bei ihm meldete), sie reise übermorgen nämlich ab, erklärte sie (auf Italienisch, das er nach den Kursen, die er gewissenhaft besucht hatte, Samstage, Sonntage, schon brauchbar beherrschte), und es wäre doch schade ... was?, das weiß man nie, höchstens hinterher (nach sechs Jahren, die so sprunghaft verliefen, wie sie endeten), obwohl *hinterher* ... es gab Intermezzi, aber kein Morgen mehr, vorbei ... wirklich schade, hatte sie gesagt, sein Buch zurück auf den Tisch gelegt, wenn man das Gespräch nicht fortsetzen würde ...

Im Licht des Neonschriftzugs vor dem Hotel (»Wir marschieren jetzt da rein und nehmen das Zimmer.«»*Das?*«»Wenn's frei ist.«), in dem sich der Schriftsteller mit einer Ladung Veronal von der Erde katapultiert hatte, Pavese, dessen Leben sie in einer Serie von Fotografien re-inszenierte (ihre Diplomarbeit), Orte, Räume, Straßen der Vergangenheit, die auf ihre Gegenwart stießen, andere Geschichten, ein Mann, eine Frau, die sich gerade geliebt hatten (so könnte es scheinen, Hände, Nacken, das Bett, der Nachttisch ...) in einem Kerker größter Einsamkeit. Und wie willst du das fotografieren?, hatte er gefragt, dich selber oder etwa mich, beim Ficken ... lass das meine Sorge sein, hatte sie hart, ernst, nicht mehr von ihrem Vorhaben abrückend, geantwortet, ihn mit sich ins Foyer gezogen ... *Junger Mond*, das las sie auf Kreta, das Taschenbuch auf ihrem Badetuch, Zettel zwischen den Seiten, kenne ich gar nicht, hatte er gesagt, und sie: Solltest du aber ... hatte ihre Sachen zusammengepackt und war zum Strand gegangen. Am nächsten Tag, erinnerte sich Brockmann, kam sie noch einmal kurz ins Café und schrieb seine Telefonnummer auf, ohne sich zu ihm hinzusetzen ... wie hatte er auch denken können ... und wieso nicht?

Am Ende des Platzes schwenkte er in die Via Roma, wuchtige Marmorkolonnaden, unter denen sich die Modegeschäfte wie in einer Warteschlange aneinanderreihten, nicht der direkte Weg nach Hause. Aus Frust 'n Anzug kaufen, läuft es darauf hinaus? Vor einem Schaufenster stehen (wie schon letzten Freitag, nachdem man wegen Andolfis Unfall die Aufgaben neu verteilt hatte) und hin- und herüberlegen, ob's das wert wäre, ein allzu bekannter, allzu schlichter Mechanismus, der aber immer Wirkung zeigte, am effektivsten, man schlief auch gleich in den 2000 Euro, die bei Zegna verlangt wurden, Frühjahrskollektion, handgenähte Knopflöcher, mal gucken (umsonst ist der Tod) ... und dann stieg ihm Ärger in die Kehle, wieder, der gleiche, bei dem unvermittelten Gedanken an die Auseinandersetzung, die er nach seiner Rückkehr aus Zürich mit Andolfis Teamassistentin gehabt hatte, die sich ... als fiele das noch in ihren Kompetenzbereich, eigenmächtig zu bestimmen, in welchem Hotel er sein würde, zu reservieren, ihn vor vollendete Tatsachen zu stellen. Wie sie dazu komme, hatte er gesagt, ein Zimmer zu buchen, ohne ihn vorher zu fragen, wo er üblicherweise, früher ... oder, er musste sich beherrschen, sie nicht anzubrüllen, ob Leonardo in (er sah auf die Mail), in einem Mercure absteigen, abzusteigen pflege, er jedenfalls nicht, noch nie, in São Paulo, hören Sie?, São Paulo, Bra-siiele, wohne er, und zwar seit je (es kochte in ihm), in den Renascimento-Suites, Sie haben doch ein Verzeichnis, also, regeln Sie das bitte.

Schwer vorstellbar, wenn auch nicht ausgeschlossen, dass sie von sich aus (auf Treu und Glauben) gehandelt hatte (oh, ganz schön happig), die Frage war folglich, wer sie instruiert, wer ihr das geflüstert hatte. Mercure ... Dott. Leonardo Andolfi würde sich eher ein Ohr abschneiden, als in so einer Kette sein Intrigantenhaupt zur Ruhe zu betten oder eine seiner Orgien zu feiern, zumal nach einem Vertragsabschluss, zumal ... sie beide mehrfach im Renascimento gewesen waren, vor fünf Jahren?, vier?, und er sicher nicht das Hotel gewechselt hatte, um sein Spesenkonto zu drücken. Freiwillig, weil ... die Zeiten sind hart, ich mache den ersten Schritt (absurder Gedanke). Brockmann hatte ihn in Brasilien und Chile als seinen Nachfolger eingeführt, vertraut gemacht mit dem Markt, allen vorgestellt, ihm die Tür zu seinem neuen Betätigungsfeld weit aufgestoßen – Büros, Bars, Puffs, Behörden, wer anfällig ist für ein Geschenk und wem man ungefragt eins zu überreichen hätte (geht aufs Haus, Cincin), wo, wann, wie, Strukturen und Hierarchien, Verflechtungen, Schlampereien, der etwas andere Zeittakt in subäquatorialen Breiten, Vorsichtsmaßnahmen und technische Details, Kreditoptionen –, mehr konnte man nicht tun, und jetzt wird das Bärenfell schon mal verteilt, Männer mit Zukunft und solche ohne, mit Umsatzeinbrüchen, die uns, seien wir aufrichtig, nutzt ja nichts, zu, ähem, Konsequenzen (in der Verantwortung für unsere Mitarbeiter da unten) zu führen haben, blicken wir nach vorn, beweisen wir MercuryLife, zu welchen Leistungen ... ein Investment, das jeder Seite ... Arbeitsplätze und nachhaltige Ausschüttungen.

Brockmann überquerte die Straße, nicht mehr weit. Und dann? Als stünde schon die Armut vorm Haus und rasselte mit ihren Ketten, *das* kannst du dir nun nicht mehr leisten. In deinem Alter ... sich Übergriffigkeiten ausgesetzt zu sehen, wie der mit dem Hotel. Eine Politik der Nadelstiche in einem diabolischen Zeitplan, auf Geheimkonferenzen verabredet, Demontage bis zum Kollaps. Geht auch einfacher, dachte er, einfachere Erklärungen, die nicht Absichten unterstellen, wo keine sind (und Sales Manager ohne satte Sales haben sowieso und überall ein kleines Problem). Trotzdem, wie eingefädelt, und Andolfi zieht die Strippen, das Bein im Streckgips. Skifahren im April ... mit einer seiner Nebendamen, seiner neuesten, deren Fotos auf seinem Handy er der Runde im Executive Dining vor drei, vier Wochen präsentiert hatte, ah, oh, einigermaßen widerwärtig (beantrag doch deine Seligsprechung, du Steuerhinterzieher), ein gerissenes Kind, das von Geburt an verhätschelt wurde. Nicht deine Sache und nicht das Ende aller Tage, mögen sie hier, Stadt, Land, Fluss, auch gezählt sein. Agnese war kein Argument – unfeine Formulierung, kein hinreichender Grund, bleiben zu wollen, gab es denn einen? Elisabeth in Mailand ... und schon wird es dünn, ausgedünnt, unwesentlich. Jemand, der einem um jeden Preis der Welt am Herzen liegt. Oder, ein Stockwerk tiefer, den man lange, mit Schmerzen, vermissen würde, wenn er fehlt. Zu viel verlangt? Aufgezehrt das, was man an Empathie in die Wiege gelegt bekommen hat? Der da, ein verschatteter Umriss in einer Schaufensterscheibe, der sich jetzt ein wenig vorbeugte, um die Auslage besser betrachten zu können, Jochen mit Namen, sehr deutlich.

Schöner Anzug, dachte er, noch nicht verkauft in der Zwischenzeit (»das bedeutet etwas ...«). Geh rein und nimm ihn mit, und das tat er dann auch.

* * *

Sowjetisch-bengalisch – hätte seine Mutter die Lichtverhältnisse genannt, die gegen halb neun in seinem Wohnzimmer herrschten, eine sich auf Dämmrigkeit, unzureichend erhellte Räume beziehende Wortschöpfung, deren Ursprung wahrscheinlich zwischen Gerücht und realer (dennoch substanzloser) Befürchtung lag. Nur eine Schirmlampe, die auf dem langen Holztisch vor der Küchenzeile brannte – die zum Teil heruntergelassenen Jalousien, die über der kleinen Terrasse ausgefahrene Markise (obendrein die Südostlage des Hauses, fraglos ein Manko) stellten für die schwachen Reste an Tageslicht kaum mehr überwindbare Hindernisse dar. Alles schon im Dreivierteldunkel, die beiden Sitzgruppen, ein Couchtisch mit Bildbänden und Ausstellungskatalogen, die an einer Wand lehnenden, hüfthohen Wechselrahmen, ein ums Eck gebautes Bücherregal, das Weiß des Sideboards und Schubladensystems von Vitsœ (begleitet einen durchs Leben, nicht zu optimieren).

Der Kegelschein der Lampe fiel auf Schnellhefter, Quittungen, Verträge (ein Depotvertrag, Kaufverträge), Versicherungspolicen, ein Blatt mit Zahlen, Plus- und Minuszeichen, Brockmanns Hände, die schrieben, Papiere wendeten, beiseitelegten zu anderen Ahnungen von Dingen weiter rechts und links auf dem Tisch ... als da sein müssten ... Flasche Mineralwasser, Espressokanne, Tasse ohne Untertasse, zwei Aktenordner. Flüssig, zu verflüssigen, im Augenblick nicht ranzukommen. Kann gekündigt werden, besser nicht kündigen, Zinsverlust wäre ... er rechnete Prozente aus (hol dir doch endlich 'n Taschenrechner, Mann!), notierte die Zahl in einem Gitter von Hand gezogener, leicht ausgebeulter Linien, Oblig., Divid., monatl., Jahr; oben in der rechten Ecke stand unterstrichen und eingerahmt die Ziffernfolge 650 000.

Wie viel man braucht, wovon man lebt. Leben wird, wenn nichts mehr nachkäme, ausgemustert ... Luhumppn, Halt-aißen, Papiiier. Seltsam, wie wenig Gedanken man sich darüber macht, wenn's läuft, grundsätzlich ... lediglich kalkuliert, aber auch nicht richtig, ob diese oder jene Zeichnung gerade drin ist, man vielleicht zwei andere verkaufen müsste, um sie erwerben zu können (morgen den Wert der Sammlung mal überschlagen, mit Sinn und Verstand). Eine Vertragsauflösung (einseitig) würde zu einer Abfindung führen müssen, da nicht zu beweisen, er hätte vorsätzlich, schuldhaft, fahrlässig gehandelt. Was, sehen Sie, Herr Rechtsanwalt, einen Zug ins Kuriose hat, da alle dafür waren, den Indonesiern exakt die Konditionen einzuräumen, aus denen man nun den Strick dreht (oder bereits gedreht hat), an dem ich baumeln soll (ach, Jochen, deine poetische Ader). Können Sie das beweisen, gibt es Schriftliches? Also ... nicht, äh, unmittelbar ... und Basaldella mittlerweile zu schwach, um ein Machtwort zu sprechen, die Verhältnisse zurechtzurücken gegenüber Bontempi und Andolfi (oder wer sonst noch zum Komplott gehört ... ist doch klar).

Brockmann griff nach der Wasserflasche (kippte fast um, weil er ihren Hals beim ersten Versuch verfehlte) und schraubte sie auf. Das Gefühl der Verpflichtung, das er empfand, als er im Office von Mr Lu saß. Physisch, nicht bloß Einbildung oder ein Gedankenspiel, moralische Anwandlungen. Nach einem Hubschrauberflug von Dach zu Dach (wo wohnen Sie in Hongkong?), der ihm imponieren sollte, über das Delta, einen Nadelwald von Hochhäusern, Produktionshallen, Dampfwolken, Schnellstraßen bis zum Geschäftssitz seiner Gesellschaft, Hangshu. Um ihm dann ein Angebot zu unterbreiten ... eine haarsträubende Summe zu bieten für seine Fähigkeit (wie der Dolmetscher mit monotoner Stimme, ruckhaft, von seinem Block ablas) to penetrate markets ... in which ... we aim to compete with our product. Unwohlsein, wenn nicht Übelkeit, als würde er davorstehen, einen Verrat zu begehen (sag einfach ja, Geld), den er für den Rest seines Lebens am Hals hätte. Ob er darüber nachdenken dürfe ... not too long. Er trank. Wahrscheinlich zu spät inzwischen, aber ... willst du nach *China*? Willst du doch nicht.

Ein Atemzug Irritation, bis Brockmann das Geräusch zuordnen konnte. Wer ruft ihn auf dem Festnetz an? Er setzte die Flasche ab und stand auf. Und wo bitte ist das Telefon? Er ging zur Stehlampe neben der Ledercouch (autsch, das Knie, der Glastisch, verfluchter Dreck), im von der Decke zurückgeworfenen Halogenlicht fand er den Apparat zwischen den Polstern.

»Pronto.«

Keine Antwort.

Brockmann sah aufs Display, aber die Nummer war schon verschwunden.

»Pron-to!«

»Meine Güte«, hörte sich entrüstet an, war entrüstet, »brüllst du immer so?«

»Elke ...«, ein Anruf, der kommen musste, »entschuldige ... tut mir leid.«

»Das Mindeste«, dann lachte sie.

»Alles gut?«

Unangebracht, überflüssig – Brockmann konnte sich das Gesicht seiner Schwester lebhaft vorstellen. Warum hatte er die Frage (»oder hast du einen besseren Vorschlag?«) in ihrer letzten Mail nicht mit ein paar Zeilen und herzlichen Grüßen beantwortet? Keine Lust, Rätsel der Menschheit.

»Durchaus.«

»Bei mir auch.«

»Das beruhigt mich«, mit einem, zweifelsfrei, ironischen oder sarkastischen Unterton, »wir hatten schon gedacht ...«

Hattet ihr nicht, müsst ihr gar nicht.
»Soll ich sagen: Ich war so beschäftigt?«
»Jochen, den Satz, ja, auf den kannst du in Zukunft verzichten.«
»Tut mir leid, Elke, wirklich.«
»Ja, ist gut. Du weißt, um was es geht?«
Um alles, dachte Brockmann und ging zurück zu dem langen Holztisch (Bauern aus dem Piemont), wo seine Zigaretten lagen, weiß ich doch, mir brauchst du das nicht zu verklickern. Und nicht mit dieser Lehrerinnenstimme. Er klopfte eine Zigarette aus der Packung, machte sie an ...
»Sì, sì.«
... und begann, quer durchs Zimmer auf und ab zu wandern.
»Du hast einen Moment Zeit?«
»Sicher«, sagte Brockmann, den Blick auf seine Füße gesenkt, Parkett, Läufer, Parkett, und verschluckte einen ungehörigen Nachklapp, den ihm sein Unwille diktiert hatte; da kommst du nicht drumrum.
»Frieder und ich«, sie zögerte, als würde nun etwas Unangenehmes folgen (Einfühlungsvermögen, was?), »wir haben so weit schon alles vorbereitet.«
»Klasse.«
»Jochen, echt.«
»Vielen Dank.«
Sie würde stutzen (müsste sie) – nicht ohne weiteres in Abrede zu stellen, dass der Kleine es ehrlich meinte. Wer issen das? Mein Bruder, mit elf, zwölf, dreizehn Augen- und Ohrenzeuge eskalierender Streitereien, in die sich seine beiden älteren Geschwister mit ihrem Vater verstrickten (man aß noch zusammen, Abendbrottisch), der Geist der Revolution (Schulstreik!), der auf einen Liberalen traf, im Grunde (der Gefangenschaft beim Russen um Haaresbreite entfleucht), dessen Argumente gegen Statistiken und Schlagwörter nicht ankamen, Frieders Erfahrungen in der

Obdachlosensiedlung (schuldlos, Miethaie) und Elkes rhetorische Unerbittlichkeit, die sie in irgendwelchen Gruppen schulte, denen sich später auch Peps anschloss (der Sheriff woanders), Klassenkampf, entfremdete Arbeit, autoritäre Strukturen, was mehr als einmal zu Türenschlagen führte, einem stummen Rückzug vor die Glotze, Tränen ...

»Gut. Essen ist bestellt, Rheinterrassen, okay? (Mmhh) Vormittags Empfang zu Hause bei Mama und Papa, Kirche lassen wir entfallen, das wäre zu viel, abends unter uns, Familie und Freunde.«

»Die Hochzeit, ja?«

»Jochen, hallo ...«

»Ich bin hier.«

Ein tiefes Durchatmen, beinah schon ein Seufzer, am anderen Ende.

»Das ist das. Und dann hätten wir noch das Geschenk.«

Die Frage, die er nicht beantwortet hatte, obwohl nur: Ja, super, hab keinen besseren Vorschlag, zu tippen gewesen wäre.

»Finde ich schön, aber ... ist so eine Kreuzfahrt nicht zu anstrengend?«

»Erstens (er spürte über tausend Kilometer hinweg, Alpenpässe, Seen, Mittelgebirge, wie sie um Fassung rang, ich werde nicht ausrasten) ist das ihr sehnlicher Wunsch, letzte Gelegenheit, zweitens (sie hatte sich wieder gefangen) geht's nur vierzehn Tage, mit Außenkabine und allem Pipapo, Adria, Mittelmeer, und drittens (Luft holen) haben Frieder und ich schon gebucht.«

Wenn ihr das habt, dachte Brockmann, Läufer, Parkett, wo ist das Problem? Bei seinem Besuch im vergangenen Jahr schienen ihm beide Eltern ... nicht gebrechlich, aber auch nicht mehr rüstig zu sein, Nordic Walking in der Vulkaneifel, andererseits, auf Kreuzfahrtschiffen, die Klientel ... damit muss man rechnen, immer ein paar Zinksärge an Bord (mein jüngerer Bruder, ich sag's euch ... 'n völlig verrohter Managertyp).

»Einverstanden.«
»Bleibt dir auch nichts übrig.«
Deutsch und Geschichte, Schulzentrum Fabricius. Wenigstens rauchte sie noch, das hatte man gemeinsam.
»Rauchst du gerade?«
Es ratterte in ihrem Kopf, Brockmann hörte es.
»Ich rauch gerade, ja. Weil ich nervös bin. Weil ich sauer darüber bin, dass du dich nicht gemeldet hast.«
»Ich auch, ich rauche auch«, sagte er und ging zum Aschenbecher neben seinen Papieren.
»Unverbesserlich.«
»Leider.«
»Darf ich dich fragen, ob Elisabeth kommt, die würden sich wahnsinnig freuen.«
»Habt ihr Heidi eingeladen?«
»Wie kommst du auf die Idee? Ich hab Heidi seit ... bestimmt zehn Jahre.«
»Sie wohnt doch wieder da ... in der Nähe.«
»Weiß ich nichts von, wir haben keinen Kontakt.«
Brockmann drückte die Zigarette aus, setzte sich, stützte seinen Kopf in eine Handfläche. Keinen Kontakt.
»Bringst du sie mit?«
»Heidi?«
»Jochen (ein Ordnungsruf), bitte.«
»Ich frag sie«, sagte Brockmann, schnell, nüchtern, es gab nichts zu versprechen.
»Gut.«
Er schwieg. Sich nach ihrem Mann zu erkundigen, ihren Kindern, dem Job, und sei es, um der Höflichkeit Genüge zu tun, widerstrebte ihm ... unaussprechlich. Alle Regeln und Worte verlernt oder vielleicht nie beherrscht, die einen Zusammenhalt stifteten, einen Kosmos identischer Werte und Überzeugungen, wie man lebt, mit wem, wogegen und wofür. Mit einer rationalen

Begründung, genau deshalb, und nicht weil ... benimm dich, lass dir die Haare schneiden.

»Was bekommst du von mir?«

»Da reden wir hier drüber, jeder ein Drittel.«

»Klar.«

»Zehnter Juni, das ist ein Freitag.«

»Hatte ich mir schon (du schrumpfst, du wirst zum Däumling) notiert.«

»Dann ...«

»Dann ...«

»Halt die Ohren steif«, sagte Elke, ganz die große Schwester, »bis ... nächsten Monat.«

»Ja.«

Aus dem Hörer drang ein Dauerton, der Ton vom Amt, dachte Brockmann, ein Fräulein, das die Fernverbindung herbeistöpselt, notorisch Knistern und Knacken in der Leitung, noch gar nicht so lange her. Er legte das Telefon auf den Tisch und betastete links und rechts seine Hosentaschen. Wo ist das? In der Anzugjacke, die hinter ihm über der Lehne hing. Kling-kling-kling-kling-kling: fünf umgeleitete Anrufe, fünfmal Agnese. Sie nicht zurückzurufen war ein bisschen (sehr) schäbig, aber er wusste nicht, wie er es ihr sagen sollte. Was überhaupt. Dass alles ein Irrtum gewesen sei oder ... kein Irrtum, eine Unentschiedenheit, Flauheit, und er sich zu alt dafür fühle? Beziehungsweise noch nicht alt genug, noch zu wenig Angst, es passiere nichts mehr, Abspann läuft, Fortsetzung nicht geplant. Morgen, dachte Brockmann, hör mal ... Agnese, hör mir mal zu, mir fällt das nicht leicht, aber ... es geht nicht anders. Für uns beide, für dich, hör mal, nein, wir sind doch beide Realisten, erwachsene Menschen, machen wir uns nichts vor.

Er stand auf und ging mit dem BlackBerry in der Hand zum Kühlschrank. Eine angebrochene Flasche Weißwein, einige Büchsen Bier. Kein Bier, er nahm den Wein aus dem Getränkefach,

entkorkte ihn und roch daran. Später, zuerst schreibst du Elisabeth. Als hätte das Gespräch mit Elke in ihm den Wunsch geweckt, seine Tochter zu sehen, mit ihr zu reden, sie zu berühren, umarmen, möglichst bald, sofort: *liebe, hast du dienstag zeit? das wäre wunderb. um 11 in dem cafe? oder sag du was. viell besuch wir 1 ausstellg. gibts was schönes? ich würde mich riesig freuen, papa.*
Dann schaltete er das Handy wieder aus.

* * *

»Weil ... ich liebe dich nicht«, sagte Brockmann, ruhig, die Aussage weder durch einen halb bedauernden, halb bedrückten Gesichtsausdruck, ein vorsichtiges Nicken, noch eine gesenkte Stimme abmildernd.

»Ich dich auch nicht«, sagte Agnese, ebenso ruhig, die Arme vor der Brust gekreuzt, »ist das so schlimm?«

Sie blickten sich lange an, dann schüttelten beide den Kopf, lächelnd, nichts Ernstes, Lebensbedrohliches, man wird damit zurechtkommen, jeder für sich.

»Schwachkopf, geht nicht ans Telefon.«
Er hob die Schultern, scusa.

Was los sei, hatte sie ihn gefragt, noch auf der Schwelle stehend, eher in Sorge als vorwurfsvoll oder eingeschnappt, hatte seiner Antwort, nichts sei los, komm doch erst mal rein, ein leise gesprochenes, wenngleich äußerst bestimmtes »No« entgegengesetzt und verlangt, er solle die Wahrheit sagen, oder ob er glaube, sie ihr nicht zumuten zu können, sich einfach stumm stellen und darauf bauen, alles löse sich von allein, he, Brockmann, bist du etwa feige? Tut dir, mir, uns nicht gut. Also, ich höre ... aha, nicht weiter so ... und warum?

Nach den zwei Jahren, in denen man sich regelmäßig gesehen, sie seine Tochter (ein gemeinsamer Besuch in Mailand, jemals in der Scala gewesen?), er ihre siebzehnjährigen Zwillingssöhne (inzwischen mehr aushäusig als über ihren Schularbeiten) kennengelernt hatte, ihr Geschäft (Mode), ihre Lust (nein, ja, zu viel), Essgewohnheiten, Kleidungsstil, den Tagesablauf, Freunde, die Wochenenden am Meer im letzten Sommer ... was aufzugeben gar nicht nötig wäre vielleicht, der Spaß, den sie zusammen auf einer Auktion hatten, heb den Arm, jetzt, noch mal ... wir könnten doch, hatte er gesagt, als sie ins Wohnzimmer gegangen waren, könnten doch ... ohne den Satz zu beenden. Was Agnese übernahm, könnten wir, sagte sie, sollten wir aber besser nicht, uns begegnen, in den nächsten ... Monaten, er möge nicht naiv sein, Jochen, nein, nicht naiver, als die Polizei erlaube. Was trinken? Einen Schnaps. Hol ich.

»Warum hast du den Handschuh an?«

Die ganze Zeit, rechts, aus weißer dünner Baumwolle. Wegen der Zeichnungen, in Schränken mit tiefen, flachen Schubladen in Elisabeths altem Zimmer untergebracht, ideal.

»Ich schau mir meine Sachen an«, rief er von der Anrichte hinter dem Holztisch, einen Mirabellengeist entkorkend und zwei kleine Gläser halb füllend, »Re-vision.«

»Und?«

Er kam zur Couch zurück.

»Ordentlich«, sagte er, nickte. »Man kann nicht klagen.«

Sie stießen an, küssten sich auf die Wangen.

»Auf uns«, sagte Agnese, trank einen Schluck, krümmte sich prustend. »Oh Gott.«

»Auf uns, auf dich«, sagte Brockmann, »die Zukunft«, und leerte das Glas in einem Zug.

* * *

Natürlich waren es nur Schätzungen, an Zuschlägen für Positionen ähnlichen Kalibers ausgerichtet, untadelige Provenienzen und zum richtigen Zeitpunkt gekauft, mit anfangs (sich zum Studienabschluss selbst beschenkt) hart erschuftetem (zusammengekratztem) Geld, darunter vier Matta-Clarks, zehn Lassnigs (Aquarelle), einige Hockneys, eine vollständige Serie von Baldessari, Lithographien und Siebdrucke von Beuys (Schlitten, Kalb, Demokratie, Toter Hirsch), Ölzeichnungen von Daniel Richter ('ne Nase muss man haben), ausgesprochen witzige kleine Blätter von John Lurie (Klee auf Acid) und dann zuhauf weniger Prominente, nach denen man etwas länger suchen musste, um die letzten Preise zu ermitteln, die für Farben und Formen auf Papier gezahlt worden waren, Schönheit sozusagen, die zu besitzen ... was eigentlich? Weil man selber kein Talent dafür hat? Bedeutet es das, Anteil zu haben an etwas Überirdischem, das einem (wie den meisten) sonst verwehrt ist, in der Gewöhnlichkeit oder dem Zwang, am Ball bleiben zu müssen, all das Gesammelte, jedes einzelne Werk als die Bestätigung, es würde mehr geben, viel mehr als ... als diese Unzahl von Banalitäten, aus denen sich das Leben zusammensetzt, ewig gejagt von Ansprüchen, die in Frage zu stellen ... schwierig bis unmöglich. Ja, Luxus, bestreitet niemand, aber ohne den würde doch alles zu einer bloßen Funktion von Organen werden, Chemie, Natur, ohne höheren Sinn ... eine andere Sicht auf die Dinge, die sie einem erträglicher macht. Weil man ihre Vergänglichkeit erkennt. Und zugleich ... in der Anmut einer Linie, eines Kontrasts, bestimmten Farbtönen, geometrischen Feldern ... sich verlieren kann, ohne verlorenzugehen, irgendwie göttlich, ein göttliches Gefühl.

    Brockmann überflog die Zahlenkolonne auf dem Block zu seiner Linken, dann tippte er sie Zeile für Zeile in den Taschenrechner seines Handys. Und plus, und plus. Und Summe. Er schloss die Augen. Immerhin. Man darf nicht klagen.

* * *

Warum, dachte Fleming, hob seinen Kopf von der Aufstellung auf dem Bildschirm und sah zum Fenster hinaus, warum eigentlich tue ich mir das alles noch an? Und sitze nicht in Carmel am Pazifik auf der Veranda und lasse mir Getränke und Snacks servieren, schaue abends einen Film im Fernsehen, diktiere in Ruhe meine Erinnerungen ... Zusammenhänge, Okkasionen. Dass etwas so gewesen sein wird, wie die Kinder es später in der Schule lernen müssen, eine Erzählung über Dezennien und Generationen hinweg. Beschleunigung hier, Verlangsamung dort ... unverzichtbar. Um die Dinge immer wieder ins Lot zu rücken, an den ihnen zugewiesenen Ort, die Spreu und der Weizen.

Nicht weit entfernt und nicht besonders hoch driftete ein Hubschrauber durch die dunstige Luft vor den schalldichten Scheiben, wie filigran, dachte er, ein Wunderwerk. An unsichtbaren Fäden hängend, könnte man meinen, so ganz ohne das Plock-plock der Rotoren. Kaum zu erkennen, rot und grün, die Warnlichter ... ein mattes, punktförmiges Flackern über den Hochhausdächern. Einer, der zu seinen Geschäften fliegt.

Fleming trank die Tasse Tee aus und wandte sich wieder der Tabelle zu, Vorschüsse, Deadlines, erbrachte Leistungen. Voll erbrachte, großzügig gewährte Nachfristen, Totalausfälle (drei Kreuze in die Rubrik). Detailarbeit, die man nicht unterschätzen sollte, der Flügelschlag eines mutierten Falters in Guangdong. Er hatte Kopfschmerzen, ein böses Stechen in den Schläfen und im Nacken, das ihn nach seinem Treffen mit den beiden von MaFi, Martim und Filipe, überfallen hatte und seitdem in Wellen kam und ging, dank des Mittels von Ángel wenigstens ein paar Stunden traumlos geschlafen (vielleicht ein Termin zu viel gestern, der Allerjüngste war er auch nicht mehr). Er würde die letzten Neuigkeiten (Eingänge), die ihm Barbara aus dem Büro zugesandt hatte, in die Rechtecke eintragen und sich dann noch einmal hinlegen, einfach nur die Augen schließen und an nichts denken. Keine Aufgaben, die zu stellen wären, keine Interessenten, denen man auf den Zahn zu fühlen hätte. Nicht verrückt werden, flüsterte er, das alles kriegst du bewältigt, im Kleinen wie im Großen ... weil ... eins geht ja aus dem anderen hervor. Mit ein wenig Nachhilfe, die zu leisten deine Mission ist, nicht wahr, furchtlos von alters her ... die Kopfschmerzen verschlimmerten sich, Blitze tobten vor seinen Augen, zum Den-Verstand-Verlieren. Er presste seine Hände gegen die Schläfen, sog mit geöffnetem Mund Luft ein ... eine Botschaft noch, den Rest am Abend.

Schick einen Brief nach Wien, schrieb er Barbara, *das Übliche, dass sich bei uns doch eine gewisse Enttäuschung breitmachen würde und wir uns praktisch nicht mehr in der Lage sähen, einer abermaligen Fristverlängerung zuzustimmen, inwiefern man höflichst darum bitte, die entsprechende Summe in toto und bar vorzuhalten. Ob ein Hinweis auf die Gesellschafter von S&J und ihren Verbleib von Nutzen sein könnte, überlasse ich deinem unvergleichlichen Fingerspitzengefühl, in dessen Genuss zu kommen, so rasch wie möglich, mein teurer Schatz, ich sehnsüchtig erwarte, Sylvester.*

Fleming schickte die Mail ab, stand vom Computer auf und sank nach zwei, drei Schritten aufs Bett. Niemand durchkreuzt ungestraft den Plan, dachte er, die Ordnung von allem. Ohne diese Ordnung das Chaos, kein gutes Leben ... was das wahre Gesetz ist ... des Himmels und der Erde, bald fiel er, trotz der Schmerzen, die ihn quälten, in einen tiefen Schlaf, der von einer Ohnmacht nicht zu unterscheiden war.

* * *

Blackbird singing in the dead of night ...

* * *

Ein jüdischer Friedhof, zwanzig Kilometer außerhalb von Pittsburgh. Schon Provinz, da, wo man nicht tot überm Zaun hängen möchte, dachte er bei seinem alljährlichen Besuch, dieses Mal wie die Male zuvor, ein schmiedeeisernes Portal, auf dem oben eine stilisierte Menora aufgeschweißt war, das Grab nicht weit, ein polierter rötlicher Marmorstein auf einer grobkantigen Natursteinplatte, auf die Besucher kleine, vielfarbige Kiesel gelegt hatten, runde, flache, eckige ... davor ein Wasserglas mit einem zurechtgeschnittenen Fliederstrauß (oder Magnolien), frischgrüner, vom Mairegen getränkter Rasen, auf dem die Füße ein wenig einsanken, fast wie auf einem Moosbett ... geliebte Tochter und Schwester stand unter ihrem Namen und ihren Lebensdaten und einer Zeile hebräischer Lettern in den Stein graviert, und in Anführungsstrichen, dass Blumen besser als Kugeln seien, was sicher richtig war, dachte er, holte einen besonders schönen, auf einer Wanderung entdeckten Stein aus seiner Tasche und legte ihn zu den anderen ... aber dann auch wieder nicht, richtig (sich wie ein Geist aus einer in der Tiefe der Zeit versunkenen Welt vorkommend), weil sich ja etwas Lebendes nicht mit etwas Totem vergleichen lässt, also auch nicht besser oder schlechter sein kann ... er rechnete (wie jedes Jahr, obwohl er wusste, wie alt sie geworden war, auf die Sekunde), neunzehn Jahre ... neunzehn Jahre und elf Tage ... stop this war, hallte ihre Stimme durch seinen Kopf, stop this war ...

Nach einigen Minuten (ein Geist aus einer anderen Zeit) sprach er für sie ein Gebet und ging zum Ausgang, wo er seinen Mietwagen geparkt hatte; die Strecke über die Schnellstraße zurück zum Flughafen kannte er wie im Schlaf.

2

Überall Baustellen, Kräne, Zäune, Lastwagen. Wo gestern noch eine alte, von Frost, von Regen und Sonnenbrand verwitterte Hauszeile mit engen schmutzigen Höfen stand, links ein Stück Stadtmauer, rechts ein Glockenturm, die düstere Fassade eines Klosters, tat sich heute eine stadiongroße Grube auf, die eine Unzahl Scheinwerfer des Nachts taghell erleuchteten. Rund um die Uhr wurde gearbeitet, hörte man näher oder ferner Generatoren dröhnen, Zementmischer, das Schleifen und Quietschen von Ketten und Achsen, Rufe (Flüche?) in den verschiedensten Sprachen, Russisch, Georgisch ... vielleicht Usbekisch. Es ging aufwärts, für jeden sichtbar brach sich das Neue unwiderstehlich Bahn durch die steinernen Zeugnisse einer überwundenen Zeit (des Aberglaubens und der Bedrückung), riss sie mit Macht hinweg, der Macht eines heroischen Willens, dem sich keiner zu entziehen vermochte, unmöglich. Breite, vom Geruch frischen Teers überwölkte Magistralen anstelle krummer, verschatteter Sträßchen, U-Bahnstationen wie funkelnde Marmorpaläste, Hotels mit Säulenportalen, Kulturclubs, in deren Sälen (mit Einladung, geselliges Beisammensein, Vortrag, Schulung) die prächtigsten Lüster hingen. Wer, dachte Gerlach auf seinem Weg zur Redaktion der Deutschen Zentral-Zeitung, die in einer nach Tretjakow benannten Passage unweit des Kremls lag, wird sich erlauben, *daran* zu zweifeln, wer kann das, sich erdreisten, die schier unglaublichen Errungenschaften (wie er in seinem letzten Artikel geschrieben hatte), die seit dem Parteitag der Sieger erzielt worden waren, in Frage zu stellen? Die Überlegung, ob man Errungenschaften wirklich erzielt oder ob man nicht doch besser von Triumphen sprechen sollte beziehungsweise Gipfeln, himmelhoch, in Verbindung mit dem Verb erstürmen, hatte ihn Stunden gekostet, um ehrlich zu sein, eine schlaflose Nacht in dem kleinen Zimmer, das er mit Frau und Tochter bewohnte, bis er sich schließlich dazu entschied, fast wörtlich eine Formulierung zu übernehmen, die er in einer Grußadresse des Bundes proletarisch-revolutionärer Schriftsteller an die Gesellschaft für kulturelle Beziehungen mit dem Ausland gelesen hatte – Errungenschaften, erzielen, durch das vorgesetzte Adjektiv unglaublich, schier unglaublich, noch einmal ausdrücklich betont (das schier war auf seinem Mist gewachsen: unvermischt, rein, im Sinn von absolut).

Er überquerte den Fluss, Verkehr ratterte an ihm vorbei, Lieferwagen, Busse, dazwischen ein Pferdefuhrwerk, das hupend umkurvt wurde. Am Ende der Brücke sah man die Türme der Basiliuskathedrale (wie sie früher hieß), erstarrten Flammen gleich, fünf, sechs, über die nach einigen Regenschauern am Morgen das klare, warme Licht eines Nachmittags im Spätsommer herabströmte. Massiv den Weg versperrend, dachte Gerlach, ein Riesengebilde mitten auf der Trasse der neuen, vielspurigen Straße Richtung Norden, die sich nun gabeln musste, um das Hindernis zu umgehen. Nicht sehr praktisch, wenn auch ... sicher, als Museum erfüllte der Bau einen Zweck, und später, wer weiß ... dass man sich an die Vorzeit erinnert. An die Planlosigkeit einer untergegangenen Epoche, das Wirrwarr einer Stadt ohne klares Muster, steuernde Intelligenz, wie sie der Woschd verkörperte, dessen Bild an Gerüsten und Bretterzäunen hing, Krangestängen, die Baracken der Arbeiter schmückte, die unermüdlich, in brüllender Hitze, Eiseskälte die Zukunft aus dem Boden stampften. Zukunft der Menschheit, die sich hier und jetzt verwirklichte, schon Gegenwart war, allen Anfeindungen, allen Sabotageversuchen zum Trotz. Man konnte nicht wachsam genug sein, oft Kleinigkeiten, ein Tuscheln, ein hämischer Blick, eine unbedachte Klage, die Zweifel und Wankelmut beförderten, manchmal sogar ... bei einem selbst, in einem Moment, nächtlichen Moment der Schwäche, ein Zaudern, das vor der Geschichte nicht zu verantworten war. Maßstäbe aus einer anderen Zeit, gegen die täglich entschlossen angegangen werden musste, nichts aussparend, niemanden schonend – ist man zu sorglos gewesen (jedes Wort zählte), hat man eine Fragwürdigkeit übersehen, überhört, hat man sich etwa von einem Doppelzüngler in ein Gespräch hineinziehen lassen? Vor Zeugen noch, die beobachtet haben könnten, wie man aus Schmückles Händen ein Papier empfing, irgendeinen Zettel, ihn faltete und einsteckte ... kaum gedacht, fuhr Gerlach ein Stoß Schüttelfrost durch die Glieder, die Beine versagten ihm ihren Dienst, er stützte sich mit dem Ellbogen auf das Brückengeländer. Dieser Zettel, diese Dummheit, denn den Verdacht gab es doch schon lange, Wochen bevor Schmückle der Redaktion verwiesen worden war. Unten glitt ein Schleppkahn voll Kies dahin, gefolgt von einem leeren Ausflugsdampfer, auf dessen Oberdeck die Bänke umgelegt waren, zwei Matrosen, die sich an einem Stück Reling zu schaffen machten, schrauben, schmirgeln ...

»Bürger«, eine Frauenstimme von links (graschdanin, so viel Russisch verstand er mittlerweile, wenig genug), »fühlen Sie sich nicht wohl?«

»Danke«, er richtete sich auf, »spasibo, alles gut.«

Die Frau (seines Alters ungefähr, so alt wie das Jahrhundert), die ein Kleid mit einem gewagten Ausschnitt unter einem offenen leichten Mantel trug, lächelte ihn an, einfühlsam, wie ihm schien, tröstlich, um dann ihren Weg fortzusetzen, in die andere Richtung, die Kathedrale, die Mauern und Kuppeln des Kremls im Rücken, wohin ... er hatte sich nichts vorzuwerfen, hatte jede Aufgabe, mit der er betraut worden war, zur Zufriedenheit der Leitung erledigt, eine Reportage aus Magnitogorsk, zu der die Annenkowa ihm gratuliert hatte, dem Neuling, der vom Rand kam, nicht aus Berlin wie die meisten in der Redaktion, die großen Namen des revolutionären Worts, sondern vom Niederrhein, wo er die Fahne hochgehalten hatte, Artikel auf Artikel, bis es nicht mehr ging, über die grüne Grenze nach Prag, ein Kleinkind im Rucksack, und weiter nach Osten, was einer Verkettung ungewöhnlichster (eigenartigster) Umstände zu verdanken war ... schon dass sie sich nicht für Holland entschieden hatten (mit einem Empfehlungsschreiben der Bezirksleitung in der Brieftasche noch einmal quer durchs Land, völliger Wahnsinn), sodann den richtigen Genossen im richtigen Café getroffen, über ihn (seine erstaunlichen Beziehungen) ein Visum für die ganze Familie ergattert, bei einem Empfang Annenkowas Interesse geweckt ... alles so unfasslich wie eine Abfolge von Wundern, aber doch nichts als Tatsachen, und: Sie lebten, nahmen teil an einem historischen Vorgang ohne Beispiel, ja, dachte Gerlach, das darf man nicht vergessen, errichtet wird eine Welt aus dem Nichts, sich an den Film Wertows erinnernd, den er im Winter mit Margareta in einer Sondervorführung gesehen hatte, *Drei Lieder über Lenin*, ein erhebendes Dokument des Aufbruchs aus der Dunkelheit Asiens, verschleierte Frauen und Mädchen, die nach Jahrhunderten häuslicher Knechtschaft Lesen und Schreiben lernen, sich in Ärztinnen verwandeln, Lehrerinnen, auf Traktoren und Mähdreschern sitzen – *das* zu vergessen, er zündete sich eine Zigarette an, nachdem er das Pappmundstück eingeknickt hatte, vergessen zu haben, ist ein übles Verbrechen, verdammt, dafür kämpfen wir, kämpft die Partei, die mehr weiß als jeder Einzelne von uns, mehr ist als die Summe ihrer Mitglieder, deren Einsichtsfähigkeit ... man muss es übergeordnet betrachten, von einer höheren Warte aus, um Irrtümer zu erkennen ... objektiv, ein objektiver Blick auf die Dinge, Gerlach sog den Rauch der Herzegowina Flor tief in seine Lungen, ruhig bleiben, nichts wird so heiß gegessen, wie es gekocht wird.

An der Kathedrale vorbei schlug er einen Bogen um die Absperrung, hinter der eine neue Zufahrt zum Roten Platz angelegt wurde, über den er am ersten Mai in einer Gruppe von Journalisten marschiert war, angeführt von einem Prunkwagen in der Form einer Schreibmaschine, auf deren Tasten junge Leute saßen, die sich Notizen machten, suchend in die Ferne blickten, dann hochsprangen und unter Jubelrufen der Tribüne dem Woschd und den anderen Führungsgenossen auf dem Mausoleum zuwinkten ... wie sie es auch taten, die ganze Redaktion, winken und rufen, er mit einer Empfindung von Größe, die ihn plötzlich ergriffen hatte und wegwischte, was an Gedanken sonst durch seinen Kopf schwirrte, das Kleinliche des Alltags (Miete, Einkaufen), noch nicht ausgemerzte Spuren von Skepsis, die sich mit einem Mal, angesichts von Führungsgenossen, die das Ungeheuerlichste gewagt hatten, verflüchtigten wie ... wie welke Blätter im Wind, und was man sah, wie sich die Stadt veränderte, gab ihnen und ihren Plänen doch recht, die Straßen heute beleuchtet und die schönsten Häuser illuminiert, strahlende Neonschriftzüge an Cafés und Kinos, neue Parkanlagen, der Gorki-Park mit seinen Karussells und dem Fallschirmspringerturm, alles ...

Von weither drang das grollende Geräusch einer Sprengung an Gerlachs Ohr, verwehte über den Dächern der Gassen hinter dem Roten Platz, in denen er sich anfangs oft genug verlaufen hatte, um dann wie ein ABC-Schütze Buchstabe für Buchstabe die Straßenschilder zu entziffern, sich ermahnend, auf die Gebäude zu achten, auf den Torbogen aus Zarenzeiten, durch den es in die kurze Passage zwischen Nikolskaja und Teatralnaja ging, eine schmale, mit Kopfsteinen gepflasterte Durchfahrt (Третьяковский проезд), wo in Nummer 19 die Redaktion der DZZ untergebracht war, Stimme der deutschen Sektion der Kommunistischen Internationale, fünf Kopeken die Ausgabe: »Proletarier aller Länder, vereinigt euch«.

Beherzt stieß Gerlach die Tür zum Treppenhaus auf, schon auf der Schwelle umfangen vom Geruch der Ölfarbe, mit der die Wände in den letzten Tagen gestrichen worden waren, ein gräuliches Grün, das die Maler über Schadstellen im Verputz einfach drübergekleistert hatten, heilloser Pfusch, der jedem deutschen Handwerker, Handwerkerehre ... er blieb am Fuß der Treppe stehen und sah auf seine Uhr, acht vor sechs ... nicht auf mich warten, es wird spät werden, hatte er im Hotelzimmer zu Margareta gesagt, versuch zu schlafen, sich ein Lächeln dabei abgerungen, das sie beruhigen sollte, aber nur Kopfschütteln hervorrief. Bitte, Margareta (ein Flüstern, das Kind saß am Tisch und malte wieder, nachdem er es gedrückt hatte), der Zettel (doch das sagte Gerlach nicht) ist ohne Bedeutung (hätte er ihr bloß nichts von diesem Wisch erzählt, die Adresse eines privaten Schusters, wie lächerlich), außerdem, er war sich sicher, hatte die Übergabe niemand beobachten können, weil sie oben auf dem Treppenabsatz zur Redaktion stattfand, als sie zu zweit waren, definitiv (Becher war noch einmal zurückgegangen, Kurella schon im Hof), bitte, hatte er leise wiederholt, Liebe, und sie ... sich wortlos abgewandt und neben das Kind gesetzt, gefragt, was es male, ein Luftschiff vielleicht, ja, ein Luftschiff, See, Häuser, Sonne.

Durch die angelehnte Tür im ersten Stock hörte man Stimmen, Annenkowas Stimme auf Russisch, der auf Russisch geantwortet wurde (Apletin ... war er angekündigt?), die Jalousie eines Rollschranks herunterrasseln, das Klirren von Glas oder Porzellan ... Teegläser, die eine der Schreibkräfte, Martha, auf ein Tablett lud, um es (sie grüßte Gerlach mit einem flüchtigen Nicken) nach hinten in den Sitzungsraum zu tragen, gefolgt von den beiden Russen, die sein Eintreten nicht bemerkt hatten, sein Klopfen, anscheinend auch Fabri nicht und nicht die Genossin Dornberger, die sich Kopf an Kopf über die Doppelseite einer Zeitung beugten, die Fabri ausgebreitet in den Händen hielt.

»Guten Abend«, sagte Gerlach, vernehmlich, keine Reaktion. Beklommenheit stieg in ihm auf, Furcht ... die in Hass hätte umschlagen können, wenn er der Mensch dafür gewesen wäre. Selbst die Nazis hatte er nicht hassen können – mit Ingrimm bekämpfen, das ja, und falls nötig (mehr als einmal) mit Gewalt, alles darüber hinaus jedoch ... ihm fremd, nichts als eine jener traurigen Leidenschaften, die laut Spinoza, den er während des (abgebrochenen) Philosophiestudiums gelesen hatte, das Leben der Menschen vergällen, Neid, Missgunst, Rachsucht. Nicht Neid auf die Reichen, die Spekulanten und Geldprotzen, nicht das unstillbare Verlangen, es der Adelskaste, dem Klerus heimzuzahlen, hatte ihn in die Reihen der Partei geführt, der Bankrott der väterlichen Kunstschmiede, sondern die Frage (eine spinozistische Frage, wie er sich später eingestand, bürgerlicher Idealismus), auf welche Weise sich die Vermögen, die jeder Einzelne besitzt, am besten entfalten lassen, unter welchen Bedingungen, worauf er damals nur die Antwort fand: allein in einer kommunistischen Gesellschaft, unumstößliche, gesetzmäßige Wahrheit, die in ihr Recht zu setzen beinah jeder Kniff, jeder Winkelzug erlaubt war. Schon deshalb, weil der Feind selbst vor nichts zurückschreckte, die Horden dummer Kerls in ihren braunen Uniformen, die für einen Teller Erbsensuppe das schmutzige Geschäft der Bourgeoisie erledigten, gegen ihre ureigensten Interessen ... der Sturm auf das Gewerkschaftshaus in Krefeld, das man mit letzter Kraft verteidigt hatte, die Faschisten wieder herausgeprügelt, das Feuer gelöscht, das in einem Büro gelegt worden war, er mit einer blutenden Wunde am Kopf, nicht von Genugtuung oder Stolz beseelt oder benebelt im Siegesrausch, sondern in seiner Erschöpfung hellsichtig, was den Weg betraf, der noch vor

ihnen lag, die Mächte, mit denen sie es zu tun hatten, Verbohrtheit und Untertanengeist (er kannte den Roman, hatte ihn verschlungen), Jahre, wenn nicht Jahrzehnte ...
»Ko ... hommst du?«
Kurella, der plötzlich neben ihm stand, aufgeregt genug, sein Stottern nicht beherrschen zu können. Was sollte das heißen, die anderen etwa schon lange vor ihm da, schon vollständig versammelt im Sitzungsraum? Unsinn, Fabri faltete die Zeitung zusammen, während Dornberger leise auf ihn einsprach, gemessenen Schrittes (keine Eile, wieso auch?) sich dann in den Gang nach hinten bequemend.
»Wie geht's?«, sagte Gerlach.
Kurella nickte, schlug die Augen nieder, wies in Richtung der Genossen. Gut, gut, Gerlach zog seinen Regenmantel aus und warf ihn quer über den Rollschrank neben der Tür, durch die der Kulturredakteur und die Arbeiterschriftstellerin verschwunden waren ... auch und gerade bei uns, alles muss aufs Tapet (wie sie bei einem Auftritt vor deutschen Vertretern der Revolutionären Gewerkschaftsinternationale verlangt hatte). Abgründe an Verrat, von der Gestapo gedungene Terroristen, zehntausend Anschläge auf das Eisenbahnnetz allein durch die Sinowjew-Kamenew-Bande. Weil die Wachsamkeit nachgelassen hat, man vor lauter Erfolgen glaube, der Klassenfeind sei besiegt, stattdessen ... die eigenen Reihen infiltriert. Infiziert. Nehmen wir Schmückle, wer hätte es gedacht? Der Autor der (von allen gelesenen) Studie *Der junge Marx und die bürgerliche Gesellschaft* entlarvt als jemand, der sich in diversantischer Absicht in Verlage und Redaktionen eingeschleust hat, um dort sein Zersetzungswerk unter der Tarnkappe vorgespiegelter Linientreue zu verrichten. Es fortzuführen, bis man ihm am Ende (unausweichlich) doch auf die Schliche kam und Maßnahmen ergreifen konnte. Was nach Lage der Dinge hieß: Kritik und Selbstkritik jedes Einzelnen, durchleuchten, wo Schadstellen sind und waren, unsau-

bere Kontakte, bedenkliches Verhalten in dieser oder jener Situation. Punkt eins die Auskunft Bechers, woher das Geld stamme, mit dem die Reise seiner Frau in die Sowjetunion bezahlt worden war, und zweitens die Beantwortung der Frage, mit wem er in Paris zusammengetroffen sei, es gebe Berichte, Zeugen, die ihn mit Ruth Fischer und Maslow (beide inzwischen in Abwesenheit zum Tode verurteilt) in innigste Gespräche vertieft gesehen hätten ... etwa auf Vermittlung seiner Frau?

Becher blickte von dem Blatt in seinen Händen hoch in die Runde, die an einem langen, mit grünem Vlies bedeckten Tisch saß, zehn Männer, zwei Frauen (Annenkowa als Chefredakteurin der Zeitung), hinter Apletin am Kopfende ein Dolmetscher, der flüsternd jede Phrase simultan übersetzen würde (wie stets, obwohl er leidlich Deutsch sprach, der Auslandssekretär des einheimischen Schriftstellerverbandes), Becher räusperte sich, einmal, zweimal, dann wieder Stille, die das Simmern eines Samowars noch auszustellen schien ... Petroleumgeruch zog dünn durch den Raum.

»Bitte«, sagte die Annenkowa, »beginnen wir.«

Mit den Kämpfen der vergangenen Jahre, den Verwicklungen, in die man dabei geraten musste, einer Galerie von Namen und Orten, die der im Plural Angesprochene (einer für alle, alle für einen) beim Versuch einer Klärung der offenen Fragen Revue passieren ließ, niederträchtigste Verstellungen, auf die man traf, einem Zwischenruf von der anderen Seite des Tisches (»Warum ist deine Frau bis heute hier nirgends registriert?«) mit einer ausufernden, durch die Zeiten mäandernden Chronologie ihrer Bekanntschaft begegnend, der Schilderung einer Gallenoperation, der eindeutig bestätigten Tatsache von Geldzahlungen an die Partei (als Ersatz oder Beweis wofür?, dachte Gerlach), um sich schließlich, nachdem seine Stimme immer leiser geworden war, in einem Aufschwung an Entschiedenheit gegen das Gerücht zu verwahren (»Darum geht's dir doch!«), die Genossin Korpus sei zu irgendeinem Zeitpunkt Mitglied der ultralinken Ruth-Fischer-Zentrale gewesen, nie, sagte Becher laut, niemals, jede Verbindung sowohl zu Fischer als auch zu Maslow habe Lilly nach dem September 25, nach dem offenen Brief der Komintern, abgebrochen, einen klaren Trennungsstrich gezogen in dem Bewusstsein, dass es sich bei den beiden um gefährliche antisowjetische Elemente handelte.

»Wie war das in Paris«, sagte Kurella, die Worte herausstoßend, um nicht ins Stocken zu geraten, »ihre, deine Ak-tivitäten?«

»Für wen hat sie gearbeitet? Auch was das Geld angeht, bist du da beteiligt gewesen, wer?«

Dornberger, schnell, über Satzzeichen hinwegfliegend … als müsste sie es loswerden, kein Sinn mehr für Betonungen und Grammatik.

Becher bewegte die Lippen, aber es war nichts zu hören, er trank einen Schluck Tee, das Glas mit den Fingerspitzen einer Hand abstützend, weil er zu befürchten schien, etwas zu verschütten. Annenkowa sah Apletin an, erwartete sie eine Reaktion, einen Kommentar? Ein Mann, der stundenlang schweigend auf seinem Stuhl verharren konnte, rauchend, zuweilen an seinem Glas nippend, das nicht leer wurde bis zum Ende einer Sitzung, bis in die frühen Morgenstunden … wann war das, vor einer Woche?

»Sie hat«, sagte Becher, blickte zu Annenkowa, Fabri, wandte seinen Kopf nach links, wo Kurella seine Ellbogen auf das grüne Vlies stützte, einen Stift in den Händen, »in Paris, da hat sie dieses Buch herausgegeben, *Der gelbe Fleck*. Dann ihre Drüsen-Geschichte, sie konnte, konnte nur durch solche Präparate leben, ungefähr, das waren ungefähr anderthalb Jahre. In Paris.« Er nickte auffordernd, als sollte Kurella ihm zustimmen, die Schmerzen und das, völlig erledigt. »Nach meiner Ankunft hier sprach ich mit der Komintern, ich brauche ein Visum für sie, bei ihr war Hausdurchsuchung.«

Unheimliches Glück, dachte Gerlach ... wenn ihnen in Prag nicht Olearius über den Weg gelaufen wäre.

»Aber sie war nicht mehr in der Partei, nicht registriert.« Fabris österreichischer Tonfall schien allem, was er sagte, die Spitze zu nehmen, so konziliant.

»*Au*tomatisch«, erklang es schneidig, Genosse Gustav Regler, der auf dem Sprung nach Spanien war, um die internationale Hilfe zu organisieren, »weil sie ja schon vor Hitler emigriert ist.« In Fabri arbeitete es, er würde es ihm heimzahlen, heute, morgen, in einer anderen Welt, davon war auszugehen.

»Die französische Polizei«, sagte Becher mit festerer Stimme, ermutigt durch den gerade erfahrenen Beistand, »hatte bei ihr eine Hausdurchsuchung durchgeführt, der sie mit knapper Not entronnen ist, es war, war sehr dringlich.«

»Das Visum kam also über die Komintern«, sagte Gerlach, weniger Frage als Bestätigung, ein Impuls, dem er nicht widerstehen konnte. Fabri reckte seinen Kopf vor, spähend.

»Über Intourist, die Genossen haben mich dahin verwiesen, und das Geld für die Reise waren ihre Ersparnisse, sie hatte ja auch schon gespendet, also, meines Wissens, der Genosse Kolzow müsste das beglaubigen können.«

»Und Münzenberg (Kurella, ohne eine Silbe zu verstottern, mit der Nennung des Namens einem noch unausgesprochenen Verdacht Raum gebend) ist an der Sache nicht beteiligt gewesen? In Paris?«

»Meines Wissens nein.«

»Du«, sagte Apletin plötzlich, auf Deutsch, elf Augenpaare bannend, »hattest dich auch an mich gewandt.«

Auf der Stelle wirkte Becher fahrig, hochgradig, er setzte die Brille ab und auf, strich mit beiden Handflächen über das Tischvlies.

»Wir hatten Vorbehalte«, sagte Annenkowa, und Apletin, sich jetzt des Russischen bedienend, in der Übersetzung seines Dolmetschers: »Genosse Apletin konstatiert, dass deine Frau als Fischer-Anhängerin bekannt war. Von ihm hätte sie kein Visum bekommen.«

»Nein«, rief Becher, »falsch.« Er sackte schwer atmend zusammen, schüttelte den Kopf, sich dann noch einmal aufraffend: »Nach dem Jahr 25.«

»Ein trotzkistisches Nest«, sagte Fabri, Lukács nickte einvernehmlich, Dornberger, von Wangenheim ... der Dummkopf, dachte Gerlach und nickte auch.

Regler verließ den Tisch und ging zum Samowar, um sein Glas zu füllen, als er wieder saß, deutete er auf Becher: »Es liegen Aussagen vor, dass du in Paris gesehen worden bist. Bestimmte Kontakte hattest.«

Becher strich sich über die Stirn, faltete die Hände fest ineinander.

»Eines Tages«, Fabri (und nicht Regler) fixierend, »auf dem Montparnasse, da waren Ruth Fischer und Maslow ... Hanns Eisler in einem Café. Eisler winkte, und ich ging heran. Maslow ist sofort abgerückt, ostentativ. Ich habe dann mit Ruth Fischer und ihrem Bruder etwa eine Viertelstunde dort zugebracht, nicht länger. Sie fragte mich (jetzt starrte er Gerlach an), ob ich ihre Kinderfibel gelesen hätte, hatte ich nicht. Und auch nichts bestellt, so kurz war das, ich bin gleich wieder weg.«

»Es gab eine Meldung ans Politbüro«, sagte Regler trocken.

»Ein, zwei Sätze mit Ruth Fischer, die übrigen mit Hanns Eisler. Eine Viertelstunde, höchstens.«

Becher ergriff sein Teeglas, hob es an, stellte es wieder auf den Tisch. Der Raum voller Rauch, Rauchschlieren im Licht zweier Schirmlampen, die von der holzgetäfelten Decke herabhingen. Die Vorhänge waren geschlossen – schon von Anfang an, obwohl es draußen noch hell gewesen war. Wieder hell sein würde, wenn sie das Gebäude verließen ... beim letzten Mal.

»Lilly hat unmissverständlich nach dem Ausschluss von Fi-

scher Position bezogen, gegen die Linksabweichler, den Leninbund, eine Schande ...«
»Was?«, bellte Kurella.
»Den Namen, dass sie es gewagt haben, sich nach ihm zu benennen, das, das spalterische Gesindel.«
Lukács hustete, ein Hustenanfall, vornübergebeugt, rasselnde Geräusche, als er um Luft rang. Fabri klopfte ihm kameradschaftlich auf den Rücken, neigte sich zu ihm, Lukács winkte ab, danke, schon wieder gut.
»Ich habe nie etwas verborgen. Ihre Biographie, Parteibiographie, wir haben immer gesagt, es gab einen gewissen Hang zum Maximalismus von Ruth Fischer, bis zu dem Augenblick, wo aus Moskau die richtige Einschätzung kam.«
»Darüber habt ihr diskutiert.«
Eine Feststellung von Wangenheims, deren Charakter undeutlich blieb. Becher putzte sich umständlich die Nase mit einem großen Taschentuch, das er ebenso umständlich aus seiner Hosentasche gezogen hatte, als er sich auf dem Stuhl verbog, um es zurückzustecken, sagte Annenkowa übergangslos:
»Der Komplex Prag.«
Man sah sich an, Lukács runzelte die Stirn. Von Prag war vorher nicht die Rede gewesen, war Becher in Prag, wann, wer noch? Nach einiger Zeit meldete sich Huppert und sagte etwas auf Russisch zu Annenkowa und Apletin, worauf sie ihm mit einer Geste, einer knappen Kopfbewegung das Wort erteilte, bitte, alles was dir auf dem Herzen liegt. Abgekartet, dachte Gerlach, nicht als Einziger am Tisch. Er müsse, begann Huppert, nun wieder auf Deutsch, eine Sache zur Sprache bringen, Sache berühren, die ihm bis heute zu schaffen mache, weil er sie sich weder erklären könne noch Grund habe, an ihrem Wahrheitsgehalt zu zweifeln. Und zwar sei es so gewesen, dass ihm der Genosse Ottwalt, gleich nach seiner Ankunft aus Prag im vorigen Jahr, in einer vertraulichen Unterredung die Frage gestellt habe, was zwi-

schen ihm und Becher sei, welche Probleme es da gebe, welcher Natur, um sich dann, zu schonungsloser Offenheit ermuntert, wie folgt zu erklären: Auf seiner Durchreise durch Prag sei Becher in der Redaktion der Deutschen Blätter aufgetaucht und habe sich auf abfälligste Weise über ihn, Huppert, geäußert, also so, dass es fast schon dem guten Rat gleichkam, ihn als Autor nicht mehr zu berücksichtigen, nicht mehr zu drucken. Insbesondere seine *Karelische Rhapsodie* betreffend, die nur deshalb im Blatt habe erscheinen können, weil Ottwalt sich nach eigener Aussage energisch dafür eingesetzt habe, gegen vielfältigsten Widerstand, einen derartigen Unfrieden habe der Auftritt Bechers unter den Genossen gestiftet.

»Ich schäme mich«, sagte Becher nach einem kurzen Schweigen, sichtlich leidend, »mich dagegen jetzt wehren zu müssen.« Er schüttelte den Kopf. »Du beschuldigst mich, nach praktisch zwei Jahren, ohne mir das geringste Zeichen zu geben, so und so, das hätte Ottwalt, wo ist der überhaupt, hätte er dir mitgeteilt, und ausgerechnet du, als mein, mein«, seine Stimme wurde schwächer, »schenkst dem Glauben.«

Huppert, zurückgelehnt auf dem Stuhl, eine Faust in seine Hüfte gestützt, den anderen Arm ausgestreckt auf dem Tisch, erwiderte Bechers Blick ungerührt, *Fauler Liberalismus hilft dem Feind* hatte über einem anonymen Kommentar in der DZZ gestanden, jeder wusste, dass er der Verfasser war. Mit Verbindungen in Kreise, die schon nach dem Menschewiki-Prozess, als man das Marx-Engels-Institut von oben bis unten ausräucherte, ihre schützende Hand über ihn hielten, so gut wie alle entlassen und degradiert, nur Hugo Huppert nicht, sondern mit der heiklen Aufgabe betraut, die *Ökonomisch-philosophischen Manuskripte* druckfertig zu machen. Wer will ihm beikommen, seit zehn Jahren in den Verästelungen der Apparate zu Hause wie ein Iltis in seinem Bau?

»Das ist kein Beweis«, sagte Regler. »Ich muss leider weg, ich hatte das angekündigt, dass ich heute, beschränkt. Sagen möchte ich aber noch, wie sehr ich profitiert habe von allen Gesprächen hier und dass ich den Genossen im Westen davon berichten werde.«

Während Regler seine Zigaretten einsteckte, sich erhob und zur Tür schritt (ausschritt, dachte Gerlach), rief Fabri ihm nach: »Man hat das aufzuklären.«

»Warum«, sagte von Wangenheim und sah zu Annenkowa, »ist Ottwalt nicht anwesend?«

Bevor sie antworten konnte (wenn sie es getan hätte, wahrscheinlich nicht), setzte Fabri nach, Becher ins Auge fassend: »Warst du in der Redaktion?«

»Ich habe kein, ich betone das, kein Wort über Hugo verloren.«

»Aber du warst dort?«

Und was folgt daraus, dachte Gerlach, sich aus einer Karaffe Wasser einschenkend, alles, nichts.

»Vierzehn Tage war ich in Prag.«

»Im Hotel?«

Becher kreuzte die Arme vor der Brust, schwieg.

»Im Lunik?«

»Das Lunik ist bekannt«, sagte Kurella, »da hat die-die Mühsam gewohnt. Und ein paar andere.«

»Du hattest keinen Kontakt?«

»Ottwalt«, platzte es nun aus Becher heraus, »der ist doch bei der Mühsam ein- und ausgegangen. Und bei der Neher, das waren regelmäßige Zusammenkünfte, auch in Cafés, eine vollkommen zwielichtige Gesellschaft.«

»Hast du in Erfahrung gebracht.«

»Ich habe mich von diesen Leuten ferngehalten. Mich nur gewundert, wie vertraut der Genosse Ottwalt (er richtete seinen Blick auf Huppert) mit denen gewesen ist.«

»Schieber«, rief Dornberger. Was meinte sie?

Es habe, sagte Huppert nach einem Räuspern, immer wieder Versuche der Einflussnahme bei den Deutschen Blättern gegeben, und es sei Ottwalts Wachsamkeit zu verdanken, dass in der undurchsichtigen Lage in Prag die Dinge nicht aus dem Ruder gelaufen seien, systematisch eingeschmuggelte Manuskripte von Versöhnlern und so weiter, er müsse das den Genossen hier im Raum nicht weiter erläutern, würde aber Becher fragen wollen, was er darüber wisse und wem er sonst noch auf seiner Durchreise begegnet sei, welchen Kadern, welchen Emigranten?

»Da liegt ja einiges im Dunkeln«, sagte Fabri.

»Gestapospitzel.«

Fabri konnte ein Lächeln, halb gnädig, nicht verhehlen, die Gedankensprünge Dornbergers.

»Café Metropol«, Becher, gefasst, »Ottwalt hatte mich mehrmals eingeladen, obwohl eingeladen, das ist zu, ihn dahin zu begleiten, eher, muss ich sagen, mit Nachdruck aufgefordert, an dem Gesprächskreis, der dort tagte, teilzunehmen, was ich jedoch ablehnte, da mir durch Herzfelde zu Ohren gekommen war, um wen es sich handelte, zumal das Café selbst, Metropol, wurde von der tschechischen Polizei überwacht. Das war bekannt.«

»Herzfelde?« Huppert in einem Ton, der weniger Überraschung ausdrückte, als einen Sachverhalt, eine Vermutung (Puzzlestein) zu bestätigen schien.

»Ich habe der Prager Gruppenleitung davon pflichtgemäß berichtet ...«

»Wo sind die Berichte?«, unterbrach ihn Huppert, für einen Augenblick nicht Herr seiner selbst, auffahrend, »wem?«

Es sei, fuhr Becher nach einem Moment fort, mit spürbarem Oberwasser jetzt (dass Hugo sich so eine Blöße gibt), sei nichts als seine Pflicht gewesen, wie jedes Kommunisten (reihum blickend), Meldung zu erstatten von solchen Umtrieben, Genossen, sagte er, gerade, wenn auch nicht allein in Prag hätten sich sowjetfeindliche Kräfte sonder Zahl getummelt, die im Visier zu behalten, mit gespanntester Aufmerksamkeit, unumgänglich gewesen sei und weiterhin bleibe, un-umgänglich, inwiefern er sich nichts vorzuwerfen habe (Züge von blankem Hass in Hupperts Gesicht), sondern vielmehr die Partei auffordere, unter die Lupe zu nehmen (er atmete tief ein), was dort vor sich gegangen sei, heute ja auch noch, diese Machenschaften von, von bestimmten Zirkeln.

Apletin machte sich eine Notiz in einem kleinen Wachstuchheft, klappte es wieder zu. Klopfte eine Zigarette auf seinem Etui fest und legte sie neben das Heft, beäugt von Annenkowa, als suchte sie die Geste zu entschlüsseln.

»Ich möchte, vielleicht«, sagte Fabri plötzlich (wie wohlwollend das klang in seiner Diktion), »möchte den Genossen«, er hielt kurz inne, »den Genossen Gerlach (ein Peitschenschlag quer über den Rücken), möchte ich fragen, ob er vielleicht«, Fabri hob die Brauen, »du bist doch in Prag gewesen?«

Gerlach nickte, kaum merklich, brennende Hitze in allen Gliedern, seine Gedanken schossen durcheinander ... ja, aber früher ... der gute Bruder, der trotz allem Streit nach Wien kam und sechshundert Mark brachte, die Margareta in der Wäsche ... allein hin und zurück, durch die Kontrollen ... wir kannten doch niemanden, nie im Metropol ...

»Hast du mit einer der genannten Personen in Verbindung gestanden?«

In seinem Kopf ein Überdruck, Gerlach schluckte, unwillkürlich die Zähne zusammenbeißend.

»Ja (ein Glucksen in Kurellas Kehle) oder nein?«

»Wir sind im Juli 34, wir waren schon weg.«

»Du bist also Becher nicht begegnet?«, sagte Huppert ... wie denn, dachte Gerlach, wie hätte ich?

»Im fraglichen Zeitraum«, er bemühte sich um einen amtlichen Ton, »befanden wir, das heißt meine Familie und ich, befanden wir uns bereits hier.«

»Wer war deine Anlaufstelle«, fragte Lukács, eine weiße Kragenspitze aufgebogen über dem Revers seines Sakkos, »damals.« Keine gehabt zu haben war unmöglich einzugestehen ... rumgerannt von Pontius zu Pilatus, wobei man Gerüchte aufschnappte, im Café Europa würden sich Genossen treffen, die einem weiterhelfen könnten ... erfinde was, irgendeinen Namen, einen Ort.

»Eine Fraktion von Versöhnlern, in Prag, illegal«, kam Emma Dornberger einer Antwort Gerlachs zuvor ... oh Götter!

»Illegal vor der Partei«, ergänzte Huppert ihren Satz (das ist das Entscheidende, darum geht's uns doch, nicht wahr, Genossin?), aus dem Stegreif könne er vier, fünf Fälle eines nicht registrierten, bei den zuständigen Parteiinstanzen nicht registrierten Aufenthalts in der tschechischen Hauptstadt nennen, die ebenso wie die Frage, warum die Warnrufe Ottwalts ungehört verhallt seien, außer bei ihm, bei Huppert, noch sorgfältig untersucht werden müssten, er erwähne jetzt nur diesen Volk (kenn ich nicht, dachte Gerlach), der sich wochenlang verborgen hielt, um dann als (Hupperts Stimme wurde schneidend) der Mann aus Deutschland aufzutreten, der verschiedenen Zeitungen Artikel anbot und vom Erdboden verschwunden war, als es sich bestätigte, die Bestätigung eintraf, dass man ihn ausgeschlossen hatte, schon vorher.

»Ein Abgrund«, sagte Lukács.

»Ein Einfallstor ...«, von Wangenheim ließ sich die Silben auf der Zunge zergehen, schmeckte ihnen mit geweiteten Augen nach, ohne zu einem Schluss zu kommen.

»Wie ich ausgeführt habe«, Becher wandte sich direkt an Annenkowa, »das erhärtet alles, ich glaube, sagen zu dürfen, dass man auf die Wühlarbeit, die in Prag und auch anderswo ...«

»Halunken«, Fabri schlug mit der flachen Hand auf den Tisch, »weg damit.«

Aus Huppert sprudelten weitere Namen, ein Netz von Kreaturen, die unter dem Deckmantel des antifaschistischen Kampfes ein ekles Spiel getrieben hätten (»Und treiben!«, rief Becher, sich einen eisigen Blick Hupperts einfangend: Dich krieg ich noch), Fälschungs- und Täuschungsmanöver im Auftrag jener Hintermänner, denen der Genosse Wyschinski die Masken von ihren Trotzkistenschnauzen gerissen habe (das Plädoyer des Generalstaatsanwalts in ganzer Länge auf der Titelseite der DZZ, dazu Fotos von Menschenmassen unter Schildern und Spruchbändern: *Erschießt die tollwütigen Hunde*), woraus die Lehre zu ziehen sei (er drosselte seine Lautstärke wieder), die leninistische Lehre, in keiner Sekunde nachzulassen bei der Prüfung selbst unscheinbarster Einzelheiten, nichts für selbstverständlich zu nehmen, da gerade darin, und das habe der Fall Schmückle eindrucksvoll bewiesen, der teuflische Kern des Verrats niste (Gerlach spürte, wie sich ein Zittern seiner Arme und Beine bemächtigte), da stelle sich einer als hundertprozentig hin, alle glaubten ihm, und in Wirklichkeit bereite er die abscheulichsten Verbrechen vor.

Apletin griff nach der Zigarette neben dem Etui, hielt sie zwischen Daumen und Zeigefinger fest, während Annenkowa ihm mit einem knisternden Streichholz Feuer gab. Er zog ein paarmal, Rauch trat aus Nase und Mundwinkel, dann klopfte er (gedankenverloren?) das Stäbchen Asche mit dem Mittelfinger auf den Boden ab.

»Wann genau bist du hier eingetroffen?«

Es dauerte einige Augenblicke und bedurfte Fabris Appell: »Genosse Gerlach!«, bis er verstand, dass Lukács' Frage sich an ihn gerichtet hatte. Das war doch Lukács, um was geht es? Sein Herz pumpte, ein wildes Klopfen in Hals und Schläfen.

»Ich ...« Gerlach presste die Knie zusammen, ruhig, Ruhe bewahren, »wir sind mit dem Zug.«

»Wie lange warst du eigentlich in Prag?«

Becher hatte sich vorgebeugt, Lichtsplitter in seinen Brillengläsern.

Gerlach rechnete fieberhaft, verrechnete sich, hätte am liebsten die Finger zu Hilfe genommen ... zuerst untergetaucht, April, vier Wochen in Düsseldorf versteckt, fünf Wochen, das ist März gewesen, Juni, Juli, im Winter als Untermieter bei der Alten, an die sie die Kinderärztin, die ein paar Brocken Deutsch sprach, vermittelt hatte ... hörte sich dann mit flacher Stimme sagen: »Elf, praktisch zwölf Monate.«

Für Lukács keine befriedigende Antwort, er legte nach, unbedingte Präzision:

»Du sprachst vom Juli 34 als Abreisedatum, ist das richtig?«

»Das ist richtig.«

»Ein ganzes Jahr in Prag«, sagte Fabri (als dächte er nach, würde nur langsam darauf kommen), »ohne auch nur einmal ...«

Die reine Wahrheit, dachte Gerlach, Mühsam und Neher nicht kennengelernt. Nicht diesen Volk, nicht Ottwalt. Im Februar Kohlen geschippt auf dem Hof eines Brennstoffhändlers.

»Also hast du, das Café Metropol«, Bechers hohe Stirn war schweißbedeckt, »keine Besuche dort?«

»Ohne auch nur einmal«, darf und muss man fragen, ist doch seltsam, »mit irgendwelchen Genossen Fühlung aufgenommen zu haben?«

»Das habe ich nie behauptet.«

»Nein?«

»Nein, Genosse Fabri, die Partei war unterrichtet«, Gerlach schöpfte Mut, »vorläufige Adresse, Personenzahl«, aber getan werden konnte nichts, »meine Legitimation als Mitglied seit 27«, überfordert, überlastet im Durcheinander beengter Räume, der fremden Sprache, Hilfesuchender im Dutzend, »ich habe bei der Leitung vorgesprochen«, Briefe geschrieben, mit Margareta erörtert, immer wieder, ob England eine Möglichkeit wäre, wie dahin kommen, was braucht man, wo braucht man mich, »um eine Verwendung nachgesucht.«

Kurella und Apletin tauschten Blicke, Apletin und von Wangenheim ... Hannemann, geh du voran ... *so versank er in den Schlamm und in die antreibenden tiefen Wellen.*

»Als Journalist?«

»Jede Aufgabe«, sagte Gerlach, »zu der man mich heranzieht«, von Wangenheim spitzte die Lippen, »herangezogen hätte«, du ... du Schmierenkomödiant.

»Die Einreise in die Sowjetunion«, sagte Huppert, die größten Stiefel an den Füßen, sieben Meilen in einem Schritt, »erfolgte dann gleich aus Prag?«

»Wir waren in keinem anderen Land.«

»Du und deine Frau?«

»Unsere Tochter noch.«

»Vorhin«, sagte Lukács, ohne ihn anzuschauen, einen Bleistift über das Vlies hin- und herrollend, bedächtig, »hatte ich nach deiner Anlaufstelle gefragt.«

»Wir mussten umgehend aus Deutschland weg«, nicht die Nerven verlieren, »in Absprache mit der Bezirksleitung ... es gab Fahndungsaufrufe, unsere Druckerei, die Redaktion war schon geschlossen ... verwüstet worden.«

Wissen wir, nebensächlich (Hupperts Miene sprach Bände), anderes harrt hier der Erklärung, oder, Genossen?

»Du bist in Prag nicht tätig gewesen«, sagte von Wangenheim ... dass dich das Tier nicht beißen kann, »wovon habt ihr gelebt?«

»Zuwendungen von irgendwelcher Seite«, hakte Fabri nach, »hat dich die Partei unterstützt, die Rote Hilfe?«

Ansuchen ohne Antwort, das Gefühl, aus der Welt gefallen zu sein, alles enger von Stunde zu Stunde. Abends saß er da und rechnete, wie lange das Geld, das Karl gebracht hatte, reichen würde, wenn ... ihr Aufenthalt noch Monate dauern würde und sie nicht mehr als eine Mark, drei Mark, zwanzig Kronen täglich ausgeben würden, abzüglich der Miete, zuzüglich möglicher Einkünfte (Kohlenberge aufhäufen und abtragen, Kisten schleppen auf dem Großmarkt, Margaretas Putzerei bei der Alten und ihrer Schwester), irgendwann (in nicht allzu ferner Zukunft) wäre der letzte Heller, wäre jene Reserve verbraucht gewesen, die den Kauf von drei Fahrkarten wohin auch immer gestattet hätte ... es kann doch nicht sein, dachte er, von Schlaflosigkeit gepeinigt, dass der Kampf umsonst war, hier zu Ende ist und sich für Jahre Nacht über uns, über Deutschland senkt (in seiner ganz persönlichen, von verschwiegenen literarischen Ambitionen genährten Sprachregelung), sich mit schwindender Stärke dagegen anstemmend, jedwede Hoffnung (auf was denn?) zu Grabe zu tragen. Aber woher (betrüg dich nicht mit Flehen und Gebeten) sollte Rettung kommen, ein Silberstreif, von dem man abends hätte berichten können, und nicht nur leeren Trost spenden?

»Beantragt«, sagte Gerlach, »aber ... nein. Wir haben unseren Lebensunterhalt ... wir hatten noch etwas, Erspartes.«

Selbst aufs Essen zu verzichten (»Für mich nicht, ich hab in der Stadt ...«, und Margareta antwortete: »Ich auch, ich hab auch schon ...«) hielt den Niedergang, das Schrumpfen ihrer Bestände, nicht länger als einen Tag oder zwei an, die Frage, warum sie nicht nach Holland, Dänemark oder Frankreich geflohen waren, was dahintersteckte, dass sie jetzt in Prag festsaßen, in allnächtlichen Gedankenmühlen schweigend zermahlen. Von wem der Hinweis stammte, es im Café Europa zu versuchen, bei einem großgewachsenen schlanken Mann namens Olearius, der meist in Begleitung eines jüngeren, dicklichen Brillenträgers unterwegs sei, ließ sich im Nachhinein nicht mehr klären, ein Geschwirr von Hörensagen, in dem sie damals herumirrten. Genosse Gerlach, hatte der Mann gesagt (als würden sie sich kennen), ihm die Hand entgegengestreckt und ihn aufgefordert, an seinem Ecktisch Platz zu nehmen ... womit man dienen könne, frei von der Leber weg ...

»Es sind Fehler gemacht worden«, sagte Huppert, getragen, »notwendige Überprüfungen haben nicht stattgefunden.«

Gerlach erinnerte sich schmerzlich genau an seine seelische Verfassung in jenen Tagen, wonach fragt man sich denn?, etwa nach Gesetzmäßigkeit, Dialektik, hervorgetriebenen Widersprüchen? So gläubig (oder überzeugt) er war, die einzige Wahl getroffen zu haben, die einem denkenden Menschen offenstand, willens (was er hinlänglich bewiesen hatte), dieser Wahl Genüge zu tun, schien er nun doch an seine Grenzen, des Verstandes, des Gefühls, historischer Pflicht, gestoßen zu sein, sich ein Wunder herbeisehnend (auch ohne im Veits-Dom Kerzen zu entzünden), das der zermürbenden Ungewissheit ein Ende bereiten würde ... irgendwohin, wo es besser war ... wieder für *die Sache* arbeiten ...

Gerlach sah von einem zum anderen, während Huppert weiter ins Grundsätzliche abschweifte, davon sprach, dass einen das Ausmaß der Spionagetätigkeit schaudern mache, Lukács und Kurella nickten demonstrativ, sehr wahr. Alles wahr, so wahr wie die Hilfe, die sie von Olearius erfuhren, nachdem Gerlach ihm ihre Lage geschildert hatte ... man benötige das Empfehlungsschreiben, ihre vorhandenen Reisedokumente, um den Rest werde sich sein Mitarbeiter hier kümmern, Dr. Engels (der mitschrieb, als stenographiere er jedes Wort, das am Tisch fiel), ach je, ich habe sie noch gar nicht bekannt gemacht, verzeihen Sie meine Unaufmerksamkeit ...

»Genosse«, dröhnte Hupperts Stimme durch den Sitzungsraum, »hörst du nicht zu?«

Gerlach zuckte zusammen, wo sind wir, der Komplex Prag, darf ich Ihnen einen Portwein anbieten ...

»Ich wiederhole«, sagte Lukács: »War die Komintern daran beteiligt?«

Geld? Sicher brauchen Sie auch Geld, ich kann mir vorstellen ...

»Dein Visum«, sagte Fabri, »auf welchem Weg?«

»Du kanntest ja niemanden«, Becher mit rotgeflecktem Gesicht, »hattest in Prag keine Verbindungen.«

Das verrechnen wir ... irgendwann einmal.

Als er eine Antwort schuldig blieb (Leere in ihm), sagte Annenkowa: »Ich habe Genosse Gerlach in die Redaktion geholt, seine Papiere sind geprüft worden.«

Apletin drehte seinen Kopf über die Schulter zu der neben ihm sitzenden Chefredakteurin, sie hinter halbgeschlossenen Lidern wie von oben herab in den Blick nehmend. Hast du, Genossin?

»Genosse Fabri war einverstanden ... auch Genosse Huppert.«

»Ich bin nie gefragt worden«, sagte Huppert, scharf, Annenkowas Augen flatterten von links nach rechts.

»Auf welchem Weg«, sprang ihr von Wangenheim zur Seite, »Genosse Gerlach, hörst du, dein Visum für die Sowjetunion?«

Schöne Welt, du gingst in Fransen ... wie gern Margareta zu dem Lied immer getanzt hatte, in einem Ballhaus auf dem Rheindamm ... *wo du als Husar, goldverschnürt sogar, konntest durch die Straßen reiten* ... mitgesungen und gelacht, ihn fröstelte.

»Namen«, Lukács klopfte mit seinem Mittelfinger auf den grün bezogenen Tisch, »Anlaufstelle.«

Gute Nachrichten habe er, sagte Olearius eines Nachmittags, und Dr. Engels zog ein Formular aus seiner Aktentasche, das Gerlach unterzeichnen sollte, der Text, die Paragraphen in kyrillischer Schrift ... alles sei angebahnt, er wolle nichts versprechen, aber ein Freund, dessen Adresse er ihm noch mitteilen werde, könne ihnen, bitte, das sage er mit der gebotenen Vorsicht, so vieles unwägbar, könne ihnen wahrscheinlich ein günstiges Zimmer in Moskau besorgen, er möge zuversichtlich sein.

»Ich begegnete dem Leiter der Kaderabteilung Westfalen«, Flucht nach vorn, den kennen sie nicht, den kennt niemand, wenn es ihn auf Erden überhaupt geben sollte, »der sich ... bei einer Versammlung.«

»Über den hast du ...«

»Wie heißt der Genosse«, fiel von Wangenheim Lukács ins Wort, »wie hieß er?«

»Olearius«, sagte Gerlach ohne Aufschub, ein Name so gut wie der andere.

»Ich notiere das«, Julia Annenkowa beugte sich eilends über ein paar ausgebreitete Blätter, Apletin verfolgte ihr Tun mit steinerner Miene.

Stoßen wir an, auf dem Tisch eine Flasche Sekt, die Dr. Engels, dessen lockige Haare zu lang waren (für Gerlachs Geschmack), ein wenig verschwitzt immer, mit zwei, drei eingespielten Gesten quer durch den Saal des Café Europa bestellt hatte ... auf was? Den Sieg, sagte Gerlach und hob sein Glas, der Revolution, sagte Olearius, und Engels, sehr ernst: Die Niederlage des Faschismus. Richtig, Olearius hatte gelächelt, nicht zu vergessen, auf ihr, auf unser aller Wohl.

»Wie war der Name?«, fragte Huppert, Stirn in Falten.

»Ist mir noch nie untergekommen«, von Wangenheim schüttelte den Kopf, »das klingt nicht deutsch.«

»Aus der Kaderleitung, ja?«, fragte Lukács, Gerlach nickte, sein Körper von einem Kältestrom durchpulst, seine Kehle war ausgedorrt.

»Dieser Mann hat das für dich erledigt?«

Wieder nickte Gerlach, hätte ich ihm kein Vertrauen geschenkt, säße ich heute nicht hier, wäre ich nicht in Magnitogorsk gewesen, würden wir ... das Kind, Margareta ... es gab keine andere Möglichkeit.

»In Abstimmung mit der Komintern?«

»Ja«, sagte Gerlach leise ... ist das alles so schwer zu verstehen, Genosse Lukács, in deinem Alter, mehr als einmal geflohen und untergetaucht und zum Tode verurteilt? Warum zwingst du mich zu lügen?

»Ich habe den Namen nicht verstanden«, sagte Huppert, sah zu Apletin, zu Kurella, »würdest du ...?«

»O-le-arius«, Gerlach versuchte, deutlich zu sprechen, erkundigt euch, ich habe mir nichts vorzuwerfen, mein ganzes Leben ...

Rauch schwebte über dem langen Tisch, drehte sich träge gegen die beiden Schirmlampen, deren Licht sich in zwei stumpfen Kegeln zerstreute. Gerlach füllte Wasser in sein Glas nach und trank es in zwei Zügen leer.

»Hat jemand von dem Mann schon einmal gehört«, sagte Fabri, »du, Genosse Becher?«

»Niemals.«

»Das kann ein Alias sein«, Hugo Huppert lehnte sich auf seinem Stuhl zurück, »das muss geprüft werden.«

»Der Feind wird mit dem Aufblühen der Sowjetunion immer gemeiner, immer hinterhältiger«, deklamierte von Wangenheim, aus dem ungezeichneten Artikel zitierend (sich für nichts zu schade), »darauf hat der Genosse Stalin uns wiederholt hingewiesen.«

»Oh-lele«, Kurellas Kopf wackelte vor Erregung, »A-adam«, setzte er neu an, »so heißt ein, ein Ba-ba-barockdichter.«

»Adam Olearius«, sagte Lukács, »natürlich.«

»Warum nicht gleich Gryphius?«

»O-o-oder Fleming, Ge-genosse Becher.«

Man lachte, Annenkowas Bleistift flog unablässig übers Papier, Apletin rauchte schweigend, als berührte ihn nichts von alldem.

»Willst du Stellung nehmen?«, fragte Huppert durch den Rauch, tonlos.

»Es ist alles legal gewesen«, sagte Gerlach, »ich habe der Partei nie etwas verschwiegen.«

»Das wird in Erfahrung gebracht, wir werden den Fall der Kontrollkommission zur Nachforschung übergeben. Bist du damit einverstanden?«

»Selbstverständlich«, sagte Gerlach (sagte es aus ihm), »meine

Unterlagen, das Visum, Aufenthaltserlaubnis sind jederzeit einzusehen.«

Nutzlos, niemand kennt Olearius, der wie aus dem Nichts auf der Bildfläche erschienen war, Gerlach wusste, was folgen würde, folgen muss. Im Namen der werktätigen Massen, die unsterbliche moralische Kraft der sozialistischen Gesellschaft. Sich reinigen und gestärkt daraus hervorgehen, ich habe gefehlt, ich war schwach, leichtsinnig aus Angst, doch bitte ich das Militärkollegium, mich durch härteste Arbeit noch einmal vor der Geschichte bewähren zu dürfen, objektiv, subjektiv.

»Deine Rechte und Pflichten als Redaktionsmitglied ruhen so lange«, sagte Annenkowa (klang sie bekümmert, traurig gar?), »bis zum Abschluss der Ermittlungen.«

Er nickte, suchte den Blick eines anderen, aber alle sahen an ihm vorbei, auf den Tisch, drehten eine Streichholzschachtel in den Händen, kramten in der Tasche ihres Sakkos nach etwas sehr Wichtigem – nur Huppert nicht, so ist es, Genosse, Span unter Spänen, jeder echte Kommunist wird das verstehen.

Gerlach erhob sich und ging grußlos zur Tür. Seine Beine fühlten sich taub an, er befürchtete zu stürzen, bevor er den Sitzungsraum verlassen hätte. Das Licht im Flur war gelöscht, er fand den Schalter nicht und tastete sich an der Wand entlang ins Empfangszimmer, wo sein Mantel über dem Rollschrank lag.

Stufe um Stufe um Stufe, dann stand er im Hof, die Stimmen von Passanten wehten durch die Einfahrt an sein Ohr, schnelle Schritte hallten die Nikolskaja Straße entlang. Am Nachthimmel kreiste der Strahl eines Scheinwerfers, Wolkenbäuche jählings erhellend, aus der Ferne das unaufhörliche Summen der Stadt. Kinos und Theater entließen Trauben von Menschen, die in übervollen Trolleybussen und Straßenbahnen zu ihren Schlafstätten fuhren, in Varietés wurde die letzte Nummer angekündigt, in Tanzlokalen machte man weiter mit frischen Musikern, einer neuen Sängerin, großzügigen Bestellungen für den ganzen Tisch, hier, für alle noch mal dasselbe, noch mal eine Flasche, nein zwei, was soll's ... als hätte man sich das nicht verdient einen Abend lang, zu feiern und anzustoßen auf die Fortschritte, die das Leben verbesserten, von null auf hundert in wenigen Jahren, Stahl, Öl, Traktoren, Autos, Chemie, gigantische Hüttenwerke, die aus dem Steppenboden emporwuchsen, am Ufer des aufgestauten Uralflusses, Winderhitzer und Hochöfen rund um den Magnetberg, der aus nichts anderem als fast purem Eisenerz bestand, dazu Zehntausende, die sich selbstlos in die Schlacht warfen, eindringlich beschrieben in Gerlachs Reportage, die alle gelobt hatten (ohne Ausnahme), drei Tage mit dem Zug von Moskau aus nach Osten, an vielen Stationen Bäuerinnen, die gebackene Milch und Käse feilboten, grüne Gurken, Eier, Himbeeren (das hast du gesehen, ja?), durch steile Schluchten und über wilde Wasser bis zu einer Kette von Hügeln, an deren Hängen sich die Arbeiter eingegraben hatten, Erdhütten, Bretterverschläge, gewaltige Bagger, Schienenstränge, Loren voll Gesteinsbrocken, aus denen man den Rohstoff für Schiffe und Panzer herausschmolz, Röhren und Signalmasten, in der Dunkelheit der majestätische Eindruck unzähliger Lichtpunkte und Feuer, deren Flackern von einem unwiderruflichen Aufbruch in die Zukunft zeugte, von Edelmut und kollektiver Tatkraft (hatte Gerlach geschrieben), veröffentlicht in mehreren Folgen, die sogar nachgedruckt worden waren, übersetzt für russische Leser, ein Genosse aus Deutschland, der nur staunen kann, was geleistet wird unter Führung der Partei, der Stahl gehärtet, Walzwerke und Städte in die schier endlose Weite des Landes gepflanzt ... alles dem Volk und für das Volk, die Schätze des Bodens, Fabriken und Büros ... in geschlossener Front stehen wir gegen den Feind, höchste Wachsamkeit eines jeden das Gebot der Stunde ... lasst mich kämpfen mit euch, am ganzen Leib zitternd knöpfte er im Hof seinen Mantel zu, lasst mich alles wiedergutmachen ... was soll denn werden sonst ... Margareta, das Kind ...

* * *

Ob sie noch lebte? Frau Gerlach, deren Bild nach einigen Gläsern Wein durch ihren Halbschlaf gegeistert war (aber heute Nacht nicht von ihr geträumt, gar nicht geträumt, oder?), so gegenwärtig wie seit Jahren, ach was, seit Jahrzehnten nicht, falls überhaupt einmal zuvor, dass man sich an bestimmte Begebenheiten aus Kindertagen erinnert, aus der Zeit des Studiums in Leningrad, versponnen zu seltsamen Irrläufen, Traumgebilden, die weniger beängstigend als irritierend waren, orientierungslos auf der Wassiljewskiinsel oder auf dem Schlossplatz, wo man Ausschau nach der Alexandersäule hielt und sie nicht mehr entdecken konnte, verschwunden, unmöglich.

Angelika Volkhart beugte sich zur Seite und öffnete die untere Schublade des weißen Rollcontainers neben ihrem Schreibtisch, in der sie noch eine Schachtel Alka Seltzer vermutete, doch ... ein Wohnungsschlüssel, Münzen, zwei, drei alte Terminplaner (warum wirfst du die nicht mal weg?), lose Tampons auf und zwischen Papieren, ausgedruckten Mails (die seit Monaten einer persönlichen Antwort harrten), einem Päckchen Visitenkarten, das mit einem dünnen Gummi verschnürt war, Werbebroschüren und amtlichen Verlautbarungen, Australian Chamber of Commerce and Industry, Iron Ore Production & Processing ...

Sie kam ächzend wieder hoch und drückte einen Knopf auf der Telefonanlage, Katje meldete sich prompt, wie immer bestens gelaunt, unverschämt gut, wie sie schon »ja« sagte, ein Rätsel.

»Hast du was gegen Kopfschmerzen? Bringst du mir ein Wasser und eine Tablette?«

Sie schaue, sofort, kleinen Moment ... aber wirklich nur einen winzig kleinen, bitte, dachte Angelika und legte die Hand auf ihre Stirn, hinter der es blitzte und pochte. Das letzte Glas war zu viel, mein Gott, und die beiden Ibuprofen zum Frühstück ohne jede Wirkung, erschreckend. Dabei hatte sie nur eine einzige Flasche Wein getrunken, den ganzen Abend, und nie das Gefühl gehabt, betrunken zu sein (oder zu werden), keine Absacker in irgendwelchen Bars, in denen man aus geschäftlichen Gründen (oder anderen, schäm dich, niemals) aufgeschlagen war. Oder eines dieser Gelage mit Selbstgebranntem, die man heute wahrscheinlich (ja, das ist so) nicht mehr überleben würde ... einmal im Zug nach Samarkand die beiden Usbeken mit ihrem verbeulten Zehnliter-Kanister, in dem etwas gluckerte, das Schnaps zu nennen ... Raketenbrennstoff, der einen nach dem dritten Schluck in den Kosmos schoss ... es klopfte an der Tür, Katje sah herein.

»Ich hole was«, sagte sie, »nichts da.«

»Hör mal«, zwei Silben, zu laut ausgesprochen, zwei Presslufthammerschläge von innen gegen Angelikas Stirn.

»Es ist nichts da, ich weiß auch nicht.«

»In dem ganzen Büro«, sagte Angelika leise, atmete mit halbgeöffnetem Mund hörbar leidend ein und aus, »es gibt hier kein Mittel, irgendwas?«

»Ich bin in fünf Minuten zurück«, sagte Katje und schloss die Tür.

Scheißbetrieb, geht sie jetzt runter und fragt einen der Makler? Frau Chefin hat offenkundig gesoffen und kann vor Brummschädel die Zahlen auf dem Monitor nicht erkennen, verquollene Augen, ihr wisst schon ... noch eine Nachricht traf ein, die gelesen werden wollte, ja, ja, die Prognose des Baltic Dry Index für heute, ah, tut das weh, die Charterpreise für Kupfer, Erz, Getreide, alles im grünen Bereich. Er möge auf seinem Kurs bleiben, schrieb sie an den Kapitän der Gloria, Zielhafen weiterhin Tianjin, man bemühe sich *currently* um eine Anschlussfracht, *best wishes from a rainy amsterdam, a.* Sie wandte den Kopf und sah nach draußen, wo ein niedriger graublauer Himmel über die Flachdächer der Büros und Lagerhallen dahintrieb, kreuz und quer Tropfenspuren auf den breiten Fenstern. Mairegen, mach mich groß, bin so klein wie'n Hutzelkloß, Hutzelkloß ... wegfahren, dachte sie, nur für ein paar Tage, wäre genau das Richtige, sich etwas angucken, etwas Schönes, was ganz Neues. Im Alter von (sag's laut) fünfundvierzig, und im November schon wieder der nächste Geburtstag, zum Davonlaufen. Ein echter Wonnemonat, am besten verbringt man den in den Tropen, bis Juni. Und wenn nicht bis Juni, dann wenigstens mal zwei Wochen am Stück ... auf einem Schiff den Amazonas hoch, warum eigentlich nicht? Ständig ist eines nach Manaus unterwegs, um Kaolin zu laden, die Callisto, die Dutch Spirit, und noch nie bist du mit ... oder auf einer anderen Route, von Port Hedland nach, sie klickte eine Karte auf den Bildschirm, nach ... irgendwohin, an Sumatra entlang ... Mumbai. Ihre längste Fahrt auf einem Frachter war von Rotterdam nach Hamburg gewesen, Get-together mit alten und neuen Kunden, Büfett und Band an Bord bei ruhiger See, strahlendem Wetter. Sonst nur Besuche in diesem oder jenem Hafen, Verhandlungen, Unterschriften, vielleicht nicht das Normalste für die Bevollmächtigte einer Reedereifiliale, deren Umsatz ... wie viel im letzten Quartal?, Schüttgut und Turbinen, ganze Kraftwerke. Allein ihrem Russisch zu verdanken ... als sie damals jemanden suchten für den GUS-Bereich, so fing's an, wunschlos. Mach das doch, hatte sie sich gesagt, als sie von der Stelle hörte, fest stand für sie jedenfalls, dass das an der Universität ein Ende haben musste, als Sprachlehrerin ohne akademische Ambitionen. Hauptsache zuvor ... aus Deutschland weg, Ritzeratze mit der Säge ... wir würden uns freuen, Sie bei uns in Leiden begrüßen zu dürfen (russian studies), im Crashkurs Niederländisch gelernt, das ch in vraag fast wie das in Archangelsk. Kinderleicht, wenn man kyrillisch buchstabieren kann, diese Rachenlaute, Rachensprachen, Drachen, Rache ... Mensch, Katje, verdammt. Als Angelika den Kopf in den Nacken legte, ihre Hände in die Hüften stemmte, Brust raus, hechelnd atmen, aber nicht zu lange (war das nicht so eine Übung, die sie im Fernsehen bei akuter Migräne empfohlen hatten?), meldete sich mit einem Pling-pling-pling ihr Privataccount, bitte nicht Piet noch einmal (man reicht den kleinen Finger, und schon ist der Arm ab), weil sonst ... wird er auf die Spamliste gesetzt ... ach nein, erst Monate, ein Jahr, zwei Jahre nichts von sich hören lassen (du bist und bleibst ein Arsch), dann jedoch auf sämtlichen Kanälen, es hätte sie wenig gewundert, ihn plötzlich zur Tür hereinspazieren zu sehen: *Bei mir geht es mal wieder drunten und drüben, Wollte nur sagen das ich mich freue auf ein Treffen, viel zu selten, und das meine ich mit Ehrlichkeit. Nicht den Kopf schuetteln, wie lange kennen wir uns schon erinnerst du dich? in der Lobby bei Gallagher oder steamship mutual oder wo es auch immer gewesen war, wer wird das vergessen? Wie findest du mein deutsch, ich entroste so gut ich kann, lass uns zusammen praktizieren. Es bleibt beim 26, in Ordnung, und das Blue pepper muss etwas sein, das habe ich bis nach Sao Paulo gehoert. Es gruesst dich mit allen sinnen von herz Dein sylvester.*

Antwortet man? Als würde er eine Antwort erwarten, hätte das je. Come and go, Geschäfte auf allen Kontinenten, ich muss jetzt wieder ... du musst, was du musst. Nie hatte er sich darüber genauer ausgelassen, nie hatte man es im Detail wissen wollen ... was er seine Beratertätigkeit nannte. Zum Schutz von Transaktionen und Investments. Beraten und vermitteln, hatte er gesagt, hier der Anleger, da derjenige mit einer Idee, ich bring sie zusammen. Und garantiere die vertragsgemäße Verwendung des Kapitals, gebe Ratschläge, greife ein, falls es sich doch einmal als notwendig erweisen sollte, Verluste drohten. Versicherungen zum Beispiel (»Verstehst du?« »You think I'm ... kind of stupid?« »You're gorgeous«), deren Reserven dürften nie unter eine kritische Schwelle absinken, dafür habe man zu sorgen, auf diese oder jene Weise, um im Schadensfall nicht allzu hart getroffen zu werden, nicht substantiell, am besten gar nicht, weil die Zuflüsse ein angemessenes Niveau hätten (»Und das ist dein Job?« »Auch«, ein unwiderstehliches Lächeln, »vielerlei.«).

An ihrem ersten Abend, als sie in sein Hotel gefahren war (Name und Telefonnummer auf einen Zeitungsrand gekritzelt, eh, Angelika ...), und er: Frag mich was, gesagt hatte (ja, hinterher, natürlich), was willst du von mir wissen? Vielleicht nichts, hatte sie erwidert, mit angezogenen Beinen neben ihm gegen das Kopfende des Bettes gelehnt, oder ... keine Ahnung, warum bist du in London? Das interessiert dich? Hör mal, ich sollte dir eine Frage stellen, also ... beruflich, Privatvergnügen, womit verdienst du dein Geld? Sie sei sehr direkt, hatte er geantwortet, aber gut (»Stört es dich, wenn ich rauche?« »Ich will auch eine«), sich nichts vorzumachen, von vornherein, würde bei ihm auf große Sympathie stoßen, die Welt leide doch daran, dass die meisten Menschen in ihrer Phantasie lebten, in Träumen, die mit der Wirklichkeit nichts zu schaffen hätten und dauernd zu Fehlinterpretationen führten ... eine Theorie, die er nie müde wurde zu erläutern (wenn man ihn nicht bremste), all die falschen Schlüsse, die aus solchen Voraussetzungen, irrigen Voraussetzungen, gezogen würden, und nicht nur Einzelne, sondern mehr als einmal schon ganze Gesellschaften ruiniert hätten, glaub mir, ich weiß aus Erfahrung, wovon ich rede.

Was nicht schwerfiel (ihm zu glauben), ein Charme, der so betörend war, wie er irgendwie ... etwas Brutales an sich hatte, eine Illusionslosigkeit, die einem Angst machen konnte, wenn man sie bis zu Ende dachte, kein Trost, nirgends. Andererseits, frei und verantwortlich zu leben (*das* ist die einzige Konsequenz, Ange-

lika) war allein auf diese Art möglich, erwarte nichts, was du nicht selbst bereit bist zu tun, deine Entscheidung ... die Sache mit den Frachtpapieren, Zolldeklarationen ... in der passenden Stimmung, eines Nachts auf seiner Veranda in Carmel ...
Auf dem kleinen Tablett in Katjes Hand ein Glas mit Wasser und ein Röhrchen Tabletten.
»Danke.«
»Ich musste ...«
»Bis Amstelveen.«
»Ich hab Vorrat besorgt.«
»Schön.«
»Die Briefe sind auch fertig.«
»Später«, sagte Angelika, »am Nachmittag, ich hab jetzt keine Zeit.«
Katje nickte und verschwand.
Keine Zeit, keine Zeit, für was denn nicht? Sie spülte eine (nur eine) Tablette herunter, trank das Glas aus. Als gäb's nichts anderes mehr als Arbeit ... und ein paar Erinnerungen. Die man nicht braucht, wozu? Um sich ein schlechtes Gewissen zu machen, in der Vergangenheit rumzurühren, das etwa? Wer lernt schon daraus, zumal wenn ... alles gutgegangen ist, im Licht der Gegenwart betrachtet. Selbst die Justiz kennt Verjährungsfristen, Schnee von gestern, den es längst weggetaut hat, restlos ... die wilden Neunziger, als die Abteilungsleiterin einer Reederei (was für eine Karriere, in drei Jahren) Industriegut nach Russland abfertigte, dessen Frachtwert ein wenig (sehr hübsche Formulierung) überhöht war, wodurch ... ist doch nicht dein Problem, hatte er erklärt, reine Schreibarbeit nach Auskünften des Exporteurs, die meine Partner in St. Petersburg gewillt sind adäquat zu honorieren. Weil sie ihr Staat, ein maroder, dysfunktionaler Koloss, zu erwürgen droht, sich tausend gierige Hände nach ihrem Kapital ausstrecken, folglich? Muss man es in Sicherheit bringen, bis die Lage wieder stabiler geworden ist, was wäre natürlicher,

gesünder für das Land? Kick-back ... siehst du, fällt dir auch nichts Besseres ein (unter Myriaden von Sternen das tosende Geräusch riesiger Wellen im Ohr, die aus den Weiten des Pazifiks heranrollten), ich würde vorschlagen ...

Im Grund, dachte Angelika, hätte er mich nicht einweihen brauchen, oder als was man das bezeichnen soll, ins Vertrauen ziehen, testen?, die Verführungskünste eines außergewöhnlichen Liebhabers ... sie lächelte ... bedauerlicherweise etwas unzuverlässig, Verschiebungen und Absagen, bis man die Faxen dicke hat, war wunderbar, aber wir beenden das jetzt. Nein, Sylvester, nicht unsere Freundschaft, das andere, oder meinst du, ich lass mich ewig vertrösten, sitz hier rum und warte ... einzig die Zahlungen liefen pünktlich ein, immerhin so viel, dass es fast für die Wohnung gereicht hat, verziehen, vorbei.

Sie nahm den Telefonhörer ab, tippte auf Katjes Taste.

»Tot uw dienst.«

»Das hoffe ich.«

»Altijd.«

»Kannst du mir einen Tisch reservieren, warte ...«

Was für ein Tag war heute, Dienstag?

»Versuch es mal, sagen wir ... wenn sie was freihaben.«

An keinem Abend in dieser Woche vergeben, lauter leere Felder in ihrem Terminplaner, Angelika musste erst gar nicht nachschauen. Eine Schande ...

»Aber wo?«, sagte Katje.

»Entschuldigung, natürlich, kennst du das Blue Pepper?«

»Das ist ein Restaurant, nicht?«

»Kennst du das?«

»Ich glaube ... hab ich was drüber gelesen.«

»In der Nassaukade, ein Tisch für mich.«

»Mit Begleitung?«

»Katje, was hab ich gesagt? Für mich. Mich allein. Am Fenster, und nicht neben dem Klo.«

»Wenn sie Fenster haben.«
»Jedes Lokal hat Fenster, und da möchte ich einen Platz.«
»Wird erledigt.«
Angelika legte den Hörer zurück, dann schlug sie im Filofax die Seite des 26. auf, ein Freitag, und schrieb *Sylvester* quer über die Abendstunden. Nichts zu bereuen, dachte sie, es war, wie es war, und gut so. Was hätte man auch zu tun, würde man all den Verzweigungen nachgehen, die es unter Umständen gegeben hat, ein Leben im Konjunktiv, das ziemlich ungesund wäre. Die Zeit besitzt nur eine Richtung, die Geschichte, und das Ende ist für jeden gleich, einfache Wahrheiten, die zu schlucken sind. In Seelenruhe, wie Sokrates den Schierlingsbecher geleert hat ... als Verderber der Jugend, war das nicht die Anklage? Dabei lässt sich die Jugend so gern verderben, du ... sie musste lachen, fasste sich an den Kopf (schon besser, die Tablette wirkte). Für Warnungen unempfänglich, taub auf beiden Ohren ... obwohl ... immer eine Frage des Standpunkts, was eine große Idee ist und was hirnverbrannt, Erwachsenen nicht zu vermitteln. Den Eltern (die gerade einen Trennungskrieg ausfochten, echte Vorbilder), Lehrern (Dumpfbacken die meisten), Tante, Onkel, Oma, Opa (dem einen vielleicht noch am ehesten, guck mal, ich seh das so, nur leider schon tot, als es so weit war, ich hau ab, mach's wie Tamara Bunke, mit vierzehn ...), allein Frau Gerlach, zu der sie nachmittags ging, um sich für die Russisch-Olympiade vorzubereiten ... mit der konnte man reden, zuerst zögerlich, dann ganz offen ... die Probleme, die man hatte, wovon man träumte, was werden soll, die Enge ringsum, die man keinen Tag länger auszuhalten glaubte, als Kämpferin, die an die Stelle der Botschafterin des Friedens getreten war, ein paar Monate, bis andere Interessen, waghalsige Unternehmungen ... lies das mal hier, sagte sie in ihrem mit Büchern verbauten Wohnzimmer, das schaffst du, und drückte einem was von Lermontow in die Hand, *Ein Held unserer Zeit*, oder Gedichte von Puschkin, über die sie wie über

Geliebte sprach, und nie wirkte das komisch oder lächerlich, sondern kam aus einem sanften vollen Herzen, höchstens Mitte vierzig konnte sie damals gewesen sein (wie du heute), nicht verheiratet, jedenfalls keine Spuren eines Mannes im Bad, wonach man heimlich geschaut hatte, ob da ein Rasierer lag, wie viele Zahnbürsten im Becher an der Wand ... und nie sich getraut zu fragen, das Gespräch aufs Thema zu bringen, wie man selbst sich ausschwieg über Freunde, die Typen, mit denen man herumzog, aber wieso auch?, das war nichts Entscheidendes, nichts, worunter man zu leiden gehabt hätte (einmal ein Verstoß gegen die Meldepflicht, drauf geschissen), es ging um andere Sachen, wie man leben soll, für sich, nicht Kinkerlitzchen wegen Gerd oder Juri oder Jan (was für'n Idiot), über die sich auszulassen es wert gewesen wäre, zweimal die Woche, Tee, Gebäck, und später durfte man auch rauchen, du rauchst schon?, Sie rauchen doch auch, ja, aber du bist erst sechzehn, na und?, meinetwegen, dann zünd dir eine an ...

Irgendwo existierte ein Klassenfoto in Schwarzweiß, auf dem sie zu sehen war, rechts außen am Fuß einer Treppe (wo führte die hin?), ihre Schüler auf den Stufen, man selbst in der zweiten oder dritten Reihe, wahrscheinlich in der Phase der Begeisterung für Nomaden, die Seidenstraße, wohin man sich Jahre später auf den Weg machen würde, unerkannt Tausende Kilometer durch die Sowjetunion ... Geschichte alles, eingetütet und in ein paar Schuhkartons verpackt, eine Abfolge von Daten, die man als Kind zu repetieren hätte, wenn sie von irgendeiner historischen Bedeutung wären und nicht bloß private Erinnerung (wer will die hören?), Fetzen eines Bildes, das zerrissen und wieder zusammengeklebt wurde ... bist du da drauf, wo?, und wer ist das?, und die Frau vorne mit der Bienenstock-Frisur, eure Lehrerin?

In ihrer Diskretion und Freundlichkeit diejenige, dachte Angelika, die mir (und Kerstin) eine Sprache nahebrachte, die so unbeliebt war bei den anderen ... von einem Geheimnis umhüllt, an das man nie zu rühren wagte, wie aufsässig (kannst ruhig dummdreist sagen) man sonst in manchen Situationen auch gewesen ist, als hätte man gespürt, dass es bei ihr eine Grenze gab, die auf keinen Fall gestreift, geschweige denn übertreten werden durfte, und von selbst erzählte sie nichts, kein Sterbenswort darüber, dass sie ... muss sie ja, wie sie einmal vor dem Klassenraum geantwortet hatte ... während der Zeit der Prozesse, da wird sie sechs oder sieben gewesen sein. Verdrängung? Der Kummer zu groß, um ihn ertragen zu können? Nur Vermutungen sind das, dachte sie, nichts weiß man, du. Was war, woran man sich erinnern will, und warum ... warum heute, aus welchem Grund? Die nächtlichen Begegnungen mit Frau Gerlach in den letzten Wochen (bevor sich ihre Träume in diese Rennereien verwandelten), die mussten ja einen haben, nichts geschieht einfach so. Aufräumarbeiten, um Platz für etwas Neues zu schaffen, ein für alle Mal ...

Das Telefon klingelte.

»Ja.«

»Um elf kommen die Leute von der Baufirma.«

»Wie spät ist es?«

»Zwanzig vor.«

»Wir gehen nach unten, oder?«

»Ich hab da schon alles vorbereitet.«

»Du bist ein Schatz.«

»Willst du noch in die Unterlagen reinsehen?«

»Nicht nötig«, sagte Angelika, »hab ich im Kopf.«

»Dann ist gut«, sagte Katje, »bis gleich.«

Wie meinte sie das: Dann ist gut? Werde ich langsam vergesslich? Der Zahn der Zeit ... wie er nagt. An Geist und Körper, den armen Zellen, die nach einer einzigen Flasche Wein verrücktspielen. Was man früher vertragen hat ... ohne Schlaf, Wahnsinn. Ein Pfefferminz in den Mund, und weitergearbeitet, heute gar nicht mehr dran zu denken. Vermisst du's? Ein bisschen, dachte sie, nicht im Ernst. Wenn der Preis solche Schmerzen sind. Die aber beinah verschwunden waren, endlich.

* * *

Eine halbe Stunde, bei fünf Prozent Steigung, Geschwindigkeit zehn Stundenkilometer. Ganz schön, wenn man länger nicht trainiert hat. Doch die Werte neu einzustellen verbat sich für Sylvester Lee Fleming, eine Frage der Selbstachtung. Links und rechts die flappenden Geräusche anderer Laufbänder, das rhythmische Trommeln dahineilender Sohlen. Jeder und jede stur gegen die Maschine, hinten im Saal (in der obersten Etage des Hotels, auf dem Dach ein Pool, eine Bar, Korbsessel, Liegen) hörte man die Kommandos eines Trainers, der beim Front Desk von Gästen zu buchen war ... don't miss your personal workout at 6, 7, 8 & 9 a.m. Vor der Glasfront zur Stadt, die sich in hügeligen Wellen aus Hochhäusern bis an den Horizont ausbreitete, hingen Bildschirme von der Decke herab, auf denen sprechende Köpfe zu sehen waren, Musikvideos, Börsenkurse, Telenovelas, die Schauplätze nächtlicher Untaten in flackernder Beleuchtung. Desperate Männer des Augenblicks, dachte Fleming, Trieb und Unwissenheit, die sie das schnelle Geld, mörderische Rache, was noch?, sofortige Befriedigung von diesem und jenem suchen ließen. Er sah auf die rot pulsierende Anzeige des Displays – verbrannte Kalorien, zurückgelegte Strecke, verbleibende Zeit ... die er jetzt durchhalten würde, verflucht, und morgen früh wieder, dreißig Minuten, und das Körpergefühl verbessert sich ungemein, bekanntlich (Psychologie). Dem keimenden Impuls, die Stange zu ergreifen (ganz kurz), die vorne am Gerät ermüdenden Läufern eine Stütze bot, widerstand er (heroisch, jawohl), zum Monitor hochblickend, wo sie einen Verdächtigen in Handfesseln dem grellen Schein der Öffentlichkeit überstellten, dann einen zweiten, kleineren, der wie sein Komplize (jemand Zweifel?) den Kopf auf die Brust gesenkt hatte ... tja, war irgendwas schiefgegangen.

Das passierte ratzfatz ... wenn man keine Vorsorge trifft, nervös ist. Vorsorge gleich Vorbereitung, Nervosität nichts anderes als ein unausgeräumter Rest von moralischen Stimmungen, die man so kurzschlüssig wie einfältig mit der Wahrheit verwechselt. Mehrheitsentscheide, die Bedeutung der Masse, Flemings Atem wurde schwerer ... die Furcht erregt. Anstatt übergeordnet zu denken, sich als Teil eines größeren Zusammenhangs zu verstehen, in dem die eigene Person weniger bis gar kein Gewicht hat. Ihre Handlungen nicht mehr an alltäglichen Maßstäben gemessen werden können, sondern in einen Rahmen eingebettet sind, dessen Regeln ... seit Anbeginn der Zeiten, in den staubigen Ebenen Mesopotamiens. Als wäre das geheim, ein verborgenes Wissen, dabei nur Folge der üblichen Bequemlichkeit, die vor den Dingen die Augen verschließt, um weiterzudämmern ... do not disturb.

Die Frage war doch, er schnaubte, Rinnsale liefen über sein Gesicht, Salzgeschmack auf der Zunge, Frage, Frage ... war doch, wie alt einer denn erst zu werden hat, bis er den Schein durchschaut und zum Wesentlichen vordringt, jenseits von Strafgesetz und oberflächlichen Bindungen, Verpflichtungen ... wie das Leben an und für sich ist, der Tod, Wegstrecke und unabwendbares Ziel. Für all die normalen Menschen mit ihren lächerlichen Zukünften, Weltverbesserungsidealen, ihrem Glauben, die Geschichte ereigne sich von allein, oder sie seien es, die etwas Historisches auf die Beine stellen würden. Dem zu entrinnen, wer vermag das? Man versucht's und scheitert ... Fleming biss die Zähne zusammen ... wenn ich dir einen Rat geben darf, mein Freund, dann sieh den Tatsachen ins Auge ... oder müssen wir nachhelfen?

Mit einem Mal, er hatte es gespürt, war er im Takt, trotz der langen Pause (seit Monaten nicht gelaufen, nichts) trug es ihn auf dem Band wie von selbst voran, die Schrittlänge, sein Atem, sein ganzer Körper bildeten eine Einheit, ein perfekt schnurrender Apparat. Als wäre ein Schalter umgelegt worden, Betrieb auf Autopilot; sofern man noch einigermaßen fit ist, noch nicht alle Reserven aufgebraucht sind, das Tempo der Verfassung angemessen. Weitaus langsamer als früher (der Abbau ist ohne Widerspruch zu akzeptieren), spätabends in den Wäldern um Kent, während die anderen sich auf der North Water Street amüsierten, mit Stoff (Fleming lachte grimmig), den sie bei ihm gekauft hatten. What can a poor boy do ... sich von der Energie befreien, die sich angestaut hatte, über Stock und Stein, Stürze inbegriffen. Wenn er danach allein in der Dunkelheit im Auto saß, die aufgeschrammten Knie brannten, keuchend vor Anstrengung, waren alle Gedanken, alle Bedenken, die ihn gegen seine erklärte Absicht doch plagten (mitunter), verscheucht, so dass er die Zustände wieder objektiv in den Blick nehmen konnte, mit voller, von keinerlei irdischem Beiwerk gestörter Konzentration. Prüfungen, die zu bestehen waren ...

Auf dem Bildschirm sah man eine Konferenz, Staatschefs sich zum Gruppenfoto aufstellen *(Viena),* eine Stadtlandschaft in Ruinen *(Cabul),* einen rauchenden Vulkan, Kolonnen von Flüchtenden *(Java/Indonésia),* erneut Werbung. Fleming empfand einen gewissen Stolz, dass er sich überwunden und aus dem Bett geschält hatte und dass sein Körper noch funktionierte nach den Anstrengungen der letzten Zeit, zu viel Arbeit (mit ihren alkoholischen und sonstigen Begleiterscheinungen), zu wenig Schlaf. Erwachen aus seltsamen Träumen oder, ähnlich ärgerlich, weil einem mitten in der Nacht plötzlich ein Termin einfällt ... als sei man ein Anfänger, Handlungsreisender, der um einen Auftrag bangt, selbst schlafend. Ob es klappen wird mit einem Geschäft, an dem er sein ganzes Leben hängen sieht ... ist doch so, zu glauben, diese Unterschrift, diese Order würde einen entscheidenden

Fortschritt oder eine Kehrtwende bedeuten, nur, Kehrtwende wohin? Sein Blick schweifte hinaus, über die Dünung emporschießender Häuser, die in der Ferne (dahinter Fabriken, das wuchernde Netzwerk improvisierter Bleiben) ihre Umrisse verloren und mit der dunstigen Fläche des Himmels zu verschmelzen schienen ... als lösten sie sich darin auf ... wie alles, dachte er, schweißgebadet, nichts ist von Dauer. Trugbilder, an die sich die Leute zu klammern pflegen, um etwas in der Hand zu haben, wie schäbig, wie zerschlissen auch immer. Das habe ich ja noch, reden sie sich ein, das raubt mir keiner, zünden ein Kerzlein an, damit es so bleibt. Bleibt es aber nicht, nie ... womit man sich abzufinden hätte, wollte man glücklich werden. Glück? Ein piepsender Ton rief ihn zu sich, das Laufband wurde langsamer, Schrittgeschwindigkeit, dann kam es zum Stand. Er stützte seine Hände auf die Oberschenkel, schnappte nach Luft. Na also, was willst du mehr, könnte man morgen früh wiederholen.

* * *

Die Röntgenaufnahmen waren nicht ermutigend gewesen. Genauer gesagt, nicht die Aufnahmen, Schattenrisse auf einem Monitor, sondern die Erläuterungen des Orthopäden, die darauf hinausliefen (»Übersetzen Sie mir das, Professore?«), ihm einen künstlichen Meniskus ins linke Knie einzupflanzen, minimalinvasiv, auf Collagen-Basis (aha). Denn die Knochen rieben hier und hier (»Sehen Sie?«) praktisch schon aufeinander, von daher die wiederkehrenden Schmerzen, die man als Anzeichen einer Arthrose zu interpretieren habe. Was bei seiner, Brockmanns, Vorgeschichte als jugendlicher Sportler nichts Ungewöhnliches sei, außerdem eine Frage des Alters (der Arzt, die Kapazität, eine Empfehlung Seans, hatte die Schultern gehoben, als bitte er um Nachsicht), weil ... so ein vielbelastetes kleines Ding verschleiße halt irgendwann, bekomme einen Riss oder splittere ab (ja, danke, haben wir verstanden), mit den entsprechenden Folgen.

Gab es einen Grundsatz (doch, gab es), den er allezeit beherzigt hatte, dann den, sich von Ärzten und ihren Zumutungen fernzuhalten, Gesundheitsratschlägen, Diagnosen, zu ignorieren, was mit Aspirin nicht behoben werden konnte, sich zur Arbeit zu schleppen, selbst wenn an Arbeit nicht zu denken gewesen war.

Immer noch besser, als vor einem zu sitzen, wie ein armer Sünder, und sich sagen lassen zu müssen, man habe dies, solle auf jenes verzichten, Essen, Trinken, und ein wenig Bewegung, zweimal die Woche genüge schon. Als Übergewichtiger vielleicht, jemand, der es dringend nötig hat, sich wieder auf Vordermann zu bringen, Cholesterin und Blutdruck. Das erschlaffende Gewebe ... selbst wenn man noch ganz zufrieden mit sich ist ... es traf jeden.

Zuerst ein paar Stiche bei einem Antritt, um den Ball vor dem Gegenspieler zu erreichen (was lässt du dich von dem verrückten Nordiren auch breitschlagen, in seiner Freizeittruppe mal mitzukicken, Spaß an der Freud', very funny), am Abend ein brennendes Ziehen im Knie, das sich in den nächsten Tagen kaum legte, sondern bei der geringsten Belastung wieder meldete, Ziehen, Stechen, eine mehr als murmeldicke Schwellung unter der gespannten Haut.

In Mailand, hatte Sean gesagt (ich glaube, ich hab mich vertreten ... kennst du jemanden?), praktiziere ein Spezialist, zu dem auch die Profis gingen, selbst die aus Turin (strengste Geheimhaltung, sonst würde ihm der Laden abgefackelt), bei dem bekomme man als Privatpatient durchaus einen Termin in einem überschaubaren Zeitraum, sei er auch schon gewesen, wegen der Beschwerden mit seinem Knöchel (erinnerst du dich?), Padaniens Bester (MacCloskeys Gesicht hatte sich zu einer mokanten Grimasse verzogen), wenn der nicht weiterwisse, dann keiner. Er hatte weitergewusst, der Herr Professor Doktor Franceschini,

Via Vitruvio, flottweg, eine Woche nach der Implantation, die er höchstpersönlich in seiner Klinik vornehmen werde, könne man bereits wieder Fahrrad fahren, nach vier Wochen joggen und bald darauf alles andere, Fußball, Ski ... will ich gar nicht, dachte Brockmann, als er das Haus verließ, allerdings musste etwas geschehen, von allein würde das Knie nicht mehr in seinen Ausgangszustand (hahaha) zurückkehren, sei froh (immer nach unten gucken), dass es einundfünfzig Jahre gehalten hat ... wie der Rest, ohne Medikamente.

Er sah auf die Uhr, fünf vor elf, zu Fuß würde er etwa eine halbe Stunde brauchen zu dem Café, in dem sie sich verabredet hatten, geh, sagte er sich, bis es anfängt zu stechen, aber ... hatte es ja nicht in den letzten Tagen, vielleicht doch Selbstheilung, die Kraft der Gene. An die er aber nicht glaubte, nie geglaubt hatte (in keiner Hinsicht), an Dispositionen, die unveränderlich sind. Dass es beim Eintritt in die Welt festgelegt sei, ob Hilfsschule, Hilfsarbeiter, Frührentner oder Klassenprimus, Einserabitur, vermögend. Als eine Art von göttlichem Willen (Astrologie!), wer Erfolg hat und wer in die Röhre guckt, Schicksal, dem nicht auszuweichen wäre. Bullshit, genau wie andersherum, wie die Überzeugung, alles hinge von einem selbst ab ohne äußere Bedingungen. Oder als was man das bezeichnen sollte, die Gesellschaft. Wovon früher ständig die Rede gewesen war, bis zum Abwinken ... im Unterricht ... klar, Peps, du hast recht, der Scheißkapitalismus. Hatte er ja wirklich, nur keine Alternative anzubieten, Brockmann zündete sich im Gehen eine Zigarette an (was ist mit dir los?), nichts als martialische Sprüche. Die Bourgeoisie, das Proletariat, dabei war sein Vater Arzt. Seine Mutter Ärztin und seine Schwester, die schöne Petra, Medizinstudentin ... von wegen es sei keine Sache der Gene. Er schüttelte lachend den Kopf, steckte sich die Zigarette zwischen die Lippen, die Hände in die Taschen seines neuen, am vergangenen Freitag gekauften Anzugs (den Mantel in einem Schließfach gelassen, bei dem Wetter). Passte zur Feier des Tages, dachte er (vom Hölzchen aufs Stöckchen), ein paar Stunden mit Elisabetta, die er nur noch gelegentlich sah (alle sechs Wochen, wenn's hochkam), seitdem sie in Mailand lebte. Und zwar ... seit der Zeit ihres Studiums, Brockmann rechnete (in dem Jahr umgezogen, als sie völlig allein durch die USA gefahren ist, wie konntest du das erlauben?), also schon länger, Herr im Himmel, weißt du's nicht mehr? In den Fußstapfen von Heidi (und deinen natürlich), ihr Interesse für Kunst, bloß dass es die Epoche kurz vor der Renaissance war, die sie durchforschte, die Bildsprache ... in ihrer Dissertation ... Bildsprache feudaler Herrschaft an oberitalienischen Höfen. Nicht schlecht, *deine* Tochter, sogar nach Kalifornien ins Getty-Center schon einmal eingeladen, in ihrem zarten Alter ...

Ein Schwall Menschen kam ihm aus der Metrostation am Corso Buenos Aires entgegen, als Brockmann einen Schritt zur Seite trat, um nah an den Häusern der Flut zu entgehen, erblickte er sich plötzlich selbst in einer Schaufensterscheibe, Kippe im Mund, Hände in den Hosentaschen. Ha ... wie auf einem Poster, Plattencover, so, wie man sich am liebsten gesehen hätte, cool bis in die Haarspitzen (echt halbstark), ungerührt von all den Belehrungen, die auf einen niederprasselten, all den Drohungen in der Schule, zu Hause, die stets den gleichen Refrain hatten, aus dir wird nichts, du wirst schon sehen, wohin das führt, in deinem Zimmer stinkt's wie in einem Ziegenstall (das gute Dope, trotz intensiver Belüftungsanstrengungen) ... wahrscheinlich etwas Männliches, was Jungen brauchen, dieses Gehabe. Und heute? Als wäre man nicht sehr viel klüger geworden, jeder sein eigener Platzhirsch (ein Großauftrag muss her, sonst war es das). Er zog noch einmal, dann schnippte er die halbgeraucht Zigarette aufs Pflaster. Jung gelernt ist alt getan, er bog in den Corso ein, Stunde um Stunde auf den Stufen der verriegelten Friedens-Kirche sitzend, Wein trinkend, rauchend und die Kippen lässig mit zwei Fingern in die Luft schießend, Bogenlampen. Zahllose Nachmittage hatte er so vertan (und nicht mehr zum Hockeytraining gegangen), bis ihm der Kopf schwindelte und die Zunge brannte, in zerfasernde Diskussionen verstrickt, ob eine Band kommerziell oder progressiv sei, man in Venlo besser im Wereldwinkel oder Starship kaufe (Preis-Leistungsverhältnis), sich der Anarchismus verwirklichen lasse, die Anarchie, gewaltfrei, totale Freiheit. Letzteres mit weniger Anteilnahme, Politik im Allgemeinen, für die ihm die Ader fehlte, das ... Aufregungspotential, das andere besaßen (Peter, der Sheriff), die sich nicht einkriegen konnten über Ungerechtigkeiten, Pläne schmiedeten, wie sie zu beseitigen seien, am Wochenende Schulungen in ihren Gruppen, deren Feindschaft sie unversöhnlich austrugen, ein verbissener Kleinkrieg um den wahren Weg zur Revolution ... Peps, der es mit China hielt, was bei Harald allergische Reaktionen auslöste, Gebrüll ... als wäre es gestern gewesen, vor Jahrmillionen, man denkt, die Zeit vergehe überhaupt nicht, dann ist schon alles vorbei.

Brockmann schloss für zwei, drei Schritte die Augen. Der Verkehr plötzlich lauter, so als donnerte er durch ihn hindurch. Er blieb stehen, wurde auf der Stelle angerempelt, ein Wortwechsel. Deine Sorgen möcht ich haben, dachte er, dem Mann nachblickend, der sich aufgeregt hatte und mit seiner flachen rechten Hand noch über der Schulter herumwedelte. Alle paar Meter waren Werbebanner wie Wäscheleinen von Haus zu Haus gespannt, Open-Air-Theater, Shampoo gegen Schuppen ... was glauben die nur ... dass sich das beim Autofahren ins Unterbewusstsein einbrennt? Im Stau? Einst glotzte die halbe Stadt hoch, wenn ein Zeppelin seine Kreise zog, hintendran ein flatterndes Schriftband, oder ein Flugzeug Buchstaben an den Himmel malte, die nach und nach in Wölkchen verflogen, Dash, Ariel ... alles Gute, von oben ... Sirenen, die einmal im Monat zu Übungszwecken losheulten, anschließend der Entwarnungston (die feindlichen Kräfte drehen ab), so dass man für zwei Minuten sein eigenes

Wort nicht mehr verstand, perfekt, wenn gerade Latein oder Mathematik war ... das Handy in seiner Hosentasche holte ihn zurück (auf den Boden der Tatsachen), das Büro, warum?
»Carla, Sie haben gute Nachrichten.«
»Haben Sie von mir jemals etwas anderes gehört?«
»Nie.«
»Sehen Sie ... wir haben jetzt den Termin bei AMRO fix.«
»Welchen?«
»Die haben eine Mail geschickt, sie freuen sich.«
»Und ich erst.«
»Donnerstag.«
»Benissimo«, sagte Brockmann (hat man sich auf den letzten Drücker doch entschlossen, ihm ein Ohr zu schenken, bevor am nächsten Tag die Indonesier eintreffen würden, sprechen wir ganz offen ...), »sonst alles klar?«
»Sie müssen früh fliegen.«
»Wie früh?«
»Sieben-fünfzehn, Linate.«
»Oh Gott.«
»Andernfalls erst wieder nachmittags«, sagte Carla, »tut mir leid.«
Hätte ich gleich hierbleiben und ins Hotel gehen können, dachte Brockmann, praktischerweise.
»Besorgen Sie mir einen Wagen?«
»Hab ich, den bringt einer vorbei, um halb fünf.«
»Wunderbar. Ich bin morgen noch mal da, wenn Sie mir den Ablauf der ganzen Sache ...«
»Ist als Datei zusammengestellt, die Verträge und das alles in einer separaten Mappe.«
»Nehme ich auch mit«, sagte Brockmann, zu sich selbst ... schauen Sie, darf ich Ihnen das kurz zeigen, die Anlage würde binnen Jahresfrist ... eine Auslastung von ... Mann, eh, die Kunden stehen schon Schlange, Auftragsanfragen von, hier und hier,

genau, das ist diese Bekleidungskette, wie? Ja, Philippinen, Thailand ...
»Hallo?«
»Carla, der Empfang ist im Augenblick ... ich bin morgen, sicher, im Büro, ciao.«
Weg damit, die nächsten drei Stunden gehst du nicht mehr ran, atmosphärische Störungen, das Netz zusammengebrochen. Ein verlorenes Paradies, als man auf der Straße nicht zu erreichen war, statt Geschichten zu erfinden, Vorwände suchen zu müssen, warum es mit der Kommunikation nicht klappt. Keine Telefonkabine in der Nähe, keine Gettoni in der Tasche, und fertig. Selbst als Elisabeth durch die USA gereist ist, gab's das noch nicht, die Frequenzen, so ein Mobilgerät, mit dem sie sich in Europa hätte melden können. Du rufst an, aus jedem Hotel, und du fährst nirgendwohin, wo es nicht ausgemacht ist, nur New York und Neuengland. Jaaha. Du hältst mich für'n Trottel, oder? Nein. Doch. Wenigstens hatte sie akzeptiert, die Zimmer im Voraus zu buchen, ein Packen Vouchers als einzige Sicherheit, kaum volljährig geworden. Als würde man immer das Kind sehen, dem man bestimmte Dinge nicht zutraut ... nach Amerika?, ohne Begleitung?, ich glaub, ich spinne. Aber schließlich war sie auch schon mit fünfzehn ein halbes Jahr allein in Frankreich bei einer Gastfamilie gewesen, in Amiens, jede Woche kam ein Brief, wie sie es (hoch und heilig) versprochen hatte ... mach dir keine Sorgen, ich kann auf mich aufpassen.

Als eine Frau ihren Kopf nach ihm umwandte, bemerkte Brockmann, dass er immer noch dastand, mitten auf dem Bürgersteig, Ölgötze, dachte er, weiter, sonst verspätest du dich. Und das wollte er auf keinen Fall, so selten sie sich sahen, jeder mit seinem eigenen Leben beschäftigt, von dem der andere nicht viel wusste, Details, neue Beziehungen, wie es im Beruf vorwärtsgeht (okay, letzten Herbst plötzlich ein Anruf in der Firma: Wo bin ich? Keine Ahnung, aber ich freu mich, deine Stimme zu hören. In Brentwood, klingelt's bei dir? Nein! Meeensch, Jochen, Getty …), verschiedene Sphären, Welten. Von klein auf, Brockmann legte einen Zahn zu, ihre Selbständigkeit, ein Kind mit einem erstaunlichen Willen, gegen den wenig half, Zureden, Bestechungsversuche. Wenn Betty eine Entscheidung getroffen hatte, blieb sie dabei … nur mit dem Fechten, da war Schluss von einem Tag auf den anderen: Ich bin nicht gut genug, und wenn ich trainiere bis zum Umfallen. Brockmann zog das Päckchen Zigaretten hervor und zündete sich aufs Neue eine an. Als gelte es, die Nervosität vor einer Prüfung zu verdampfen. Bist du nervös? Wie vor dem ersten Treffen mit Salka in Turin, vor einem entscheidenden Gefecht Elisabettas, draußen in einer Gruppe von Vätern stehend (»Haben Sie Feuer?«), die wahrscheinlich aufgeregter waren als ihre Kinder in der Halle. Eine schöne Fotoserie existierte, die Salka von einem Turnier gemacht hatte, im Bus, die Umkleidekabine, Vorrunde, die angespannten, manchmal grotesk verzerrten Gesichter der Betreuer am Rand der Planche, Betty, die jubelnd herumhüpft. Im Prinzip hätte Salka auch ihre ältere Schwester sein können, der Gedanke stimmte ihn heiter, nicht sehr erwachsen. Wenn erwachsen bedeutet, die Folgen seines Tuns vorher abzuschätzen, zu kalkulieren, in welches Licht es einen stellt, die Rechnung mit dem Wirt. Nicht nur in ihrer Arbeit überließ Salka sich Einfällen, Eingebungen, die mehr als einmal, wie soll man es sagen?, die Grenzen zur Unvernunft austesteten … zumindest das Verständnis ihrer Nächsten (deines) einer harten Belastungsprobe unterwarfen. Spontanpartys und Substanzenexperimente, vorsätzlicher Schlafentzug (beginnt man zu halluzinieren?), eine Woche auf der Straße leben (mit dir natürlich, du hast 'ne Meise). Familienanschluss war nichts, was Salka suchte, nichts, was man ihr hätte abverlangen können, auch wenn sie und Elisabeth glänzend miteinander auskamen, doch einiges, was man gemeinsam unternommen hat. Disneyworld in Frankreich, am Meer, Trips nach

London (hier hast du Mama kennengelernt, wo, in einem Pub, oder?), nach Berlin (meinetwegen), später zur Biennale. Aber da hatte Elisabeth schon Interesse an Kunst, las Bücher, schlug von sich aus vor, ein Wochenende nach Venedig zu fahren. Frag Salka, ob sie mitkommt, seid ihr verkracht? Auseinander? Kann man nur sein, wenn man vorher zusammen war, dachte Brockmann, eine Sache der Definition. Was man unter Zusammensein versteht, nicht immer ausgesprochene, doch unweigerlich darin enthaltene Vereinbarungen über die Zukunft. Sich binden gleich Verbindlichkeit, allerdings schwer zu bestimmen, wo ihr Anfang und wo ihr Ende ist. Ich bin dir treu, du bist mir treu – um welchen Preis? Er hatte sich schnell abgewöhnt, von Salka wissen zu wollen, mit wem sie unterwegs war, allein, ohne ihn (I'm your man ... no, no, no), wie er es hinnehmen musste, dass es ihr gleichgültig schien, aber so was von, wen er traf, andere Frauen, ob es sie gab, wann, wo, als besäße das keine Bedeutung. Die üblichen Beteuerungen, Liebesschwüre zwischen Laken, die so schnell aufgesagt wie wieder vergessen sind, wären lächerlich oder peinlich bei ihr gewesen, einfach fehl am Platz, außer ... eines der ersten Male, als sie im Bett lagen, da hatte sie: Du riechst gut, in sein Ohr geflüstert, und er: Du auch, nicht sehr originell, jedoch die reine Wahrheit, nichts als die Wahrheit, wahrer als wahr, und vielleicht dasjenige, also, wie jemand riecht, was zwei zueinander zieht, voneinander nicht loskommen lässt, allen Vorsätzen, dass es sinnlos wäre, auf diese Art nicht weiterginge, zum Trotz. Ein Anruf, eine Mail (noch über quietschende Modems), und man war wieder eingefangen, immer wieder, drei Tage am Stück nach Wochen der Funkstille, wie soll man das nennen, Abhängigkeit? Mangels Alternative? Sicher nicht, hätte und hat ja mehr als eine Agnese gegeben, mit der du ... normal, normales Paar, nur ... Brockmann sah nach rechts, Via Monte Napoleone, die nächste Straße erst, als er einen Zug nehmen wollte, stellte er fest, dass die Zigarette ausgegangen war (Bio-

Kippen, super), er zerrieb sie zwischen den Fingern ... nur was? Ist das, ein Paar? Eine Verbindung, um im Restaurant nicht allein am Tisch zu sitzen, häuslicher Geschlechtsverkehr statt Nutte im Auto (gilt nicht, einmal ist keinmal), ein Gleichklang von Interessen, Neigungen, Vorurteilen? Sich zusammen über die Fernsehnachrichten aufzuregen wäre doch ein Anfang. Vielleicht gar kein schlechter, so zäumt man das Pferd richtig herum auf, merk's dir ... mach ich, er blickte in die Seitenstraße. Wo sind wir, hier jetzt rechts, oder? Unsinn, wieso rechts, der Dom war links (theoretisch) und das Café an diesem Platz in der Fußgängerzone ganz in der Nähe. Bei seinem letzten Besuch in Mailand hatten sie sich vor Elisabeths Institut getroffen, und sie hatte ihn am Dom vorbei dorthin geführt, aber ... von der anderen Richtung her, folglich ... Drehung der Kompassnadel um 180 Grad, ist das so schwierig? Anscheinend, Orientierungsvermögen unzureichend, für einen Leutnant der Infanterie (Reue überflüssig, vergammelte Zeit) ideale Voraussetzungen. Ist aber nie jemandem aufgefallen, dass man Probleme hat, links und rechts auseinanderzuhalten, die Karte und das Gelände oft nicht zur Deckung zu bringen. Wo steht der Feind, wo schießt man hin? Immer nach Osten, in die aufgehende Sonne, wird schon in Ordnung sein.

»Scusi, signora (ein bestrickendes Lächeln nach einem Moment der Irritation, si), ich suche einen Platz, ein Plätzchen, da sind Cafés, hmm, eine caffetteria. Hier ...«, sein rechter Arm beschrieb einen Halbkreis, dann besann er sich, vollführte die Geste noch einmal mit links, »entschuldigen Sie, da runter.«

»Sie sind sehr präzise«, sagte die Frau, die kurzgeschnittene, von grauen Fäden durchschossene schwarze Haare hatte, tiefschwarze Augen, »ein Plätzchen?«

»Ja, ja, ein Platz oder, sagen wir, wie ein großer Hof zwischen den Häusern, der an einer Seite, verstehen Sie (sie nickte, ihr Lidschlag, herrjemine), nur an einer Seite offen. Glaube ich.«

»An ihrer Stelle würde ich es (sie deutete zur Seite, ohne ihren Blick abzuwenden), Piazza del Liberty?«
»Genau«, sagte Brockmann, das war der Name.
»Sie müssen in diese Richtung (sie wandte ihren Kopf), und an der nächsten Ecke (drehte ihn zu Brockmann zurück) finden Sie, was Sie suchen.«
Sie sahen sich in die Augen, viel zu lange, er murmelte: »Danke«, dann setzte die Frau ihren Weg abrupt und grußlos fort.
Ein Spitzentag, dachte Brockmann, wann ist das zum letzten Mal passiert?

* * *

Wie ein Orkan. Oder ein Sturm (denn einen Orkan hatte er noch nicht erlebt), zu dem sich die Geräusche auf einmal verdichteten, Stimmen an den Nebentischen, Porzellangeklirr, das Brausen der Stadt am Rand seines Hörfelds. Anfangs einzelne Töne, die aus ihrer Umgebung hervortraten, als habe sie jemand hochgedreht an einem Regler (Messer trifft beim Zerschneiden eines Sandwichs auf den Tellerboden, Zeitungsseite wird umgeschlagen), sich allmählich überlagernd und an Lautstärke zunehmend, bis es Brockmann so vorkam, als tobe in seinem Kopf (auf der Piazzetta?) ein Unwetter aus Klang und Krach, Donnergrollen, heulendem Wind. Würde ihn durchrütteln, doch nichts an ihm bewegte sich, er saß ganz ruhig da auf der mit weißen flachen Kissen gepolsterten Bank unter den großen Scheiben des Cafés, ein Mineralwasser vor sich. Nur für seine Ohren bestimmt, aus einer anderen Dimension, ein höllisches Pfeifen und Wehen, das über ihm hereingebrochen war. Wie eine Ankündigung, eine Erscheinung, die er hören, aber nicht sehen konnte, zeig dich, dachte er, der du solchen Lärm veranstaltest. Er schob seinen Unterkiefer hin und her, schluckte, doch es wurde nicht leiser, Blätter aus Metall, die in einer Wäschetrommel geschleudert werden ...

»Papa!«

Auf seiner Schulter eine Hand, die ihn rüttelte.

»Träumst du?«

»Oh«, Stille, wie abgeschnitten, »ich ...«, Brockmann erhob sich.

Elisabeth sah ihn belustigt an. »Von was?«

»Ich«, er versuchte zu lächeln, »für einen Augenblick ...«

»Du warst in Gedanken.«

»Ja«, er breitete seine Hände aus, sie schlang die Arme um seinen Hals und drückte ihn. Dann gab sie ihm einen Kuss auf die Wange.

»Schön, dich zu sehen.«

Er nickte, ließ sich wieder auf die Polster nieder. »Setz dich, was kann ich dir bestellen?«

»Was trinkst *du*?«, sagte Elisabeth, während sie an seiner Seite Platz nahm, die Beine übereinanderschlug, sich die glatten blonden Haare hinter die Ohren strich. »Wässerchen?«

»Es ist Vormittag«, sagte Brockmann (entspann dich).

»Hast du was dagegen, wenn ich trotzdem, ich hab Lust auf einen ...«, seine Tochter spitzte die Lippen, sah nach oben, Brockmann winkte dem Kellner, der mit einem Metalltablett in der Hand im Eingang des Cafés stand. Als er an ihrem Tisch war, sagte Elisabeth: »Ich möchte ... einen Stock, viel Eis.«

»Rot?«

»Ja«, sie zog sich die Tasche, die sie quer vor der Brust getragen hatte, über den Kopf und stellte sie neben sich. Bücher und Skripte, zu vermuten.

»Kommst du aus der Universität?«

»Ich hatte ein Seminar. Nicht sehr günstig, morgens um neun.«

»Die schlafen alle noch.«

»Sollten sie nicht, weil ...«

»Ich würde freiwillig da sein.«

»Eh, Jochen, echt.«

»Aus fachlichen Gründen, ich bitte dich.«
»Dann ist gut«, sagte sie und legte einen Arm um seine Schulter. »Wie geht's dir?«

Blendend, dachte Brockmann, in der Firma sitzen mir die Geier im Nacken, mein linkes Knie lässt zu wünschen übrig, respektive ist völlig im Eimer, und ich habe Anfälle (wie in Zürich am See war das, alles überdeutlich, die Sinne übersteigend), aber ansonsten, nur ein paar kleinere Unannehmlichkeiten, eine Familienfeier (ja, ja, ja, Oma und Opa), Putzfrau hat gekündigt (die heiratet und zieht nach Brescia, mit wie viel ... mit 62, wo gibt's so was?), Markise muss repariert werden, summa summarum also ...

»Ich kann nicht klagen«, sagte er, »wie immer.«

»Gar nichts Neues?«

Was wäre denn etwas Neues, fragte er sich, etwas, mit dem keiner gerechnet hat, rechnen konnte, unvorhersehbar und unerhört. Er schüttelte den Kopf.

»Was macht Agnese?«

»Wir ...«

»Ja ...«

»Ist nicht ganz einfach.«

Der Kellner brachte ihre Bestellung, ein Schälchen Erdnüsse, eines mit Chips. Ohne ihre Hand von seiner Schulter zu nehmen, beugte sich Elisabeth vor und ergriff das schmale längliche Glas, bis zum Rand voll Eis und Wermut.

»Ich trinke auf ... deine Gesundheit.«

»Sehr gerne.«

Gesagt, getan (»Mmh, lecker«), blinzelte sie an ... frag schon, dachte er, ich kenn dich doch.

»Was ist nicht *ganz* einfach?«

»Agnese und ich«, Brockmann sah auf den kleinen Platz hinaus (alles Darstellungssache), dann wieder zu ihr, »ich meine, wir mögen uns, und daran wird sich auch nichts ändern ...«

»Ihr habt euch getrennt.«
Aus der Pistole geschossen, wie schon als Kind, ohne Rücksicht auf Verluste. Hoffentlich, das war so ein Gedanke damals, nur zu Hause, und nicht wenn sie bei Eleonora oder Cecca zu Besuch ist, Nadelstiche in die kleinen schmutzigen Geheimnisse von Familien, in jeder Familie (gesunde akademische Neugier bereits mit zwölf, betrachte es so).
»Quasi.«
»Wer sich von wem?«
»Wie sagt man ...«
»Weiß ich nicht«, Elisabeth trank einen Schluck, ihn weiter anblickend.
»Gegenseitiges Einvernehmen. Den Rückwärtsgang einlegen, bevor man, ähm, in der Sackgasse festsitzt, deshalb«, Brockmann nestelte die Packung Zigaretten aus der Jackentasche und warf sie auf den Tisch (du rauchst jetzt nicht). »Ich hatte das Gefühl, ich bin, bin noch nicht im richtigen Alter dafür. Verstehst du?«
»Ich hab gedacht, ihr versteht euch gut.«
»Stimmt, wir werden uns auch in Zukunft gut verstehen, aber eben ...«
Ein Mensch, den man schätzt, den man mag, mit dem man ab und zu ein paar Stunden verbringt, Kino, Theater, Restaurant, sonst jedoch nichts, irgendeine tiefere Verbindung. Wodurch die auch zustande kommt, dachte Brockmann, bei einer ersten Begegnung, einer zweiten, sich zu jemandem unerklärlich hingezogen fühlen, dessen Gesellschaft suchen, obwohl man den Rest des Abends vergessen hat (Vollrausch), die Adresse des Lokals (Ian dito), nur noch ungefähr wusste, dass es in Hoxton, Shoreditch, oberhalb oder unterhalb der Old Street gewesen war (wo ein Kumpel von Ian wohnte, bei dem man begonnen hatte, den Deal mit den T-Shirts aus Hongkong zu begießen), zwei Tage später in jede Kneipe rein, die auf dem Weg lag, um

sie wiederzusehen, die Tresenkraft aus Deutschland (daran glaubte er sich zu erinnern, you're German?, wie du, like me?, höre ich doch), kurze braune Haare, die in alle Richtungen standen, Stachelarmband, rot-weiß gestreifte, knallenge Hosen (wie eingefroren das Bild). Nicht aufgeben, sagte er sich im x-ten Lokal, dann im nächsten, so viele bleiben in der Gegend hier nicht mehr übrig (I'm looking for a bartender from Germany, I've got a message for her). Erneut Fehlanzeige, bis er plötzlich verstand, dass die Treppe hinten nicht zum Klo führte, sondern im ersten Stock noch ein Raum war, von wo auch die Musik herunterschepperte, vier Struppis an ihren Instrumenten auf einem kniehohen Podest (schwerlich als Bühne zu bezeichnen), die sich punkartig ins Zeug legten, wie zur selben Zeit ein Dutzend anderer Bands in anderen Pubs, Bierdunst, Rauch, Schweiß, die Fenster verrammelt (handgemalte Schilder: No Pogoing!!!), ein hin- und herschwankendes Publikum aus Matten, Glatzen, Mohicans, Arbeiten mit der Nagelschere, vielleicht vierzig oder fünfzig Köpfe im Halbdunkel, die ihr Bestes taten, um für Stimmung zu sorgen (ohne Eintritt), an einer kurzen Theke den Alkoholumsatz des Hounddog in erkleckliche Höhen treibend, ein knochenharter Job für die beiden Girls im Dienst, die unermüdlich zapften, spülten, Schnäpse ausschenkten, kassierten, wie er aus einer Ecke beobachtete, die Deutsche, die er seit Stunden gesucht hatte ... jetzt gehst du einfach rüber und bestellst dir was, meine Güte, bist doch sonst nicht so'n Zauderer ...

»Woran denkst du?«

»Wie, woran denke ich?«

Das nenne man Vor-sich-hin-Starren, sagte Elisabeth, als sei er (ein Kopfsprung mit ihrer gewölbten Hand) abgetaucht gewesen, ganz woanders.

»Ja?«

Elisabeths Gesichtsausdruck der von Heidi (wird sie jetzt

lachen?, nehm ich nicht ernst, oder nachhaken?, rück sofort mit der Sprache raus), wenn sie das Gefühl hatte, er verschweige ihr etwas, warum auch immer (dafür gibt's keinen Grund). Jochen, Jochen ...
»Das war mir alles zu regulär geworden, man gewöhnt sich aneinander, und schon ist es zu spät.«
»Könnte es sein, dass du ...«
»Nein«, er trank sein Wasser aus, spuckte einen Eissplitter ins Glas zurück, »und zwar entschieden.«
»Du weißt gar nicht, was ich fragen wollte.«
»Doch.«
»Nein.«

Wenigstens hörte es sich so an, dachte Brockmann, dass es sich darum gedreht hätte, in letzter Instanz, wirklich, Betty, ob meine Ansprüche nicht zu hoch seien, mit der Realität kompatibel. Was für 'ne Realität denn, Töchterlein? Erkundige ich mich bei dir nach so was? Warum sie ihm nie jemanden vorstellte oder in ein Gespräch, ein Telefonat einfließen ließ, und sei es in der Form eines wir statt eines ich (Was machst du in den Ferien? *Wir* fahren nach sowieso), es befinde sich in ihrem Leben eine zweite Person (ihm egal, ob Mann, ob Frau), die der kleinsten Erwähnung wert wäre, womöglich Namen und Aussehen hätte, wie Gianluca, der während der letzten beiden Schuljahre ihr Freund war, ein Schlurfi (darf man ja wohl feststellen), aber sehr nett (under control), sehr umgänglich, sehr hübsch mit seinen langen gelockten Haaren, nur zu unfokussiert (Elisabeths Worte, ganz schön streng), um ihr nach Mailand oder irgendwohin zum Studium zu folgen.

»Und bei dir? Alles im Lot?«
Sie kräuselte die Stirn. »Was heißt das?«
»Na ... im Lot«, er zog mit zusammengelegtem Daumen und Zeigefinger eine gedachte Schnur von oben nach unten, »kennst du den Ausdruck nicht?«

»Hast du nie benutzt. Früher.«
»Du weißt, was ein Lot ist?«
»Sicher, zum Messen«, sie wiederholte seine Geste, »die Senkrechte.«
»Genau«, sagte Brockmann.
»Ob bei mir alles senkrecht ist?«
Er nickte lachend, steckte sie an. Die Universität, drei Seminare, die man ihr aufgebürdet habe, eine Tagung, die vorzubereiten sei, schreiben, Ausschau halten nach Stellen und sich bewerben, sie sehe sich auch in Deutschland um, USA, Kontakte knüpfen, so dass ihr kaum Zeit für andere Dinge bleibe (was will sie ihm damit sagen, was nicht?), aber im Ganzen, laufe gut, er könne beruhigt sein. Mache ich den Eindruck, beruhigt werden zu müssen, fragte sich Brockmann (während Elisabeth ihm von der Tagung erzählte, die für sie wichtig sei, es kämen wichtige Leute), als hätte er das je, die Miene des bekümmerten Vaters aufgesetzt oder aus unberechtigter Sorge Verbote ausgesprochen, vielmehr war er keiner Diskussion aus dem Weg gegangen und nie autoritär gewesen oder geworden, immer mit Argumenten zu überzeugen. War doch so, selbst ihrer Reise nach Amerika hatte er schließlich zugestimmt, im Vertrauen darauf, dass sie nicht zu gröberem Leichtsinn neigte, eine (beinah schon erschreckend) vernünftige junge Frau.

»Hältst du dann auch ein Referat?«

»Natürlich«, sagte Elisabeth, möglicherweise, man sei ihr gewogen im Institut, Lezzi (der Direktor oder wer?) habe es durchscheinen lassen, sie werde einen Vortrag halten, was einem riesigen Sprung gleichkomme und ihre Chancen auf dem Markt (der Vor-Renaissance, ja?) erheblich verbessere, immerhin, dachte Brockmann, zumindest einer aus der Familie (Familie?), auf dessen Chancen man wetten könnte, Wette auf eine bestallte Zukunft. Und nicht sich von Woche zu Woche zu hangeln (okay, das Angebot aus China steckte noch in der Hinterhand), nach Amsterdam, nach Brasilien und danach ... die diamantene Hochzeit, du musst ... nichts muss man ...

»Klasse«, sagte er, »das ist toll.«

»Mal sehen«, sagte Elisabeth, drehte ihr Glas hin und her.

Du würdest mir einen großen Gefallen tun, dachte Brockmann, wenn wir zusammen ... nur zwei Tage. Das wäre das eine, was er anzusprechen hätte (er blickte verstohlen auf seine Uhr, Viertel nach zwölf), das andere, sie einzuweihen, nein, darüber ins Bild zu setzen, dass es in Zürich ein Konto gab, das ihr mit dem passenden Kennwort nach seinem Tod zur Verfügung stünde, bitte keine Fragen, du machst damit, was du willst, und drittens ... dass er unter Umständen, der Job, die Arschgeigen von Andolfi und Bontempi ... Unsinn, das braucht sie nicht zu erfahren, davon erzählst du kein Sterbenswort.

»Hast du Hunger?«

Elisabeth schüttelte den Kopf, sagte: »Ich esse mittags nie«, mehr zu sich selbst als zu ihrem Vater, auf den Platz schauend, geistesabwesend, dachte Brockmann, das ist nicht gesund. Mittags nichts zu essen. Seit wann?

»Hast du Termine?«

»Um drei«, sagte sie, beförderte ein Papiertaschentuch aus der Umhängetasche und putzte sich die Nase. Stopfte es zerknüllt zurück. »Wir könnten heute Abend ...«

»Geht nicht. Ich muss übermorgen nach ... nach Amsterdam.«

Sie stützte die Unterarme auf ihre Beine. Dann blickte sie ihn von unten an, in ihrem Gesicht erwachte ein fragendes, ermunterndes Lächeln.

»Und du?«

»Was ich?«

»Termine. Oder bist du bloß wegen mir hier?«

»Selbstverständlich.«

Sie richtete sich auf. »Lügner.«

»Wie ich es sage.«

»Absolut schamlos.«
Brockmann langte nach dem Päckchen Zigaretten (du rauchst jetzt nicht!), schmiss es wieder auf den Tisch.
»Ich war bei einem Orthopäden.«
»Weil's in Turin keine gibt, logisch. Und was hast du?«
»Nichts Schlimmes. Am Meniskus. Aber der hier ist der beste.«
»Für uns ist das Beste gerade gut genug.«
»Verschleißerscheinung, ziemlich normal.«
»Armer alter Jochen.«
»Weder arm noch alt.«
»Stimmt, du bist nicht alt.«
»Na ja.«
»Sagen wir, nicht mehr ganz jung.«
»Du bist reizend.«
»Ach, ich weiß.«
Eine Welle von Stolz erfasste ihn, nicht alles falsch gemacht im Leben. Elisabeth leerte ihr Glas, setzte sich die Tasche auf den Schoß. Abmarsch.
»Wohin?«
»Ich würde vorschlagen ... Palazzo Reale.«
»Was zeigen die?«
»Eine große Schau von Renée Green.«
»Ist 'ne Frau, oder?«
»Ja, Jochen, das ist eine Frau.«
»Pardon, so hatte ich das nicht gemeint.«
»Na hoffentlich. Lass zahlen.«

* * *

Er hatte sie gebeten, vorne um den Dom herumzugehen, an der Galerie vorbei einen kleinen Schlenker über den weiten Platz (»Aber rein willst du jetzt nicht, 'ne Kerze anzünden?«) und auf der anderen Seite die paar Meter wieder zurück zum Tor des Pa-

lastes, wo die Ausstellung war, weil ... der Weg schöner sei, anstatt hintenrum, der Bau von außen irgendwie so gedrungen und dann innen so riesig (»Du willst *doch* rein, gestehe«), sehe er sich gerne an, die Fialen und alles, wenn er schon mal in Mailand sei, ob ihr das ein Problem bereite?
»Nicht im Geringsten«, sagte Elisabeth und hängte sich bei ihm ein, »guck ruhig, ich führe dich.«
»So weit kommt's noch«, sagte Brockmann, »du legst es darauf an, mich misszuverstehen.«
»Keine Sekunde, Jochen ... tutto bene.«
Sie schritt zielstrebig aus, zog ihn mit. Ihr Gesicht im Profil, Heidis Kinn und Nase, seine Stirn? Hohe Stirn (bei ihm selbst inzwischen sehr hoch), die gedankenvoll und kindlich zugleich anmutete, immer für Überraschungen gut. Für Fragen, die einen in die Enge treiben können, wenn man keine stichhaltige Ausrede parat hat ... womit Bewerber auch erst fertig werden müssen, bestimmt nicht einfach, er lächelte, während sein Blick nach oben zu den Türmchen und Säulen wanderte, die wie Stalagmiten (Stalaktiten?) aus der Fassade des Doms herauswuchsen, überbordend, verschwenderisch. Wie die Menge von Figuren, die unter den Fenstern auf schmalen Vorsprüngen standen, eine Versammlung heroischer oder leidender Posen, Heilige, Märtyrer, hier und da ein Monster. Vielleicht Arbeitsteilung, warum nicht?, der eine Steinmetz auf Albträume spezialisiert, die Kollegen auf Nobleres, die Verzückungen der Tugend und des Glaubens. Von Gesellen am Fließband dann der Rest, die Ornamente und all die durchbrochenen Spitzen, die als Krönung jedes Pfeilers das Mauerwerk überragten. Ungewollt mit einer statischen Funktion, wie er vor Jahren in einem Artikel in L'Espresso gelesen hatte, als Gegengewicht, dass die Wände nicht nach außen kippten. Eine Erkenntnis, die am Computer gewonnen worden war, ohne diesen Zierrat würde der ganze Bau zusammenstürzen, wäre nie fertig geworden. Was ihn in Erstaunen versetzt hatte, denn ... die wuss-

ten das ja damals nicht, weit jenseits ihrer rechnerischen Möglichkeiten. Geschmack, der für die nötige Stabilität sorgte, ein Schönheitsempfinden, das so viel wert war wie die kniffligsten Gleichungen. Bedeutete? Bedeutete ... nichts wahrscheinlich, nur Zufall, wenngleich ... es schon höchst seltsam ist, dass man aus Intuition, aus ästhetischen Gründen, eine Entscheidung fällen kann, die so gravierende Folgen hat, nimm die Schmuckdinger da oben weg, und die Geschichte wäre in eine andere Richtung gelaufen, keine aus der Luft gegriffene Vorstellung.

Sie bogen auf den Platz, Elisabeth hatte immer noch die Führung, einen halben Schritt vor ihm. Ebenso groß wie er (... zu schlank? Isst du wirklich genug?), in schwarzen Röhrenjeans, schwarze Turnschuhe von Converse (bereits zu Hause in Turin, bis der Stoff Löcher bekam), trug sie über einem langen weißen T-Shirt ein enges grünes Lederjäckchen, das ihre Figur ... schlaksig, dachte Brockmann, 'n bisschen wie ein Fotomodell, diese Engländerin. Würde man sie auf einen ersten Blick ... für seine Tochter halten, sahen sie sich ähnlich? So dass jeder, die Leute hier überall ... keine Frage, das ist ihr Vater, was sonst? Nichtsdestotrotz, auf eine Art fühlte er sich gehörig geschmeichelt. War doch erlaubt, nichts Verwerfliches.

»Hast du das schon mal von den Fialen gehört«, Elisabeth schaute ihn an, Brockmann wies mit einer flüchtigen Kopfbewegung nach oben, »dass die eigentlich die ganzen Wände austarieren?«

»Statik. Ich glaube, es gibt von Amerikanern ... die haben die Daten durch einen Rechner gejagt.«

»Kurios, oder?«

»Versuch und Irrtum, so hat man gearbeitet.«

»Könnte auch mehr dahinterstecken«, sagte Brockmann, »ein göttliches Zeichen.«

»Papa«, fast klang sie ärgerlich, sie blieb stehen, »was meinst du, wie oft denen die Kirchen eingestürzt sind?«

»War jetzt nur so eine Idee«, er schloss kurz die Augen, schob das Kinn vor (italienisch), »ich bin Laie.«

Um sie herum Passanten, die über den Platz eilten, Touristen mit gezückten Kameras, Schulklassen, die ihren Lehrkräften lauschten (es vorschützten), auf den Stufen zu den fünf Portalen des Doms (i-i-I-i-i) saß neben ein paar anderen, Jugendlichen, eine Frau, sehr elegant in Kostüm und hauchdünnem Schal, Einkaufstüten zu ihren Füßen, und rauchte, die Beine geschrägt wie im Salon. Schöne Beine, dachte Brockmann, was man sehen konnte, Gott nochmal, wirst du langsam ein alter Gaffer?

»Reingehen?«, sagte Elisabeth, zog ein wenig an seinem Arm.

Wogegen er sich verwahrte, den Indignierten spielend (zu ihrem Vergnügen), auf was sie aus sei, ihm auf die Nerven zu fallen ...

»Certamente«, sagte Elisabeth, »dafür sind Töchter da.«

»Nein«, erwiderte Brockmann, sich wieder in Bewegung setzend, »die sind dafür da, sofern das bisher nicht auf deinem Schirm war, dafür da, hörst du mir zu?«

»Jedes Wort, Papa, wie mit dem Flammenschwert. Wofür?«

»Um ihren Vätern eine Freude zu machen, dafür sind sie da.«

»Gut zu wissen, tausend Dank.«

»Wollte ich nur mal gesagt haben.«

Elisabeth lehnte für einige Schritte ihren Kopf auf seine Schulter.

Als sie ihn losließ, um ihre verrutschte Tasche zurechtzurücken, sagte Brockmann:

»Eh ich's vergesse, ähm, ich nehme an, du hast noch keine Einladung bekommen, also insofern ...«, sie sahen sich an, Elisabeth hob fragend die Augenbrauen, »die diamantene Hochzeit.«

»Aber nicht deine?«

Brockmann beugte sich auflachend vor, »zu spät«, sagte er dann, und sie: »Muss man von ausgehen.«

»Oma und Opa, im Juni, am ... zehnten.«
»Was ist diamantene, sechzig Jahre?«
Er nickte. »Wie du dir denken kannst, soll das groß gefeiert werden.«
»Mit uns.«
»Zum Beispiel.«
Sie kreuzte im Gehen die Arme vor der Brust, blickte nach unten. Liegt da die Antwort? Auf eine noch nicht gestellte Frage, etwa ein Problem? Dass Betty keine Lust hatte, Ferien bei ihnen zu verbringen (eine Woche, der Garten, die Kinder von Elke und Frieder), sie schon die Zeit im Sommer mit Heidi irgendwann ohne rechte Begeisterung mehr an sich vorbeistreichen ließ, als ihr entgegenzufiebern, war nicht ganz einfach zu vermitteln gewesen, seinen Eltern am wenigsten (Heidi zeigte Verständnis, obwohl es sie sicher geschmerzt hat), keine Weihnachtsfeiern und Geburtstage im Kreis der Anverwandten, Bindungen, die von Jahr zu Jahr loser wurden. Anfangs hatte sich Elke bemüht, den Kontakt wachzuhalten (immer einen leicht vorwurfsvollen Ton in der Stimme, der ihm Beherrschung abnötigte), aber schließlich ... nicht zu ändern (Elisabeth hat so viel vor, mit ihren Freundinnen, Trainingslager), Beleidigtsein das Allerletzte, was er brauchte. Sich noch darüber Gedanken zu machen.
»Ich befürchte«, sagte sie, nahm wieder seinen Arm, »am zehnten Juni ... vom neunten bis zum zwölften ...«
»Ist deine Tagung.«
»Tut mir leid, aber ...«
»Muss dir nicht leidtun, so isses eben.«
»Du entschuldigst mich.«
»Sicher«, einhellige Mienen, ein Lächeln von seiner, von ihrer Seite, »werde ich.«
»Danke«, sagte Elisabeth, erleichtert, wie es ihm schien, das wäre auch erledigt. Ein kurzer freundlicher Brief müsste drin

sein, Glückwünsche, Gesundheit. Zumal die anderen Großeltern erstens schon tot und zweitens nie existent waren, das Zerwürfnis zwischen Heidi und ihnen fundamental, lange vor London. Geerbt hatte sie aber trotzdem etwas, sich den Hof davon gekauft, das Weißgeräte-Imperium aus Hilden ...

»Kommt Mama?«

»Ich glaube nicht«, sagte Brockmann, »vielleicht ...«, was vielleicht?, plötzlich der Gedanke, sie zu besuchen ... nur zwanzig Kilometer, Weidenbäume, Wiesen, der Rhein.

»Klar«, sagte Elisabeth, nickte vor sich hin, abwegige Idee.

Sie betraten (einmal um den Dom herumgegangen) den Vorhof des ausladenden Palastes (sah nach Barock aus), hinten über dem Durchgang ins Innere ein Balkon, von dem teppichartige Stoffbahnen mit Bildern der Ausstellungen, die gezeigt wurden, herabhingen, Namen, Titel in großen Lettern, darunter eine Traube von Menschen. Wollen die alle rein?, fragte sich Brockmann, blickte zu seiner Tochter, die das Gesicht verzog. Kann man nix machen. Könnte man sehr wohl, dachte er, als sie vor der Kasse warteten, ein Spur schneller arbeiten, der Verkauf von Eintrittskarten kein technisches Mysterium.

»Ist der Anzug neu?«, sagte Elisabeth, strich mit den Fingerspitzen von der Seite über den Stoff auf seiner Brust.

»Ganz neu.«

»Der ist schön.«

»Grazie.«

* * *

Warum, warum, warum? Fang an, deinen Kopf mit der Suche nach einer Antwort zu martern, und du gerätst in Teufels Küche. Unvermeidlich musste Fleming grinsen, während sein Blick über die Praça da Sé wanderte, aber Ángel und der Mann waren noch nirgendwo zu sehen. Er stand am Rand des auf dieser Seite von hohen Palmen gesäumten Platzes, genau gegenüber dem Haupteingang der Kathedrale, in der linken Hand einen Coffee-to-go, in der rechten eine zusammengerollte Zeitung, mit der er sich ab und an auf den Oberschenkel schlug. Nervös? Woher denn, außerdem war er ein wenig zu früh, es hatte noch nicht elf geschlagen. Weil nämlich, dachte er, plötzlich von der Frage, die im Taxi aufgeblitzt war, wieder gefangengenommen, weil ... hinter jedem Warum immer ein anderes steckte, ohne Ende. Bis man an den Punkt kommt, sich mit irgendeiner Erklärung zufriedenzugeben oder, tja, verrückt zu werden, Phantastereien auszuspinnen beginnt. Selbst wenn die Forschung Erkenntnis auf Erkenntnis häuft, bleibt doch im Kern ein schwarzes Loch. Das größer wird statt kleiner, je mehr man weiß, was für einen Widerspruch zu halten, Widerspruch, ein Paradox ... aber nichts da, die nackte Wahrheit. So viele Dummköpfe um einen herum, fortschrittsgläubige Narren, die von Formeln träumen, die sie erlösen könnten. Von ihrem Menschsein, der Natur, mit der sie geschlagen sind ... Fleming trank den Becher aus und drückte ihn mit spitzen Fingern in den Schlitz eines Abfallkorbs, der an einem Laternenmast hing. Der Platz belebte sich mehr und mehr, erwachende Geschäftigkeit in den Straßen des alten Zentrums ringsum, das von der Pracht vergangener Zeiten kündete, bauchige Balkongitter an Stuckfassaden, denen Bürohäuser mit Fensterbändern (im Stil der zwanziger Jahre, Weimar usw.) zur Seite standen, hinfällig und überholt diese wie jene, Denkmäler, kam einem in den Sinn, des Kopierstifts und der Rechenmaschine, tickernder Fernschreiber mit Börsennotierungen aus Chicago und London, die fieberhafte Aktivitäten auslösten (oder auch nicht, alles bestens, gehen wir ins Café), Kabel um die Welt. Ein Straßenfeger in orangefarbiger Jacke schob sich und seine fahrbare Tonne unangenehm nah an Fleming vorbei, ein anderer folgte ihm rauchend, hinter dem, an der Statue ... da war Ángel, die Hände auf dem Rücken ineinandergelegt, spazierte er auf dem breiten Weg längs der Grünfläche neben einem großgewachsenen Mann in schwarzer Hose und blauer Windjacke einher, der ihm offenkundig etwas erläuterte, dann und wann ein Wort, einen Satz, mit einer sparsamen Geste unterstreichend. Abgeklärt, erfasste Fleming sofort, vom Scheitel bis zur Sohle, jemand, dem man die Operation guten Gewissens anvertrauen könnte, keine unkalkulierbaren Risiken (dass er oder seine Leute die Nerven verlören, wenn einer von MaFi die Absicht haben sollte, auf offener Straße den Helden zu spielen). Fleming folgte den beiden bis zu den Stufen der Kathedrale, wo sie nach links bogen, Ángel ein wenig eiernd (mit seinen Plattfüßen und seinen Kilos zu viel), der Mann dagegen sehnig, federnd, durchtrainiert. Eine Empfehlung Sebastiãos, der sich zurückgezogen und auf Santa Catarina ein Haus gekauft hatte (Sylvester, mein Freund, für mich ist es vorbei, besuch uns mal) ... aus dem aktiven Dienst noch nicht lange entlassen, verstehe zu planen, arbeite nur mit erfahrenen Kameraden aus seiner ehemaligen Einheit. Herz, was willst du mehr, dachte Fleming und wandte sich nach rechts, er hatte genug gesehen, um vollauf zufrieden zu sein. Es rauschte von neuem in seinem Kopf. Er öffnete den Mund, drückte die flache Hand ein paarmal auf eine Ohrmuschel. Überanstrengung? Vom Laufen? Schon beim Frühstück ... wie wenn Wasser ... oder im Flugzeug. Was war beim Frühstück? Er hatte in einem kleinen dünnen Notizbuch neben seiner Kaffeetasse alle Kosten notiert, die unumgänglich anfielen, als da wären: Souza, die Herrschaften von der Sicherheitsfirma, das Kommando, zwei bis drei Tage Miete für die Unterbringung. Danach die Summe von dem Honorar abgezogen, das ihm laut Beratervertrag zustand, den Anteil Ángels subtrahiert ... und war auf einen Betrag gekommen, der brutto zwischen 250 und 300 K liegen würde (Unwägbarkeiten, Steuern!). Die untere Grenze dessen, hatte er gedacht, für was es sich lohnte, die Anstrengungen. Wenn es nicht seine Aufgabe, seine Pflicht vor der Geschichte gewesen wäre ... die er sich in Erinnerung rief, wie stets, um solche Anfälle von Defätismus niederzuringen. Von Kontinent zu Kontinent, überall, wer denn sonst?

Die Straße war frei, als er den Zebrastreifen betrat, löste sich der Pfropfen, und die Verkehrsgeräusche brandeten wieder mit der ihnen eigenen Wucht aus Auto- und Mopedzylindern, dem Ton quietschender Reifen, zuschlagender Türen, von zornigen Hupsignalen in seine Ohren. Stimmen und Geschrei, fliegende Händler, Musik, die aus dem Allzweckladen kam, auf den er zulief. Er kaufte sich ein Eis, warf erst die Zeitung, dann das Eispapier in einen Mülleimer, der neben den hohen verglasten Kühlschränken stand. Seine Aufgabe, seit Ewigkeiten. Am Himmel grollte es, dunkle Wolken drängten sich über den Hausdächern, dem Turm der Kathedrale zusammen, ein Gewitter im Spätherbst? Es schien Fleming, als sei er davon auch schon wachgeworden, Donnerschläge, pfeifender Wind, wie bei einem Sturm. Hatte er geträumt, von Unbilden, die sich über ihm im Schlaf entluden? Er wusste es nicht mehr, es würde nichts ändern. An nichts, nie, jemals. Er biss vom Eis ab, ließ die Mischung aus Vanillecreme und Schokosplittern auf der Zunge schmelzen. Was tun, den lieben langen Tag bis zum Abendessen mit Ángel? Eine Mail schreiben, ob jetzt doch noch Geld aus Wien eingegangen sei, etwa. Und falls nicht ... ähm, ja, falls nicht, ihnen eine Überraschung bereiten, bevor es ernst würde. Schade, eigentlich hatte er von den Herren Prader und Harnack mehr erwartet, aber so kann man sich täuschen. Selbst er, selbst ich, dachte Fleming, letzten Endes immer auch eine Sache von Trial and Error, das ganze Leben, wie in einem ausgeklügelten Experiment. Und von wem ausgeklügelt? Was für eine Frage, auf der Stelle brach er in Gelächter aus.

* * *

»Hast du noch nie von Green gehört?«
»Ich weiß nicht«, sagte Brockmann, im stattlichen Treppenhaus des Palazzo Reale neben seiner Tochter die flachen, mit einem roten Läufer bedeckten Marmorstufen zum ersten Stock emporsteigend,»... nicht bewusst.«
»African-American, ungefähr ...«, Elisabeth hatte ihre Arme wieder über dem Riemen der Tasche vor der Brust verschränkt (sie *ist* dünn, ja, gut, schlank),»Papa ...«
»Was?«
»Du wirkst schon wieder so weggetreten. Ist alles in Ordnung?«
»Vielleicht werde ich langsam senil.«
»Phantastisch. Da freu ich mich aber.«
Er holte weit aus, wischte dann mit den Fingerspitzen über ihren Hinterkopf.»Pass bloß auf.«
»Selber«, sagte Elisabeth und stieß ihm spielerisch den Ellbogen in die Seite. Er hielt sie fest, kitzelte sie, bis sie sich laut schreiend losriss, beide sahen nach unten und oben. Hat keiner mitgekriegt.
»Also ... African-American?«
»Genau, in deinem Alter ungefähr, mmh, hauptsächlich Installationen, daneben Film, und auch Prints, Fotos. Soweit ich das verfolgt habe.«
»Du kennst die Arbeiten?«
Elisabeth nickte.»Ein paar«, sagte sie,»in Köln mal.«
»Wann warst du in Köln?«
Sie wurde langsamer, kam auf dem geräumigen Treppenabsatz fast zum Stehen, eine steile Falte entwuchs ihren zusammengekniffenen Augenbrauen (unwirsch, dachte Brockmann, die Frage zu persönlich, so gestellt).
»Geht mich nichts an«, sagte er flugs, öffnete versöhnlich die Hände.
»Ist okay«, sagte Elisabeth, zerrte am Riemen ihrer Tasche

(verdammt), nahm sie ab und wies zum Eingang oben. »Auf, auf.«

Zu Gott, die Hölle brennt, ergänzte Brockmann stumm, ein Spruch seines Vaters, den er sich zu eigen gemacht hatte ... Elisabeths Kinderstimme, wenn sie nach einer Rast, vor der Schule, am Fuß einer langen Treppe »die Hölle brennt« krähte und er »Im Gleichschritt Marsch!« kommandierte, sie beide dann oft losgerannt um die Wette ... *going, going, gone*. Welchen wunden Punkt hatte er getroffen? Als hätte er sie früher auch nur eine Sekunde überwacht, auch nur einmal gezwungen, ihm etwas zu erzählen, wenn sie nicht wollte. War das in Ordnung, vom Pädagogischen her, zu warten, bis sie von allein mit der Sprache rausrückte, es für sinnvoll hielt, sich ihm doch anzuvertrauen? Vieles hatte Franca, Eleonoras Mutter übernommen, die Mädchen aufgeklärt (von Frau zu Frau sozusagen), und Ippolita, die in den ersten Jahren ohne Heidi als eine Art von Haushälterin fungierte, einkaufte, kochte, Betty zum Training fuhr, bei ihnen schlief, wenn er auf Tour war, eine verwitwete Nachbarin, die einerseits das Geld brauchte (die Wohnung noch nicht ganz abbezahlt, die Rente ihres Mannes zu gering für alles, erfuhr er nach ein, zwei offenherzigen Gesprächen zwischen Tür und Angel, glückliche Fügung), andererseits auf Anhieb (wie alt wird sie damals gewesen sein, Ende fünfzig?) einen Draht zu Elisabeth gefunden hatte ... was meinst du, sollen wir es mit ihr versuchen?, kannst du dir das vorstellen?, ich glaube, hatte Betty geantwortet, ich glaube sehr gut, sinnig, war ihm eingefallen, um den Ernst zu beschreiben, der bei diesen Worten auf ihrem Gesicht lag. Einer Elfjährigen, die sich die Butter nicht vom Brot nehmen ließ, eigenwillig, könnte man sagen, oder möglicherweise auch eigenbrötlerisch, ein wenig zumindest, wie es Ippolita eines Abends ausdrückte, man möge sie nicht falsch verstehen, aber: un po' appartata, wenn man's positiv betrachtet: jemand, dem es nichts ausmacht, für sich zu sein.

War das so? Brockmanns Blick streifte den Rücken seiner Tochter, die auf der Stufe vor ihm ging, die Tasche über die Schulter geworfen, macht's dir nichts aus? Schön wär's, dachte er, unabhängig von der Meinung anderer. Als Rezept für den weiteren Lebensweg ... ohne dabei zum Sonderling zu werden, den man bedauert – findet keinen Anschluss. Auf was (eine legitime Frage) kam es denn wirklich an? Wenn man's wüsste ...

»Papa, die Eintrittskarten.«

»Habe ich die?«

»Jochen, bitte, ja«, sagte Elisabeth eindringlich, letzter Ordnungsruf vor dem Klassenbuch.

»Natürlich«, Brockmann nickte dem uniformierten Mann am Eingang freundlich zu, »i biglietti, aspetta«, er zog zwei Kassenzettel aus seiner Jackentasche und reichte sie ihm.

»Wie machst du das in deinem Job?«, sagte Elisabeth.

»Frage ich mich auch«, er hakte sich lose bei ihr unter, »führ mich.«

»Muss ich in Zukunft?«

Ach, die Zukunft, Brockmann beruhigte sie kopfschüttelnd und wies in die Ausstellungsräume ... deine Zukunft, geliebte Betty, wird bestimmt glänzend sein. Die Jahre, die du noch vor dir hast, ich bin absolut guter Dinge. Und den Rest kriegen wir geschaukelt, meinen Rest, so oder so.

Von der Decke hingen in mehreren Reihen bunte bedruckte Fahnen, darunter mit weißem, da und dort auch rotem und blauem Stoff bespannte Stellwände, die ein System von Zellen bildeten, in denen man sich Videos anschauen konnte. Vor jedem Monitor eine Holzbank für eine Person, Kabel, Kopfhörer.

»Willst du?«

»Ich geh rum«, sagte Brockmann, während Elisabeth in einer der Zellen (oder Zelte) Platz nahm und sich den Kopfhörer überstülpte. Auf dem Bildschirm war ein junger schwarzer Mann zu sehen, der neben einer Bücherwand auf einem Sofa saß und redete. Auf anderen Bildschirmen, an denen er vorbeischlenderte, andere Talking Heads, Hände, die Plattenspieler bedienten, einmal eine Vierergruppe in einer Art von Büro mit Halstüchern über Mund und Nase, wie im Western, beim Überfall auf eine Postkutsche. Brockmann blickte zur Decke, *I am still alive* stand in verschiedenen Versionen auf einigen der Fahnen (»I«, still), und mehrmals *FAM*, was ein Sternchen in einer Fußnote als Abkürzung für *Free Agent Media* enthüllte. Was immer das bedeutet, dachte er, irgendetwas mit Unabhängigkeit, ohne Vertrag. Wie du demnächst, sei mal Realist.

Ungeachtet des kleinen Staus vor der Kasse (Arbeitsorganisation!!) waren nur wenige Besucher in der Ausstellung, die sich zwischen den Objekten verliefen. Im nächsten Raum Vitrinen, in denen Papiere lagen, Zeitschriften *(Il manifesto)* und handbeschriebene Zettel, in einem der Schaukästen ein Monopolybrett, auf dem Spielzeugautos herumstanden. An der Wand hingen gerahmte Fotos dicht an dicht zu Tafeln geordnet, sahen aus wie aus Filmen kopiert, alte Hollywoodfilme in Schwarzweiß, doch erkannte Brockmann weder einen der Darsteller noch eine Szene wieder, eine vollbusige, leichtbekleidete Frau, die einen Leuchter oder einen Kelch in der erhobenen Hand hatte, ein elegantes Paar auf einen Diwan hingegossen, da am Rand ein androgynes Wesen in Frack und weißer Fliege. Hosenrolle, dachte er, Frau in Männersachen, das war mal ein Skandal. Fast, oder auch nicht, oder doch, seit wann tragen Frauen in der Öffentlichkeit Hosen? Marlene Dietrich ...

Er drehte sich nach seiner Tochter um, aber Elisabeth schien noch mit den Filmen in den Zelten beschäftigt zu sein, vor einer Vitrine zwei Jungen, die Kopf an Kopf eines der Blätter mit Texten lasen, die am Eingang jedes Raumes in Ständern aus Acrylglas deponiert waren. Es zog ihn weiter, nichts Bestimmtes, ein runder weißer Tisch, Tastaturen und Monitore, ein begehbares Gehäuse aus Metallregalen, das ein oben angeheftetes Schild als

COLLECTANEA bezeichnete, Tageszeitungen, Taschenbücher und Videokassetten in gebührender Entfernung voneinander, wie unersetzliche Reliquien, ringsum auf den Regaletagen ausgelegt. Sammlerstücke, dachte Brockmann im Vorübergehen, Material, aus dem sich einmal Theorien schmieden lassen ... erst dies, dann folgrichtig das. Muss aber nicht sein, Ursache und Wirkung nicht immer sauber zu trennen ... als hätte es vor Indonesien kein Loch in der Bilanz gegeben, und kein geringes. Was ja überhaupt der Grund dafür war, warum alle genickt und das Geschäft anstandslos durchgewinkt haben, kommt Zeit, kommt Rat. Wie kleine Kinder, die sich die Augen zuhalten und glauben, jetzt könnte sie niemand mehr sehen. Fickt euch, ihr Hunde ...
Er blieb stehen, atmete tief ein, hielt die Luft an. Nicht daran denken, tu so, als wäre die Geschichte noch völlig offen, übermorgen am Abend darfst du fluchen. Oder dir einen hinter die Binde gießen, bis du vergessen hast, dass du in Amsterdam bist. Die Stadt der Grachten und der Drogen, haha, sich in einem Coffeeshop eine Dröhnung kaufen, wie lange ist das her? Zuletzt mit Salka geraucht, etwas außerhalb am Ufer des Po, wohin sie in ihrer Rostlaube gefahren waren, lass uns reden. Ich kann mich nicht ändern, hatte sie gesagt, und er, statt zu sagen, das sei nicht nötig, hatte geschwiegen. Brockmann stieß die Luft aus seinen Lungen, wurde von einem leichten Schwindel ergriffen, während er ein Kabinett betrat, einen in den Ausstellungsraum hineingebauten Raum, dessen Wände in einem warmen Orange gestrichen waren, das ihn irritierend vertraut umfing. Als wäre er schon einmal hier gewesen, kehre an einen Ort zurück, den er wiedererkannte, ohne ihm einen Namen geben zu können, so eine Stimmung, Verlorenheiten. Nicht zu wissen, was man mit sich anfängt, Platten hören, aus dem Fenster starren, ein paar Seiten lesen. Schon die Farbe, dieser Orangeton, der sich in Abstufungen zu Braun und Gelb auch in den Flusenteppichen und Sitzkissen fand, mit denen der aschfahle Boden an einigen Stellen

bedeckt war. Wie Safran, dachte Brockmann, oder die Gewänder buddhistischer Mönche, dann fiel ihm das Wort Batik ein, batiken, Räucherstäbchen.

Eine Schwäche in den Beinen, das Bild verwischte an den Rändern, er presste die Augen zusammen und rief sich zur Ordnung (noch nichts gegessen den ganzen Tag außer zum Frühstück im Café eine Brioche). Was war das denn jetzt? Die Hände fest geballt (wird schon besser), schaute er sich um, ein Tisch mit Büchern unter einem Glassturz, eine Reihe Plattenhüllen gegen den Sockel gelehnt hinter einem billigen alten Plattenspieler, an den Wänden das Titelblatt einer Zeitschrift *(Life)*, einzelne größere Fotos, in einer Ecke vier Fernseher auf kniehohen Podesten. Links vom Eingang ein samtbezogener Sessel, braun, über dem auf einem Behang aus geflochtenem Reisstroh in Rot THE FUTURE WILL BE WHAT THE PEOPLE STRUGGLE TO MAKE IT geschrieben stand, neben den Platten drei weiße Stühle, die orangefarbene Polster hatten, Tulip Chairs, was?, solche einbeinigen Dinger mit einem runden Fuß. Wie in dem einen Film, *Uhrwerk Orange*, dieses futuristische Design.

Die Fäuste wieder öffnend (locker bleiben), machte er ein paar Schritte auf den Glassturz zu und beugte sich vor. Die Bücher waren amerikanische Taschenbücher, aufrecht stehend zu einem Viereck angeordnet, alle vom selben Autor, James A. Michener, beachtliche Schwarten, *The Source*, *The Drifters*, *Kent State*, *Rascals in Paradise* ... Brockmann schien, dass seine Eltern etwas von ihm im Schrank gehabt hatten, doch, doch, hatte er gelesen (oder eher durchgeblättert) in der Hoffnung auf detaillierte Sexszenen, nämlich ... *Die Kinder von Torremolinos*, allerdings konnte er sich nicht erinnern (wie auch, nach Jahrzehnten?), ob er Verwertbares gefunden hatte. Scheißzeit, eine einzige Qual, zu vergessen. Als er den Kopf hob, schwindelte ihn wieder, von fern ein Rauschen in seinen Ohren. Er entschied sich für Ignorieren (iss nachher gleich was) und warf einen Blick auf die Platten, deren Cover ihm alle bekannt vorkamen, obwohl er, ganz sicher, nie eine davon besessen hatte. *The 5th Dimension, Santana, Gloria Gaynor* (mit Afrokrause), die Filmmusik aus der *Love Story, Curtis Mayfield, The Jackson 5*. Haarscharf neben seinem Geschmack, der damals bei den anderen auf wenig Gegenliebe stieß, im Radio kaum gespielt wurde, zwölf Minuten lang *Papa was a Rollin' Stone* von den *Temptations*, der Hammer. Peitschende Bässe, die einen wegfetzten auf der neuen Anlage von Bang & Olufsen, in die das ganze Geld eines fünfwöchigen Sommerjobs geflossen war. Nachtpförtner bei Rheinstahl, in dem Häuschen Kette geraucht und mit Peps für dessen Nachprüfung gelernt. Oder *Masterpiece*, auch das Stück unglaublich, *it's a challenge just staying alive ... 'cause in the ghetto only the strong survive* ... und dann legen die Bläser los ... um nicht von *Rare Earth* anzufangen, noch eine Band, die Heidi nicht kannte, als sie seine Platten zum ersten Mal in Augenschein nahm, stehst du auf so was, Soul, Funk?

Lange nicht mehr gehört, dachte Brockmann, und warum? Warum, warum, warum, sinnlose Frage, das Leben, das so dahinrollt. Eine banale Weisheit, all das Zeug, das auf der Strecke bleibt. Und die Menschen dazu, verblassend, wie Polaroids ... er fühlte sich plötzlich müde, die Sitzkissen, die Teppiche verlockend, sich kurz auf dem Boden ausstrecken. Brockmann ließ sich vor einem der Fernsehgeräte auf einem weichen braunen Kissen nieder, stützte sich mit einer Hand ab, die Beine seitlich angewinkelt. Sehr gut, sehr bequem, Kopf schräg auf der Schulter. Eines der größeren Fotos an der Wand gegenüber zeigte in einem Doppelporträt eine junge schwarze Frau und einen älteren dicklichen Weißen, die Frau war unverwechselbar Angela Davis, der Mann ein deutscher Philosoph, berühmt, mit Namen ... fiel ihm jetzt nicht ein. Kosmos, dachte Brockmann, von dem du ein Teil bist, wir alle, Historie. Oder wie wäre die Absicht der Künstlerin zu verstehen? Ein innerer Zusammenhang, die Bücher und Bilder und Platten und Möbel, die Zukunft das, wofür die Leute sich abmühen ... und mit welchem Ergebnis? Er schloss die Augen, am liebsten hätte er sich flach hingelegt, sich ausruhen von allem. Nein, tust du nicht, würdest du nie, deine Selbstdisziplin. Er streckte die Beine aus, stützte sich nach hinten auf beide Arme. Und wenn schon, die anderen ... die können dich mal, er sah hoch, doch außer ihm war niemand im Raum. Diesem orangegestrichenen Zimmer, das anheimelnd wirkte und zugleich befremdend, ein wenig gespenstisch auch, mit dem von irgendeinem Speicher heruntergeholten Plunder. *Forever young*, leider nur eine Illusion. Ging's hier um das, um eine Sache, die man sonst verdrängt? Dass das Leben noch vor einem läge, das ganze, das halbe, und dann rutscht man auf der Treppe aus und bricht sich den Hals. Oder Politik. Was macht Peps denn heute, der alte Revolutionär? Und du, bunkerst Schwarzgeld und rechnest rum, was sich im Ernstfall für wie viel verflüssigen ließe, così fan tutte, Scheiße ... in seinem Kopf das Rauschen wurde lauter ... was ist das, was spielt sich da ab? Qualmwolken zogen über den Monitor, explosionsartig hochquellender Dampf, der das Bild sekundenlang vernebelte, bis wieder etwas zu erkennen war, hin und her rennende Schemen, Menschengruppen, hügelige Rasenflächen, Gebäude. Eines wie ein griechischer Tempel, eine Säulenfront, oben auf einer der Anhöhen. Jeeps fahren über das Gelände, man sieht Militär mit Stahlhelmen und Sturmgewehren (alte M1, registrierte Brockmann automatisch), jemand schwenkt eine Fahne. Im Vordergrund jetzt ein junger Mann, der eine Armyjacke trägt, Halstuch vor Mund und Nase, kommt herangesprintet und bückt sich, um nach unten in eine wirbelnde Dampfhose zu greifen, hebt einen kleinen Gegenstand auf, den er den Soldaten entgegenschleudert.

Sein Herz begann spürbar schneller zu schlagen, das ist doch ... Aufruhr, ein College, die Vereinigten Staaten. Film wechselte mit Standfotos, grobkörniges verwackeltes Super-8 mit Fernsehbildern, Schnappschüssen, Texttafeln, auf denen einzelne Sätze zu lesen waren ... *Who owns history?* ... *Who cares?* ... und dann, sich Zeile für Zeile in andersfarbigen Buchstaben wiederholend, in Grün, Gelb, Lila, Rot, die zwei Worte PARTIALLY BURIED, gefolgt von der Ansicht einer zerstörten Baracke, auf deren traurige Überreste jemand mit weißer Farbe *May 4 Kent* geschrieben hatte. Zu gebannt, um vorzurutschen und sich den am Podest hängenden Kopfhörer aufzusetzen, blieb sein Blick starr auf den Monitor gerichtet, wo in Nahaufnahme eine schwarze junge Frau, die zahllose, fein geflochtene Zöpfe hatte, die gemauerten Fundamente von etwas umschritt, das die Baracke gewesen sein könnte, wie nach Spuren suchend, dachte Brockmann, bisher unentdecktem Beweismaterial, anschließend Interviewschnipsel (Zeugenaussagen?), eine Autofahrt durch einen gelblich erleuchteten Tunnel, ein schwarzer Daumen, der die Seiten eines Buches von hinten nach vorne wie im Daumenkino wegflappen ließ, bis ein Foto ins Bild kam, das kurz stehen blieb, aber lange genug, um von ihm deutlich erfasst zu werden, ein betonierter Weg, augenscheinlich auf dem Campus des Colleges von vorhin, in die Knie gegangen mit hilflos geöffneten Armen, einen Entsetzensschrei im Gesicht, ein ganz junges langhaariges Mädchen, zu dessen Füßen ein Junge auf dem Bauch liegt, die Arme unter seinem Körper eingeklemmt, schlaff verdrehte Beine ... tot, dachte Brockmann (ohne nachzudenken), der ist tot, als würde daran noch ein Zweifel bestehen können ... es dröhnte in allen Zellen seines Körpers, wie durch einen defekten Verstärker gejagte Stimmen und metallische Geräusche ... erneut Schrift auf dem Bildschirm, von unten nach oben laufend ... *living at the same time, belonging to the same time*, eine Linie Soldaten, die hügelan marschieren, schwarz, umkehren, schwarz, in Schussposition, schwarz ... jetzt wieder die Qualmwolken, Explosionen von gräulich-weißem Dampf, Tränengas, ein junger Mann wirft eine Granate zurück, wie der Schweif eines Kometen ... am Himmel ein Heulen, das sich vermischt mit Gesängen, panischen Rufen, dem Ton zersplitternder Scheiben, Blech, das zerfetzt wird ...

»Na«, sagte eine Stimme neben ihm, »was guckst du dir an?«

Brockmann fuhr zusammen. Grabesstille plötzlich um ihn herum, nur sein Herzschlag ...

»Jochen, was ist?«

»Das da«, er zeigte vorsichtig zum Bildschirm, holte seufzend Luft, »was ist das?«

Elisabeth, die sich auf den Rand des weichen braunen Polsters gesetzt hatte, schob sich die blonden Haare hinter die Ohren und überflog mit eingezogenen Lippen eines der Textblätter, die in den Räumen auslagen.

»Mmh ... Vietnam, Ohio, Einmarsch, warte, Einmarsch nach Kambodscha.«

»Geht's auch genauer?«

Sie sah ihren Vater ernst an, sagte: »Ich lese das gerade«, und er: »Entschuldigung.«

Die zerstörte Baracke, die junge schwarze Frau mit den fein geflochtenen Zöpfen, einen Rucksack auf dem Rücken, ein Interviewpartner.

»Also, hör zu, bei Demonstrationen gegen den Einmarsch amerikanischer Truppen nach Kambodscha, Vietnamkrieg und so weiter sind auf dem Campus der Universität in Kent, Ohio, vier Studenten von der Nationalgarde erschossen worden, viele verletzt. Wobei bemerkenswert ist, Augenblick«, sie folgte mit ihrem Zeigefinger einer Zeile in die nächste, »die waren alle mindestens hundert Meter von den Soldaten entfernt, stellten praktisch keine Gefahr dar.«

»Für die Soldaten?«

»Für wen sonst«, sagte Elisabeth, ungehalten.

»Weiß ich nicht«, sagte Brockmann, aber darauf ging sie nicht ein, sondern las und übersetzte weiter: »Bis heute ist nicht geklärt, wer, letzten Endes«, sie stockte, »ordine di sparare, den Befehl zum Schießen ...«

»Feuer frei«, sagte Brockmann.

»Was?«

»Das Kommando.«

»Nicht geklärt, trotz verschiedener Untersuchungen, wer den Schießbefehl gegeben hat.« Sie schüttelte den Kopf. »Glaubst du das?«

»Wenn es da steht.«

»Das ist ja ein Argument. Leute umbringen und sich dann rausreden.«

»Und was hat sie damit zu tun?«

»Green? Die muss nichts damit zu tun haben. Ich meine«, Elisabeth sah sich um, »sie unternimmt bestimmte, sagen wir mal, Wahrnehmungsreisen. Reisen durch Gedankenlandschaften. Repräsentationssysteme.«

»Muss ich das verstehen?«

»Könntest du.«

»Sonst nichts«, sagte Brockmann und tippte auf das Blatt in der Hand seiner Tochter, »was Persönliches?«

»Ihre Mutter war auf dem Campus«, sagte Elisabeth, nachdem sie sich noch einmal über den Text gebeugt hatte, »zur fraglichen Zeit, weil, mmh, Green ist in Ohio aufgewachsen ... mit Motown, black music. Das ist ihr Ausgangspunkt.«

»Hat sie aber Glück gehabt, die Mutter. Wie heißt die Installation?«

»*Partially buried in three parts*. Gefällt's dir?«

»Ist schön«, sagte Brockmann, »sehr beeindruckend. Ich ...« Er blickte seiner Tochter in die Augen. Immerhin gibt es dich, dachte er unvermittelt, er lächelte sie an und stand auf.

* * *

Am Abend schrieb er die Kontonummer bei der HSBC und das Kennwort auf eine seiner Visitenkarten, die er in ein Kuvert steckte, das er dann in einem zweiten Umschlag verschloss, legte einen Zettel dazu, auf dem er sich von Elisabeth eine kurze Nachricht erbat, dass sie den Brief erhalten habe. Er bat sie weiter, das Kuvert nicht zu öffnen, es sei denn im Notfall oder auf sein Verlangen hin. Sie möge nicht beunruhigt sein, aber er denke an die Zukunft, und ausschließlich darum handele es sich. *Viele liebe Grüße aus Turin, Papa. PS: War ein herrlicher Tag mit dir heute, J.*

* * *

War das richtig? Was würde ihr durch den Kopf gehen, nächste Woche, irgendwann? Weshalb solche Umstände, Geheimniskrämerei wie im Agentenfilm? Etwa um der Frage auszuweichen, woher das Geld stammte ... und dann in Zürich, eh, Jochen, warum nicht gleich auf den Bahamas? Aber schließlich, lassen wir die Kirche doch bitte im Dorf, war er kein Waffenhändler, sondern ... hör mal, Betty, zahl die Steuern nach, wenn du deinen Seelenfrieden gefährdet siehst. Falls sie überhaupt auf die Idee käme ... ausgemachter Unsinn, dein Vater ist ein sehr gut verdienender Manager in der Maschinenbauindustrie gewesen. Ersparnisse und günstige Kursverläufe, sicher verstaut auf einer exzellenten Bank. Dazu Zeichnungen, die schätzungsweise fast noch einmal genauso viel wert waren. Sofern er nicht anfangen müsste zu verkaufen. Alternativen? Hangshu Limited, wenn alle Stricke reißen, ob du willst oder nicht. Und was spräche dagegen, bei dem Gehalt, signing bonus, außer ... dass du nicht willst. Überzeug AMRO, Geld nachzuschießen, und das Projekt atmet wieder. Glaubst du doch selber nicht dran, weißt du doch jetzt schon, wie's laufen wird ... Exportchancen, mittelfristige Perspektiven, Sie kennen Indonesien, Sie kennen die Menschen, worauf ihm ein stummes Kopfnicken, ein leerer Blick antworten würde ...

Investitionsstrategen, auf Deutsch nennt man euch Großganoven. Ist das ein deutsches Wort, Ganove? Ein Fuß immer im Gerichtssaal.

Nachdem er sich lange genug hin- und hergewälzt hatte, trank Brockmann in der Küche eine Büchse Bier (ruckzuck, knack), rauchte ein paar Züge, klappte im Wohnzimmer an dem langen Bauerntisch seinen Rechner auf, sah sich bei Artprice Auktionslose an, nahm einen kräftigen Schluck aus der Flasche Mirabellengeist, die seit Samstag, seit Agneses Besuch dort stand, neben der ungelesenen Wochenendausgabe der Repubblica. Und noch einen, so jung kommen wir nie mehr zusammen. Der Alkohol machte sich bemerkbar, ihm wurde schummerig ... wie nach einer Fahrt auf dem Kettenkarussell. Er seufzte. War das ein schöner Tag heute, die Gesellschaft von Elisabeth etwas Besonderes. Viel zu selten, warum nicht öfter, einmal im Monat gemeinsam essen oder spazieren gehen, sich unterhalten. Ihr zuhören, wenn sie einem in einer Ausstellung ein Bild erklärt, ein Video, all die Bezüglichkeiten. So klug und anregend, dass man selber auf welche stößt, bestimmte Assoziationen, Orange, Agent Orange, rötlich eingefärbter Dschungel. Der kein Dschungel mehr ist, weil entlaubt. Eine Welt im Hintergrund, hinter dem Sichtbaren, und dennoch anwesend, beinah schon körperlich zu spüren. Als wäre man dabei gewesen, nichts vergangen, nur an der Oberfläche, Kostümwechsel. Obwohl man nicht derselbe bleibt, das wäre ... um Himmels willen, wäre eine schreckliche Vorstellung. Wie die, alles würde sich wiederholen, nichts käme je an ein Ende. Weil es dann nämlich keine Zukunft gäbe, für die es sich zu kämpfen lohnte, rein logisch betrachtet ... what the people, was stand da auf der Wand? Anstrengungen, die man unternimmt, struggle to make it. Brockmann entkorkte die Flasche und gestattete sich einen dritten Schluck, was soll's, dachte er, wen kümmert das? Bin mein eigener Herr, wo sind die Zigaretten?

Im Schein des Bildschirms und der Tastatur (sonst kein Licht, sowjetisch-bengalisch), zerfließenden Rauch vor Augen, tippte er bei Google den Namen Renée Green in die Maske und das Wort buried ... achtundvierzig Millionen Treffer (so viele Leute, die Green hießen, so viele Beerdigungen), aber auf der ersten Seite schon mehr Hinweise zu Texten über die Künstlerin, Bildern, Ausstellungen, als er allein in dieser Nacht würde lesen und sich anschauen können ... Räume, in denen Geschichten zusammenliefen, die von Orten und Nicht-Orten erzählten, der Gegenwart und des Vergessens, Reisen ins Herz der Zeit, der Erinnerung, die immer in Bewegung sei, nie bloß Privatbesitz, Psychogeographie ... ihre Arbeiten, hatte jemand für eine Galerie geschrieben, entstünden über Jahre, in denen sie Ereignisse, ein Datum, Fundsachen in Variationen umkreise, ordne und neu ordne, auf was sie verweisen könnten, Zeichen und Spiegel, ob da ein abgeschiedener, vom Leben selbst verschütteter Sinn ...

Asche fiel von seiner Zigarette ab, Brockmann pustete über die Tasten, zog noch einmal und stupfte die Kippe dann (nichts in Reichweite, Sauerei) am breiten Rand der Tischplatte aus. Sprühende Fünkchen, die erloschen, bevor sie die Fliesen erreichten. Er legte den Stummel neben den Laptop, gab *4 maggio kent* in die Suchmaschine ein, fing oben an, Wikipedia, die Fakten. Siebenundsechzig Schüsse in dreizehn Sekunden, nie jemand zur Verantwortung gezogen. Landesweit wurden Universitäten besetzt, Massenproteste, kurz danach schrieb Neil Young den Song *Ohio*, der bis auf Platz 14 der Billboard Charts kletterte. Ein Dokudrama fürs Fernsehen, jährliche Gedenkveranstaltungen, es halten sich Gerüchte, dass Undercoveragenten an den Vorgängen beteiligt waren. Als Brockmann die Namen der Opfer las, klickte er Jeffrey Glenn Miller an, zwei weitere Klicks, und er landete bei dem Foto, das er in Greens Video gesehen hatte, das Mädchen mit den ausgebreiteten Armen, schreiend, zu ihren Füßen der leblose Körper eines jungen Mannes, *shot through the mouth; killed instantly*. Wie auch anders, dachte er, Gefechtsmunition, da bleibt kein Auge trocken. Dass die gezielt geschossen haben, mit den Gewehren, den Kalibern, das glaubt man ja nicht, Vollidioten. Er ging zurück (wie auf sacht schwankendem Grund, komm, noch einen, sowieso alles zu spät), zu der Liste der Namen, an zweiter Stelle ... tödliche Brustwunde (343 ft = 105 m), neunzehn Jahre alt, Allison B. Krause. Gegen ein Schwindelgefühl ankämpfend, starrte er auf die Buchstaben, als könnten sie von sich aus ... reden, irgendwas. B, B, B, murmelte Brockmann, heißt? Beth, ihr vollständiger Name auf der Seite, auf die ihn die Buchstabenreihe verlinkte, Allison Beth Krause ... ihre Lebensdaten mehrmals halblaut lesend, zählte er mit den Fingern die Tage von ihrem letzten Geburtstag am 23. April zu ihrem Tod am 4. Mai ab, elf, neunzehn Jahre und elf Tage ... was ist das, nichts. Gar nichts, er öffnete den Mirabellengeist und trank, bis er sich verschluckte und würgen musste. Seine Kehle, seine Augen brannten, er ächzte und wischte sich mit den Handballen Tränen aus den Lidern. Eine Geschichte, die zu Ende war, bevor sie wirklich begonnen hatte, rechts oben auf der Website in einem Kästchen eine Fotografie, eine Art Passfoto, das eine aufgeweckt lächelnde junge Frau in hochgeschlossenem schwarzen Pullover mit einer dünnen Kette über dem Kragen zeigte, ihre dichten schulterlangen Haare brav gescheitelt und zurückgekämmt, so was, wie man es in Jahrbüchern oder Bewerbungsschreiben findet. Leicht verwaschen, wie der Abzug eines Abzugs ... *who cares?*

Sinnlos, dachte Brockmann, mittelprächtig betrunken jetzt, für was? Peps hätte früher eine Antwort gewusst, nichts umsonst, der Kampf geht weiter. So ein Müll, dafür stirbt man, mir nichts, dir nichts? Aus hundert Meter Entfernung, ohne dass jemand je ... nur ein historisches Ereignis, eines von ungezählten. Er brauchte nicht lange zu suchen, um weitere Bilder zu finden, Allison als Schulkind mit Pferdeschwanz, dann herumalbernd, ein paar Jahre später, die ausgestreckten Hände seitlich an den

Kopf gelegt (du Esel, du Esel), ein drittes, das kurz vor ihrem Tod aufgenommen worden sein musste, leicht von unten im Halbprofil, eine Studentin, die lachend auf etwas reagiert, einen Witz, eine Geste, eine komische Szene, die sich gerade vor ihren Augen abspielt, eine Schönheit mit hohen Wangenknochen, deren Haarschopf kaum zu bändigen ist ... Staub, ein paar Knochenreste unter der Erde, Ende der Durchsage.

Er wandte den Blick ab, sein Oberkörper vorgebeugt auf den vor dem Rechner gekreuzten Armen. Im Dämmerlicht des Raumes schattenhaft die beiden Sitzgruppen, das Sideboard, die an einer Wand lehnenden Wechselrahmen. Deins, das bist du, noch lebendig. Im Unterschied zu, zu ... aus den Augenwinkeln betrachtete er Allisons Gesicht, dessen Strahlen umwerfend war, wie ein göttliches Geschenk, dachte er, gestohlen, verschwunden ... mit einer jähen Handbewegung klappte Brockmann den Bildschirm herunter, stierte ins Dunkel. Nichts, was man im Nachhinein wieder hinbiegen könnte, einmal geschehen ist geschehen. Ohne Zweck, eine Abfolge grausiger Zufälle. Und wenn doch nicht? Ah, was interessiert das, Gedanken, die einem nur kommen, wenn man zu viel getrunken hat. Hast du, aber ... noch nicht genug. Er tastete nach der Flasche, ließ den Schnaps durch seine Kehle rinnen, bis ihn ein Hustenanfall nach vorne riss. So blieb er dann eine Zeitlang sitzen, mit hängendem Kopf, ein stechendes Pochen in den Schläfen. Unser Geheimnis, Betty, mach dir bloß keine Sorgen, alles geregelt. Mehr kann ich nicht tun, und Geld ... ist nicht zu verachten. Nie nicht, ein paar Euro auf dem Konto. Wie spät? Zu spät, um morgen keine Kopfschmerzen zu haben, nicht zu ändern, auch das nicht. Brockmann stellte die Flasche, die er noch in der Hand hielt, auf den Tisch zurück und wankte ins Schlafzimmer, gegen Möbel und Türrahmen stoßend.

* * *

Im Schein von Neonröhren saß Salka Micheluzzi auf einem Drehhocker vor einer weißen, von der Decke des Studios hängenden Zwischenwand, an der mit Magneten großformatige Fotografien befestigt waren, die sie in den letzten Monaten gemacht hatte, Behausungen von Illegalen, Matratzen, Gaskocher, selbstgezimmerte Regale, Müllsäcke mit Kleidern, Wäsche, anderen Habseligkeiten. Eine Freundin, die bei einer Hilfsorganisation war, hatte ihr geholfen, Zugang zu den Menschen (und Räumen) zu finden, schau, Roberta, du kennst mich, du kennst meine Arbeit, das hat nichts mit Voyeurismus oder Sensationsgier zu tun, und ich, ich verstehe deine Bedenken, aber glaub mir, es geht allein darum, über die Dinge, die Settings, von Menschen zu erzählen, für deren Schicksal wir die Verantwortung tragen, wir alle hier, als Profiteure des globalen Kapitalismus, und deshalb ... das wäre mein Vorschlag, hatte sie zu Roberta gesagt, würde sie ein Drittel der ihr zustehenden Verkaufserlöse an die Organisation abgeben oder vielleicht an die Flüchtlinge selber, was besser sei, wisse sie nicht, einverstanden?

Aus einem CD-Player donnerte *Low* durch den großen, hohen Raum, der im ersten Stock einer ehemaligen Fabrik in der Nähe des alten Fiat-Werks am Stadtrand lag, *I could live in hope*, was sie wach hielt, die Musik und schwarzer Tee aus einer Thermoskanne neben ihrem Hocker auf dem Betonboden. Wie immer, wie seit ihrem ersten Schuljahr, arbeitete sie auf den letzten Drücker, nachmittags käme der Spediteur, um die Bilder nach Mailand zu bringen, bis dahin müssten die Retuschen trocken sein, und zwar vollkommen, vaffanculo. Sie trug ein Stirnband, an dem eine kleine starke Leuchte befestigt war, die jeden Makel auf den Abzügen deutlich hervorhob, weiße Punkte, Tupfen, die beim Entwickeln entstanden waren und nun überdeckt werden mussten, auf einem niedrigen Rollwagen Aberdutzende Fläschchen mit Retuschierfarben (Warm Sepia, Pearl Grey, Prussian Blue ...), die sie in kleinen Schalen voll destilliertem Wasser ver-

205

dünnte, um dann mit einem Marderhaarpinsel die Fehlstellen an einem Koffergriff, einer verbogenen Gabel, einem Hemd, das an einer Tür hing, auszugleichen. Hätte man Geld (ein vertrauter Gedanke), könnte man endlich einen Assistenten damit beauftragen ... die Zeit läuft, kein Vertun. Irgendwann erhob sie sich und streckte die Arme aus, drehte ihren Kopf im Kreis. Vor ihren Augen flimmerte es. Noch vier Bilder, die sie abzusuchen hätte, noch hundertmal (bitte nicht mehr!) den passenden Farbton aussuchen, pinseln, pusten, Fläschchen verschließen, weiter. Im Kühlschrank war Bier, wäre ein Bier das Richtige? No, no, no, sie hüpfte zu dem Player auf dem Schneidetisch und tippte die Lautstärke bis ganz zum Ende der Skala hoch. Sich umwendend, erblickte sie im Spiegel des nächtlichen Fabrikfensters eine Frau von Mitte dreißig (doch, du siehst so alt aus, wie du bist), durch die Sprossen in zwei, vier, sechs Partien geteilt, mit geballten Fäusten stellte sie die Pose eines Muskelmanns nach und streckte sich die Zunge raus, zerzauste kurze Haare über einem weißen, dunkelgesprenkelten Kittel. Salka, Salka, Salka, warum kannst du nicht ökonomischer sein, in jeder Beziehung? Für die Hochzeitsfotos mehr verlangen, tausendfünfhundert Euro, wenn sie schon dich beauftragen ... was Ausgefallenes, künstlerisch wertvoll, diese Hurenjobs. Sie ließ die Arme sinken und ging zu dem Bild zurück, an dem sie gerade arbeitete. Die Musik (an der Grenze zum Krach, so laut) schien ihre Reserven zu mobilisieren, sie fühlte sich von einer Sekunde zur anderen wieder fit, die Sachen waren gut, hast du gut gemacht. Eine türkisfarbene Wand in einem verlassenen Haus, vor der eine Matratze lag mit einem zerknüllten Schlafsack darauf, rötliches Innenfutter, daneben ein Plastikkanister, in dem sich eine fast schwarze Flüssigkeit befand, Wein ... aber man würde auch an Blut denken. Ohne Mühe erkannte sie auf dem dunklen Untergrund (nichts blöder) bestimmt ein halbes Dutzend weißer Flecken, die zu übermalen wären. Schöne Scheiße. Sie beugte sich zur Seite, um auf dem Rollwagen die geeignete Farbe zu finden. Black Olive ... ja, vielleicht. Sie ließ einen Tropfen mit Hilfe einer Pipette in eine der Schalen fallen, tunkte den Pinsel ein und strich vorsichtig mit der feinen Haarspitze über eine erste Stelle, die nicht fixiert worden war. Und? Super, wie original.

* * *

»Liebst du mich?«, murmelte Ian, während er sich die Decke, die verrutscht war, als Möhle aus dem Bett kroch, wieder ans Kinn zog.

Peter Möhle nickte, flüsterte: »Natürlich«, und schlüpfte in seinen Bademantel, nachdem er ihn von den Dielen gelesen und entwirrt hatte. Dann ging er in sein Arbeitszimmer und schaltete den Computer ein, dann in die Küche, um sich einen Espresso zu kochen. Es war bereits hell geworden, im Hof, auf den Dächern hörte man Vögel tschilpen, das Gegurre von Tauben. Gestern war eine auf dem Fensterbrett vor seinem Schreibtisch gelandet und hatte starren Auges zu ihm hineingeblickt, bis der Wurf einer Streichholzschachtel gegen die Scheibe sie wieder wegrauschen ließ, Ungeziefer, stimmt doch. Er sah zur Uhr über der Tür, kurz vor sechs, immerhin fünf Stunden geschlafen. So zeitig wach zu werden, beinah jeden Tag, seit längerem, war das vielleicht schon eine Alterserscheinung ... wie hieß der Ausdruck, präsenile Bettflucht? Wollen wir nicht hoffen, dachte er, den Inhalt der Kanne in einen Steingutbecher füllend, eigentlich ganz angenehm, sich im Morgengrauen an die Arbeit zu machen und mittags mit dem Pflichtprogramm durch zu sein, anstatt wie früher ... allgemeiner Libidoverlust, was? Nee, kann man nicht von sprechen, von Leiden keine Spur, gelitten hast du damals eher unter deinen Schlafanfällen, Dauerschlaf nach den ganzen Jahren des Herumirrens, keinen Fuß auf die Erde gekriegt, die Mühen der Erkenntnis, dass man auf die richtigen Fragen etwas zu oft die falschen Antworten gegeben hat. Als könnte man, Möhle öffnete einen Ordner mit Mails, den Zufall ausschließen, würde die Geschichte sich nach einem unumstößlichen Gesetz entwickeln, beinharte Dialektik, das war auch so ein Denkfehler. Aber ohne den (und seine Folgen), ohne die Reise nach London (sei ehrlich, du bist aus Deutschland abgehauen, total paranoisch), hätte er nie im Leben Ian getroffen, in dessen Bruchbude der gute Jochen ein Zimmer bewohnte, das nicht viel größer als ein begehbarer Kleiderschrank war ... aber wenigstens aufgeräumt und nicht eine bizarre Gebirgslandschaft aus Taschenbüchern, Zeitungen, Platten, Klamotten wie bei Ian ... dass das mit euch hält, durch alle Auf und Abs, bis heute ... solltest du bei Gelegenheit ein Dankgebet für entrichten.

Er las, was er zuletzt dem Herausgeber einer *War on film*-Anthologie geschrieben hatte, dessen Antwort *(... can't offer more, by no means)*, sagte seine Beteiligung zu, schickte die Mail aber nicht gleich ab. Sondern schloss den Ordner, als würde er die so scheue wie unrealistische Erwartung hegen, im Laufe des Tages (oder des nächsten) könnte doch noch ein erhöhtes Honorarangebot eintrudeln ... Traumtänzer, Kamel, das durchs Nadelöhr will.

Er nahm den Zettel eines Abreißblocks zur Hand, auf dem er sich gestern vor dem Herunterfahren des Rechners notiert hatte, was dringend, weniger dringend, über kurz oder lang, im Prinzip, unter veränderten Bedingungen zu erledigen wäre, Stichworte, hinter denen Zahlen standen, *Booklet/Buongiorno, notte* als die Nummer 3. Versprochen ist versprochen, er nippte am Espresso, zudem ein Meisterwerk, und dass sie dich gefragt haben ... freut dich doch. Eine Gruppe junger Nerds, die tollkühn eine Zeitschrift gegründet hatten (auf Papier!!) und eine Edition für DVDs, an die man sonst nicht herankäme, weil ohne kommerzielles Potential hierzulande, wie Bellocchios Studie über den

Terrorismus, die er vor zwei ... ja, zwei Jahren in Venedig mit englischen Untertiteln gesehen hatte, *Good Morning, Night*, beim Abspann geplättet wie der ganze Saal im Festspielhaus vom Klügsten und Besten, was je zu dem Thema gemacht worden war, ein ergreifendes Kammerspiel (Rom 1978, die Entführung eines Politikers, Moro), dem durch eingeblendete Szenen aus anderen Filmen, Klassikern des revolutionären Kinos, eine ... eine Traumdimension verliehen wird, der Albtraum einer unerlösten Geschichte, in dem die Kidnapper, die zweifelnde junge Frau, rettungslos verfangen sind, mit einem kontrafaktischen Ende, wenn der Gefangene, dessen Würde durch nichts zu zerstören ist, einfach aus der Wohnung geht in eine frühmorgendliche, gänzlich menschenleere Stadt hinein ... was hätte sein können, wenn ... man aufgewacht wäre aus den Bildern einer Vergangenheit, die rächen zu wollen (oder irgendwie fortzusetzen) mit einiger Sicherheit in die Katastrophe führt.

Bis wann? Er kramte in Papieren, Umschlägen, die sich auf einem billigen Metallregal (Bauhaus Hermannplatz) neben dem Schreibtisch stapelten ... hier, die DVD, das Anschreiben der Jungs ... *wäre ideal für uns, wenn Du den Text bis zum 20. fertig haben würdest*. Geld hatten sie keines, Schwamm drüber, es war für die Kunst und ihren Enthusiasmus. Ihre Neugier, ihre Hingabe an solche bestechenden Filme, die einen mitreißen konnte – Widerstände sind dazu da, aus dem Weg geräumt zu werden. Was man mit fünfundzwanzig denkt, im Kampf gegen die Stumpfheit der Welt. Absolut richtig, aber schwer durchzuhalten, auch EINE ARMEE VON LIEBENDEN KANN GESCHLAGEN WERDEN ... sehr simpel. Wo hatte er den Satz gelesen? Egal, vor der Zahl 2 auf dem Zettel (geflissentlich übersehen oder weggeblendet beim ersten Blick) stand: *Seminar Potsd. / 1 Arbeit. korrig.* Stand da wie schon gestern, vorgestern, seit mindestens zehn Tagen ... ist deine Pflicht, gib dir endlich einen Ruck, und du bist schneller damit fertig, als du glaubst. Und wieso schaffst du es nicht mal, ein Kapitel zu beenden, sondern springst von da nach dort ... reine Ausweichmanöver. Das Wort vor der 1 wanderte nämlich unverändert von Zettel zu Zettel und lautete *Buch, Hello, Sister!* sollte es heißen, bescheiden (vor sich selbst, vor Ian, dem Verlag, einer kritischen Öffentlichkeit, wissbegierigen Kollegen) als Anmerkungen zu Erich von Stroheim deklariert. Und selbstredend mehr war, aber vielleicht nistete gerade darin das Problem, wer weiß. Du weißt es, dachte sich Möhle, das reicht.

Die Toilettenspülung gurgelte, nackte Füße trippelten auf Zehenspitzen durch den Flur, die Schlafzimmertür fiel ins Schloss. Am Himmel ein zartes Blau, keine Wolken. Würde ein herrlicher Tag werden, viel zu schön, um am Schreibtisch zu sitzen.

* * *

Wie jeden Morgen nach dem Erwachen (seit wie vielen Jahren schon?) hatte sie eine halbe Stunde kerzengerade auf ihren Fersen gesessen und sich auf ihren Atem konzentriert, bis nichts anderes mehr vorhanden war, den Atem fließen lassen und dabei leer werden, völlige Leere, wie es im Anāpānasati Sutta beschrieben steht. Anfangs hatte sie mitgezählt, von eins bis zehn, einmal beim Aus-, einmal beim Einatmen, um sich durch das Aufsagen der Zahlen von allen Gedanken zu lösen, die einen vielleicht noch oder wieder beschäftigten, Erinnerungen an das, was gestern und vorgestern passiert ist, jene Dinge, die heute zu erledigen wären.

Zu erledigen auf der Ebene des Ich, der Konkurrenz, einer rastlosen (stets vergeblichen) Suche nach Anerkennung. Dem Materiellen verhaftete Strukturen, die keine Bedeutung hatten auf dem Weg zu einer tieferen Einheit mit sich selbst. Ohne Angst und Schuld, Machtstreben, die ganze Kette der Abhängigkeit von einem illusionären Wollen oder Nicht-Wollen. Weder das eine noch das andere, falsche Alternativen, die einem vorgaukelten, Glückseligkeit sei bloß eine Frage der richtigen Wahl, optimaler Entscheidungsfindung, gegebenenfalls mit dem Kopf durch die Wand.

Dabei war es gar nicht notwendig, die Lehrschriften gelesen, immer wieder in Thailand, in Nepal Wochen und Monate in einem Kloster verbracht zu haben, es reichte aus, still dazusitzen und mit geschlossenen Augen auf den eigenen Atem zu achten, nichts sonst, um zu spüren, wie das Bewusstsein sich öffnet zu einem Zustand hin, der dem Menschen normalerweise verschlossen bleibt. Jenseits des Weltlichen mit seiner Gier und Verblendung, dem Götzen *Ich*, ich will, ich muss, ich sollte, Überlegungen, die sich quälend im Kreis drehen. Anstatt den Pfad der Freiheit zu wählen, die paradoxe Weisheit des Nichts.

Bald hatte sie aufgehört zu zählen, alle Sinne auf die Stelle zwischen Nase und Mund gerichtet, über die im Rhythmus ihrer Atemzüge ein linder Hauch strich, bis sie ganz versunken war im Nicht-Denken, kosmischer Inhaltslosigkeit. Was Heidegret Schettler Dritten gegenüber nie so formuliert hätte, wenn ein Gespräch darauf kam und sie nach ihrer Meinung gefragt wurde als jemand, von dem man wusste, dass er bei Mönchen in Asien gewesen war und selbst bestimmte Übungen praktizierte, ob das was bringe, was genau, zu welchem Zweck? Um den ewigen Kreislauf der Zwecke zu verlassen, wäre eine treffende Antwort gewesen, aber meist lächelte sie und empfahl, es einmal zu versuchen, im Liegen, im Sitzen, vielleicht irgendwo draußen, wo es halbwegs ruhig sei, einfach atmen und dem Atmen seine ganze Aufmerksamkeit schenken, weiter nichts. Unnötig, ein Brimborium darum zu machen, etwa jemanden bekehren zu wollen (nichts weniger als das) oder Vorträge zu halten, wohin es einen führen könne, wenn man vollen Herzens den Empfehlungen der Meister, den in den Sutras niedergelegten Erfahrungen folge.

Als hätte eine innere Uhr leise geschlagen, erhob sie sich nach einer halben Stunde von dem Kissen, das sie sich unter ihre Knie gelegt hatte, und ging in die Küche, um Tee aufzugießen. Während der Tauchsieder das Wasser erhitzte, sah sie den Kalender ihres Handys durch, bis zum Beginn des Festivals an Pfingsten war noch viel zu tun, viel zu viel, entspannt bleiben, ja? Heute Telefonate mit der Firma, die die Dixie-Klos vermietete, Catering, Ordnerdienst, die Elektrikercrew. Letzte Verträge verschicken, am Abend Besprechung über die Finanzierung, die finale Weigerung der Stadt, eine Ausfallbürgschaft zu stellen. Als hätte man in dieser Gegend etwas anderes vorzuweisen als diese vier Tage und Nächte Jazz, irgendetwas, das Leute aus den USA, aus Frankreich und England seit dreißig Jahren hierherzöge. Nur die Landschaft ... wenn man ein Auge für sie hat, Empfindungen ... flach wie ein Bügelbrett bis an den Horizont.

Eine Tasse Tee in der Hand, trat sie später aus der Küchentür des alten Bauernhauses auf eine mit Sandstein gefliese Terrasse und schöpfte tief Luft. Wie warm es schon war. In den Sträuchern und Weidenbäumen, die längs eines schmalen Entwässerungskanals die ungemähte Wiese hinter der Terrasse wie ein natürlicher Wall begrenzten, fing sich das Licht der Morgensonne, Bündel von Strahlen, die kreuz und quer durcheinanderschossen. Das Gras schimmerte noch taufrisch, überall reckten sich Frühlingsblumen, Fingerkraut, wilde Veilchen, der erste Mohn. Von fern glaubte sie ein Schiffshorn zu hören, ein verwehtes Tuten ... aber der Rhein war doch zu weit entfernt, oder? Wer weiß ... wer weiß schon was?

* * *

Er hob die Schultern, senkte seinen Blick, um ihr nicht in die Augen zu schauen. Schauen zu müssen.
Sie schwiegen beide, eine Minute? Lange.
»Ich ...«
Die Therapeutin räusperte sich, kaum hörbar.

»Sie hatten Angst.«
»Ich dachte«, sagte Felix Harnack, »ich ... ich halt das nicht aus.«

Er legte die Unterarme auf die breiten Sessellehnen und strich mit den Fingerspitzen über die Wölbungen an ihrem Ende, sein ganzes Gewicht schien in seinen Schoß, in die weichen Lederpolster gerutscht.

»Was denn genau?«, sagte sie mit neutraler Stimme, tonlos.

Harnack spürte eine leichte Übelkeit, es fiel ihm schwer zu schlucken.

»Das ...«

Er stöhnte, sein Kinn sank herab über Kragen und Krawatte.

»Meinen Sie ... versuchen Sie es doch mal zu formulieren.«

»Weil«, sagte Harnack nach einiger Zeit, gegen den Druck in seiner Kehle ankämpfend, »es ist ja so ...«, er verstummte wieder.

»Das Gefühl, das Sie in dem Moment hatten, vorgestern, das nicht auszuhalten war, zeigen Sie mir, wo?«

Er umfasste seinen Hals: »Als würd ich keine Luft mehr kriegen.«

»So ähnlich wie bei diesem Frühstück, von dem Sie mir erzählt haben, eine Art Erstickungsanfall.«

»Man will aufwachen, man kann es nicht, obwohl man praktisch ... man erstickt gerade.«

»Wie in einem Traum.«

»Ja«, Harnack hob den Kopf und sah sie an, es wird immer mehr, als bekäme der Körper Löcher. Durch die dringt alles ein, bestimmte Sätze, Schmerzen.

Frau Kressnik, deren Vorname Madeleine war (eines Tages würde er sie danach fragen), hustete im Sessel gegenüber kurz auf ihren Handrücken, ein ungesundes Rasseln der Bronchien, das ein paarmal während jeder Sitzung erklang (Rauchen tötet), eine hagere Frau Ende fünfzig mit rotgefärbten Haaren, die meist einen dunklen Hosenanzug trug (Bluse oder Rollkragenpullover), keinen Schmuck (außer einem Ehering) und ihm auf den ersten Blick, als sie die Tür des Behandlungszimmers öffnete und mit rauer Stimme »Kommen Sie rein« sagte, nicht sonderlich sympathisch gewesen war, was ist das für eine, dachte er damals, im Herbst (mit dem Impuls, sich sofort wieder umzudrehen), sieht aus wie, wie als würde sie selber, hätte selber, irgendwelche Mittel, Schlaftabletten, Alkohol ... hart.

»Ihre Hand«, sagte Frau Kressnik, »Sie haben ihre Hand noch am Hals.«

»Entschuldigung«, er ließ sie sinken, peinlich berührt, »ich ...«

»Entschuldigen Sie sich nicht, dafür gibt es keinen Grund.«

Harnack nickte, sicher, das hatte sie anfangs (und er hatte es verstanden) zum Ausdruck gebracht, dass in diesem Raum, zwei Stunden die Woche, nichts zu befürchten sei, anders als draußen, wo jedes Zögern eine Schwäche bedeutete, jede Blöße eine Niederlage. Rawumms, bist du weg, verschluckt, verdaut, lächerlich. Nur eine Witzfigur, die in die Tonne getreten wird – sofern nicht gewappnet mit einer Witterung wie Prader, wie Sperl (wo mag der abgeblieben sein?), schlagen, nie fragen. Im richtigen Augenblick einsteigen, sich hochziehen lassen von denen, die es nicht besser wissen, wissen wollen (das Hirn vernebelt von bombastischen Erwartungen), und aussteigen, bevor es über die Klippe geht. Was nichts Illegales war, aber auch nichts, worauf man stolz sein konnte. Eine Geschichte, die es wirklich wert wäre ... statt all der phantastischen Unternehmungen, für die man's Geld besorgt, um Geld rauszuholen, kein sonstiges Interesse. Und dabei ständig diese Angst im Nacken, wieder unten zu landen, ein Schrecken, den man mit immer höheren Dosen bekämpfen muss, bis einem morgens vor dem Spiegel die Hände zittern.

»Ich weiß«, sagte er, »aber irgendwie werde ich das nicht los.«

»Doch«, Frau Kressnik hatte ein Lächeln im Gesicht, »deshalb sind wir hier.«
Harnack drückte sich an den Sessellehnen hoch in eine gerade Haltung.
»Ihnen muss ich ja glauben.«
»Müssen Sie nicht, Sie *müssen* überhaupt nichts.«
Leichter gesagt als getan, dachte Harnack, obwohl er (kein Thema, unbedingt) in den letzten Monaten Vertrauen zu ihr gefasst hatte ... dass sie alle seine Äußerungen ernst nahm und man ihr alles, was einen beschäftigte, erzählen konnte, zuerst stockend, voller Scham, dann, ja, dann ging es besser, auch wenn man Einbrüche erlebte, einem die Worte fast nicht über die Lippen kommen wollten. Ihre erstaunliche Geduld, von Stunde zu Stunde, eher lachte sie auf bei bestimmten Sachen, als irgendwie ... ihn zu tadeln oder ihm gar ins Gewissen zu reden. Begriffen hatte er schon nach wenigen Sitzungen, dass er es selbst zu lösen hatte, seine Geschichte, und sie ihm dabei zur Seite stehen würde, ohne billiges Mitleid, sondern behutsam nachfragend, auf einen Aspekt hinweisend, den er bisher (war das die Verdrängung?) immer übersehen hatte. Ein Gefühl, das ihm zu sehr zu schaffen machte, um es wahrhaben zu wollen oder jemandem davon zu berichten. Das Hin und Her von der Unterbringung zu den Großeltern und wieder zurück (passt, wie in einem Zeitungsbericht), Schläge und so weiter, seelische Schläge, die er weggesteckt hatte, weil es keine Ausflucht gab, einen Menschen, dem man sein Herz hätte ausschütten können. Nur war jetzt der Augenblick erreicht, war im letzten Oktober erreicht gewesen, sich überweisen zu lassen (»Hören Sie mit dem Merlit auf«, hatte sein Arzt gesagt, »ich möchte Ihnen das eigentlich nicht mehr verschreiben«), auch ohne Constanze, die er schließlich erst seit einigen Wochen kannte (dass das mal was wird), weil ... so zu leben, weiterzuleben (Felix, der Pharma-Freak, und abends Hennessy), das will man nicht, auf keinen Fall, nicht du.

»Um was ging es da?«, sagte Frau Kressnik.

»Ich meine, plötzlich kann man nicht mehr atmen ...«

»Das war für Sie neu, in dieser Stärke?«

Harnack nickte. Um was war es gegangen? In dem Moment, als ein krallender Schmerz ihm die Kehle zuschnürte?

»So von links, mein Geschäfts-, Geschäftspartner, als wäre ich nicht anwesend.«

»Herr Prader?«

»Als würde man gegen eine Wand reden, ich sage was, und er ... null Reaktion.«

Er spürte, wie sich ein Widerstand bei ihm regte, unterdrückte Wut.

»Es war ja nicht zum ersten Mal. So von links, von oben herab. Nur ...«

Schweigen. Frau Kressnik schaute ihn an, ermunternd.

»Als würde dann alles hochkommen, verstehen Sie?«

Sie schaute ihn weiter an.

»Von früher, ich weiß auch nicht.«

»Sie haben sich dem ausgeliefert gefühlt.«

»Genau.«

»Nach einer Kontroverse mit Herrn Prader. Darf ich vermuten.«

Kontroverse, dachte Harnack, kann man sagen, aber es war viel mehr, grundsätzlicher, eine Frage, die endlich zu stellen und zu beantworten wäre.

Frau Kressnik schlug die Beine übereinander, er kratzte sich die Wange, sah zur Decke, sagte: »Dass man das Zutrauen verliert. Also, zuerst in die Person und dann allgemein.«

»Wegen geschäftlicher Dinge?«

»Damit fängt das natürlich an«, sagte Harnack, sich plötzlich besser fühlend, der Druck im Hals (überall) war verschwunden, »wenn auf einen nicht gehört wird und man selber zu, ich sag mal, zu schwach ist, um sich dagegenzustemmen.«

»Bei einem Projekt?«
»Bei einem?«, platzte es aus Harnack heraus, er schnaubte grob durch die Nase, verdrehte die Augen. »Könnte ich Ihnen aufzählen, aber das ist nicht der Punkt.«
Er war laut geworden, konnte sich gerade noch beherrschen, nicht zu schreien und zu fluchen. Scheiße zu brüllen, bis die Stimmbänder versagen würden. Er keuchte, trat mit einem Fuß auf den Boden. Mehrfach, dann mit dem anderen.
Frau Kressnik neigte ihren Kopf zur Seite, weder überrascht noch entsetzt, nach einer Weile forderte sie ihn auf weiterzuerzählen. Oder vielleicht ... er habe Zutrauen gesagt, ob er ihr das etwas näher erläutern wolle.
So schwer zu verstehen? Liegt doch auf dem Tisch, dachte Harnack, der Checker hat sein Gespür verloren, alles geht den Bach runter, und ich komm langsam hinter die ganzen Zusammenhänge, vom Psychologischen her. Und zwar von Anfang an, der Abend im Tiffany's damals, als Prader ihn an der Theke fragte, ob er frei sei, jobmäßig, kaum dass sie ein paar Worte gewechselt hatten. Die Rettung, zwei Wochen später wäre er praktisch obdachlos gewesen, raus aus der städtischen Wohnung, in der er Unterschlupf gefunden hatte nach dem Heim (zu alt, mit neunzehn kann man auf eigenen Füßen stehen). Zwölf Jahre war das her, zwölf Jahre, die nicht insgesamt schlecht waren, durchaus nicht (doch einiges beiseitegeschafft, viel gelernt, übers Geschäft und die Menschen), aber auf der Basis eines Verhältnisses, das ihm jetzt mehr als ungesund vorkam, zumal Roland ... als legte er es darauf an, ihm zu zeigen, wer derjenige ist, welcher ... runterputzen, und dann noch vor Susann ...
»Ich verdanke ihm einiges, muss man schon zugeben.«
»Das heißt?«
Etwas zu denken war eine Sache, es auszusprechen, aussprechen zu können, eine ganz andere, oft fast unmöglich. Eine innere Mauer, die nicht zu übersteigen war, selbst wenn sie nur

Kniehöhe hatte. Als wäre man von einer Lähmung befallen, ohne Willen. Immer die zweite oder dritte Wahl gewesen, sich unterordnen, gehorchen, weil sonst die Vernichtung drohte. Harnack seufzte, wich ihrem Blick aus. Dass es so schwer war, auch hier, zu sagen: Ich mach nicht mehr mit, ich hör auf. Als würde er einen Verrat begehen, der nicht zu sühnen wäre. Aber es musste sein, er wusste es, daran führte kein Weg vorbei. So viele Gründe, die er hätte nennen können, von seinem Verdacht, Roland deponiere irgendwo heimlich einen Teil des Geldes, das für anderes (der Eritrea-Wahnsinn) eingesammelt worden war, bis zu der schlichten Tatsache, dass er sich entschieden hatte, seinem Leben eine Wendung zu geben, nach Monaten der Grübelei. Nicht mehr auf diese Art und Weise, die ihm keinen, aber rein gar keinen Fun mehr bescherte, keine Kicks, sondern den Schlaf raubte, die Suche nach Opportunities, Kapitalgebern, Anlagestrategien. Wofür, wozu? Das sollte ihm mal einer beantworten.

»Wie in einer Familie«, sagte Harnack, »der Vater oder der ältere Bruder. Wissen Sie, was ich meine?«

»Wissen Sie's?«

»Nein«, sagte er, die Augen auf seine Hände gerichtet, die er im Schoß gefaltet hatte.

Frau Kressnik räusperte sich (ein unterdrücktes Husten), im Vorzimmer klingelte ein Telefon, das niemand abhob. Versuchen Sie es später noch einmal. Oder hinterlassen Sie eine Nachricht, wir melden uns umgehend. Wie er aus den Socken kippte, als er eines späten Abends die Stimme von Constanze hörte, die ihren Namen nannte und sich ihm in Erinnerung rief, ob man das Gespräch, das so nett begonnen habe, trotz der Umstände, nicht fortsetzen wolle (die Mitarbeiterin des Maklers, auf den sie beide in den Räumen der Immowelt vergeblich gewartet hatten, schwerer Blechschaden), sie würde sich über einen Rückruf freuen, und wenn nicht, sie hatte gelacht, versuche sie es wieder. Was ihm

noch nie passiert war, in diesem Ton, eine Frau. Festhalten und nicht mehr loslassen ...
»Aber Sie stellen sich vor, nehme ich an, dass es so wäre. Ein Vater oder älterer Bruder, dem man sich irgendwie verpflichtet fühlt.«
»Weil er etwas für einen getan hat«, Harnack nickte, »auf Gegenseitigkeit.«
»Ist das die Regel?«
»Müsste doch«, er blickte über ihre Schulter auf einen Kunstdruck an der Wand, farbige Linien und Strichmännchen, Kopffüßler, »der eine schützt den anderen.«
Und zugleich dachte er: Nur ein Wunsch, nicht in Wirklichkeit, heutzutage. Vielleicht vor hundert oder tausend Jahren, bei den Rittern, in Sherwood Forest. Oder auf Sizilien, wenn man dazugehört. Hier ziehen sie dich bei Gefahr einfach nackt aus, und dann noch mit der Handkante ins Genick. Selbst Roland, als wäre man nicht durch dick und dünn ... gemeinsam, bis vor nicht allzu langer Zeit. Und jetzt behandelt er einen wie Abfall, sagt nicht mehr, wo er hingeht, was er plant, mit wem ... und wie man wieder da rauskommen soll, aus dem ganzen Schlamassel. Denn das war es, der Amerikaner (und seine Hintermänner, wenn er welche hatte) sicher nicht jemand, der sich vertrösten ließe mit naturgegebenen Problemen, klimatischen und sonstigen Verhältnissen, an die man sich erst gewöhnen müsse (korrupte Beamte ... Gottchen), so dass substantielle Rückflüsse frühestens im nächsten, übernächsten ... also betrachte man den Markt im Allgemeinen, die Gesamtlage, und was einem noch einfalle an Fadenscheinigkeiten, Mentalität, Logistik, sich hinziehende Vertragsverhandlungen. Würde er ihnen nicht abkaufen, das stand für Harnack fest, nicht er ... als hätte Scherers Tipp (ungewöhnlich genug) nur dazu gedient, sie in Schwierigkeiten zu bringen (glimpflich ausgedrückt). In wessen Auftrag, zu welchem höheren Zweck? Vorgänge, die undurchschaubar waren, wie eine böse Zauberei, Sperl

plötzlich von der Bildfläche verschwunden (in seinem Office Spuren eines Kampfes, ausgerissene Haare), Scherer und Dragan (sehr tot) aus dem Wasser gefischt ... ihm lief es kalt den Rücken herunter, sein Magen krampfte sich zusammen.

»Ist Ihnen nicht gut?«

Er schüttelte schwach den Kopf.

»Entschuldigen Sie, dass ich frage, aber ...«

»Alles gut«, flüsterte Harnack.

Frau Kressnik drehte sich über die Lehne nach hinten, zu einem Beistelltisch mit Gläsern und einer Flasche Mineralwasser. Sie goss ein Glas ein und reichte es ihm.

»Bitte.«

Harnack nippte nur, dann stellte er das Glas neben sich auf den Boden.

»Ich wollte mir eine Wohnung kaufen.« Seine Stimme war fast nicht zu hören.

»Das ist vernünftig«, sagte die Therapeutin.

»Wollte ich.«

Sie sah insgeheim auf ihre Uhr, die Stunde war bald zu Ende (wovor fürchtete er sich noch?).

»Aber ...«, Harnack versuchte ein Lächeln.

»Sie haben sich dagegen entschieden.«

»Derzeit ... ist mir gerade so eingefallen.«

Wie ein Blitz aus heiterem Himmel. Hieß was? Ein Anknüpfungspunkt für die nächste Sitzung, Herstellung eines Kontinuums, durch die Sprunghaftigkeit des Klienten hindurch. Schmerzen, denen er ausweicht.

»Ich würde vorschlagen, Sie denken bis zum nächsten Mal darüber nach, warum. Welche Gründe es gab, die Wohnung nicht zu kaufen.«

»Psychologisch?«

»Ihre Gefühle dabei. Die für den Kauf sprachen und die dagegen.«

»Ich hätte das schon bezahlen können.«
»Was Sie empfunden haben. Eine kleine Liste vielleicht, pro und contra.«

Mit der man vorderhand weiterarbeiten könnte (verschlossene Räume hinter jedem Wort, Geschichten), ohne den Kern des Problems aus dem Blick zu verlieren. Ein integrierteres *Selbst* aufbauen.

»In Ordnung«, sagte Harnack, »kann ja nicht schaden.«
»Glaub ich auch.«

Wenn sie will, dachte er, gleichwohl es die geringste seiner Sorgen war (schien ihm), herauszufinden, was ihn davon abgehalten hatte, emotional sozusagen, den Kaufvertrag zu unterzeichnen, nachdem er ein paar Tage später (dem Makler war bei dem Unfall nichts zugestoßen) die Wohnung doch noch besichtigt hatte. Drei Zimmer, die sein Eigentum geworden wären. Als hätte er vorher um Erlaubnis fragen müssen, nur bei wem?

Während Frau Kressnik Anstalten machte aufzustehen, setzte sich der Gedanke an den Amerikaner wieder in seinem Bewusstsein fest (wenn es überhaupt ein Amerikaner war, seinen Pass hatte er nicht vorgelegt), ein Mann um die fünfzig (schwer zu schätzen, irgendwie alterslos), dessen Gesicht etwas Wettergegerbtes hatte, zum Lesen (ihr Prospekt, die Seniorenresidenzen, ein Investitionsplan) holte er eine schmale randlose Brille aus seiner Brusttasche, obwohl ... konnte man nicht lesen nennen ... eher Seite für Seite überflogen, bevor er unvermittelt eine Summe vorschlug, einen Zeitrahmen.

»Wie immer um neun«, sagte Frau Kressnik, zog die Jacke ihres Hosenanzugs glatt.

Felix Harnack nickte und kam auch aus seinem Sessel hoch.
Was war das für ein Spiel?

* * *

Immer öfter, seit Jahren eigentlich, fiel es ihm schwer, sich zu erinnern. Die Dinge, die sein Leben betrafen, in eine strikte Reihenfolge zu bringen, von einer Episode zur anderen; dass es darin eine gerade Linie gab, eine eherne Chronologie bis ins klimatisierte Jetzt dieses Hotelzimmers hinein, in dem er mit ausgestreckten Armen und gekreuzten Füßen auf einem breiten Bett lag und auf den Roomservice wartete; noch recht benommen, weil (sic!) Ángel nicht davon abzubringen gewesen war, zur Feier des Tages (es wird eine perfekte Aktion werden) den Damen links und rechts (und vorne und hinten) Champagnercocktails zu spendieren, die allen in den Kopf und zentrale Körperteile schossen, zu erstaunlichen Gruppenbildungen befähigend. Die halbe Nacht, dachte Sylvester Lee Fleming, wann er zurückgekehrt war, wusste er nicht mehr ... um fünf? Er spürte, auch ohne sich zu bewegen, jeden Herzschlag als ein Klopfen unter seiner Schädeldecke, in Maßen verärgert, dass er nicht beizeiten den Absprung geschafft hatte. Was zwar menschlich war (hätte er sagen können, die Handflächen in einer verständnisheischenden Geste nach außen gekehrt), ihm als Entschuldigung oder Erklärung aber reichlich ausgelaugt dünkte, inzwischen, sich wie irgendwer von der Straße, irgendein Hanswurst, gehenzulassen bis zur Besinnungslosigkeit. Mochten Ángel und seinesgleichen tun und treiben, wozu immer sie die Gelegenheit hatten, für ihn galt das nicht, eine Frage von Rang und, ja, Verantwortung (na, ist doch so). Vom Speisesaal der Bedford School angefangen, wo ihm Talent und Weitsicht einen Platz am besten Tisch erobert hatten (wann, 1962?), zähes Huhn und steif gewordene Gemüsepampe für den Rest; und solange Sterbliche über diesen Planeten krabbeln, sollte sich daran auch nichts mehr ändern.

Er fühlte sich einfach alt heute morgen, uralt, als hätte er Jahrtausende in seinen Knochen stecken. Flach ausgestreckt vor sich hin dämmernd, tauchten Lichtpunkte, gelbliche Schwaden auf der schwarzen Leinwand seiner geschlossenen Augen auf,

Magellan'sche Wolken, deren Nebel und Sternenhaufen sich langsam verdichteten, zu Formen zusammenballten, die sich da als Ausschnitt einer Landschaft, als Gesicht, am Rand oben als hügeliger Weg mit Bäumen, vorne als Menschenmenge zu erkennen gaben (seltsame Menge, die Lanzen in die Luft reckt), sich nach und nach vom Untergrund lösend, bis eine Flut von Bildern durch sein ramponiertes Bewusstsein brandete, sich drehend, überlagernd, in Teilen verschattet, manches grell herausgehoben wie von einem Scheinwerfer angestrahlt, die panische Miene eines antiken Königs auf seinem Kampfwagen, als er im Schlachtgewühl seines Bezwingers gewahr wird, ein behelmter Kopf auf einer Stange inmitten eines staubigen Zeltlagers (wie ein Schuljunge es sich ausmalt, der Stolz des Empire), ein Mann, der einen teuren Anzug trägt, kniet weinend vor einem anderen, der einen Ordner unter dem Arm hat, in dem sich ein Kreditvertrag befindet (in der Sparkasse einer Kleinstadt, ca. 1964 oder so, die beiden Männer kennen sich aus dem örtlichen Rotary-Club), eine Front zerlumpter Gestalten mit geschulterten Sensen und Heugabeln, ein Galgen, ein hölzernes Wagenrad, durch dessen Speichen die Glieder eines Delinquenten geflochten sind, ein Pergament mit Staatssiegeln, das jemand zerreißt, um die Schnipsel dann in einer Metallschale anzuzünden, loderndes Feuer, das von den heranwirbelnden Bildern eines Demonstrationszuges überblendet wird, ein Streifen Film in Schwarzweiß, auf dem Matrosen auszumachen sind mit ihren typischen Kragen und Mützen, durch zerschlagene Fenster und zertrümmerte Türen einen Palast erstürmend (holterdiepolter), in einem Partykeller tanzende Paare, eng umschlungen, aber nur kurz, für die Dauer eines Wimpernschlags höchstens (rustikales Ambiente ... Mitte der siebziger Jahre etwa), ähnlich kurz Aufnahmen vom Campus einer Universität, Jeeps, Soldaten, gefolgt von einem Bankettsaal, in dem unter voluminösen Kronleuchtern das Geschmeide der Damen, all die Diademe und Colliers, mit dem

Kristallschliff der Gläser, dem Silber des Bestecks, prächtigsten Orden um die Wette strahlt und funkelt, indes das Orchester auf der Empore zu spielen beginnt und sich an der Stirnseite des Saales die Flügel einer hohen Tür öffnen, durch die das Brautpaar schreiten müsste, bevor nach einem Toast des Maître de Plaisir die indische Vogelnestsuppe als erster der Dutzend oder mehr Gänge des Menüs aufgetragen würde, doch stattdesssen bricht ein Trupp Maskierter herein und bildet längs der Wand unter der Empore einen lockeren Viertelkreis, aus dem nach einem Kommandoruf Mündungsfeuer aufblitzt, ebenso von oben, wo eine zweite Abteilung die an den runden Tischen versammelte Gesellschaft ins Visier nimmt (manchmal muss sich *alles* ändern, damit alles so bleibt, wie es ist), Schwaden von Pulverdampf, die nun das Bild verhängen, bis sie ein paar kräftige Windstöße (es war ein regnerischer Tag) auseinandertreiben und den Blick auf einen Trauerzug gestatten, der sich hinter einer fahnengeschmückten Lafette hügelan windet (ein Kriegsheld, den das zivile Leben schwer gebeutelt hatte, oh, die Jagdwaffe), Witwe und Sohn in der ersten Reihe, die Freunde vom Rotary-Club nebst Gattinnen dahinter, ein dummer Unglücksfall, der dazu führte, dass man das Land verlässt und sich jenseits des Atlantiks in einem neuen Leben einzurichten versucht, was einfacher gesagt als getan ist, herausgerissen aus allen Bindungen, die einem bedeutsam geworden waren (nie mehr der Letzte sein vor dem letzten Stück Huhn), na und ... fickt euch, ihr Psychiater und Schwestern und Pfleger, Sozialarbeiter und Jugendrichter, die ihr nichts von der Ordnung wisst, die sich hinter eurer Ordnung verbirgt, nie von dem Magier gehört habt, der vor der Schlacht ein Knochenorakel warf, das den König Dareios auf den linken Flügel seines Heeres beschied, wo doch kein anderer ihn erwartete als der schreckliche Alexander ... dem Zufall menschlichen Wollens enthoben, diesem verklumpten Brei aus Gelüst und Hochmut, krausen Idealen, als wäre die Welt einzurichten, wie's einem beliebt ... und nicht ... zum Wahnsinnigwerden, wo bleibt der verdammte Kellner, Kaffee, Eiswasser? Fleming kam es vor (wie es klopfte in seinem Kopf), als hätte er die Szene schon einmal erlebt, nichts Neues ... aber was sollte das auch sein, das Neue? Nur Verkleidungen, die man im Lauf der Zeit anlegt, um das Publikum zu unterhalten. Ihm etwas zu bieten, das sich seiner Phantasien bemächtigt, tröstet, aufstachelt oder in Ruhe wiegt. Die Wahrheit ist ihm praktisch nicht zuzumuten, *die* eine Wahrheit, deren Teilhaber du bist. Augenzeuge, Antriebskraft. Immer wenn man dich braucht, heute, gestern oder im Dunkel eines längst wieder vergessenen Geschehens. Zusammenhänge, die der Mensch auf der Straße nicht sieht, sich nicht einmal vorstellt. Ein Einzelner vielleicht, dessen Sinne durchlässig genug sind, in einem günstigen Moment ... wie in einem Traum, in dem er die Zukunft erblickt. Als Vergangenheit, die eingetreten sein wird, run if you can ... Fleming rieb sich die Augen, Brennen im Hals, ein trüber Geschmack im Mund. Umstände, die er sich bei Gott hätte sparen können, körperlich (auch du hast einen Körper), denn darum ... darum war man nicht auf der Welt. Zum eigenen Vergnügen. Sondern ... jeder an seinem Platz, um dem Gesetz der Geschichte (nenn es, wie du willst) zu seinem Recht zu verhelfen, clear and concise. Was sonst könnte ein gutes Leben sein? Das darf man ja wohl mal fragen, in aller Bescheidenheit (ihr elenden Narren). Einem Durcheinander ausgeliefert, das nur deshalb nicht im Totalchaos endet, weil ein paar Leute sich drum kümmern und die Risiken, mögliche Fehlentwicklungen, durch ihren Einsatz in Schach halten. Unbestechlich, ein Geben und Nehmen, dem man gewachsen ist oder nicht. Und wenn nicht, für den nötigen Ausgleich wird gesorgt werden (das Prinzip einer jeden Versicherung, die den Namen verdient).

Fleming stützte sich vorsichtig auf und schaute ins Zimmer. Der Drehsessel war umgekippt, seine Sachen überall verstreut. Geldscheine, eine Flasche Antarctica mitten im Raum neben Anzug, Hemd und Socken. Woran er sich nicht erinnern konnte, noch etwas getrunken, sich auf dem Boden sitzend ausgezogen zu haben. Die letzten Stunden der Nacht ein schwarzes Loch, in dem jede Untat begangen worden sein könnte, von dir, dachte er, und du würdest es nicht mehr wissen (ach nee, wer ist das?). Die Chronologie verloren, was ihm (wie zu Anfang dieses Abschnitts geschildert) auch auf sein ganzes Leben zuzutreffen schien, als eine Abfolge von Bedingungen und Kausalitäten, deren unbestreitbarer Endpunkt die Renascimento-Suites in São Paulo gewesen wären. Jahreszahlen mit einem Vorher und einem Nachher, die sich wie in einer Tabelle aufreihen ließen, links das Jahr, rechts das Ereignis, darunter und darüber die anderen, die einen gewissen Wert hatten, für einen selbst, für die Menschheit. Den Toten zur Mahnung, den Lebenden zum Gedächtnis (hahaha ... umgekehrt), sofern sie über etwas Derartiges verfügen oder sich die Mühe machten, ab und an auf den Kalender zu gucken ... Desde 1885 (Hunger, Erschöpfung, der Entsatz noch zwei Tagesmärsche durch die Wüste entfernt. Warum? Weil es sonst keinen Sarkophag aus Marmor gäbe, kein Gedicht, erhebende Gefühle). Und danach, davor? Die Sache in Barcelona war später gewesen, zweifelsfrei, immer falsch beschrieben in Geschichtswerken und Memoiren (als wäre es um kleinliche Rechthaberei gegangen, einen Kampf der Fraktionen), wann? Ungefähr Mitte der dreißiger Jahre des 20. Jahrhunderts, Spanien, unerschöpfliche Quelle für Mythen und sentimentale Erbaulichkeiten. Fleming sank aufs Bett zurück, schloss wieder seine Augen. Besser so. Und 1955? 1985? Im Sommer, Juli oder August, hatte er begonnen, auf eigene Rechnung zu arbeiten, Ángel natürlich dabei, und vom ersten Tag an liefen Aufträge, wenn nicht gar Bittgesuche, in Fülle ein, das Geld für Werbebriefe im Grunde zum Fenster rausgeschmissen ... *we have helped clients make highrisk, high-value decisions for a lot of years ... when leaders face complex questions, they turn to the Fleming Family of Busines-*

ses ... to prevent, respond to and remediate challenging situations ... worin sie die Besten waren, die Effektivsten, mit einer profunden Erfahrung, die sehr viel weiter zurückreichte als der Stoff, der einem in der Schule vorgesetzt wird, höre und staune ...

Sein Handy klingelte, er ließ es klingeln, anscheinend unter dem Haufen Kleidung verborgen. Ángel, Barbara? Außer den beiden hatte diese neue Nummer ... Souza, Angelika auf dem Display in ihrem Büro. Wird man sehen, dachte er, die Dinge müssten laufen, so gut vorbereitet, wie es möglich war. Wie jede Operation ... seit Urzeiten. Obwohl man dazulernt, immer noch, andernfalls wäre man schnell aus dem Spiel, totes Fleisch. Zwei Fehler, und du bist Geschichte, so lautet das Gesetz, causa finita. Aber er beging keine Fehler, ihm einen nachzuweisen hätte aller Heerscharen des Himmels bedurft und wäre doch vergeblich gewesen. Trotzdem, dieses regelmäßige Erwachen aus Träumen (natürlich nicht heute Nacht), seitdem er in São Paulo angekommen war ... hatte was zu besagen? Fast schon Albträume, als wäre er damals, während der Tage in Kent, in Gefahr gewesen, ernsthaft in Gefahr, von einem Schlagstock oder vielleicht sogar einer Kugel getroffen zu werden ... Unfug, ein Verstoß gegen jede Abmachung. Könnte es sein ... etwa wegen Allison? Dass ich nicht lache, dachte Fleming (eine Art Knurren), und wenn sie die ungewöhnlichste (und schönste) Frau weit und breit gewesen wäre (war sie ja), nicht mit mir ... die Akte ist geschlossen und steht im Regal. Wahrscheinlich eine Frage der Organisation, der Termine, die einem im Nacken sitzen, zu viel ... und infolgedessen gerät das innere System in eine leichte Schieflage. Begebenheiten aus der Vergangenheit, die sich verquicken und kaum mehr auseinanderzuhalten sind, all die Jahre ... wer soll sich darin noch zurechtfinden?

Als er, Luft ausstoßend, den Vorsatz fasste, eine Woche oder zwei auszuspannen und in Carmel-by-the-Sea seine Unterlagen zu sortieren (du willst doch schon lange Erinnerungen verfassen), klopfte es.

Es klopfte erneut, Fleming schleppte sich in Unterhosen zur Tür, öffnete.

»Frühstücken Sie mit mir?«

Die junge Frau brauchte einen Augenblick, bis sie ihre Balance wiedergefunden hatte, sie neigte ihren Kopf zur Seite und sagte sehr freundlich:

»Não, muito obrigada.«

»Schade«, sagte Fleming, »ich hab sowieso Kopfschmerzen, wie spät ist es?«

»Halb drei.«

Er zog den Wagen mit seiner Bestellung ins Zimmer.

»Sind Sie sich sicher?«

Sie nickte.

»Und welchen Tag haben wir heute?«

»Thursday ... I assume.«

»Nicht Mittwoch?«

»Donnerstag. Haben Sie noch einen Wunsch?«

»Nein«, sagte Fleming und schloss die Tür.

Was war am Donnerstag? Da war was, hatte er mit der Bank telefoniert? Gegen die Wand des Vorraums gelehnt, versuchte er sich zu besinnen, aber ... schreiben wir es einfach ab, wirklich gute Tage fangen anders an.

* * *

Ins Hotel zurück, sich mit einer Flasche Brandy aufs Bett legen und langsam ins Nirwana abgleiten, wäre ... Unfug, dachte Brockmann, nicht seine Sache, nie gewesen, in keiner Situation (immer: ihr könnt mich alle mal, der Reihe nach), doch blieb die Frage, wie der Abend am besten totzuschlagen wäre, ohne sich auch nur eine Sekunde mit möglichen Hintertürchen zu beschäftigen, einer noch nicht genügend entwickelten Argumentationslinie, die sie über den Tellerrand ihrer Analystenprognosen hinausschauen ließe, im festen Glauben an die Seriosität einer Bürgschaftszusage des Wirtschaftsministeriums der Republik Indonesien (glaubst *du* denn daran ... dass sich das in absehbarer Zeit wieder einjustieren würde?), inwiefern das Treffen morgen so überflüssig, so sinnlos war wie ein Köpper ins leere Becken, also auch jedes vorbereitende Gespräch mit Wayan und seinem Co., die heute abend im Marriott einlaufen wollten, woraus folgt ... dass man zuerst einmal das Handy ausschaltet, wo ist das Ding?, Jacke, und dann, Brockmann blickte sich um, die Vertragskopien und Kalkulationen, die Carla in einer Plastikmappe schön chronologisch zusammengestellt hatte, irgendwo entsorgt, um sie nicht weiter mit sich rumtragen zu müssen ... lächerlich, warum hatten die Idioten überhaupt einen Termin für ihn arrangiert, ihn einen Tag früher kommen lassen, wenn das Ergebnis sowieso feststand, von uns kriegt ihr nix, null, zero?

Am nächsten Ampelmast hing ein Müllkorb, in den er die Papiere steckte, teils zerknüllt, teils zerrissen, nachdem er sie aus dem Klipp gelöst hatte, zum Schluss die eingerollte Mappe, mit den Fingerspitzen zweimal obendrauf, und schon war sie weg. Soll sich die Amsterdamer Straßenreinigung darum kümmern, Coating and Printing all over the world. Aus einer Straßenbahn an der Haltestelle auf dem Leidseplein strömten Menschen auf Brockmann zu, links und rechts vorbei, als wüssten sie genau, wohin sie wollten mit ihren Tüten und Taschen, ihren Einkäufen und Schminksachen und Computern, halb sechs, sagte ihm die Uhr, zu früh, um essen zu gehen (und danach fühlte er sich gerade auch nicht), zu spät ... für was? Sich auf die Schnelle eine Tonne Dynamit zu beschaffen, um das Gebäude in seinem Rücken gen Himmel zu jagen, diesen keilförmigen Klotz, der wie ein gewaltiger Schiffsbug die eine Ecke des Platzes einnahm, gekrönt von einer weithin sichtbaren, grün beschlagenen Kuppel. Fehlte nur noch eine Fahne mit dem Logo von AMRO ... *we offer tailormade cash and liquidity management solutions both at home and abroad* ... was sie aber nicht getan hatten, ein Angebot unterbreiten, das zu verhandeln gewesen wäre – look, a solid emerging company, whose prospects are promising in the mediumterm, selbst ein mehr als deutlicher Verweis auf die fernöstliche Konkurrenz hatte nichts bewirkt, unsere europäische Verantwortung, Arbeitsplätze nicht nur im italienischen Maschinenbau (... was glotzt ihr so?, hatte er mit zusammengebissenen Zähnen gedacht, wenn *wir* den Auftrag nicht buchen, sitzen da morgen die Chinesen, lässt euch kalt?, na denn, good-bye, nice talking to you, ich darf mich empfehlen).

Ohne Idee, in welche Richtung er sich wenden sollte, steckte er die Hände in die Taschen seines kurzen blauen Trenchcoats und ballte die Fäuste, Straßenbahnen zogen an ihm vorbei, Radfahrer, Fußgänger kreuzten seinen Blick, an der Fassade des Stadttheaters gegenüber hing eine große Werbetafel, auf der *Drie Zusters* angekündigt wurde, van Tsjechov, in de regie van Ivo van Hove, darunter ein Szenenbild mit einer Gruppe von Schauspielern in einem Salon, der einigermaßen demoliert war, Tischdecke halb am Boden, eine Kommode mit herausgerissenen Schubladen, ein umgekippter Stuhl. Schönes Chaos, dachte er und marschierte los, vielleicht eine Runde durch den Park, der hier irgendwo in der Nähe sein musste, und dann mal gucken. Was gucken? The future, Brockmann schnitt eine Grimasse und schüttelte den Kopf, wofür man sich ins Zeug legt ... in Ermangelung besserer Einfälle. Was eintreten würde, sollte, könnte, die Unzahl Gedanken, die man sich unweigerlich macht, wenn es um etwas geht, das man für besonders wichtig hält. Ziele, Wünsche, porca madonna (lausige acht Millionen Euro, die modernste Beschichtungsanlage, die auf dem Markt ist, Qualität von Basaldella S. p. A.). Wer weiß, wo man angekommen wäre, hätte man vor allen Entscheidungen eine Münze geworfen und sich ohne

Überlegung jedes Mal der Willkür von Kopf oder Zahl unterworfen, dies studieren oder das, da oder dort, noch ein Getränk oder ins Bett (und mit wem), eine Verabredung einhalten oder absagen ... Petitessen mit Auswirkungen, letzten Endes aber die äußerste Freiheit, die man hat, rein philosophisch betrachtet. Du Philosoph, ein bisschen neben der Spur, wie? Er zog ein Päckchen Zigaretten, ein Feuerzeug aus dem Mantel und drehte sich gegen den leichten Wind, um die Fluppe (hast du 'ne Fluppe für mich?) in der hohlen Hand anzuzünden. Wo sind wir? Rechts vor ihm lag ein langgestreckter Bau aus rotem Backstein, der Ähnlichkeit mit einer Kirche hatte, aufgereiht klebten Plakate an der Eingangsfront unter den hohen Fenstern, im Portalbogen eine alte, mehrflügelige Holztür, über der DE VRIJE GEMEENTE ins Gestein gemeißelt war ... kennt man das nicht? ... oh Gott, ja, die beiden Schwedinnen ... the name is Paradiso, it was a church but now it's a discotheque, do you join us tonight?

Als Brockmann den Eingang passierte, kam ihm kurz der Gedanke hineinzugehen, wenigstens ins Foyer, aber wozu, die Tage waren vorbei, und von Sehnsucht nach irgendwas fühlte er sich nicht geplagt. Jugend. Versäumnisse, die man bedauert, weil sie nicht mehr zu korrigieren sind. Ihre Einladung, sie in Schweden zu besuchen, weder angenommen noch ausgeschlagen zu haben, sondern den Brief einfach nicht beantwortet. Brigitta ... und die andere hieß ... wie heißen Schwedinnen noch, Ingrid? In diesem verranzten Sleep In, dessen größte Errungenschaft ein Videospiel im Aufenthaltsraum war, weiße Balken, die man mit Drehknöpfen rauf- und runterbewegen konnte, um den dahinsegelnden Ball zu treffen, pong, pong ... bekifften Kopfes eine echte Herausforderung. Wie erst heute (so zugedröhnt), bei den moderneren Sachen am Rechner, komplexe Koordinationsleistungen in phantastischen Landschaften. Nur eine utopische Vorstellung zu jener Zeit ... Mailen und Scannen, Fotos als Elektronenblitze über riesige Distanzen. Hätte sie ihm damals eine Mail geschrieben oder zwei oder drei (hier wohne ich, mein Zimmer, meine Aussicht), hätte er reagiert? Weil der Aufwand geringer gewesen wäre, als sich mit einem Kuli in der Hand das Hirn zu zermartern, alles wieder durchstreichen und neu anfangen, bis man's bleiben lässt ... dear Brigitta, I often think of the days in Amsterdam and I would be very glad to visit you ... und schon würde man ein anderes Leben geführt haben, haben können, keineswegs auszuschließen. Aber wahrscheinlich ist das nicht, dachte Brockmann (falsch, zurück, zum Park geht's durch diese Passage zwischen den Häusern), als hätte er in Schweden (war es Falun?) oder sonstwo auf der Welt seine Pläne geändert, sich plötzlich für ... für Pharaonenkunde zu interessieren begonnen und wäre in Bibliotheken untergetaucht, Türme von Büchern vor der Nase. No way, er wollte Geschäfte machen, herumfliegen, von Madrid bis Sidney. Sich von niemandem reinreden lassen. Ein Gehalt im sechsstelligen Bereich, was vor zwanzig, dreißig Jahren eine ganze Menge war und nicht viele einfuhren (ohne Prämien), internationale Top-Seller. Zu Haus' in Sheratons und Marriotts, im Peninsula mit Blick übers Wasser auf die nächtliche Skyline von Hongkong Island, wie aus einem Raumschiff auf die Milchstraße, grandios. Das und nichts anderes hatte ihm immer vorgeschwebt, Teil einer Bruderschaft, die in klimatisierten Lounges auf den Aufruf ihrer Flüge wartet, Stahlwerke, Pipelines, Gasturbinen. Und dann sammeln, sich etwas zulegen, dessen Wert mit alltäglichen, mit materiellen Maßstäben nicht zu erfassen ist, ein Blatt von Pettibon, eine fein linierte Bleistiftskizze von David Hockney, die in Händen zu halten und aus der Nähe zu betrachten für ihn eine Art Zauber bedeutete ... dass da mehr war als eine Verkettung von Zahlen und Fakten, eine tiefere Wahrheit. Wie er heute sagen würde, um zu erklären, warum er die Zeichnungen gekauft hatte, anfangs ohne System, später in dem Bestreben, einzelne Werkabschnitte zusammenzubekommen, ein Jahrfünft, ein Jahrzehnt dieser oder jener künstlerischen Arbeit ...

Halt mal, Straße. Jenseits der Fahrbahn das Tor zum Park, Brockmann warf die Zigarette in den Rinnstein und ging hinein ... Bald übertönten Vogelstimmen aus den Bäumen und das Quaken von Enten die Geräusche der Stadt, dann war ein Zirpen zu hören, als säßen Grillen in den Sträuchern (was doch unmöglich war, wir haben Mai, sind im Norden Europas), wurde stetig lauter, je weiter er in den Park hineinging. An einem der Teiche, dessen Ufer dicht mit Schilf bewachsen war, setzte er sich auf eine Bank und verschloss mit den Handflächen seine Ohren. Wie ein Irrer ... hilft's? Es half, die Gespenster (oder was immer dahintersteckte, wirst du verrückt?) zeigten ein Einsehen und ließen von ihm ab ... nicht wie in Zürich am See (dieses gleißende Licht), in Mailand vorgestern, als er den Eindruck hatte, in seinem Kopf tobe ein schweres Unwetter, teuflischer Krach von ... von außer Rand und Band geratenen Synapsen, Synapsenverschwörung, eh, Brockmann, er senkte seine Hände wieder, geh zum Arzt und lass dich durchchecken, ist vielleicht doch mal an der Zeit in deinem Alter, fehllaufende chemische Prozesse ...

Um ihn herum Grün in allen Schattierungen, die Frühjahrsbeete in ihrer ganzen Farbenpracht, die Rasenflächen gesprenkelt mit gelben und violetten Blümchen, der Anblick fast zu schön, um den Gedanken haben zu können, sich daraufzulegen ... oder im Schneidersitz, die ausgemergelten Yogatypen, die monatelang in Indien gewesen waren ... überall hingen Shitschwaden in der Luft, Trommelklänge von irgendwoher (so sicher wie das Amen in der Kirche), den Kopf in Brigittas Schoß gebettet. Worüber hatten sie gesprochen? Hobbys, musikalische Vorlieben? Do you know *Papa was a Rollin' Stone*? *The Temptations*, eine Soul-Band ... was hörte Brigitta? Als wenn man das noch wüsste, selbst ihr Gesicht, ihre Figur ... nichts Unvergessliches. Nur dass sie Nadel und Faden dabeihatte, im Rucksack, und ihm abends den Sticker auf die Hose nähte, den er sich bei einem der fliegen-

den Händler gekauft hatte, Today is the first day of the rest of your life ... Junge, Junge, Junge, wie originell ...
Er streckte die Beine aus und machte die Augen zu. Er war müde, um halb vier aufgestanden, nach Mailand zum Flughafen gefahren, den Mietwagen abgegeben, in Amsterdam ins Hotel, beim Lunch die Mappe durchgeblättert und sich eine Gesprächsstrategie überlegt, Rahmenbedingungen, auf die man hinweisen sollte, die Reformpolitik der neuen Regierung, der angekündigte Währungsschnitt, Vorverträge mit den Thailändern, einem australischen Hersteller von Lkw-Planen (na gut, Letters of Intent, aber besser als nichts), die über die Jahre doch sehr guten, nein, vorzüglichen Erfahrungen mit indonesischen Partnern, die Aufbruchstimmung im Land (trotz Tsunami usw. oder gerade deswegen), an atmosphere of departure, wie sie im Buche steht (im Lexikon), also, alles in allem, günstigste Voraussetzungen für ein Engagement von ABN AMRO, dessen Größenordnung ... okay, Sie wissen, was wir brauchen, Sie haben's, jetzt springt, ihr ... ihr Kolonialwarenhändler, triefäugigen Knickerbocker ... Brockmann rutschte langsam zur Seite, bis sein Oberkörper auf der Parkbank lag, dann nahm er die Beine hoch und steckte seine Hände zwischen die Knie. Mann in Park auf Bank, hat der ein Problem? Geldsorgen? Ach was, ein bisschen erschöpft von einem anstrengenden Tag, ruht sich kurz aus ...
Es dämmerte, als er die Augen aufschlug, sein Nacken schmerzte. Wie lange hatte er geschlafen? Lange und fest genug, um geträumt zu haben, in Hongkong war er gewesen, bei dieser Veranstaltung mit Peps vor einigen Jahren, allerdings überreichte ihm Peter plötzlich das Mikrophon und gab ihm zu verstehen, an seiner Stelle das Referat fortzusetzen, bevor er sich ans Publikum wandte und ihn als seinen alten Freund Brocki vorstellte, was Gelächter hervorrief, dann Beifall, der nicht enden wollte, bis der Boden zu wackeln begann und die Leute anfingen zu schreien, earthquake, earthquake, und aus dem Saal rannten.

Brockmann zog die linke Hand zwischen seinen Knien hervor ... fast acht. Er richtete sich auf und strich über die Schöße seines Mantels. Außer ihm schien kaum einer mehr im Park unterwegs zu sein, zumindest hier, wo er gelegen hatte. Und wenn schon, dachte er in einem Gemenge aus Eigensinn und Gereiztheit, it's none of your business. Was man sich so zusammenträumt, was das zu bedeuten hat. Nichts, er stand auf und ging zurück zum Tor, zur Straße ... links oder rechts? Die eine Richtung so gut wie die andere, irgendwo landet man immer. Er atmete tief durch, avanti.

* * *

Als er vor sich die rote Eingangsmarkise des Marriott sah, in dem Mister Wayan und Mister Soundso jetzt wahrscheinlich auf ihn warteten, beschleunigte Brockmann seinen Schritt, er musste einen Bogen geschlagen haben über den Leidseplein, Nickerchen im Park, und wieder zurück ... aber er würde den Teufel tun und das Hotel betreten, um den Abend an der Bar mit den beiden zu ertränken. Weiter im Text, dachte er, weiterlaufen, im Licht der Scheinwerfer, die durch die heraufziehende Dunkelheit schossen, der Schaufenster, erstrahlender Ladenschilder an den Fassaden. Dann mehr und mehr Wohnhäuser, die ihr Inneres dem Blick preisgaben, Esszimmer, Küchen, Couchgarnituren, als wären Vorhänge oder Rollläden Zeichen eines Verdachts, den es durch maximale Offenheit zu zerstreuen galt, nichts hierdrin, was anstößig wäre, ein Mann, der in einer Zeitung blättert, Mann und Frau vor dem Fernseher. Wie eine Miniaturwelt (Phantasia-Land), die durch irgendeinen Zauber Normalmaß angenommen hatte. Schon bei den ersten Fahrten zum Einkaufen nach Venlo (Kaffee, Tanken, Zigaretten, Zeug in Dosen, selbst verzollt alles noch billiger als in Deutschland), von Geschäft zu Geschäft mitgeschleift auf der Suche nach dem günstigsten Angebot (obwohl man doch nicht Armut litt, kein bisschen), war es ihm so vorgekommen, als betrachte man ein Modell, Kulissen mit Wänden aus Holz oder Plastik, auf das man Mauerwerk gemalt hatte. Vielleicht, weil man in die Häuser reingucken konnte wie in Puppenstuben, das Gesicht in der Dämmerung eines Herbst- oder Winterabends gegen die kühle Wagenscheibe gelehnt ... beinah jede zweite Woche, bis er es endlich durchsetzte, auch zu Hause bleiben zu dürfen ... was Frieder und Elke gar nicht recht war und sie ihn handgreiflich spüren ließen. Eine Tortur, diese dreißig Kilometer Bundesstraße (er konnte die Ortsschilder auswendig hersagen), ständig ein Kotzgefühl auf dem Rücksitz des Diesel-Mercedes. Später (wo laufe ich eigentlich rum?), zehn Jahre später (was ist das schon?), bewältigte er die Strecke freiwillig (ebenfalls jede zweite Woche, haha), per Zug, Mitfahrgelegenheit oder eigenem Auto (mit achtzehn ein mehr als gebrauchter Ford Escort), um in entsprechenden Lokalitäten seine Cannabisbestände aufzufrischen.

Bist mal ein richtiger Kiffer gewesen, dachte Brockmann, Hände in den Manteltaschen, gestehe ... jawohl, Herr Amtsrichter, ich will es auch nie, nie wieder tun. Obwohl ihm das erspart geblieben war (im Unterschied zu Rinsi, den sie bei einer Razzia im Black Horse hopsgenommen hatten, Dope in einer Streichholzschachtel), Anzeige, Verhandlung, Jugendstrafe (kurz vor dem Polizeieinsatz nach Hause gefahren, der siebte Sinn). So weit war Holland das Paradies gewesen ... von wegen Einstiegsdroge, irgendwann hat man's einfach gesteckt, hatte sich der Reiz verflüchtigt. Der Reiz (kann man dazu Reiz sagen?), sich auf einem Zeltplatz an der Nordsee ausschließlich von dicken Joints und Bier und Frikandel speciaal zu ernähren – ein paar Tage länger, und man hätte Symptome von Skorbut entwickelt. In Vlissingen, in dem Jahr (oder?) vor der Begegnung mit Brigitta, Today is the first day ... auch egal, Jacke wie Hose.

Die Straße ... eine langgezogene Kurve, auf der anderen Seite Bäume, dahinter ein Kanal, ankernde Jollen, die erleuchtete

Kajüte eines Hausboots ... wie heißt das hier? Als er die nächste Kreuzung erreichte, sah Brockmann die Hauswand hoch, Nassaukade. Überflüssiges Ballastwissen, hilft nicht, geh weiter. Tat er auch, doch schon nach wenigen Metern verwandelte sich auf einmal der Druck, der seit Stunden in seinem Knie zu spüren war, in ein Stechen, das jeden Schritt zu einer unangenehmen (qualvoll wäre zu viel gesagt) Angelegenheit machte. Außer er versuchte, das linke Bein nicht mehr beugen, als wäre es steif, Holzbein, wie ein Kriegsversehrter. Dieser Deutschlehrer, ein Doktor ... *Die Judenbuche*. Er hielt an, rauchte, aber der Schmerz kehrte zurück, als er sich wieder in Bewegung setzte. Tadellos, das Tüpfelchen auf dem i. Aus einem Schaufenster fiel Licht auf den Bürgersteig, Leute saßen hinter der Scheibe, ein Restaurant. Im Windfang hing eine Speisekarte, auf der in graphisch kunstvoll verwackelten Buchstaben Blue Pepper stand, darunter eine kurze Liste von Gerichten, zwei Menüvorschläge, eine Rijstafel: The Sultan and I. Ein Edel-Indonesier mit saftigen Preisen, genau das, dachte Brockmann, was dir zu deinem Glück noch fehlt. Andererseits ... Gegrilde Canadese St. Jacobsschelpen, saus van saffraan, sinaasappel en macadamianoten, das las sich nicht schlecht, sein verrecktes Knie brauchte dringend 'ne Pause, und ein Ziel, pass mal auf, Brockmann, ein Ziel hast du nicht. Solltest du jemals eins gehabt haben, über die üblichen Klischees hinaus. Wie auch immer, eins sollte dir klar sein, langsam, aber sicher nähert sich der Zeitpunkt, wo die Sache anfängt heikel zu werden, oder glaubst du, du bist unsterblich? Gestern noch auf stolzen Rossen, heute durch die Brust geschossen, die alte Leier. Wie viele Versuche gibst du dir noch? Nimm's mir nicht krumm, nur eine Frage, eine kleine, ganz bescheidene Frage. Münze werfen? Hast du doch vorhin drüber nachgedacht, also?

Zahl, Zahl hieß das Lokal betreten, er steckte das Ein-Euro-Stück wieder in sein Portemonnaie, das Portemonnaie zurück in seine Hosentasche und zog forsch die Tür auf.

Ein Kellner, wie aus der Tiefe des bläulich schimmernden Raumes herbeigebeamt. Er sei allein, sagte Brockmann, yes, good evening, nein, reserviert habe er nicht. Der Mann drehte sich um, als hielte er Ausschau nach einem Platz, aber alle Tische schienen besetzt zu sein. Sah so aus, zudem war das Restaurant nicht groß, weiß Gott nicht. Ein wenig schlauchartig, indirekte Beleuchtung, schick. Die blaugrünen Wände hatten Nischen, in denen schlanke Glasvasen mit einzelnen Blumenstängeln standen, Zen-Design, was? Machte sich immer gut, unaufdringliche Eleganz in der kleinsten Hütte. Zu klein, addio. Oder glaubt er, durch die Kraft seines Blicks einen Platz freihexen zu können? Hinweg mit euch, dieser Gast hat's dringender nötig ... Brockmann trat neben den Kellner und sagte, dass er beim nächsten Mal vorher anrufen würde, sorry ... thank's a lot. Aber der Indonesier reagierte nicht, sondern ... stierte auf eine Frau herab, die an einem kleinen Tisch gleich hinter dem Eingang saß, das andere Gedeck schon fortgeräumt. Weil niemand mehr käme, mit dem sie zum Essen verabredet wäre, nein, nein, dachte Brockmann und berührte den Kellner am Arm. Wollen wir nicht, er schüttelte den Kopf und bedankte sich noch einmal, als die Frau plötzlich von der Karte in ihren Händen hochsah: Habt ihr beiden ein Problem? Please, no, sagte Brockmann, next time, dann blickte er die Frau an, eine entschuldigende Miene im Gesicht. Doch sie ... wies mit einer so flüchtigen wie bestimmten Handbewegung auf den Stuhl gegenüber. Haben Sie sich nicht so, ist mir egal, wir müssen uns nicht unterhalten. Und schon bemächtigte sich der Kellner seines Mantels (jeder weitere Widerstand zwecklos), ein zweiter brachte (wie geschmiert) Teller, Besteck und Gläser auf einem Tablett herbei, sagte: »Take your seat, Sir«, indes er den Platz einzudecken begann und Brockmann sich setzte ... oder sagen wir, sich niederließ, gegen seinen Willen, so, so aufdringlich ...

Als wäre da niemand, las sie jetzt wieder in der Karte, schaute einmal auf ihr Handy, das neben einem Martiniglas lag (sofort bestellt und halb getrunken), dann drehte sie die Karte um und reichte sie wie selbstverständlich über den Tisch.

»Recommend me something.«

Der entschiedene Ton ihrer Stimme, der Aufforderung, ihr etwas zu empfehlen, riss ihn mit einem Schlag aus seiner Verlegenheit (oder stürzte ihn noch tiefer hinein, bis er sie in einem Affenzahn durchquert hatte – was ein und dasselbe ist), »I think«, sagte Brockmann, »this sounds appetizing ... Saint Jacob's ... schelpen are mussels, right?«

»Muscheln, ja.«

»Hört man das?«

»Was?«

»Dass ich Deutscher bin.«

»Nicht wirklich«, sagte die Frau, die blond war, irgendwie aschblond, Haare nicht sehr sorgfältig hochgesteckt, »eher ... ihr Verhalten.«

»Daran haben Sie das erkannt?«

»Weiß ich nicht. So ein Instinkt.«

»Sie sind aber auch keine ... *Hollandse*.«

»Ik heb een duits paspoort. Van de Bondsrepubliek.«

»Ich kann nur drei Worte. Ch-ollant.«

»Immerhin«, sie leerte ihr Glas, »mehr als die meisten.«

»War das ein Martini?«

Sie nickte. »Bestellen Sie sich was anderes, der ist lau.«

»Haben Sie Lust auf Muscheln, gegrillt?«

»Okay.«

»Und dann ...«

»Sie suchen aus.«

»Saté, was mit Lamm, den Rest verstehe ich nicht.«

»Tippen Sie einfach mi'm Finger drauf.«

Sie drehte sich nach dem Kellner um, gab ihm ein Zeichen.

»Two Martinis«, sagte Brockmann, als er an ihrem Tisch war, »with a generous shot of gin, you know?«
Keine Regung.
»And then the scallops, for both of us. And this ...«
Der Mann beugte sich ein wenig vor, um zu sehen, worauf Brockmann jeweils deutete, dann nahm er die Karte entgegen, ihr Glas vom Tisch und ging wortlos.
»Trinken Sie Wein?«
»Weißwein, bitte.«
White wine with the fish, dachte Brockmann und sah nach unten, weil er grinsen musste, sehr, sehr albern. Am Rand seines Blickfelds griff sie nach ihrem Handy und verstaute es in einer großen Tasche mit langen Riemen, die sie anschließend wieder auf den Boden stellte. Ihre Nägel waren lackiert, tintenfarbig. Als sie einen Blusenärmel aus der Kostümjacke zupfte, hob er seinen Kopf ... um zu entdecken, dass sie ihn beobachtete, die ganze Zeit schon? Ein Mann mittleren Alters (bis wann wird man mittelalt genannt?), der in Geschäften unterwegs ist, Termin morgen, da sonst in Begleitung. Geschäftsreise, weil ... wie ein Tourist wirkt er nicht. Und sie?
Der andere Kellner brachte die beiden Martinis.
»Das ging ja schnell«, sagte Brockmann, »na denn.«
»Ob der gut geschüttelt ist?«
»Gerührt.«
»Probieren wir mal. Cheers.«
»Himmel«, entfuhr ihm nach dem ersten Schluck.
Sie setzte das Glas ab und strich sich mit den Zeigefingern von unten gegen die Augen, als wollte sie Tränen wegwischen.
»Doch ...«
»Wir klagen nicht.«
»Auf keinen Fall«, sagte sie, »der ist ordentlich.«
»So kann man das ausdrücken.«
Sie lehnte sich in ihren Stuhl zurück, knabberte (nervös?) an

der Unterlippe, während ihr Blick umherschweifte. Hatte sie jemanden erwartet? Um dann mit dem erstbesten vorliebzunehmen, der sich in den blauen Pfeffer verirrt. Abseits vom Schuss, vom Ameisenpfad, Frau allein an einem reservierten Tisch. Nicht wesentlich jünger als er, lass es fünf, lass es acht Jahre sein. Eher fünf, dachte Brockmann, kaum mehr. Falten um die Augen, Lachfalten, wenn man charmant ist. Groß, energisch, ja, attraktiv. Auch der breite Mund, zwei kleine Kerben um die Lippen. Und hatte Humor, auf derselben Wellenlänge, so eine Erfahrung.

»Wollen Sie wissen, wie ich heiße?«

»Ja«, sagte sie, kam wieder vor und stützte sich auf die Unterarme.

»Jochen Brockmann.«

Sie sahen sich schweigend an, bis sie beide lächeln mussten, sich abschätzend, da sind wir nun.

»Angelika Volkhart«, sagte die Frau und nippte an ihrem Martini.

Brockmann trank auch, einen größeren Schluck. Dann, nachdem er sich geräuspert hatte, der Gin brannte in seinem Hals:

»Sie ... leben in Amsterdam, essen gern indonesisch, und hinterher ... nehmen Sie irgendwo noch einen Drink.«

»Sie sind ja ein Hellseher.«

»Wäre vielleicht eine Alternative gewesen. Zu spät.«

»Für was?«

»Job-Training. Umschulen.«

»Aber das kann man nicht lernen«, sagte sie (Angelika), »so was hat man im Blut.«

»Ich weiß«, sagte Brockmann, »ich hatte geraten.«

»Soll *ich* mal raten?«

»Klar«, sagte er und setzte sich aufrecht hin, »brauchen Sie mich auch im Profil?«

Sie schüttelte unmerklich den Kopf, Ellbogen auf dem Tisch,

das Kinn auf die Hände gelegt. Was sähe sie? Tja, ein hageres Gesicht mit zwei vertikalen Einschnitten in der Mitte der Wangen, sehr kurzgeschnittene, angegraute Haare, die kaschieren sollten, der Schnitt, was man früher Geheimratsecken nannte, obendrauf sich inzwischen allerdings auch ausdünnend (leider), agile braune Augen, alles halbwegs, nein, das darf man ruhig sagen, rundum gut proportioniert, Nase, Mund, männlich (was gibt's da zu lachen?), international (natürlich), kein Loser (überhaupt nicht), hat in Amsterdam was zu verhandeln (gehabt, gehabt, gehabt).

»Entweder das Lokal wurde Ihnen empfohlen, Hotelportier, Travelguide, oder ... der Zufall hat Sie hergeführt, Sie sind einfach nur rumgelaufen, bis Sie hier in der Gegend waren. Die absolut uninteressant ist, links ein Teeladen, rechts ich weiß nicht was, ansonsten Wohnungen. Richtig?«

»Kann man reingucken, erstaunlich.«

»Also richtig. Da ich nicht glaube, dass irgendein Reiseführer von irgendwoher das Blue Pepper gelistet hat, stellt sich ja die Frage, warum. Warum rennen Sie so, so ziellos rum? Sie denken nach. Man denkt nach und achtet nicht mehr darauf, wo man landet. Schließlich kommen Sie hier vorbei und, Lösung hin, Lösung her, etwas zu essen kann nie schaden.«

»Sind Sie Psychologin?«

»Ich zähle eins und eins zusammen, und das Ergebnis ist ...«

Sie sah ihn auffordernd an, über den Tisch gebeugt, und Brockmann musste sich beherrschen, sich nicht ebenfalls vorzubeugen und sie ... was denn? Zu küssen? Er trank in einem Zug den Martini aus, es rauschte in seinen Ohren, nichts mehr zu hören von den anderen Tischen, Porzellan, Messer und Gabel, Gespräche. Das marmorierte Blau der Wände ein einziges glühendes Flackern, nur ihr breiter, leicht geöffneter Mund ... Er schluckte, strich sich mit der flachen Hand ein-, zweimal über die Schläfe.

»Wir haben noch keinen Wein bestellt.«
»Weißwein.«
»Was Spezielles?«
Sie verneinte kopfschüttelnd, befeuchtete mit der Zungenspitze Mundwinkel und Lippe.
»Ich hatte keine Lust, ins Hotel zu gehen.«
»Wo wohnen Sie?«
»Im Marriott, dieser Bunker hinter dem Leidseplein.«
»Was denken die sich bei so was?«
»Nichts«, sagte Brockmann (die Geräusche des Raumes waren wieder da), »beziehungsweise, wie kriegt man möglichst viele Zimmer auf dem Grundstück unter?«
»Rauchen Sie?«
»Immer noch.«
»Würden Sie mir eine anbieten?«
»American Spirit.«
»Kommen Sie, gehen wir vor die Tür.«
Doch eine Stimme sagte: »The scallops«, und zwei Kellnerhände platzierten nacheinander zwei Teller vor sie hin, asymmetrische Teller, die wie verzogen aussahen, mit aufstrebenden Ecken, die Saffransauce in Sichelform um das Muschelfleisch, eine Blüte, Nüsse, Apfelsinenstückchen ausgelegt. Was es für Wein gebe, fragte Brockmann, weißen, und als der Kellner einige Sorten samt Herkunft und Jahrgang nannte (»no, we don't need the list«), hakte sie bei Chardonnay, from Bernardus, California, ein, fügte etwas hinzu, das sich wie lecker kaut (lecker kalt?) anhörte und ein Lidzucken des Mannes hervorrief, als wäre er von einer Beleidigung getroffen worden, die er wegzustecken hätte wie so manche zuvor. Er nickte und verschwand.
Sie begannen zu essen, schweigend, der Wein kam, gut, gut, sie aßen und schwiegen weiter, ab und zu ein Blick von ihr, von ihm, über den Tisch hinweg zum anderen, einmal schauten sie sich länger in die Augen, ohne dass er oder sie versucht hätten zu lä-

cheln, ein kurzes, einverständiges Lächeln, dass es sich um ein Abenteuer handele, das in irgendeinem Bett (Hausflur etc.) enden könnte (oder würde, warum nicht?), Vorspiel zu einer (in der Regel von reichlich Alkohol geschwängerten) Trostlosigkeit (erzähl uns nichts, kennen wir, die mickrige Entelechie solcher Begegnungen auf Geschäftsreisen). Als sie fertig war mit ihrem Teller, hob sie ihr Glas.

»Stoßen wir an.«

»Haben wir noch gar nicht.«

Der zweite Kellner räumte ab.

»Wünschen Sie sich was.«

»Ich wünsche mir ...«

»Nicht laut.«

Jetzt lächelte sie. Und es war hinreißend. Alles an ihr plötzlich, die hohe, gewölbte Stirn, die nachlässig zusammengesteckten Haare in diesem Un-Blond, ihr (zu) breiter Mund, die Adern auf ihren Handrücken, was soll man sagen ...

»Keine Ahnung.«

»Jeder hat Wünsche. Wenigstens einen.«

»Friede auf Erden.«

»Zum Beispiel. Aber das wünschen Sie sich nicht, vermute ich.«

»Theoretisch«, sagte Brockmann, »wie wir alle.«

»Theorie und Praxis sind zweierlei«, sagte sie, »da weiß ich Bescheid.«

Er schloss für einen Moment die Augen. Schlug sie wieder auf, nickte.

Sie näherten vorsichtig ihre Gläser, bis ein ganz leiser heller Glockenton zu hören war, beide strahlten. Um die Wette, dachte Brockmann ... Honigkuchenpferde.

»Geht bestimmt in Erfüllung«, sagte sie, setzte das Glas ab und kreuzte ihre Finger.

Wäre ich mir nicht so sicher, er zog die Flasche aus dem Küh-

ler, der neben dem Tisch stand, und schenkte ihnen nach, oder haben Sie sich schon einmal vier, sechs, acht Millionen an Kredit herbeigewünscht? Aussichtslos.
»Jetzt bin ich gespannt. Was kommt.«
»Ich auch«, sagte Brockmann, »ich weiß überhaupt nicht, was ich bestellt habe.«
»Fragen oder schmecken?«
Die Entscheidung wurde ihnen im Nu beim Auftragen der Teller und Schalen abgenommen, mariniertes Bisonfilet, Kürbispüree mit Koriander und Chili, Wild an einem Spießchen und dazu, erklärte der Kellner (auf Holländisch und Englisch!), bevor er mit seinem Wägelchen wieder von dannen schob, einen Salat von Grantapfelkernen, Fenchel, Apfel, Ahornsirup, Senf. »Wollen Sie?«, hatte Brockmann gefragt, als es darum ging, wer das Wild bekommt, und sie hatte »Mag ich« geantwortet, »sehr gern«, einen Wohllaut nach dem ersten Bissen von sich gegeben, es sei köstlich, wie seines sei? Phantastisch, unglaublich zart, aber Bison, ob er das richtig verstanden habe? Canadian, sagte sie, wahrscheinlich noch mit Pfeil und Bogen erlegt. Seien die nicht ausgestorben, diese Bisons? Nicht alle, außerdem, wie nenne man das ...
»Rückzüchtung?«
»Nachzüchtung?«
»Per DNA vielleicht«, sagte sie, »Genmaterial.«
»Nicht mein Fachgebiet«, sagte Brockmann, »... per DNA«, er schnalzte mit der Zunge, »nie im Leben.«
Ihre Augen verengten sich, als sei sie kurzsichtig, sie blinzelte.
»Was ist denn Ihr Fachgebiet?«
Er schluckte, trank, sah in den Raum. Paare, Geschäftsleute, eine Gruppe, die nach Familie aussah, mit Kindern, Oma und Opa. Zwei verknitterte, alte Indonesier, Haut und Knochen, wie geschrumpft. Wie wir alle schrumpfen werden, was für'n Spaß. Müsste man mit Bleistiftstrichen am Türrahmen markieren, ein-

mal jährlich, um nicht zu vergessen, wohin es geht, ruckweise nach unten. Freut euch, Blümelein ...
»Jochen«, hörte er ihre Stimme, blickte in ein fragendes, freundliches, ein wenig verwundertes Gesicht. Ein Ton mit geschlossenen Lippen, als würde man ein Kind ermutigen. »Frage zu schwer?«
»Ich ... im Grunde bin ich Verkäufer.«
»Südfrüchte?«
»Nicht ganz. Nee ...«
»Doch zu schwer.«
»Wollen Sie's genau wissen?«
Ob sie sonst gefragt hätte, sagte sie, aß weiter, er auch, bis sie das Besteck auf den Teller legte und ihn eindringlich ansah. Sie warte immer noch, fuhr sie dann (nach Stunden, Sekunden) fort, oder ob er sie für, für bescheuert halte? Sollte das nämlich so sein, würde sie gehen, wäre kein Problem für sie, warum er ihr nicht antworte? Brockmann bat sie zu bleiben, es tue ihm leid, sagte er, er sei mit seinen Gedanken ... nein, nicht woanders, es sei nur so ... er bitte um Verzeihung.
»Gewährt.«
»Danke.«
»Was verkaufen Sie?«
Er erklärte es ihr (sie starrten sich an): Anlagen zur Beschichtung und Lamination von Stückgut und Substraten, wobei mit Substrat die darunterliegenden Trägermaterialien gemeint seien, Kunststoff, Metall, Papier, Film oder textile ... im weitesten Sinn Textilien. Dazu die entsprechenden Trocknersysteme und Kalander, also, mmh, Maschinen zur Herstellung von Folien, die man auf die Substrate draufklebe beziehungsweise einpräge, auf die jeweilige Oberfläche, Kaschierstationen, in denen das dann konkret stattfinde, dieses Ein- oder Aufprägen, und darüber hinaus natürlich die Steuerungseinheiten, Software, diverse Programme. Bis zu kompletten Produktionsstraßen, die man auf die Bedürf-

nisse des Kunden zuschneide, wo werden mittelfristig die Schwerpunkte des Umsatzes erwartet? Die einzelnen Bestandteile eines Pakets seien relativ frei kombinierbar, modular, je nachdem, was in der Fertigung aktuell benötigt werde, Technikerservice inklusive.

Sie hielt die geöffneten Hände auseinander, wie groß?

»Groß«, sagte Brockmann, »haben Sie schon mal eine Zeitungsdruckerei gesehen, vom Ausmaß her?«

»Auf Bildern.«

»Beschichten ist ja eigentlich das Gleiche, man bringt irgendwodrauf einen Überzug an, um die Leitfähigkeit zu erhöhen, Korrosionsschutz oder ... oder ästhetisch, Mode. Eine Schicht, zwei Schichten, streichen, kleben, pressen, verschmelzen, dick, dünn, extrem dünn, bis in den Nanobereich.«

»Das sind riesige Hallen.«

»Von uns kommt das Innenleben, sozusagen. Ideal ist immer, wenn man Hand in Hand planen kann, welche Komponenten braucht der Kunde, wie muss gebaut werden?«

»Walzen, durch die man was durchlaufen lässt.«

»Und dabei mit einem Auftrag versieht. Oder Aufdruck, haben wir auch im Angebot.«

»Sie reisen.«

»Viel, ja. Ich bin ...«

»Sales Manager«, sagte sie, und ihn erfasste eine Welle von Zärtlichkeit, ihr Tonfall, die aschblonden Haarsträhnen, zwei Fächer aus Lachfalten um die Augen, »... Benelux.«

»Falsch«, sagte Brockmann (beglückt) und stippte den ausgestreckten Zeigefinger kurz in ihre Richtung, »aber voll.«

Sie aß jetzt wieder, sah zur Decke, zuckte mit den Schultern wie ein Schulmädchen, das nicht gelernt hat.

»Einen Versuch haben Sie noch.«

»Afrika?«

Er zeigte ihr einen Vogel.

»Haben Sie was gegen Afrika?«
»Nö. Nur, dass ich noch nie dahin wollte.«
»Wenn ich ehrlich bin, ich auch nicht. Keinerlei Sehnsucht.«
»Wonach haben Sie denn Sehnsucht?«
»Davon reden wir gerade nicht. Falls Sie sich erinnern.«

Asien, sagte Brockmann, das sei im Augenblick seine Region, South-East, zuvor Lateinamerika, aber dieser Teil Asiens habe ihn schon fasziniert, auf irgendeine Art, seit seinem ersten Besuch, Singapur, Manila, Hongkong, damals noch Kronkolonie, er und ein Studienkumpel aus England mit der Idee hin, billige T-Shirts nach Europa zu importieren, was sie auch einmal gemacht hätten, und dann in London von Boutique zu Boutique, um den Krempel loszuwerden, er lächelte, wäre als Geschäftsmodell dringend zu überarbeiten gewesen, ob sie Asien kenne?

Nicht den Südosten (unsere Solidarität dem Kampf des vietnamesischen Volkes gegen den US-Imperialismus), sie sei, sagte sie, mehr in Zentralasien, Usbekistan und so, da sei sie schon gewesen (ohne Visum, neuntausend Kilometer Dusel), jedoch vor Ewigkeiten. Nein, habe sie bisher nicht dran gedacht, wieder mal ... nach Hongkong vielleicht oder Kambodscha, die Tempel.

Dazu komme er nie, sagte Brockmann, obwohl man sich die Zeit für einen Abstecher nehmen müsste, auch könnte, realistisch betrachtet, anstatt, na ja, rumzuhängen, Smalltalk, immer mit dem Gedanken im Hinterkopf, es würde sich auszahlen, wenn man sich besser kennenlernte, privater, zusammen essen gehen, sieben Schnäpse.

»Martini und Wein.«
»Wir waren nicht verabredet.«
»Und Sie wollen mir nichts verkaufen.«
»Würden Sie mir denn was abkaufen?«
»Wenn ich eine Ihrer Anlagen ... wenn ich für eine Verwendung hätte, mit wie viel muss ich rechnen?«

»Unsere Technik ist weltweit ... aber wem sage ich das?«
»Es gibt nichts Besseres.«
»Ich bin mir sicher, wir finden einen Preis, der Sie rundum glücklich macht.«
»Eine Million?«
»Frau ... Frau Volkhart«, Sorgenfalten auf seiner Stirn, ein kummervoller Blick, »jetzt ... jetzt bringen Sie mich an den Punkt, wo ich einfach nicht weiterkann. Ich würde vorschlagen, wir sehen uns jedes Teil an und, ähm, stellen dann noch mal eine Gesamtkalkulation auf.«
»Mehr ist nicht drin.«
»Nee, das ist keine Basis. Bei aller Liebe nicht.«
»Von Liebe hat niemand gesprochen.«
»Für eine Million kriegen Sie schon was Anständiges. Aber nicht von A bis Z.«

Er kratzte den Rest des Kürbispürees aus dem Schälchen und schob sich den Löffel in den Mund. Fertig? Nichts, nie, jemals ... als könne er spüren, dass sie ihn anschaut, ihm eine Frage stellen wird.

»Warum sind Sie in Amsterdam?«
Ihm fiel keine Antwort ein, the naked truth. Sag was.
»Warum sind *Sie* in Amsterdam?«
»Arbeit.«
»Ich auch«, sagte er fast ohne Stimme, trank.

Nach einiger Zeit nahm sie die Serviette von ihrem Schoß, schlug sie sorgsam ein und legte das Stoffviereck beiseite.

»Mögen Sie einen Nachtisch?«
»Nicht unbedingt.«

Dann war's das? Nein, bitte, dachte Brockmann, wir werden, werden ... er wusste es selber nicht. Sie etwa?

»Ich verhandele hier einen Kredit«, sagte er ohne Überlegung, »für ein Projekt.«
»Erfolgreich?«

»Die sollen an ihrem Geld ersticken.«

Mit der Grimasse eines angewiderten Teenagers (ist das eklig), sie musste lachen; schon war die Sache nicht mehr existent (ein Desaster, Brockmann), er fühlte sich wie befreit, beschäftigen wir uns morgen wieder damit. Was er statt Nachtisch von einem Drink halte, fragte sie, wäre jetzt wahrscheinlich das Optimale, hätte sie sowieso vorgehabt, seine Unterstellung vorhin sei nicht ganz falsch gewesen – Mijnheer, de rekening, alstublieft. Er zahle, sagte er, travel and entertainment expenses, werde verbucht. Bei den Worten travel und entertainment lächelte sie (ich bin im Bilde), strich sich ein paar Härchen aus der Stirn. Er half ihr in ihre Jacke, die militärisch anmutete und zu ihrem eleganten Kostüm nicht recht zu passen schien, zu ihr aber doch, ihrer Figur, sie war groß, seine Größe, wie sie am Tisch neben ihm stand, dann auf der Straße neben ihm herging. Mit einem Fingerzeig hatte sie Brockmann bedeutet, dass sie wisse, wohin, sie bogen in die nächste Querstraße, die unbelebt war, nur parkende Autos und Wohnhäuser, zu hören nichts weiter als das Klick-klick ihrer spitzen Absätze. Was mit seinem Bein sei, fragte sie ihn, nachdem sie stehen geblieben waren, um sich Zigaretten anzuzünden (sie wollte eine haben), es komme ihr so vor, als würde er, Entschuldigung, nicht gerade humpeln, aber dass es ihn beim Gehen schmerze. Fußball gespielt, sagte Brockmann, hätte er besser gelassen, eine Kleinigkeit, die sich wieder einrenke (gelogen), einrenken werde (der Meniskus ist unwiederbringlich perdu), müsse man mal ... was? Nein, kein Taxi, so schlimm nicht, eher eine Vorsichtsmaßnahme, sein *Humpeln*, alles in Ordnung, wir können, Sie haben die Führung.

Rauch wehte aus ihrem Mund, verwehte um die Silhouette ihres Gesichts, das einen halben Schritt vor ihm war, noch ungefähr fünfhundert Meter, sie wies mit der Zigarette in der Hand schemenhaft nach vorn, eine Bar, oder eigentlich sei's eine Kneipe ... aber mit Baraspekten, unterbrach sie Brockmann, sie lächelte, ohne ihren Kopf zu wenden, er habe es erfasst, da würden sie hin. Wie lange (ein Gedanke, der vor ihm auf der Straße lag) war er mit einer Frau, die er nicht kannte, schon nicht mehr in einer Bar gewesen, nachts durch eine Stadt gelaufen, mit Salka zuletzt? Die ihm kurzerhand einen Joint anbot, nachdem sie aus dem Lokal, dem Café San Carlo, wo sie sich zum ersten Mal in Turin getroffen hatten, unter die Arkaden getreten waren, früher Abend, und dann mitten auf dem Platz die Tüte geraucht. Bedröhnt zum Fluss gegangen (gewankt), auf dem Mäuerchen der Uferpromenade im Dunkeln rumgefummelt wie zwei Sechzehnjährige, vor ... vor zehn Jahren. Oder elf, so lange ist das her, dachte er, du musst dein Leben ändern.

»Gefällt Ihnen Amsterdam?«

»Sie stellen Fragen.«

»Mach ich«, sagte sie, schnippte die erst zu zwei Dritteln gerauchte Zigarette gekonnt zur Seite, vor ein Autoblech, Funken sprühten.

»Übung.«

»Ich würd gern aufhören, gelingt mir nicht.«

»Reine Willenssache.«

Sie warf ihm einen Blick zu, den man, mit Fug und Recht, spöttisch nennen durfte.

»Ich«, sagte Brockmann, um nicht erneut den Vorwurf einer ausgelassenen Antwort auf sich zu ziehen, »ich mag Amsterdam. Für mich ist das hier, sagen wir mal so, die schönen Häuser an den Grachten, Prinsengracht, Heerengracht, mit den Giebeln und Speichern, die haben etwas, etwas ausgesprochen Hoheitsvolles, aber irgendwie auch zurückgenommen, mehr pragmatisch. Wissen Sie, was ich meine? Ziemlich cool eigentlich.«

»Sie müssen mit der S-Bahn mal nach Bijlmeer fahren, kennen Sie das?«

»Leider nein.«

»Leider? Ist vielleicht nicht ganz das richtige Wort. Die andere Seite der Stadt.«

Empörung war es nicht, was in ihrer Stimme mitklang, eher eine Härte, die sich als Beiläufigkeit tarnte. Eine Gegebenheit, die man hinnimmt, obwohl schwer erträglich. Ungerecht. Die Welt, dachte Brockmann, rette sich, wer kann, Nichtschwimmer zuerst in die Boote. Ich bin unschuldig, Sie nicht? Steine schon gesammelt? Nein, das funktioniert andersrum mit dem Steinewerfen, wer frei von Sünde ist, der darf, also niemand ...

»Achtung«, ihr ausgestreckter Arm vor seiner Brust, »Verkehr.«

Eine größere, befahrene Straße, die sie dabei waren zu überqueren, er seit dem Verlassen des Blue Pepper traulich an ihrer Seite, ohne auf den Weg zu achten, einmal um eine Ecke, dann wieder geradeaus, oder? Eine Tram glitt auf ihrer Bahn kaum zwei Armlängen entfernt an Brockmanns Nase vorbei (an ihrer natürlich auch), eher knapp.

»Wo sind wir?«

»Constantijn Huygensstraat. Sagt Ihnen das was?«

»Nö.«

»Sie träumen.«

»Ich hab nachgedacht.«

»Teilen Sie Ihre Gedanken mit mir?«, sie hängte sich bei ihm ein und zog ihn mit sich fort, »das Lokal ist gleich hinter der Kreuzung.«

»Für was sind wir verantwortlich? Für alle und jeden? Kann ja wohl nicht sein.«

»Haben Sie das meinem Vorschlag entnommen, einen Ausflug nach Bijlmeer zu machen?«

»Ich vermute, es handelt sich um eine ... eine Art Siedlung. Trabantenstadt.«

»Sie würden da nicht leben wollen.«

»Sie etwa?«

»Kann man sich nicht immer aussuchen«, er spürte ihre Schulter an seiner, ihren Arm, sah aus den Augenwinkeln, dass sie wieder blinzelte, stur vorwärtsblickend.

»Stimmt«, sagte er, »man rutscht oft irgendwo rein und legt sich das dann hinterher als rationale Entscheidung zurecht. So belügen wir uns von morgens bis abends.«

»Wie poetisch. Aber«, ihr Griff wurde fester, »dafür muss man die Wahl haben. Und es gibt genug Leute, überall, die die Wahl nicht haben. Verstehen Sie?«

»Weiß ich nicht«, sagte Brockmann, oder ob sie glaube, dass die Möglichkeit zu wählen allein eine Frage der Mittel sei, über die man verfüge, und bei entsprechendem äußeren Druck gegen null tendiere? Unter einigermaßen normalen Bedingungen tue sich doch immer eine zweite Option auf, hier im Westen, global gesprochen, würde er meinen.

Wenn er meine, dann sei es so, sie habe nicht die Absicht, ihn vom Gegenteil zu überzeugen, nicht heute Abend ... nein, überhaupt nicht.

Einen Versuch wäre es doch wert, sagte Brockmann, sofern sie ihn nicht für einen hoffnungslosen Fall halte. Angelika Volkhart schwieg, er schaute sie an, bis sie ihm ein Grinsen schenkte, kopfschüttelnd.

»Wie haben Sie ihre Arbeit hier gefunden, Zufall?«
»Stellenannonce. Angerufen, vorbeigegangen, engagiert worden.«
»Hört sich ganz einfach an.«
»Ja, nicht?«
»Weil das Jobprofil passgenau auf Sie zutraf. Erfahrung, Know-how ...«
»Sie sind ziemlich neugierig.«
»Über mich wissen Sie schon alles. Fast alles.«
»Na und?«
Sie blieb stehen. Hinter einem Schaufenster Menschenge-

dränge, eine Welle aus Musik und Stimmen schwappte ins Freie, als die Tür sich öffnete und jemand herauskam, ein Zweiter, zum Rauchen.

»Ich arbeite in einer Reederei«, sagte sie und ließ ihn los.
»Geh'n wir rein?«
»Scheint gut besucht zu sein«, sagte Brockmann, »ich bahn uns einen Weg.«
»Ich will an die Bar.«
»Packen wir.«
»Ich verlass mich auf Sie.«
»Kein Problem.«
Eine Schulter, den angewinkelten Arm voran, sich mit sorry, excuse me, may I, sorry gegen den Kneipenlärm, Rücken, Haare, Busen, Musik, gegen Gelächter und Umarmungen Gehör verschaffend, schob Brockmann sich durch die in einem länglichen Raum mit rotgestrichenen Wänden versammelte Menge bis zu einem alten Holztresen vor, an dem aber, lucki-lucki, nichts frei war, nicht zum Stehen, nicht zum Sitzen, schauen Sie mal rechts, rief Angelika, deren Hand er beim Betreten des Lokals ergriffen hatte, rechts geht's noch weiter, und tatsächlich, ein anderer Raum, der sich in einem Winkel von neunzig Grad dem ersten anschloss (hatte er von der Straße aus nicht sehen können), von Gästen belagerte Tische, Essensreste, Batterien von Flaschen und Gläsern, links eine halbhohe, weißgetünchte Mauer als Abgrenzung zu einer Treppe nach unten (die Klos), mit neuen hellen Holzbohlen belegt wie eine Bartheke, als die sie auch fleißig genutzt wurde, da stand ein leerer Hocker, glaubt man's denn?, er zog sie an seine Seite und sagte: »Hier, den haben wir schon mal, setzen Sie sich«, und das tat sie, nachdem sie ihre Jacke ausgezogen und über die Sitzfläche des Hockers gebreitet hatte, Bier?

So voll es war, so firm war eine Kellnerin, die im Vorbeiflitzen Angelikas Bestellung aufnahm und ihnen zwei große Helle von ihrem Tablett reichte, eh sie sich's versahen, Prost, auf was?, die

Zukunft, sagte Brockmann, immer gut. Komme auf die Zukunft an, sagte sie, na, eine fabelhafte, erwiderte er, was sonst? Ihre Augenlider, die sich wie in Zeitlupe schlossen und wieder öffneten, bevor sie den Blick senkte und trank, dann wieder, als ihr Daumen links und rechts über ihre Mundwinkel strich. Meine Güte, dachte Brockmann, was jetzt? Er stand leicht schräg, mit einer Hand auf das Holz der Mauer gestützt, nah bei ihren übereinandergeschlagenen Beinen. Sie habe vorhin erwähnt, fing er an, er hüstelte, sie sei bei einer Reederei ... hier im Hafen, in Amsterdam? Sie nickte. Obwohl, sagte sie nach einer kleinen Pause, sie wisse nicht, was er sich vorstelle unter Reederei ... Schiffe, Brockmann stülpte seine Lippen vor, Kapitäne, Meer ... ein Reedereibetrieb müsse nicht unbedingt in einem Hafen sein, Hafenstadt, heutzutage. Nein? Nein.

»Dachte ich. Wo sonst?«

»Irgendwo. Zum Beispiel ... im Bayerischen Wald. Oder Oberpfalz, oder (sie deutete mit vier Fingern über ihre Schulter) wie die Gegend da heißt.«

»Wer ist da?«

»Mmhh, Ruttmann.«

»Eine Reederei?«

»Die haben sechzig, siebzig Schiffe.«

»Nicht schlecht.«

»Ganz ordentlich«, sagte sie, das Bierglas in beiden Händen, »Ruttmann ist gut.«

»Ein Konkurrent?«

»Teils, teils, wir ... ja, schon.«

»Aber die Schiffe von denen sind nicht im Bayerischen Wald?«

»Nee«, sie lachte, »idealerweise immer mit Ladung unterwegs.«

Keine Passagierdampfer, sagte Brockmann, auf Kreuzfahrt, trank, verschluckte einen Rülpser, tausend Tonnen Sonnenbrand an Bord. Mineralien, sie sah ihn mit geneigtem Kopf an, haupt-

sächlich. Man sitze vor seinem Computer, verchartere, versichere, dirigiere die Fracht dahin oder dorthin; wenn sie auf See verkauft würde und der neue Besitzer das Gut nach Singapur haben wolle anstatt nach, nach Rotterdam, wo das Schiff beim Auslaufen zuerst hin sollte. Und das könne man von überall machen, im Prinzip, und heute erst recht, mit Internet und Satelliten, Börsen, die in Bruchteilen ... Kontrakte schließen, da warte niemand mehr am Kai und zähle Säcke.
»Interessant«, sagte Brockmann, erntete einen skeptischen Blick. »Wie viele Schiffe haben Sie?«
»Vierundsiebzig eigene«, sagte sie nach einem kurzen Zögern, »vor allem Bulkcarrier.«
Ob sie ihm übelnehme, wenn er keine Ahnung habe, um was es sich handele. Kein bisschen, sie stellte ihr Bier auf die Mauer und nahm seine freie Hand zwischen ihre, das seien Frachter für Schüttgut, Kohle, Phosphor, lauter lose Sachen, die man nicht verpacken könne. Am meisten allerdings transportierten sie Eisenerz, für Stahl, sagte Brockmann, genau, Eisenerz sei so begehrt wie nichts, seitdem Indien und so, China, Brasilien.
»Das neue Gold.«
»Gold vielleicht nicht«, sie streichelte einige Male seinen Handrücken, »aber der Bedarf ist enorm.«
»Und das machen Sie«, Brockmanns Worte in der Schwebe zwischen Frage und Feststellung.
»Ja.«
Sie hielt nun ganz ruhig seine Hand, wie schön, dachte er, buchstäblich nichts anderes, kein Gedanke daran, sich vorzubeugen, um sie zu küssen, was doch nichts Seltsames gewesen wäre, nichts Gewaltsames ... warum ist das so, Jochen? Weiß ich auch nicht, wäre seine Antwort gewesen, wenn er uns eine hätte geben müssen, lärmumtost in einer Amsterdamer Kneipe, in Berührung mit einer Frau, die ihn von Sekunde zu Sekunde mehr anzog, und mehr, leibhaftig, unglaublich.

»Wir haben zwei neue Schiffe«, sagte sie und sah ihn ernst an.
Und?
»Wahrscheinlich eine, eine große Investition.«
»Es läuft glänzend«, ihre Züge entspannten sich, wieder dieses Lächeln, »die Preise steigen und steigen.«
»Für Erz?«
»Hot stuff.«
»Wo viel gebaut wird, Schienen, Industrie.«
»Fragt sich nur ...«, sie sprach nicht weiter, lehnte ihren Kopf vor seine Schulter. Was fragte sich, warum legst du nicht den Arm um sie? Er spürte ihr aufgestecktes Haar an seiner Wange, roch ein Parfüm, ein Shampoo, betörend. Bis sie sich unversehens aufrichtete und ihr Bier austrank.
»Nehmen wir noch eins?«
»Klar.«
Sie blickte sich nach der Kellnerin um, streckte zwei Finger in die Luft, nickte.

* * *

Das war zu erwarten gewesen, Zeugen, die sich bei der Polizei melden würden, gab es nicht – und wenn fünfzig Passanten die Aktion beobachtet hätten. Oder jemand von seinem Balkon aus, darauf konnte man zählen, gut. Weniger gut die Schüsse, weil eine Kleincharge von MaFi es nicht lassen konnte (was erzählt man denn, wofür bezahlt man?), eine schnelle Bewegung zum Gürtel zu machen, die den entsprechenden Reflex hervorrief. Zwei Schüsse, nicht mehr, und jetzt standen Reporter in der Auffahrt des Apartmenthauses und sabbelten ihrer Kundschaft vor den TV-Geräten das Trommelfell wund. Dann ein Interview mit Filipe Neto, der von automatischen Waffen sprach, die man auf sie gerichtet habe, dem Befehl, sich flach hinzulegen, der Heldentat seines Mitarbeiters, um dessen Leben derzeit im Universitätsklinikum gekämpft werde. Minderbemittelte, dachte Fleming, arme dumme Irre, die nicht aussterben. Ein Naturgesetz, das durch keinerlei Erziehungsmaßnahmen aus der Welt zu schaffen ist, die Glockenkurven von Intelligenz und Talent. Schenk ihnen eine Möglichkeit, sich zu beweisen, und sie vergeigen sie, haben sich nicht im Griff.

Er lag (mehr als er saß) mit Ohrhörern in einem der Eames Chairs, die vor den Bildschirmen in der holzgetäfelten Wand einer Lounge standen, die sich im Erdgeschoss des Hotels hinter den Lifts befand, auf den Espresso wartend, den er vor etwa einem Jahrhundert geordert hatte. Und ein Mineralwasser, com gás. Souza zu beruhigen wäre das Nächste, wer erinnert sich morgen an die Aufgeregtheiten von heute, würde man ihn fragen, wenn seine Wut sich ein wenig gelegt hätte. Brigadeiro, unsere Erfahrung, dass Nachrichten von gestern, von vor einer Woche aus dem Bewusstsein der Leute verschwinden wie am Meeresufer ein Gesicht im Sand, wie oft hat sich diese Erfahrung schon bestätigt? Gar nicht zu zählen, also ... Hauptsache, er verfällt nicht auf die verwegene Idee, mehr als die Eins-zwei-fünf zu verlangen, weil alles jetzt schwieriger geworden sei, man mit Druck von oben rechnen müsse, den Beklagenswerten so rasch es ging aufzuspüren, keine Rücksicht auf Verluste. Oder ihnen zu drohen, als wüsste er nicht im Ansatz, mit wem er es zu tun hat, *trusted intelligence and professional advisory expertise to address business risks and capitalize on opportunities ... companies, investors and governments ...* deutlich genug, Herr General? Soll Ángel das regeln, ein trauriges Missverständnis, ein Kommunikationsproblem.

Sylvester Lee Fleming zog die Stöpsel heraus und öffnete den Laptop auf seinen Oberschenkeln, eine Mail von Barbara, dass aus Wien bisher keine Antwort auf ihr Schreiben eingetroffen sei. Ach jemine, wie freundlich und hilfsbereit kann man denn sein, um wenigstens eine klitzekleine Ausrede zu bekommen, normale Anlaufschwierigkeiten, Vertragsverhandlungen, die sich hinzögen. Wie Kinder, die sich die Augen zuhalten und dann glauben, man sehe sie nicht mehr. Verantwortung ein Fremdwort, Gebrüder Leichtfuß auf großer Einkaufstour, so sei das halt, Risikokapital. Euer Risiko, dachte Fleming, nicht das meine. *Liebste Barbara*, schrieb er, *mir scheint, die Geschäftsführung von Imperial Fonds Management wird uns noch eine Menge Freude bereiten, es eilt nicht, wenn du Vorschläge hast, lass sie mich hören. Von Bagdad nach Samarra ist es nur ein Katzensprung, Umwege durch die Wüste inbegriffen. Erinnerst du dich? Aber bestimmt, mein Herz, es grüßt und knuddelt dich, dein Sylvester.*

»Café expresso, água mineral?«

»Com gás.«

Der Kellner blickte auf das Etikett der Flasche, stellte dann alles, Flasche, Glas, Tasse, Zucker, Süßigkeit auf das Tischchen neben dem Sessel, steckte die Zimmerkarte, die Fleming aus der Brusttasche seines Jacketts gezogen hatte, in ein Lesegerät und machte sich wieder davon. Nicht mal eingeschenkt, wo soll das eigentlich hinführen? Mit kleinen Unaufmerksamkeiten fängt es an, und vier Wochen später sind alle Dämme gebrochen. Fleming nippte am Espresso, der war gut, cremig und stark. Bald ein Gespräch mit Ángel, man würde die nächsten Schritte (unter den neuen Bedingungen) durchsprechen und abwägen müssen, was in Richtung MaFi, in Richtung der Herren Neto und Barbosa zu unternehmen wäre, denn ihnen den Zwischenfall am Morgen einfach als Panne durchgehen zu lassen, hatte er nicht vor. Nicht mit mir, dachte er, sonst ist die Hand bald ab.

Fleming klappte den Laptop zu, lehnte sich zurück. Eine Woche, länger dürfte es nicht dauern. Und eine Woche, sieben ganze Tage, war schon großzügig bemessen. Er hatte seine Zeit auch nicht gestohlen, Anschlussaufträge warteten, ein Rechenschaftsbericht. Wie er ihn jährlich verfasste, um nicht den Gesamtplan aus den Augen zu verlieren. In der Unrast des Alltags, die einem doch zusetzte, ob man es wollte oder nicht. Pausen einzulegen versuchte, Stunden der Ruhe, die kostbarer waren als ... als ... so vieles. Mit Menschen, die einem etwas bedeuten könnten, an vier Fingern abzuzählen. Wer glaubt, es gebe für ihn mehr davon, lügt sich in die Tasche, und das, das tun wir nicht. Haben wir nicht, werden wir nicht. Wahrheiten, die einen teuer zu stehen kommen, wenn man sie in den Wind schlägt.

* * *

Frieder Brockmann und Elke Schlössel saßen am Esstisch in Frieders neuer großer Altbauwohnung und gingen anhand einer Liste, die Elke geschrieben hatte, Punkt für Punkt den Ablauf der Feier durch – nun doch eine Messe am Morgen, bei der das Hochzeitsgelöbnis erneuert würde. Es sei ihr Wunsch, hatte Elke (genervt, ja) gesagt, als sie das Gesicht ihres Bruders bemerkte, sie habe am Wochenende noch einmal mit ihnen gesprochen ... was? Dann hätten Mama und Papa ihre Meinung eben geändert, Menschen änderten ihre Meinungen, er solle sich bitte mal an die eigene Nase fassen. Die Zeiten bringe das nicht wesentlich durcheinander, sie habe mit dem Pfarrer telefoniert, eine Dreiviertelstunde Kirche, anschließend weiter wie verabredet, Empfang zu Hause, Essen in den Rheinterrassen. Sie schlage vor, für die Fahrt dorthin einen kleinen Bus zu mieten, Taxis seien zu kompliziert, man brauche ja mindestens, sie drehte die Liste um, wo Namen standen, brauche ja sechs bestimmt, außerdem lustiger für die Gäste, wenn alle zusammen.

Haben wir gelacht, sagte Frieder, entschuldige ... Elke!

Keine Sorge, sie sei die Ruhe selbst, sagte Elke, schüttete sich Wein nach, ob die Hotelzimmer reserviert seien? Frieder nickte, Krefelder Hof – wenn schon, denn schon. Nur für Jochen habe er noch nicht, ob sie etwas wisse. Was sie wissen solle, erwiderte Elke, genauso viel wie er. Aber Jochen komme? Ja, er habe es ihr zugesagt, ob mit oder ohne Elisabeth sei unklar, er müsse sie erst

noch fragen. Was es da zu fragen gebe, es seien ihre Großeltern. Ja, sagte Elke, zweifelsohne. Er würde ihm eine Mail schreiben, sagte Frieder, stockte, schüttelte den Kopf. Unverschämt, und das sei das Gelindeste, was ihm für Jochens Verhalten einfalle, sich aufzuführen, als gehe ihn diese Sache, diese Feier, nichts an, »echt Elke, macht der sich *einen* Gedanken?«
»Keinen blassen Schimmer«, sagte Elke, »ist mir inzwischen auch egal.«
»Mir auch«, tönte Frieder laut, »trotzdem.«

* * *

Wieder zu Hause, setzte sie sich an den Stammbaum, der von ihrem Cousin Hannes, einem Hobby-Genealogen, erstellt worden war, übertrug die Namen, die Daten, Orte und Berufe mit einem Tuschestift auf einen Din-A2-Bogen in Pergamentdesign, für den sie am Nachmittag ihren Schreibtisch freigeräumt hatte, links und rechts beschwerten Bücher die Kanten, um ein Einrollen zu verhindern. 1642, 1654 – weiter zurück war Hannes nicht gekommen, eine Fußnote klärte darüber auf, dass Familiennamen zuvor kaum in Gebrauch gewesen seien, im Bürgertum der Gegend zwischen Kleve und Düsseldorf, sesshafte Ahnen, dachte sie, bürgerlich seit jeher. Sofern man Müller (2), Schreiber (1), Forstaufseher (1), Wirt (2), Landwirt (3), Rangierbahnhofsvorsteher (der eine Urgroßvater) und selbst. Landvermesser (der andere) als Bürger durchgehen ließe, Kleinbürger, murmelte Elke, während sie sorgsam eine der feinen Bleistiftlinien nachzog ... was sollte das eigentlich für ein Geschenk sein? Für zwei alte Leute am Ende ihres Lebens, nach monatelanger Recherche in Pfarrarchiven und Melderegistern zusammengetragen, Lobberich, Goch, Krefeld, Linn, unten die Namen der Eltern, die sich zu Elke, Frieder und Jochen verzweigten, Oberstudienrätin, stellv. Sozialdezernent, Dipl.-Kaufmann ... ausmachen, rief sie, es ist elf, und im Nebenzimmer wurde das, was die Musik erzeugte, leiser gedreht, zieh dir Kopfhörer auf, verdammt. Eine hieb- und stichfeste Dokumentation, dass sie keine Proleten gewesen waren, nie, nichts dergleichen zu entdecken, sondern anständige Leute mit anständigen Berufen (na gut, Wirt), die ihre Pflicht vor Gott und Kaiser erfüllt hatten, ohne einen Nazi (soweit man weiß, es wissen wollte), ein sauber gemaltes Diagramm voll Bürgerstolz ... bevor man in die Grube fährt. Wer hatte die Idee? Und was fangen sie damit an, es sich im Wohnzimmer an die Wand hängen? Im Partykeller, wo keine Partys mehr gefeiert werden? Eine Geste von uns, würde Frieder sagen, es sei doch klasse, wenn man über Generationen hinweg die eigene Herkunft verfolgen könne ... drauf geschissen, dachte Elke (wie zu Anfang dieses Kapitels eine andere Figur in einem anderen Zusammenhang), eine Summe aus Glück und dem Druck der Verhältnisse. Man bräuchte mehr und andere Informationen, um zu verstehen, was los war, als ein Gottlob Matenaar 1793 in Haan eine Katharina Duex heiratete, etwa eine Jakobinerkokarde am Hut? Oder ein treuer Untertan, der dem Pfarrer an den Lippen hing? Und Elke, ja, das bist du, Oberstudienrätin am Schulzentrum Fabricius, ∞ Frank Schlössel, 1981, in welcher Lage befand die sich? Zitterte damals um die Verbeamtung, obwohl sie schon im Vorjahr zum definitiven Beweis ihrer Resozialisierung in die Sozialdemokratische Partei eingetreten war. Fehlt hier ... wie der Eid auf die Verfassung, den sie dann doch noch schwören durfte. Wie anders wäre alles geworden ... sie schraubte den Stift zu und stand auf. Wirst du am Wochenende fertigmachen, sie ging zur Tür und löschte das Licht in ihrem Arbeitszimmer, jetzt gehst du ins Bett, du brauchst deine Erholung. Erste Stunde morgen ein Leistungskurs Deutsch, *Tauben im Gras*, die Frage der Chronologie.

* * *

Er konnte sie nicht vergessen. Er dachte vor dem Einschlafen an sie, nach dem Erwachen. Wovon sie geredet hatten, ihr Abschied auf der Straße, die Overtoom hieß (eine Vorrichtung, um Schiffe übers Trockene zu ziehen, sie wisse nicht, wie man auf Deutsch dazu sage, Gewinde?), von hier aus sei das Marriott auch bequem zu Fuß zu erreichen, ach so, Ihr Knie, handele sich aber maximal um eine Strecke von acht, von zehn Minuten. Er fragte sich, ob er den richtigen Moment verpasst hatte, nur: Was war der richtige Moment gewesen? Als sie seine Hand gestreichelt hatte, ihren Kopf an seine Schulter gelehnt? Und dann, ein Moment zu was bitte, sie irgendwie anzufassen, Rücken, Nacken, und sich über sie, ihre Lippen zu beugen? Scheiße, vielleicht hatte sie es erwartet, und er … hatte immer bloß gedacht, wie schön es sei, mit ihr da zusammen, wie leicht es sich anfühlte, wie gern er ihr zusah, wenn sie sprach, ihm widersprach mit ihren oft energisch zusammengekniffenen Augen, ihren komisch hochgesteckten Haaren, dem breiten Mund mit den zwei Kerben an den Rändern. Als sie ihn gefragt hatte, wo er lebe, und seiner Antwort, Turin, reiner Zufall, gutes Angebot, ein entschiedenes Kopfschütteln entgegensetzte, ob er an Zufall glaube? Zumindest habe er sich ja wohl um einen Job gekümmert, sei nicht zufrieden gewesen mit seiner alten Stellung … oder nicht? Doch, im Grunde sogar sehr unzufrieden, aber wenn er etwas Vergleichbares in, in Lüttich gefunden hätte … wie kommen Sie auf Lüttich? Keine Ahnung, hatte er gesagt, nehmen Sie irgendeine andere Stadt, wenn Ihnen Lüttich nicht gefällt. Sei sie noch nie gewesen, insofern … insofern sei sie selbst völlig zielgerichtet in Amsterdam gelandet, ob er das so zu verstehen habe. Nein, sie hatte übers ganze Gesicht gegrinst, mehr oder weniger … was? Die erstbeste Gelegenheit, die sie ergriffen habe. Schicksal? Vielleicht, ein Schulterzucken, könne man's wissen?

Carla trat neben ihn, legte zwei Flugtickets auf Brockmanns Schreibtisch.

»Air France, über Paris.«
»Gab es auch was über Amsterdam?«
»Sicher, KLM. Möchten Sie ...«
»Nein, ist gut, danke.«
»Außerdem ...«, sie hielt inne, als sei es ihr unangenehm weiterzureden.
»Carla, was?«
»Basaldella wollte einen Termin mit Ihnen. Er hat gefragt, wann Sie zurück sind.«
»Und er kann nicht selber mal kurz hier ... hier anrufen?«
»Ich sag es Ihnen nur.«
Natürlich, sie sagt es nur, aber rumgesprochen hat es sich schon überall, basta, die Reise nach Holland war ein Schuss in den Ofen, jetzt rollen Köpfe.
»Va bene, grazie.«
Als Carla die Espressotasse vom Tisch nahm, rollte Brockmann mit seinem Stuhl ein Stück zurück und drehte sich in ihre Richtung.
»Tun Sie mir einen Gefallen, suchen Sie mir die Adressen der zehn größten Reedereien in Amsterdam raus.«
»Der größten?«
»Ja«, sagte Brockmann (ungehalten, leider, mit seiner Hand wedelnd), »zehn große Reedereien.«
Sie sah ihn irritiert an
»Das kann nicht so schwierig sein.«
»Reedereien?«
Brockmann nickte.
»Entschuldigen Sie. Aber das eilt ein bisschen.«
»Mach ich gleich«, sagte Carla (ich hab ja auch sonst nichts zu tun), sie ging.
Lassen wir es drauf ankommen, dachte Brockmann, so oder so (Telefonbuch) wie ein Würfelspiel, die Götter des Glücks ... gibt es euch, seid mir noch einmal gewogen. Er rollte an den Tisch zu-

rück und blätterte in dem Auftrag, den Andolfi an Land gezogen hatte. Beeindruckend, der Bastard. Er stützte sein Kinn in die Hände, blickte zum Fenster, in den Himmel, eine hellgraue, zerfasernde Fläche, bläulich darunter. Und? Nichts und, das Büro mit Alpenpanorama kannst du dir abschminken für immer. Dann sei es so. Plötzlich hatte er ihre Stimme wieder im Ohr ... wenn Sie meinen ... als sie über diese Siedlung sprachen, ob man die Wahl habe, wo man lebe. Ihre Bestimmtheit, ihr fester Griff dabei. Phosphor, Kohle, Eisenerz, lauter lose Sachen. Hot stuff, dessen Preise stiegen und stiegen. Im Augenblick, hatte sie gesagt, eine physikalische Formel sei das nicht, nichts für die Ewigkeit. Auch wenn es einem seit längerem schon so erscheine. Sind Sie Pessimistin? So wenig wie Sie. Sie kennen mich doch gar nicht. Vielleicht schon gut genug. Das zu glauben ... könne nur zu Enttäuschungen führen. Die Schattenseite. Jeder Mensch habe eine ... vermutlich.

Brockmann steckte die Papiere in eine Hülle, dazu die Tickets, packte alles in seine Ledermappe. Die schon die halbe Welt gesehen hatte, außer Afrika. Keinerlei Sehnsucht. Er hatte ihr einen Vogel gezeigt, nicht gerade zurückhaltend. Aber zurückhaltend bis zum Gehtnichtmehr, als sie auf der Straße vor dem Lokal standen und sich verabschiedeten. Also dann ... mein Hotel ist in die Richtung? Maximal acht, zehn Minuten zu Fuß. Sie hatte sich auf einmal umgedreht und war gegangen, und er ... er auch, als verbiete es sich, ihr hinterherzuschauen. Übermächtig am nächsten Tag auf dem Weg nach Hause der Wunsch, wieder bei ihr zu sein, alles, was er versäumt hatte, nachzuholen, einen Satz, eine Berührung ... zu jeder Zeit, an jedem Ort.

* * *

Aus Pakistan, dachte er, oder Indien. Die Gebetskette in den Händen schon als sie nebeneinander Platz genommen hatten, jetzt bedeckte ein Schweißfilm die Gesichtshaut des Mannes, seine Lippen bewegten sich stumm. Die Ansage aus dem Cockpit war kaum zu verstehen gewesen, nicht allein wegen des schweren Akzents. Passagiere hatten aufgeschrien, weil das Flugzeug im selben Moment erneut durchsackte, obwohl durchsacken ... es hatte Brockmann hoch aus seinem Sitz gerissen, Sachen waren durch die Kabine geflogen, im Gang kippte ein Servierwagen zur Seite. Das Anschnallzeichen blinkte unablässig über seinem Kopf, fastönn jür zietbell hörte man eine weibliche Stimme, dann wieder einen der Piloten ... air turbulances, mitten über dem Atlantik.

Ist nichts passiert, dachte Brockmann und zog den Sicherheitsgurt fest, bis es anfing weh zu tun, alles okay. Es rüttelte das Flugzeug, als würde es eine Schotterpiste befahren, übersät mit Schlaglöchern. Das vorhin so tief wie ein vierstöckiges Haus, der Service war eingestellt worden, der Wagen mit den Getränken eingekeilt zwischen den Sitzreihen. Er versuchte, an dem Mann vorbei einen Blick auf die Tragflächen zu erhaschen, vibrierende Spitzen, wie aus elastischem Material. Ihm war kalt plötzlich, seine Hände umschlossen die Lehnen, festhalten. Auf den Bildschirmen sah man nur noch ein buntes Pixelgewitter, bevor sie schließlich erloschen, grau, aus. Bald gaben die Triebwerke heulende Töne von sich, es wurde immer lauter, was denn, er schaute um sich, was machen die da vorne, geben Gas? Draußen vor den Fenstern war es vollkommen klar, kein Wölkchen zu erspähen, das reinste, schönste Blau.

Wie seltsam, seine Kiefer mahlten aufeinander, bei dem Wetter ... wieder Schreie, das Gefühl, als säße sein Herz in der Kehle, der Rest des Körpers leer, ohne Organe. Die Maschine wackelte von links nach rechts, machte einen Satz nach vorn. Oder runter? Eine endlose Ausdehnung von Wasser, durchzogen von dünnen weißen Wellenlinien. Niemals, dachte Brockmann, in ihm erwachte Trotz, einmal in Brüssel über Notrutschen raus, Fliegen so sicher wie in Abrahams Schoß. Statistisch, schon die Zugunglücke, von denen dauernd berichtet wird. Er schloss die Augen, gab sich Mühe, ruhig zu atmen. Und Air France zehnmal besser als Iberia, in jeder Beziehung. Wie schlimme Spurrillen auf der Autobahn, das Lenkrad zittert einem unter den Händen. Er sah zu dem Pakistani, der starr geradeaus blickte, lautlos seine Lippen bewegte. Aber man hätte ja sein eigenes Wort nicht verstanden. Eine Chance noch, flüsterte Brockmann, wäre das ein faires Angebot? Nicht jetzt, nicht so.

3

Atempause, was geht dir gerade durch den Kopf?
Überall gibt es Staaten, wozu?
War und ist ein Staat jemals etwas anderes als das, was Engels irgendwo in einem Aufsatz den »ideellen Gesamtkapitalisten« nennt – auf andere Gesellschaftsformen übertragen der ideelle antike Gesamtrepublikaner (Vollbürger, männlich) oder der ideelle Gesamtsklavenhalter (white people only)?
Der Staat als Verwaltungsinstanz von Überschüssen, die daraus resultierenden Mittel für Luxusgüter, Tempelanlagen, Militär.
Oder ist der Staat auf einmal da, und keiner weiß, woher?
Unter den Techniken, den Staat abzuwehren, Herrschaft überhaupt, in primitiven Gesellschaften an prominenter Stelle die Vermeidung dauerhafter, d. h. zu tilgender Schulden, indem man den Gütertausch als Geschenkübergabe tarnt, die irgendwann zu erwidern wäre; oder man erklärt etwas zu einer Fundsache, für die man sich mit einem vorsätzlichen »Verlust« erkenntlich zeigt – bei den Geistern der Natur, tja, und dann »findet« jemand diese »verlorenen« Dinge/Gaben, und der Kreislauf von Dank und Opfer beginnt aufs Neue.
Häuptlinge als Stimme nach außen. Deren man sich wieder entledigt, wenn ihre Macht das kollektive Sein zu gefährden droht.

Alles ist beseelt, ohne Hierarchie zwischen Pflanzen und Tieren und Wettererscheinungen.

Weniger als 30 % des Alltags zur Stillung der unmittelbaren Bedürfnisse (Nahrungsbeschaffung, als Jagd oder primitiver Ackerbau, Errichtung von Unterkünften), der Rest ist der Geselligkeit gewidmet, Spiel, Feier, Nichtstun, Traum.

Fall: Man war mit dem Fahrrad unterwegs, relativ früh am Morgen, die Straße noch nass vom Wasser der Kehrmaschine, ein dunkel glänzender Streifen längs der parkenden Autos; auf dem die Fahrradreifen plötzlich ihren Halt verloren, so dass es zu einem laut tönenden Zusammenprall kam, der Kotflügel eines Autos vom Fahrrad schwer eingedellt. Hochgerappelt und sofort abgehauen, danach für Monate diesen Straßenabschnitt gemieden – hätte ja Zeugen geben können, die das Kind, das den Schaden verursacht hat, wiedererkennen. Erinnerst du dich?

Anderer Fall: Die Gitarrentasche von I. kippt um, infolge einer Rauferei mit B., I.s jüngerem Bruder, es macht ein knackendes Geräusch, wie sich später herausstellt, ist der Hals der Gitarre, die in der Tasche aus Segeltuch steckte, sauber durchgebrochen. B. hat davon anscheinend nichts mitbekommen, kann also auch nicht petzen, folglich ist kein Verantwortlicher zu ermitteln. Die Reparaturkosten betrugen 25 D-Mark, ganz schön happig damals.

Die Illusion bzw. die Fehlinterpretation, die Kriege zwischen Wilden seien die Folge von etwas – biologischem Erbteil/ Aggressivität, territorialen Auseinandersetzungen, gescheitertem Tausch. Stattdessen wären diese Kriege in ihrer Positivität zu denken (s. Pierre Clastres, *Archäologie der Gewalt*), als Mechanismen (unter anderen), Staatsbildung zu verhindern, d. h., ein Politisches jenseits des Sozialen zu etablieren. Die absolute Selbstverständlichkeit in schriftlosen Gesellschaften, dass alle Menschen im eigenen Bereich gleich sind, diejenigen außerhalb, der fremde Stamm, Freund oder Feind. Den man gegebenenfalls bekämpft, sogar vernichtet, aber nie bekehren oder inkorporieren will. Frei von jeder Projektion, dem irrigen Glauben, der zu bekämpfende andere tauge zu sonst etwas als der Stabilisierung des internen Gruppengleichgewichts radikaler Egalität. Für uns ein bizarrer Gedanke, in der Binnenlogik einer gegen den Staat gerichteten Gesellschaft nur zwingend.

Siggis Luftdruckpistole. Mit der man aus dem Dachfenster auf Vögel im Garten, Tauben in der Regenrinne anlegt. Plop. Ein Schuss in seinen Handballen – du traust dich nicht, sag das noch mal. Am Abend trat das Diabolo aus der Wunde von allein wieder hervor – berichtete er am nächsten Tag in der Schule.

Die Idee des Paradieses, konntest du damit je etwas anfangen? Abstrakt ja (Belohnung), konkret nie (Schlaraffenland).

Die Paradies-Idee, die der Kern aller Utopien ist. Religionen ohne Paradies-Vorstellung ... der Buddhismus? Nicht die geringste Ahnung. Dann informier dich bitte.

Die anarchosyndikalistische Gewerkschaft CNT als die größte Gewerkschaft des republikanischen Spanien hatte 1936 über zwei Millionen Mitglieder, aber nur drei bezahlte Funktionäre (oder auch zehn, quantité négligeable). Ihr Zentrum lag in Katalonien, Barcelona, ihre Kriegsfahne war diagonal geteilt in ein rotes und ein schwarzes Dreieck. Vielleicht stand die Farbe schwarz für den Todesmut ihrer Kämpfer, die an vorderster Front sich den an Material weit überlegenen Putschisten entgegenwarfen. Es gab unter ihnen keine Offiziere und Rangabzeichen, nur von den Milizionären gewählte Bevollmächtigte mit einer gewissen Befehlsgewalt, alle erhielten den gleichen Sold, das gleiche Essen, viele trugen in Ermangelung von Uniformen (oder aus Widerwillen gegen Uniformen) blaue Arbeitsoveralls. Mit den militärischen Operationen, der Verteidigung Kataloniens einher ging eine soziale Umwälzung, der Großgrundbesitz wurde in Selbstverwaltung von Bauern und Tagelöhnern übernommen, vielerorts verbrannte man das Geld. So ausgeprägt die Feindschaft der Anarchisten gegen jegliche Form von Herrschaft war, so sehr hassten sie den Staat, sie wollten ihn nicht erobern oder zu ihren Gunsten umgestalten, sondern als Instrument der Unterdrückung, das er in ihren Augen seit Anbeginn gewesen war und immer sein würde, ein für alle Mal abschaffen. Die Frage, ob man nicht grundsätzlich (im 20. Jahrhundert) einen bestimmten Grad von administrativer Organisation braucht, insbesondere in Zeiten eines mörderischen Bürgerkrieges, stellte sich ihnen nicht bzw. war ihnen wesensfremd, was sie in Konflikt brachte mit ihren kommunistischen Verbündeten, die einem Ideal von Staat huldigten, einem Fetisch von Partei, dem Kontrolle über alles ging, zu kontrollieren, was sich überhaupt kontrollieren ließ, jede lebendige Bewegung. Stets mit dem Argument, dass anders die Auseinandersetzung nicht zu gewinnen sei, ohne Hierarchien, Kommissionen, Stäbe, Büros, Akten.

Na und, na und, na und, seine Stimme überschlug sich fast, man möge doch mal die Fakten, die harten, unumstößlichen Fakten betrachten und sich endlich von dieser ewigen Oberschüler-Romantik befreien. Er könne es nicht mehr hören, dieses Gerede von FAI und POUM und Durruti und was noch, CNT, deren Heldentaten auf dem Schlachtfeld, mit Arkebusen gegen Panzer oder dergleichen Mären, die offenbar so langlebig seien wie das Bedürfnis junger Schwärmer nach einer Welt, in der es zugehe wie im Kino, ha, nimm das, Schurke, anstatt den Realitäten ins Auge zu sehen, Zahlen, Technik, Nachschub, Truppenstärke ... was? Dass Moskau sich den Goldschatz der Republik unter den Nagel gerissen habe, darüber könne man reden, bitte, ja, aber jetzt diskutiere man gerade die Geschichte in Barcelona, die dafür herhalten müsse, ihnen, ja, euch, ein ach so reines Gewissen zu verschaffen, wie es sich andererseits um nichts als eine Legende handele, in die Welt gesetzt von linksradikalen Spinnern und bürgerlichen Historikern gleichermaßen, um gar nicht erst von sogenannten Romanciers anzufangen, die sich nicht abfinden können mit der, zugegeben, kruden Tatsache, dass im Krieg Gesinnung ganz schön sei, aber keine Schlachten gewinne, inwiefern die Ausschaltung der Trotzkisten, die Wiedereroberung des von ihnen in Beschlag genommenen Telegraphenamts als Akt der Selbstverteidigung der legitimen republikanischen Regierung begriffen werden müsse und nicht als, als ... was hast du gesagt? Teuflisches Manöver? Luzifer persönlich, der jede Hoffnung auf eine umfassende Revolution während dieser Maiwoche ins Grab befördert habe ... sag mal, im Ernst, nee, echt im Ernst, stehst du unter dem Einfluss bewusstseinsverändernder Drogen ... bleib sitzen, he, was willst du? Mir eine reinhauen ... ah (sie ringen, Gläser scheppern vom Tisch), der Teufel, ooaaah, wenn es einer war, dann der feine, aaahhhuuu, feine Herr Ministerpräsident Nin ... Hochverrat ...

Und ist der Handel noch so klein, er bringt stets mehr als Arbeit ein.

Die Rolle der Krieger (z. B. der sog. Crazy-Dog-Societys bei einigen Stämmen Nordamerikas), die darin besteht, durch immer waghalsigere Kommandoaktionen das eigene Prestige unaufhörlich zu mehren, bis man bei einer finalen Unternehmung schließlich in die ewigen Jagdgründe eingeht, notwendigerweise. Clastres schreibt: »Die primitive Gesellschaft ist ihrem Sein nach eine Gesellschaft-für-den-Krieg; sie ist zugleich, und aus den gleichen Gründen, Gesellschaft gegen den Krieger.«

Wie die Dinge funktionieren, wird einem irgendwann praktisch klar. Zigaretten, Dope, Pornohefte aus Dänemark. Die Nachfrage bestimmt den Preis, die Waren müssen in einer kalkulierten Knappheit verbleiben. Als ideal für den Verkäufer erweisen sich dabei aufseiten der Kundschaft Suchtprobleme und Geltungsdrang, die Bedürftigen kratzen den letzten Heller zusammen, um in den Besitz einer Substanz, eines Gegenstandes zu kommen, ohne den sie nicht zu können glauben. Woraus einiges über den Menschen an und für sich zu lernen ist, en passant bereits in recht jugendlichem Alter. Nichts fällt ihm schwerer, als Verzicht zu üben, längerfristig zu denken das Schwerste überhaupt. In Zeiträumen von Jahren und Jahrzehnten, insbesondere was Schäden betrifft, die erst eintreten, wenn man längst schon vergessen hat, was einmal war, in jeder Hinsicht. Aber vielleicht geht es auch gar nicht anders, der ausgefallene Lerneffekt weniger wichtig als die Möglichkeit, sich an die Zukunft zu klammern, dass da noch was zu erwarten wäre, vorwärts, aufwärts, die Durchschnittspsyche ein doch eher schlicht gestricktes Etwas, unfähig, der Gegenwart Widerstand zu leisten. Brauch ich, will ich, muss ich, wird sich schon wieder einrenken.

Geniale Idee: Statt selber den Zaun zu streichen, weil man mit zerrissenem Hemd nach Hause kam, die anderen Jungs auf die Arbeit so neugierig machen, dass sie etwas dafür hergeben, um den Pinsel auch einmal in die Hand nehmen zu dürfen. Die Ausbeute des Nachmittags war: ein Apfel, eine tote Ratte und eine Schnur, an der man sie durch die Luft kreisen lassen konnte, ein Drachen, zwölf Murmeln, eine Schleuder, ein paar Kaulquappen, ein Zinnsoldat, sechs Knallfrösche, ein einäugiges Kätzchen, ein Stück Kreide. Reine Naturalwirtschaft, Geldmittel unter den (in einem bestimmten Milieu, in einer Erzählung) Heranwachsenden knapp bis nicht vorhanden. Man tauschte, den Straßenmarkt für Piccolo-Hefte, Bildkarten mit Motiven aus Westernserien, James Bond- und Winnetou-Filmen (etc.) sowie Fußballsammelbilder fest im Blick. Wobei es gelegentlich zu Kloppereien kam, wenn sich herausstellte, dass es trotz sorgfältiger Beobachtung des Marktgeschehens (wer hat wovon wie viel doppelte?) einer Seite gelungen war, sich durch vorenthaltene oder bewusst falsche Informationen (etwa bezüglich eines Ringtausches, »dat macht der, sicher«) ein rares Motiv anzueignen (Rin Tin Tin). Etwas Geld war durch Botengänge für Ältere zu verdienen, zehn oder zwanzig Pfennig, wenn man ihnen eine Schüssel Pommes frites aus dem Balkan-Grill holte und in den Trümmerkeller brachte, wo sie ihren Stützpunkt hatten, unschlagbar als Einnahmequelle allerdings ein Vormittag auf dem Friedhof (zusätzlich schulfrei), um als Ministrant neben dem dafür eingeteilten Gemeindepfarrer drei oder vier Beerdigungen zu erledigen – was einem sage und schreibe fünf (in Worten: fünf!) Mark eintrug, einen echten, silberglänzenden Heiermann (zum Vergleich: Tariflohn eines Arbeiters 1968, laut Tabelle im Netz: 670 DM). Dann, entsprechend dem Alter, taten sich neue Einnahmequellen auf, Autos waschen, Zeitungen austragen, Nachhilfe geben, Einkäufe für eine betagte Nachbarin erledigen, allerlei Handlangerdienste, die einem, summa summarum, mehr oder weniger dauerhaft, Beitritt zur Zirkulationssphäre verschafften. Zigaretten aus dem Automaten (eine Packung Collie 62 = 2 Mark), Eintrittskarten für Sportveranstaltungen (später Konzerte), Zugfahrten (zu ebensolchen), Schallplatten, Alkohol, Besuche von angesagten Lokalen – als zentralen Eckpunkten der Warenwelt eines Pubertierenden in der westlichen (aber wahrscheinlich auch östlichen) Hemisphäre eines mittels schwer befestigter und bewachter Grenze geteilten Universums. Wobei sich nach und nach das Problem von Lohn, Preis und Profit herauskristallisierte, dergestalt, dass der in diversen Jobs zu erzielende Verdienst immer zu gering war für die Ansprüche auf ein kulturell nur allzu berechtigte Grundbedürfnisse befriedigendes Leben (einen durchziehen, Bücher, Reisen, *The Dark Side of the Moon*). Konkret gesagt, dass der Mehrwert der abgeleisteten Lohnarbeit in private Taschen wanderte und der Konsumtion (Wiederherstellung der Arbeitskraft) des in Fabrik, Büro, Handwerksbetrieb Beschäftigten entzogen wurde, man konnte rackern, wie man wollte, und am Monatsende (Ende der Ferien) blieb dann doch zu wenig übrig für die Sachen, die noch zu kaufen und, mit gutem Recht, zu genießen gewesen wären. Vier Wochen Fließband bei einem Autozulieferer, du wirst dull im

Kopf, und trotzdem zu wenig für die Anlage, wie man sie sich im Phonogeschäft zusammengestellt hatte – was zwar klar war, aber es ging ja ums Prinzip. Und um die Mucken und Macken der Waren, deren Fetischhaftigkeit man nach aufreibender Lektüre wohl begreifen konnte, wie man andererseits ihrem verführerischen Schein doch weiterhin mit Haut und Haaren ausgeliefert blieb, sehr, sehr, sehr vertrackt. Ein Umstand, dem nicht zu entkommen war, außer man wäre ein Übermensch gewesen, jenseits von Gut und Böse bzw. nicht mehr von dieser Welt, die es darum eben zu verändern galt ... und natürlich all der anderen Schweinereien wegen, die im Gefolge der kapitalistischen Produktionsweise die Menschen kaputtmachen und die Umwelt zerstören. Alte Häuser abreißen, die man nur durch eine Besetzung, Kämpfe mit der Polizei, retten kann: autonomes Jugendzentrum (das prächtige Gebäude steht heute zwar noch, ist aber geräumt worden für ein Ärztezentrum).

Doch, darf man an dieser Stelle festhalten, unabhängig von jedem theoretischen Zugang zur Geldfrage war praktisch immer zu wenig davon vorhanden (Knete, Kohle, Asche, Cash), mit dem Resultat, dass sich erbitterte Gegner in politicis (oder meinetwegen Konkurrenten um eine Schöne) mehr als einmal vor demselben Schalter wiedertrafen, hinter dem jemand saß, der Arbeit zu vergeben hatte, Möbelpacker und Baustellenkräfte in der Regel am besten bezahlt, Schreibtisch-Schwächlinge rauften sich um den Rest (das Gesetz des Dschungels). Bis man irgendwann den Punkt erreichte, sich nach einer dauerhaften Beschäftigung umzusehen, die sich mit allen sonstigen Aktivitäten vereinbaren ließ, genauer, lassen würde, was ein, wie heißt es?, zweischneidiges Schwert war, weil feste Termine halt störten, zu oft lag Unaufschiebbares an, dem man sich nicht mit Verweis auf einen Job versagen durfte. Unaufschiebbar nicht nur im Moment, sondern vor allem in Hinblick auf eine Zukunft, die aus der miesen Gegenwart hervorgehen würde, wenn man den Arsch hochbekäme bzw. nicht nachließe im Kampf gegen und im Kampf für. Klare Fronten, keine Kompromisse. Sich womöglich noch die Nüsse trocknen im Staatsdienst, Bürochen und Pensionsanspruch, da schüttelte es einen ja. Also weiter mit: mal hier 'ne Mark, mal da 'ne Mark, höhere Interessen ... gut, sagen wir's ruhig, der Umsturz der Verhältnisse, in denen der Mensch ein erniedrigtes, ein geknechtetes, ein verlassenes, ein verächtliches Wesen ist, auf jeden Fall wichtiger als das persönliche Fortkommen, obwohl sich ... im Lauf der Zeit ... die Erkenntnis heranbildete (zuerst im stillen Kämmerlein, dann auch in der Gruppe ausgesprochen), dass man das auch anders betrachten könnte, zum Beispiel ... man Ausbeutung weder durch Selbstausbeutung noch durch diese Art Militanz aus der Welt schaffe. Ach ja? Und was folgt daraus für dich? Denen alles durchgehen lassen? Whose side are you on? Und hör endlich auf mit Kunst, dieses Gerede immer! Hat denn ein Film, ein Roman, ein Gemälde je die Welt verändert, hat *Guernica* auch nur einen einzigen Faschisten bis zum heutigen Tag davon abgehalten, sein mörderisches Gewerbe auszuüben? Was zählt, ist materielle Gewalt, verstanden? Ins Kino und ins Museum gehen wir dann wieder, wenn wir alle Rentner sind, klapper, klapper ...

Nie lustig, nach einem Bankrott plötzlich vor dem Nichts zu stehen. Wieder von vorn anfangen zu müssen, während die anderen ... tja, so manche Türe zu für immer. Und keine Erbschaft in Sicht, keine jedenfalls, die einen länger durchbringen würde – wenn sie denn einmal da wäre. Sparsam leben das Gebot unzähliger Stunden, Wochen und Monate, wenn man schon kein Talent besitzt, andere für sich Zäune streichen zu lassen. Aber was wollte man auch mit einer toten Ratte an einer Schnur? Murmeln, Drachen, Kreide? Einfacher Warentausch, der auf Zufall beruht. Schlenderst du wo vorbei, kramst in den Taschen, findest einen Chinakracher und fragst: Wie isses, darf ich dafür auch mal mit dem Pinsel? Eine einmalige Verkehrung der Verhältnisse – den Arbeitgeber zu bezahlen. Andersherum läuft's, außer ... außer der Typ ist ein Schwein und hält den Lohn vor wegen mangelhafter Leistung, Schäden, die sein Kuli verursacht hätte. Weil dem am Nachmittag nämlich die Kräfte ausgegangen waren bei der x-ten Schubkarre, die er ein schmales Brett hochzuschieben hatte, um den Bauschutt, Betonbrocken, aus denen Armierungseisen staken, Schaumstoff, Kabelstränge, in einen Container am Straßenrand zu entsorgen. Jedes Mal in einer Wolke von Staub, Staubpartikeln, vielleicht sogar Asbest, frag nicht nach Sonnenschein. Und ohne Mundschutz, wie ihn die Profis trugen, die im zweiten Stock des Gebäudes, einem Einkaufscenter aus den sechziger Jahren, mit Vorschlaghämmern und Flexen eine Disko entkernten, in die was anderes rein sollte, Supermarkt, Büros. Einer von früher war es gewesen, der einem erzählt hatte, er sei jetzt bei einer Abrissfirma (»vorübergehend«), als man sich plötzlich auf benachbarten Decken am Flughafensee wiederfand, Einstieg jederzeit möglich (Montag?), Top-Stundenlohn (halb acht bis halb fünf). Nur feste Schuhe brauche man, unerlässlich, und ein paar alte Klamotten, am besten auch Arbeitshandschuhe, okay? Aber selbst mit Arbeitshandschuhen scheuerten sich die Hände wund an den Griffen der bei jeder Fuhre voll beladenen Schubkarre, die man per Aufzug aus dem zweiten Stock nach unten brachte, von Stunde zu Stunde mehr schwankend und wankend die Planke hoch (mit Anlauf), das Zeug in den Container kippen und zurück in das von Halogenstrahlern ausgeleuchtete Schattenreich der ehemaligen Diskothek (in der man nie gewesen war, Doktor Caligari), wo sich Staub ballte als sei es Qualm, Schaufel nehmen und die nächste Ladung fertigmachen. Was einen noch bei der Stange hielt, spätestens nach der Mittagspause mit wackligen Knien, war ein Zahlenspiel – wenn du vier Wochen bei denen reinhaust, kannst du Juli und August davon leben, obwohl sich deutlich abzeichnete, dass man schon den ersten Tag nur mit Müh und Not durchstehen würde. Wenn überhaupt ... unter den Blicken der Passanten verfilzten Haares mit der Schubkarre auf die Straße, das Brett anvisieren, durchatmen, und ... bloß nicht das Gleichgewicht verlieren, während man die Karre hochschob, fix und foxi, die Arme schmerzten (obwohl man doch wirklich kein Hänger war, nicht gerade ein Herkules, aber bis fünfzehn zum Schwimmtraining gegangen, ein paar Gewichte gestemmt usf.), die Knie butterweich inzwischen, sehenden Auges dem Malheur entgegen (sofern vom Schweiß brennende Augen noch etwas sehen), was hieß, dass der Schwung, den man genommen hatte, um an den Rand des Containers zu kommen, nicht ausreichte, Kraft hatte man eh keine mehr, und die ganze Scheiße einem umkippte auf die Fahrbahn runter, wo im selben Moment die Bremsen eines Autos zu hören waren, das dem Schuttgewitter auszuweichen versuchte ... ausgewichen war, nix passiert, alles easy.

Pustekuchen! Der Fahrer, nachdem er die rechte Seite seiner Büchse inspiziert hatte, begann rumzutoben, unverantwortlich, regresspflichtig, sei ja nicht zu fassen, das hier, keine Absperrung, Polizei, Gewerbeamt, Ordnungsamt, und man dachte nur (nach einer Schrecksekunde), was für ein Knallkopp, ist der bald fertig? Ein heißer Junitag, alles klebte am Körper, Passanten blieben stehen, um nichts von diesem ergötzlichen Schauspiel zu versäumen (Schlossstraße, Steglitz), nicht ein Wort, keine Geste, deren Tenor da lautete: Du hast mein heiliges Auto beschädigt, oder, du hättest es beschädigen können, denn zu entdecken war auf den ersten Blick nicht die kleinste Schramme, als man von dem Brett heruntergestiegen war und mit der flachen Hand über den Lack strich bzw. streichen wollte, weil sofort zurückgerissen von dem Wüterich, was zu einem kurzen Handgemenge führte, und hätte es schon Handys gegeben, wäre binnen Minuten die Polizei aufgekreuzt, aber so ...

Leute, will sagen, bestimmte Männer, die auszucken, weil Besitz für sie die Verlängerung ihres Schwanzes bedeutet, um dessen Verlust sie bangen beim geringsten materiellen Schaden. Was zwar Vulgärpsychologie ist, den Kern der Sache aber trotzdem trifft, Konkurrenzverhalten als Ausdruck eines seelischen Mangels. Was sie einem gerne verkaufen als freier Markt, der alles zum Besten richten würde, immer und überall. Sieg der Konterrevolution auf ganzer Linie (hohoho), jede Erinnerung ausgelöscht oder in ein Spektakel verwandelt, das keine Vergangenheit noch Zukunft kennt; Zukunft als etwas, das über Technik hinausginge, technische Lösungen. Der Ingenieur wird's schon richten, ansonsten kaufen wir Kaffee und Bananen nur aus fairem Anbau und Handel. Pestizidfrei, was willst du mehr? Und irgendwann wird es *eine Welt* sein (mit all den Menschen guten Willens), *dann wohnt der Wolf bei dem Lamm und lagert der Panther bei dem Böcklein. Kalb und Löwenjunges weiden gemeinsam, ein kleiner Junge kann sie hüten* ... wobei sich fragt, wozu es einen Hütejungen braucht für Kalb und Löwenjunges, wenn die Gene ruhiggestellt sind. Nicht ganz durchgedacht von Herrn Jesaja, im Traum empfangene Visionen, eine Stimme, die unerkannt aus den Wolken spricht, aus dem Stammhirn, die einem die Feder führt. Dem Schreiber, dem der Prophet seine Bildnisse schildert, er nur ein Medium. Wie beim Tischrücken, einer Seance, vormalig so beliebte Freizeitbeschäftigung in gehobenen Kreisen. Was wird kommen, was ist zu befürchten, wen müssen wir aufrüsten? Ein abgedunkeltes Zimmer voller Portieren und Palmen und Kelims, die Runde am Tisch mit gespreizten, sich knapp berührenden Fingern, die einen vielzackigen Stern bilden. Klopf, klopf, klopf, lässt es sich aus dem Jenseits vernehmen, und das heißt: Ja, bereitet euch gut vor, wir Geister sehen Schreckliches, Feuerwellen, herumwirbelnde Gliedmaßen. Infernalischer Lärm in der Luft, ein Block aus Blei, mit dem die Landschaft ausgegossen ist, Baumstümpfe, Krater, über denen weit oben, im himmlischen Blau, Stunde um Stunde ein Bussard kreist mit aufgebogenen Schwingenspitzen, bis er auf einmal rüttelnd an Höhe verliert und in einen der Erdtrichter hineinstößt, wo leichte Beute zu finden ist. Ratten, die sich an Eingeweiden gütlich tun, an Zungen, Augen, Herzen, Schwärme kleiner, grauer Feinschmecker. Lernt man was draus? Mitnichten, mitnichten, als gäbe es etwas Stärkeres in der Welt, dessen Pläne von unübertrefflicher Raffinesse sind. Gefangen im Traum eines anderen, aus dem man zu erwachen sucht, immer erfolglos, und trotzdem ... dass man sich trotzdem immer wieder bemüht, was ist das, Verbohrtheit? Unvermögen, das eigene Schicksal zu bejahen? Dabei wäre das, die Bejahung, doch der erste Schritt aus der Gefangenschaft einer Realität, deren Schöpfer man nicht kennt, sei es ein böser, sei es ein guter Geist. Anstatt zu jammern von morgens bis abends, dass die Dinge nicht so laufen, nie so laufen, wie man es sich ausgemalt hat. Sich in die Wirklichkeit stürzen wie ein Leser in die Seiten eines Buches (nur so zum Vergleich), besteht denn nicht darin die wahre, die einzige und letzte Freiheit? Zumindest darf man ja mal fragen, nach Zufall und Gesetz. Wie dieses und jenes so zusammenhängt und wie man darauf kommt, dass in allem ein höherer Sinn steckt. Eine Art Zweck, ähnlich dem Ergebnis einer mathematischen Beweisführung: Quod erat demonstrandum. Oder, in anderen Worten, die Moral von der Geschicht. Aber vielleicht hat sie keine, hatte nie eine, wird auch nie eine haben, grundlos von Beginn an. Jedes Geschehnis so wahrscheinlich wie sein Gegenteil, Hauptsache nur, man glaubt an eine gewisse Logik, folgt Indizien, die man sich zusammenklaubt (ohne an die Möglichkeit zu denken, jemand hätte sie am Wegrand ausgestreut, um uns eine aufmunternde Illusion zu verschaffen). Insofern völlig Banane, wo du anfängst, wo du abzweigst ... du landest doch da, wo du bist. Womit man sich abzufinden hätte, wollte man nicht ständig verzweifeln, kein Geld, niemand liebt mich, und das Wetter lässt seit Wochen auch schon zu wünschen übrig. Wie wehleidig! Als wärest du, als wäre irgendjemand der Einzige, der darunter leidet, Dauerregen, nächtliche Selbstgespräche (der kleine Mann im Ohr). Was man richtig gemacht hat und was nicht, verrannt in Theorien, Stimmen im Kopf ausgeliefert, die man am liebsten fragen würde: *You ... you talkin' to me? Listen you fuckers, you screwheads. Here is a man who would not take it anymore. Here is someone who stood up. You're dead.* Schön wär's, wenn man das könnte, Ideen abschießen wie Travis Bickle herbeihalluzinierte Gegner, über die Schulter in einen Spiegel schauend; um nicht mehr von ihnen gejagt zu werden, Gespenster vom Grund des Bewusstseins. Morast der Geschichte, jeder Geschichte, die erzählt werden kann, deiner, seiner, ihrer, eurer. Na, dann erzähl sie, mach weiter, bis jetzt doch gar nicht so übel, falls du mich fragen solltest. Meinst du? Mein ich. Gut, wo waren wir stehengeblieben? Beim Wetter? Schlechtes Wetter, Unbilden des Wetters, die einem den Tag vermiesen können, dabei war es letzte Woche fast schon wie im Sommer gewesen, über zwanzig Grad,

4

und heute ... ein Rückfall, dachte Peter Möhle, schnöde verhangen der Himmel über dem Landwehrkanal, auf den er von seinem Schreibtisch blickte, eher November als Mai, wenn nicht das Grün der Bäume und Sträucher an den Uferböschungen vom Gegenteil gezeugt hätte, die Götter des Lichts waren erwacht, es war Frühling, und alles würde werden wie in jedem Jahr; zumindest darauf konnte man sich verlassen, kleine Schwankungen inbegriffen. Ein Regenschauer zog in dicken Schnüren am Fenster vorbei, quellendes Wolkengebirg', zwischen graudunklen Dampfschwaden dann der blendende Widerschein einer noch versteckten Sonne. Aber Klimaforschung stand nicht auf dem Abreißzettel, den er in der Hand hielt, sondern *Booklet*, dick unterstrichen jetzt an zweiter Stelle hinter dem notorischen *Hello Sister!*, die Seminararbeiten hatte er endlich korrigiert, den ganzen Samstag und Sonntag über (als es draußen so herrlich war), same procedure as ever.

Wie also am besten, fragte er sich nach einem Schluck Espresso, wie gehen wir vor? *Buongiorno, notte* zur Sicherheit noch einmal ganz durchschauen oder gleich von Szene zu Szene springen zu den kurzen Sequenzen in Schwarzweiß, die Bellocchio in seinen Film hineinmontiert hatte als (wie formuliert man das?) die Phantasmen der Terroristen, Nachtmahre einer

Geschichte, deren Endpunkt die Entführung darstellte, die Kidnapper und der einflussreiche Politiker lebendig begraben in einem Apartment im Rom der siebziger Jahre, in dem sich fast die ganze Handlung abspielte. Gedeckte Farben, kaum ein lautes Wort, die Außenwelt der ständig eingeschaltete Fernseher mit Nachrichtensendungen und albernen Musikshows in abrupten Wechseln. Einmal das Knattern eines Hubschraubers, der tief über die Häuser fliegt, panische Blicke, Paranoia, die Fahndung läuft auf Hochtouren ...

Möhle sah auf seine Armbanduhr, halb neun, seit fast zwei Stunden hatte er Mails beantwortet, Zusagen, Absagen, Literaturhinweise, Formblätter, Verabredungen (»Lass doch schön essen gehen, ins Einstein?«), was zwar nicht das Optimum war, einen Tag zu beginnen, ihn allerdings erleichterte, ungemein, jetzt hätte er Ruhe bis ... bis der Text für die Jungs von *Frame* stand, so gut geschrieben, wie es ging, und wenn sie hundertmal kein Geld hatten, ihm etwas dafür zu zahlen, das war er sich und ihnen schuldig, dem Traum von einer Sache. Wie sähe die Welt denn aus, ohne Leute wie sie, die aus purer Leidenschaft ... erspießlicher bestimmt nicht. Er schob die DVD ins Laufwerk, es klackerte und rauschte, dann wählte er *lingua: sottotitolo inglese*. Es gab noch Untertitel in Französisch, doch hatte er die Sprache nie gelernt (die Basics, um sich beim Festival in Deauville einen Humpen Bier bestellen zu können), und warum nicht? Weil auf dem famosen Schelling-Gymnasium Französisch nicht unterrichtet wurde, stattdessen Catull, Tibull, Properz, jede Klassenarbeit ein Vorgeschmack aufs Fegefeuer. Er legte sich ein leeres Blatt neben dem Computer zurecht, nahm einen Kuli zur Hand und drückte auf Start.

Ein Makler führt ein junges Paar durch eine Wohnung, mehrere Zimmer, Parkett, vor dem Wohnzimmer ein von außen nicht einsehbarer Patio. Der Mann ist Ingenieur, die Frau Bibliothekarin (erfahren wir), solide, bürgerlich. Während der Makler, ein leicht schmieriger Typ mit langen Locken, wie ein Wasserfall redet, ertönt der Triumphmarsch aus *Aida*, erstirbt wieder. Schnitt. Fernsehbilder, es wird Cancan getanzt, Pariser Leben von Jacques Offenbach, ein Moderator im Smoking erscheint und zählt den Countdown, Feuerwerk auf dem Monitor, dann auch vor den Fenstern des Zimmers, in dem die Sendung läuft, das Gesicht der schönen jungen Frau (aus Szene 1), die jetzt auf dem Schoß eines lesenden bärtigen Mannes schläft, rot und orange überflammend. Der Bärtige (in ihrem Alter) ist nicht der Ingenieur, sie wacht auf, strahlt, lacht, die beiden umarmen und küssen sich, frohes neues Jahr. Schnitt. Der Bärtige und der Ingenieur bauen in der Wohnung rum, im Hintergrund fädelt sich Schlagermusik aus dem TV-Gerät, eine Nachbarin schellt. Schnitt. Das Ziepen eines elektrischen Weckers, die junge Frau dreht sich im Bett um und schaltet ihn aus, dabei fällt ihr ein Buch herunter, es ist ... die Kamera bewegte sich zu schnell, war nicht zu erkennen. Möhle hielt den Film an und klickte sich zurück, stop, er beugte sich vor ... *La sacra famiglia*, in einer Taschenbuchausgabe mit weißrotem Einband, auch das nie gelesen, hätte man sollen?

Was hätte man schon sollen, dachte er, und wann, wann ist überhaupt der richtige Zeitpunkt für irgendwas, wäre es gewesen, um sich Umwege zu ersparen. Eine Begegnung, ein Gespräch, die einen aus einer Sackgasse herausholen würden. Wrong direction, baby! Als könnte man immer erst hinterher sagen, wo's gefehlt hat, vor allem theoretisch. Und weil die Gegenwart so blind ist, klammert man sich an die Zukunft, glorreich und lichterfüllt. In der zudem alle Frevel der Vergangenheit gerächt sein werden, die Menschheit auf güldenem Pfad, nur noch Ringelpietz mit Anfassen. Oder etwa ohne? Weil der Körper nicht mehr existiert in jenem Elysium und der reine Geist herrscht, Geist der Engel über den Wassern. Kein Blut, kein Schweiß, kein Sperma. Keine heißen Tränen, die man ob des Liebsten vergießt ... genau, die Liebe muss dann auch abgeschafft sein. Jedenfalls diese, die profane, die uns dazu bringt, stundenlang im Regen zu stehen in der vagen Hoffnung, jemanden zu sehen, zu sprechen, zu berühren. Fass mich nicht an, du, du ... Betrüger. Es tut mir so leid. Fuck off. Eh, Peter, wie bist du denn plötzlich drauf ... schlecht geschlafen?

Im Flur rumpelte es, als fielen Stiefel vom Schuhregal (was sie wahrscheinlich auch taten), Ian machte sich startklar. Ohne Geräuschpegel ging's für ihn nicht, ein Mann von Ende vierzig, der nicht anders als rumoren konnte – wobei immer, einräumen, aufräumen, ein Paar Schuhe anziehen. Widerspenstig wie die Dinge, die nie so wollten wie er, weshalb sie mit Flüchen belegt wurden, durchgeschüttelt, in die Ecke gepfeffert. Ob er sich in der Botschaft gesitteter benahm? UK-Marketing and Event Support in Form von Suchaktionen, zu denen das Entleeren von Schubladen auf den Boden prinzipiell dazugehörte, als krisenfester Ausgangspunkt für weitere Recherchen (Schlüssel, Kreditkarte, Reisepass, in der Regel zwei Stunden vor dem Abflug). Es klopfte an der Tür des Arbeitszimmers, Ians Kopf im Rahmen, als Möhle sich umdrehte.

»Fuckin' late.«
»Vergiss das heute Abend bei Josepha nicht.«
»Ich komme vorher noch vorbei hier. Bist du da?«
»Yes, my dear.«
»Viel Lust hab ich nicht.«
»Ich etwa?«
»Wehe, es gibt nichts Gutes zu essen«, sagte Ian, Mantel überm Arm, in Anzug und Krawatte.
»Warmes Büfett, keine Ahnung.«
»Bis später. Arbeite schön.«

Der Kuli, der durch die Luft flog, traf die schon wieder geschlossene Tür, kollerte über die Dielen.

»Love you«, hörte man von draußen, dann den üblichen Knall ... zu ist zu.

Möhle rollte mit seinem Drehstuhl (Ergonomie im Büro) nach hinten und hob den Kuli vom Boden, wieder zurück an den Schreibtisch. Auf dem Bildschirm das eingefrorene Bild des Buches, *Die heilige Familie*, eine der Frühschriften aus dem Hause Marx/Engels (wusste man gerade noch ohne Telefonjoker), doch was da drin stand ... schwerlich schon eine Kritik der bürgerlichen Familie, zerschlagt die Herrschaft der Patriarchen und macht euch auf die Reise, Parolen von früher, die deshalb aber nicht verkehrt waren, keineswegs. Die Versuchung, bei Wikipedia nachzuschauen, was es mit der *sacra famiglia* genau auf sich hatte, rang er tapfer nieder (der erste Klick auf den ersten Link wie bei einem Alkoholiker das erste Glas), fragte sich vielmehr, wie weiter verfahren – wirklich den ganzen Film noch einmal von Anfang bis Ende angucken oder im Schnelldurchlauf jetzt die Stellen suchen, auf die es für ihn ankam, von denen er ausgehen wollte in seinem Text für das Booklet, diese kurzen Ausschnitte aus anderen Filmen, die wie Fremdkörper, wie Meteoriten from outer space in *Buongiorno, notte* eingeschlagen waren. Zehn, zwanzig Sekunden lang Bilder in Schwarzweiß, manchmal flackernd, hier und da mit den Kratzspuren älterer, oft abgespielter Kopien. Verregnet, weil Zelluloid sich beim Umspulen an Zelluloid gerieben hat, bald verschwunden. Festplatte in den Beamer geschoben und aus die Maus, diese Geschichte war so gut wie vorbei. Möhle blickte auf den Monitor, das Buchcover, die Zeitleiste. Zwölf Minuten hatte er durch, in einer der nächsten Szenen würden sie den Entführten in einer Holzkiste in die Wohnung bringen, während es im Fernseher eine Sondersendung gibt (das Programm ist unterbrochen), am Tatort die Leichen der Polizisten und Leibwächter in Nahaufnahme, Patronenhülsen auf dem Pflaster, Glasscherben, eine Aktentasche. Richtig erinnert? Er ließ den Film weiterlaufen, knatterndes Rotorengeräusch über den Dächern, dann ein Hupsignal, die junge Frau schließt die Türe zur Terrasse, Schnitt, flüsternde Stimmen im Halbdunkel des Wohnungsflurs, Wäsche und Handtücher werden in den Verschlag gereicht, den der als Ingenieur Getarnte und der Bärtige hinter einer Schrankwand voller Bücher gebaut haben (unsichtbar darin jemand, den sie mit Presidente ansprechen), Schnitt, die Entführer sitzen auf der Couch im Wohnzimmer nebeneinander vor der Glotze, auf dem Bildschirm ein Mann mit schwerer Kastenbrille, der eine kämpferische Rede hält (damit kommen sie nicht durch, die Mörder ...), Schnitt, die junge Frau, die mittlerweile eingeschlafen ist (es muss jetzt spätabends sein), wird vom Bärtigen ins Schlafzimmer getragen und ins Bett gelegt, Schnitt, Close-up auf ihr Gesicht, ihre geschlossenen Augen, symphonische Musik setzt ein, Schnitt, das Bild ist plötzlich schwarzweiß, verwaschen, eine schneebedeckte Bank in einem Park, Schleier aus Schnee wehen durch die Luft, nun die Bank von nahem ... halt.

Möhle lehnte sich in seinem Drehstuhl zurück, verschränkte die Arme. Damals in Venedig bei der Pressevorführung war sofort der Name gefallen, wie bei einem Ratespiel für die im Saal versammelten Kritiker – »Wertow«, hatte einer schon vor Ende der Sequenz halblaut gesagt, noch ein anderer in der Reihe hinter ihm, bevor der Film dann weiterging in der klaustrophobischen Gegenwart dieser Wohnung mit ihren gedämpften Farbtönen, leisen Stimmen, dem Fernseher im Dauerbetrieb. Die Bank war die berühmte Bank im Park von Lenins Sommerhaus, auf vielen Fotos konnte man ihn darauf sitzen sehen, allein, seine Frau oder jemanden aus der alten Bolschewikengarde zur Seite, und Dsiga Wertow, das Genie ... Wertow hatte Aufnahmen der Bank – leer, im Schneetreiben – als Scharnierstellen, als Verbindungsstücke eingesetzt zwischen die drei Kapitel von *Drei Lieder über Lenin*, einem der besten, der mitreißendsten Agitprop-Filme, die je gedreht worden waren, oh ja, dachte Möhle, muss man so sagen, wer sich danach nicht zum Kommunismus bekehrt, ist entweder schon tot oder hat einen Stein in der Brust, absolut perfekt, in jeder Beziehung.

Wann hatte er die *Lieder* zum letzten Mal ganz angeschaut, in einem Seminar zur Montage, vor fünf Jahren, acht? Eines seiner ersten, war es nicht so? Semantik der Montage, irgendein Titel, der dem akademischen Umgangston genügte. Als könne man die Bilder aus ihrer Zeit herauslösen, als hätte es nie ein Publikum dafür gegeben, Kinozüge, die durchs Land fuhren, um das Licht der Aufklärung in Jurten und Lehmhütten aufstrahlen zu lassen. Erkennt endlich den Unfug der Religion, Frauen, befreit euch! Getragen von der Gewissheit, dass alle Menschen gleich sind, alle das Recht auf ein eigenes Leben haben, Hunger, Versklavung, Analphabetentum ausgerottet gehören, an jedem Ort der Welt. Frauen, die in Wertows Film ihre Burkas ablegen (Samarkand), lesen lernen, Radiostationen betreiben, Stahl kochen, Aufbruch allenthalben. Ärztinnen, die kleine Mädchen in einer Ambulanzstation in der Steppe wiegen und abhorchen, wir kümmern uns um euch, ihr werdet zur Schule gehen, ihr werdet keine Unterworfenen mehr sein. Was war daran falsch? Nichts. Ein Feind der Gattung, wer sich weigerte, solch ein Programm zu unterschreiben. Die Festungen der Ignoranz und des Vorurteils schleifen, die Macht der Kasten und Klassen brechen, die auf dem Rücken aller anderen leben, im glitzernden Schein ihrer Verdorbenheit. Kein Zögern, kein Zaudern, hier ist die richtige Seite, bei uns, reih dich ein, Genosse (jeder, der noch einen Funken Verstand besitzt). Der Weg wird lang sein, dornenreich, dessen sei dir bewusst, doch die Zukunft der Menschheit steht auf dem Spiel, und das ... ja, der Preis ist hoch, aber wenn nicht wir, wer denn dann? Die Vorhut des Fortschritts, durch nichts zu schrecken. Gefängnisse unsere Universitäten, versteckte Druckerpressen unser Kapital, Gerichtssäle unsere Tribünen: Ihr Herren da oben, verurteilt uns – die Geschichte wird uns freisprechen. Weil ... die Geschichte nämlich ein Ziel hat, auf das sie zusteuert, wie verschlungen ihre Bahnen sich manchmal auch darstellen. Daran muss man glauben, musste man uneingeschränkt, sonst hätte man das doch alles gar nicht auf sich genommen, endlos Demonstrationen, zu denen man fuhr, Straßenblockaden, oder sich frühmorgens aus dem Bett zu quälen, vier Uhr dreißig, um vor den Werkstoren von Siemens (AEG, Borsig) Flugblätter zu verteilen, die wieder und wieder die Konzernspitze entlarvten, Lohndrückerei, Bestechung von Politikern, offenes Paktieren mit den Juntas in Chile und Argentinien.

Am Abend zuvor fand man sich immer in der regionalen Parteizentrale ein, zwei übereinandergelegenen Fabriketagen auf einem Hinterhof im Wedding *(... haltet die Fäuste bereit!)*, wo entschieden wurde, was auszurufen sei als Hauptparole, meist die Überschrift des Flugblattes, das in den Räumen unten gedruckt worden war (von wegen Fotokopierer), der Text von der Bezirksleitung (nach Diskussionen in den verschiedenen Zellen) entworfen und vom Generalsekretariat durchgewinkt oder korrigiert, seid deutlicher, kein Versöhnlertum (der Sozialimperialismus ist der Todfeind der Völker Europas, stets im Hinterkopf zu behalten). Ein langer Tisch, um den alle saßen, längs der Wände Metallregale mit Broschüren und Stapeln von Plakaten, Buchreihen, die blau-rot-braune Einbände hatten, Stoffrollen für Transparente. Gegen Beschwichtigungen und Verharmlosungen der Revisionisten galt es zu agitieren, sollten sich Gespräche mit den Arbeitern ergeben (sofern nicht zu erschöpft nach der Schicht oder zu sehr in Eile, um pünktlich an die Stechuhr zu kommen), eventuell darauf hinweisend, dass die revolutionäre Gewerkschaftsopposition in dem entsprechenden Betrieb schon Fuß gefasst habe und zur nächsten Betriebsratswahl eine eigene Liste bilden werde, ob man von den Kollegen vielleicht gehört habe, was man von ihren Forderungen halte ... indes nicht zu unterschlagen war, welche Verheerungen die antikommunistische Propaganda (und der Verrat an den Grundsätzen des Marxismus-Leninismus in den Ländern des sog. Warschauer Vertrages) im Bewusstsein des deutschen Proletariats angerichtet hatte, fast von null musste man beginnen, vergessen alle Kämpfe, die geführt worden waren, bewährte Traditionen, Fahnen, Symbole, Liedgut, das Wissen um die eigene Stärke und die Möglichkeiten, verschüttete Möglichkeiten, den Herrschenden Paroli zu bieten ... Mann der Arbeit, aufgewacht! Und erkenne deine Macht! Alle Räder stehen still. Wenn dein starker Arm es will.

Schwierig, sehr, sehr schwierig ... in einer Welt aus Reklameversprechen und Pauschalreisen. Die tägliche Erfahrung an Fließbändern und Drehbänken des Abends weichgespült von läppischer Unterhaltung, ein bläulich flimmernder Einklang in den Gebirgen der Trabantenstädte und lebenslänglich abzuzahlenden Reihenhäuser – Mirácoli und Dalli Dalli, läuft und läuft und läuft. Und zuvor um acht das nationale Hochamt der Fehlinformation, Massendemonstrationen, über die nicht berichtet wird. Spontane Streiks, Solidaritätsbekundungen von Werktätigen, die der Verblendung des kapitalistischen Apparats noch nicht erlegen sind. Bis hierher und nicht weiter ... wenn du rufst: Es ist genug! Allein Disziplin, die Reinheit einer unverdorbenen, den Idealen des Internationalismus verpflichteten Organisation vermochte dem zu trotzen, den Abgründen an Schund, an Flitter, die das richtige Denken zu vernebeln drohten, Einsicht ins Klasseninteresse. Als hätte sich durch die Niederlage des Faschismus etwas daran geändert, nein, die Lehren von früher waren aktuell wie je, Wachsamkeit vonnöten. Ganz besonders, um Links- oder Rechtsabweichlern beizeiten das Handwerk legen zu können und einem sich allseits frech hervortuenden Subjektivismus entschlossen entgegenzutreten. Wie hatte das vietnamesische Volk denn jüngst seine Befreiung errungen? Gegen eine mit den modernsten Waffen ausgerüstete Kriegsmaschine, etwa durch Rockmusik und Gruppentherapie? Rauschgift? Poetische Anwandlungen? Da lachen ja die Hühner ... Genossen! Es war (schreibt's euch hinter die Ohren) die unverbrüchliche Einheit der um ihre weise Führung gescharten KPV, die den kämpfenden Massen die

Richtung zum Triumph über den US-Imperialismus wies, und nichts anderes ... woraus sich zwingend die verbrecherische Schädlichkeit jeder auf Spaltung zielenden Tätigkeit ergebe, jeder Verunsicherung der Arbeiterklasse durch individualistische Mätzchen. Wie es der Leiter einer Schulung für zukünftige Parteikader mit nüchterner Stimme auszudrücken beliebte, im Aufenthaltsraum einer Jugendherberge im Westfälischen, wohin man aus allen Teilen des Landes angereist war (delegiert worden war), um während eines Wochenendes sowohl theoretisch *(Der kurze Lehrgang ...)* als auch praktisch (Verhaltensmaßregeln, Kleidung etc.) mit den Notwendigkeiten einer revolutionären, auf der Seite des Volkes stehenden Politik vertraut gemacht zu werden – kein Alkohol, sich unbedingt fit halten. Was einen, ob man es wollte oder nicht, an den immer entstellten Sinnspruch vom gesunden Geist erinnerte, der im gesunden Körper stecken würde, obwohl Juvenal doch genau das Gegenteil im Auge hatte ... Gerundivum und Konjunktiv, es sei darum zu beten, es möge so sein ... wenigstens das, wenn auch nicht viel mehr, hatte man vom Lateinunterricht im Gedächtnis behalten, dieser Horrorshow bei Gerd von Bergsell (Hinterpommern), der jede Stunde mit Verwünschungen der Regierung Brandt begann, die man fast schon genoss, weil er dann nicht Vokabeln abfragte oder seine Opfer in den Untiefen irgendwelcher Konjugationen ersaufen ließ ... nein, dreimal nein, schoss es ihm an jenem Wochenende durch den Kopf (ich heiße Peter Möhle, Grundorganisation Berlin-Wedding), unwillkürlich einem seit längerem schon tief in ihm nagenden Zweifel Raum gebend, der sich in den folgenden Monaten auswuchs zu einem Umsturz der meisten Annahmen, die in den Kreisen seiner bisherigen Mitstreiter (Parteigenossen) den Rang von Naturgesetzen hatten, das *Volk* und die *Arbeiterklasse* betreffend, und dann auch all das, was dauernd als Nebenwiderspruch abgetan wurde, oft verächtlich gemacht, die

Sache der Frauen, der Inhaftierten, der Verrückten, der Obdachlosen, die untergingen mit ihren berechtigten Forderungen im sich voranwälzenden Strom des historischen Materialismus, der in naher, wenn nicht nächster, sozusagen ums Eck wartender Zukunft die Bedrücker der Menschheit mit sich fortreißen würde, auf Bildern in einschlägigen Broschüren verkörpert durch kernige, möglichst noch ihre Schutzhelme tragende Proletarier, die in geschlossener Front unter wehenden Fahnen einhermarschierten ... brecht die Sklaverei der Not! Brot ist Freiheit, Freiheit Brot!

»Hast du da je dran geglaubt, ehrlich, Peter?«, fragte Beate, die er zu einem Spaziergang im Tegeler Forst getroffen hatte, nachdem ihm mehr als deutlich geworden war, dass er sich auf dem falschen Dampfer befand – sicher, sie habe Zeit, Samstagmittag?

»Du doch auch«, unter seinen Schritten raschelte und knackte trockenes Herbstlaub, »genauso.«

Beate zog eine Packung Tabak aus ihrem Anorak, der einen fellbesetzten Kragen hatte, und drehte sich eine Zigarette. Den Blick auf das Papierchen in ihren Händen, sagte sie:

»Glauben, ich weiß nicht ... ist vielleicht nicht der richtige Begriff. Es ging mir mehr um, um Schlagkraft.«

»Ausgerechnet.«

»Was? Ausgerechnet?«

»Schlagkraft.«

»Eine Organisation«, sie leckte das Papierchen an. »Hast du Feuer?«

Er schüttelte den Kopf.

»Hast du?«

»Ich rauch doch nicht.«

»Stimmt«, Beate ließ die Zigarette von ihrer Handfläche in die Packung gleiten und verstaute sie wieder in ihrer Anoraktasche.

»Ein objektiver Fehler, was?«

»Objektiv und subjektiv«, sagte sie, einen Schwung Blätter mit einem Tritt vom Waldboden auffegend.
»Eine Frage des Klassenbewusstseins.«
»Vermutlich.«
»Was ist eigentlich dein Vater?«
»Tot.«
»Oh ... tut mir leid.«
»Muss dir nicht leidtun«, sagte er. »Der war Arzt. Autounfall.«
Sie schwiegen ein Stück des Weges.
»Und deiner?«
»Fernfahrer.«
»Im Ernst?«
»Im Ernst.«
»Hört sich romantisch an.«
»Der war nie zu Hause und ist nie zu Hause. Außer zum Schlafen und Rumhängen.«
»Manchmal nicht das Schlechteste.«
»In diesem Fall, ja.«
Beates Witz, ihr bissiger Ton, vertrieb umgehend das Gefühl der Leere oder vielleicht der Vergeblichkeit, das ihn schon plagte, als sie im Frühjahr von heute auf morgen nicht mehr erschienen war zu einer der obligaten Sitzungen (worüber niemand ein Wort verlor, Asche zu Asche), und an Macht gewonnen hatte bei jedem Satz, jedem der großen Worte, die er beinah täglich hörte und selbst im Mund führte, wie alle anderen um ihn herum, Anrufungen gleich, die Bedeutung und Gewicht hatten, geschichtlichen Sinn. Die Weisheit des Volkes, die diesem qua Geburt zu eigen war und von der Partei zum Ausdruck gebracht wurde, was es will, was es fühlt, was es denkt ... der ganze Rest (das Patriarchat) dann nach dem Sieg (erledigt sich von allein). Als wäre es völlig unwichtig, zu vernachlässigen bis zur Selbstaufgabe, dass das Volk ... die Meinungen des Volkes ... schon

der Begriff war fragwürdig genug. Genau, lügen wir uns nichts vor, ein Popanz, den wir geschaffen haben, anstatt Aktionen zu unternehmen, die real etwas bewirken, die kenntlich machen, dass es einen Widerstand gibt, der angreift und nicht auf die historische Erlösung wartet. Weil, da kannst du hier in Deutschland nämlich warten bis zum Sankt Nimmerleinstag. Oder dass der Letzte sich auch noch eine Bahnsteigkarte gekauft hat, vergiss es.
»Bist du offiziell ausgetreten?«
»Nee.«
»Hast du Angst?«
»Quatsch«, stieß er hervor, Beate legte im Gehen eine Hand auf seine Schulter. »Ich werd einen Brief schreiben.«
»Und dann?«
»Nichts *und dann*.«
»Also ... du verabschiedest dich ganz?«
»Hab ich nicht gesagt.«
Sie schlugen die Richtung zum See ein, der zwischen den Bäumen schon zu sehen war, eine im Licht der späten Oktobersonne grausilbern schimmernde Fläche, auf der ein unermüdliches Segel noch langsam dahinglitt. Er wollte und würde weitermachen, aber nicht mehr so, Vorurteile und Hass, die einem täglich entgegenschlugen, Aufrufe zur Lynchjustiz an den politischen Gefangenen oder sie verhungern zu lassen, Hetze gegen Außenseiter, gegen Gastarbeiter, die man jetzt, wo der Kapitalismus in die Krise geraten war, am liebsten deportiert hätte, dazu die ganzen Sonderparagraphen, die nur als fadenscheiniger Vorwand dienten, um der radikalen Opposition das Genick zu brechen (warum sonst?), flächendeckende Überwachung von Unis und Betrieben durch staatliche Spitzel (wir wissen alles, du Schwuli) und immer wieder Razzien nach Tipps besorgter Bürger (in dieser WG, also, da geht's zu wie in einem Taubenschlag), mit Hochgenuss die Möbel kurz und klein gehauen, Maschinenpistolen im Anschlag ...

»Man muss konkret sein«, Beate verschränkte ihre Arme vor der Brust, blickte auf den Waldboden, »nur so kann man was vermitteln.«

»Wo man den Zusammenhang erkennt«, sagte er, »als direkte Antwort.«

»Haben Sie vielleicht Feuer?«

Der Mann blieb vor ihnen stehen, durchsuchte die Taschen seiner Windjacke und schüttelte den Kopf.

»Eigentlich hätte ich Feuer.«

»Macht nichts«, sagte Beate, »danke.«

Leicht vorgebeugt steckte der Mann die Hände in seine braune grobe Cordhose, verzog dann sein tief gefurchtes Gesicht unter der Schlägermütze und stapfte um sie herum, vor sich hin brummend.

»Hast du einen Job?«

»Amerika-Gedenkbibliothek, seit sechs Wochen.«

»Bücher sortieren?«

»An der Ausleihe, halbtags.«

»Auf Karte?«

»Ganz regulär.«

Nicht der erste und nicht der letzte Studienabbrecher, der das bürgerliche Recht und die politische Wissenschaft hinter sich gelassen hatte und als vielstellige Zahl in der Rechnerzentrale der Sozialversicherung angekommen war, mit 820 Mark zu versteuerndem Einkommen, das für das Lebensnotwendige reichte, die Einzimmerwohnung, Aldi, Kino, Monatskarte (»to live outside the law, you must be honest«, Bob Dylan). So war der Stand, sich zum ersten Mal seit langem unabhängig fühlend und zugleich wie unter Beobachtung, in einem Haus, einem Seitenflügel voller Spießer, eine Etage tiefer eine Sekretärin (?), die sich über zu laute Musik beschwerte, Bässe, die durch die Decke vibrieren würden ... aber gut, eine bessere Zuflucht kaum denkbar, im vierten Stock ein junger Mann mit festem Arbeitsplatz, ordent-

295

lichem Aussehen, den umstürzlerischer (oder widernatürlicher) Neigungen zu verdächtigen nur jemandem einfallen konnte, der eine besonders kranke Phantasie hatte ... grüßt immer freundlich und trägt Oma Meerhorst die Briketts nach oben.

Ob er schon von Pentalux gehört habe, fragte Beate, als sie ans Ufer des Sees getreten waren, ein schmaler dunkler Sandstreifen, über den schwachbrüstige Wellen schwappten, das sei, er hatte verneint, ein Leuchtgerätehersteller aus Süddeutschland, der Fabriken in der Dritten Welt betreibe, auf den Philippinen, wo man Hungerlöhne zahle und, logisch, Arbeitsbedingungen herrschten, die zum Himmel schrien, giftige Dämpfe, keine Lüftung, ein Klo für 500 Arbeiter. Bürolampen, Deckenlampen, diese Gitterdinger, die es garantiert auch in der AGB gebe, müsse er nur hochgucken, in den Paneelen.

»Ich erinnere mich«, sagte er, »da wurde gestreikt, oder?«

»Die Geschäftsführung hat das Militär gerufen, die Philippinen ... ist ja sowieso 'ne Art Militärdiktatur.«

»Und jetzt?«

Man müsse sich überlegen, sagte Beate, was praktische Solidarität bedeute, ganz bestimmt nicht Flugblätter verteilen. Oder zum Boykott von Pentalux aufrufen, zumal die Lampen von denen vorrangig gewerblich, er wisse schon, in Großraumbüros, genutzt würden, bei der Polizei, Restaurants, folglich ...

»Wie werden die vertrieben?«

»Großhandel«, sagte Beate und sah ihn eindringlich an, »zwei Großhandelsfirmen. Ich ... wir haben ein bisschen recherchiert.«

Überflüssig zu fragen, wer *wir* war, sicher nicht viele, keine Armee, die es mit anderen Armeen aufnehmen wollte, eine Gruppe von vier oder fünf, fünf oder sechs, deren Vorgehensweise ... Menschenleben dürfen nicht gefährdet werden, aber der Schaden mehr als symbolisch, dass es für die zu spüren ist, eine klare Linie ziehen.

Er wandte seinen Blick ab und sah aufs Wasser, zu einer Insel, hinter der das Segelboot verschwunden zu sein schien, ein leises Glucksen war zu hören, die Schuhsohlen versanken ein wenig im Sand. Man ist nicht machtlos, dachte er und erschrak. Man kann etwas tun, in seiner Brust ein Druck, als sei da eine Faust ... sich von der Macht nicht dumm machen lassen, so wenig wie von der eigenen Ohnmacht. Weil darauf alle Maßnahmen der Herrschenden abzielen, die ganze Propaganda in den Medien. Gehirnwäsche. Und wenn es sein muss auch Counterinsurgency, durch die Geheimdienste, das war belegt, dafür hatte man hinlänglich Beweise.

»Eine Firma sitzt in Eschborn, von da werden die Lampen zu den Käufern gebracht. Das sind meist größere Aufträge, verstehst du, bei Neubauten und so.«

»Wo ist Eschborn?«

»Ein Vorort von Frankfurt«, sagte Beate, »viel Gewerbe.«

Dass man auf Hin- und Rückfahrt die Züge wechseln würde, musste einem nicht eingebläut werden, ebenso nicht, beim Fotografieren der Lagerhalle äußerste Vorsicht walten zu lassen, ein Wagen mit Frankfurter Kennzeichen stehe in der Nähe des Bahnhofs bereit, Schlüssel klebe unter der Beifahrertür. Wo er nachher auch wieder hinkäme, das Wageninnere leergeräumt von allem, was man mit sich geführt haben könnte, Kartenmaterial, Wasserflasche etc. Und Kippen nicht in den Aschenbecher, falls man Raucher sei ... oder in Stresssituationen dazu neige, sich eine anzustecken. Nein, selbst dann nicht, sondern an der Nagelhaut kauen, bis sie blutig ist.

Keine unüberwindlichen Zäune, nachts kein Pförtner (nirgends eine Schranke oder ein Häuschen zu entdecken), weit und breit nur Verwaltungsgebäude, Parkplätze, andere Lagerhallen, irgendwelche Nachkriegsbaracken. Zwei Tage Observation, im Kopf eine Straße und eine Hausnummer im Ostend, wo ein Zimmer, eine Matratze ... darauf bauend, dass die Leute, die man nicht kannte und mit denen man kaum ein Wort wechselte, dichthielten, wahrscheinlich (natürlich doch) die eigenen Überzeugungen teilend (oder ihnen Sympathie entgegenbringend), vereint im Kampf gegen die Profiteure weltweiter Ungerechtigkeiten, Kontinente umspannender Vernetzungen, deren Gewinne auf dem Leid asiatischer und südamerikanischer Arbeiterinnen und Arbeiter beruhten, die von einheimischen Militärregimen ihrer Rechte beraubt wurden, vom Westen ausgerüsteter Regime, Hauptsache, der Rubel rollt, ansonsten die Hände in Unschuld waschen – also wirklich, für die Verhältnisse da drüben tragen wir keine Verantwortung. Falsch, dreimal falsch, dafür tragt ihr die Verantwortung, das ist eure Geschäftsgrundlage, die wir empfindlich stören werden, eine andere Sprache versteht ihr ja nicht.

Nicht nur an jenem Herbstnachmittag am Ufer des Tegeler Sees, auch bei den Treffen, die folgten, strahlte Beate (»der Kontakt«) eine derartige ... kann man Ruhe sagen?, ruhige Entschlossenheit oder vielleicht Sicherheit in ihrem Verhalten, ihrer Argumentation aus, dass man bestimmte Fragen (ob nicht doch Menschen zu Schaden kommen könnten) gar nicht erst zuließ, aber ... erbärmlich, dachte Peter Möhle, nein, noch viel ärger, es ist ehrlos, sich reinzuwaschen, indem man alles abwälzt auf äußere Einflüsse, Einflüsterungen magischer Kräfte, denen man nichts entgegenzusetzen gehabt hätte. Vielmehr ... man glaubte einfach; wurde zusammengeschweißt durch den Glauben, eine Geschichte, ein Ereignis, nicht hinnehmen zu dürfen, politisch nicht, moralisch nicht, überhaupt nicht, sondern darauf ganz praktisch, ganz materiell reagieren zu müssen, weil nur so etwas zu bewirken wäre – sofortiger Stopp des Verkaufs von Lampen aus philippinischen Knochenmühlen.

Es hätte schlimm ausgehen können, wenn die Feuerwehr nicht rechtzeitig angerückt wäre, einen Wachmann, der eine Rauchvergiftung davontrug, aus den Flammen befreiend. Der sich da aufs Ohr gelegt hatte oder getrunken, who knows. Trotzdem

(Großalarm, hieß es in der Presse, acht Löschzüge) brannte die Halle bis auf die Grundmauern nieder, samt Lampen, Paletten, Gabelstaplern, was als Erfolg zu bezeichnen ... Verjährungsfrist zehn Jahre, fünf Jahre für Handlanger und Gehilfen, selbst wenn sie keinen der Täter je zu Gesicht bekommen hatten (wie es im AGB-Exemplar des Strafgesetzbuches zu lesen stand). Außer Beate, der einige belichtete Filme und ein detaillierter Zeitplan übergeben wurden, wäre persönlich an der Sache beteiligt gewesen, nachts ... man wusste es nicht und wollte es auch nicht genau wissen. Eine Kette blinden Vertrauens, von der einem immer nur das nächste Glied bekannt war, was die Beweislage verkomplizierte. Für wen? Den Staatsschutz, auf der Suche nach Spuren. Könnte er denn welche finden, Indizien, Zeugenaussagen? Wieso Zeugen? Na, zum Beispiel jemand, der ein verdächtiges Auto in den Tagen vor dem Anschlag beobachtet und sich das Kennzeichen notiert hätte, weil ... der ist öfter sehr langsam am Firmengelände vorbeigefahren, hat dann schräg gegenüber vom Eingang geparkt und Fotos gemacht, so sah das für mich aus. *Der?* Ja, war ein jüngerer Mann, soll ich den mal beschreiben? Und schon existierte ein Fahndungsbild, das an Litfaßsäulen klebte, in der Zeitung gedruckt würde: Für sachdienliche Hinweise ist eine Belohnung von 10 000 Mark ausgesetzt. Bedeutete? Jahre im Knast ... was tut man bloß?

Sich betrinken und die Bettdecke über den Kopf ziehen war – bei Gott – keine Lösung; verschaffte einem aber ein paar Stunden bleischweren Schlaf, bevor es erneut losging mit Herzrasen und Schweißausbrüchen. Sei es im Supermarkt, sei es in Bus oder U-Bahn, das Gefühl, insgeheim schon beschattet zu werden, entpuppte sich als treuer Begleiter auf allen Wegen. Die Dinge rational zu betrachten erwies sich als schwierig bis unmöglich, nicht einmal die Tatsache, dass es im Grunde keinen handfesten Beweis der Mittäterschaft gab und geben konnte (Fingerabdrücke im Auto negativ, da Lederhandschuhe getragen), man also im

Verdachtsfall nur leugnen musste, jemals in Eschborn gewesen zu sein, ließ einen zur Ruhe kommen (sofern Ruhe der passende Ausdruck ist), mochte man sie sich auch, diese doch absolut un-be-streit-ba-re Tatsache, ins Gedächtnis rufen, wann und wo und wie oft man wollte. Unnütz, den Himmel zu verfluchen oder sich wieder und wieder der Leichtfertigkeit zu zeihen, die Idee, ein paar Monate zu verschwinden (vulgo: sich abzusetzen), gewann an Stärke, bis das ganze Denken sich in einem einzigen Wirbel nur noch darum drehte – völlig panisch nach einem Telefonat mit Petra, die in einem Mainzer Krankenhaus ihre erste Stelle angetreten hatte, als es im Sekundentakt in der Leitung knisterte und ziepte. Ein merkwürdiges Gespräch schon allein deswegen, weil es gar nicht in Frage kam, bei ihr (als Schwester) unterzuschlüpfen (hätte er wirklich den Mut aufgebracht, Petra alles zu gestehen, und hätte sie eingewilligt), so blieb es bei einer zerfahrenen Plauderei, deren Vorwand die ihnen brieflich mitgeteilten Pläne der Mutter waren, das Haus demnächst zu verkaufen (ist mir zu groß, zu teuer) und in eine kleinere Wohnung zu ziehen.

Nerven muss man haben, dachte Möhle, pustete feinen Staub von Tastatur und Bildschirm. Wenn man sich schon auf so etwas einlässt, in einer Zeit der Hysterie, verkürzter Analysen. Und du nicht der Einzige, der durch'n Wind gewesen ist, das darf man sagen, ohne sich des Selbstbetrugs schuldig zu machen. Höchstens der Selbstüberschätzung, bei weitem nicht cool genug für den Untergrund, ein Wackelkandidat. Bürgerliches Element mit angeborener Neigung zur Schöngeisterei, das sich die Hosen nässt, wenn's ernst wird. Ideologisch verwirrt von Anfang an, kein Klassenstandpunkt, kein starker Arm, sondern politisch ungefestigt, ein Hilfsbibliothekar, der sich bald nicht mehr nach Hause traute, zugedröhnt auf Parkbänken nächtigte (war ein milder Herbst), die Arbeit schmiss (einfach ausblieb). An einem Nachmittag dann, sich in der Stadt herumtreibend, der erlösende

Geistesblitz – *Jochen*. Erstens hatte er hundertpro nichts mit der Politszene zu tun, zweitens war er ihm noch ein bisschen was schuldig (für jede Deutscharbeit vor dem Abitur hatte er Jochen eine Gliederung entworfen und die Einleitung geschrieben, umsonst), und drittens würde er keine Fragen stellen, so, wie man ihn als Banknachbarn kennengelernt hatte ... pragmatisch, die können mich doch alle mal.

Aus einer Telefonzelle Brockis Eltern angerufen und mit fast dem letzten Geld auf die Fähre in Hoek van Holland, nur eine Sporttasche über der Schulter, *blinded by the light*, wie diese Liedzeile lautete, die irgendwo aus einem Radio oder einer Jukebox gedrungen war und sich im Kopf festgebohrt hatte, bis nach London rein, bis vor die Tür der Wohnung, in der Jochen als Gaststudent in einer schrankgroßen Kammer lebte ... und noch länger, diese eine Zeile immer wieder. *Manfred Mann's Earthband* ... war das ein Hit, zu der Zeit? Möhle untersagte sich, im Netz nachzuschauen, legte die Hände in den Nacken und streckte den Oberkörper durch. Jochen und Ian, die beiden hatten ihn vor dem Verrücktwerden bewahrt, jeder auf seine Weise. Ein schlechtes Gewissen? Nicht wegen der abgebrannten Lagerhalle, bis heute nicht. Aber dass ein Mensch sein Leben hätte verlieren können, war es nicht wert, ist es nie, ob mit oder ohne Vorsatz. Eine Grenze, die zu überschreiten alles ruiniert, so viel müsste man gelernt haben aus der Geschichte. Wenn es Gesetze gäbe, Regeln, Übereinkünfte, die ihr Fortschreiten irgendwie bestimmen würden. Und wohin, in welche Richtung? Verbesserung des Menschengeschlechts? Dass alle Erdenbewohner ein Dach überm Kopf haben mögen, genug zu essen und keiner mehr der Ausbeuter seines Nächsten sei ... schön wär's, leider unrealistisch, außer man tut was dafür. Und was und wie? Versuch und Irrtum wohl nicht die Methode der Wahl, weil man nur einmal lebt. Worin das Problem besteht, fuck, keine Taste zum Rewinden ...

Möhle missachtete ein Klingeln an der Wohnungstüre (Werbung, würde es in osteuropäischem Zungenschlag aus der Gegensprechanlage tönen) und beugte sich vor. Unwiderruflich, das Ziel ist das Grab, der einzige Trost ... die Liebe. Scheiße, so isses doch ... *she knows there's no success like failure, and that failure's no success at all*. Trotzdem weitermachen, geht's nicht immer darum? Vielleicht, naiv genug sind wir ja, erwiesenermaßen. Ein Fehler? Eine persönliche Schwäche? Bis zuletzt hoffen zu können, ans Gute zu glauben ... und sich nicht mit dem abzufinden, was sie einem vorsetzen als Lauf der Welt, der demütig hinzunehmen sei mangels Alternative – als wüsste man es je. Nur Neunmalkluge, aber wenn die das Sagen hätten, säße man heute noch im Lendenschurz vor der Höhle. Oder? War es zum Schluss doch ein schwarzer Monolith, der dem Affen die Weisheit brachte? Zu den Klängen von Zarathustra dem da hinten den Schädel einzuschlagen, statt ihm was abzugeben. Für alle reicht's nicht, also ... Konzentration, Alter, er atmete tief durch (etwa ein Seufzen?), seinen Blick wieder der leeren, schneebedeckten Parkbank zuwendend, die auf dem Monitor des Rechners als Standbild eingefroren war ... Dsiga Wertows Geniestreich, *Drei Lieder über Lenin*, Schritt für Schritt (Schnitt für Schnitt) die erhebende Bewegung aus der Dunkelheit ins Licht, der nicht zu folgen nur dem Bösartigsten einfallen konnte; dafür hat man gekämpft, hat sich geopfert ... ist ans Messer geliefert worden; von den eigenen Leuten, in niederträchtigster Weise, male sich das aus, wer mag.

Aber sollte man deshalb aufhören? Möhle verschob den Pfeil auf das Vorwärts-Zeichen, von wo er (wie von Geisterhand) weggesprungen war. Man muss die Bilder entsorgen, die einen so sehr getäuscht haben, er grinste, Porträts der Führer nicht größer als im Briefmarkenformat. Von wem stammte der Spruch? Keine Folter, keine Todesstrafe, dass es sich damit schon mal leben ließe. Auch dann, wenn die Gegenseite vor nichts zurückschreckte, um ihre Privilegien zu sichern, und mit dem Beelzebub selber im Bunde stünde. Einer, der seine Finger überall im Spiel hätte, kein Heiland und kein Segensspender, sondern ... eine Hegel'sche Machination, um hundertachtzig Grad verkehrter Idealismus. Und nicht nur einer, ein ganzes Bataillon davon, stets mit den neuesten Gadgets ausgerüstet, stets Angebote auf Lager, die nur die Stärksten ausschlagen können. So, wie man in der eigenen Gegenwart verstrickt ist. Die man für geschichtsträchtig hält, jede Einzelheit und jede Entscheidung, obwohl man doch erst hinterher, Jahre später ... keckerndes Gelächter, das über einem zusammenschlägt ... Jeez, ich fass es nicht.

Peeeter! Jaaha! Du ahnst, wer hier spricht? Ich vermute, Freud sei Dank. Dann reiß dich bitte am Riemen, es ist fast zehn, in zwei Stunden wirst du Hunger kriegen, unten was picken gehen, und danach arbeitest du nicht mehr groß, als ein Erfahrungswert. Stimmt, dachte Möhle und setzte den Film wieder in Gang.

Ein paar Sekunden noch die schneebedeckte Bank, danach sieht man die junge Frau erwachen, durch die nächtliche Wohnung schleichen, einen Blick in den Verschlag werfen, in dem der entführte Politiker zusammengerollt auf einer Matratze liegt und schläft. Sie verriegelt die Tür ... war die offen? Hätte der Gefangene einfach nur aufstehen müssen und aus der Wohnung spazieren, sagt uns das dieses Bild? Eine Wunschvorstellung? Von wem? Die junge Frau fährt mit dem Bus zu ihrem Arbeitsplatz in einer Bibliothek, man begrüßt sie herzlich (ah, aus dem Urlaub zurück), kurze Zeit später herrscht Aufruhr in dem Gebäude, Gerenne im Treppenhaus, verstörte Gesichter vor einem Lift, in den jemand einen roten Stern in einem roten Kreis hineingesprayt hat, Rufe nach der Polizei werden laut, Schnitt.

Möhle schob den Computer von sich weg zum Fenster, um Platz für das leere Blatt zu schaffen, auf das er *Wertow* schrieb, *Kino-glaz, Mann mit der Kamera, Godard, Kollektiv, nicht politische Filme, sondern Filme politisch machen, gilt auch für Lit., andere Kunst, das Verhältnis von Bild und Wahrheit als Problem der Montage, die vorhandene Gefühle u. Einstellungen verstärkt o. abschwächt, also unsere gerechte Sache – und wenn die Welt voll' Teufel wär –, die man aus ebendiesem Grund bis zum bitteren Ende verfolgt, dieser Grund = gute Gründe, die in 3 Lied. ü. Lenin in suggestiver Manier verhandelt werden* ... er strich verhandelt kopfschüttelnd durch, ohne das Wort zu ersetzen, präsentiert klang zu steif, aufgezählt oder aneinandergereiht zu mechanisch, fuhr dann fort: *und nicht prinzipiell aufgehoben sind, aber in die Zeit gestellt werden müssen, in der Wertow ein ganz spezifisches Publikum im Auge hatte, die Situation nach einer gelungenen Revolution usf.*, er hielt inne, sah auf den Bildschirm, wo der Film weitergelaufen war, man isst zu Abend, der Politiker, auf der Matratze in dem engen, niedrigen Kabuff sitzend, ein älterer Mann in seinen Sechzigern, bekreuzigt sich, bevor er beginnt, einen Teller Suppe zu löffeln, pathetische Musik, Schnitt, in Schwarzweiß jetzt wieder ein mit Fahnen und Bannern geschmückter Zug, der durch eine winterliche Landschaft rollt (der tote Lenin wird zur Beerdigung nach Moskau gebracht), Schnitt, in Großaufnahme das Gesicht eines trauernden Mädchens, Schnitt, verdächtige Geräusche an der Wohnungstür, eine Pistole in der Hand, blickt einer der Entführer durch den Spion, klopft von innen ein paarmal mit der flachen Hand gegens Holz, im Hausflur gibt jemand Fersengeld, der Mann dreht sich um und vermeldet den anderen lapidar: ein Dieb, was a thief, Schnitt, die junge Frau zieht Betten ab, von draußen hört man Kirchenglocken, die den Ton des TV-Geräts im Nebenzimmer überlagern ... klick.

Eine Erzählung aus bewegten (und bewegenden) Bildern, dachte Möhle, die kein Ende hatte. Und sich zugleich nicht fortsetzen ließ, ein fataler Irrtum, zu glauben, man füge ihr ein neues Kapitel hinzu durch das, was man da unternimmt in Bellocchios Film, in *Buongiorno, notte* ... wie bei einem Staffellauf. War aber keiner, sondern ein Kurzschluss, ein tödlicher, von Zeichen, Worten, Gesten, die aus verschiedenen Epochen stammten und keine Verbindung mehr hatten. So dass einem alles um die Ohren fliegen wird ... geflogen ist, ein Trümmerfeld. So viele Verluste und Entbehrungen, für nichts? Als würde es sich um ein großes Missverständnis handeln, dem man aus Blauäugigkeit aufgesessen sei, Absichten rühmlich, Ausführung leider in die Hose gegangen. Oder von der Konterrevolution zerschlagen ... bevor sie hätte in die Hose gehen können. Zu lange Zeiträume, das Problem einer jeden Utopie, vielleicht sogar das Entscheidende, weil nämlich ... in the long run we are all dead. Und dann hat man nichts mehr davon, vom Schlaraffenland.

Er drehte das Blatt um. Jetzt ernsthaft, Genosse Möhle ... wie ist der Plan? Außer an Schnipsel aus dem Wertow-Film erinnerte er sich an kurze Szenen aus *Paisà*, die Bellocchio verwandt hatte, noch so eine kinematographische Ikone, Regie Rossellini, überwältigend. Die Ermordung der Widerstandskämpfer, die im Morgengrauen vom Rand eines Fischerboots mit auf den Rücken gefesselten Händen ins Wasser gestoßen werden, 1944. Das Entsetzen darüber ist größer, ist stärker als jeder Rachegedanke, den man hegen könnte (im Kinosessel), wenn er es recht im Kopf hatte, sah man diese Bilderfolge in *Buongiorno, notte*, gerade nachdem die junge Frau den Abschiedsbrief des Gefangenen an seine Familie gelesen hatte. Ihre Fassungslosigkeit wird zu der unseren, warum hat sie weitergemacht, fragt man sich, wünscht sich, sie hätte auch in Wirklichkeit und nicht nur in der Fiktion dieses Spielfilms (die Möglichkeit eines Traums) ein Schlafmittel unters Essen der anderen gemischt, den Riegel des Verschlags aufgeschoben und den Mann laufen lassen. Weil, Möhle setzte den Cursor auf die Zeitleiste und zog den Film ruckend und zuckend vorwärts, die Sache verloren war, so, schon damals, in einer Tradition stehend, über deren Bildproduktion (Anschauungen) die Zeit hinweggeschritten war, in vielerlei Hinsicht, mochte man auch immer wieder aufs Neue von den alten Meistern, von Wertow, Rossellini, Visconti *(La terra trema)* zutiefst ergriffen werden, oft zu Tränen gerührt ... wie im Slapstick hampelten die Figuren auf dem Monitor von Einstellung zu Einstellung, während er die Tasten gedrückt hielt, unerbittlich ihrem Schicksal entgegen (Schicksal? Oder doch eher Verhängnis?), im Fernsehen in verschossenen Farben der Papst während einer Ansprache an die Entführer, eine spiritistische Sitzung in einem Palazzo, ein hoher Offizier dabei, römische Großbourgeoisie, Schwarzweiß-Aufnahmen von Partisanen, eine Erschießung von Partisanen diesmal, Sprung in die Wohnung zurück, in der es zu Auseinandersetzungen kommt, die sich in den Gesichtern der Kidnapper spiegeln, Sprung in die Küche, Abendessen, sie kippt den Inhalt eines Medizinfläschchens in den Suppentopf, bevor die anderen sich an den Tisch setzen, der Gefangene wird mit einer Augenbinde abgeführt, in der nächsten Szene, er ließ den Film jetzt wieder in Normalgeschwindigkeit laufen, sind alle wie betäubt eingeschlafen, bis auf Moro (den sie gewarnt hatte mit einer auf seine Serviette gekritzelten Notiz, das Essen nicht anzurühren), und während er nun, statt ermordet zu werden, unbehelligt in seinen Mantel schlüpft und auf die Straße geht, setzt Klaviermusik ein, zu deren Klängen man den (der Geschichte) Entronnenen durch Vorstadtstraßen laufen sieht, im Hintergrund einmal das bekannte Gebäude der EUR, aus den dreißiger Jahren, diese seltsame Mixtur aus de Chirico und faschistischem Größenwahn.

Das Stück war von Schubert, *Momento Musicale Op. 94 No. 3 in fa minore* (wie ihn der Abspann aufklärte), eine ganz leichte, ganz beschwingte Phantasie (in seinen Ohren), die etwas Einladendes an sich hatte, etwas so Zuversichtliches ... dass man sich am liebsten anschließen würde, ein neuer Tag bricht an, der gewiss herrlich sein wird, wie das Leben, komm, da vorne hat schon eine Bar geöffnet, lass uns einen Caffè trinken. Was möglich gewesen wäre, unter Umständen, aber nicht eingetreten ist. In der Wirklichkeit gibt es keinen Konjunktiv als Rettung, dachte Möhle, nur in der Kunst. Die aus einem einzigen Hätte-könnte-würde besteht und mit den Fakten macht, was sie will. Beziehungsweise ... sich das Recht nimmt, zu entscheiden, wie eine Erzählung in Worten und Bildern zusammenhängen soll, solange die Wahrscheinlichkeit gewahrt bleibt. Sie nicht vollends ins Phantastische abdriftet, oder? Was ist denn schon wahrscheinlich? Eins so gut wie das andere, im Prinzip, in der Vorstellung. Nur leider mangelt's an der oft im Leben, im Wirklichen. Wo man wie festgenagelt an Dingen festhält, die es nicht wert sind, die ihrer Bedeutung verlustig gegangen sind, manchmal von heut auf morgen. Was hätte sein können, wenn ... und pardauz wärst du Chefvolkswirt der Deutschen Bank geworden. Würdest in einer Villa am Stadtrand von Frankfurt wohnen und nicht in einer Dreizimmerwohnung in Neukölln, wo du im Augenblick versuchst, einen Text für ein Booklet zu schreiben. Wohl eher nicht, dachte er, Chefvolkswirt ... außerdem, und dazu war bestimmt alles gut, hast du in London Ian getroffen, der seitdem mit dir durch dick und dünn marschiert, fuck the police, fuck the state, no surrender. Als Botschaftsangestellter inzwischen (irgendwie funny), und du ... hast einen Namen, ist das nichts?

Peter Möhle trank den Espresso aus, der kalt geworden war, drückte die Mine des Kulis ein paarmal raus und rein ... *Die Geschichte kennt nur eine Richtung, kaum etwas ist schwerer hinzunehmen. Man kann Erklärungen suchen, aber die stellen keine Beruhigung dar. Nicht das Gedächtnis schützt uns vor blamablen Wiederholungen, sondern allein die Imagination, die dem Möglichkeitssinn Raum (Räume) eröffnet, sich zu entfalten.*
So ließe sich anfangen, warum nicht ...

* * *

Wer wollte ihm, wollte ihnen das verwehren? Etwa mit einem halb besorgten, halb mahnenden Hinweis auf die Rauchmelder an der Decke, die Sprinkleranlage, die losgehen und das Terminal unter Wasser setzen könnte? Oder die Security rufen, hallo, hier paffen welche! Brockmann zog an der Zigarette, als wäre es seine letzte – dabei war es die erste nach der Landung, aus der Packung geklaubt, kaum hatte er den Neon-Gang vom Flugzeug ins Gebäude durchschritten. Und mit ihm andere Passagiere, wahrscheinlich auch Nichtraucher, die sich nun, wieder auf festem Boden stehend, noch nicht ganz zu glauben, eine Fimpe ins bleiche, von Schweiß (und Tränen) verklebte Gesicht gesteckt hatten. Eine Frau, die ihr Kleinkind umklammert hielt, sprach ein lautes Gebet, fast schrie sie, de-usch, de-usch, obrigada ...

Brockmann stützte sich mit einer Hand auf das Pult, an dem sonst Tickets und Ausweise kontrolliert wurden, er fühlte sich wackelig wie selten, ein Flug, den man Feinden nicht wünschen würde. Aber er hatte keine, keinen einzigen, nicht in diesem Augenblick, in dem er der Erde zurückgegeben war, Beton, Stahl. Santa Madonna, ob die Piloten vorne so etwas schon einmal erlebt hatten? In einem Simulator vielleicht, doch ein Simulator, der konnte nicht, nicht ... wie ein Stein, der plötzlich fällt, ein Schlingern des Rumpfes, Hopser, Rütteln. Das kein Ende nehmen wollte, selbst als man schon im Anflug auf São Paulo war, die Kabine wüst durcheinander, Gepäckstücke, Laptops, Wolldecken, herunterbaumelnde Sauerstoffmasken. Scheiße, Scheiße, Scheiße.

Sanitäter liefen an ihm vorbei, Tragen und Rollstühle wurden in den Gang zum Flugzeug geschoben, es hatte Platzwunden gegeben (hatte er gesehen), ein Mann, noch gar nicht so alt, der schwer atmend mit geöffnetem Hemd in seinem Sitz lag. Sich aufrichtend (aus was sind Flugzeuge gemacht, Blech und Nieten?), bemerkte Brockmann, dass er seine Aktenmappe in der Armbeuge hielt, zu seinen Füßen sein blauer kurzer Trenchcoat. Er konnte sich nicht erinnern, wie er und die anderen herausgekommen waren, geordnet, Frauen und Kinder zuerst? Egal, zurück fährst du mit dem Zug. Er trat die Zigarette aus und holte sein BlackBerry aus der Hosentasche. No message, no cry. Elisabeth müsste er davon nicht berichten, eines fernen Abends in einer stillen Stunde ... im Kreise der Enkel, was? Vergiss es, vergiss alles, und kümmere dich jetzt um dein Gepäck. Als er sich bücken wollte, um seinen Mantel aufzuheben, tippte ihm jemand auf die Schulter. Es war sein Sitznachbar, der Pakistani oder Inder, mit dem er während des Fluges nur einige wenige Blicke gewechselt hatte, was hätte man auch reden sollen? Er reichte Brockmann die Hand.

»Good luck.«

»Good luck for you, too.«

Der Mann nickte und ging weiter.

»Are you well, mister?«

So well wie nie, dachte Brockmann und versuchte ein Lächeln, das die Frau, die ein hellblaues Kostüm trug (Air France?), fürsorglich erwiderte. Um sich dem nächsten Passagier zuzuwenden. Er stieß mit geblähten Backen Luft aus und machte sich auf den Weg zum Passschalter, Jochen Brockmann, angenehm, ich freue mich sehr ...

* * *

Ein Augenpaar, das ihm folgte, Mann in rotem Trainingsanzug, inmitten verschnürter Bündel, Reisetaschen, bei denen zwei kleine Kinder auf dem glattpolierten Steinboden saßen, mit sich beschäftigt, ihre Mutter, daneben in der Hocke, schraubte am Verschluss eines Trinkfläschchens. Der Mann war klein, hatte indianische Gesichtszüge (wenn man das so sagen darf), seine Hände steckten in der weiten, ausgeleierten Hose, Flipflops an den nackten Füßen. Als hätte er es spüren können, hatte Brockmann den Kopf gedreht, immer weiter nach hinten, während er sich mit seinem Metallkoffer zum Ausgang bewegte. Wie in Zeitlupe, alles verlangsamt, jeder Schritt, in absoluter Stille, die mit einem Mal über ihn, über die Dinge, den Flughafen hereingebrochen war. Bis ein Ton, der sich synthetisch anhörte, eine Art Trillern, an sein Ohr drang, und mit ihm auch wieder die anderen Geräusche, das Simmern von Stimmen, Durchsagen, Rolltreppen, Elektromotoren. Der Ton kam von einem der Telefone, die in einer gekachelten Nische zwischen den Boutiquen und Werbeflächen in Plastikschalen nebeneinanderhingen, das rechts außen etwas niedriger, in Hüfthöhe, für Rollstuhlfahrer. Der Mann im roten Trainingsanzug, der Indianer, ohne seinen Blick von Brockmann zu lösen, trat zurück und hob den Hörer ab. Er sagte nichts, schien nur zuzuhören. Dann senkte er seinen Kopf und begann zu reden. Brockmann wurde übel, ein Stoß Schüttelfrost ergriff ihn. Er blieb stehen, musste es, ließ den Koffergriff fallen und stützte sich mit beiden Händen auf seine Knie. Himmel. Als er nach einiger Zeit wieder hochsah, waren sie verschwunden, der Mann, seine Frau, die Kinder.

* * *

Er war zu Fuß gegangen. Eine halbe Stunde von seinem Hotel aus, immer leicht abschüssig den Hang hinunter – was das Gehen erleichterte (und im Taxi hätte er eh nur im Stau gestanden, ein Blick zur Seite der Beweis), bis er die Kreuzung zur Rua Oscar Freire erreichte, in die er nach links einbog, unter einem Baldachin anscheinend ewig grüner Bäume vorbei an High-End-Boutiquen in Flachbauten, hier ein Kubus, drüben etwas Villenartiges, vor deren Türen die angemieteten Muskelpakete in ihren schwarzen Anzügen die Zeit totschlugen, Funk im Ohr, bis er das Büfett-Restaurant erreichte, in dem Ángel auf ihn wartete, es gebe einen windgeschützten Innenhof, hatte er geschrieben, und das Essen (Án-gel, müssen wir dauernd essen?), das sei mehr als

annehmbar, auch wenn man sich weitgehend selbst bedienen müsse ... Chef, ich weiß, die kochen aber gut.
»Hast du dir was einfallen lassen?«
»Holst du dir nichts?«
»Und was ist das?«, sagte Fleming, wies mit einer ruckhaften Kopfbewegung auf das Fläschchen Tonic vor sich.
Ángel legte sein Besteck überkreuz auf den Teller, der gut gefüllt war mit einem Stück marinierter Rippe (das halbe Schwein, wie?), Artischockenherzen, Püree von Süßkartoffeln. Blickte demonstrativ in den Innenhof, in dem Angestellten-Gesellschaften lunchten (und lärmten), um sich dann mit den Fingern Schweiß von der Stirn zu wischen ... muss ich mir das eigentlich bieten lassen?
Fleming nahm Ángels Gabel, pickte ein Artischockenherz auf und steckte es sich in den Mund.
»Lecker«, sagte er, kauend, entfaltete einhändig seine Serviette und tupfte sich die Lippen. Ángel entwand ihm die Gabel und knallte sie auf den Tisch, Fleming beugte sich vor.
»Ich höre.«
Ángel schwieg.
Teufel, dachte Fleming, warum bist du nur so humorlos? Du könntest dir ein bisschen Mühe geben, und sei es allein mir zuliebe. Ich bin auch nicht mehr der Jüngste, und so schnell kommen wir nicht voneinander weg, das weißt du, seit Jahren und Jahrzehnten gemeinsam im Einsatz und de facto nie eine Niederlage erlitten. *Damage control* ... war das nicht sogar deine Formulierung, als ich damals den Prospekt entworfen habe? *When facing a dispute, will you capitalize on advantages ... or struggle with damage control? When considering a transaction, will you be well-informed ... or left in the dark?* Also, mampf weiter, aber stell's bitte ein, den Beleidigten zu spielen.
»Mi dispiace«, sagte er, »uno scherzo.«
Ángel rang sich zu einem miesepetrigen Lächeln durch.

»Ach, Ángel!«
Er zog die Nase hoch und widmete sich wieder seinem Teller. Riss, drehte, zerrte einen Knochen von der Rippe und begann das Fleisch abzuknabbern. Ángel Barroso (wie es in seinen hiesigen Ausweispapieren stand), ob mit oder ohne Doktortitel (welch ein Brauch, laude, laude, laude), in Sprachen bewandert wie kaum jemand (er, Fleming, eingeschlossen) und um Ideen nie verlegen, mochten sie noch so weit hergeholt sein (anfangs), ein Genie der Informationsbeschaffung und -verknüpfung, dessen einzige Schwachstelle sein teils eitler, teils desperater, stets jedoch erfolgloser Kampf gegen sein Gewicht war (ein Übergewicht, das seinen Zügen etwas gleichbleibend Adoleszentes verlieh), was aber bei all den Aufgaben, die er mit unheimlicher Präzision zu erledigen wusste, buchstäblich nicht ins Gewicht fiel ... dieser unser Ángel war einfach unersetzlich – mitdenkend, mitfühlend (na gut) und, wenn es drauf ankam, von jener Härte, die nur sentimentale Naturen für ungerecht oder übertrieben ansehen. Dass ihre Bahnen sich vor langer, langer Zeit gekreuzt hatten, würden nur die Zufall nennen, die, wie beim Schach, das ja nun kein Spiel ist, die eigene Position nicht weit genug vor- oder zurückberechnen können, für Fleming war es eine seinem untrüglichen Gespür für Charaktermerkmale geschuldete Fügung, die ihn damals unter den zur Auswahl stehenden Kandidaten so ausdauernd zögern ließ, bis Ángel dann herankeuchte, irgendeine Entschuldigung ob seiner Verspätung murmelte und sofort nach anstehenden Projekten fragte, als er wieder bei Luft war. Als hätte sich mit seiner Ankunft jede weitere Diskussion oder Prüfung erledigt, wäre er, ganz selbstverständlich (der Begriff Assessmentcenter war noch nirgends im Umlauf), derjenige, den man zu erwarten gehabt hatte.
Seitdem (und die Erinnerung machte ihn für einen Moment ein wenig gefühlig) bildeten sie eines der Teams, die a conto einer vor Urzeiten gegründeten, auf allen Kontinenten engagierten und in

Fachkreisen höchste Wertschätzung genießenden Corporation tätig waren (Global Risk & Lifetime Stewardship Inc.), bis, ja, Fleming entsann sich genau, es zu Konflikten mit den obersten Autoritäten, den Verwaltungsräten, kam, die jeden seiner (penibel durchdachten) Reformvorschläge brüsk abschmetterten, wohl in dem überlieferten Bewusstsein, konkurrenzlos zu sein, und er (und mit ihm Ángel) ihnen den Bettel vor die Füße schmiss und seinen eigenen Laden aufmachte, nach der üblichen Sperrfrist zuerst misstrauisch beäugt, dann aber sogar mit Aufträgen von Global Risk versehen, weil sie begriffen hatten, dass mobile Prävention (wie er, Fleming, sie auffasste) nicht nur ein Thema im Versicherungsgewerbe, sondern im Grunde *das* Thema war, ein ganzer Komplex, der ihrem Kerngeschäft nicht im Weg stand oder es behinderte (Prämien einsammeln, Schäden begutachten und Schadensverursacher zur, ähm, Kasse bitten), sondern ungeheuer erweiterte, ihm gleichsam eine ganz neue Dimension verlieh. Nicht dass sie, Global Risk, nicht schon immer auch in diesem Bereich zugange gewesen wären, aber die Fleming Family of Businesses eröffnete doch Perspektiven, an die sich die Altvorderen erst zu gewöhnen hatten ... hallo, ihr, drittes Millennium!

»Hast du Lust auf ein Bier?«

»Ich trinke tagsüber nicht.«

»Weiß ich doch«, Sylvester Lee Fleming zog das kleine dünne Notizheft aus der Anzugtasche und schlug es auf. Sein linker Zeigefinger glitt eine Tabelle hinunter. »Ich hätte noch zehntausend zur Disposition.«

Ángel säuberte sich die Hände mit seiner Serviette, deren hellblauer Stoff dadurch unschön fleckig wurde, schmiss sie auf die Essensreste. Noch unschöner, aber ja, was soll's?

»Ich höre«, wiederholte er Flemings Worte von soeben. Die beiden schauten sich an, brüderlich.

»Ich sagte zehntausend.«

»Dafür bekommt man schon eine ganze Menge.«

»Du glaubst nicht, welche Sorgen ich mir um ... wie heißen sie noch mal?«

»Martim und Filipe.«

»Ich mir um die mache. Zum Beispiel ... bei dem mörderischen Verkehr hier.«

»Der Verkehr ist wirklich ein Problem. Vor allem auf den Schnellstraßen.«

»Eben. Man fährt zu schnell.«

»Wenn man schon einen Porsche, äh, Cayenne hat.«

»Und die Wartung immer ein bisschen, sagen wir, vernachlässigt.«

»Man ist zu zweit unterwegs, drückt aufs Gaspedal, weil man sich mit dem nebenan ein Wettrennen liefert, und ... das passiert täglich.«

»Ángel, du nimmst mir die Worte aus dem Mund.«

»Und dann fängt der Wagen auch noch Feuer und brennt aus, Wahnsinn.«

»Meinst du?«

»Die Benzinleitung war undicht, hatte ich mal, das ist echt gefährlich.«

»Hast du mir nie von erzählt«, sagte Fleming, schlug die Beine übereinander und lehnte sich in seinen Stuhl zurück.

»Aber das konnte man riechen, im Innenraum. War ein großer Lancia.«

»Und?«

»In die Werkstatt gebracht, gerade rechtzeitig.«

»Wann hattest du denn einen großen Lancia?«

»Ausgeliehen. In der Schweiz.«

»Neulich?«

»Ich glaube«, sagte Ángel und spähte hinüber zu dem opulenten, von eilfertigen Geistern in weißen Leinenjacken beständig aufgefüllten Büfett, »ich glaube, ich könnte jetzt noch einen Pudding vertragen.«

So, so, dachte Fleming, in der Schweiz, sieh an.

»Oder vielleicht doch nicht«, Ángel klopfte auf seinen Bauch, der das (zu enge, gewürfelte) Oberhemd unter dem Sakko spannte, »ich bin vernünftig.«

Nachzufragen war sinnlos, er würde (gegebenenfalls) schon von allein berichten, mit wem er sich herumgetrieben hatte, in welchem Jahr, zu welchem Zweck. Sei es geschäftlich, sei es im Privaten, Ángel war eine durch und durch ehrliche Haut, der selbstsüchtige Hintergedanken fremd waren, um nicht zu sagen wesensfremd, jedem Betrug (ihm und der Sache gegenüber) abhold.

»Das war am Lago Maggiore«, sagte Ángel, »da war ich nämlich noch nie, stell dir das vor.«

»Wann?«

»Im letzten Jahrhundert?«

»Wie exakt du sein kannst.«

»Ich. Weiß. Es. Nicht. Mehr.«

»Kaffee?«

Ángel nickte, Fleming sah sich um, aber kein Blick zu erhaschen. Dann nicht.

»Hat sich der General noch einmal bei dir gemeldet?«

»Bei dir?«

Fleming schüttelte den Kopf.

»Wenn er mag, spiel ich ihm ein Tonbändchen vor«, sagte Ángel, »damit müsste sich jeder Gedanke an einen Risikoaufschlag erledigen. Sollte er in einer schwachen Stunde auf so einen Gedanken gekommen sein.«

»Und der Rest?«

»Alles bestens. Unterkunft, Verpflegung, medizinische Fürsorge.«

»Auf Sebastião ist Verlass.«

»Wenn der jemanden empfiehlt ...«

»Profis, ja?«

»Gott sei Dank«, sagte Ángel und begann zu kichern, die Stirn dann in eine Handspanne stützend, um sich der missbilligenden Miene seines Gegenübers zu entziehen.

»Bist du fertig?«

»Aye, aye, Sir«, er legte die Hand zum militärischen Gruß an die Schläfe.

»Bestellst du uns einen Kaffee?«

»Ich kann's versuchen«, sagte Ángel, »aber wenn du schon keinen Erfolg hattest ...«

»Das heißt doch nichts.«

Ángel wandte sich in den Raum und rief vernehmlich nach einer Bedienung.

* * *

Selbst wenn du wolltest, dachte Angelika Volkhart, die sich den Vormittag freigegeben hatte und in der P. C. Hooftstraat (als erster Station) von Modegeschäft zu Modegeschäft schlenderte, solltest du wirklich wollen, als Möglichkeit, nur mal so – du besitzt ja noch nicht einmal eine Business Card mit seiner Geschäftsadresse, einer Telefonnummer, E-Mail oder sonstwas. Und er nichts von dir, kein Fitzelchen, das dich auswiese, dich erreichbar machte. Erhoffst du dir das ... was?

Gute Frage. Und warum? In Betracht käme, sehen wir es ganz nüchtern, im Abstand von einer Woche jetzt (und einem Tag), Sehnsucht mangels Gelegenheit (1), Torschlusspanik (2), der berüchtigte Strohhalm (3, als logische Folge von 2) und viertens ... viertens ... Mensch, Angelika, dein Misstrauen ist niederschmetternd. Seit wann denn? Das war doch nicht schon immer so, keineswegs. Sondern eher andersherum, früher, unbekümmert bis hin zu einem Leichtsinn, der Verantwortungsträgern die Haare sträubte, geht nicht, kann man nicht, viel zu gefährlich. Widerstände waren einzig dazu da, überwunden zu werden, irgendwie, mit diesem oder jenem Trick, um sich eine Erlaubnis zu besorgen (zu erschleichen, Geli, so heißt das), eine Entschuldigung (Mama, ich halt's nicht aus) oder, oder ... Zugfahrkarten für alle zu kaufen (in Kiew, sich auf Nachfrage am Schalter zu einer Bürgerin aus dem Baltikum erklärend). Gesalbt mit einem Trotz, der nie in Halsstarrigkeit umschlug, dafür war man schlau genug, zu gewitzt auch, sich sinnlos mit Autoritäten anzulegen, die im Falle eines Falles am längeren Hebel gesessen hätten, obgleich ... mehr als einmal keinen zweiten Gedanken daran verschwendet, dass es brenzlig werden könnte, dass, sagen wir, ein kleiner Ausflug an die bulgarisch-türkische Grenze nicht gewagt, sondern Irrsinn war, Angelika blieb vor dem Schaufenster von *Anne Fontaine* stehen ... und dann noch als Begleitung von jemandem, dem Interpol auf den Fersen gewesen ist ... was haben wir hier?

In von innen erleuchteten Vitrinen, die Wandnischen waren, hingen Blusen und Tops, zwei Schneiderfigurinen hinter den großen Scheiben trugen helle schlichte Kostüme mit dunklen, locker um die Hüften geschlungenen Gürteln, links hing an einem Ständer eine schwarze Hose, die unten weit ausgestellt war, im Matrosenlook, dachte Angelika, wie haben die das gemacht? Mit einem Lineal, einer Plastikschiene im Schlag den Stoff aufgespannt? Eindeutig ein Schnitt für Diven, Marlene Dietrich am Strand. Die Garbo. Was du aber nicht bist, eine Diva, sondern ... berufstätige Frau in verantwortungsvoller, Precies!, sehr verantwortungsvoller Position, die sich manchmal selber wundert, wie sie dahin gekommen ist, erzähl mal, na? Sie blickte aufs Pflaster. Gelernte Russischlehrerin, der vor fünfzehn Jahren ein Ehe-Irrtum, ein Welt-Zusammenbruch, unselige Streitereien mit einer Schwester um Biedermeiermöbel und Graphiken Anlass gaben, Anlässe noch und nöcher, zwei Koffer zu packen und ins Ausland zu gehen ... die schöne Stadt Leiden, russian studies. Fast nie mehr gesprochen die Sprache, seitdem die GUS-Geschäfte ausgelaufen waren, nie mehr hingefahren, kein Russe in der Bekanntschaft. Als wäre es genug gewesen, ein beendetes Leben.

Sie sah auf, sah sich in der Scheibe gespiegelt, die Haare hochgesteckt, ihre Tasche mit den langen Riemen über der Schulter, Jeans in Stiefeln, zugeknöpfte Lederjacke, ein feiner, in drei, vier Lagen um den Hals gewundener Seidenschal. Türkisblau. Passt zu Ihnen, nehmen Sie den, hatte die Verkäuferin letzthin gesagt, das ist Ihr Typ, Ihr Stil. Mein Typ, mein Ich, Angelikas Gesicht näherte sich dem Glas, als würde sie etwas im Ladeninnern genauer betrachten wollen ... das ist eines, das dreimal um die Ecke denkt, inzwischen. Welche Konsequenzen dieses haben könnte, jenes, stillhalten. Was doch nie deine Sache war, dein halbes Leben lang nicht. Und schon gar nicht als Kind, als junge Frau, Mädchen von fünfzehn, das sich zu einem Trip Richtung Türkei einladen ließ von einem Mann, den es gerade erst in einem Café in Sofia kennengelernt hatte ... Branko. Aus Westberlin, aus Jugoslawien, der so ein raues, leicht schleppendes Deutsch sprach, Ende zwanzig vielleicht. Wollte sich vor der Grenze mit einem treffen, einem Kumpel, sagte er, wegen neuer Papiere ... für's Auto oder für sich selbst? Wenn man das noch wüsste. Jedenfalls überlegte er es sich anders und drehte auf halbem Weg um, den ganzen Trouble, den er hatte, vom ersten Moment an unverhohlen zum Besten gebend.

Angelika klemmte den rechten Daumen unter die Riemen ihrer Tasche und wandte sich zum Gehen, ging. Zu ätherisch alles hier bei Madame Fontaine, zu, zu ... höhere Tochter, selbst wenn du auch eine bist, eine Art von, im Grunde; und zerrüttete Familienverhältnisse, hysterische Schwester, komplett neurotische Mutter, ein das Weite suchender Vater sind und waren nie ein Privileg der lohnarbeitenden Klassen, sondern finden sich quer durchs soziale Sortiment, ob mit oder ohne Alkohol. Aber, sie strich sich Haare aus dem Gesicht, die ein leichter Wind dorthin geweht hatte, zumindest nicht engstirnig, häusliche Überwachung Fehlanzeige. Ganz im Gegensatz zu dem, was sie in Bulgarien, in Sofia, erwartet hatte, als sie ihre Brieffreundin besuchen durfte, Donka, ihre erste große Reise allein, nur leider mitten hinein in einen orthodoxen Kleinbürgerwahn. Davon war in den Briefen natürlich nie die Rede gewesen, Standardbriefe, um Russisch zu üben, dass man gern in die Schule gehe, Lernen interessant sei und einem so viel Spaß mache, Leipzig eine schöne Stadt sei. Die ersten Tage hatten sich noch einigermaßen gut angelassen, doch je mehr sie von zu Hause berichtete, desto frostiger wurde die Stimmung in der engen, mit Diwanen und Spitzendecken und Wandteppichen (Gebirge, Hafen am Schwarzen Meer) und einer Ikone nebst Altärchen im Flur ausgerüsteten Wohnung der Mladenovs, vor allem die Mutter hatte einen Tick (freundlich ausgedrückt), einen religiösen, der zu eisigem, für Stunden durchgehaltenem Schweigen führte, als man auf ihre Frage nach dem eigenen Glauben usw. geantwortet hatte, dass man weder getauft sei noch jemals in die Kirche gehe, niemand aus der Familie, nie.

Angelika, mit ihrem Blick die Auslage von *Boss* streifend, verzog unwirsch den Mund, die Frau war ein Zwangscharakter, schon dass sie in Leipzig fünf Zimmer hatten (hättest du besser mal verschwiegen), dazu eine Putzhilfe, rief bei Mladenova eine Miene hervor, die sie heute erbittert nennen würde oder voll von tiefster Verachtung, und als sie, diese furchtbare Person, dann noch erfuhr, unmanierlich nachfragend, dass ihre Eltern sich hatten scheiden lassen und der Vater mit einer neuen Frau zusammenlebte, kam's zum Eklat – die Alte schmiss sie einfach raus, drei Tage vor dem Rückflug, und sie, mit gerade fünfzehn, stand da, allein in einer fremden Stadt, ziemlich geschockt. Oh ja, das war ich, dachte Angelika, im Gehen die Arme vor der Brust kreuzend, wie vor den Kopf geschlagen. An einer Tramhaltestelle sitzend und das verbliebene Reisegeld zählend, um sich nach einiger Zeit, ein, zwei Stunden trübseligen Hin- und Herüberlegens, mit einem Kloß im Hals auf die Suche nach einem Hotel zu machen ... und tatsächlich auch eins zu finden (es lebe der Balkan), das sie bezahlen konnte und das sie ohne Probleme aufnahm, der zottelige Rezeptionist die Gleichgültigkeit selbst.

Gutgegangen, wie die Fahrt mit Branko, bei der sie sich noch weniger als nichts gedacht hatte, außer vielleicht: warum nicht?, obwohl er ihr schon in dem Café, wo sie ins Gespräch gekommen waren, von seinen Kalamitäten berichtet hatte, nachdem sie ihm, sein Blick war so vertrauenerweckend, ihr Herz ausgeschüttet hatte, was für 'ne Idiotin, die Frau, sagte er, Tee trinkend, sei froh, dass du von denen weg bist, er tippte an seine Stirn, solche Leute sind verrückt. Was machen Sie hier?, hatte sie gefragt, und er: Ich bin Branko, ihr die Hand über den Tisch reichend, wie heißt du? Sie nannte ihren Namen, er hatte genickt, als wäre es eine wichtige Botschaft, die er gerade empfangen hätte, und deutete dann mit dem Daumen über seine Schulter nach draußen. Scheiße laufe da ab, er wäre den Bullen nur darum durch die Lappen, weil er in einem anderen Hotel als die Kollegen abgestiegen sei, alle verhaftet, weil die Autos, die Daimler, die sie aus Westberlin in den Libanon überführen wollten, angeblich gestohlen gewesen seien, was ihn überhaupt nicht interessiere, er fahre nur, was wisse er, woher die stammten, deutsche Bullen, bulgarische Bullen, Interpol, wie bei einer Terrorfahndung, ob sie verstehe, was er meine ... seh ich aus wie Carlos?

Sah er nicht, soweit sie sich erinnern konnte (auch wenn sie damals keine Ahnung hatte, wer das war; sicher wäre ein Topterrorist weniger leutselig gewesen, hätte aber bestimmt die gleichen Beziehungen und Informationsquellen gepflegt, Zeitungshändler, Kebabverkäufer, durch erkleckliches Trinkgeld gewonnene Kellner und Hotelportiers, die ihm News wie die von Razzia und Verhaftung stecken würden (bzw. gesteckt hatten, wie Branko erzählte), sich selbst unauffällig bis zur Farblosigkeit

gebend, der treuherzige junge Mann von gegenüber), schon erkennbar südlich, dunkelbraune Augen und ein dichter, die Wangen verschattender Bartwuchs, vom Charakter her, Angelika musste lächeln, eine Seele von Mensch, ihr keine Sekunde lang auf die Pelle rückend, Hand aufs Bein oder Ähnliches, nach der abgebrochenen Tour zur türkischen Grenze (was hätte *das* auch werden sollen?) hatten sie sich geschwisterlich umarmt, und weg war er, weggebraust mit seiner großen Kiste in den Sofioter Verkehr, in die Freiheit, in den Knast, wer könnte's sagen ...
Godverdomme, was ist daran kompliziert? Jemand, der einem auf den ersten Blick gefällt, dem man Vertrauen schenkt, einfach so – für Reue hat man dann noch immer Zeit genug, den Rest des Lebens. Stunden, Tage, Wochen, Jahre. Nein, du bereust nichts, dachte Angelika, geschehen ist geschehen. Im Voraus zu wissen, was wird, wäre das Ödeste überhaupt und würde, würde ... zu sofortigem Stillstand führen. Bräuchte man morgens das Bett gar nicht erst zu verlassen. Ein Nagel, ein Kopf, ein Hammer. Erinnere dich.

Sie war vor dem Laden von *Paul Smith* angekommen ... wie ist es? Bisher hatte sie hier nie etwas gekauft, die Sachen waren ihr jedes Mal ein bisschen zu extravagant erschienen, zu ... zu jung. Aber wirklich schön, außergewöhnlich. Don't think twice, singsangte sie halblaut vor sich hin und ging zu Tür, it's, yes, all, yes, right. Und später, im Büro, rufst du im Marriott an, die werden von dem Herrn Brockmann ja wenigstens eine Rechnungsadresse oder so etwas haben.

*   *   *

»Wo ist die Post?«
»Hab ich die nicht ...«
»Nicht auf meinem Schreibtisch«, sagte Angelika, sich noch einmal umschauend.
»Mmh«, tönte Katjes Stimme aus der Telefonanlage, dann

stieß sie ein »Da!« aus, rief: »Bin schon unterwegs«, und das grüne Licht über den Tasten erlosch.

Als sie das Büro betrat, hatte sie einen Plastikkorb mit Kuverts und geöffneten Schreiben unterm Arm, in der anderen Hand ein Glas, »frisch gepresst«, sagte sie und stellte es vor Angelika ab.

»Danke.«

»Öko-Orangen, Öko-Möhren«

»Ich hab's nötig, was?«

»Geert hat einen Entsafter gekauft.«

»Für hier?«

Katje nickte.

»Super.«

»Im Kühlschrank steht eine ganze Karaffe.«

»Na ... dann.«

»Nichts Besonderes«, sagte Katje und blickte herunter auf Briefe und Papiere.

»Von diesen Rechnungsprüfern etwas?«

»Immer noch nicht.«

»Warum grinst du?«

»Ich grinse nicht«, sagte Katje ... würde ich mir nie erlauben, Chefin.

Sie platzierte den Korb neben den Computer, Angelikas Augen wanderten zwischen der Post und Katjes Gesicht hin und her.

»Was ist das obendrauf?«

»Wo?«

Angelika nahm die Ansichtskarte vom Stapel und hielt sie in die Luft.

»Ich hab die nicht gelesen. Nur vorne draufgeguckt.«

»Und was steht da?«

»Torino.«

Ein kurzes Erschrecken (als hätte sie etwas Unrechtes getan und wäre ertappt worden), dann spürte Angelika, wie eine Hit-

zewelle ihr Gesicht flutete. Sie wandte sich, *das ist ja seltsam, ganz entspannt bleiben,* der Karte zu. Auf dem Bild war ein Barockpalast zu sehen, davor ein Denkmal, ein kleiner Springbrunnen, unten rechts die Angabe: Palazzo Madama, Torino.
»Wer schreibt mir aus Turin?«
»Weiß ich doch nicht«, sagte Katje, fast schon schnippisch, sie blickten sich an, bis sie beide ein schiefes Lächeln nicht mehr zurückhalten konnten.
»Ich bin drüben.«
»Okay«, sagte Angelika, wartete, bis Katje aus dem Büro war, zündete sich eine Marlboro an und sog den Rauch zwei-, dreimal tief in die Lunge. Schwindelerregend, wie auf nüchternen Magen. Sie drehte die Karte um und begann zu lesen.

* * *

Ihr wurde nie einsam. Obwohl Sylvester den größten Teil des Jahres auf Reisen war, schien er immer anwesend zu sein, in all den Zimmern des Hauses, auf der Veranda, in der Meeresbrandung jenseits der schmalen kurvigen Straße; oft lauschte sie nachts, wie der Pazifik wieder und wieder gegen die Küste anlief, mit welcher Kraft, und dann fühlte sie sich sicher und geborgen. So wie bei der Arbeit in seinem Archiv, für das Sylvester mehrere Räume unter dem Haus hatte anlegen lassen, die auch Erdbeben und Sturmflut überstehen würden, Wände aus Spezialbeton, durch eine trickreiche Zugangsschleuse vor Wasser und Feuer geschützt. Seit einigen Jahren scannte sie die Bestände ein und speicherte sie auf Festplatten, doch war das im Prinzip nur ein Spiel, schau, Barbara, hatte er gesagt, es erleichtert die Suche nach einem Namen, einem Vorfall zwar ungemein, ist aber nichts für die Ewigkeit, wissen wir, ob es in hundert, in tausend Jahren noch Strom geben wird? Und darauf kam es ihm an, sich nicht abhängig zu machen von technischen Entwicklungen.

Sie verließ selten das von einer gewaltigen, sturmgebeugten Kiefer beschirmte Haus mit seinem gedrungenen Schindeldach in einer Kehre der Straße, die längs des Strandes nach Norden, ins Zentrum von Carmel-by-the-Sea führte mit seinen Schnickschnack-Läden und teuren Bars, auch Sylvester nicht, wenn er da war, außer ... im letzten Jahr zu einer Bürgerversammlung, bei der es um Baugenehmigungen ging, es wurde inzwischen zu viel gebaut, und dem musste ein Riegel vorgeschoben werden. Manchmal (aber das war eigentlich schon lange her) lief sie am frühen Morgen vor bis zum Ozean, über die Straße, eine kleine felsige Böschung hinab, um nach wenigen Schritten auf flachen, mächtigen Steinblöcken das Wasser zu erreichen, dessen Sog einen von den Füßen holen konnte, wenn man sich nicht dagegen anstemmte, vor ihren Augen ein noch tiefdunkles Blau, das Heerscharen glitzernder Punkte sprenkelten, während von Osten bereits ein ganz zarter, blassroter Schein über ihre Schultern fiel, der den Dingen um sie herum, Seegras, Tang, irgendwelchem Schwemmgut, langsam wieder deutliche Umrisse verlieh, Wirklichkeit. Wie am ersten Tag, dachte sie jedes Mal auf dem Weg zurück ins Haus, dass etwas sichtbar wird, was bis zu diesem Moment verborgen gewesen ist in tausenderlei Möglichkeiten.

Nachdem sie grünen Tee aufgegossen und in eine Thermosflasche gefüllt hatte (sie aß wenig, abends eine Kleinigkeit), stürzte sie sich unter der Erde in die Arbeit; sie hatte genug zu tun, weil Sylvester, bevor er ihr sein Archiv anvertraute, nicht sehr ordentlich gewesen war, so scannte sie nicht nur, sondern brachte überhaupt erst System in seine Dokumente, sortierte sie in zeitlicher Reihenfolge, versah sie mit Siglen und Schlagwörtern, die sie altmodisch auf Karteikarten notierte, dann erst elektronisch erfasste. Doppelte Katalogführung sozusagen, ginge dies verloren, hätte man noch jenes, um sich in den Stahlschränken oder auf der Computereinheit zurechtzufinden. Fotografien, Skizzen,

Rechnungen, Zeitungsartikel, Dossiers, herausgetrennte Buchseiten, Briefe, Faxe und nun Mails (sämtlich ausgedruckt), die in mehr oder minder umfangreichen Mappen zusammengetragen waren, aufwendige Operationen, die entsprechend viel Material produziert hatten, sogar in Kartons. In regelmäßigen Abständen wurden Pakete mit neuen Unterlagen angeliefert – wer sie packte, wusste sie nicht, vielleicht Sylvester selber, vielleicht sein Assistent, von dem er hin und wieder scherzhaft berichtete.

Nicht selten, wenn sie durch die Dokumente blätterte, war es ihr, als sei sie dabei gewesen, entstand vor ihrem inneren Auge ein Projekt, das Syl gemeistert hatte (er sagte immer nur: ein Job, ach je, der Job damals), entstand aufs Neue in all seinen Feinheiten, und sie kam nie umhin, ihn für seine Umsicht und Zielstrebigkeit zu bewundern. Nachzuvollziehen, wie er die Big Deals gehandhabt hatte, mit welcher Akkuratesse und Kaltblütigkeit, bereitete ihr ein immenses Vergnügen, und mehr, Herzklopfen vor Spannung, wenn sie aus seinen Randbemerkungen, Anweisungen (hier, bitte sofort drum kümmern!), Namen, die er unter- oder durchgestrichen hatte, das Ganze zu rekonstruieren versuchte, die Ausgangslage, die Schwierigkeiten, wie den stets verblüffenden Lösungsansatz einer bestimmten Unternehmung. Natürlich hatte vieles mündlich stattgefunden, doch Sylvesters Gewohnheit, immer wieder kleine Zusammenfassungen zu erstellen oder in Stichworten für ihn Wesentliches festzuhalten, erlaubte es ihr, viele der Lücken zu schließen, die sich in solch einer Zettelwirtschaft notwendigerweise auftaten. Einmal in eine seiner Geschichten hineingetaucht, musste sie sich regelrecht zur Ordnung rufen, um zur Arbeit zurückzukehren, es war einfach zu aufregend, an all dem teilzuhaben auf diese Weise, Menschen, Meinungsverschiedenheiten, Zeiten kennenzulernen, die beinah schon vergessen waren, und an Sylvesters Seite (in a manner of speaking) mitzuerleben, wie er Konflikte in den Griff bekommen und schädliche Entwicklungen in Sachen Versicherungswirtschaft (global gesprochen) vereitelt hatte; dass Ungleichgewichte entstehen, Unvorhersehbares irgendwie und irgendwo die Macht ergreift, das Chaos. Je länger sie bei ihm und für ihn tätig war, desto müheloser konnte sie sich in ihn hineinversetzen, als, ja, als wäre sie eins mit ihm, seinen Gedanken, Visionen, Erinnerungen, die so viele Jahre umspannten. Absolut unglaublich, was er nicht alles in seinem Archiv, in diesen Mappen und Kartons, versammelt hatte an Ereignissen, die in eine problematische beziehungsweise grundfalsche Richtung abgedriftet wären, wenn man sie hätte laufen lassen. Obwohl sie nicht immer ganz klar erkannte, welche Richtung das gewesen sein könnte oder, anders gesagt, welche inakzeptablen Konsequenzen sich daraus rein logisch ergeben hätten (mittel- bis langfristig, und für wen alles), empfand sie dennoch die Größe und Herrlichkeit von Sylvesters Entscheidungen, die sie selbst erhoben über die kleinlichen Sorgen und Befürchtungen normaler Existenzen. Es war ihr Leben, hier unten, und sie war glücklich in ihrer Haut, seiner Haut, so eng, so unauflöslich miteinander verbunden, wie es keine Blutsverwandtschaft vermocht hätte. Zwar wusste sie nicht, wie lange es noch dauern würde, bis sie das Material, das Sylvester angehäuft hatte, so weit erschlossen haben würde, dass er auch wirklich beginnen könnte mit seiner, seiner ... Selbstbeschreibung – zumal fortwährend neuer Stoff hinzukam, der berücksichtigt werden wollte, doch standen gewisse Eckdaten nun fest, war es ihr gelungen, im Großen und Ganzen gelungen, eine Chronologie zu fixieren, die seinem nicht immer soliden, gelegentlich haarsträubend unzuverlässigen Gedächtnis auf die Sprünge helfen müsste.

Nichts, nichts, nichts konnte sie beide trennen, und mittlerweile besorgte sie nicht nur sein Archiv, sondern verwaltete auch, seit Jahren und Jahren schon, diverse recht ansehnlich gefüllte Konten, beobachtete die Kursentwicklung von Fonds, in die man investiert hatte, studierte in Zeitungen und Börsenbriefen die Vorhersagen von Finanzexperten aus aller Herren Länder, über die sie sich mit Sylvester praktisch wöchentlich auszutauschen pflegte. Das musste sein, war aber weder ihr noch ihm Herzenssache, Geld, Assets, Anlagestrategien. Als würde es darum gehen, Vermögen anzuhäufen, Ziffern in größere Ziffern zu verwandeln, nein, die Aufgabe, die er (und sie) zu erfüllen hatten, reichte auf eine Art und Weise darüber hinaus, von der sich eine Vorstellung zu machen das Diffizilste überhaupt war und das Gros der Gattung Mensch, 99,9 Prozent, sagte er immer, schlicht überfordere, intellektuell, emotional, you name it. Gejagt von trüben Leidenschaften und irrsinnigen Spekulationen, die doch nichts anderes als Klischees bedienten, vorgefertigte Meinungen davon, was denn Glück sei und was es brauche, um seiner habhaft zu werden. Phrasen billigster Sorte, die aus den Mündern purzelten, nicht mitanzuhören. Selbst wenn man nicht wollte, sich verborgen hielt, wenn Sylvester ausnahmsweise einmal Besuch in Carmel empfing (aus professionellen Gründen, das war klar, und nicht, weil er, weil er ... mit irgendjemandem, Mann oder Frau usw.), was fiel ihnen dann ein? Beim Blick von der Veranda auf die Bucht, morgens, mittags, abends, nachts, egal zu welcher Jahreszeit, na, was wohl? Himmlisch, oder: paradiesisch, ah, wie schön, was für ein Fleckchen Erde ... fuck you, retarded bitches, you stupid dicks ...

Durchatmen, ein Schlückchen Tee trinken. Aus China mitgebracht, Guangdong, wohin er seit neuestem seine Fühler ausgestreckt hatte, schwieriges Terrain (original seine Worte), noch gänzlich unerschlossen. Welche Möglichkeiten sich dort eröffnen könnten, wäre in gebotener Vorsicht, mit dem größten Fingerspitzengefühl in Erfahrung zu bringen, aber Sylvester würde sie auf dem Laufenden halten. Sie fragen, wie *sie* eine business opportunity vom Grundsatz her bewerte, auch ihren Rat einholen, wenn es mal Spitz auf Knopf stünde, so waren sie inzwischen zusammengewachsen. Ein perfektes Team, wie zwei Zahnräder (na, zum Beispiel), die ohne Reibungsverlust ineinandergreifen. Ihre Vorschläge, dies oder das betreffend, fanden bei ihm stets ein offenes Ohr, häufig setzte er sie eins zu eins um. Als ob du Gedanken lesen könntest, die ich noch gar nicht hatte, sagte er einmal, dich muss der Herr geschickt haben. Worauf sie beide in Lachen ausgebrochen waren, ein Herz und eine Seele.

Gut, Schluss damit, huch ... eine Mail (zum Auftakt von Schostakowitschs Siebter) war auf ihrem PC eingegangen, kurz und bündig: *Ist dir was in den Sinn gekommen?* Bezog sich auf, sie scrollte herunter ... die zwei von Imperial Fonds Management, *Umwege durch die Wüste inbegriffen.* Aber ist es ein Umweg gewesen, sie stützte ihr Kinn auf die Fäuste, in dieser Geschichte von dem Mann, der in fliegendem Galopp nach Samarra ritt, weil er glaubte, in Bagdad dem Gevatter begegnet zu sein. Während der sich nur wundert, ihn dort im Souk angetroffen zu haben, weil sie ja erst für den nächsten Tag in Samarra verabredet waren. Was meinte Sylvester? Ach, er konnte sich blumig ausdrücken, machte sich einen Spaß daraus. Barbara, teurer Schatz, rate. Dass es nicht eile, hatte er geschrieben, und dass die beiden von Imperial ihnen noch eine Menge Freude bereiten würden. Einen Haufen Geld verbrennen, das einem nicht gehört, ohne hinterher die Mittel zu haben, sich gegen Ansprüche verteidigen zu können, war keine brauchbare Philosophie. Gar keine. Niemand hat euch zu nichts gezwungen, also ... habt ein wenig Mut und seht dem Geschick, das euch bestimmt ist, ins Auge, zumindest das, Restspuren von Würde. Oder Trotz, aber kein Gejammer.

Antworten wir ... so: *Mein Liebling, war gerade mit dem Archiv beschäftigt, als deine Mail eintraf, ich denke, bezüglich appointment in s., es wäre vielleicht nicht falsch, diesen Gesellen über einen persönlichen Kontakt noch einmal den ganzen Ernst ihrer Lage zu kommunizieren, um dann in aller Ruhe zu* schauen, was ihnen dazu einfällt. Ein Stoßgebet? Oder etwas, das meine Vorstellungskraft zur Sekunde übersteigt? Meine Neugier ist nicht gering, wie mein Wille, zu lernen. Und wie viel es zu lernen gibt! Von dir. Für immer und ewig die deine, Barbara.

* * *

An der von Werbetafeln gesäumten Autobahn in die Stadt lag ein Gefängniskomplex, vor dessen Tor, auf einem ungepflasterten Weg, eine lange Reihe von Besuchern, meist Frauen, zum Teil mit Kindern, mit prallgefüllten Taschen und Netzen, auf Einlass wartete. Brockmann, im Fond des Taxis, erinnerte sich wieder (wann war er zum letzten Mal in São Paulo gewesen, vor fünf Jahren?), an die Wachtürme und seine sich selbst gestellte Frage (jedes Mal hatte er sie sich gestellt), warum der Knast ausgerechnet hier hochgezogen worden war, Verkehrsanbindung (haha), erster und letzter Gruß an Flugreisende, Memento? Tja, man steckt nicht drin, irgendeine Bewandtnis würde es schon damit haben. Er lehnte sich zurück und schloss die Augen, ging sein Programm durch. Am Abend essen mit Sonniano und einem Operations Manager, der neu in der Firma war, namens ... Duarte, genau, Ricardo Tadeu (wenn schon, denn schon), Treffpunkt Lobby, morgen u. a. Besuch des vorgesehenen Bauplatzes, den Abend frei (hatte er sich ausbedungen), übermorgen dann Abgleich der dreifach ausgefertigten Verträge (eine englische Fassung) und den finiten Karl-Otto neben den von Basaldella setzen ... how is he? Oh, great, you know him ... alles gelogen, am Ende, am Arsch, ein leckeres Häppchen für MercuryLife. Eine Nummer, ein Kästchen in ihrem Portfolio, das man abstoßen wird bei Bedarf, cash and run auf Nimmerwiedersehn.

Das Handy vibrierte, eine Nachricht von Sonnianos Office, confirming die Verabredung im Hotel und dass er sich freue, Freude, Freuuude, to meet again, nebst der Aufforderung, sich zu melden (bei einem Teamassistenten, einer Telefonnummer), falls man irgendwelche Wünsche habe. Keine Ausschweifungen, dachte Brockmann, Essen, ein, zwei Drinks, und dann ins Bett. Ich muss für nichts dankbar sein, muss nichts mitmachen, abgeklärt zu dem Vorschlag nicken, eine Show, special show, zu besuchen. Selbst wenn er nicht ... Angelika ... selbst dann nicht, sich in einem hyperteuren Club die Kante geben. Full service, nein, nein, nein ...

»Quê?«, sagte der Taxifahrer, sich leicht nach hinten drehend.

Er schien laut gesprochen zu haben, Herrgott, dachte Brockmann, baust du ab?

»It's okay, nothing.«

Die drei Tage anständig hinter sich bringen, mehr war unmöglich, anschließend das Gespräch mit Basaldella, dessen Ergebnis er kannte. Ohne übersinnliche Fähigkeiten. Hellseherei. Das Einzige, was zählte, war das Heute, nicht Meriten, die man sich vorgestern erworben hatte. Erfahrungen, die den Pfifferling nicht wert sind, wenn sie zu keiner Ausbeute führen, Aufträgen, die den Investor strahlen lassen. Durststrecke? Unsere Verantwortung gilt unseren Clients, die brav bei uns einzahlen, weil sie im Alter etwas zu beißen haben wollen ... so ist es, so wird es sein. Er tippte Hangshu in das Suchfeld, rief aber doch nicht die letzte Mail auf, die ihn von Mister Lu erreicht hatte. Eine Entscheidung müsste fallen, wen könnte er fragen? Einen Freund, welchen Freund? Und was würde der ihm raten ... mal über eine Alternative nachgedacht? Alternativen Entwurf, wie, wo, als was sich leben ließe, wofür ... hätte man sollen, warum? Es war nicht vorauszusehen, als du die Region übernommen hast, dass die Märkte in Südost die Schwindsucht kriegen, so heftig, ein Blutsturz nach dem anderen, und nur mit dreisten Dumpingangeboten noch zu retten sind ... wären, für uns in Turin, Dormagen, Hertfordshire. Oder auslagern ... gleich von China aus bestücken, was zahlen die für Löhne, Schale Reis? Er zieh sich der Irrationalität (Polemik ist kein guter Beistand), jäh hin- und hergeworfen, als das Taxi auf der Stadtautobahn zum Überholen ansetzte, zwanzig Meter in kühnen Sprüngen gewonnen, links, rechts, bis es wieder zähflüssig wurde, im Dunst aufflackernde Rücklichter allüberall.

»Please«, sagte Brockmann, doch so leise, dass der Fahrer es nicht hörte. Können oder wollen, immer zweierlei. Du könntest, willst aber nicht, vernünftig geht anders. Erkundige dich bei wem, einem Chinaexperten, das Reich der Mitte. Wer ist der Fachmann? Ein Lächeln huschte über sein Gesicht ... ganz eindeutig Peter, der Obergenosse, der jeden zweiten Morgen das Neueste aus Peking verkündete, ein Flugblatt in der Hand, Sieg im Volkskrieg, die roten Massen stürmen voran. Bis sie im Kapitalismus angekommen waren, so sieht's aus, Peps, umsonst gekloppt mit dem Feind. Mit den Bullen wie mit den Sheriffs, die eine klein bisschen andere Meinung zur Revolution hatten, zu Mao und seinen Kumpanen. Aber in der Schule ein wahrer Gefährte, der ihm bei allen Deutscharbeiten mit der Gliederung half, eine Einleitung schrieb, bevor er sich seinem eigenen Thema zuwandte. Jedes Gedicht Ausdruck des Klassenkampfs, jeder Dichter ein Vertreter seiner Klasse. So ungefähr. Wenn er sich Wortgefechte mit den Lehrern lieferte, in Philosophie, Geschichte, konnte man sich in Seelenruhe anderem widmen, das dauerte. Keiner gab nach, immer neue Trümpfe, die gezogen wurden, Statistiken, Zitate. Wie schon der und der unwiderlegbar nachgewiesen hatte, nichts als bourgeoise Verfälschungen. Ohne Arg, er glaubte aufrichtig daran, der gute Peps, dass die Welt mit seinen Methoden zu verbessern wäre, ein Idealzustand, der erreicht werden könnte. Demnächst.

Brockmann sah aus dem Seitenfenster, wo sich Hochhäuser schier endlos aneinanderreihten, er hatte keine Orientierung, nicht die dürftigste Ahnung, wie weit es noch war. Als neben ihm zwei Motorräder auftauchten, Geländemaschinen mit behelmten Fahrern, die sich dem mäßigen Tempo des Taxis anpassten, machte es *klack* ... die Zentralverriegelung, die Scheiben waren sowieso oben. Kein Idealzustand, dachte er, das BlackBerry wieder in seine Hosentasche steckend, während die Motorräder zwischen den Autos verschwanden, die Gegenwart der Zukunft. Ach, Peter. Nicht Bewunderung, Respekt war es gewesen, den man ihm und der Art, wie er seine Sache verfocht, doch irgendwie immer gezollt hatte, Verbissenheit hin, Verbissenheit her. Aus den Augen verloren, bis er in London plötzlich vor der Tür stand, mit den Nerven runter, zum Frühstück ein Bier, um das Flattern aus den Händen zu bekommen. Ian, der alte Pillenkopf, hatte natürlich auch einiges auf Lager, das der Entspannung dienlich war, der erste Downer am besten gleich mit dem Frühstücksbier einzupfeifen. Scheiße habe er gebaut, sagte Peps, brauche Ruhe, mehr wollte man gar nicht wissen, bleib, solange es nötig ist, kein Problem. Weil, er war ein Guter, jemand, dessen Herz ... so viele gibt's davon nicht. Dein Freund?

An Hemdkragen und Krawatte zerrend, die er nach der Landung wieder fest angezogen hatte (ist was passiert?), linderte Brockmann den Druck, den er seit geraumer Zeit unterhalb seiner Kehle verspürte, schöpfte erleichtert Luft. Wen kann man schon Freund nennen? Erlebnisse, die einen verbinden, als Voraussetzung, ein unausgesprochenes Einverständnis. Sich darauf verlassen dürfen, dass der andere ehrlich antwortet, wenn man ihm eine Frage stellt. Soll ich den Söldner machen für den Chinamann? Was würde Peter sagen? Man müsse realistisch sein, und Moral sei kein Faktor im Wettbewerb. Sofern es sich nicht um Mord und Totschlag handelte – über den Rest breiten wir das Tuch der Landessitte. Provisionen und Aufmerksamkeiten, die dazugehören, falls man einen Fuß in die Tür kriegen will, so what? Ebent, ebent, wie recht er hätte. Heute. Die Torheiten der Jugend hinter sich, ohne sich irgendwo angebiedert zu haben, den Eindruck vermittelte er. Nicht geknickt oder schlapp geworden wie diese teigigen Typen, die im Fernsehen vor ihrer Vergangenheit warnen (wann guckst du denn Fernsehen, Jochen?). Wer sich bückt und bedauert, wird am meisten verachtet von denen, die gesiegt haben, Universalgesetz numero uno. Und wer es nicht tut, gondelt dann irgendwann im Auftrag der Regierung um die Welt und präsentiert die deutsche Filmkunst, so eloquent wie immer, als intellektuelle Zierde der Republik. Peters aufrichtige Freude, als er ihn in Hongkong beim Betreten des Saals im Publikum entdeckte und sofort zu ihm kam und sie sich umarmten, Mann, eh, was treibst du hier? Ich wollte mal 'n guten Vortrag hören, was denkst du denn? *The Cinema of Weimar, Lubitsch, Murnau, Lang*, wie es auf dem Flyer angekündigt war, den Brockmann im Peninsula aus einem Ständer mit Werbung und Veranstaltungshinweisen gefischt hatte ... warum eigentlich? Aus Langeweile? Überdruss, was mit einem Abend anfangen, den ein wilder Streik des Bodenpersonals in Manila ihm unversehens beschert hatte? Wer könnte es sagen, innere Schwingungen ...

Hupen, Stau, Fußgänger, Mopeds, enge, von Baumkronen (noch weiter) verschattete Straßen. Brockmann glaubte, die Gegend zu erkennen, man war irgendwo unterhalb der Avenida Paulista (südlich, heißt das, du topographischer Analphabet, wird das schlimmer mit dem Alter?), das Hotel müsste in der Nähe sein. War es, das Taxi bog in eine Auffahrt ein und hielt in zweiter Reihe vor einem wuchtigen, teils von efeuartigem Grün gefluteten Betonüberhang, auf dem ein großes, silbernes R prangte, here we are, dachte er, zahlte den Fahrer, reckte sich nach dem Aussteigen, ließ sich den Koffergriff von einem Pagen aus der Hand nehmen.

Zwei Counter gab es im Empfangsbereich, links oder rechts? Brockmann verlangsamte seinen Schritt auf dem glänzenden, von bernsteinfarbenen Diagonalen durchzogenen dunkelbraunen Marmorboden – da wie da ein anderer Gast im Gespräch mit den Rezeptionisten. Der Page enthob ihn einer Entscheidung, wies mit seinem freien Arm nach links. Wo man eine Unstimmigkeit zu klären versuchte, das war zu verstehen, obwohl beide Seiten Portugiesisch sprachen. Etwas hatte er gelernt, vor Jahren in Turin einen Kurs besucht (und nicht beendet), für ein paar Freundlichkeiten reichte es. Hier schien der Kasus ein Zimmer zu sein (cômodo), letzte Woche (semana passada), executive floor ... vorwärts Leute, ich muss mich noch 'n Stündchen hinlegen.

Dringend sogar, in seinem Kopf war ein Rauschen und Sprudeln aufgetaucht, das sich rasch verstärkte, unausweichlich heranrollend wie, wie ... eine turmhohe Welle, die mit Urgewalt über ihm zusammenzuschlagen schien, er öffnete den Mund (als würde er nach Luft schnappen wollen oder müssen), umklammerte beide Ohrmuscheln und presste seine Handballen gegen die Gehörgänge, was ist das?, steh mir bei, er schwankte leicht, bis der Mann, der vor ihm stand, sich auf einmal mit entschuldigender Miene umdrehte und ihn flüchtig am Arm berührte:

»I'm awfully sorry.«
»No, no, why?«, sagte Brockmann, ließ die Hände sinken (ist das peinlich), »I'm fine.«
»Ja?«
Er sah nicht klar, auf seiner Netzhaut grelle Schlieren wie nach dem Blick direkt in ein Blitzlicht. Aber wieder Ruhe, die gedämpften Töne einer weitläufigen Hotellobby.
»Darf ich Sie zu einem Drink einladen?«
»Ich ...«, Brockmann wies an ihm vorbei zum Counter, »ich bin gerade ...«.
»Natürlich, Sie wollen einchecken.«
»Vielleicht später«, sagte Brockmann, ohne zu wissen, warum.
»Ich sitze da vorne«, sagte der Mann, dessen Englisch ameri-

kanisch klang (wenn auch nicht so ausladend wie gewöhnlich), »es wäre mir ein Vergnügen.«
»Ja, gut, ich komme.«

* * *

Sie lebte in einem Altenheim, nein, falsch, Seniorenresidenz (zwei eigene Zimmer, Arzt im Haus; ihre Rente war bescheiden, doch eine nicht mehr erwartete – und gar nicht kleine – Erbschaft aus der Bundesrepublik, die lange Jahre auf einer Bank gelegen hatte, tat das Übrige dazu), ihre Tage mit Lesen verbringend, mit dem Schreiben von Briefen an zwei Cousinen, alte Kollegen und alte Freunde (die überlebt hatten), manchmal noch dem Besuch eines Konzerts im Gewandhaus, das sie liebte seit je. Seit dem Wiederaufbau damals, sie hatte eine Karte für das Eröffnungskonzert ergattert (frag nicht, wie), ziemlich weit hinten auf dem Rang rechts, zum Abschluss wurde Beethovens Neunte gegeben, aber das, ja, das musste wohl so sein.

Ohne das Geld aus dem Westen (der Erlös aus dem Verkauf des Hauses und weiterer Liegenschaften der Großeltern, die nach dem Bankrott der Kunstschmiede wieder auf die Beine gekommen waren, unter den Nazis?, sie wusste es nicht und hatte auch nie gefragt), ohne diese schöne Summe wäre ihr Leben beschwerlicher gewesen, sie war zufrieden. Einzig, dass ihr Gedächtnis nachließ, machte Elfriede Gerlach zu schaffen, sich an den Vortag zu erinnern, selbst an den Vormittag, gelang ihr immer öfter nicht, während anderes, aus fernen Zeiten, eine solche Gegenwart gewann, als wäre es erst vor Stunden geschehen. Wahrscheinlich normal, sagte sie sich zur Beruhigung, eine normale Alterserscheinung. Es verwirrte sie trotzdem, sie wollte nicht daran denken ... an das, diese Jahre, sie hatte genug gelitten.

Obwohl ... es unterlief ihr, aber sie mochte das Wort nicht, leiden, Leid, die ihm innewohnende Passivität (man kann doch nur etwas erleiden, wenn man unschuldig ist oder es im Grunde nicht verdient hat, Strafe, Krankheit), ein schicksalsergebenes Hinnehmen von Umständen, für die man keine Verantwortung zu tragen glaubt, nicht die geringste. Meistens sah man zu kurz, ganz und gar gefangen in seinem persönlichen Schmerz. Doch wo sollte man anfangen beim Versuch einer Erklärung, etwa zurückgehen, bis man bei Pontius und Pilatus war – eine unvergessliche Redensart ihrer Mutter (auch ihres Vaters?), dass sie weit gelaufen sei (von P. zu P.), um dies und das zu besorgen, durch halb Moskau. Erschöpft auf das Bett in ihrer Absteige gesunken, die Beine lang ausgestreckt. Sie hatte es sich nicht ausgesucht, sie war die Frau eines Mannes, der weggemusst hatte aus Deutschland, und deshalb an seiner Seite (selbst nie in der Partei gewesen, soweit man es wusste). Aus einem Lehrerhaushalt stammend (es ist alles in der Familie geblieben, Elfriede Gerlach schüttelte jedes Mal den Kopf, wenn sie daran dachte), Volksschullehrerin, wahrscheinlich eine gute (das konnte man sich vorstellen, stellte sie sich jedenfalls vor, nach dem wenigen, was sie von der Mutter gehört und behalten hatte), eine Verschollene. Dass der Vater (dessen Tochter ich bin?) sie nach seiner Entlassung wiedergefunden hatte und sie mit ihm ohne viel Widerspruch in die gerade gegründete Republik übergesiedelt war, wie sollte man das nennen, Notwendigkeit, verstockt, Zufall? Mein Name sei Schweigen, dein Name sei: Frag nicht, bis zu seinem Ende (26. September 1955).

Bis wohin muss man zurück, um eine Situation zu verstehen, Entscheidungen, die getroffen worden sind? Damit alles einen Sinn hat, irgendeinen Sinn, sonst wäre man der Unvernunft schutzlos preisgegeben. Das durfte nicht sein, weil Aberglaube die Folge wäre, beziehungsweise ... man könnte dann gar nicht anders, als Geister in den Wolken anzurufen, um sich vor den Fährnissen des Lebens zu schützen. Opfer, die anonymen Mächten opfern, anstatt sich einer wissenschaftlichen Betrachtungsweise zu befleißigen, und sei es die primitivste. Auch was das menschliche Verhalten betrifft, warum jemand so und so gehandelt hat. Welche anderen Möglichkeiten es gab und warum sie nicht gewählt wurden. Objektiv. Dass Verrat nicht allein aus Schäbigkeit erwächst, sondern bestimmte Bedingungen ihn begünstigen, man folglich durch eine Veränderung dieser Bedingungen, durch Erziehungsmaßnahmen, verhindern könnte, dass es dazu kommt, weil man gelernt hat, aufrichtig zu sein. Aufrichtigkeit nicht bestraft wird, im Gegenteil, belohnt, zum Wohlergehen aller. Vorausgesetzt ... was denn, Elfriede? Die Gesellschaft zieht an einem Strang, jeder sieht ein, worin das Ziel der Bemühungen besteht, würde zugunsten der Mehrheit auf kleinliche Vorteile verzichten, die ihm versprochen werden, wenn er dies tut oder jenes lässt. Rational zu durchdenken, sofern man vom Fortschritt überzeugt ist ... muss man ja.

Bis wohin zurück? Kindheit? Nein, ein Kind, das stand für sie außer Frage, war immer unschuldig, ein Kind in den Mühlen ungeheuerlicher Ereignisse, die es durch Heime und Frieren und Hunger gepresst hatten, bis eine Pflegefamilie sich seiner annahm ... aber die Erwachsenen, die Genossen? Bis zu welchem Punkt? Ist es möglich, die Augen zu verschließen, so fest, um alle Verantwortung auf andere abwälzen zu können, auf Apparate, mit denen man angeblich nichts zu schaffen hat, obwohl man von ihnen weiß? Genau versteht, wie sie funktionieren. Oder denkt man, hofft man, vermutet man, dass an den Schaltstellen Menschen säßen, die nach bestem Wissen und Gewissen, auf der Grundlage von Gesetzen und Beweisen ... und nicht Verführte und Bedrohte, die aus Furcht, aus Gelüst, aus Ehrgeiz, nach oben zu kommen, sich zu Werkzeugen machen, ausgesprochen willfährig? Doch in wessen Interesse sollte das sein? Als handelte es sich um Prüfungen, die dem Einzelnen auferlegt werden und die er besteht oder nicht. Ohne etwas darüber hinaus, ohne übergeordnete Logik. Wie bei den Mongolen, den wilden Völkern, wo sie ein Orakel werfen, und los geht's. Beute lockt, mehr ist nicht. Mehr war nie und wird nie sein. Aber daran zu glauben weigerte sie sich, sie würde auf ihre alten Tage und trotz allem, was geschehen war, nicht das Beten beginnen. Und zu wem auch? Das sollte ihr mal einer sagen, zu welchem Gespenst. Dem mit dem Heiligenschein ums Haupt oder doch eher zu dem mit Ballonmütze, kariertem Sakko und gesprungenem Kneifer auf der Nase, einem Varieté-Fatzken in Begleitung eines gespornten Katzenviehs? Der eine taugte als Adressat so viel wie der andere, aus Schwäche geborene Einbildungen, zu nichts sonst zu gebrauchen, als Angst zu erzeugen, nicht wahr? Oder sie zu besänftigen, Unfug beides. Darauf zu bauen stellte einen Hohn auf den Verstand dar, und dazu würde sie sich niemals bereitfinden.

Da – ja, es war ein schreckliches Jahrhundert, das vergangene, bestätigte sie sich oft, um sich dann in Erinnerung zu rufen, dass es zugleich auch eines des Fortschritts, der Erkenntnis, großer Errungenschaften gewesen war. Die eindeutig bewiesen, dass es nicht rückwärtsging, dass es ein Bewegungsgesetz in der menschlichen Entwicklung gab, das Stufe um Stufe zu einer Verbesserung führte, mochte man zwischendrin auch den grausigsten, den überflüssigsten Irrtümern anheimgefallen sein. Scharlatanen und Aufschneidern, die rechtzeitig in ihre Schranken zu verweisen man versäumt hatte. Aber jene waren keine Kuriere des Teufels gewesen, sondern fehlgeleitete menschliche Wesen, das konnte und sollte man verstehen. Die sich für sonstwas hielten, für Auserwählte, die der Schwerkraft nicht unterlägen, Weisheiten verkündend, die schon bei flüchtigster Prüfung sich hätten in Luft auflösen müssen. Dass man ihnen Vertrauen schenkte, sich um sie scharte wie um Messiasse, war Ausdruck einer Leichtgläubigkeit, die der Not entsprang – wie schnell gibt man dann solchen Erscheinungen nach. Als hätte man keinen eigenen Willen mehr, hätte das Denken verlernt, so ziehen sie einen mit Taschenspielertricks, mit phantastischem Gefasel in ihren Bann.

Davor ist niemand gefeit, das nicht, doch sollten wir mittlerweile Erfahrung genug besitzen, um durch keinen Fakt gedeckte Analysen und verdorbene Schmeicheleien rasch zu durchschauen, zu welchem anderen Zweck hätte die Natur uns sonst mit Einsichtsfähigkeit und Verstand gesegnet? Überall auf der Welt (man darf die Hoffnung auch im Alter nicht verlieren), dessen war sich Elfriede Gerlach gewiss.

* * *

»Sie sind unter Garantie müde, darf ich Ihnen eine Erfrischung kommen lassen?«

Der Mann hatte sich, als Brockmann vom Empfang zu den Aufzügen ging, aus einer der Couches erhoben, die – mit großen, elegant aufgestaffelten Kissen versehen – in einem Teil der Lobby zu Sitzgruppen arrangiert waren. Beige, umbra, ocker, die Wände holzgetäfelt, niedrige Tische aus scheinbar schwebenden Glasplatten mit Schmuckvasen und Bildbänden darauf wie in einem Wohnzimmer.

»Nehmen Sie doch Platz.«

Er hatte kurzgeschnittene, stahlgrau durchschossene Haare (navy cut ...?), trug einen dunkelblauen Anzug und ein bis zum obersten Knopf geschlossenes anthrazitfarbenes Polohemd. Sie waren gleich groß, gleich schlank, er aber ein wenig älter, auch wenn Brockmann nicht hätte sagen können, wie alt in etwa genau, zwei Jahre mehr, fünf Jahre, zehn?

»Entschuldigen Sie«, der Mann, wohl ein Amerikaner, winkte eine Bedienung herbei, »ich habe mich noch gar nicht vorgestellt ...«

Brockmann nickte, fühlte sich nicht Herr seiner selbst.

»Mein Name ist ...«, er unterbrach sich und wechselte aus dem Englischen ins Portugiesische, um den Kellner, der in null Komma nichts bei ihnen stand, kurz und bündig zu bescheiden.

»Eistee, ja?«
»Bitte«, sagte Brockmann, überrumpelt, warum nicht Eistee?
»Setzen wir uns.«
Sie sanken in die Polster, Brockmann mit der Flanke an der Seitenlehne, in einem schrägen Winkel zu seiner neuen Bekanntschaft, die Ledermappe mit den Verträgen neben sich.
»Ich heiße Sylvester Fleming«, sagte der Mann und reichte ihm die Hand.
»Jochen Brockmann.«
Flemings Handschlag war fest, entschieden.
»Verzeihen Sie die Unkommodität vorhin, aber ich musste mir Luft machen.«
Brockmann verstand nicht, was er meinte, die Szene an der Rezeption? Dass es irgendein Problem mit irgendeinem Zimmer gab?
»Man kann so etwas auch zu einem günstigeren Zeitpunkt klären. Gäste, die gerade angekommen sind, sollten nicht zu warten haben.«
»Alles in Ordnung«, sagte Brockmann, »ist ja alles gut.«
»Gar nichts ist gut«, Flemings Ton wurde bestimmt, schneidend fast, obwohl er nicht laut sprach, »in einem Haus wie diesem darf man erwarten, dass Buchungen auch erfüllt werden.«
»Haben sie nicht?«
»Wissen Sie«, er legte jetzt einen Ellbogen entspannt auf die Rückenlehne der Couch, schlug die Beine übereinander, »es geht um die Haltung, die dahintersteckt. Missgeschicke passieren, passieren jedem von uns, aber ich ducke mich nicht weg. Das ist so eine Art, die ich ... sagen wir, die mich grundsätzlich stört.«
»Ja«, Brockmann streckte die Beine aus, »sicher.« Mehr fiel ihm nicht ein, doch was hätte das auch sein können? Nach diesem Flug, vor diesem Abend mit Sonniano, vor dem er dringend noch etwas Ruhe bräuchte, anstatt sich hier ... gesammelte Lebensweisheiten anhören zu müssen. Einer, der die Getränke

zahlt, um ein Publikum zu haben für seine Monologe. Wie Wefers, persönlich haftender Kommanditist der Vereinigten Druck- und Beschichtungsgesellschaft Siegen, sein Chef vor Turin. Aufgekauft und dichtgemacht, der Himmel sei gepriesen, dass du mit fliegenden Fahnen nach Italien bist, bevor es ... und dann Siegen, vier ganze Jahre, wie hat Heidi das eigentlich ertragen?

»Vermeidbare Nachlässigkeiten. Und der Aufwand, sie aus dem Weg zu räumen, wird täglich größer, bis es zum Knall kommt. Dabei wäre es so einfach ... eine Geste, ein Wort reicht oft schon aus.«

»Wehret den Anfängen«, sagte Brockmann, sich einen Idioten scheltend, was redest du?

Fleming nickte, als hätte er gerade des Rätsels Lösung vernommen, einiger kann man sich überhaupt nicht werden. Dann richtete er sich ein wenig auf, sah auf das Tablett mit zwei Gläsern und einem Schälchen Snacks, das ihm von dem Kellner, der sich auf leisen Sohlen genähert hatte, vorgehalten wurde.

»Minze oder Zitrone?«

»Minze«, sagte Brockmann, nahm das Glas von Fleming entgegen.

»Stoßen wir an«, sagte der Amerikaner, »ich wünsche Ihnen einen glücklichen Aufenthalt.«

Der Tee piekte in der Kehle, so kalt. Aber sehr lecker, sehr minzig, erfrischend. Brockmann blickte dem anderen in die Augen, seine Schläfen begannen zu pochen, der Tee ...

»Ich vermute, der Job führt Sie in diese schöne Stadt. Deswegen sind wir ja alle hier. Oder wollten Sie auf die Biennale?«

»Das kann auch ein Job sein«, erwiderte Brockmann, Fleming rang sich ein Lächeln ab, selbstverständlich, wie dumm von mir.

»Ich hab leider keine Zeit«, er hatte nicht daran gedacht, war nicht auf seinem Schirm gewesen, einen Abstecher in den Park zu machen, wo die Ausstellung stattfand, dass sie in diesem Jahr wieder stattfand (jetzt im Mai?), mit Gewichtigerem beschäftigt, das heißt, in den letzten Tagen war ihm alles Mögliche durch den Kopf gegangen, nicht aber zeitgenössische Kunst, für die es im Terminkalender ein Stündchen freizuräumen gegolten hätte.

»Wie recht Sie haben ...«, Fleming sah (versonnen?) auf das Glas in seinen Händen, »wenn man nicht so eingespannt wäre.«

»Darf ich fragen ...«

»Sie dürfen«, Fleming strahlte ihn an, »mein Feld sind Versicherungen.«

»In São Paulo?«

»Wo meine Angebote auf räsonablen Zuspruch treffen. Oder, andersherum, wo es eine Nachfrage gibt, die mit meinem Leistungskatalog eine fruchtbare Verbindung eingehen könnte. Ich glaube, China wird in Zukunft ... ich, ähm, ich orientiere mich da gerade ein bisschen um.«

»Sie kennen China?«

»Nein, leider«, Fleming trank, dann spuckte er einen Zitronenkern zur Seite, auf den Teppich. Wohin auch sonst?, dachte Brockmann.

»Oder sagen wir, noch nicht. Nicht wirklich. Regeln und Gesetze, die studiert sein wollen.«

»Ich ...« Brockmann sah ins Weite, ein paar Gäste, Kellner, von fern perlte Musik an sein Ohr.

»Ja?«

»China.«

»Interessiert Sie«, sagte Fleming, sei es Nachfrage, sei es Behauptung. Brockmann erschrak, als hätte man ihn eines Vergehens überführt, er starrte den anderen an; der die Brauen hob, ach was, ich höre ...

»Die Zukunft ... Fernost und so weiter ... muss man im Auge behalten.«

»Elementar«, sagte Fleming, einen Handyton ignorierend, der aus seiner Jackentasche drang, »vor allem, wenn man selbständig ist. Sind Sie auch selbständig?«

Ein schwächliches Kopfschütteln Brockmanns, war das in seinen Augen ein Fehler? Dass er immer für jemanden gearbeitet, nie sein eigenes Ding hochgezogen hatte ... nicht einmal in der Phantasie. Etage mieten und alle Kontakte aktivieren, über die man verfügte, Consulting. Doch wozu? Mehr Geld? War es nicht gut gewesen bisher ... war gut gewesen, hast du gerne gemacht, basta.

»Ich bin für ein italienisches Unternehmen tätig, Maschinenbau.«

»Lassen Sie mich raten«, sagte Fleming, den Zeigefinger auf die Lippen legend.

Brockmanns Herz hämmerte plötzlich gegen sein Brustbein, seine Schläfen dröhnten. Die Musik aus dem Hintergrund wurde so laut, als hätte jemand mit Elan den Regler in die verkehrte Richtung gedreht, das Kratzen eines Stahlbesens über ein Trommelfell, ein bebender Bass. Er schluckte, zog an seinem Ohrläppchen, trank hastig einen Schluck von dem Eistee ... schon besser.

»Textilausrüstung«, sagte Fleming und stieß den Finger in Brockmanns Richtung. Gotcha?

Erleichterung und Müdigkeit, alles im grünen Bereich.

»Ungefähr.«

»Da ist Italien noch stark, deshalb ...«, Fleming, eine Art Lächeln, »kam mir der Gedanke.«

»Sie kennen sich aus«, sagte Brockmann, nicht unsüffisant.

»Ich lese Zeitung, guck ins Netz. Was man macht.«

»Coating«, er schloss für einen Moment die Augen, als versuche er sich zu erinnern, dann zog er mit seiner flachen Hand Bahnen durch die Luft, »Beschichten. Und was damit zusammenhängt.«

»Zufrieden?«

»Definitely«, sagte Brockmann. So eine Frage, so eine Antwort.

»Man kann immer avancieren«, Fleming nickte unmerklich, »irgendwo anders weiter vorrücken.«

»Kann man das?«
»Meine Meinung.«
Brockmann sah kurz auf die Uhr, zugleich klingelte es erneut in Flemings Jacke.
»Wollen Sie nicht rangehen?«
»Das hat Zeit. *Ich* habe Zeit.«
»Beneidenswert. Glückwunsch.«
»Aber Sie«, sagte Fleming, »Sie müssen sich jetzt ausruhen.«
»Ich glaube auch.«
Er bedankte sich für die Einladung und wollte aufstehen, als Fleming ihm vorschlug, das Gespräch fortzusetzen, er würde sich freuen, wie es mit morgen Abend sei? Ob er morgen Abend könne, was er von Sushi halte, die besten Sushi außerhalb von Japan gebe es bekanntlich in São Paulo. Kinoshita, traditionell, die ganze Palette, oder, oder ... brasilianisch, ein schöner Grill, sofern er Fleisch möge, Sie mögen Fleisch?

Außerdem, fuhr er fort, noch bevor Brockmann eingewilligt oder abgelehnt hatte, sollte man, das liege ihm am Herzen, über China reden, für ein paar Ratschläge wäre er dankbar, denn ihm scheine, er, Jochen, ich darf doch Jochen sagen?, habe sich schon mit dem Thema beschäftigt, einverstanden?

* * *

Warum nicht?, dachte Brockmann, als er die Chipkarte in den Schlitz über der Klinke steckte und das grüne Lichtchen aufflackerte, du hast den Abend frei (dienstfrei, haha), und er ist bei weitem schräg genug, um interessant zu sein. Obwohl ... kein Obwohl, ist dieser Fleming ein Soziopath, ziehst du Leine, die einfachste Sache der Welt.

Im Vorraum stand aufrecht sein kleiner Koffer, neben einem deckenhohen Spiegel, in dem er sich einen Augenblick lang betrachtete: Head of Sales South-East, topfit, drei Sprachen, noch

einige Wochen (Tage?) ungekündigt, looking forward to a new challenge.
 Er ging ins Zimmer und legte seinen Koffer aufs Bett, dann trat er an die Fenster und ließ den Vorhang ein Stück zur Seite fahren. Auf einem der flachen Dächer unter ihm war ein Mann in Monteurskleidung mit einer Satellitenanlage beschäftigt, deren Schale er per Fernbedienung ausrichtete, telefonierend dabei (ein bisschen noch, ja, ja, Superbild jetzt ...), funktioniert das so? Man weiß es nicht, dachte er, *du* weißt es nicht, Telekommunikation. Dinge, die einem schon in der Schule unlösbare Rätsel aufgaben, Welle oder Teilchen. Vel vel statt aut aut ... so eine Scheiße behält man, während alles andere im Strudel der Zeit verschwindet beziehungsweise nie daraus hervorgetaucht ist. Zu kompliziert, immer weggeduckt, bis es endlich zur Pause schellte.
 Brockmann setzte sich im Mantel aufs Bett, sah zu Boden. Feine rötliche Linien verliefen im Teppichboden wie die gewellten Höhenmarkierungen auf einem Messtischblatt ... Marder an Fuchs, Marder an Fuchs, Gefechtsbereitschaft. Gefechtsbereit, wo steht der Russe, oben, unten, links oder rechts? Er zündete sich eine Zigarette an, verfolgte den Rauch, den er stoßweise seinem Mund entließ, gräulich verwirbelnde Schemen auf dem flachen dunklen Bildschirm über dem Sideboard vor ihm. Wie spät mochte es sein? Schau auf die Uhr, stell dir den Wecker, schlaf ein bisschen. Und zu Sonniano bist du nachher so freundlich, als wäre es dein Auftrag gewesen, dein Geschäft, deine Prämie. Wird gemacht, Herr Leutnant ... ein Aschenbecher irgendwo? Wenn man schon ein Raucherzimmer hat, oder hat sie etwa keins reserviert? Die Assistentin von Andolfi, trotz ausdrücklichem Hinweis. Vielleicht ... findet sich einer im Bad.
 Fand sich, ein Design aus den frühen sechziger Jahren, das wieder modern geworden war, absolut, man muss nur lange genug ausharren. Brockmann schob den Koffer beiseite und legte sich daneben aufs Bett, die am Kopfende aufgereihten großen

weichen Kissen bequem im Nacken. Das BlackBerry meldete eine Mail, leave me alone, dachte er, last exit São Paulo. Ganz sicher nicht, er schloss die Augen, deine Sorgen möchten andere Leute gern haben. Ham sie aber nicht, sonst würden sie an deiner Stelle hier sein. Und du wärst in Posemuckel, fragt sich bloß, als was? Oberbaurat? Oder wie der Titel lautete, den der Senior führte, Bauoberrat? Selbst das ist dir entfleucht, Brocki, gefühlloses Ungeheuer. Ingenieur, Stadtverwaltung ... aus Berufung? Dass es einem an der Wiege schon gesungen wird, wo man landet, Flucht unmöglich. Außer zu einem extrem hohen Preis, den zu zahlen man ein Fanatiker sein muss, Attentäter gegen sich selbst – lieber tot als jeden Tag in der Kantine. Künstler, wenn man sich für einen hält. Hast du nie, er klopfte die Zigarette im Aschenbecher auf dem Nachttisch ab, zog noch zweimal schnell hintereinander und drückte sie dann aus, zu keinem Zeitpunkt. Weil, Einbildung ist auch 'ne Krankheit, und nicht die harmloseste. Zu viel Phantasie, die einen den Bezug zur Wirklichkeit verlieren lässt, zu den Fakten des Lebens. Haste was, biste was, haste nix, dampft die Kacke. Besser wird's nicht mehr, das steht nun mal fest; nicht in Europa, für dich.

Er bugsierte den Koffer vom Bett, streifte die Schuhe von den Füßen, schmiss Mantel und Sakko in den Raum und schlug die Tagesdecke über sich. So. Krawatte noch. Und's Telefon weg. Ohne Vorsatz (wer hat mir gerade geschrieben?), einer zur zweiten Natur (Fleisch und Blut) gewordenen Gewohnheit folgend (wie im Flugzeug, bevor man es kurz ausschaltet, oder vorm Schlafengehen), warf Brockmann, nachdem er das Gerät aus seiner Hosentasche geholt hatte, einen Blick in den Maileingang ... um einen Schauder im Nacken, den ganzen Rücken herunter zu spüren, der ihn für einen Moment des Atems beraubte (er sperrte den Mund auf), das ist, das kann nur ... @ d-reders.nl ... und da steht ihr Name, *A. Volkhart*:

Lieber Jochen, vielen Dank für Ihre Karte, über die ich mich sehr gefreut habe. Ich vermute, es war nicht die einzige, die Sie losgeschickt haben, deshalb umso mehr. Unser Abend ist auch mir in Erinnerung geblieben, es war sehr schön mit Ihnen, das kann ich nicht anders sagen, oder doch, ich habe mich so wohl gefühlt wie seit langem nicht. Leider sind Turin und Amsterdam nicht eben benachbarte Städte, wollen Sie mir einen Vorschlag machen? Entschuldigen Sie, dass ich mit der Tür einfach ins Haus falle, aber ich würde Sie gerne wiedersehen, Ihre Angelika.

Und ich erst, dachte er, jubilierend (ja, Leute, völlig verzückt), ich will, unbedingt, er kam unter der Decke hervor und schwang sich auf die Bettkante, hastig die Worte *Flug Turin Amsterdam* bei Google eingebend ... KLM, zweimal täglich direkt ... es wird, es geht, du lebst, Leben.

* * *

Roland Prader platzte fast. Ich fick sie, ich fick sie alle, so brüllte es in ihm (dieser sich in stummen Flüchen ergehende innere Aufruhr), während er in Bratislava zu seinem Auto gestiefelt war, um zurück nach Wien zu fahren; zu rasen, vor mehr als einem der Schilder, die ans Tempo gemahnten, ausspuckend (tatsächlich, gegen die Windschutzscheibe), seiner Wut, seiner Erbitterung gänzlich ungehemmt freien Lauf lassend. Schwei-ne, schrie er vor sich hin, das Schweiiin, abstechen, bis er husten musste vor Anstrengung, seine Stimmbänder brannten. Anjo Veselý, Lump, Drecksau, fette, geschlachtet gehörst du, ausbluten sollst du ... auf einem Müllhaufen, einem stinkenden. Nimmt die Brille ab, um einem dann mit Unschuldsvisage zu eröffnen, dass angeblich ... dass das Geld ... konfisziert.

Er wusste noch nicht, wie (kurz vor der Stadtgrenze wieder zu einem halbwegs klaren Gedanken fähig), aber damit käme er nicht durch, der feine Herr, diese Wanze, dieses Ungeziefer, nicht mit der Nummer. Als könnte er kein Wässerchen trüben, das war seine Masche, von Anfang an. Und du Trottel bist drauf reingefallen, Prader lichthupte einen Schleicher zur Seite, eine Privatbank in der Slowakei als Basis, von der aus die Finanzierung des Geschäfts absolut reibungslos ... er schlug aufs Lenkrad ein, fragte sich wenig später, als er die Autobahn verließ, ob er seinen Instinkt, der untrüglich gewesen war (bei jedem, ausnahmslos jedem Business in den Neunzigern, Krakau, Prag, sucht es euch aus), ob er den eingebüßt hätte ... oder was? Was war das, hatten sich die Zeiten geändert? Gut, Bratislava hatte sich geändert, kein Vergleich mehr zu früher, als der *Hauch des Todes* die Stadt durchwehte (was für ein Superfilm), die Häuser rott, die Straßen voller Löcher, aber sonst ... war doch alles beim Alten geblieben ... kennst du die richtigen Leute mit den richtigen Ideen, drehst du das Rad, Kommunismus oder nicht, Kapitalismus, Diktatur, egal. Nur so bewegt sich doch die Geschichte, macht die Welt Fortschritte. Weil man schneller ist als die Konkurrenz, die sich auf ihren Lorbeeren ausruht und glaubt, nach Belieben bis in alle Ewigkeit diktieren zu können. Politisch oder wirtschaftlich, ein und dasselbe Prinzip. Weshalb die Sache mit den Generika aus der Slowakei perfekt gewesen ist, Verkauf übers Netz, vom Original nicht zu unterscheiden. Auch vom Wirkstoff her, Versand in kleinsten Mengen kein Problem, und zu einem Preis, der apothekenmäßig unschlagbar war.

Prader bog nach links und überquerte den Donaukanal, wohin? Nicht ins Büro, wo Felix einen belauerte, diese Unterexistenz, die vergessen zu haben schien, wem sie ihr Leben verdankte. Von wem sie gelernt hatte, wie man sich benimmt, ein Projekt aufzieht, das nötige Kapital besorgt. Investor Relations, etwas Wichtigeres gab's überhaupt nicht. Trust. Imperial Fonds Management steht mit seiner über die Jahre gewachsenen, transkontinentalen Expertise im Venture- und Value-Segment für Renditen, ihr da draußen in aller Welt, von denen andere nur träumen. Bestenfalls, feuchte Träume, sorry, aber so ist es. Wer's Risiko scheut, möge sich später nicht beklagen, dass er nichts abbekommt. Hopp oder top, so alt wie die Menschheit, belohnt werden die aus der ersten Reihe. Die sich ins Schlachtgetümmel stürzen, ohne zu zögern, schon bei den Ägyptern, den Griechen, und nicht die Fußlahmen von weit hinten. Achilleus in schimmernder Wehr, oder wie es Homer beschrieben hat. Einstmals gepaukt, Prader erinnerte sich schwach, während er auf dem breiten Armaturenbrett seines Geländewagens (ein Benz, ML 63 AMG) unter Zetteln, ausgedruckten Mails, aufgerissenen Briefen nach einem Papiertaschentuch tastete, um die Scheibe zu säubern (doch keines fand), Akademisches Gymnasium, mit letzter Kraft bestanden. Aber bestanden, darum ging's. Keinen Staub zu fressen, nicht zu denen zu gehören, die mit knackenden Knochen vom Feind niedergeschmettert werden.

Er bremste, Ampel, legte seinen Kopf in den Nacken. Was tun? Veselý nach Wien locken und dann zuschlagen? Nicht sein, Roland Praders, Stil, schließlich ... man war nicht die Mafia. Ein Reservoir Dog, der Ohren abschneidet. In einer leeren Lagerhalle, den Fettsack mit Klebeband an einen Stuhl gefesselt – wo ist das Geld? Die hunderttausend, der Rest, denn viel mehr war nicht übrig von der Einlage des Amerikaners (außer den paar Riesen in Guernsey). Eigentlich war es zu einfach gewesen, er hatte ihr Exposé kaum geprüft, Kosten, Aussichten, bevor er es abnickte. Just like that, Mr Sylvester. Auf der Stelle begeistert von der Idee, aus Eritrea, wo es dringend des Aufbaus bedurfte, Edelfisch Richtung Europa zu importieren, sie würden, hatte er bei einer Flasche Bollinger gesagt, ganz beschwingt, das Rote Meer wieder teilen, you know what I mean, ein Wunder bewirken, das den Menschen am Horn von Afrika signalisiere, dass man sie nicht vergessen habe und eine Entwicklung zum Besseren möglich sei nach all den Jahren kriegerischer Auseinandersetzungen, er habe nur Positives gehört vom Willen der dortigen

Machthaber, Anschluss zu finden an die internationalen Märkte, warum nicht mit Fisch, der natürlichsten Ressource, die sie zu bieten hätten da unten, im Überfluss, stoßen wir an. Und das hatten sie, nicht zu knapp, viersiebenfünf (!) als Verzinsung, repayment starts next year, günstiger konnte man nicht flüssig werden. Wie es ihnen von Scherer prophezeit worden war, ein L. Sylvester, er glaube, aus Kalifornien, der anscheinend über reichlich Mittel verfüge irgendwoher und zu Investitionen bereit sei, zu Sahnekonditionen, irre, hier, die Karte ... wieso nur, fragte sich Roland Prader plötzlich, hatte er ihnen den Tipp gegeben, ausgerechnet Scherer, dieser Ausbund an Selbstlosigkeit, dieser, dieser ... Leichnam, aus dem Wasser gezogen, zugerichtet ... ein Schrecken erfasste ihn hinter dem Steuer, der das Blut aus seinem Kopf weichen ließ, er riss die Augen auf, die Spur vor ihm leer, und von hinten hupte es wie verrückt, grün, du Spast, fahr weiter, was er versuchte mit weichen Knien, das Gaspedal war nicht zu finden, nicht zu drücken, zu viel Widerstand, dann mit quietschenden Reifen über die Kreuzung, rasend auf Heckpartien zu, es zwang ihn in die Eisen, ein neuerliches Quietschen ... gerade noch so eben, automatische Abläufe. Während Gedanken sich jagten, Fragen, Bilder, in wirrer Folge, wie es im Stadium der Panik geschieht. Oder einer Vorstufe dazu, wenn die Nerven schon blankliegen ... Fotos aus der Zeitung, grob gerastert, Balkenüberschriften, wann kam die letzte Mail?, von wem gezeichnet?, aus seinem Office?, ein verklebtes Haarbüschel, ein verlorener Schuh, den jemand beiseitetritt, höhnisch (wenn man das kann, etwas ›höhnisch‹ treten), wo fuhr er lang?, da der Stadtpark, ein paar Gestalten schleichen nachts gebückt durch die Büroräume von Imperial, die Kegel von zwei, drei Taschenlampen fallen über Tische, Stühle, Computer, das alte Parkett ächzt, Gewisper ... was ist uns von diesem Sylvester denn bekannt?, praktisch doch nichts, ein Postfach, eine Kontonummer bei Wells Fargo, also versteuertes Geld, also zahlt er Steuern, war das nicht eine Rückversicherung?, für was?, dass nichts passieren kann, wo ist der Haken?, es muss einen geben, sauberes, blütenweißes Geld?, a decent citizen?, nicht im Ernst, nur Tarnung, doch dahinter – wer, welche Leute? Roland Prader sah sich im Wagen um, schaute in den Rückspiegel, kein Zweifel, er war allein, niemand folgte ihm (wie willst du das wissen, bei dem Verkehr?), während im selben Moment das Gefühl, er sei in Begleitung, noch einer sei hier zugegen, sich mit aller Macht einstellte ... wie im Traum, so kam es ihm vor, aber nicht sein Traum, der eines anderen, aus dem man nicht erwachen kann, schutzlos in einer Geschichte verfangen, in die man ihn hineingefädelt hatte ... warum, von wem? Als sollte etwas bewiesen werden ... was?

* * *

Es schleuderte ihn nach vorn in den Sicherheitsgurt, so schlaff und eingesunken hatte er hinter dem Steuer gesessen – auch wenn der Aufprall nicht heftig genug war, um den Airbag explodieren zu lassen. Wo war er gefahren, in welcher Stadt? Das hatte er sich schon die ganze Zeit gefragt, hektisch nach allen Seiten durch die Fenster blickend, ohne das Rätsel lösen zu können. Nicht einmal die Automarke hatte er zu erkennen vermocht, kein Zeichen (oder Tier) auf dem Lenkrad des großen Wagens und nirgends ein Navigationsgerät. Erschöpft war er schließlich im Sitz zusammengesackt, Kinn auf der Brust, bis es dann krachte und er hochkam, in einen Raum mit ockerfarbenen Wänden starrend, erst nach einiger Zeit in der Lage, sich zurechtzufinden, Hotelzimmer, Couch ... eingeschlafen, lesend.

Es war ein Auffahrunfall an einem Stauende gewesen, das hatte er gerade noch erfasst, als es ihn vor in den Gurt riss, der dumpfe Ton sich stauchender Karosserien, das Splittern von Plastik und Glas, bevor Totenstille um ihn herabsank ... kein Geräusch, nicht das leiseste, nur sein Herzschlag, der wie wild durch seine Brust, seinen Hals, den Kopf pulsierte. Mit einem Fluch wischte Sylvester Lee Fleming die in seinen Schoß gerutschten Ausdrucke auf den Boden (Geschäftsberichte aus Italien, Prognosen, einen Servicebrief für Private-Equity-Anlagen), rieb sich die Augen. Du bist ausgebrannt, dachte er, gesteh es dir ein, du brauchst eine Pause. Eine andere Ursache konnte es nicht geben dafür ... als wäre *er* es, den man im Visier hatte, hätte *er* allen Grund, sich Sorgen zu machen. Die Dinge liefen doch nach Plan, irgendwann würde ihm Global Risk & Lifetime Stewardship Inc. ein Angebot machen, würden sie sein Business übernehmen, weil es sie überzeugt hat, vom Modell her, ein fairer Deal unter Partnern, die im Prinzip das gleiche Ziel verfolgen.

Fleming schwang die Beine von der Couch, bückte sich vor zu seinem Handy, das neben seinen Füßen auf dem Teppichboden lag. Keine Nachricht. Die Forderung war gestern herausgegangen, langsam könnte sich die Gegenseite bei Ángel melden. Zwei Millionen für die unversehrte Rückkehr eines leitenden Ingenieurs stellten für einen deutschen Automobilkonzern nicht gerade eine Unsumme dar, zumal wenn die Versicherung die Hälfte trüge ... nun sagt mal, Leute. Und die Versicherung würde sich durch Prämienerhöhungen mehr als schadlos halten, wo soll da das Problem sein? Wo war da jemals eines, habt ihr das Rechnen verlernt? Möglicherweise, selbst das, wenn es ein paar Jahre ruhig geblieben ist. Wie vergesslich darf man sein in einer verantwortungsvollen Position, wie viele Illusionen darf man sich machen? Natürlich keine, dieser Lämmerglaube an die Geschichte ... dass die sich von allein vorwärtsbewege, zu ungeahnten Höhen aufschwinge. Ohne helfende Hand, die nach weisem Ratschluss die Richtung bestimmt und für Ordnung sorgt. Dieses oder jenes Ereignis stattfinden lässt, dieses oder jenes verhindert, oder wenigstens für den nötigen Spin sorgt, wie bei einem Kreisel, wutsch, hier geht's entlang, da nämlich über die Tischkante, runter ins Nichts.

Fleming ließ sich zurückfallen, streckte die Beine aus, legte seine

Arme links und rechts auf die Rückenlehne der Couch, eine Faust um das Handy geschlossen. Müde war er, und alt war er, vielleicht auch schon zu lange in diesem Geschäft. Teufel, dachte er, wie lange eigentlich? Und wo überall? Eines nicht allzu fernen Tages würde er sich in Carmel in sein Archiv zurückziehen und mit seinem großen Bericht beginnen, die Vorarbeiten, die Barbara leistete, waren unschätzbar, ein Engel, der ohne Anmeldung plötzlich an die Tür geklopft hatte, die Annonce aus dem Monterey Herald in den Händen, und scheu fragte, ob die Stelle als Schreibkraft (mit buchhalterischem Grundwissen) noch frei sei. Auf dich habe ich gewartet, verkniff sich Fleming damals zu sagen, obwohl es den Tatsachen entsprach. So etwas erkennt man, nach kaum drei Monaten hatte er Barbara schon eingeweiht, hatte sie in seine Räume unter der Erde geführt, wo Reihen von Stahlschränken voller Kisten, Schachteln, loser Papiere ein von surrenden Neonröhren beschienenes Gängesystem bildeten, da und dort Filmrollen in Super 8 und 16 mm, Videokassetten (Ángel als Kameramann, na ja), Tonbänder, haufenweise Fotos. Fast genial, wie sie aus dem angesammelten Material Operationen in ihrem Verlauf zu rekonstruieren, Zusammenhängen historischer oder sonstwelcher Art eine mehr als erstaunliche, eine ganz frische Präsenz zu verleihen verstand. That's the way it is, dachte Fleming, kratzte sich am Kopf, zog die Nase hoch. Im richtigen Moment das Richtige tun, von A nach P nach Z. Betet, wenn euch danach ist.

* * *

Blackbird singing in the dead of night ...

* * *

Ein glühender Schmerz war durch seine Stirn gefahren, wie ein Schnitt, er hatte sich halbblind ins Bad getastet und sein Gesicht unter den Wasserstrahl im Waschbecken gehalten, war dann zurück ins Zimmer aufs Bett (auf allen vieren), seine Augen mit einer Hand bedeckend. Als wollte ihn jemand auf die Probe stellen, was zu ertragen ist, ohne Medikament in Reichweite. Nur Ángels Schlafmittel, nichts anderes. Gegen die teuflische Pein in seinem Kopf, diesen Wahnsinn, seit ewigen Zeiten. Viel schlimmer konnte es auch nicht sein, auf freiem Feld von einem Blitz getroffen zu werden, auf einem Stoppelfeld beim Drachensteigen. Ein Lichtdämon, dem gewaltiges Grollen nachfolgt, am Himmel eine pechschwarze Wolke, in der sich das alles zusammengebraut hat. Ein Zeichen, woran zu zweifeln nur dem einfallen konnte, der es nicht gesehen, solch eine Erscheinung, Millionen von Volt, am eigenen Leib noch nicht gespürt hatte. Einen verwandelnd, Eintritt in den Kreis der Erwählten, denen der Tod nichts mehr anhaben konnte, die wussten ... was Ärzte nicht wissen, Prediger nicht, kein Mensch. Elektronenströme durchs Gehirn, die anders wirken und heilen, als es im Lehrbuch steht, man ist erst sechzehn (dreizehn?) und vermag auf einmal zu erkennen, wie die Dinge laufen, welche Pflicht einem unwiderruflich obliegt. Was vorgesehen ist für einen selbst, für den Rest ... der große Plan. Dass man keine Angst zu haben braucht, weil es diesen Plan gibt, seit Anbeginn, und du einer Seiner Sendboten bist. Einst und jetzt und immerdar, in dieser Gestalt oder jener, ein Tierfell über die nackten Schultern geworfen, im Maßanzug, als Student auf einem von Gaswolken verschleierten Campus, in Straßenschluchten und Hinterzimmern, Prager Caféhäusern und mazedonischen Palästen, einen Würfelbecher in der Hand oder das Magazin einer AK-47, einen Stift, eine Rolle Banknoten, ein Scheckbuch (als Scheckbücher noch in Gebrauch waren), Silberlinge und Stricke, Pamphlete (von den Dummen für die Dummen) und Tabellen ... der Schmerz hinter seinen Augen zuckte erneut auf, er stöhnte leise, seine Zähne mahlten unwillkürlich aufeinander (und nichts im Mund, auf das er hätte beißen können), langsam wurde es besser, das Opfer, das ihm abverlangt wird, dafür die Einsicht, das Wissen ... das in einem Lexikon nicht zu finden war, nicht in den Heldengesängen, die in der Schule gelehrt werden ... als wäret ihr die Herren eurer selbst. Als könne es einen anderen Fortschritt geben als den, der vorgezeichnet ist, warum ist es so schwer, das hinzunehmen? Immer nur fluchen übers Schicksal, etwas anderes kommt den Leuten nicht in den Sinn. Wie albern ... welche Unfähigkeit, die Geschichte ohne Zorn zu betrachten. Die Kugel, die sich ein Bankrotteur, der zu hoch hinaus wollte, aus seiner Jagdwaffe in den Mund schießt, was ist sie denn sonst als für ihn bestimmt? Trauer fehl am Platz, die Trauerreden am offenen Grab von einem tragischen Unglück, das den beliebten Rotarier krabumm aus der Mitte der Gemeinde gerissen habe. Nein, kein Unglück, ein Gesetz, das sich erfüllt hat, Gläubiger und Schuldner im Nieselregen der Beerdigung auf eine Weise vereint, die nicht Gezeter, sondern Bewunderung verdient hätte, ihr Kleingeister ...

Was denn? Das Zimmertelefon, Fleming tastete auf dem Tischchen neben dem Bett nach dem Apparat.

»Bist du dran?«

Er räusperte sich.

»Sylvester?«

»Ich höre.«

Die Gegenseite, sagte Ángel am anderen Ende der Leitung, sei an einer schnellstmöglichen Klärung der bedauerlichen Problematik über die Maßen interessiert, des Weiteren tendiere die Neigung der im Konzernvorstand Verantwortlichen gegen null, es durch die Inanspruchnahme staatlicher Hilfe zu unnötigen Verzögerungen kommen zu lassen. Das familiäre Umfeld des Falles teile diese Meinung uneingeschränkt, wie man ihm auf Nachfrage bestätigt habe, er gehe davon aus, dass die zur Disposition stehende Summe binnen zweier Tage offshore überwiesen sein werde.

»Seit wann weißt du das?«
»Seit, seit ... Stunde. Ich hatte ...«
»Sessenta ...«, unterbrach ihn Fleming, »du Idiot.«
Kein Ton von Ángel darauf, im Hintergrund Verkehrsgeräusche. Es war zu spüren (anzunehmen), dass er jetzt dampfte, nicht nur äußerlich.
»Und?«
Nichts, schweres Atmen überlagerte Motoren, Geklingel. Wo steckte er? Den Impuls, das Handy auf die Straße zu pfeffern und einfach davonzustampfen, tapfer unterdrückend. Lachhaft.
»Ich bin zufrieden«, lenkte Fleming ein, »du auch?«
Eine Art Schnauben war zu hören, komm Ángel, spring über deinen Schatten ...
»Wie verbleiben wir?«
»Ich fühl mich nicht ganz wohl«, sagte Fleming, »ich glaube, ich esse hier.«
»Brauchst du was?«
»Nein«, nichts, was in Ángels Macht stand, »vielleicht sollte ich früh ins Bett gehen.«
»Dann melde ich mich morgen früh wieder.«
»Tu das, versack nicht.«
Das Freizeichen ertönte, der andere hatte aufgelegt, Fleming schmiss den Hörer zur Seite. Es würde für ihn kein Ende geben, keine beschaulichen Tage in Carmel mit dem Geld, das Global Risk zu zahlen bereit wäre. Einmal ausschlafen, das ja, zwei Wochen Ruhe, in denen er mit seinem Bericht, der Schilderung seiner Tätigkeit, seines Eingreifens allüberall beginnen könnte, aber er musste weitermachen, immer weiter, in dieser Gestalt oder jener. Wie nötig das war! Es knirschte im Augenblick doch an sämtlichen Ecken und Kanten, wie kann man da das Messer im Schwein stecken lassen? Hände an der Schürze abwischen und es sich im Schaukelstuhl bequem machen ... nicht er, nicht morgen und nicht übermorgen, wahrscheinlich – und sei der

Gedanke selbst für ihn mit ein wenig Unbehagen verbunden – wahrscheinlich wohl nie.

* * *

Heidi zum Beispiel, nennen wir sie an dieser Stelle (willkürlich, natürlich) zuerst, aber auch Salka, Felix, Katje, Ian, Barry, Frieder und Elke, der Sheriff, seine Frau, seine Kinder, Elisabeth (die jetzt doch einen neuen Freund hat, Arturo mit Namen, aus Neapel, der sich in Mailand als Musiker versucht, ein Windhund, gut, aber was für einer, legt im Tocqueville und im Plastic auf), sie alle, das kann man gewisslich sagen, oder?, schlafen, essen, trinken, quengeln, haben Sex, schreiben Mails, lassen große Fotos für eine Ausstellung kaschieren, meditieren, sehen sich Kontoauszüge an, lesen Zeitung, im Netz, Bücher (Elke seit Wochen vor dem Einschlafen den neu übersetzten *Idioten*, ein Geburtstagsgeschenk von Martin, über das sie sich sehr gefreut hatte), fahren Auto, mit dem Zug, der Straßenbahn, kaufen ein, ärgern oder begeistern sich, schlendern an Schaufenstern vorbei, verklebten Schaufenstern (oh je, die Krise), Straßenmusikern (denen sie nie etwas geben, außer Heidi und Ian), begegnen einer Demonstration (oder nehmen gar an einer teil, Salka, aus der Hand fotografierend, Bleiberecht für Flüchtlinge), werden Zeugen eines Unfalls, eines Kusses von zwei Teenagern vor einem Coffeeshop im Jordaan (ach, wie schön, denkt Katje auf dem Weg zur Chorprobe), treffen Entscheidungen, die bitter sein können (die zweite Nichtversetzung hintereinander, es tut Elke leid, aber so ist es), liefern sich als stellv. Sozialdezernent einer niederrheinischen Großstadt im Büro des Oberbürgermeisters einen heftigen Wortwechsel mit dem Vertreter des Dezernats für Finanzen, Beteiligungen und Sport (was?, ich glaube, es hakt, Hedgefonds, können Sie das wiederholen?), um anschließend in einer nahe gelegenen Kneipe sich einen hinter die Binde zu gießen (allein, aus den Boxen trompetete Shakira feat. Wyclef Jean: *Hips don't lie*), darüber nachdenkend, ob die Idee mit dem Hedgefonds als vorletzte Möglichkeit (die letzte wäre Casino, alles auf Pair) nicht doch etwas für sich haben könnte (mehr pleite als pleite geht nicht), auch wenn er keine rechte, im Grunde kaum eine Ahnung von solchen Geschäften hatte (sein Bruder vielleicht, Jochen, der Knochen, dem Hemmungen in dieser Beziehung fremd waren (freiwillig, man fasste es nicht, zwei Jahre zur Bundeswehr – als Leutnant d. R. hat man in der Wirtschaft einfach bessere Aussichten), *er* würde sich wahrscheinlich auskennen mit Puts und Calls und dem ganzen Zeug, strukturierten Papieren, Leverage-Effekten, die einen weit nach vorn in die Gewinnzone katapultierten, wenn man aufs richtige Pferd gesetzt hatte (ein fallender oder steigender Index als Basiswert), einem aber ruckzuck auch das Genick brechen konnten, logo, der Preis für, sagen wir, Baumwolle oder Kali, darf nicht in den Keller fallen ... bzw. muss in den Keller fallen, sofern man den Kontrakt darauf abgeschlossen hat, Eigenkapital nur in begrenztem Umfang vonnöten (nachdem man die Müllabfuhr verkauft hätte, einen Interessenten gab's), und schon würden goldene Zeiten anbrechen mit dem gewonnenen Geld, eine neue Kita, Hallenbad kann renoviert werden), solch ein Geschäft, so ein Derivat mit Hebelwirkung, von dem der Fonds diverse im Angebot hatte, mal im Ernst jetzt, sinnierte Frieder Brockmann am Tresen der Kutscher-Stube beim zweiten Glas Alt still vor sich hin, das war doch im Prinzip nichts anderes als eine Mehrfachwette bei Oddset, du multiplizierst die Quoten von drei oder vier Tippvorschlägen, und je riskanter die Kombination ist (der Linner SV schlägt im Pokal die Bayern, und Togo wird dieses Jahr Weltmeister), je mehr kriegst du raus, er schüttelte den Kopf, Togo ... Weltmeister, absurd, aber nicht total ausgeschlossen, eins zu fünfhundert mal eins zu fünfhundert, damit könnte man einen kommunalen Haushalt locker sanieren, wenn man die Traute hätte, Augen zu und durch, wobei sich allerdings die Frage stellt, warum nicht gleich zu einem Buchmacher, anstatt den Herren von First Equity noch eine satte Provision zu bescheren, Briefkasten auf den Caymans, wohin die Kohle verschwindet, oder in einem anderen Steuerparadies, tax haven, auch so eine Formulierung, die sie auf Lager haben (»Jutta, mach mir mal 'n Kurzen«, rief er der Wirtin zu), diese Ganoven, weltweit auf der Suche nach Möglichkeiten für die nächste Million, von London über Singapur bis New York und Sydney, wo sie an Rohstoffbörsen ihre Deals zusammenzimmern, winzige Währungsunterschiede (Arbitragen, richtig?), die sich in Millisekunden in Gewinn verwandeln, man muss nur wissen, wie, welcher Knopf am Computer zu drücken ist (oder der Computer macht's selber, so programmiert), dem Reibach (und er ist enorm) zu Diensten die besten Köpfe, Mathematiker, deren abstrakte Überlegungen keinen Bezug zur Wirklichkeit haben (was sie schließlich auch nicht müssen), der reinen Schönheit von Gleichungssystemen hingegeben, die Welträtsel lösen könnten, wenn man bloß verstünde, um welche es sich handelt (nicht jedenfalls Algorithmen zur Kapitalakkumulation, der Abfall, sozusagen, ihres Denkens zum Nutzen und Frommen spekulativer Märkte), in der zwölften Dimension unterwegs oder der sechsten, sich mit Mannigfaltigkeiten und Untermannigfaltigkeiten beschäftigend, mit Zahlenmengen, die sie Körper nennen und untersuchen wie Ärzte, was vermag dieser Körper?, nach welchen Regeln funktioniert er?, wozu ist er tauglich?, sofern man nicht gerade, mitten in der Arbeit an einem Aufsatz für die *Surveys in Differential Geometry*, aus dem Fenster eines Büros auf den Campus der Rutgers-Universität hinausschaut, offenbar gedankenverloren, während tatsächlich die Frage, wie dem von der Direktion angedrohten Verweis des sechzehnjährigen Sohnes von der New Brunswick Highschool zu begegnen wäre, im Kopf hin und her gewälzt wird, in Harald Söhnkers Kopf, um präzise zu sein, angegrautes vollbärtiges

Löwenhaupt, Harry, Hacky, Sheriff, der in seinen Zirkeln die höchste Reputation genießt, jetzt aber ratlos ist ... noch ein Gespräch mit Philipp, ihm noch einmal ins Gewissen reden, seine Gesundheit, seine Zukunft, oder doch endlich einen Psychologen aufsuchen? Diese Kifferei, dieses Zuspätkommen, im Unterricht Wegdösen, unangemessenes Benehmen dem Lehrpersonal gegenüber, beim Fahneneid demonstratives Desinteresse (wohlmeinend ausgedrückt), schlampige Kleidung, nicht gelernt – wo fängt man an, wo hört man auf? Dass es so nicht weitergehen konnte, auch ohne die Androhung seines Schulverweises, war klar, zur Not müsste man ihn in ein Internat stecken, um einen Sicherheitsabstand zu seinen Kumpanen (und Kumpaninnen) zu schaffen. Bad company, bevorzugter Aufenthaltsort der Parkplatz des Shopping-Centers an der Colchester Plaza, ob's stürmt, ob's schneit, und wöchentlich Rangeleien mit der Security. Sinnlos, dachte Söhnker, als würden sie's drauf anlegen. Und zu welchem Zweck, Mutprobe, Territorialverhalten? Wenn sich im Ansatz etwas Politisches dahinter verbergen würde, ließe sich zumindest noch diskutieren, Konsumsystem, Leistungsterror usw., aber nada, die hängen einfach nur rum und dröhnen sich die Rübe zu, mit den entsprechenden Folgen. Einmal im Streifenwagen zu Hause abgeliefert worden, plus Verwarnung an die Eltern, Aufsichtspflicht. Super, Philipp, bist du eigentlich bekloppt? Verdampfte sich den Verstand, wo soll das hinführen, irgendwann in die Reha? Live a better life without! Brauchte man doch nicht, ging ohne doch auch. Oder etwa nicht, in einem bestimmten Alter, wenn der Druck, den die Peergroup ausübt, einen Nerv trifft, ungefestigter Charakter, kein stabiles Weltbild, zu viel Freizeit, mit der man nichts anzufangen weiß. Heutzutage. Energieverschwendung. Multiple Gründe, die sich vermischten. Seine, des Sheriffs, Sache waren Drogen nie gewesen, er hatte der Alkoholfraktion angehört (früher, auf Partys), weder Haschisch noch LSD ausprobiert, scheint's, dass der Reiz nicht stark genug gewesen ist, sich auf diese Weise abzuschießen – Wirkung zudem nicht gut zu kalkulieren. Andere hielten es anders, die fuhren zweimal im Monat nach Holland für Nachschub, ein Joint das höchste der Gefühle. Vielleicht auch, weil's illegal war, was die Anziehungskraft des Stoffes beträchtlich erhöhte, jedes Stoffes, den man am Gesetz vorbei kauft. Und, hat es wem geschadet, Spätfolgen? Sicher gab es Langzeitstudien, Gedächtnisschwund und Konzentrationsstörungen, falls überhaupt, oder wie viel Prozent in die Heroinsucht abrutschen. Rinsi, den es erwischt hatte (Harrys Mutter hatte ihm damals, vor zwanzig Jahren, die Todesanzeige aus der Westdeutschen Zeitung nach Paris geschickt, »Rainer Ingensiepen, war das nicht ein Klassenkamerad von dir?«, statt Blumen eine Spende für ein Drogenhilfswerk), während die meisten doch, etwa Jochen ... der hatte gekifft wie ein Weltmeister, sogar in der großen Pause hinter den Fahrradständern, und ist heute ... Zürich, ein Projekt finanzieren, italienisches Unternehmen. Was nicht nach Sozialhilfe klang, sich auf Ämtern hinten anstellen, oder dergleichen, sondern regulär, da hat jemand (werden wir uns je wiedersehen?), der zu Schulzeiten ein Cannabisraucher vor dem Herrn war, zweifelsfrei Karriere im Geschäftsleben gemacht. Jettet als Manager durch die Weltgeschichte, um mit Banken zu verhandeln, in Köln und London studiert, Business Economics, überall einsetzbar von Turin aus, wo er wohnt, Sitz der Fiat-Werke und einer Universität, an der Peano gelehrt hat (fünf Axiome, die die natürlichen Zahlen umschreiben, die Grundlage der modernen Arithmetik, 1889), mit einem Fluss in der Mitte (der Po, fließt nicht der Po durch Turin?), an dessen Ufern ... ja, dort sind Cafés, Bars, eine Promenade, auf der sich im Dunkeln gut munkeln lässt, Treffen heiterer oder sinistrer Art, Gefahr und Vergnügen geschwisterlich vereint (wie es in Großstädten üblich ist), einer dieser Orte, wo nach ein paar Gläsern große Pläne geschmiedet werden, die alles Bisherige umzustürzen gedenken, ein Neuanfang muss her, heißt es dann mit der Energie und Überzeugungskraft nächtlicher Entschlüsse, denen sich zu verweigern selbst verstockten Zeitgenossen nur schwerlich gelingt, Einwände verlieren an Gewicht oder verflüchtigen sich ganz und gar (wir ziehen das jetzt durch, und wer etwas dagegen hat, ist draußen – man kennt solche Stimmungen), wenigstens bis zum Morgengrauen, wenn man über die menschenleere Piazza Solferino läuft, kaum ein Auto unterwegs, die Geschäfte und die Pescheria am Ende des Platzes, in der man gelegentlich zu Abend isst, noch geschlossen, die Stühle gestapelt und mit Ketten gesichert, man kann seine eigenen Schritte hören auf dem Kopfsteinpflaster der Fahrbahn, die tagsüber, in zwei, drei Stunden schon, unbegehbar sein wird im Stoßstange an Stoßstange sich voranquälenden Verkehr, durch den Motorinos knattern, jeden Spalt, der sich zwischen den Wagen oder am Straßenrand auftut, halsbrecherisch nutzend (Radwege: hahaha), während man zur Stunde, sagen wir um halb fünf in der Früh, von dem Eindruck, die Stadt ganz für sich zu besitzen, wie eine letzte Überlebende (oder ein erster Mensch, was vielleicht ein und dasselbe ist) mit Macht ergriffen wird, einem das Gefühl von Majestät verleihend, von Herrschaft über sämtliche Dinge, die sich dem umherstreifenden Blick darbieten (der Frau in *Wittgenstein's Mistress* gleich, Superbuch), über all diese Häuser und Paläste links und rechts, die bei Tageslicht (und sei es noch so vernebelt oder versmogt) nur davon künden, wem die Welt gehört bis in ihre schäbigsten Winkel hinein, das sich der Piazza bald anschließende Gassengewirr, aus dem man in absehbarer Zukunft jeden der alten Bewohner vertrieben haben wird für die Gewinner des Rennens, für Lofts und Bioscheiße (wie naiv seid ihr eigentlich, Leute, wie abgestumpft!?), aus den Augen, aus dem Sinn, existiert nicht mehr, Armut, nicht mehr hier, sich abstrampeln müssen mit drei Jobs, um irgendwo unterzukommen (zieht an den Stadtrand, ihr Penner, ihr elenden Loser), sechs Leute in zwei Räumen ohne wasserdichten Mietvertrag, so wenig wasserdicht wie die Fenster, wenn man kein Geld hat, sie auf eigene Kosten ersetzen zu lassen (macht's euch doch mit einem Schuss gemütlich, der Dealer wohnt im Parterre), für tausenddreihundert Euro schwarz (eben, Salka, eben), die Rahmen usw. von einem Bauhof geklaut, was?, jeder sich selbst der Nächste und Gott gegen alle, Wunschzettel vergebliche Liebesmüh', hab' ein Einsehen, Herr, und ändere dein Verhalten, wir hier unten könnten deine Hilfe gebrauchen, ich auch, dachte sie, sich am Küchentisch einen Kaffee einschüttend, wenn ich weiter das Atelier behalten will (und wo sonst sollte man an den großen Formaten arbeiten?), langsam wird's knapp, der ganzen Fotografiererei, Fotoshopperei, die sie nebenher auf Bestellung erledigte, zum Trotz (für viel zu wenig Honorar, du musst mehr verlangen), noch 'ne Hochzeit in besseren Kreisen, und noch eine, oder Kindstaufen, aber künstlerisch wertvoll bitte (steck dir doch einen Finger in den Hals, Micheluzzi), was alles in allem bedeutete, dass in Mailand bei der Ausstellung ein paar Bilder verkauft werden müssen, vier gleich zwölftausend, heilige Maria, das kann doch nicht so schwer sein (minus ein Drittel für die Flüchtlinge, wie versprochen), am besten bar, wer ist denn in der Lage, Steuern zu bezahlen? Du nicht, bestätigte sich Salka und klappte ihr PowerBook auf, Viertel nach fünf, nicht geschlafen, weil zu lange diskutiert, nun gut, jetzt zu spät (oder zu früh), um ins Bett zu gehen, fang an, das zu erledigen, was heute sowieso ansteht, sie trank einen Schluck, draußen in der Gasse startete ein Auto, als Erstes eine persönliche Einladung für die Eröffnung formulieren, italienisch/englisch, und an diese Kuratorin und jenen möglichen Käufer verschicken, liebe, lieber … zwei Sätze zu ihrem Projekt, Adresse der Galerie und Uhrzeit, ein kleines Bild als Appetizer darunter. Und wen noch persönlich? Roberta, die den Kontakt zu den Illegalen vermittelt hatte, Mama (auch wenn sie nicht kommen könnte oder würde), Lara, ihre beste Freundin (deren Mutter ebenfalls aus Jugoslawien stammte, wie die eigene als

Hausangestellte begonnen, auf dem Liceo Linguistico waren sie in Parallelklassen gewesen, nur Zufall?), Salvo, ihrem Professor (der für seine Meisterschülerin immer getan hatte, was in seiner Macht stand), Freddie (ohne Bedeutung, eine freundliche Geste, kapierst du?), und dann ... sie ging die Adressenliste durch, nein, nein, nein ... das reichte, was? Natürlich nicht, dachte Salka, als sie seinen Namen las, Jochen hatte sie vergessen, wie konnte sie nur? Aber seit Monaten hatte sie nichts von ihm gehört (er von dir jedoch genauso viel, d. h. wenig, obwohl ihr in derselben Stadt lebt), hatte ihn nirgends gesehen (Vernissage, Café, vorm Kino), keine Mail, kein Telefongespräch, keine Verabredung. Ob er noch mit dieser Agnese zusammen war, war keine Frage, deren Beantwortung sie sonderlich interessiert hätte, allerdings ... die beiden passten so gut zusammen wie, wie ... nicht dein Ding. *Lieber Jochen*, schrieb sie, *ich weiß überhaupt nicht, wo du gerade steckst, bist du in Turin? Es würde mich riesig freuen, wenn du nach Mailand zur Eröffnung kommen könntest, guck mal, ich häng dir ein paar Bilder an. Wir haben uns schon lange nicht mehr gesehen, wieso? Das muss sich ändern, melde dich, von welchem Kontinent auch immer, Mond, Sonne, Alpha Centauri. Bis ganz bald, Kuss, deine Salka.* Und weg, in die Luft, ein Funksignal zum Router, der in ihrem Wohnzimmer neben Reihen von CDs (*Low* und die *Swans* komplett) auf den alten, zu den beiden Fenstern hin ein wenig abgesunkenen grauschwarzen Steinfliesen stand, die Balken darunter wahrscheinlich morsch nach zweihundert Wintern ohne vernünftige Heizung (sechzig Quadratmeter für damals eineinhalb Millionen Lire gemietet, unschlagbar, absurd, find mal was Billigeres), eindringende klamme Kälte ungeachtet der stattlichen Außenwand, in der durch eine Buchse die gesendeten Informationen in einem Glasfaserkabel verschwinden, fast mit Lichtgeschwindigkeit weitergeleitet werden zu einem Server (Telecom Italia), von wo aus ... so stellt man sich das vor, man weiß es nicht genau, sie sich auf die Reise machen, rasend schnell, zu der im Mailkopf eingetragenen Adresse, dem Speicher eines anderen Servers, in den man sich per Password einwählen kann (einwählen?), um sie abzurufen, eine in Worte zurückverwandelte Kette von elektronisch codierten Nullen und Einsen, ganz gleichgültig, wo man sich an seinem Computer befindet (Hauptsache Verbindung), Arktis oder Borneo, Elba, auf einem Schiff mit Satellitenanlage, Sammeltaxi in Istanbul, Trump Tower, perlweißer Badestrand, Südsee, eine westafrikanische Shantytown, zwischen Sperrholzplatten und Getränkedosen, oder was man dort als Material für den Hausbau auftreiben konnte ... woanders Lochziegel ohne Verputz, längliche Maueröffnungen, in die man zusammengenähte Tuchbahnen hängt, um Sicht-, wenn auch nicht Lärmschutz zu haben, bis sich von irgendeinem Schuttplatz, irgendeiner unbewachten Baustelle Türen und Fenster besorgen lassen (nach Schichtende des Jobs, den man durch Beziehungen und Schmiergeld, das monatlich abzuzahlen ist, glücklicherweise doch ergattert hat), was einen schönen Sprung bedeutet, verglaste Fenster, Türen, die einigermaßen dicht schließen, da nun der rötliche Staub der ungepflasterten Straßen nicht mehr so leicht ins Innere der Behausung eindringen kann, die Sturzbäche bei tropischen Regenschauern, die von keiner Kanalisation aufgefangen werden, sondern den Weg zur Arbeit, zur Schule (die Kinder müssen zur Schule gehen, sie müssen lesen und schreiben lernen) zu einem barfüßigen Stampfen durch Morast werden lassen, bis man die Bushaltestelle am Fuße des Hangs erreicht, auf dem man sich nach der Ankunft aus dem Norden angesiedelt hat, Füße an einem Wasserspender waschen und Schuhe oder Flipflops anziehen, um dann eine Stunde lang (oder länger) ins Zentrum zu schaukeln (zur Endstation einer der Metrô-Linien), von weitem schon sichtbar sich übereinandertürmende rechteckige Formen in den Himmel schneidende Klötze, die wie ein bizarres Naturgebilde wirken (die steil aufragenden Felswände der Dolomiten), eine unermessliche, hoch oben sich treppengleich auf- und abstufende Versammlung von Granit und Stahl und Beton und Glas, von Schnellstraßen durchzogen, auf denen man morgens und abends nur im Stop-and-go-Verkehr vorankommt, selbst Motorräder haben es schwer, Lücken zu finden, was allein diejenigen nicht kümmert, die die Mittel besitzen, in einem der Hubschrauber von Dach zu Dach zu fliegen, hinweg über Viertel, die sich nur Halbwahnsinnige zu betreten trauen, ein aufgelassener Wolkenkratzer, in dem vom ersten bis zum letzten Stockwerk die Droge Crack eine Heimstätte hat (ein vertikaler Slum sozusagen), bis zum Abriss für etwas Neues, einen neuen Knotenpunkt des von überallher in die Stadt hineinströmenden Kapitals (es gibt jetzt sogar eine Mittelschicht), das investiert werden will in Produktionsanlagen, verwaltet in Großraumbüros, konsumiert in den schicken Geschäften um die Rua Oscar Freire herum, wo ein Paar strassbesetzte Jeans viermal so viel kosten wie der monatliche Mindestlohn (beträgt 124 Euro, im Mai dieser Geschichte), ein sich entwickelnder Markt, den zu unterstützen (und dort Gewinne zu machen, sicher) das Gebot nicht nur multinationaler Konzerne ist, auch eine vor der Übernahme durch einen britischen Versicherer stehende Maschinenbaufirma aus Italien (Basaldella S. p. A.) pflegt vorzügliche Geschäftsbeziehungen zu einem brasilianischen Partner (und das nicht erst seit gestern), derzeit muss ein in den vergangenen Monaten ausgehandelter Vertrag (custom made solutions) über die schlüsselfertige Lieferung einer aus frei kombinierbaren Einzelmodulen bestehenden Produktionsstraße für Industriebeschichtungen nur noch unterzeichnet werden, man hat letzte Details zu besprechen (Administratives im Wesentlichen), kann dann anstoßen mit einem Glas Champagner in Sonnianos Office auf gutes Gelingen. Wie man's halt macht, wie man's morgen noch machen wird, hatte Brockmann nach dem Einsteigen ins Taxi gedacht, das ihn vom Bauplatz der geplanten Anlage ins Hotel Renascimento zurückbrachte, du kennst das, hast es immer genossen (wenn's dein Erfolg war – und nicht der Andolfis, für den du hier den Dummie abgibst) ... wat sollet, et Leäwe jeeht wieer. Gestern Abend hatte er sich Evaldo und Ricardo (mit einiger Entschuldigungskunst) entziehen können, die ihn nach dem Essen mitschleppen wollten zu fortgesetzten Vergnügungen, verständnislose Mienen bei den beiden, als er sich verabschiedete, schließlich wäre alles auf ihre Rechnung gegangen, aber ... wie hätte er? Gestern nicht und seit fünf Minuten schon gar nicht mehr, Angelikas Bild vor Augen, die auf seine Mail (nach sechzehn langen Stunden) geantwortet hatte, dass er nur kommen möge, ob das nächste oder übernächste Wochenende für ihn günstig sei? Für sie ja, sie könne, sie habe nichts vor, *und wenn ich etwas vorhätte, würde ich es verschieben. Duzen wir uns ab jetzt? Ein wenig seltsam für mich, so über die Ferne dir das vorzuschlagen, überhaupt das Ganze, was ich dich bitte nicht falsch zu verstehen, nein, dummes Zeug, wir werden uns für nichts entschuldigen, nicht dafür, abgemacht? Warum bist du in Sao Paulo, ist nicht Südostasien deine Domäne? Ich bin neugierig, was? Angelika.*

Darfst du sein, dachte Brockmann, alles darfst du, die Stiche in seinem Knie (während der Begehung des Bauplatzes plötzlich) nicht mehr spürend, ist es so einfach?, so einfach ist es. Gewichte (Tonnen von Gestein) waren von ihm abgefallen, alles fühlte sich leicht an seit der Meldung des Handys, dass eine Nachricht eingetroffen sei, nein, als er die Adresse des Absenders sah *(@ d-reders.nl)*, nein, seien wir akkurat, als er die Mail öffnete mit pochendem Herzen und ihren Text las ... wann denn zuletzt, wie oft erlebt man das, in fünfzig oder achtzig Jahren? Dass alles, was wichtig schien, was einen bedrücken konnte (vielleicht musst du deine Sammlung auflösen, musst in China anheuern), im Nu verfliegt, keine Schwierigkeit, die sich nicht mit links bewältigen ließe. Geplatzte Kredite, Trennungen, mehr als eine versäumte Klausur, unterschlagene blaue Briefe ... die Versetzung von Jochen in die Unterprima ist stark gefährdet. Doch was zählen schlechte Noten (in Chemie eine stabile Fünf), wenn man mit einer Selbstgedrehten im Mundwinkel vor der Ricarda-Huch-Schule darauf wartet, dass Ute nach der letzten Stunde herauskommt ... tut zuerst völlig erstaunt, willigt dann aber ein (so'n bisschen Zögern vorher, um den Schein zu wahren), statt direkt nach Hause noch eine Runde spazieren zu gehen, inklusive Cola in der Marktklause, ein paarmal flippern, Verabredung fürs Kino, morgen? So ist der Mensch gestrickt, eine Konstante in allen Gleichungen. Ob man will oder nicht, Europa, Asien, Südamerika, auf dem Rücksitz eines Taxis in São Paulo, zwanzig Millionen um sich herum ... was kost' die Welt? Die sich auf seinem BlackBerry wieder meldete ... schauen wir nach?, unbedingt! Ach nein, Salka, ein Blick auf die Sendedaten hinter ihrer Adresse sagte ihm, dass die Mail einen halben Tag gebraucht hatte, um ihn zu erreichen ... und wenn's was Dringendes gewesen wäre? Dann reden sie sich raus mit höherer Gewalt, die feinen Herren in ihren Valleys. Sollen sie, was interessiert es dich, dachte Brockmann und schrieb ihr zurück, dass er auf Reisen sei, aber zu kommen versuche zu ihrer Eröffnung, *super, freue mich sehr für dich*. Dass sie Erfolg haben möge, ihr Einsatz und ihr Können belohnt würden. Denn sie war gut, eine echte Künstlerin, die sich hinter der ganzen Exzentrik verbarg, die einem zu schaffen machen konnte (allein diese Idee, eine Zeitlang als Obdachlose leben zu wollen), auf der Suche nach Perfektion jeglichen Einwand, der sich erdreistete, sein Haupt voll Norm und Sorgen zu erheben, niederbügelnd, mitunter äußerst brachial, das muss man sagen, auch wenn sie große Vorbilder anführte, die es nie zu einem Werk gebracht hätten, hätten sie sich an Regeln gehalten, Konventionen, was man darf, nicht dürfen soll, umstellt von Grenzen moralischer und ästhetischer Natur, eh, Jochen, denk nur mal an Pier Paolo (wie sie Pasolini beharrlich nannte, als sei er ein enger Freund gewesen), wo wäre der geblieben, würde der *Ragazzi di vita* geschrieben, *Medea* oder *Salò* gedreht haben? Brockmann sah auf seine Armbanduhr, es war noch Zeit bis zum Abend, seiner Verabredung mit diesem Herrn Fleming (»Wer nichts wird, wird Wirt. Wem auch dieses nicht gelungen, macht dann in Versicherungen«), und er aufgeschäumt genug, noch etwas zu unternehmen, vorher, jedenfalls nicht ins Hotel zurück; entschied er für sich, hinterm Fenster des Taxis gen Himmel blickend, ziemlich trübe, und es hatte zu nieseln begonnen. Also indoor, was stünde zur Debatte? Sicher in keine Shopping-Mall, man könnte, könnte ... in das Museum auf der Paulista ... wenn man wüsste, was sie in der modernen Abteilung zeigen, all die El Grecos und Memlings sagten ihm nichts. Schon seit langem nicht mehr, eigentlich noch nie. Aus Bildungseifer war er im Louvre und im Mauritshuis gewesen (okay, okay, das Mädchen mit dem Perlenohrring), Villa Borghese und Uffizien (was nun nahelag), hatte mit Hilfe Heidis einiges Verständnis für die Epochen und Malweisen entwickelt (in London an ihrem College sogar eine Vorlesung über Nature Morte gehört, mit Dias noch), aber ... es war nicht seins, das Alte, von Anfang an nicht. Während eine monochrome Tafel von Yves Klein (dieses extrem leuchtende Blau), Bilder von Wesselmann und Rauschenberg, wie sie im städtischen Kaiser-Wilhelm-Museum hingen, ihn immer angesprochen hatten (ganz von allein, einen Nerv berührt), oder Gouachen von Beuys, die einmal im Haus Lange ausgestellt wurden (der Meister selbst war zur Vernissage eines Sonntagsvormittags aus Oberkassel über den Rhein zu ihnen hinabgestiegen), flächige rostbraune Formen, Rentiere, Hasen, Abstrakteres (die Farbe des Filzstifts, den et Jüppken aus seiner Kampfjacke gezogen hatte, um ihm ein Plakat zu signieren, war binnen eines Jahres verblasst, spurlos, tja, hätte man besser einen Kuli dabeigehabt). Er beugte sich vor.

»Bring me to Ibirapuera-Park, you know, close to the Art Pavilion.«

»Museu de Arte Moderna?«, sagte der Taxifahrer, ihm leicht zugewandt.
»Yes«, sagte Brockmann (sofern er den Mann und sein Brasilianisch verstanden hatte), »bring me to the Biennial.«
Zeit war da, das Richtige jetzt.
Doch der Fahrer schüttelte den Kopf, nahm die rechte Hand vom Steuer und bewegte den ausgestreckten Zeigefinger verneinend hin und her. Dann sagte er etwas, das sich wie Outobru anhörte.
»What?«
»It is october, Biennal.«
Aha, im Oktober, ja ... *blinde Aufheiterungen* ... und nun?
»Bring me to the park«, sagte Brockmann (dann würde er sich eben anschauen, was es gerade gäbe). Das Taxi wechselte die Spur und hielt auf die nächste Ausfahrt zu ... *einen tödlichen Frieden, so gleichgültig wie unsere Schicksale, verbreitet der herbstliche Mai* ... Salka Micheluzzi, was?, genau ... *unreine Luft, die den dunklen Garten der Fremden noch dunkler macht*, Dutzende von Strophen, die sie auswendig gelernt hatte, wie besessen. Nach Pavese war es damals Pasolini gewesen, dessen Leben sie in einer zweiten Serie ... von den Anfängen bis zum schrecklichen Ende. Reinszenieren, Bilder von Orten, Ereignissen. Eine Brachfläche in Ostia, wo sie in seinem Wagen herumgegurkt waren, halb eingerissene Zäune, Baracken, struppiges, ausgeblichenes Gras, Schilfgras. Am Straßenrand geparkt und hingegangen zu der Stelle, an der eine kleine Steinskulptur stand, auch hässlich. Zwei, drei Stunden hatte Salka dort fotografiert, aus einiger Entfernung hörte man das Meer leise rauschen. Was schon das Beste war, was sich von diesem Nachmittag, von diesem Ort sagen ließ, Lido di Ostia, meine Güte ...

* * *

»Träumen Sie?«
»Träumen?«
»Jeder träumt doch«, sagte Fleming, der das Lokal vorgeschlagen hatte, als sie sich vor einer halben Stunde in der Lobby trafen, typisch brasilianisch, Rodízio (oh Gott, all you can eat, Fleisch bis zum Abwinken ... gerne), nicht weit vom Hotel auf der Avenida Rebouças, wo ein nagelneuer Flachbau à la Hazienda auf einem freien Grundstückchen zwischen aufragenden Apartmentblocks hingepflanzt worden war ... die Einrichtung gut und teuer (Holz und Naturstein), ein Edel-fress-dich-voll-Laden, in dem man von lautstark tafelnden Familienverbänden verschont bleiben würde, zumindest das.

Während Fleming Wein aussuchte (»Machen Sie das«), fragte sich Brockmann (als dürfe man sich das nicht mal fragen nach zwanzig Jahren), in wie vielen Restaurants wie viele Abende er mit Männern verbracht hatte, die er wenig kannte, nicht näher kennenlernen wollte im Grunde ... stets im Hinterkopf, wie das Geschäft zustande käme, welche Komponenten in welcher Kombination ... und wie es morgen weitergehen könnte, Papiere, Pläne auf einem Konferenztisch ausgebreitet oder an eine Wand projiziert. Zusehen, dass es atmosphärisch stimmt, darum handelte es sich immer, wenn nötig mit der gehörigen Menge Alkohol. Verträgst du nichts, verkaufst du nichts, sehr einfach.

»Nachts, ich träume viel«, sagte Fleming (wonach klang sein Amerikanisch, Ostküste, Süden?), »ist das nicht normal?«

»Ich denke schon. Hängt auch davon ab ... ich meine ...«

»Ob man Albträume hat?«

»Haben Sie?«

Was schert es dich, dachte Brockmann, von sich selbst überrascht ... nicht deine Sache.

»Schule, Universität, sagen wir mal, Prüfungen, die man noch einmal ablegen muss, Kriegserlebnisse ... waren Sie Soldat, Jochen?«

»Zwei Jahre«, sagte Brockmann, unfreiwillig (schien ihm), er versuchte sich zu konzentrieren, »was man so Soldat nennt.«

»Ich nie«, Fleming nickte, ins Lokal blickend, sah ihn dann unvermittelt an, »ich bin britischer Staatsbürger.«

»Das, ähm (was machst du hier?), ich hätte jetzt ...«

»Am besten nimmt man ein Schlafmittel, wenn man nicht träumen will.«

»Ja ... absolut.«

»Wie sind wir darauf gekommen?«

»Ich weiß nicht«, sagte Brockmann, »ich glaube, Sie hatten ... wir haben uns gesetzt ...«

»Wissen Sie, Jochen, manchmal ... wenn man älter wird«, Fleming zog die Plastikhülle von einem der Grissinis, die in einem länglichen geflochtenen Korb steckten, brach es entzwei und legte die Stücke aufs weiße gestärkte Tischtuch, klopfte mit einem Fingernagel gegen sein leeres Weinglas, pling, pling. Der Ton schmerzte im Ohr, Stiche. Fleming (war er denn Engländer, Nordire wie Sean?) wandte den Kopf, als sähe er sich nach einem Kellner um.

»Sie haben mich gefragt, ob ich träume«, sagte Brockmann (um etwas zu sagen), nahm eine Grissinihälfte (Jochen!) und biss ab. Die Stiche verschwanden.

»Vinho«, rief Fleming in den Raum, der sich halb gefüllt hatte, Männergruppen, da und dort weibliche Begleitung, zwei Tische weiter zwei Osteuropäer (aber hallo) mit zwei teuren Nutten (sehr teuer). Die Männer unterhielten sich allein miteinander, die Frauen auch.

»Man erinnert sich an Dinge, die man fast schon vergessen hatte, aber ...«, Fleming drehte sich ihm wieder zu, »irgendwo ist alles gespeichert. Die ganze Geschichte, ist es nicht so?«

»Vielleicht.«

»Nicht vielleicht, wie heißt es auf Deutsch? Mit *Brief und Siegel*, nicht wahr?«

»Sie sprechen Deutsch?«

»Ein paar Worte, nicht der Rede wert«, sagte Fleming, warum lügst du, dachte Brockmann ... das Graue vom Himmel.

»Und weil es irgendwo gespeichert ist«, Fleming tippte flüchtig an seine Schläfe, »wird man es nicht los, das taucht immer wieder auf. Obwohl man nicht die geringste Schuld daran trägt«, sein Gesichtsausdruck wurde hart, »beziehungsweise, lassen Sie mich es anders formulieren, alles einem historischen Gesetz gefolgt ist, alles kam, wie es kommen musste. Weil ... das ist ja die Illusion, die man sich macht, endlos Optionen.«

Was gab es darauf zu antworten, erwartete er eine Antwort?

»Weshalb man keine Angst zu haben braucht, vor nichts, vor Träumen nicht, so wenig wie vor der Wirklichkeit.«

Für Reue war es zu spät, also, sagte sich Brockmann, hör auf damit. Zu bereuen beginnen, der Einladung gefolgt zu sein. Oder du stehst auf und gehst, ein Drittes nicht im Angebot.

Ein Kellner kam und brachte eine Flasche in einem versilberten Dekantierständer (wie ein Freischwinger), präsentierte sie Fleming. Der sagte etwas auf Brasilianisch (»Schütt ein, kein Gedöns«, eine Handbewegung über die Gläser hinweg), dann tranken sie sich zu.

»Gut, nicht?«

Ohne Frage, was war das für einer? Knallte sofort.

»Man träumt nie von Geld ...«, Fleming genehmigte sich noch einen Schluck, aahhh, »das finde ich seltsam.«

Brockmann schwieg. Wovon träumt man?

»Ich jedenfalls nicht.«

»Ich auch nicht. Glaube ich.«

»Was ich gesagt habe.«

Brockmann sah zum Büfett, einer apart (genau, apart) von unten beleuchteten Anrichte aus polierten Hölzern und Marmorstreben in der Mitte des Restaurants, in die Schüsseln voller Salate, Vorspeisen, Meeresfrüchte eingelassen waren, auf einem Bett gestoßenen Eises.

»Holen wir uns etwas«, sagte Fleming.

Was sie taten, am Tisch der Russen trank man Champagner, eine der Frauen schrieb eine SMS.

Pulpo, Muscheln, Avocadostückchen auf Brockmanns, eine Art Couscous auf Flemings Teller. Er probierte, doch, kann man essen.

»Vorhin sagten Sie«, Brockmann leerte in einem Zug sein Glas, schenkte sich nach, »vorhin, ähm«, auf Flemings Gesicht gespannte Neugier, »Sie sagten, Sie seien britischer Staatsbürger.«

»Ja«, er ließ die Gabel sinken, schob den Teller ein wenig von sich, »mein Vater. Während meine Mutter … wir sind dann später in die Staaten umgesiedelt, zu einem Freund von ihr.«

Er wirkte irritiert … aber schließlich hatte *er*, hatte Fleming … die haben eine Berufsarmee da, in Großbritannien. Die Kaserne in Krefeld, wo die IRA einmal eine Bombe gezündet hatte. Alles weiträumig abgesperrt, als man nach der Schule hinfahren wollte.

»Man braucht Kredit«, sagte Fleming jetzt, sich straffend, »immer, was gelegentlich zum Problem werden kann.«

Brockmann nickte, trank – wem sagst du das, Sylvester.

»Wenn man nichts in der Hand hat. Verstehen Sie, was ich meine?«

»Aktivposten.«

»Ich würde es ein, ein Gegengewicht nennen.«

»Einen … wie sagt man?«, Brockmann vollführte eine Hebelbewegung mit seinem Unterarm.

»Richtig, lever, das braucht man. Für alle Fälle. Um sich abzusichern gegen Forderungen, die ein unverschämtes Ausmaß annehmen können. Erpressung. Und dann glauben die, damit durchzukommen … dass man klein beigibt. Eher aus dem Fens-

ter springt oder sich eine Kugel in den Kopf jagt, anstatt etwas auszupacken, das die anderen ... ein kurzes, sehr überraschtes Erstaunen, bevor es ihnen kalt den Rücken runterläuft.«
»Gehört das zum Gesetz, von dem sie sprachen, dazu?«
Fleming starrte ihn an, nicht lange, dann lächelte er.
»Die meisten Menschen machen es sich zu einfach. Lassen die Dinge laufen oder rennen gegen Widerstände an, die nicht zu überwinden sind. Was sie erkennen könnten, beides, wenn sie vernünftig wären. Sich besinnen würden aufs Wesentliche. Oder?«
Wenn man weiß, was das ist, dachte Brockmann.
»Seit Anno Tobak schon, interessieren Sie sich für Geschichte?«
»Nicht besonders.«
»Die Griechen, die alten Römer ... trinken wir.«
Er füllte ihre Gläser auf, sie stießen an. Brockmann spürte, wie ihm der Alkohol zu Kopf stieg.
»Und das *Gesetz* ... lässt keinen Spielraum zu?«
»Aber«, Fleming kniff für einen Moment die Augen zusammen, als wäre er kurzsichtig, »davon rede ich doch. Wenn man Klarheit über seine Grenzen gewinnt, wird alles ganz leicht.«
»Ja?«
»Das kann man lernen. Indem man es ausprobiert, bis hierhin und nicht weiter.«
»Andernfalls, ähm, erschießt man sich.«
»Fools«, stieß Fleming hervor, »shoot themselves.«
Brockmann zuckte zurück.
»Jochen«, er hatte sich sofort wieder gefasst, »entschuldigen Sie, ich ... ich denke immer, man wüsste das.«
»Erklären Sie's mir.«
»Wenn man«, Fleming grinste (einnehmend, anzüglich?), »so alt ist wie ich, gestatten Sie mir, das zu sagen, dann ...«, er hob die Schultern (bin ja selber ein wenig ratlos, ob das nun alles

stimmt), »stellt sich der Glaube ein, gewisse Zusammenhänge zu durchschauen. Oder, na gut, mehr als bloßer Glaube, man entdeckt Regeln, die irgendwo ... durch die Zeiten ihre Gültigkeit bewiesen haben. Niemand lebt gern schlecht, einverstanden?«

»Freiwillig nicht«, sagte Brockmann (bravo, besäuselt).

»Und alle streben nach einem besseren Leben.«

»Vermutlich.«

»Nicht vermutlich, Jochen, das ist seit dem Höhlenmenschen so. Auf diese Weise kommt überhaupt erst der Fortschritt in die Welt. Und das Chaos. Das man in den Griff kriegen muss. Darum geht's«, Fleming formte mit seinen Händen einen Kegel, »weil wir ja keine Ameisen sind.«

Wie er den Kopf hielt, fing sich das Licht eines großen, aus einer Pyramide von erhellten Schalen bestehenden Leuchters, der über dem Büfett hing, in Flemings Haarspitzen, brennend, Brockmann wandte seinen Blick ab.

»Was die meisten Probleme wahrscheinlich lösen würde«, hörte er ihn fortfahren (das ist doch nie ein Engländer), »phantastisch, so ein Ameisenbau.«

Ich brauch jetzt Fleisch, dachte Brockmann und winkte einem der gestiefelten Kellner zu, die (waren alle als Gaúchos verkleidet) mit Spießen und Messern von Tisch zu Tisch liefen.

»Ein Gleichgewicht schaffen«, sagte Fleming auf Deutsch, dann wieder ins Englische zurückfallend, »das ist die Pflicht, die wir haben, auf der einen Seite sämtliche Möglichkeiten, die theoretisch existieren, und auf der anderen die Stabilität des Ganzen. Sonst würde ja, würden wir ja über kurz oder lang in ein einziges Mischmasch geraten.«

Mingle-mangle ... ist der verrückt?

»Ich erinnere mich an viele Fälle, wo nur in letzter Sekunde ... weil man vorher nicht aufgepasst hatte. Zu lange die Geschichte am langen Zügel hatte laufen lassen«, Fleming klopfte mit seinen

Fingern aufs Tischtuch, als würde er Klavier üben, trocken (wie Betty, in ihrer kurzen musikalischen Phase, bereits beim Frühstück), »im Vertrauen nämlich, einem unsinnigen Vertrauen, darauf, dass ein jeder wüsste oder wissen könnte, wo Schluss ist mit seinen privaten Plänen, mit diesen Tagträumereien von einem größeren Haus, mehr Einfluss, irgendeiner politischen Karriere. Man sieht sich im Chefsessel sitzen, dabei ist die Uhr schon abgelaufen. Als wäre es zu viel verlangt ... ein bisschen Gespür fürs eigene Geschick. Und, natürlich, für das um einen herum, wie sollen wir's nennen?, das Soziale, was?, die Gesellschaft, die Ordnung von allem. Wenn man da nicht eingegriffen hätte, manchmal, bevor es definitiv zu spät gewesen wäre, also ... ich weiß nicht.«

»Sie greifen ein?«

»Irgendwer«, sagte Fleming, während ein Kellner die Vorspeisen abräumte (ja, kann weg) und frische Teller vor sie hinstellte, »der sich berufen fühlt, nein ... nein, nein, man muss die Verantwortung auf sich nehmen, die hat man, haben Sie, habe ich, den Kurs zu korrigieren, wenn uns ein Blick auf den Kompass sagt, dass man nach Norden statt nach Westen ... direkt in den Malstrom rein. Dürfte niemand wollen.«

Ein Philosoph, dachte Brockmann, Mann, Jochen. Er leerte die Flasche in beide Gläser.

»Sehen Sie, das meinte ich mit Gesetz, mit Grenze und so weiter, ab einem bestimmten Punkt kann kein Mensch mehr verfügen, von sich aus verfügen, wie es mit ihm weitergeht. Das endet immer in der Katastrophe. Noch Wein?«

»Unbedingt.«

»Bis zu dem Punkt aber«, Flemings Wangenmuskeln sprangen vor und zurück, »um niemandem ausgeliefert zu sein ...«

»Man kann sich wappnen«, sagte Brockmann.

»Exakt«, sagte Fleming, seine Miene plötzlich ganz gelöst, »wir ... wir verstehen uns.«

Tun wir nicht, dachte Brockmann, zu spät, um zu gehen, verkalkuliert. Shit happens ... und nicht zu knapp.

»Wie alt sind Sie, Jochen?«

Zwei, drei Kellnergaúchos (weiße Hemden, rotes Halstuch, flacher schwarzer Hut) traten mit Fleischspießen und furchteinflößenden Messern an ihren Tisch, säbelten ab, legten auf. Fleming deutete auf die leere Flasche, orderte mit einer entschiedenen Geste Nachschub.

Das Fleisch war großartig. Zerging auf der Zunge.

»War meine Frage zu indiskret?«

»Wie alt sind *Sie* ... Sylvester?«

»Sylvester Lee, das war meiner Mutter wichtig. Aus Virginia gebürtig.«

»Ihr Vater kommt aus England.«

»Mein Vater, ja ... weiß man's?«

»Wer der Vater ist?«

»Gewesen ist. Vorbei alles. Und wie oft trügt einen die Erinnerung. Reines Wunschdenken, das werden Sie kennen, kennt jeder. Was man sich als Kind erträumt, eine andere Abstammung, in Wirklichkeit sei man ein Prinz und nur durch blöde Zufälle in der Familie gelandet, mit der man sich tagtäglich rumschlagen muss, das setzt man als Erwachsener fort, man hält sich für sonstwen, ist nie in der Position, die einem eigentlich zusteht. So ticken die Leute, machen sich größer, als sie sind, und, das ist das Schönste, glauben auch noch fest daran. Von ganz unten bis nach ganz oben ... ja, selbst die ganz oben, von wenigen Ausnahmen abgesehen, schätzen ihren Radius falsch ein. Um von denen in der Mitte zu schweigen«, Fleming stieß seine Fäuste überm Tisch gegeneinander, »Maulhelden, die einem erzählen, welche Erfolge sie einfahren, wer auf sie hört, Direktoren, der Präsident persönlich. Wie in Tausendundeiner Nacht ... haben Sie das mal gelesen?«

Brockmann schüttelte den Kopf, kauend.

»Seit Ewigkeit. Fast zum Verzweifeln, dass sich da nichts dran ändert. Ich meine ... ich komme mir immer steinalt vor (feel old as the hills), wenn ich mich näher mit der Vergangenheit beschäftige. Als wäre ich damals schon, nicht wahr, mitten im Geschehen ... können Sie sich das vorstellen?«

Brockmann trank, murmelte etwas ... weiß nicht, wenn du's behauptest ...

»Und dann«, Fleming pickte eine dünne Scheibe Filet auf, »Bankrott, alles geht den Bach runter«, er schnappte sich die Scheibe von der Gabel, »weil man in seiner Traumwelt nicht bis zur nächsten Ecke gucken kann. In jeder Beziehung, in der Wirtschaft, in der Politik, überall.«

Er schluckte, spülte mit einem kräftigen Schluck nach.

»Insofern, ihre Frage, Jochen, nach meinem Alter ... raten Sie.«

»Ich bin einundfünfzig, geschieden, eine Tochter.«

»Ich war nie verheiratet«, sagte Fleming, »ist mir was entgangen?«

»Sechsundfünfzig? Plus, minus.«

»Da sag ich mal ja«, er lächelte, »in diesem, unserem Leben.«

Die letzten Worte wieder auf Deutsch, doch bevor Brockmann sich einen Gedanken dazu machen konnte, sagte Fleming:

»China.«

Links und rechts Kellner, Messer, Fleisch am Spieß. Das ist auch Lende, oder?

»Offen gestanden ... ein Rätsel für mich.«

»Wir«, sagte Brockmann, »bislang ...«

»Sie sind auf dem chinesischen Markt nicht präsent.«

»Nicht wirklich.«

»Also gar nicht.«

»Man arbeitet daran.«

»Russland?«

»Wir hatten mal in den Neunzigern ... schwierig.«

»Schwierigstes Terrain. Einige Kollegen sind dort noch tätig, ich nicht mehr.«

»Versicherungen?«

»Genau«, Fleming legte sein Handy auf den Tisch, »im weitesten Sinn.«

»Versicherungen für Industrieunternehmen, richtig?«

»Wenn Sie wollen, ja. Aber ich ... wir beschränken uns nicht darauf. Kapitalvermittlung, Kreditausfall, Risk Management. Wo es sich aus Erfahrung empfiehlt, schon im Vorfeld anzusetzen. Informationen sammeln. Informationen sind das Wichtigste, Daten.«

»Weltweit.«

»War das eine Frage?«

Brockmann erschrak. Als würde er geprüft und hätte die falsche Antwort gegeben ... weltweit.

»Jochen, was ist mit Ihnen?«

Nichts, was soll sein?, cheers!

»Lösungen in delikaten Situationen. Hintergründe ausleuchten, Bilanzen, Auftragsvolumen. Von uns dürfen Sie ein Rundum-Paket erwarten. Das, gestehe ich sofort zu, seinen Preis hat, aber umsonst, was ist noch umsonst?«

»Der Tod«, entfuhr es Brockmann.

»Wäre ich mir nicht so sicher«, sagte Fleming, »aber, sehen Sie, Jochen, wir rechnen alles ein. Personenschäden. Wenn Sie sich nun gar nicht verhindern lassen.«

Symphonische Musik erklang, er nahm sein Telefon hoch, yes. Brockmann sah auf seine Uhr, achtzehn vor neun, was für 'ne krumme Zeit. Fleming ernst, aufmerksam. »Bist du in der Gegend?«, fragte er dann, in einem freundschaftlichen Ton. Wer? Wer sollte wissen, wo sie waren? »Molto spinoso«, Fleming schmunzelte über den Tisch hinweg ... sehr knifflig, was bedeutete das? Jetzt auch noch Italienisch, in wie vielen Zungen war er unterwegs? »Ci vediamo più tardi«, und das Handy, ein Billigmodell, verschwand wieder in seiner Sakkotasche.

»Es gibt Dinge, die unaufschiebbar sind.«

»Scheint so.«

»Was ...«, Fleming füllte aufs Neue ihre Gläser, »was können Sie mir über China erzählen?«

»Nicht mehr als ... die Nachrichten.«

»Soll ich das glauben, Jochen?«

»Wie ich es sage.«

»Gestern sprachen Sie von der Zukunft, die man im Auge zu behalten habe, Fernost.«

»Stoßen wir auf die Zukunft an«, Brockmann hob sein Glas, Fleming tat es ihm nach.

Kling ... ein spitzer Schmerz in seinen Ohren, überhelles Licht, das ihn blendete. Magnesium.

»Alles gut?«

»Bestens«, Brockmann atmete durch, trank. »Waren Sie in China?«

»Kurz«, sagte Fleming, »ein paar Tage.«

»Aber Sie wollen dahin?«

»Man muss, Sie doch auch.«

»Ich muss gar nichts.«

Die reine Wahrheit (Jochen, du bist schon ziemlich bezecht), wer sollte einen zwingen? Die Zeiten waren vorbei, dass man gezwungen werden konnte. Nicht mit dem Geld in Zürich, der Wohnung, den Zeichnungen. Sechshundertfünfzigtausend. Plus noch die Papiere aus dem Depot, nicht viel, aber immerhin. Sich zum Hampelmann machen lassen, weil man die Hosen voll hat. Du nicht, und außerdem, ja, deine Kompetenz, nach zwei Jahrzehnten an der Front, Kontakte, Landessitten, das ganze Programm. Gefälligkeiten, Geschwätz, Scheiße ...

»Da gebe ich Ihnen recht«, sagte Fleming, »man muss nie etwas. Auch einer dieser Irrtümer, die sich in die Hirne der Menschen eingefressen haben, und wissen Sie, warum?«

»Warum?«

»Unabhängigkeit. Das ist unser Stichwort.«

»Ist es das?«

»Man will immer irgendwo dazugehören, Teil von etwas sein, darin besteht der Fehler. Als hinge die Seligkeit davon ab«, er hustete, hatte sich verschluckt, »sich nicht allein zu fühlen, also macht man hier fleißig mit, tritt dort bereitwillig ein. Phi Beta Kappa, SDS oder wie das alles hieß. Jeder in seiner Community, und noch stolz drauf. Jetzt weiß man endlich, wo's langgeht, im Besitz von Ideen, die man sich gegenseitig dauernd bestätigt. Anstatt sich den Fakten zu stellen, tröstet man sich mit Nestwärme, ah, so schlimm wird's schon nicht werden. Beziehungsweise, gemeinsam heben wir die Welt aus den Angeln«, Fleming fing an zu lachen, »die Welt ...«, sein Oberkörper bebte, er beruhigte sich wieder, »sträflicher Leichtsinn.«

»Was wären Versicherungen ohne diesen Leichtsinn«, sagte Brockmann, »beklagen Sie sich nicht.«

»Ich klage nie«, er legte die Finger ineinander, »ich versuche immer zu helfen.«

Sie sahen sich an.

»Brauchen Sie Hilfe, Jochen?«

In diesem, unserem Leben ... so mächtig ist keiner, Sylvester Lee Fleming.

»Die Branche kränkelt, Übernahmen stehen auf der Tagesordnung.«

»Und?«

»Es wird im Augenblick sehr viel Geld bewegt, man wirft Gewicht ab, schlankere Geschäftsmodelle sind gefragt. Auch im Maschinenbau.«

»Niemand bleibt verschont«, sagte Brockmann, Spott in der Stimme, so lässig wie möglich.

»Ich sollte sagen, im italienischen Maschinenbau, die Investoren stehen Gewehr bei Fuß. Was man so vernimmt.«

»Manche Leute hören das Gras wachsen und kommen sich wahnsinnig gescheit vor.«

»Dafür bezahlt man uns.«
»Wer ist uns, Sylvester, verraten Sie mir das?«
Er zog mit zwei Fingern eine Karte aus der Ziertuchtasche und reichte sie über den Tisch:

> Fleming
> Asset Recovery – Insurance
> +1 831 55564445
> slf@sleef.com

»Kennen Sie sich mit Versicherungen aus?«
»Ich glaube, ich weiß, wie eine Versicherung funktioniert.«
»Stecken Sie die Karte ein«, sagte Fleming, »für den Fall der Fälle.«
Brockmann trank sein Glas aus (das wievielte ist es inzwischen?), schenkte ihnen nach. Auf seinem Teller jetzt etwas, das nach Wild schmeckte ... Javali, Frischling, wurde ihm übersetzt. Das Licht aus den übereinanderhängenden Lampenschalen war so grell, dass er nicht hinschauen konnte, Metall schlug gegen Metall. Stahltrossen, Reling.
»Pardon, ich hab Sie gerade nicht ...«
»Ein bisschen laut ist es hier, was?«
»Geht schon wieder.«
»Ich hatte gesagt«, Fleming legte sein Besteck auf den Teller (reicht), wischte sich den Mund und warf die Serviette achtlos beiseite, »dass mir heutzutage die Beständigkeit fehlt, im Allgemeinen. Jedes Jahr neue Gesichter, neue Richtlinien, die sie einem als den letzten Schrei verkaufen. Bis die Lücke entdeckt ist und man von vorn beginnen muss, immer schneller. Wohin soll das führen, irgendwann sich selbst überholen? Was meinen Sie, Jochen, bin ich zu konservativ?«
Brockmanns Stirn glühte ... muntere Gesellen sind wir, fürwahr, eine fröhliche Schar.

»Natürlich, an alten Werten zu hängen, das kann manchmal auch gefährlich sein. Oder dumm. Weil es genug andere gibt, die sich einen Dreck darum scheren, um Traditionen, Redlichkeit. Für mich, so bin ich gestrickt, glauben Sie mir, wiegt ein Ehrenwort unter Männern eine Tonne Papier auf, Paragraphen, Ausnahmen, all die Bedingungen, die gewiefte Anwälte sich haben einfallen lassen. Regnet's im Juli mehr als zwei Tage, wird die nächste Rate erst im Oktober gezahlt. Passt dir das nicht, zieh vor Gericht. Und was kommt dann dabei raus? Ein Vergleich«, wie höhnisch man settlement aussprechen kann, »bei dem wer verliert? Der Anbieter. Fahr in die Grube, du Lutscher.«

Brockmann, ob er wollte oder nicht, musste lachen ... alles klar auf der Andrea Doria.

»Was rede ich«, sagte Fleming, aufgeräumt, »wir sind ganz vom Thema abgekommen.«

»China.«

»Ich bin mir noch unschlüssig, gehen wir hin, gehen wir nicht hin. Der Reiz ist da, aber ... die Sprache, die Kultur.«

»Schriftzeichen, seltsames Essen.«

»Ist vielleicht zu spät für mich«, Fleming verzog den Mund, mit niedergeschlagenen Augen, äußerst charmant (verfehlte sicher nicht seine Wirkung), »andererseits ... ich ahne das Potential, das auszuschöpfen wäre.«

»Gewaltig.«

»Die legen zu, auf jedem Gebiet. Das Abkupfern ist bei denen vorbei.«

»Kann man sagen, ja.«

»Machen Sie sich Sorgen?«

»Wer? Ich?«

»Sie, Jochen, wir alle. Wenn die Qualität stimmt. Made in China.«

»Und der Preis.«

»Welchen Preis ist man bereit zu zahlen? In Bedford, wo ich

mal zur Schule gegangen bin, kostete es eine Luftdruckpistole, um zu den Boys dazuzugehören. Bring mir so eine Pistole und du bist einer von uns. Hab ich mir eine zum Geburtstag schenken lassen.«
»Ich hatte auch eine«, sagte Brockmann, »von meinem älteren Bruder. Keine Ahnung, wie der an die gekommen ist.«
»Lange her, Bedford ...«
»Vierzig Jahre.«
»Länger. Als man jung war. Noch nicht viel wusste.«
Ein Kellner räumte die Teller ab, etwas rabiat (ohne zu fragen), ein zweiter erkundigte sich nach Dessertwünschen, eine Karte in der Hand.
»Cognac«, sagte Fleming, »oder wollten Sie etwas Süßes?«
Brockmann verneinte kopfschüttelnd, ist egal.
Nachdem er bestellt hatte, holte Fleming ein Notizbuch aus seiner Jackentasche, blätterte es durch, bis ... er las etwas, steckte es wieder weg.
»Okay, da wären wir.«
»Wo sind wir?«
»Basaldella«, sagte Fleming, »da hat's auch schon besser ausgesehen.«
Vom Donner gerührt, woher ... aber so viele Firmen standen nicht zur Auswahl, Beschichtungen, Druckstraßen, Pressen. Kennziffern, die sich jeder beschaffen kann, Mitarbeiter, Umsatz, Anlagevermögen.
»Ich habe einfach mal geguckt, entschuldigen Sie.«
»Wir sind ... sind praktisch die Größten in Italien.«
»Export.«
»Lateinamerika, Asien, USA.«
»Nicht nach China.«
»Soll ich Ihnen was sagen, Sylvester?«
»Sagen Sie.«
Ein paar derbe Flüche in einer Sprache seiner Wahl, Italienisch, wenn's beliebt (verstehst du ja, du Klugscheißer), drohten

aus Brockmanns Mund zu fahren, hätte er sich nicht im letzten Moment besonnen bzw. wäre nicht ein Kellner mit Flasche und Cognacschwenkern an ihrem Tisch erschienen ... Hine Homage Grand Cru, stell ab, bedeutete ihm Fleming, die eckige Pulle, hier, wir bedienen uns selbst.

Teufel, lief das runter, unglaublich.

»Ich konnte nicht widerstehen. Geb ich offen zu, eine, eine ... Berufskrankheit. Haben Sie Nachsicht mit mir.«

Was sonst, dachte Brockmann, ich bin tolerant, ein echt toleranter Typ. Höre mir das alles an.

»MercuryLife hat Anteile gekauft. Werden noch mehr kaufen, bis sie die Mehrheit halten. Wichser.«

»Sie kennen die?«

»Wichser. Wenn Sie an meiner Meinung interessiert sind.«

»Pensionen. Sparmodelle für den Ruhestand, nichts Unsittliches.«

»Ach, Jochen, Ruhestand, Blumen züchten«, er goss ein, ordentlich, »für mich ist das ... das liegt für mich alles so fern.«

Ist das Zeug phantastisch. Und du in Kürze dicht, Wohlsein, altes Haus.

»Denken Sie über Alternativen nach?«

»Warum sollte ich?«

»Weil ...« Flemings Züge spiegelten Mitleid, Überdruss, ein Quäntchen Verzweiflung, bevor sie ihm zu einem Lächeln gerieten, der gute Hirte, bin doch dein Bruder, dein Freund schon so lange, »weil das nie falsch ist, Ausschau zu halten. Meine Fähigkeiten, meine Erfahrungen, wo sind die gefragt? Wenn ich Sie wäre, Jochen, würde ich anfangen, auf eigene Rechnung zu arbeiten, damit fährt man immer gut. Glänzend.«

Auf dass die Sonne scheinen möge bis zum Jüngsten Tag. Prosit ... und zack.

Aber sicher, Sylvester, wir trinken weiter, auf fünf Beinen kann man nicht stehen.

»Ich spüre da eine Verwandtschaft zwischen uns, eine Verbindung, die uns, ähm, uns verbindet. Was sich von den allermeisten Menschen nicht behaupten lässt, die lassen einen völlig kalt, und wie auch anders, bei sechs«, er hob die Augenbrauen, neigte seinen Kopf, »sieben Milliarden, die ihr Glück versuchen. Oder was sie darunter verstehen, Glück. Was soll das denn sein, ein Päckchen Geld auf der Bank, Liebe?«
»Wäre nicht schlecht fürs Erste ... beides.«
»Sind Sie verliebt?«
Brockmann wurde von einem linden Schwindel erfasst.
»Auf die Liebe, stoßen wir an.«
»To ... to absent friends.«
»Freunde in der Not«, sagte Fleming, »die nicht lange fackeln, sondern handeln. Die wissen, worauf es in einer entscheidenden Situation ankommt, ganz pragmatisch. Denen muss man nichts erklären, die sind einfach da. Wie man umgekehrt für sie da ist. Kein Zögern, keine Ausreden. Weil alles ja zurückbezahlt wird, sollte die entsprechende Lage bei einem selbst eintreten. Absolutes Vertrauen. Ich gebe, du gibst, wo man auf dieser Welt auch gerade sein mag. Stimmen Sie zu, Jochen?«

Wollte und hätte er, for sure, Sylvester, guuhute Freunde ... wenn es ihm nicht schwergefallen wäre zu sprechen, das merkte Brockmann, als er zu einer Antwort ansetzte und ihn seine Zunge dabei im Stich ließ, ein s-c-h als kaum zu überwindende Hürde. Also nickte er, kippte seinen Cognac weg, Fleming goss nach.

»Und es ist ja nicht so, dass Freunde sich nicht erkenntlich zeigen würden, ich meine ... es ist logisch, dass sie die Unkosten, die einem durch eine Hilfsaktion entstehen, begleichen und, wenn sie können, noch etwas draufsatteln. Als Dank, Jochen, ein tief empfundener Dank für die spontane Bereitschaft einzuspringen. Klimpergeld, das nicht zu verachten ist. Wir verachten das Geld nicht, aber, dafür sind wir beide alt genug, wir beten es auch nicht an, Sie nicht und ich nicht. Mittel zum Zweck, um sich etwas Schönes dafür zu leisten, keinen unnötigen Prunk, keine Prahlerei. Ein Geschenk für die Geliebte, eine Kleinigkeit, die sie von Herzen rührt, das müssen nicht Brillanten sein. Colliers, Ringe«, er blickte auf seine Armbanduhr, »… bestellen wir noch einen Espresso?«

* * *

Espresso, unbedingt, hatte Brockmann gedacht, einen doppelten, um wieder klarer zu werden, daran erinnerte er sich noch, und dass Fleming bar bezahlte, ja, große Scheine aus einem Clip zog (»It's my pleasure«), während er sich weiter ausließ über Freundschaft, was das bedeute heutzutage, Freunde, zwei, drei, mehr nicht, deren Schade es nicht sei, wenn sie etwas für einen erledigten, morgens mit dem Flugzeug hin, lieben Geschäftspartnern einen Brief aushändigen, abends zurück, um sich dann, Fleming, die Flasche Cognac zu packen und mit vor die Tür zu nehmen, gluck, gluck, gluck, in der Auffahrt des Restaurants zwischen Limousinen und Wachpersonal, indes das Folgende (im Bett liegend und von einem schlimmen Kater geplagt) für Brockmann wie ein wilder Traum war, von dem am nächsten Morgen nur noch Fetzen durch den dröhnenden Schädel geistern, oh Mann, oh Mann, Jochen, die Irritation (trotz zwei Promille, bestimmt), als Fleming vorschlug, zu Fuß zum Hotel zurückzugehen … nachts durch São Paulo zu Fuß? Kein Problem, hatte Fleming gesagt (war doch so?), hier nicht, mit mir nicht, und außerdem seien sie ja bewaffnet, den wolle er sehen, der es wage … er deutete einen Schlag mit der schweren Flasche an, wurde von Gelächter geschüttelt, let's go … vorbei an Gitterzäunen, die sich lückenlos an den Apartmenthäusern entlangzogen, Kameras, rot blinkende Signalleuchten, wo ein Wagen in die Tiefgarage fuhr und das Schiebetor im Zaun für einen Moment offen stand, Pförtnerlogen, in denen jemand verloren saß und nach draußen ins Dunkel stierte, eingesperrt ... oder ausgesperrt, alles eine Frage des Standpunkts ... oh Gott, Schmerz, lass nach, Sonnianos Prachtvilla in Morumbi, die von einer meterhohen Mauer umgeben war, auf deren Krone man Natodraht ausgerollt hatte, ein von Uniformierten gesichertes Stahltor wie, wie ... in Stammheim, als würde Terroristen dahinter der Prozess gemacht und keine Party mit allen Schikanen gefeiert, damals, letztes Jahrhundert ... ja, ja, ja, Brockmann beugte sich zur Seite und schaltete den Handywecker endgültig aus (nachts wohl gerade noch geschafft), fiel aufs Kissen zurück, wie er sich höllisch erschrocken hatte, als der Dicke mit der Brille plötzlich neben ihnen auftauchte (sofort nüchtern, für 'ne halbe Minute), von irgendwoher, aber statt eine Knarre auf sie zu richten, entwand er Fleming die Flasche und genehmigte sich einen Schluck, fast schon eine Rangelei zwischen den beiden, bis er, der Dicke (der ihm auch vorgestellt wurde, nur hatte er seinen Namen schon wieder vergessen), auf Italienisch von einer Überweisung sprach, die am Abend eingetroffen sei, Bingo, hatte Fleming erwidert und ihn auf einen Drink in der Hotelbar eingeladen, worauf der Dicke aber, seine Brille hochschiebend, geantwortet hatte, dass er etwas Besseres vorhabe und ob man sich ihm nicht anschließen möge, was Fleming dazu veranlasste, ihn einen Wüstling zu nennen, mandrillo, der seine Gesundheit ruinieren würde, über kurz oder lang, Brockmann richtete sich vorsichtig auf ... war man noch in der Hotelbar gewesen? Und wieso konnte er ihm das nicht am Telefon sagen, das mit dem Geld? Oder hatte Fleming mit jemand anderem geredet, beim Essen? Molto spinoso ... eine Begegnung der dritten Art, einer aus den Tiefen des Weltalls, der ein Schräubchen locker hatte, wenigstens eins.

An was litt der Mann, fragte er sich, Selbstüberschätzung, Realitätsverlust, zu behaupten, es bestehe an seiner Seite keine Gefahr, sich nachts zu Fuß durch die Stadt zu bewegen, diese

Stadt? Zu viel Wein, Cognac ... die leere Flasche einfach weggeworfen irgendwann, klirrbumm. Brockmann drehte die Mischbatterie der Dusche noch weiter auf heiß, Dampf stieg um ihn hoch, gut ... wiedersehen wirst du ihn eh nicht. Die Mutter aus Virginia gebürtig, *mountain momma, take me home* oder wie das Lied ging. Als hätte er auf dich gewartet, um endlich einmal loszuwerden, was sich in stillen Stunden in seinem Kopf so zusammengebraut hat ... ein williges Opfer. Bist du das? Nie gewesen ... *struggle to make it.* Eine Zukunft gibt es doch immer ... kann dir niemand ausreden. Ein Herr Fleming, von wo der Pfeffer wächst, mit seinen Versicherungen, seinen Sprüchen. Glaubt wahrscheinlich selber daran, der Oberchecker ... schluck zwei Aspirin, trink einen starken Kaffee und vergiss das Ganze. An Gespenster soll glauben, wer will ... wem sonst nichts mehr einfällt. Ein Mangel an Phantasie oder zu viel davon, beides ungesund. Weil, Brockmann tastete durch die Dampfschwaden nach der Duschlotion auf der Ablage, weil ... sich alles erklären lässt, Ökonomie, Psychologie, wenn man noch alle fünf Sinne beisammen hat.

* * *

»Was meinst du?«
»Ich weiß nicht«, sagte Ángel, der es sich auf der Couch in Flemings Zimmer bequem gemacht hatte und ihm beim Kofferpacken zusah, »lassen wir's bleiben.«
»Einen Versuch wäre es aber wert.«
»Ob der Aufwand sich lohnt?«
»So ist die Frage falsch gestellt ... falls es eine war. Und worüber wir uns schon mehr als einmal ausgetauscht haben, ich darf dich erinnern. Du hast keine Geduld, für dich steht das Ergebnis zu sehr im Vordergrund, immer, wenn ich ehrlich sein soll.«
»Ja«, sagte Ángel, streckte die Beine von sich, »wenn du schon zu Umwegen neigst.«

»Umwege ist nicht das richtige Wort, ich bin einfach offen für vieles.«

»Du bist der Boss«, er reichte ihm (nach einem Blick auf den Titel) von der Couch ein Buch, auf das Fleming gedeutet hatte (John F. Kennedy Highschool, Silver Spring, MD, 1968/69), »in, in ... allerletzter Instanz.«

»Versteh es als ein Spiel, das kann doch nicht so schwer sein.«

»Wir sind nicht zum Spielen hier, vielleicht darf *ich* dich jetzt erinnern.«

»Wie recht du hast«, Fleming blätterte das Jahrbuch flüchtig durch, Seiten voller Porträtfotos in Schwarzweiß, legte es in seinen Koffer, »aber ... ich hab einen Narren an ihm gefressen. Ich spüre da etwas, schon seit längerem.«

Ángel verdrehte die Augen, stieß geräuschvoll Luft aus, schaute an Fleming vorbei in eine Zimmerecke.

»Komm, führ dich nicht so auf.«

»Wetten wir?«

»Ich sage ... er geht darauf ein. Was setzt du?«

Ángel verschränkte die Arme vor der Brust, blies ein Stäubchen von seinem Revers.

»Ich bin ganz Ohr.«

»Hundert.«

»Was hundert, Euro, Hongkong-Dollar, Pfund?«

»Ist mir egal«, sagte Ángel und drückte sich aus der Couch hoch. »Du verlierst ja doch.«

* * *

Wenn sie etwas nicht bereute (obwohl bereut – das trifft es nicht, in diesem Leben, es kommt doch, wie es kommt), dann den Kauf des Hofes, auf dem sie nach Jahren der Wanderschaft heimisch geworden war. Ein wirkliches Zuhause (sag's ruhig), als hätte es sie innerlich zurückgezogen in eine Landschaft, an die sie, rational betrachtet, nur undeutliche Erinnerungen hatte (und haben konnte), einige Sonntagsausflüge mit der Familie über den Rhein Richtung Norden, nach Kevelaer oder Xanten, wo es römische Ruinen zu besichtigen gab. Aber, dachte Heidi Schettler und schloss die Autotür auf, es müssen Eindrücke gewesen sein, damals, die sich tief bei ihr eingegraben hatten, unauslöschlich von der Zeit, die verstrichen war in Freiburg, in London, in Siegen und Turin, ein paar Monate nach der Trennung von Jochen in Düsseldorf, in Asien, Thailand und Nepal, bis sie eines Tages wieder da war und wusste, dass sie bleiben würde, hier, nirgendwoanders mehr.

Sie bog aus der Auffahrt auf einen schmalen geteerten Weg, der in die Bundesstraße mündete, die sich wie ein schnurgerader Strich durchs flache Land zog, links und rechts Wiesen, Rübenäcker, in der Ferne eine Reihe Pappeln, die einen Bachlauf säumten, einzelne Weidenbäume, Kühe. Darüber ein zerfetzt (es war windig heute morgen) bewölkter Himmel, der in den Horizont niederzustürzen schien, wie auf einem Gemälde von Teniers oder Vrancx, sehr, sehr schön. Warum schön? Nicht zu erklären. Wenn man alles erklären könnte, würde man aufhören zu suchen, spirituell, wäre man nichts als Teil einer riesigen Mechanik, die einem jede Bewegung, jeden Gedanken vorschriebe. Sich von so etwas die Erlösung zu versprechen, von Formeln und Wissenschaft, war einer der großen Irrtümer der Gegenwart, aufgestaute Angst, die das Unbekannte, das Geheimnis, den Raum hinter den Dingen zu meiden trachtete, und sei es um den Preis des eigenen Untergangs. Das letzte Hemd, bevor man auch nur für eine Minute innehält. Höher, schneller, weiter, Goldmedaille um den Hals. No way, sie schob die CD von gestern abend in den Player ... Bud Powell, regulierte die Lautstärke, befreite mit Scheibenwischern und Waschlotion den Blick durchs Glas von Streifen und Schlieren. And the winner is ... you.

Ich, ja, sie trommelte mit zwei Fingern den Bebop aufs Lenk-

rad, das Erbe von zehntausend in Hilden verkauften Kühlschränken, Herden, Mixern, geschwisterlich aufgeteilt, hatte ihr den Kauf des Hauses ermöglicht, Stall und Scheune und Garten, dazu die Renovierung über Jahre hinweg, mit dem Geld aus dem Job wäre das nicht gegangen, auch nicht mit dem Geld von Jochen, das sie damals gar nicht wollte. Aber dann hätte sich etwas anderes ergeben, hätte sie eben in der Gegend etwas gemietet, nachdem ihre Entscheidung einmal gefallen war – Kohle, noch mehr Kohle, das Letzte, was in ihrem Leben je eine Rolle gespielt hatte, eine Reihe spontaner Entschlüsse aus dem Bauch, ohne auf spätere Verwertbarkeit zu achten, irgendeine ... und dann? Diese nervtötende Frage, die sich stets übersetzen ließ in: Rechnet sich das? Oder in die Warnung, man werde sein blaues Wunder erleben, wenn man sich nicht so verhielte, wie das begrenzte Vorstellungsvermögen der Mehrheit (Eltern) es sich auszumalen vermochte. Du kriegst nichts von uns, wenn du nach London ziehst, was soll das?, du siehst sowieso aus wie, wie ... Heidi grinste, winkte einem älteren Mann (Bauer Meck) am Straßenrand zu ... das Wort war: Punk, aber mit a gesprochen und nicht mit u wie in Bunker, du Bunkerin, Schwester im Orden der Stachelhalsbänder und Stecknadeln im Ohr (Backe, Lippe), zerrissener Strümpfe und abgeschabter Lederjacken mit dem *Crass*-Emblem auf dem Rücken, sich tapfer den Exerzitien von Bier in rauen Mengen und zwischendurch Speed hingebend, selbst beim Arbeiten im *Hounddog* ... obwohl da schon weniger, weil sonst, sonst hätte man das nicht durchgestanden. Körperlich, wenn man tagsüber noch studieren wollte, Texte lesen, ernsthaft seinen Master-Abschluss in Angriff nehmen ... als Squatterin zeitweise unter Bedingungen wohnend, die man von heute aus, wie?, bizarr nennen müsste, Matratzenlager, Büchsenberge, ein unablässiges Kommen und Gehen von morgens bis abends die ganze Nacht ... *don't be told what you want, don't be told what you need ...*
Ihr Handy klingelte in der Tasche auf dem Beifahrersitz, sie

versuchte es herauszufischen, fand's aber nicht gleich, der Ton riss ab. Wo bleibst du, hast du mit den Elektrikern für die Bühne jetzt schon feste Termine gemacht? Ja, habe ich, ein bisschen Geduld, Leute, ich bin in zwanzig Minuten da ... und nicht zu spät, kein bisschen. Warst du doch selten, dachte Heidi, auch nicht in London, trotz der Entfernungen, die man gelegentlich zurückzulegen hatte. Die Stadt wie ein Spiegelei, das in endlosen Außenbezirken zerlief. Im Zentrum die Macht, das Imperium, Kaufhäuser. Zum Klauen gut, Klamotten, die man auf dem Flohmarkt vertickte. Anstatt sich an Brecht zu halten und eine Bank zu gründen. Das Zitat (wie ging's genau?) hatte ausgerechnet Jochen parat, als er Zeuge wurde (als unfreiwilliger Komplize) eines solchen Diebstahls. Klugscheißer, hier, mein Mittelfinger für dich. Obwohl er im Prinzip natürlich recht hatte, auf der Ebene des Materiellen. Allerdings mit mäßigem Erfolg, he himself, wie die Geschichte mit dem Import von T-Shirts aus Hongkong hinlänglich bewiesen hatte. Was war das zwischen ihnen gewesen? Love at first sight? Er musste eine Seite bei ihr angeschlagen haben, für die sie empfänglich war, trotz aller Verschiedenheiten. Denn wenn einer mit Punk nichts am Hut hatte, dann Jochen. Aber sich abfällig oder bösartig über die Szene zu äußern, den Siff (wie auch, wenn man selber bei jemandem wie Ian hauste), die Köter, die Amphetamin-Exzesse, hat er nie, das war nicht seine Art. Ist es wahrscheinlich bis heute nicht, als würde es ihn nicht berühren, was andere treiben, wofür sie sich entscheiden in Bezug auf ... wie soll man sagen, Karriere? Pluspunkt für ihn, der vieles aufwiegen kann in einer Beziehung, ungute Energien. Ehrgeiz, nächtelanges Arbeiten, Stolz auf ein sich füllendes Konto. Ohne Bedeutung, sinnlos.

Das Handy klingelte aufs Neue, sie hörte nicht hin, ließ ihren Blick schweifen. Seelenverwandtschaft, dachte sie nicht zum ersten Mal, du und dieses ebene Land, aus dem sich hier und da weißliche Erdwälle erhoben (Plastikplanen über Rübenmieten), näher oder ferner Gehöfte, die wie kleine Burgen aussahen, Gebäude aus rotem Backstein, in deren Viereck ein grünes Flügeltor hineinführte, oft mit einem Baum innen, der das Dach des Wohnhauses überragte. Eine Verbindung zwischen Himmel und Erde herstellend (wie Eliade es beschrieben hatte), mythisches Wissen, das unbewusst geworden war. Die Weltesche Yggdrasil, das Jakob im Traum geoffenbarte Bild einer Leiter, aus dem er schließt, an der Stelle, wo er geschlafen hat, einen Tempel zu errichten. Ein Zeichen für die Ordnung des Universums, das Göttliche. Das Unirdische. Das Irdische Schall und Rauch, Vergänglichkeit. Ein kleiner Schritt nur ist es von dieser Erkenntnis (der Begrenztheit der Materie, des Körpers, aber auch des Verstandes) zum Pfad der Erleuchtung ... dass die Dinge in Wahrheit leer sind, sich nichts vermehrt und nichts verringert, es nichts zu erreichen gibt. Überwindung von Leid und Schmerz durch Versenkung in die Weisheit des Herz-Sutra, kein Alter, kein Tod, noch deren Aufhebung, nur das ewige kosmische Sein, befreit von Verwirrungen und Angst ... gegangen, gegangen, hinübergegangen, ganz hinübergegangen, oh welch ein Erwachen, vollkommener Segen!

Wann sie begonnen hatte, sich damit zu beschäftigen, mit alldem? Nicht einfach zu beantworten, es war ... was war es? Einem Scheidungsanwalt würde man sagen, man habe sich auseinandergelebt, aber bei ihr war es das Leben selbst, ihr ureigenes Leben, mit dem sie sich entzweit hatte. Nur zu Gast darin, wie eine Fremde. Eine Schauspielerin in der falschen Kulisse, im falschen Stück, die sich verzweifelt zu erinnern versucht, was heute Abend gespielt wird. Wie das Stück heißt, in das sie geraten war. Man will von der Bühne runter, hat aber keine Ahnung, wohin, wo's besser wäre, als was, in welcher Rolle. Sicher, der Umzug nach Turin hatte seinen Anteil an ihrem Unbehagen, ihrer praktisch täglich wachsenden Entfernung von sich selbst – die Sprache, kein richtiger Job (wg. Sprache), doch spürte sie, dass es sich um etwas anderes, Tieferes handelte, das sich durch die üblichen

Krisenmaßnahmen (Therapie, Affäre etc.) nicht aus der Welt schaffen lassen würde. Wie ein schlechter Traum, geträumt werden, und das nicht erst seit gestern. Sich verständlich zu machen, Jochen gegenüber, war schwierig, auch deshalb, weil sie nicht genau zu sagen wusste, was sie eigentlich wollte, kein Ziel angeben konnte, das sie vor Augen hätte, um es mehr oder weniger gradlinig anzusteuern. Oder in Kurven, oder sonstwie. Nur eins war klar, die Realität, in der sie sich befand, in der sie Italienisch lernte, für Betty sorgte, sich nach Arbeit umsah, mit Jochen vögelte (das war immer ganz okay gewesen), gehörte nicht zu ihr, eine Art von Paralleluniversum, eines von vielen. Dem sie ultimativ den Rücken kehren musste, um nicht krank zu werden, im Kopf und in der Seele. Womit (durchhalten, renkt sich schon wieder ein) niemandem gedient gewesen wäre, am allerwenigsten Elisabeth. Nicht das Lustigste, eine Mutter zu haben, die nur ein Schatten ihrer selbst ist. Was eine Elfjährige zu begreifen überfordert, keine Frage, aber auch Jochen, und sie brauchten Monate, bis sie sich beide eingestehen konnten, dass es so nicht weiterginge, sie eine Entscheidung zu treffen hätten. Einmal getroffen, entspannte sich die Lage auf der Stelle, als wäre es nur darum gegangen, auszusprechen, was man sowieso schon wusste. Dass sie seinem Vorschlag zustimmte, noch gemeinsam nach Griechenland in Urlaub zu fahren, entsprang wahrscheinlich den Selbstvorwürfen, die sie peinigten, für ihn lohnte sich jedenfalls die Reise, er traf seine Fotografin, die wilde Salka (Reprise?), mit der er ja nun Jahre zusammen gewesen ist.

So kam das alles, dachte Heidi und schob die CD noch einmal in den Player, ein Weg des Gewahrwerdens, der sie um die halbe Welt und wieder zurück geführt hatte (wozu das Geld von Jochen doch gut war), hierher, hinters Steuer einer Krumpelkiste, die sie zur Arbeit nach Moers am Niederrhein brachte, unbeschwert. Eine Berufung damals? Too much, denn dann wäre sie jetzt in einem Kloster. Ein leiser Anruf, ein Gefühl, dem nicht zu folgen ihren Untergang bedeutet hätte, vollgepumpt mit mother's little helpers. Und nicht ... touching the sky. Den Himmel in dir, in jedem Menschen. Loslassen lernen, als wäre das anstrengender, als einen Himalayagipfel zu besteigen in Eis und Sturm. So erscheint es wohl den meisten, sich an Formen klammernd, an Pläne, Objekte, deren Besitz sie mit ihrem Heil verwechseln. Erfreue dich an ihnen, aber wisse, dass sie nichts bedeuten. Suche in ihnen keinen Sinn, suche überhaupt keinen. Wie auch, sie erinnerte sich, wenn man in einem zugigen kalten Raum auf 3000 Meter Höhe Stunden meditiert hat und einem jedes Glied weh tut, der Körper nur noch Schmerz ist. Man glaubt, es keinen Augenblick länger aushalten zu können, doch dann geschieht es, plötzlich ... alles wie ausgelöscht, die Schmerzen, das Denken, Fragen, Zweifel, die Ängste der letzten Jahre, Jahrzehnte, des ganzen Lebens, während man regelrecht überschwemmt wird von Glückseligkeit, von etwas, für das im Grunde die Worte fehlen, um es einem Außenstehenden zu verdeutlichen, nichts ist mehr da, alles ist eins, völlige Leere, ohne Gestern und Heute und Morgen, Verdienst oder Verlust, Begehren oder Versagung, Anfang und Ende, Zeit, in der man gefangen wäre ... Tod, Traum, Kampf.

Sie kurbelte das Fenster ein wenig herunter (ein Peugeot 106, Bj. 96), der Wind strich an ihren Schläfen entlang, ein, zwei feine Tropfen wehten auf ihre Stirn. Verirrte Tröpfchen, die aus ihrem Wolkenstück herausgefallen waren. Einen Moment nicht aufgepasst, und schon hat's einen. Oft für immer, eine höchst banale Wahrheit. Die deshalb umso schrecklicher ist. Die Furcht, die Augen zu öffnen, bei weitem größer als das, was einen bedrückt. Ein dritter Platz bereits ein Drama, redet's euch nicht schön. Als wäre das Leben ein Wettbewerb, bei dem man siegen könnte ... what a load of crap (nicht fluchen). Elisabeth vor diesem Glauben zu bewahren, dieser kranken Einstellung, hatte lange (auch aus der Ferne) ihre Sorge gegolten, aber ihre Tochter vermittelte nicht den Eindruck, in ihren Mails, am Telefon, davon in irgendeiner Weise berührt zu sein. Was überhaupt nicht gegen den Wunsch sprach, etwas leisten zu wollen, wissenschaftlich weiterzukommen, aber sich nach Erfolg zu verzehren, das zerstörte einen. Andererseits ... war es Heidi Schettler fast schon zu vernünftig, wie Betty manchmal klang, abgeklärt. Kein ›Alles oder Nichts‹, kein ›I want it all and I want it now‹ mehr, wie zu ihren Zeiten, sondern ... vernünftig eben. *The times they are a-changin'*, fragte sich immer nur, in welche Richtung. Von wo der Wind weht.

Verkehrsnachrichten unterbrachen rüde die Musik, ein reflexhafter Griff zur Anlage schaltete sie weg.

Der Wind ... Heidi drehte das Fenster wieder hoch ... bunte, im strengen Wind flatternde Gebetsfahnen, die zwischen den Lehmbauten aufgespannt sind, der Ton von Handtrommeln und Zimbeln vor der himmlischen Erscheinung schneebestäubter Bergriesen, die Luft so klar wie nirgendwo sonst, so rein ... was soll hier unten, unter uns Sterblichen, denn von Bedeutung sein, was uns fesseln? Eines Tages, das hatten sie ausgemacht, würden sie zusammen, Mutter und Tochter, auf Expedition gehen, nur sie beide, ohne das Rückflugticket schon in der Tasche zu haben ... wenn du kannst und magst, hatte Heidi ihr geschrieben (der Vorschlag kam von Betty, wie schön), aber unterwirf dich keinem Zwang, keinem hohlen Anspruch an dich selbst. Im nächsten Jahr oder in fünf Jahren, solange ich fit bin (aber Mama, du bist doch noch jung). Dass alles werden würde ... keiner sieht je in die Zukunft (so isses nun mal). Sie setzte den Blinker und lenkte ihren Wagen auf einen Gewerbehof, Kommunikation, Graphik, Veranstaltungsbüro, Architekten. Right on.

* * *

Basaldella hatte Tränen in den Augen. Das waren nicht die wässrigen Augen eines alten, erschöpften Mannes, sondern wirklich

Tränen (bitte, nein), die ihm hochgestiegen waren, als er »Jochen« murmelte, »ich weiß nicht, was ich sagen soll.«

Am besten nichts, dachte Brockmann, am besten, wir reichen uns die Hände, wünschen uns alles Gute, und ich räume meine Sachen aus den Schubladen. Klappe zu.

Basaldella rang um Worte, blickte zu Donata, die am Rand seines Schreibtischs saß (selbst jetzt ist sie dabei, er kann gar nicht mehr ohne sie, warum heiraten die beiden nicht endlich, wo seine Frau schon Jahre unter der Erde liegt?), dann bot er Brockmann eine Zigarette an. Donata rückte den Aschenbecher, der halb voll war, in die Mitte des Tisches.

So viele Probleme gebe es, die Aufträge, der Einbruch. Wie schwierig es geworden sei, Thailand, Indonesien, Asien. Und nicht nur da ...

Bekannt, die Bilanz ist im Eimer, so oder so oder so.

Basaldella schnäuzte sich, steckte das Tuch zurück in seine Brusttasche.

»All die Jahre.«

Brockmann nickte, vielleicht ein paar zu viel, vielleicht hättest du dich früher schon umtun sollen, spätestens, als Andolfi eingetreten ist. Das war doch abzusehen, er und sein Blutsbruder Bontempi.

Neue Kräfte machten sich bemerkbar, wer hätte das jemals gedacht? Veränderungen, mit denen man kaum Schritt halten könne.

Was wird das, Brockmann klopfte Asche ab, schob seinen Krawattenknoten zurecht, ein Curriculum der Lebensweisheit? Steht nicht in meinem Vertrag.

Basaldella schloss die Augen, schwieg. Donata hob die Schultern. Bemitleiden wir uns jetzt gegenseitig?

»Das ist temporär, glauben Sie mir.«

Ein mattes Lächeln, Kopfschütteln.

»Ich kann nicht anders.«

Ich schon, Brockmann verschluckte die Erwiderung, ich habe

nämlich ein Angebot, Alter. Wo man nur darauf wartet, dass ich die Sales ankurbele. Lasst ihr euch von MercuryLife nur durchnehmen, viel Vergnügen, *ich* bin noch nicht am Ende.

»Wir müssen vernünftig sein. Wir müssen den Realitäten ins Gesicht blicken.«

»Darum kommt man nicht herum, nie.«

»Ja«, sagte Basaldella, »wie wir das immer getan haben.«

Es stimmte ja, technisch war man auf der Höhe, das hätte nie ein Vorwurf an ihn sein können, der Kundschaft ging das Geld aus. Wettbewerber, die die Preise in den Keller trieben, Hangshu Printing Units. Mit einem perfekten Vertrieb in Zukunft unschlagbar, die Geisterarmee aus dem Osten. Folglich: Kosten senken, jede Ineffektivität ausmerzen. Sales Manager, die nichts gebacken kriegen, nur noch Kleinteile an den Mann bringen und dafür um den Globus jagen. In menschenwürdigen Hotels ein Zimmerchen mieten dürfen, im Restaurant essen und nicht an der Frittenbude. Einmal Pommes rot-weiß, Cola. Die es zu Hause nicht gab, weil sie einem den Magen verätzte. Leg ein Stück Fleisch über Nacht in Coca-Cola ein, dann hat es sich am nächsten Morgen aufgelöst.

Veränderungen, sagte Basaldella (wiederholte er nach einem Räuspern), denen sich zu verschließen das Ende sei. Frisches Kapital, neue Ideen. Mit einem starken Partner wieder durchstarten. Er deutete mit der Zigarette in der Hand eine Geste nach oben an, Asche fiel herunter. Brockmann zog noch einmal, drückte seine dann aus. Wären wir so weit?

Nein, Basaldella musste erst loswerden, was man als seine Rechtfertigung (vor Gott, der Welt und den Menschen) zu verstehen hätte, responsabilità, onorabilità, Arbeitsplätze, Turin, die Tradition eines fast hundert Jahre alten Unternehmens (ohne Nachfolger, und den bestellst du nicht bei Quelle). Sein Großvater (irgendwo hing ein Bild), der aus dem Nichts, allein mit Tatkraft und Optimismus ... ja, ja.

Also, alles in allem, er warf seine längst erloschene Zigarette in den Ascher, mit MercuryLife im Rücken werde man eine Potenz gewinnen (Jochen, wir glauben hier fest daran), zurückgewinnen, die schon verloren, nein, nicht verloren, aber beeinträchtigt, beeinträchtigt war durch eine Reihe von Faktoren, die er ihm nicht aufzuzählen brauche. Zum Wohle des Gesamten, der Alte schluckte, was man, er, nicht in den falschen Hals bekommen dürfe, dürfe und solle, sei man gezwungen, betrachten Sie es auch übergeordnet, Entscheidungen zu treffen, schmerzliche Entscheidungen, er stehe nicht an zu sagen, wie schmerzlich, für ihn persönlich als jemand, der sich für jeden Mitarbeiter zutiefst verantwortlich fühle, das wissen Sie, die aber als solche (die Entscheidungen, schon klar) unumgänglich seien. Insofern ... Basaldella sah betrübt aus, noch älter geworden, er meinte es ernst.

»Unsere Wege trennen sich«, sagte Brockmann, als müsste er ihm abnehmen, auszusprechen, weshalb sie sich gegenübersaßen. Vorbildlich, Jochen, echt.

Basaldella kniff kurz die Lippen zusammen, ja.

Aufstehen und gehen, um den Rest kümmern sich gegebenenfalls Anwälte? Brocki, alter Illusionist, in deinem Vertrag, nie nachgebessertem Vertrag, findet sich kein Paragraph, in dem eine Abfindung geregelt wäre. Unter welchen Bedingungen, unter Männern, haha ... was bist denn du für'n Manager?

»Sie«, eine auffordernde Handbewegung Giulio Basaldellas, 74, zerfurchte Stirn, zurückgekämmte, graue wellige Haare, die einige wenige dunkelbraune Strähnen durchsetzten, tip-top, vom Einstecktuch bis zum Brillantring am kleinen Finger, als Patron Streiks überstanden und zwei Fabrikbesetzungen, die Konkurrenz aus Deutschland und England, Erpressungsversuche und Krankheiten, den Tod seiner Frau, mit einem gewaltigen Vermögen in Häusern, Papieren, Beteiligungen, Edelmetall, kinderlos, noch drei Jahre zu leben oder acht, »haben Sie ... hätten Sie ...?«

Er wusste nicht zu antworten ... wonach wird gefragt, meinen

Aussichten, einem neuen Job? Ist das ein Witz, Anteilnahme, Ratlosigkeit? Brockmann sah zu Donata am Rand des Schreibtischs, *ihr* Blick war ratlos. Oder hilflos. Aber selbst wenn, dachte er, ein unsicheres Lächeln im Gesicht, selbst wenn ich schon unterschrieben hätte in Guangdong, es ist nicht mehr eure Sache. Von einer Sperrfrist steht nämlich auch nichts in unseren Vereinbarungen von damals (gestern Abend noch einmal gelesen), ich kann tun und lassen, was ich will. Auf Treu und Glauben. Die Hand drauf. Auf Ehre. Sofern man eine zu verlieren hat. Hatte man? Zu jener Zeit, als man in Personalbüros einfach reinmarschierte, um sich nach Arbeit zu erkundigen. Ist was frei? Ab wann könntest du? In den Ferien, fünf Wochen, und am liebsten nachts, wegen der Zulage. Über achtzehn? Ja. Wie wär's mit ... Pförtner, von sechs bis sechs, komm nächste Woche vorbei, dann weist der Kollege dich ein. Eine Außenstelle von Rheinmetall, eine Gießerei auf halbem Weg nach Hüls, links eine Siedlung, rechts Verwaltungsgebäude, dahinter ein Bahndamm, Felder. *Otis Redding* oder die *Temptations* aus einem Kassettenrecorder, saß man in einem verglasten Häuschen zur Ausfallstraße, die am Betriebsgelände vorbeiführte, ließ sich Papiere zeigen, öffnete hin und wieder die Schranke für einen LKW, irgendeinen Lieferwagen. Durch das Hallentor sah man nachts Funken sprühen, manchmal das rotgelbe Gleißen von flüssigem Stahl, der in Steinformen gefüllt wurde. Arbeiter mit klobigen Schutzhelmen, deren Visiere heruntergeklappt waren, die vorne beim Guss in Hitzeanzügen (oder wie so'ne Dinger heißen) aus silbrigem Material. Peps machte große Augen, als er das sah, extreme Arbeit, die einem Respekt abnötigte. Archaisch auch, wie einst in der Bronzezeit. Oder, was meinst du, Jochen, Eisenzeit? Keine Ahnung, hatte er wahrscheinlich gesagt, Speerspitzen, Töpfe, was haben die hergestellt? Peter tauchte des Öfteren auf, um sich für eine Nachprüfung in ... Mathematik Instruktionen einzuholen, erklär mir mal das mit der Exponentialfunktion, warum und wozu und überhaupt. Als wäre man selber ein As darin gewesen, aber Peps war ein algebraischer Idiot, sein Gehirn nicht für Derartiges ausgelegt. Gut reden konnte er, tolle Aufsätze schreiben (wie im Klischee, was?), auch wenn die immer aufs Gleiche hinausliefen, Revolution muss her. Ja, vielleicht, nur nicht mit den ganzen Pennern, die einem ununterbrochen auf den Sack gingen, und da blieben nicht mehr allzu viele übrig. Wo er gewesen war, was ihn so beunruhigte, als er in London plötzlich vor der Wohnung stand, nachdem er sich die Adresse am Telefon besorgt hatte (Tach, Frau Brockmann), hatte man ihn nie gefragt, man konnte sich seinen Teil denken. Und wenn man was nicht war, um keinen Preis der Welt, dann ein Kumpelanscheißer, Ehrensache. Ian Cardew, der hat ihn wieder runtergebracht, mit seiner Frohnatur (und seinen Pillen), eigentlich das Gegenteil von ihm, außer dass sie beide schwul waren, was man erst erfuhr, von Peter (obwohl es schon längst Vermutungen gegeben hatte, diesbezüglich, Ian hatte es einem gleich beim Einzug auf die Nase gebunden), als man das junge Glück (hält wohl bis heute, unfasslich) eines Morgens im Bett überraschte ... have a drink with us. Diese Verklemmtheit damals noch, Tabus ... wer nicht dabei war, wird's nicht glauben wollen ...

»Es tut mir so leid«, sagte Donata, die ihn zur Tür begleitet hatte. Sie trat mit Brockmann nach draußen und reichte ihm die Hand. Er küsste sie auf die Wange, sie ihn auch, dann drehte er sich rasch um und ging. *The future ... to make it.*

* * *

Ángel Barroso (nennen wir ihn weiter so, denn was sind schon Namen ...), einen kleinen schwarzen Rollkoffer zur Seite, hatte bei prächtigstem Wetter, es war später Vormittag, einen der letzten freien Stühle im Caffè San Carlo ergattert, den weiten, von Arkaden gesäumten Platz vor Augen, auf dem Tisch einen Cappuccino und ein Hörnchen (mit Vanillecreme). Er war ein paar Tage zu früh dran, sei's drum, würde er sich eben ein bisschen in der Stadt umschauen. Oder was auch immer tun, aber er brauchte, wie nach jeder Zusammenarbeit, jeder Aktion mit Sylvester, Zeit für sich, um alles wieder aus dem Kopf herauszubekommen. Was er zu erledigen hatte, stellte keine Herausforderung dar, für die es galt Spannkraft aufzubauen, unsubstantiell. Mochten andere anders darüber denken, er hatte seine eigene Meinung. Zumal er die Wette gewinnen würde, selbst Sylvester konnte sich ab und an täuschen, davor war niemand gefeit. Ein Versuch, ein Testlauf, jedoch nichts, was sich im Nachhinein nicht korrigieren ließe. Oder einfach vergessen, was soll's, sein Wille geschehe.

Er stippte das Hörnchen in den Schaum, in den Kaffee, und beugte sich vor, seine Krawatte zurückhaltend. Sehr gut, die Essen im Flugzeug hatte er dank einer Tablette verschlafen, im Zug von Mailand aus seinen knurrenden Magen mit ein paar geschwefelten Datteln und Aprikosen beruhigt, die er stets in einer Blechdose bei sich führte. Behagen machte sich breit, alles perfekt, jetzt und hier. Diese alten europäischen Plätze, ihr barockes Regiment, sprachen ihn außerordentlich an (wie weniges sonst, nicht nur architektonisch), und dazu heute noch in einer strahlenden, blendenden Frühlingssonne, die den Fassaden der Palazzi, den Kirchenkuppeln marmornen Glanz verlieh, Alabasterglanz, wie für die Ewigkeit. Als stünden sie schon immer an Ort und Stelle, geschaffen zu Anbeginn der Welt nach Tag und Nacht, nach Pflanzen, Sternen und Getier ... so kann man sich irren, dachte Ángel, aber ein erhabener Irrtum, voller Schönheit und Symmetrie ... verrückt. Zu glauben, Stein sei Macht, sei Zeit, der selbst der Tod nichts anhaben könnte. Bei allem, was uns lieb und teuer ist: welch eine Verschwendung von Energie und Intelligenz. Anstatt sie der Erkenntnis der Wahrheit zu widmen, das höchste Licht zu befreien aus den Umhüllungen, worin es gefangen ...

Lehrreich, er schob sich das letzte Stück des Hörnchens in den Mund, wischte sich mit einer dünnen Serviette die Mundwinkel, wenn man eine Ader für derlei Zusammenhänge hat, Wirkungen. Aus Falschem lässt sich alles schließen und alles mit demselben Recht, darin besteht nicht das geringste der Probleme. So dass ... will man den Weg, den etwas folgenschwer genommen hat, zurückgehen und erklären (sperrt die Ohren auf ... aber das könnt ihr ja nicht), muss man ihn Punkt für Punkt, Station für Station von all den Makeln reinigen, die ihn beflecken und verdüstern – schon wieder eine unheilvolle Wahl getroffen, an dieser Stelle, seht ihr? Weil die Grundvoraussetzung nicht stimmt, man nicht fähig ist (dafür spricht ja nun die ganze Geschichte, Band um Band um Band), die Ursache aller Ursachen zu begreifen. Würdig das Lamm, das geschlachtet ward, zu empfangen Macht und Reichtum, Weisheit und Ehre und Herrlichkeit, lobpreiset ...

Ob er noch etwas wolle? Ja, sagte Ángel, einen BrancaMenta, schön viel Eis. Warum auch nicht, er hatte Urlaub, das freie Wochenende würde er genießen, wie es ihm gefiele. Keine Anrufe, keine Verpflichtungen. Um ihn herum Geschnatter und Blicke, die sich kreuzten, nichts anderes war zu erwarten. Trost, den man sich spendet, kleinkarierte Träume. Wie die Leute ihr Leben gestalten, um ihm eine Winzigkeit Inhalt zu geben, puh ... Küsschen, Küsschen, das hört nie auf. Bis es zum Erwachen kommt, immer zu spät. Dann werden Stoßgebete nach oben gerichtet in der Hoffnung, es noch einmal hinbiegen zu können. Doch noch von der Schippe zu springen. Für was denn? Tja, so was überlegt man sich besser vorher, heute zum Beispiel. Oder nächsten Monat, aber nicht auf den letzten Drücker. Nachzudenken, wen man um Hilfe bitten könnte. Um Aufschub. Und zu welchen Bedingungen ... was hättet ihr als Einsatz zu bieten? Damit's nicht die Wendung nimmt, vor der ihr euch am meisten fürchtet. Bibber, bibber. Öffnet einfach die Augen, guckt hin. Weil, in Sylvesters trefflicher Formulierung, wenn ihr nicht versteht und erfasst, was unter euch ist, wie wollt ihr verstehen, was über euch ist? Wie wollt ihr überhaupt etwas verstehen? Beantwortet das. Versucht es doch wenigstens mal.

Die Sonne kitzelte ihn im Gesicht, er musste nießen, putzte sich die Nase mit der dünnen Serviette.

»Danke.«

Ángel hob das Glas vom Tisch und schwenkte es behutsam im Kreis. Der erste Schluck ist der beste, auch ein Gesetz. Er schnupperte, ah ... dieses leicht bittere, leicht minzige Aroma, genau sein Fall. Genau das, was ihm gerade zu seinem Glück noch fehlte. Umzingelt von Wahnsinn, von Unordnung. Die Arbeit nahm nie ein Ende.

* * *

»Genauer!«

Angelika Volkhart hatte einen Arm fest um seine Hüfte geschlungen, Jochen hielt sie um die Schultern gefasst, oben an einem der rötlich gepflasterten Wege, die von der Promenade zum Strand hinunterführten.

»Neunzehnhundert ...«

»Ja ...«

»Knick in die Pief.«

Sie sah ihn lachend an.

»Was?«

»Sagt man so.«

»Und das heißt?«

»Einen Knick in der Pfeife haben«, sagte Brockmann, worauf sie noch mehr lachte, den Kopf schüttelte.

»Wenn einem etwas nicht mehr einfällt ... glaube ich. Eigentlich kann ich gar kein Platt.«

»Aber jetzt konntest du.«

»Bei uns zu Hause wurde Hochdeutsch gesprochen. Dialekt war Unterschicht.«

»Bei uns auch, Hochdeutsch. Mehr oder weniger ... mein Vater kam aus Berlin.«
Sie nickte. Als riefe sie sich ein Bild, eine Szene, ins Gedächtnis.
»Und deine Mutter?«
»Aus Rostock. Die hat Leipzig gehasst, aufrichtig und abgrundtief.«
»Ideale Basis für ein glückliches Zusammenleben.«
»Joa, darf man laut sagen.«
»Gehen wir an den Strand?«
»Du hast meine Frage noch nicht beantwortet.«
»Ich weiß nicht genau ... genauer, wann ich zum letzten Mal in Zandvoort war. Sechsundsiebzig«, Brockmann zuckte mit den Achseln, »achtundsiebzig?«
»Zu lange her, was«, sagte Angelika, »lass uns runtergehen.«

Ihre Idee, ans Meer zu fahren, der er sofort zugestimmt hatte, als sie am Morgen auf der kleinen Terrasse ihrer Dachwohnung mit Kaffeebechern in den Händen, barfüßig, sie in einem T-Shirt, das kaum ihren Hintern bedeckte (ja, is' so), er in Boxershorts, nebeneinanderstanden und über das Frühlingsgrün des Vondelparks einen Straßenzug weiter blickten, zu glänzend das Wetter (ein bisschen frisch noch, Wind), um es nicht zu tun, wer Mut hätte (du oder ich?), würde sich vielleicht sogar ins Wasser wagen, obwohl ... das sei noch kalt, das garantiere sie ihm, werde man testen. Und dir vorher eine Badehose kaufen.

Natürlich, eingepackt hatte er keine, an Schwimmen, Meer, Nordsee überhaupt nicht gedacht. Er war aufgeregt gewesen ... hätte er ein Geschenk besorgen sollen, wieso? Was? Sie hatten seit seiner Rückkehr aus São Paulo noch ein paar Mails gewechselt, kurze Mails ohne jeden Zierrat, nächstes Wochenende, Flug, Ankunftszeit (ich freu mich sehr, dass du kommst, ich freu mich auch sehr), doch schon die Frage, ob er bei ihr wohnen würde (aber Jochen!), war weder angeschnitten worden noch beantwortet. Man kannte sich nicht, wusste nicht mehr voneinander als das, was er, was sie, im Restaurant, auf der Straße, in dieser Bierbar von sich erzählt hatte, Bulk Carrier, Coating and Printing, da würden Sie nicht leben wollen. Ob er nicht ins Hotel müsste, weil ... leider bin ich verheiratet, mein Oller sitzt zu Hause am Computer (und essen geh ich öfter mal allein). Sein Gefühl sagte ihm, dass es nicht so sei, bereits der Gedanke daran frevelhaft, bloß ... wie ernst ist es denn? Ernst, hatte Brockmann vor seiner geöffneten Reisetasche gemerkt (und nicht nur sich eingeredet), herzklopfend. Alt genug bist du ja, um Vergleiche anstellen zu können und auch um es bleiben zu lassen, jetzt ist jetzt, Vergangenes vergangen. Es ruhe in Frieden, im Fotoalbum, in dem Karton mit alten Briefen. Die nie mehr gelesen worden sind, aufgehoben nur, weil man Briefe (Liebesbriefe) nicht wegschmeißt. Warum? Ein schlechtes Omen? Versaut das Karma ... oder wie sie dazu sagten, Heidi. Fernöstliche Magie. Sich handstreichartig jede weitere Grübelei verbietend (du willst und du wirst nach Amsterdam fliegen!), hatte er den Reißverschluss der Tasche geschlossen und ein Taxi gerufen. Denk an was Schönes.

An sie hatte er gedacht, auf dem Weg zum Flughafen, während des Fluges, sich ihr Gesicht vorgestellt aus seiner Erinnerung an jenen Abend, ihren Mund, den Klang ihrer Stimme, das nachlässig hochgesteckte, aschblonde Haar, die Lachfalten um ihre Augen (braun, graublau?), die unbekümmerte Geste, mit der sie auf den freien Platz an ihrem Tisch deutete ... und dann plötzlich die Karte herüberreichte und ihn aufforderte, ihr etwas zu empfehlen ... ohne dass sie zuvor ein Wort gewechselt hätten, als wäre es die selbstverständlichste Sache der Welt. Als könnte es auch nichts anderes geben zwischen ihnen, nicht solche Kleinigkeiten, über die man ins Stolpern geriete, die den Blick veränderten. Ausgeschlossen.

Ja? Weiß man's nicht besser? Nein, weiß man nicht, hat's vergessen, verdrängt oder biegt sich es hin, wie man's braucht. Und außerdem ... was ist denn Liebe, sonst? Möge das einer einem mal verraten, wenn er eine Idee davon hat. Um auszudrücken, was Brockmann empfand, als er die Ankunftshalle betrat, wo Angelika auf ihn wartete und leise (im Lärm des Flughafens) »Na«, sagte, »haben Sie einen Termin in Amsterdam, Herr Brockmann?«

»Bin ich bei Ihnen richtig?«

»Kommt drauf an, was Sie hier wollen. Ich könnte Sie in die Stadt mitnehmen.«

Er stellte seine Reisetasche ab.

»Nein?«

»Ich bin etwas nervös.«

»Unnötig«, Angelika legte ihre Hände auf seine Schultern und lächelte, »das kriegen wir hin.«

Dann hatte sie seine Tasche genommen und ihn mit einer Kopfbewegung aufgefordert, ihr zu folgen. Im Auto fragte sie, ob er hungrig sei, ob sie irgendwo etwas essen sollten. Indonesisch aber nicht, hatte Brockmann geantwortet, mit Indonesien sei er durch, vielleicht holländisch, er hätte Lust auf, wenn es ihr nichts ausmache, Frikandel speciaal, Pommes und ein Bier.

»Ich muss gestehen«, sagte sie am Tresen des Imbisswagens, neben dem sie angehalten hatte, »dass ich so eine Frikandelle noch nie probiert habe. Obwohl ich schon«, sie öffnete eine Hand, streckte nacheinander einmal schnell die Finger aus, »mehr als zehn Jahre in den Niederlanden bin.«

»Und?«

»Essbar. Prinzipiell.«

»Höre ich da eine gewisse Begeisterung heraus?«

»Ja«, sie grinste ihn an, »lecker.«

»Deshalb trinkt man ...«, er sah aufs Etikett der Flasche, »ein gutes Amstel dazu.«

»Dachte ich mir.«

»Wo hast du vorher gelebt?«

»Wovor?«
»Delta Reders, Amsterdam«, sagte Brockmann. War die Frage seltsam?
Angelika trank einen Schluck, wischte sich mit dem Handrücken über den Mund,
»DDR.«
Ach so, dachte er, grundlos.
»In Leipzig und ein paar Jahre in Berlin.«
»Ein Schulfreund von mir«, sagte Brockmann (wieso war er plötzlich verlegen?), »hat in Berlin studiert. Westberlin.«
»Und du?«
»In Köln.«
»Wirtschaft?«
»Wollte ich immer. Vielleicht ... ich glaube gar nicht, dass es in erster Linie um Geld gegangen ist. Bei der Entscheidung. Auch Geld, ja, aber ... ich hatte die Vorstellung, man würde ... man käme in der Welt rum. Möglicherweise.«
»Kommst du doch.«
Brockmann zog ein Päckchen Zigaretten aus seinem kurzen blauen Trenchcoat, bot ihr eine an.
»Ich«, Rauch trat aus Angelikas Mund, »ich bin Russischlehrerin. Eigentlich.«
»Russisch?«
»Ich mag die Sprache. Oder, sagen wir, mochte ich sehr gerne. Ich hatte eine Lehrerin, die ... die ich auch sehr gerne mochte«, sie warf den Holzpicker, den sie noch in der anderen Hand hatte, in die Styroporschachtel, auf die halbgegessene Frikandelle.
»Was ist denn da drin?«
»Die sind gewöhnungsbedürftig«, sagte Brockmann, »Entschuldigung.«
»Wir wollten uns nicht entschuldigen.«
»Nicht für so was.«
Sie umarmte ihn. Er ließ die Zigarette fallen und drückte sie an

sich. Dann hatten sie sich geküsst, neben der Imbisstheke, lange, waren Arm in Arm zum Wagen zurückgegangen und zu ihr gefahren.

Ob man einen geheimen Sinn dafür hat? Etwas, das man spürt, ohne sich damit zu beschäftigen, ohne daran zu denken, es sich auszumalen? Warum man jemanden anziehend findet, erregend? Alles an ihm, an ihr, nichts falsch oder reizlos sein kann, so wie er, wie sie ist, sich bewegt, spricht, einen berührt, Lippen, Zähne, Fingerspitzen, wie jemand riecht, schmeckt, eine Achsel, eine Brust, ein Knie, Hals und Ohrmuschel, Spucke, Schleim, man sich aneinanderpresst, hält, flüstert, eine Richtung zeigt, seufzt, sich dreht und windet, kniet, liegt, Bauch an Bauch, sich für Momente anstarrt, die Augen wieder schließt, um sich ganz dem zu überlassen, was gerade geschieht, mit ihr, mit ihm, nachdem sie in Angelikas Wohnung waren, in der Küche jeder aus einer Flasche Mineralwasser getrunken hatten, bevor er sein Gesicht, seinen Mund dem ihren langsam näherte, eine Hand auf dem Kühlschrank, ihren Atem hörte, ihn über sein Kinn streichen fühlte und sie den seinen genauso, wie sein Puls schlug, ihrer, im Hals, in der Kehle, in der Brust, rasend, ja, als wäre man gelaufen und gelaufen, komm, hatte sie tonlos gesagt, ihn mit sich gezogen in einen kurzen Flur, wo sie gegen die Wand gekippt waren, sich küssend, von Hemd und Pullover befreiend, um ein paar Schritte weiter auf ein Bett zu sinken, dessen Überdecke sie noch beiseitegeschoben hatte, um ihn dann zwischen ihre Beine zu nehmen, wo er wieder lag, halb auf der Seite, seinen Kopf in eine Hand stützend. Angelika streichelte seine Hüfte.

»Bist du früh aufgestanden?«
»Um sechs. Ich hab noch gepackt.«
Sie küsste seine Schulter.
»Ich hab mich nach dir gesehnt.«
»Ich ... ich auch ...«
»Bist du verheiratet?«

Jetzt küsste er sie, ihre Stirn, ihren breiten Mund, ihren Hals, ihre Brust, sah sie an, bis sie beide schmunzelten.

»Nee, bin ich nicht. War ich mal, aber das ist schon ... habe ich schon wieder vergessen.«

»Sollen wir ...«

»Wir sollten ...«

»Lass mich einen Augenblick nachdenken.«

»Eins ... zwei ...«

»Sagen wir mal ... sollen wir aufhören zu rauchen? Zusammen. Allein pack ich das nicht.«

»Zeit wird's.«

»Abgemacht?«

»Wie willst du das kontrollieren?«

»Ich vertrau dir.«

Er kam mit seinem Kopf flach aufs Bett, ihre Nasenspitzen berührten sich.

»Sollte ich Lust auf eine haben, würde ich dich sofort anrufen.«

»Oder mich besuchen.«

»Und dann redest du mir ins Gewissen. Jochen, sei stark.«

»Jochen, du bist stark.«

»Geht so.«

»Ich auch ... geht so.«

»Warst du verheiratet?«

»Vielleicht bin ich's ja noch.«

»Wirklich?«

»Quatsch«, sagte Angelika, strich sich Haare aus dem Gesicht, sie sei es aber gewesen, verheiratet, ein kleiner beziehungsweise eher ein mittelschwerer Fehlgriff, den sie nach fünf Stunden in der ersten gemeinsamen Wohnung sich habe eingestehen müssen, gut, nach zwei Monaten, in einem Neubauknast am Stadtrand, was die abendliche Wiedersehensfreude nicht gerade ins Unendliche gesteigert hätte.

»Kannst du das nachvollziehen?«

»Völlig.«
»Ein Romanist. Ich dachte, das passt. Also ... nicht nur wegen der Romanistik.«
»Hätte ja. Passen können. Dann wären wir uns nie begegnet. Im Blue Pepper.«
»Ein alter Bekannter hatte mich dahingeschickt. Ein Anruf aus Brasilien. Da warst du doch gerade auch ...«
»Ich bin für einen Kollegen eingesprungen, deshalb. Weil der sich ein Bein gebrochen hatte, der Saftsack.«
»Kein Freund von dir.«
»Würde ich nicht behaupten.«
»Seit wann arbeitest du für die ... diese Firma?«
»Basaldella. Aber ...«
»Was aber?«
Er sei draußen, sagte Brockmann, nicht mehr dabei, jedenfalls nicht bei denen. Wahrscheinlich habe er viel zu lange dort ausgeharrt, vierzehn Jahre, woanders gäbe es dafür einen Preis. Präsentkorb. Für treue Dienste. Im Dienst ergraut.
Angelika strich über seinen Kopf, die kurzgeschnittenen, stoppeligen Haare.
»Kahl geworden.«
»Kaum«, sagte sie, »ein bisschen. Gefällt mir.«
»Noch.«
»Nicht noch«, sagte Angelika, »wen interessieren ein paar Haare?«
»Mich«, sagte Brockmann, obwohl er voll und ganz bereit sei, sich in sein Schicksal zu ergeben ... haarmäßig. Was das andere betreffe, den Job ... er habe ein Angebot, über das er nachdenke, schon länger. Ohne zu einer Entscheidung gekommen zu sein, weil ...
»Weil?«
»Ein Unternehmen aus China. Und ... ich hab so Vorbehalte. Im Grunde irrational.«

Das wisse man doch immer erst hinterher, sagte Angelika, ob ein Vorbehalt sich bestätige oder in Luft auflöse, Ahnungen. Wie oft werde man von Ängsten geplagt, die mit der Sache selbst nichts zu tun hätten, reine Phantasieprodukte. Zu glauben, etwas nicht zu schaffen, weil man in bestimmten Mustern festhänge. Ständig vergleiche, letzten Endes den Spatz in der Hand allem Unbekannten vorziehe. Und mit zunehmendem Alter immer bereitwilliger, als verliere man, verliere man so ein Urvertrauen. Dass die Welt es gut mit einem meine.
»Hat die Welt es gut mit dir gemeint?«
»Ich kann nicht klagen. Du hast mir noch gefehlt«, sie lächelte, »vielleicht.«
»Bist du in deiner Reederei glücklich?«
»Ja ... na ja ... Glück.«
»Sonst wärst du Lehrerin.«
»Sicher nicht in Deutschland.«
»Weil man da kein Russisch mehr lernt.«
»Auch. Nein.«
»Weil Lehrerin sowieso nur eine Notlösung war.«
»Du hättest beim NKWD anheuern sollen. Als Verhörspezialist.«
»Wo?« Brockmann hob seinen Kopf.
»Als Agent«, Angelika zog ihn wieder zu sich herab, »im Kampf für den Fortschritt.«
»Scheiß auf den Fortschritt.«
»In die Steinzeit wollen wir aber nicht zurück.«
»Ich nicht.«
»Interessiert es dich, wie alt ich bin?«
»Nein.«
»Fünfundvierzig.«
»Ist kein Alter ... wie man im Rheinland sagt.«
»Kommst du aus dem Rheinland?«
»Niederrhein«, sagte Brockmann, »gar nicht so weit von hier.«

»Dann kennst du das ja.«
»Holland? Meine Eltern sind früher oft zum Einkaufen nach Venlo gefahren, die Kinder hinten im Auto ... wie hab ich das gehasst. Und später ...«
»Als du groß warst ...«, Angelika küsste ihn (heftig), ließ wieder von ihm ab, »weiter.«
»Wo waren wir stehengeblieben?«
»Später, Holland, du.«
»Ab und zu nach Amsterdam, ans Meer, Vlissingen. Vor allem ... aber nicht nur«, er streckte den Zeigefinger aus und machte ein betont ernstes Gesicht, »um uns mit Drogen einzudecken, ich, mich, Haschisch.«
Angelika blinzelte belustigt, ergriff seinen Finger, biss hinein.
»Hab ich noch nie geraucht«, sagte sie dann, »ist das ein Versäumnis?«
»Wie zwei Glas Bier. Aber illegal, darum wahrscheinlich.«
»Das kenn ich.«
»Erzähl mir.«
»Ach ... eigentlich gibt's da nicht so viel«, sagte Angelika. »Ich ... man musste aufpassen. Durfte sich nicht erwischen lassen.«
»Das ist immer das A und O.«
»Ein Verstoß gegen's Meldegesetz.«
»Frau Volkhart, Sie haben gegen's Meldegesetz verstoßen ... Himmel.«
»Ohne Visum quer durch die Es-es-es-er, wie wäre es damit?«
»Wenn du mir verrätst, was sich hinter der Abkürzung verbirgt.«
»Sowjetunion. Transit nach Rumänien, und in Kiew in einen Zug steigen, der Richtung Osten fährt. Und darauf bauen, dass bei einer Kontrolle das eine Visum, Transit, für's andere gehalten wird, die sahen ungefähr gleich aus.«
»Aufenthaltsvisum, so was?«

415

Angelika nickte.
»Und weiter?«
Sie rückte an Jochen heran, legte ein Bein über ihn. Umfasste seinen Hintern, ihre Zunge an seinem Hals.
»So geht's weiter.«
»Ich bin nicht mehr der Jüngste.«
»Wollen wir mal sehen.«
»Versuch's.«
»Bin ich schon dabei, entspann dich.«
»Ich spür was, das ... das ist gut.«
»Klar ist das gut«, flüsterte sie, sich an ihm reibend, »sehr gut sogar.«
War es, wie mit zwanzig (okay, einunddreißig), dass die Lust umstandslos wiederkehrt, ohne etwas genommen zu haben (bei Agnese mehr als einmal daran gedacht), alles war nass und flüssig und unkompliziert, wie er sie anfasste, Angelika ihn, sich an ihn klammernd, während er hart zustieß, auf den Rücken rollte, es ihr überließ zu tun, was sie wollte, an ihm, mit ihm, bis sie fast gleichzeitig kamen, nach und nach zitternd zur Ruhe kamen, ihr Gesicht, ihre zerzausten Haare auf seiner Schulter, seine Hand auf ihrem Rücken. So hatten sie für Minuten gelegen, schweigend, sie auf ihm, bis sie ihn fragte, ob sie nicht zu schwer für ihn sei, und er zurückfragte, ob sie jetzt anfange zu spinnen, was zu einem Gerangel führte, das er, ihre Unterarme festhaltend, für unentschieden erklärte, womit Angelika einverstanden war (ausnahmsweise), um ihm dann vorzuschlagen, rauszugehen, in den Park, ein Café, rumspazieren, oder ein Museum? Alte Meister, im Rijksmuseum? Oder ... auf den de Cuyp, das sei ein Markt, ein riesiger, und sie würden einkaufen, um sich am Abend etwas zu kochen. Einverstanden? Mehr als das, hatte Brockmann geantwortet, zuerst irgendwo einen Espresso trinken, dann auf den Markt, zu Fuß? Ein Stück mit der Tram, hatte Angelika gesagt, sie habe noch wacklige Knie, Berserker. Man spreche wohl von

sich selbst, hatte er entgegnet, er erinnere sich da gerade an was ...
er küsste sie auf die Stirn, stand auf und zog sie aus dem Bett.

Hand in Hand (ja, natürlich) von einer Kaffeebar ums Eck ihrer Wohnung zur Haltestelle der Straßenbahn schlendernd, hatte sie ihm (»Was war das vorhin mit Russland, ohne Visum?«) die Geschichte von ihren beiden Fahrten erzählt ... bis nach Usbekistan, Tadschikistan, und nie in die Bredouille geraten. Nur bei der Ausreise habe es einige Probleme gegeben ... während man bei der Einreise in die Sowjetunion ja ein gültiges Transitvisum für Rumänien oder Bulgarien besessen habe, über Kiew, das sei eine gängige Route gewesen.

»Und warum?«

»Sechstausend Kilometer, eine einzige Sprache, keine Grenzen mehr.«

»Das Vaterland der Werktätigen.«

»Kein Grund, sich darüber lustig zu machen.«

»Überhaupt nicht, wollte ich nicht.«

»Red dich nicht raus«, sie hakte sich bei ihm ein, »zu spät.«

»Du konntest gut Russisch.«

»Das hat uns weitergeholfen. Eine junge Bürgerin aus Riga, die mit zwei Freunden im Gepäck den Süden erkundet.«

»Asien.«

Sie würde es Orient nennen, sagte Angelika, orientalische Kultur, die sich sehr unterschieden habe von allem, was man kannte, Klima, Bauwerke, die alten Städte, verrauchte Teestuben, Garküchen. Und die Leute, manche in traditioneller Kleidung, die Männer mit so bestickten Käppis auf dem Kopf, seien ein ganz eigener Schlag gewesen, freundlich, hilfsbereit. Ob er sich vorstellen könne, was das bedeutet habe, Palmen, Moscheen, wie hätte man das damals anders zu Gesicht bekommen können?

»Ihr seid nie kontrolliert worden? Ich dachte immer ...«

»Im Zug hat keiner je den Pass sehen wollen, ich weiß nicht, ob das Glück war, die übliche Schlamperei ...«

»Und Essen, Unterkunft?«

»Also ... gesprochen hab nur ich, mein Russisch ist beinah akzentfrei. Außerdem, wenn man was brauchte, das legal nicht zu beschaffen war ... es wurde alles, hattest du Geld, unter der Hand verkauft, alles. Defizitwaren, Medikamente. Es war Sommer, es war warm, heiß, man konnte draußen schlafen, sich auf den Bauernmärkten versorgen, Zitronen, Kürbisse, Paprika, Lammfleisch, für uns ... unglaublich.«

»Hattet ihr keine Angst, erwischt zu werden?«

»Nö. Um jede Uniform einen großen Bogen gemacht.«

»Ich dachte immer ...«

»Was dachtest du, Jochen?«

»Es wäre strenger zugegangen, im Osten. Wie soll ich sagen, Polizeistaat ...«

»Mein Süßer, du überschätzt ...«

»Ich bin dein Süßer?«

Angelika schenkte ihm einen verführerischen Blick, er legte den Arm um ihre Schulter.

»Beim Fahrkartenkauf wurde nicht geprüft, ob der Standpunkt der Arbeiterklasse wackelt. Das nun echt nicht.«

»Hat er bei dir gewackelt?«

»Ich wollte schon ... ich hatte mich schon früh entschieden, in der zehnten oder elften Klasse, Russisch zu studieren, da hatte man's leichter. Bei Beurteilungen und so.«

»Gewackelt oder nicht?«

»Auf schwankendem Grund, das ganze Leben.«

Sich im Gehen küssend, stießen sie gegen einen Passanten, der an einer Kreuzung wartete.

»Excuus, Mijnheer«, sagte Angelika, der Mann wandte sich mit mürrischem Gesicht wieder ab. Sie schnitt ihm eine Grimasse hinterher.

»Wir müssen auch rüber, zur Straßenbahn.«

»Wo sind wir hier?«

»Amsterdam, Niederlande, Europa.«
»Ach was.«
»De Lairessestraat, hilft dir das weiter?«
»Unbedingt.«
»Da kommt eine, los.«

Ein Platz am Gang war frei in dem Wagen, in den sie gestiegen waren, sie setzte sich seitlich auf seinen Schoß. Das Entfernteste, wo sie gewesen sei, beantwortete sie seine Frage, sei Duschanbe gewesen, die Hauptstadt von Tadschikistan, nur noch zweihundert Kilometer bis zur afghanischen Grenze. Sehr fremdländisch, trotz der sowjetischen Architektur, der Statuen, die es dort wie überall gegeben habe ... der liebe Genosse Lenin weist uns den Weg. Angelika streckte den Arm aus, den Kopf leicht in den Nacken gelegt.

»Und dann seid ihr den ganzen Weg wieder mit der Bahn zurück?«

»Klar, wie sonst?«

»Aber ihr hattet nicht das richtige Visum.«

»Das war das Problem, bei der Ausreise.«

»Also Knast.«

Nein, man sei nicht verhaftet worden, man habe ihnen nur die Pässe abgenommen mit der Aufforderung, in zwei Tagen noch einmal zu erscheinen. Was blöd gewesen sei, weil man nichts zum Schlafen gehabt habe, von wegen Hotel oder Wohnheim.

»Was habt ihr gemacht?«

»Bahnhof, Wartesaal. Auf ein Dach. Durfte eben nicht regnen.«

»Und es gab dann einen Prozess.«

»Eine Art Bußgeld. Nach Kamtschatka mussten wir nicht.«

»Hört sich einigermaßen zivil an.«

»Und das Bußgeld zahlte man am besten in rumänischer Währung, die man vorher getauscht hatte. Das war am billigsten.«

»Bloß nicht in Mark.«

»Bloß nicht. Als sie uns zum zweiten Mal, nach der zweiten Reise, beim Wickel hatten, wurde es allerdings ernster, mit Drohungen. Die hatten ja unsere Namen, da hab ich Schiss gekriegt. Bin auch nicht mehr gefahren, so.«
»In der DDR hattest du deswegen keine Schwierigkeiten?«
»Ich vermute mal, die Organe haben das nie erfahren. Ich weiß es nicht.«
»Sonst wäre es vielleicht nichts geworden mit Lehrerin.«
»Wenn man über alles ewig nachdenken würde ...«
Sie stand auf.
»Nächste Haltestelle.«
Es war nicht weit bis zum Markt, Brockmann fühlte sich heimisch, Arm in Arm mit Angelika durch eine holländische Stadt, durch Amsterdam (Europa) laufend. Woran es lag? Am roten Backstein der Häuser, an Sprachfetzen, deren Klang ihm wohlvertraut war, auch wenn er fast nichts davon verstand, Gesichtern, Gesten, wie man sich bewegt, in der Menge zwischen den Ständen am Straßenrand voranschiebt, geht, steht, handelt, lag es an ihr, am Wetter, Hormonen, der DNA? Er hätte es nicht sagen, nicht ausdrücken können, wahrscheinlich alles zusammen und zugleich ... traumwandlerisch. Bis auf das lädierte Knie, das sich plötzlich in Erinnerung rief, ein heftiger Stich, der sein Bein einknicken ließ. Angelika fing ihn auf. Der Meniskus, erklärte Brockmann, nichts Schlimmes, eine kleine Operation, der er sich irgendwann werde unterziehen müssen, er sei bei einem Orthopäden gewesen. Aber schon wieder vorbei, der Schmerz, wie eine Nadel ...
»Du solltest nicht mehr Fußball spielen.«
»Mit einem irren Nordiren.«
»Der hat dich getreten?«
Niemand habe ihn getreten, sagte er, er sei nach dem Ball gespurtet, was er nicht hätte tun sollen, da er schon vorher etwas gespürt habe, purer Leichtsinn. Man erkenne seine Grenzen oft

nicht, glaube, noch mithalten zu können, vor allem wenn ein Kollege, Sean, einen aufgefordert habe, in seiner Truppe den linken Verteidiger zu geben, Freizeitliga, Bolzplatz, capito?
»Capito, capito«, sagte Angelika, »was kochen wir?«
»Deutsch?«
»Was ist für dich deutsch?«
»Tja ...«, Brockmann schloss die Hand um den kleingefalteten Einkaufsbeutel in seiner Manteltasche, »Rouladen. Rosenkohl ...«
»Nein«, Angelika, entrüstet, »damit verjagst du mich.«
Auf keinen Fall, sei nur so eine Idee gewesen. Der Idee stimme sie zu, sagte Angelika, Rouladen, aber wie bei allen Ideen wären die Details entscheidend.
»Wie wahr.«
»Mangold.«
»Gut.«
»Dann lass uns hier einen Fleischer suchen. Ob der Rouladen hat. Mit Gurken und Senf?«
»Und feinem Speck.«
Der gehöre da immer rein, bestätigte Angelika noch einmal, anders kenne sie es nicht, als sie in ihrer Küche eine Zwiebel schnitt, während Jochen in der Spüle, in einem Sieb, die Mangoldblätter wusch. Sie dann vorsichtig mit Krepppapier trocknete und ins Sieb zurücklegte.
»Roher Schinken ginge auch.«
»Wenn man welchen hätte.«
Er riss eine Packung Maisgrieß auf, sah hinein, stellte sie wieder auf die Anrichte.
»Die Polenta mach ich zum Schluss, das braucht nicht lange.«
»Zuerst die Rouladen. Eine Stunde?«
»Mal gucken.«
»In der Schublade vor dir sind Zahnstocher, ich dachte, damit ...«

»Perfekt.«
»Kochst du, in Turin?«
»Für mich alleine nicht, ein Kotelett.«
»Du isst mittags in der Firma.«
»Ich aß. Ganz ordentlich sogar.«
Angelika ächzte, wischte sich mit dem Handballen Tränen aus den Augenwinkeln.
»Bleibst du ... angenommen, du würdest für diese Chinesen arbeiten, ziehst du dann dahin?«
Wenn er, sagte Brockmann, bei denen wirklich unterschriebe, was momentan nichts wäre als eine Möglichkeit, müsse man eine Regelung finden, die seine Anwesenheit dort auf ein Minimum beschränke, keine Wohnung, sondern Hotel, soundso viele Wochen im Jahr beziehungsweise zu festen Terminen, Strategieplanung, Koordination. Pearl River Delta, das Hinterland von Hongkong, da würde man nicht seine Tage verbringen wollen. Autobahnen und Hochhäuser, Fabriken, ein Verkehr wie, wie ... unbeschreiblich. Er vermute, man müsse Chinese sein, um es in solchen Städten länger aushalten zu können, und dazu noch Smog und Luftfeuchtigkeit, dass es nicht mehr feierlich sei.
»Zum Feiern ist da niemand.«
»Abends besäuft man sich.«
»Du?«
Ob es sich um Vorurteile handele, Brockmann legte die Rouladen auf einem großen Schneidebrett aus, Starrsinn, Luxusansprüche, kulturelle Unsensibilität, bitte ... er stockte.
»Ja?«
»Ich bin der Letzte, der Geld, nicht wenig Geld, einfach von sich wiese, aber ...«
»Das große Aber.«
»Ich weiß es nicht, mir kommt das alles sehr, sehr fremd vor. Im Sinne von ... so haben wir nicht gewettet.«
»Mit wem man auch immer gewettet hat.«

»Wo ist Salz?«
»Auf dem Regal vor dir, Pfeffer und Salz.«
Gott erhalt's, dachte er, nicht verstreuen.
»Schließ doch einen Vertrag, in dem deine Präsenz genau geregelt ist ... Montag bis Mittwoch, von zehn bis zwei.«
»Und Mittwochnacht bin ich dann hier.«
»Wie lange fliegt man von da?«
»Zwölf Stunden.«
»Also eher Donnerstagmorgen.«
»Verstehst du, was ich meine?«, fragte Brockmann, das Fleisch salzend und pfeffernd.
»Lebensplanung?«
Er drehte sich zu ihr um.
»Ich hatte mein Leben nicht geplant, wie so Punkte, die man nacheinander abhakt. Karriere, Frau, Kinder, Haus. Ich gebe zu, dass ich Erfolg haben wollte, der Beste sein wollte, in meinem Bereich. Das hat mir Spaß gemacht, macht mir Spaß, Aufträge reinholen, Verhandlungen, Anlagen maßschneidern, um die Welt fliegen, gute Hotels, nee ...«, er lächelte, »Spitzenhotels. Ich hab nicht schlecht verdient, ich bin nicht Millionär, aber schon ganz ordentlich. Ein Konto in der Schweiz, eine Eigentumswohnung, eine Sammlung. Ich sammle Zeichnungen, seit dem Studium, Gegenwartskünstler, die mir gefallen und die ich bezahlen konnte. Und noch kann. Wobei die Betonung auf dem ›noch‹ liegt. Meiner Tochter das Studium finanzieren. Dinge, über die ich nie groß nachgedacht habe, irgendwann sitzt man im Vorstand, oder sagen wir, im erweiterten Vorstand, Geschäftsführung, alles super, alles paletti. Ich war vierzehn Jahre bei denen, weil ... das kommt ja nicht mehr so häufig vor ... danke«, er nahm das Glas Wein, das Angelika eingeschenkt hatte, und trank einen Schluck, »weil, vierzehn Jahre, ich war ... Turin und so weiter, war ich mit zufrieden. War okay, entsprach meinen Vorstellungen. Beziehungsweise ... entsprach der Art und Weise, wie ich gelebt habe,

also ... das lässt sich nicht trennen. Wie ich gelebt habe, mit wem, der Job, die Stadt, meine Tochter, die ich praktisch, aber das ist eine andere Geschichte, für die ich praktisch allein zuständig war, es kam, wie es kam, kein Problem. Während jetzt, ich meine, ich hab keine Träume, denen ich nachjagen wollte oder bisher nachgejagt wäre, um jeden Preis, wie ein innerer Zwang, insofern, die Kündigung, ja, Scheiße, aber ... wovon träumt man? Was hält einen am Laufen?«

Angelika rieb drei Finger aneinander.

»Sonst nichts?«

Sie zündete sich eine von seinen Zigaretten an, verfolgte mit ihrem Blick den stoßweise aufsteigenden Rauch. Sah Brockmann in die Augen.

»Je nachdem, wie man's betrachtet. Philosophisch. What makes the world go round, warum, wieso, weshalb. Kann ich dir auch nicht beantworten, einfach so, müsste man aber, wenigstens für sich selber, um rauszukriegen, welche Träume überhaupt Sinn machen. Damit man nicht nach zwei Schritten schon vor die Wand läuft.«

»Realistische Träume, so was gibt's nicht.«

»Wovon sprechen wir, wenn wir von Träumen sprechen? Ziele? Was für Ziele, materielle, ideelle ... ein besserer Mensch werden?«

»Motivation. Der Antrieb zu handeln. Sich ins Zeug zu legen.«

»Träume können sehr unschön sein. Asozial.«

»Dann sollte man's lassen.«

»Wenn man's kann.«

»Träumst du von etwas?«

Nachdem sie einen gelben Plastikaschenbecher, auf dem der Schriftzug Ricard stand, von der Fensterbank genommen hatte, um die Zigarette abzuklopfen, schüttelte Angelika den Kopf. Hob dann die Schultern. Keine Tagträume, die Zukunft in goldenem Schein. Je älter man werde, desto weniger Zukunft sei überdies vorhanden. Was sich pessimistischer anhöre, als sie es meine, sie sei keine Pessimistin, nie gewesen. Nur habe sie heute ein anderes Verhältnis zur Wirklichkeit, als vor, vor ... zwanzig Jahren. Natürlich auch, weil die Wirklichkeit nicht mehr dieselbe sei. Durchschaubarer und verwickelter zugleich, also eigentlich undurchschaubarer. Wie man sich in bestimmten Situationen entscheiden solle, was das Zweckmäßigste wäre.

»Frag mich.«
»Jetzt machen wir erst mal die Rouladen.«
»Zwiebeln, Gurken, Senf.«
»Sofort, mein Herr.«

Sie kochten, aßen, spazierten noch durch den Park, rauchten auf einer Bank eine gemeinsame Zigarette. Die letzte? Vielleicht für heute.

Die vorvorletzte (der Genauigkeit halber), sie kamen überein, es sei nur zu schaffen, ein Leben ohne Nikotin, wenn man länger zusammen sei, länger als ein Wochenende, um sich gegenseitig zu bestärken in Krisenmomenten. Nach dem Essen, nach dem Frühstück, am nächsten Morgen, jeder mit einem Kaffeebecher in der Hand, auf ihrer Terrasse (Jochen, nein, Angelika, nein), bevor sie beschlossen hatten, ans Meer zu fahren ... nach dem Kauf einer Badehose für ihn eine halbe Stunde mit dem Zug, vom Hauptbahnhof durch die Stadt, Vorstädte, eine ausgedehnte, begrünte Dünenlandschaft bis Zandvoort aan Zee, ein leichter Wind wehte und ließ die Werbefähnchen am Dach eines Cafés flattern, zu dem man von der Promenade hinunterging, Angelikas Arm um seine Hüfte geschlungen, er die Tasche mit Handtüchern, Decke und Sonnencreme über der Schulter (ich hab noch welche, im Badezimmer, guck mal in den Spiegelschrank), an der Treppe zur Glasveranda des Cafés vorbei auf den Strand, über dem sich ein fast makelloser blauer Himmel erstreckte, das Wasser nur wenig bewegt, flach anlaufende Wellen, deren Gischt feine, sich windende Linien bildete. Wie schön. Eine Zeitlang saßen sie schweigend nebeneinander und blickten aufs Meer, wo hin und wieder die Silhouette eines Frachters zu sehen war ... als stünde er still, so weit entfernt am Horizont. Obwohl sie in einer Reederei arbeite, sagte Angelika irgendwann, sei sie noch nie mit einem ihrer Schiffe mitgefahren, unbegreiflich, oder? Solle sie sich doch zu einer Tour anmelden, wenn das möglich wäre, sagte Brockmann, er begleite sie ... wenn er dürfe. Dürfe er, antwortete sie, vielleicht von Manaus den ganzen Amazonas runter, über den Atlantik, bis ...

»Hamburg?«

Meist Rotterdam, sagte Angelika, wäre das akzeptabel? Ausnahmsweise, sagte Brockmann, für sie würde er eine Ausnahme machen.

»Beruhigend zu hören.«

»Glaub mir.«

»Glaube«, sie vergrub ihre Zehen im Sand, »versetzt bekanntlich Berge.«

»Ich erzähl dir alles.«

»Wo willst du anfangen?«

»Ja ... am Anfang.«

»Sternzeichen?«

»Steinbock.«

»Aszendent?«

»Keine Ahnung«, sagte Brockmann, »ist das wichtig?«

»Absolut.«

»Dann war's das?«

So schnell komme er ihr nicht davon, sagte Angelika, sein Aszendent würde sich in Erfahrung bringen lassen. Ob sie Horoskope lese, fragte er, sich damit beschäftige. Nicht zu sehr, aber eins sei für sie genauso gut wie's andere. Was Prognosen betreffe, warum jemandem etwas zustoße. Wer die Verantwortung dafür trage, man selber, die Planeten, was wisse sie, die Herkunft.

»Leipzig.«
»Zufall.«
»Warum?«
Ihr Vater habe für ADN gearbeitet, die Nachrichtenagentur, den hätten sie auch nach Erfurt schicken können. Oder Magdeburg oder sonstwohin, in irgendeines von deren Büros. Und als er nach Berlin zurückbeordert worden sei, sei die Ehe ihrer Eltern schon kaputt gewesen, von daher ...
»Der war Journalist?«
»Sozusagen«, sie streckte ihr Gesicht mit geschlossenen Augen der Sonne entgegen, »kein schlechter Mensch.«
»Lebt er noch?«
»Nein.«
»Meiner wird nächsten Monat fünfundachtzig. Große Feier. Hast du Lust mitzukommen?«
»Ich befürchte ...«
»Ich auch.«
»Dann ...«, Angelika streichelte über seinen Rücken, »sind wir uns einig.«

* * *

Nach dem Essen, nachdem die Flugbegleiterin Teller, Serviette und Weinglas von seinem Tischchen geräumt hatte, nahm er sich noch einmal das Buch vor. Von Küste zu Küste in Tausenden Variationen, kaum auseinanderzuhalten. Fotografien der Schulgebäude, der Sportanlagen, Klassenzimmer und Sprachlabor, hier der Theaterclub, da ein Schachclub. Dazwischen kurze Texte ... über beliebte Lehrer, das Football-Team beim Training, bei einem Spiel, ein Regal voller Neuanschaffungen in der umgestalteten Bibliothek. Der Jahrgang 1968/69, wie es in Prägebuchstaben auf dem Kunstledereinband stand, Erinnerungen, Schwarzweiß. Wo liegt Silver Spring, Maryland? Wahrscheinlich mitten im Nirgendwo (falsch, sechs Meilen nördlich von Washington D. C., aber das muss man nicht wissen), Höhepunkt der Woche die Fahrt ins Einkaufszentrum. Rasenmähen, Fernsehgucken, im Sommer Grillen hinterm Haus. Da kann man schon mal auf Gedanken kommen ...

Er drückte den Serviceknopf an seinem Sessel, bestellte sich einen großen Seagram's (hatten sie, einwandfrei), bekam ein Schälchen Erdnüsse dazu. Er trank, benetzte dann einen Zeigefinger und blätterte weiter, Vorträge im Auditorium, Cheerleader in züchtigen Röcken bilden eine Pyramide, ein Basketball-Ass mit energisch vor der Brust verschränkten Armen ... Ergebnisse verblassen, Sportsgeist und Enthusiasmus bleiben, toll, wenigstens das. Einwände? Nope. Wenn zur gleichen Zeit die Kräfte der Anarchie auf allen Kontinenten dabei sind, die Freiheit zu bedrohen. Und die mächtigste Nation der Welt ... wie ein hilfloser Riese. Hätte übel enden können. Er beugte sich vor, um ein Bild genauer zu betrachten, war sie das? Rechts auf der Bühne, bei einer Art Ballett ... unvorstellbar, nein. Dass sie bei so etwas mitgemacht hätte oder geglaubt, ihr sei eine Zukunft als Schauspielerin beschieden. In Blitzlichtgewittern, Autogrammkarten ... oder die erste Frau auf dem Mond, nach dem Verlassen der Landefähre einen Satz sagend, der in die Unsterblichkeit einginge. Wie sie selbst, als Briefmarke zu fünfzig Cent.

Er knabberte eine Handvoll Nüsse, sah auf den Monitor, drückte das *My Flight* beschriftete Icon. Man war über dem Regenwald, noch die ganze Nacht, Tabletten hatte er griffbereit. Auch wenn er seit Tagen nicht mehr geträumt hatte, das, so, würde er eine nehmen ... sicher ist sicher. Dass Blumen besser seien als Kugeln, was für eine Idee, er schüttelte den Kopf und wandte sich erneut dem Buch, den Bildern zu. Jungen, schon junge Männer, die Schürzen umgebunden haben, in einer Versuchsküche, man lernt Schreibmaschine, die jährliche Kunstausstellung. Er begann die Seiten schnell umzuschlagen, bis er da war, wo er hinwollte, die Sektion mit den Porträts der Schulabgänger, hinaus ins Leben. Passfotos, in der alphabetischen Reihenfolge ihrer Namen, offenbar alle von demselben Fotografen aufgenommen ... nicht in die Kamera schauen, eher nach links. Anzüge und Krawatten, sauber gescheitelt, die Mädchen hochgeschlossen in Pullis, über denen dieses und jenes ein Kettchen trug, sonst ohne Schmuck. Alle sahen sie älter aus, als sie waren, adrett, wie in Bewerbungsunterlagen. Für was bewerbt ihr euch, dachte er, einen Platz an der Sonne? Am eigenen Pool entspannen nach des Tages Last und Mühen? Weil *ihr* es schaffen werdet, der Geschichte eine lange Nase zu drehen?

Er trank in einem Schluck das Glas aus, es brannte in der Kehle. H, I, J, K ... hier sind wir, hier war sie, schulterlange Haare, Außenwelle, lächelnd, eine dünne Halskette über dem Pullover. Wiederzuerkennen, die hohen Wangenknochen, die leicht schrägstehenden Augen. Er hob das Jahrbuch an, drehte es aus dem Licht, die Reflexe auf dem glänzenden Papier verschwanden. Kein Glück gehabt, sagte er sich, eine Sache von Sekunden ... waren die Dinge erst einmal in Bewegung geraten. Freiheit für, nieder mit. Woran sich nichts ändern ließ, alles so, wie es gewesen sein muss. Grausig? Unausbleiblich ... was?

Ob sie noch etwas für ihn tun könne, fragte die Flugbegleiterin, die plötzlich neben ihm aufgetaucht war, das leere Glas schon in der Hand. Er bestellte einen zweiten Seagram's, kann nie schaden, die richtige Bettschwere. Dann blickte er wieder auf ihr Bild. Aus der Tiefe der Zeit, mit nicht ganz scharfen Rändern, als hätte der Fotograf einen Weichzeichner benutzt. Oder lag das am Druck, wer weiß? Er zeichnete mit den Fingerspitzen Allisons Umriss nach ... welch eine Schönheit. Radikale Schönheit, stop this war. Er unterdrückte den Anhauch eines Bedauerns. Wo sollte das auch hinführen? Ins Chaos, in nicht zu berechnende Umstände. Ein Trotzdem existierte nicht, keine Sonderfälle, jeder hat die Lektion zu lernen. Jeder auf seine Weise, so ist es nun mal. Nach einigen Minuten klappte er das Buch zu und legte es auf

den Boden. Schob's mit der Ferse unter den Sessel, wo die Reinigungskräfte es finden würden.
»Ihr Seagram's.«
»Zu freundlich, vielen Dank.«
Er nippte, den Drink würde er jetzt genießen. Und dann herrlich durchschlafen bis morgen früh, der Traum war ausgeträumt.

* * *

Blackbird singing in the dead of night ... you were only waiting for this moment to arise.

* * *

Am nächsten Wochenende kam Angelika nach Turin. Soll ich? Aber hör mal ... wir haben doch gerade erst angefangen! Ja? Ja. Sie hatten wieder zusammen eingekauft (Fisch, in den Markthallen hinter der Porta Palazzo ... das ist phantastisch hier), hatten gekocht, waren im Kino gewesen, in einer Ausstellung im Castello di Rivoli (Dan Graham), er hatte ihr seine Sammlung von Zeichnungen gezeigt (»Zeig doch mal«), jetzt, es war Sonntagnachmittag, saßen sie sich an dem langen Holztisch vor der Küchenzeile gegenüber, aßen Kekse, tranken Mineralwasser.
Wie würde es weitergehen, fängst du bei den Chinesen an? Vielleicht, also ... was spräche für dich dagegen, objektiv? Für mich nichts, außer ...
»Dass es so weit weg ist?«
»Aber du musst dann nicht mehr in Turin sein?«
»Nicht unbedingt, nein.«
»Gar nicht.«
»Meine Tochter lebt in Mailand.«
Das sei ein Argument, sagte Angelika.

Wo er in Europa wohne, sei gleichgültig, sagte Brockmann, es handele sich um keine Entfernungen, die Gewicht hätten, Richtung Asien, Südamerika.
»Was hält dich hier?«
Gewohnheit, dachte er ... nichts.
»Ich könnte auch ...«
»Ein Mann, ein Wort.«
»Meinst du es ernst?«
»Klar«, sagte Angelika, »Amsterdam ist eine wahnsinnig schöne Stadt.«
»Und das Meer ...«
»Und ich.«
»Nicht zu vergessen.«
»Du hast gar keine Wahl.«
»Nein«, sagte Brockmann, »hab ich nicht.«

* * *

Er hatte sie am frühen Abend zum Flughafen gebracht, in Rom würde sie umsteigen müssen, anders ging es nicht. An der Kontrolle zu den Gates ein Kuss, eine Umarmung, bis bald, bis in vierzehn Tagen, dann war Angelika mit ihrem Köfferchen abgezogen, Brockmann zurück in die Stadt. Mit dröhnender Musik im Auto, nachdem er aus einer CD-Tasche im Handschuhfach die *Temptations* herausgesucht hatte, seit Monaten und Monaten nicht gehört, *All Directions ... It was the third of September, that day I'll always remember, yes I will* ... sensationell. Das ganze Wochenende, Reden, Sex, Reden, Sex, alles.

Als er im Hausflur auf den Aufzug wartete, immer noch ein Klingeln in den Ohren (die Lautstärke der Anlage auf maximal gedreht), fiel sein Blick ... nein, kann man nicht sagen, stellte sich plötzlich das Gefühl ein, in seinem Rücken sei etwas, er drehte den Kopf, doch war da niemand, nur ... aus seinem Briefkasten ragte das Ende eines größeren Kuverts ... hatte er das gestern übersehen, heute Mittag, vorhin? Keine Briefmarke, keine Anschrift, kein Absender. Aber innen befand sich ... Brockmann riss das Kuvert auf und sah hinein. Ein kleinerer Umschlag, ein Zettel ... das Licht im Treppenhaus erlosch, der Aufzug kam. Während er nach oben fuhr, überflog er den Text, der handgeschrieben (in Englisch) auf dem Zettel stand, las ihn in der Wohnung noch einmal genau ... *Lieber Jochen, es war ein Vergnügen, Sie kennengelernt zu haben, nun mein Vorschlag, der Ihnen zusagen müsste in der derzeitigen Situation: Sie bringen beiliegenden Brief nach Wien und händigen ihn persönlich Herrn Prader oder Herrn Harnack aus, mehr nicht. Für Ihre Bemühungen habe ich mir erlaubt, 8000 Euro auf Ihr Konto bei der UniCredit anzuweisen. In der Hoffnung auf weitere gedeihliche Zusammenarbeit verbleibe ich mit herzlichen Grüßen Ihr Sylvester Lee Fleming. PS: Ich bitte um Verständnis, dass anfallende Spesen in dem genannten Betrag enthalten sind, SLF.*

Hat der ... ist der? Brockmann zündete sich eine Zigarette an. Wie haben wir das zu verstehen? Das Monatsgehalt eines Ingenieurs, um einen Brief zu expedieren? Den Verstand verloren und leider nicht wiedergefunden? Oder, oder ... versteckte Kamera? Er schaute hinauf zur Decke ... Unsinn. Der kleinere Umschlag war an Imperial Fonds Management adressiert, eine Gasse in Wien. Er hielt ihn gegen das Licht der Schirmlampe auf dem Holztisch, aber im Innern war nichts zu entdecken, undurchdringlich. Okay, ein Irrer, ein Gespenst, ein Fall für den Nervenarzt. Er stupfte die kaum gerauchte Zigarette aus.

In der Ziertuchtasche des Anzugs, den er an dem Abend in São Paulo getragen hatte, steckte noch die Visitenkarte, die Fleming ihm überreicht hatte ... Asset Recovery, Insurance. Am Tisch klappte Brockmann seinen Rechner auf, schrieb: *Lieber Herr Fleming, es muss sich um einen bedauerlichen Irrtum handeln, ich glaube nicht, dass wir jemals eine Vereinbarung geschäft-*

licher Natur getroffen haben. Insofern sehe ich mich außerstande, ihr Angebot wahrzunehmen. Ein weiterer Kontakt erscheint mir wenig sinnvoll. Mit freundlichen Grüßen, Ihr Jochen Brockmann. Und abgeschickt an ... sleef.com, wherever you are. Er entkorkte den Mirabellengeist und trank einen Schluck aus der Flasche. Achttausend Euro, nicht zu fassen ... nein, Jochen, darüber wird nicht nachgedacht, keine Sekunde. Er blickte auf den Bildschirm, eine Mail war gekommen, er öffnete sie ... *Mailer-Daemon ... Host unknown.* Sauber, nicht zu erreichen, eine Adresse, die es nicht gab. Oder hatte er sie falsch in das Feld eingetragen? Nein, s-l-e-e-f ... alles richtig geschrieben. Den Brief öffnen?

Über der Küchenspüle hielt er die Flamme seines Feuerzeugs an das Papier, bis der Umschlag richtig brannte, er ließ ihn fallen, spülte die Asche sorgsam in den Ausguss. Wie bei der Mafia, was? Alle schriftlichen Beweise vernichtet ... aber Beweise wofür? Ganz und gar nicht deine Sache, erledigt und vorbei.

Am nächsten Morgen konnte er sich dennoch der Idee nicht entschlagen, auf der Bank nach seinem Konto zu sehen ... das Geld war da. Bareinzahlungen am Automaten, ohne Identitätsprüfung. Zurücküberweisen also unmöglich, fragte Brockmann den Mann am Schalter. Höchstens dem Automaten, antwortete der Mann, ein echter Witzbold ... grazie.

So sei es eben dann, dachte Brockmann auf der Straße, geschenkt ist geschenkt, und wiederholen, das wisst ihr, ist gestohlen.

* * *

Am Vorabend zu kommen sei das Mindeste, hatte Elke am Telefon gesagt, es werde bei Papa und Mama ein kleines Büfett geben, das sie bei Franken bestellt habe, wir, die Kinder (nein, Elke, Elisabeth muss ... Elke, sie hat ihnen einen Brief geschrieben), nur der allerengste Familienkreis ...

Sogar schon ein Urenkel, auf dem Schoß seines Vaters, der Frieders Sohn war, Florian, hallo, hallo, Elkes Mann Martin, Frieders neue Frau (Jutta, die Brockmann noch nie gesehen hatte), Benjamin und Anne (Elke wie aus dem Gesicht geschnitten), Florians Freundin (aus Frankreich, Nadine, Sochaux, ah ja, freut mich), locker verteilt am Esstisch, in der Couchgarnitur, stehend, seine Schwester mit einer Flasche Sekt in der Hand. Here we are again, dachte er, setzte sich zu seinen Eltern, die er als Erste begrüßt hatte, nachdem ihm Benjamin die Tür geöffnet hatte ... Onkel Jochen.

Im vergangenen Juli war er zuletzt hier gewesen (kurz, während eines Messebesuchs in Düsseldorf, Fertigungstechnik, mit Bontempi und Zorzi, dem Leiter der Entwicklungsabteilung), davor länger nicht, zwei Jahre? Es hatte sich wenig verändert, seit sie das Haus bezogen hatten, die Möbel von Interlübke irgendwie zeitlos (kein schlechter Geschmack, muss man sagen) und das große abstrakte Bild das gleiche wie immer. Von wem? Tatsächlich nie gefragt, hat einen nie interessiert. Zu normal, es hing schon in der alten Wohnung auf dem Westwall, an die er sonst wenig Erinnerungen hatte ... Aufbruch, wir sind modern, die Ehefrau trotz drei heranwachsender Kinder halbtags beschäftigt (die Hütte abbezahlen) als Sekretärin bei einer Baufirma (blieb alles in der Familie). Brockmann schaute seinen Vater an, der eine bequeme weite Strickjacke trug, in der er fast zu versinken drohte, obwohl er seinen Kopf aufrecht hielt, wie ein Vogel, ein Geier (rein ornithologisch). Seine Mutter ähnlich hager, die Haut über den Handrücken pergamenten ... handle with care. Man sprach von morgen, wer eingeladen worden sei, zugesagt habe, wie man den Transport der Gäste bewältigen werde, Rheinterrassen. Elke war der Zeremonienmeister, sie hatte alles im Griff (Jochen, wir reden gerade über den Ablauf ...), Tante Hiltrud und Onkel Walter würden kommen (die lebten noch?), der ehemalige Dezernent, der Rest der Rommé-Runde, Cousins, Cousinen,

Nachbarn, ein paar Freunde von Elke und Frieder, die die Eltern lange kannten ... Ex-Genossen? In Frieders Zimmer Bettlaken bemalt, bevor sie ein leerstehendes Haus besetzten, er war zwei, drei Nächte nicht nach Hause gekommen, bis die Polizei sie räumte, Wallstraße, Puffgegend. Was zu erregten Wortwechseln führte, hier am Tisch ... wer denn verantwortlich für diese Scheißsanierung sei, er nämlich, die Stadtverwaltung, die den ganzen Kommerz auch noch fördere. Der Herr Oberbaurat, war er das schon? Bauoberrat ...

»Wie geht's euch?«, fragte Brockmann.

Sein Vater nickte.

»Schade, dass Elisabeth nicht kann«, sagte seine Mutter, die neben ihm saß, »sie ist auf einem Kongress?«

»Das ist ...«

»Sie hält einen Vortrag, hat Elke gesagt.«

»... enorm wichtig für sie. Es tut mir wirklich leid, Mama.«

So ist es, dachte er, darüber gibt es nichts zu diskutieren. Wir sind vollzählig, ich bin da. Der Kleine ... vier Jahre, fünf Jahre jünger als die Geschwister, die immer das große Wort führten, alles besser wussten, besser konnten, Elke ein Abitur mit Einskommawas. Das System attackieren, aber Vorzugsschülerin, die keine Sekunde je Nachhilfe brauchte. Wie es einem mehr als einmal unter die Nase gerieben wurde ... trotzdem nie sitzengeblieben, immerhin.

»Ich«, sagte Brockmann, als Elke mit der Flasche an den Tisch trat.

»Deutscher Sekt«, sie füllte sein Glas auf, »Riesling, trinkst du das überhaupt?«

»Offenbar, Elke«, ihre Blicke trafen sich, komm, das kriegen wir hin, ja, lass gut sein, »nein, ist ausgezeichnet.«

»Schön.«

Zur Opposition geboren, wir beide, dachte er, nur gegen andere Widersacher, jeder für sich, jeder in seinem Zimmer. Poster,

Matratzen auf dem Boden (was du dir von Frieder und Elke abgeguckt hattest), Platten. Bloß gekifft haben sie nicht, war wohl verboten. Während du ... Kiffen, Vögeln, Musik hören. Ins Kino gehen, Konzerte, irgendwelche Jobs, um sich Sachen kaufen zu können, Shit, Stereoanlage, gebrauchtes Mofa. Ein Ford Escort, den allein der Rost vorm Auseinanderfallen bewahrte, acht Monate TÜV ... reichte doch, war doch mehr als genug. Interesse für Kunst, die für sie bürgerliche Scheiße war, wie es Frieder ausdrückte, als er in den Semesterferien die Kataloge sah, die neben der Matratze aufgereiht an der Wand standen. Ja, ja, hau ab, oder ... was oder? Hau ab ...

Wie das Hotel sei, fragte Martin quer über den Tisch, zufrieden, als Business traveller? Edel, sagte Brockmann, mit allen Schikanen. Der Abschlussball seines Tanzkurses hatte dort stattgefunden, vorher nicht und nachher nicht ... etwas außerhalb der Stadt, Richtung Uerdingen, in einem Park gelegen ... ultraschick damals ... Marion? Hieß sie nicht so, seine Partnerin aus dem Kurs?

Anne und Benjamin kamen mit zwei Tabletts aus der Küche, die sie, Achtung, Achtung, auf dem Tisch abstellten, nachdem man Gläser beiseitegeräumt hatte, Canapés, Fingerfood in kleinen Schalen, kalter Braten, Saucen, Brot.

»Nicht hier«, sagte Elke, die ihnen einen Moment später mit Geschirr folgte, »bringt mal das Tischchen von da hinten. Ist doch kein Platz zum Essen sonst.«

Das Baby schrie, Florian reichte es seiner Freundin, die ihm auf der Couch die Brust gab.

»Rauchen wir eine?«

»Klar«, sagte Brockmann und ging mit seiner Schwester auf die Terrasse. Frisch war es, für Juni.

»Hast du dir einen Wagen genommen?«

»Am Flughafen.«

Sie rauchten ein paar Züge schweigend.

»Ich hab mein Geburtstagsgeschenk im Hotel vergessen.«
Sie lächelte ihn an. »Was hast du?«
»Ein Buch. Geschichte der Stadt«, mit seinen Händen beschrieb er das Format, groß, »von Babylon bis heute.«
»Prima«, sagte Elke, »wird Papa freuen.«
»Wie war eigentlich seine, seine ... Amtsbezeichnung, Ober ...«
»Oberbaurat. Vergessen?«
»Ich glaube«, sagte Brockmann, »ich ...«
»Geht's dir gut?«
»Ja. Und dir?«
»Alles in Ordnung ... wie immer.«
Über der Hecke, den dicht zusammengewachsenen Sträuchern um die Rasenfläche ragte das Dach eines Nachbarhauses empor ... Brockmann deutete hoch.
»Verkauft«, sagte Elke, »die wohnen da nicht mehr.«
»Wilfried?«
»Keine Ahnung, *der* hat das verkauft, vor ... paar Jahre her.«
»Die sind gestorben?«
Elke gab keine Antwort. Dann eben nicht. Innen aß man.
»Wie lange bleibst du?«
Er wollte mit dem Mietwagen nach Amsterdam, morgen am späten Nachmittag, so hatten sie es ausgemacht. Für den Abend war doch nichts geplant, oder? Kirche, Empfang, Essen ...
Man müsse sich unterhalten, sagte Elke, wie es weitergehen solle, grundsätzlich. Und da man bekanntlich, sie zog an der Zigarette, recht selten zu dritt zusammen sei, hätten sie sich gedacht, Frieder und sie, man spreche einmal in Ruhe ... denn ... das stehe bald an.
»Was?«
Die Eltern, weil ... die nachließen, rapide. Lange ginge das nicht mehr gut, die zwei alleine.
»Aber ... sie fahren, also, wir haben denen eine Kreuzfahrt geschenkt.«

Sie sah ihn streng an.

»Wir setzen uns morgen Abend hin und überlegen uns ... Möglichkeiten.«

»Die wären?«

»Jochen, bitte«, sie trat die Zigarette aus und bückte sich, um die Kippe aufzuheben. Dann kehrte sie ins Wohnzimmer zurück. So, Mist. Er holte sein Handy aus der Hosentasche ... keine Nachrichten. Seine Zigarette war bis auf den Filter niedergebrannt, ausgegangen. Brockmann steckte die Kippe ein, schloss die Terrassentür von innen. Nachdem er etwas gegessen hatte, fragte ihn Frieder, an seiner Seite Platz nehmend, ob er, Jochen, als Experte sozusagen, ihm erklären könne, welchen Sinn eigentlich Leerverkäufe hätten, Puts und Calls. Er sei keine Experte, sagte Brockmann, wie er darauf komme. Und warum es ihn interessiere ... willst du an die Börse? Frieder schüttelte den Kopf, er habe sich nur in letzter Zeit einmal damit beschäftigt, was Hedgefonds so trieben, davon lese man ja viel. Etwas kaufen oder verkaufen, sagte Brockmann, auf Pump, das man nicht besitze, Aktien, Waren, in der Hoffnung, dass die Kurse stiegen oder fielen, man also am Tag der Fälligkeit seinen Schnitt mache. Genau, rief Frieder, nichts anderes als ein Wettgeschäft, das sei doch Wahnsinn. Man könne, in Brockmann erwachte ein alter Widerspruchsgeist, es auch als Absicherung verstehen, vor Kursschwankungen. Daran glaube er doch selber nicht, sagte Frieder, für ihn handele es sich um reine Spekulation.

»Was ich glaube, steht nicht zur Debatte.«

»Aber du hast auch nichts dagegen.«

Warum er sollte, fragte Brockmann seinen Bruder, warum sollte man überhaupt, er, Frieder unterstelle Absichten, die ausschließlich unseriös seien, und das sei falsch, seien die üblichen Vorurteile. Womit man in eine Diskussion geriet, der sich nach und nach auch Martin und Anne anschlossen, Brockmann in der Rolle des Advocatus Diaboli, die ihm quasi naturgemäß zufiel (endlich ist einer da) ... die Wirtschaft, die Finanzindustrie, Schulden, Nachhaltigkeit, Sozialstaat, Irakkrieg, Naomi Klein (Annes Lektüre) ... aber okay, dachte er auf dem Weg ins Hotel, kein erbitterter Streit wie einst, kein Hohn, den man ausschüttete über alle, die nicht im Besitz der absoluten Wahrheit waren (jeder außer uns) ... sind wir jetzt vernünftig geworden?

Frieder, der beinharte Atheist, sang am nächsten Morgen in der Kirche mit (wahrscheinlich damit es sich nach etwas anhörte), wozu Brockmann ... keine zehn Pferde gebracht hätten, an ihm zerrend und ziehend, *kommet zuhauf, Psalter und Harfe wacht auf* ... auf einer Polsterbank vorne das diamantene Paar, im ersten Nachkriegsjahr geheiratet (wir hatten nichts, ausgebombt), Wilma Busch und Kurt Brockmann, der den Russen im letzten Augenblick entronnen war, Richtschütze (ohne Geschütz, kein Nachschub mehr), den die eigenen Füße von der Front (brach ja sowieso alles zusammen) Richtung Westen getragen hatten, den Amis zu (Negersoldaten), die ihn nach fünf Monaten Gefangenschaft wieder laufenließen (kein Verbrecher gewesen), den Schrecken in den Knochen (den kriegst du nicht mehr raus), ein Pistolenschuss durch den Oberarm, aber sonst keine Verletzung (das vernarbte Fleisch wie eingedellt), am Kaffeetisch die Geschichte des Öfteren erzählt (wenn Onkel Walter mit Anhang zu Besuch war, an Sonntagnachmittagen), ein brennender Panzer, der über einem Graben, in dem er sich befand, zum Stehen kam, die Schreie der eingeschlossenen Soldaten, die einen bis in den Schlaf verfolgt hätten, *auch* Menschen, Rote Armee, hurrä, hurrä, ihr Geheul bei Sturmangriffen, furchtbar (er winkte dann mit dem Arm ab, schüttelte den Kopf), Gott sei Dank überlebt, zurückgekehrt in ein Ruinenfeld (»Ende, Ende, über Holland steh'n Verbände, über Krefeld schießt die Flak, schießt dem Tommy auf den Sack«), in dem Wilma auf ihn wartete, die ganze Familie in einem Zimmer, die alten Buschs, bei denen er um ihre Hand angehalten hatte (so machte man das, ganz formell), dokumentiert auf glanzlosen Schwarzweißfotos, ein Korbkinderwagen mit Frieder drin vor dem Hintergrund eines Straßenzuges, in dem Häuser fehlten, wie ein schadhaftes Gebiss, Einschulung, erste Kommunion (unsere Großen), Urlaub in Cuxhaven, jetzt farbig geworden, eine Sandburg mit Muschelschrift, Mutti in der Brandung, dann Dias und Filme auf Super 8, während die Karriere nach dem Diplom auf der Technischen Hochschule voranschritt, zu tun genug, all die Neubauten, Fußgängerzone, Autobahnanschluss, so kaputt, wie alles gewesen war ... *in wie viel Not hat nicht der gnädige Gott über dir Flügel gebreitet* ... gleich der Empfang zu Hause, anschließend Essen in den Rheinterrassen ... wohin man mit einem Bus fuhr, den Elke und Frieder gemietet hatten, ein Restaurant auf Höhe der Deichkrone, so dass man durch die Panoramafenster über den breiten Fluss hinweg, auf dem Lastkähne im Konvoi fuhren, das andere Ufer sehen konnte, Industrieanlagen (bei Lachstartar, Spargel, Kalbsfilet, Tartufo), ein Gewirr von Röhren, daneben Tanks, Silos, die sich gegen den bedeckten Himmel abzeichneten, etwas weiter flussabwärts Speicherhäuser, Kühltürme, Halden und ein schmales senkrechtes Ding, aus dem oben Flammen schossen ... schön, dachte Brockmann, eine Ansicht, diese Silhouette, die etwas Erhabenes für ihn hatte, Gewaltiges, schon immer, im Dunkeln wie der Umriss eines feuerspeienden Ungeheuers.

Er hatte sich beim Essen mit Benjamin unterhalten, der neugierig war, was er mache, beruflich, Sales, was er studiert habe, wo, ob er viel reise? Wow, Hongkong ... schon als Student, die Idee, mit billig importierten T-Shirts, die man auch noch hätte bedrucken können, den Londoner Markt, hahaha ... beeindruckende Kulisse, sagte Brockmann, eine Geschäftigkeit, die man in Europa nicht kenne und an die man sich erst gewöhnen müsse. Tough. Asien. China. Direktflüge von Amsterdam, zwölf Stunden. Du ein Experte, mit wertvollen Verbindungen, die sich Hangshu etwas kosten lassen darf. Wenn ihnen einer die Tür nach Lateinamerika öffnet, Preise zum Niederknien. Entweder wollen wir den Wettbewerb und bestehen ihn ... oder nicht, dann aber gute Nacht. Und selbst, fragte er Benjamin, was schwebt dir vor nach dem Abi? Ein halbes Jahr Work and Travel in Kanada, mit einem Kumpel. Hört sich gut an, sagte Brockmann, Erfahrungen sammeln.

Nach dem Dessert stand er draußen und rauchte, Elke kam hinzu, schnorrte sich eine Zigarette.

»Kauf dir mal welche.«

Sie legte den Arm auf seine Schulter, die beiden gingen ein paar Schritte.

»Ist gelungen«, sagte Brockmann, »alles.«

Elke nickte.

»War bestimmt viel Arbeit. Danke.«

»Wir sind später bei Papa und Mama, du weißt ...«

»Aber wir reden unter uns?«

»Natürlich.«

»Ich meine ... ihr habt den Überblick.«

Ausfälle, sagte Elke, die sich bedenklich häuften, Vergesslichkeit, gestürzt, Papa, was zum Glück zu keinem Bruch geführt habe, Mama lasse den Herd an, nehme an solchen Gewinnspielen teil, wo man zuvor Geld, dreißig, vierzig Euro, überweisen müsse, etceterapepe.

»Und die Kreuzfahrt?«

»Ich begleite sie«, sagte Elke, »das ist ... haben wir so beschlossen.«

»Scheiße ... Entschuldigung.«

Gebe nichts zu entschuldigen, sagte sie, es sei, wie es sei.

»Ich komm um sechs«, sagte Brockmann, »ich wollte ...«

»Wir sitzen noch ein bisschen mit Papa und Mama zusammen ... die gehen inzwischen ziemlich früh ins Bett.«

»Dann reden wir.«

»Da, oder ... wir gehen wohin.«

»Gut.«
»Was hast du vor?«
»Jetzt?«
»Nee, Jochen«, es sprach das Schulzentrum Fabricius, »in drei Jahren.«
»Ich wollte ...«, er fühlte sich ertappt, was wollte er? Durch die Stadt laufen? Warum?
»Tu, was du nicht lassen kannst«, sagte Elke, »bis nachher.

Er solle ihn zum Ostwall bringen, hatte Brockmann auf die Frage des Taxifahrers geantwortet, Ecke Rheinstraße, wo die Straßenbahnhaltestelle war, an der sie morgens ankamen und mittags wieder abfuhren, in die Vorortgemeinden. Mit Wilfried rumhängen, zweimal die Woche zum Hockeytraining. Er setzte sich auf das Gitter, das die Schienen von der Straße trennte, stützte seine Füße auf die untere Stange. Vier Uhr. Viertel nach vier. Was suchst du hier? Er wusste es nicht. Zur alten Schule? Und dann? Gucken, ob es das Black Horse noch gibt? Nach dreißig Jahren? Und wenn schon ...

Um zwanzig nach entschloss er sich, zu Fuß zurückzugehen, das war bis sechs zu schaffen. An sein Knie dachte er nicht, aber es meldete sich auch nicht, auf dem Fahrradweg, der neben der ausgebauten Bundesstraße und der Trasse für die Straßenbahn an Lagerhallen und Gewerbegebieten vorbei zu der Siedlung im Grünen führte, wo er ... Brocki, deine Jugend, erinnerst du dich? Vaffanculo ...

Sie hatten zu fünft noch etwas zu Abend gegessen, die Eltern waren müde. Es sei herrlich gewesen, sagte seine Mutter, ein herrlicher Tag.

»Wie war es in der Stadt?«, fragte Elke in der Küche, die Spülmaschine ladend.

»Ich bin nicht wirklich ...«.

Frieder packte ein Geschenk aus, das er aus dem Wohnzimmer mitgebracht hatte ... eine Flasche, die er mit gestrecktem Arm

von sich hielt, um das Etikett lesen zu können ... alter irischer Whiskey.
»Wer kommt auf so eine Idee?«
»Für Papa, zum Geburtstag«, sagte Brockmann.
»Sehr sinnig«, sagte Elke, »der trinkt seit Jahren nichts mehr.«
»Aber wir«, Frieder holte drei Gläser aus einem Hängeschrank, schraubte die Flasche auf, goss ihnen ein, kräftig. Sie stießen an.
»Sollen wir?«
»Nicht in der Küche«, sagte Elke.
»Partykeller«, sagte Frieder, »los.«
Elke zeigte ihm einen Vogel, Frieder war schon unterwegs, sie folgten ihm.

Es roch muffig, wie auch anders, Theke, leeres Getränkeregal, Barhocker, eine Sitzecke, über deren Bänke Laken gebreitet waren, an der Decke eine kleine Diskokugel. Frieder zog die Laken von den Bänken, wischte mit einem über den schweren Holztisch, warf sie beiseite. Dann nahm er sein Glas und die Whiskeyflasche wieder von der Theke und setzte sich.

»Grotesk«, sagte Elke.
»Kein Stück«, sagte Frieder, »hier haben wir unsere Ruhe.«
»Mach sofort 'ne Zigarette an, Jochen ... und mir auch eine.«
Elke und Frieder hatten sich bereits informiert, betreutes Wohnen, und zwar nicht irgendwann, sondern in den nächsten Monaten. Das Problem wäre, ihnen beizubringen, das Haus zu verlassen. Verlassen zu müssen. Und die Kosten, monatlich, die Pension ihres Vaters würde dafür praktisch komplett draufgehen.
Frieder schenkte ordentlich nach.
»Ich kann ...«, sagte Brockmann, »den Rest kann ich geben. Weil ihr ja sowieso ...«
»Das Haus zu verkaufen wäre ...«, sagte Elke, »aber ... nicht zu ihren Lebzeiten.«
»Haben wir besprochen, ist gebongt«, sagte Frieder.

Sie würden ihm die Prospekte schicken, die Adresse der Website. Ob sie sein Plazet hätten?
Als Brockmann nicht gleich antwortete, fragte Elke:
»Bist du einverstanden?«
»Ja ... sicher.«
»Lass uns noch mal anstoßen«, sagte Frieder.
Brockmann spürte den Alkohol, was vertragen denn die beiden?
»Mann«, sagte Frieder und blickte sich um, »was haben wir hier gefeiert.«
»Krass«, Elke steckte sich eine neue Zigarette an, wandte sich lächelnd an Jochen, »du durftest noch nicht mitmachen, wenn wir ...«
»Ich hab's überlebt.«
Frieder war aufgestanden und öffnete einen größeren Karton, der neben der Bar stand. Kramte in der Hocke darin herum.
»Hast du eigentlich noch Kontakt zu Heidi?«, fragte Elke.
Brockmann schüttelte den Kopf, die letzte Mail vor Ewigkeiten.
»Sie wohnt aber ganz in der Nähe. Auf dem Land.«
»Und sie ist ... das mit dem Buddhismus?«
»Wahrscheinlich. Ja klar.«
»Nein«, Frieder kam hoch, einen Super-8-Projektor in den Händen. »In der Kiste sind auch alte Filmrollen.«
»Die gucken wir jetzt aber nicht«, sagte Elke.
Frieder stellte den Projektor auf den Tisch, trank sein Glas aus.
»Und warum nicht?«
»Nee.«
»Jochen?«
»Ist mir ... ich weiß nicht. Beim nächsten Mal vielleicht.«
»Wann, bitte, soll das denn sein?«, fragte Frieder und zog die schwarze Schutzkappe vom Objektiv.

* * *

Durchsagen, Rollkoffer, Anzeigetafeln, Monitore. Restaurants und Boutiquen, lange Reihen von Abfertigungsschaltern, Ruhezonen, Warteschlangen. Reisende blättern vor Regalen in Illustrierten, sehen sich Auslagen an, Uhren, Schuhe, Anzüge, lassen sich kurz ihren Nacken massieren. Elektromobile kurven geräuschlos durch die Menge, Kinder vertreiben sich die Zeit mit Computerspielen, da und dort schläft jemand.

Manila, Sidney, Amsterdam, wer wüsste schon blind zu sagen, auf welchem Flughafen er gerade ist. Donna Karan, Swatch. Eine Stimme hallt in der Landessprache über die Köpfe hinweg, dann auf Englisch, jetzt versteht man ... proceed to gate number E two immediately. Gepäckstücke werden durchleuchtet, Körper abgetastet, Pässe gescannt. Vor- und Zuname, wann und wo geboren, Nationalität.

Und wieder diese Stimme ... last call. Passagiere schauen vorsorglich auf die eigene Bordkarte, aber es ist noch Zeit. Eine halbe Stunde, um zollfrei einzukaufen, eine Stange Zigaretten, eine Flasche Rum (nimm einen kleinen Schluck auf dem Weg zum Flugsteig, es fliegt sich leichter). Vor der Schleuse in die Maschine ein Feldlager von Mitreisenden, zum Teil auf dem Boden sitzend, vor einen Pfeiler gelehnt, Zeitung lesend, dösend. Attention, please ... es knackt aus den Lautsprechern, rauscht, dann hört es sich an wie ein Orkan. Der Ton reißt ab, im Hintergrund unverfrorenes Gelächter. Man sieht hoch, erlaubt sich jemand einen Spaß ... eine technische Störung? Attention, please ... die Stimme räuspert sich ... this is the final boarding call for passenger Jochen Brockmann booked on KLM flight seven-five-three to Hongkong. You are delaying your flight ... passenger Jochen Brockmann, please proceed to gate number E two immediately. We will proceed to offload your luggage.

Am Pult, wo die Bordkarten kontrolliert werden, entsteht Bewegung, das Flugzeug ist zum Einsteigen bereit. Bald wird es in der Luft sein, jeder auf seinem Platz, ein Getränk vor sich, Chips oder einen Müsliriegel. Man kennt das, Routine. Hat den Vorfall mit der merkwürdigen Durchsage schon wieder vergessen. Eine andere Geschichte.

»Darf ich mich Ihnen vorstellen?«, sagt plötzlich der Mann auf dem Nebensitz.

Warum nicht?